BESTSELLERWORLDBOOK 69

오만과 편견

제인 오스틴 지음 / 정홍택 옮김

소담출판사

정홍택

한국외국어대학교 영어과 졸업. 미국 세인트존스 대학원 수학.
연세대 행정대학원 고위정책과정 수료.
한국일보 기자, 월간 편집국장, 예술의전당 총무, 운영국장 역임.
현 한국공연윤리위원회 가요음반 심의위원
저서로 『미국말 1,2』『잡학사전 1,2』 등이 있으며
역서로 『동물농장』『키다리아저씨』『슬픔이여 안녕』 등이 있음

sodampublishingcompany

BESTSELLER WORLDBOOK 69

오만과 편견

펴낸날 | 2000년 8월 20일 초판 1쇄
        2003년 1월 15일 초판 16쇄
지은이 | 제인 오스틴
옮긴이 | 정홍택
펴낸이 | 이태권
펴낸곳 | 소담출판사
        서울시 성북구 성북동 178-2 (우)136-020
        전화 | 745-8566 팩스 | 747-3238
        e-mail | sodamx@chollian.net
        등록번호 | 제2-42호(1979년 11월 14일)

ISBN 89-7381-391-9 03840
● 책 가격은 뒤표지에 있습니다.

BESTSELLERWORLDBOOK 69

PRIDE AND PREJUDICE

Jane Austen

　　다르시는 좀더 엘리자베스에 대해 알고 싶어졌다. 그래서
말을 걸기 전에 우선 그녀가 다른 사람들과 이야기하는 것을 엿들었다.
그의 이러한 행동이 엘리자베스의 주의를 끌었다. 그곳은 윌리엄
루카스 경의 저택이었는데 굉장한 파티가 있었던 것이다……

| 차 례 |

1

　재산 깨나 있는 남자가 독신일 경우에 아내가 필요할 것이라는 것은 누구나 알고 있는 진리다.

　이와 같은 진리가 마을 사람들의 마음 한가운데 꽉 자리잡고 있기 때문에 이런 남자가 이웃에 이사 오면 응당 수많은 딸들 가운데 누군가는 그를 차지하게 될 것이라고 생각하게 된다. 비록 그의 성격이 어떻다든지 무슨 생각을 하고 있다든지 하는 것에 대해서는 잘 모른다 하더라도 말이다.

　"여보" 하고 베넷 부인은 어느 날 남편에게 말을 걸었다. "네더필드 파크에 결국 사람을 들였다는데, 그 얘기 들으셨어요?"

　베넷 씨는 대답하지 않았다.

　"어떤 사람이 들게 되었는지 궁금하지 않으세요?" 하고 부인은 조바심이 나서 소리쳤다.

"당신이 그렇게 얘기하고 싶어하는데 내가 왜 안 듣겠소?"

구미가 당기는 말이었다.

"글쎄, 들어보세요. 롱 부인이 그러는데 네더필드에 이사 올 사람은 북쪽에서 온 청년 재산가라잖아요! 월요일에 사두 마차를 타고 와서 집을 둘러보았는데, 아주 흡족하며 모리스 씨와 그 자리에서 결정을 보았다는군요. 미클마스(9월 29일, 성 미카엘 제[祭]가 있음) 이전에 이사를 오기로 하고 하인들은 다음 주말까지 올 거라고 하더군요."

"그래, 이름이 뭐랍디까?"

"빙리래요."

"결혼했소, 아니면 독신이오?"

"틀림없이 혼잘 거예요. 독신 재산가에다 일년에 4, 5천 파운드라니, 딸애들을 생각하면 얼마나 솔깃한 얘기냔 말예요."

"그건 왜? 그게 그 애들하고 무슨 상관이오?"

"내 참" 하고 부인이 대답했다. "왜 그렇게 멍청한 소리만 해요. 그 집에 오는 사람이 우리 집 애들 중에서 하나를 골라잡을지 누가 알아요?"

"그럴 셈으로 이사를 오는 거랍디까?"

"그럴 셈이냐고요? 답답한 소리 좀 작작해요. 우리 애들 중의 누구와 연애하게 될지 어떻게 알아요? 그러니까 당신은 그 청년이 이사 오거든 당장 찾아가 보세요."

"그래야 할 이유가 어디 있단 말이오? 딸들 데리고 당신이나 갔다 오구려. 애들만 보내든지. 아마 그게 나을걸. 당신은 딸들보다 잘났으니까 빙리 씨는 애들보다도 당신을 더 좋아할지도 모르거든."

"비행기 그만 태워요. 그야 한때는 미인이었죠. 하지만 지금 새삼스럽게 그런 척하기는 싫어요. 말만한 딸을 다섯이나 두었으면 이젠 내가 예쁘니 어쩌니 하는 생각은 우스운 일 아니에요?"

"아니, 자식 많이 둔 여자가 무엇이 예쁘다고 그런 생각을 하고 말고 해요?"

"하지만 여보, 빙리 씨가 이웃으로 이사 오거든 꼭 가서 만나봐야 해요."

"그런 약속은 못하겠소."

"그렇지만 딸들 생각은 해야 되지 않아요? 어떤 애라고 작정할 필요는 없지만 내놓을 만한 자린가 아닌가 그것만이라도 생각해 봐야지 않겠어요? 윌리엄 루카스 경(卿) 내외분도 순전히 그것 때문에 방문하기로 작정한 거예요. 어디 그분들이 누가 새로 이사 왔다고 해서 찾아가 보는 줄 아세요? 정말 당신도 가셔야 해요. 당신이 안 가시는데 내가 애들만 데리고 어떻게 간단 말예요?"

"당신은 너무 신중해. 여자들끼리 다녀오구려. 빙리 씨도 대환영일 거요. 우리 애들 중에서 맘에 드는 애를 골라잡으면 그 결혼에 나도 진심으로 찬성하겠다고 몇 자 적어줄 테니 당신이 갖다주구려. 하지만 리지(엘리자베스의 애칭) 칭찬은 조금 적어 넣어야겠어."

"제발 그런 짓은 그만둬요. 리지가 다른 애들보다 나은 게 뭐 있어요? 사실 그 애는 제인의 절반만큼도 예쁘지 않고 리디아의 절반만큼도 상냥하지 못해요. 그런데도 당신은 으레 리지만 편들고 나서는군요."

"원, 애들이라고 호감을 살 만한 점이 어디 하나라도 있어야 말이지" 하고 남편은 대답했다. "내 집 딸들이나 다른 집 딸들이나 어쩌면 그렇게 똑같이 어리석고 무식할까. 하지만 리지는 내 딸들 중에서 제일 영리하거든."

"아니 여보, 어쩌면 자기 자식들 흉을 그렇게 보실 수 있어요? 당신 지금 재미로 날 괴롭히는 모양이로군요. 당신은 내 약한 신경을 눈곱만큼도 생각해주지 않는다니까요."

"그건 잘못 생각한 거야. 내가 당신 신경을 얼마나 위한다고. 당신 신경이야 내 오랜 친구거든. 아마 적어도 20년 동안은 당신이 신경 얘기하는 걸 측은하게 들어왔으니까."

"당신은 내 고통을 몰라요."

"하지만 당신은 그걸 극복하고 오래오래 살아서 일년에 4천 파운드의 수입이 있는 청년들이 이웃에 잔뜩 몰려드는 걸 볼 수 있을 거요."

"당신이 찾아보려고 하지 않는다면 그런 사람 20명이 온들 무슨 소용이 있겠어요?"

"걱정 말아요. 20명이 온다면 하나하나 다 찾아볼 테니."

베넷 씨는 날카로운 재간과 풍자적인 기질과 신중함과 변덕이 혼합된 인물이었기 때문에, 23년이라는 결혼 생활에도 불구하고 그의 아내조차도 남편의 성격을 충분히 이해하지 못하고 있었다. 반면에 부인은 마음속에 지니고 있는 생각을 쉽사리 노출시키는 성격이었다. 그녀는 이해가 빠르지 못하고 지식이나 교양이 풍부하지 못한, 변덕스러운 기질의 여자였다. 못마땅해질 때면 그것이 신경 때문이라고 자기 혼자 작정해버리곤 했다. 그녀의 평생 사업이란 딸들을 결혼시키는 것이며, 이웃을 방문하거나 세상 돌아가는 이야기를 지껄이는 것을 낙으로 삼고 있었다.

2

베넷 씨는 빙리 씨를 방문한 최초의 방문객들 속에 끼여 있었다. 그는 방문하지 않겠다고 끝까지 아내에게 버텼으나 사실은 방문할 생각을 늘 갖고 있었던 것이다. 그래서 부인은 그가 방문을 하고 온 저녁까지도 그 사실을 감쪽같이 모르고 있었다. 그러나 그날 밤 다음과 같은 말이 오고 가던 끝에 그 사실이 드러나고 말았다. 둘째 딸이 모자 손질을 하고 있는 것을 바라보던 아버지가 갑자기 말을 걸었던 것이다.

"리지야, 그게 빙리 씨의 마음에 들었으면 좋겠다."

"빙리 씨가 뭘 좋아하든 알 필요 없잖아요" 하고 그의 아내가 분개해서 말했다. "가기나 하면서 그러면 또 몰라."

"하지만 어머니는 잊고 계시는군요" 하고 엘리자베스가 말했다.

"모임에 나가면 그분을 만나게 될 거예요. 롱 부인이 소개시켜준다고 약속했어요."

"롱 부인이 소개시켜 줄 리가 있겠니. 자기 조카딸이 둘이나 있는데 다 얼마나 이기적이고 위선덩어리라고. 난 도무지 그 여자를 믿을 수가 없어."

"나도 그래." 하고 베넷 씨가 말했다. "당신이 그 부인의 신세를 지지 않은 게 천만 다행이오."

베넷 부인은 대답하고 싶지 않았으나 참다못해 딸 가운데 하나를 나무라기 시작했다.

"키티(캐더린의 애칭)야, 제발 기침 좀 하지 마라. 내 신경 좀 생각해다오. 넌 아주 내 신경을 갈기갈기 찢어놓는구나."

"키티는 정말 생각 없이 기침을 하는구나" 하고 아버지가 말했다. "해선
안 될 때만 한단 말야."

"누군 뭐 재미로 기침하나요" 하고 키티가 발끈해서 대답했다.

"리지 언니, 요다음 무도회는 언제지?"

"보름 후야."

"그래 맞았어" 하고 어머니가 외쳤다. "그런데다 롱 부인은 그 전날까지
도 돌아오지 못할텐데. 그러니 어떻게 소개를 시켜주겠니. 롱 부인 자신도
그 사실을 모르는데 말이다."

"그렇다면 여보, 당신이 선수를 쳐서 롱 부인에게 빙리 씨를 소개시켜 주
구려."

"당치도 않아요. 나도 안면이 없는 사람인데 내가 소개를 해요? 아니, 도
대체 왜 이렇게 사람을 못살게 구는 거예요!"

"글쎄 당신은 역시 조심스럽다니까. 하기야 보름쯤 사귀어봐도 대단할
거야 없지. 보름 동안 사귀어봤다고 해서 사람의 마음을 속속들이 꿰뚫어
볼 수는 없으니까. 그렇지만 우리가 안 하면 다른 사람이 할 게 아니오? 그
런데다 결국은 롱 부인과 그 조카딸들도 나중에야 어찌되든 간에 그를 만
나고 볼 게 아니겠소? 자, 그러니 당신이 나선다면 롱 부인은 이렇게 고마
울 데가 어디 있겠느냐고 생각할거요. 암만 해도 내가 나서야 되겠는걸."

딸들은 아버지를 쳐다보았다. 베넷 부인은 다음과 같이 말했을 뿐이다.

"당치 않아요, 당치 않아!"

"무슨 소리요? 그렇게 딱 잘라서 말을 하다니" 하고 남편이 말했다. "소
개의 형식이라든지 형식의 중요성을 당치 않다고 하는 거요? 그 점은 난 찬

성할 수 없어. 넌 어떻게 생각하니, 메리? 넌 생각이 깊고 어려운 책도 많이 읽은 데다 좋은 대목은 따로 적어놓기까지 하니 말이다."

메리는 아주 재치 있는 말을 하고 싶었으나 어떻게 말해야 좋을지 몰랐다.

"메리가 생각을 가다듬고 있는 동안" 하고 아버지는 말을 계속했다. "빙리 씨 얘기나 다시 합시다."

"빙리 씨 얘긴 싫증이 났어요" 하고 그의 아내가 외쳤다.

"허, 그거 유감인데. 진작 그렇다고 말할 것이지. 그럼 왜 아침엔 그런 말을 하지 않았소? 그런 줄 알았으면 찾아가지도 않았을 텐데. 그거 참. 하지만 실제로 만나본 이상 새삼스럽게 모르는 척할 수야 없지 않소?"

그가 바랐던 대로 여자들은 깜짝 놀랐다. 베넷 부인의 놀라움은 딸들보다 더했다. 그녀는 기쁨에 넘쳐 처음에는 법석을 떨더니, 그 흥분이 가라앉자 처음부터 그럴 줄 알았다고 수선을 피워댔다.

"당신은 정말 좋은 분이에요. 결국 나한테 설득 당할 줄 알았고 말고요. 딸들을 그렇게 사랑하시는데 이런 교제를 소홀히 하실 리가 없지요. 참 잘됐어요. 그런데다 사람도 잘 놀리시고. 아침에 찾아보시고는 여태껏 아무 얘기도 안 하실 수 있어요?"

"자, 키티야, 이젠 네 마음대로 기침하렴" 하고 베넷 씨가 말했다. 이렇게 말한 후, 그는 너무나 좋아서 수선을 떠는 아내를 피해 방을 나가버렸다.

"아버진 참 좋은 분이시지 뭐냐." 문이 닫히기가 무섭게 부인이 말했다. "아버지의 사랑에 너희들이 보답이나 할 수 있을지 모르겠구나. 이 어미한테도 말야. 부모 사랑은 마찬가지거든. 이렇게 나이를 먹고 보면 날마다 새 사람을 만난다는 게 그리 즐거운 일만은 아니란다. 하지만 너희들을 위해서라면 무엇이든지 하겠다. 리디아, 너는 나이가 가장 어리지만 다음 무도회에서는 빙리 씨가 너하고도 춤을 출 거다."

"아이 참" 하고 리디아가 당돌하게 말했다. "문제없어요. 나이는 제가 가장 어리지만 키는 제일 크거든요."

그들은 빙리 씨가 얼마나 빨리 베넷 씨의 방문에 답례를 해올지 과연 언제 그를 자기들의 만찬에 초대할지를 의논하면서 그날 밤을 보냈다.

3

베넷 부인은 다섯 딸들의 도움을 받아 그 문제에 대해서 물을 만큼 물어보았으나, 남편에게서 빙리 씨에 대한 만족할 만한 대답을 얻어내지는 못했다. 그들은 노골적인 질문과 교묘한 가정과 간접적인 추측 등 여러 가지 방법으로 그를 공격하였으나 그는 이러한 모든 술법을 교묘하게 피해갔다. 그래서 결국 그들은 한 다리 건너 이웃에 사는 루카스 경 부인의 보고에 만족하는 수밖에 없었다. 그녀의 보고는 매우 희망적인 것이었다. 윌리엄 루카스 경은 빙리 씨가 마음에 들었던 것이다. 그는 새파랗게 젊고 잘생긴 데다가 싹싹할 뿐만 아니라 다음 모임에는 친구들을 많이 데리고 나오겠다고했다는 것이다. 이렇게 기쁜 일이 또 어디 있으랴! 춤을 좋아한다는 것은 사랑에 빠질 수 있는 첫걸음이었다. 그래서 모두들 빙리 씨의 마음을 사로잡아보겠다는 희망으로 가슴이 부풀었다.

"어떤 애든 네더필드에서 행복하게 사는 걸 볼 수만 있다면" 하고 베넷 부인은 남편에게 말했다. "그리고 다른 애들도 똑같이 시집을 잘 간다면 더이상 바랄 게 없겠어요."

2, 3일 후 빙리 씨는 베넷 씨의 방문에 대한 답례로 그의 집을 찾아와 약 10분 동안 그의 서재에 함께 앉아 있었다. 빙리 씨는 베넷 씨의 젊은 딸의 아름다움에 대해서 이미 많이 듣고 있었기 때문에 그들을 만나게 해주었으면 하는 희망을 품고 있었다. 그러나 그는 그녀들의 아버지밖에 만나지 못했다. 오히려 여자들이 운이 좋았다. 왜냐하면 마침 이층 창문을 통해 밖을 내다보고 있을 때, 그가 파란 웃옷을 입고 검은 말을 탄 모습을 볼 수 있었기 때문이다.

그 후 그들은 곧 파티에 참석해달라는 초대장을 그에게 보냈다. 베넷 부인은 벌써부터 자기의 살림 솜씨를 보여줄 만한 음식을 장만하기 시작했다. 그러나 모든 일을 연기시켜야만 할 회답이 왔다. 빙리 씨는 다음날 아침 시내에 들어가지 않으면 안 되며, 따라서 모처럼의 초대를 받아들일 수 없다는 것이었다. 베넷 부인은 몹시 당황했다. 하퍼드셔에 도착하자마자 그렇게 서둘러 시내에 가다니 대체 무슨 볼일이 있는 것인지 부인은 상상할 수가 없었다. 결국 그가 이곳 저곳으로 옮겨다니다가 안정해야 될 네더필드에서도 끝내 자리잡지 못하게 되는 것이 아닌가 걱정이 이만저만이 아니었다. 그런데 루카스 경 부인이 그녀의 걱정을 덜어주었다. 빙리 씨가 런던으로 간 것은 무도회에 친구들을 많이 모아 가지고 올 작정이기 때문이라는 것이었다. 그러자 얼마 안 되어 빙리 씨가 여자 열두 명과 남자 일곱 명을 모임에 데리고 올 것이라는 소문이 떠돌았다. 딸들은 그렇게 많은 여자들이 오는 것이 걱정되었다. 그러나 무도회 바로 전날 열두 명이 아니라 여섯 명—친누이 다섯 명과 사촌누이 한 명을 런던에서 데리고 왔다는 소리를 듣고는 안심이 되었다. 그리고 막상 일행이 무도회장에 들어왔을 땐 모두 다섯 명―빙리 씨, 그의 두 누이, 그의 큰 매부, 그리고 또 하나의 청년뿐이었다.

빙리 씨는 잘생긴 데다 몹시 신사다워 보였다. 그는 명랑하고 여유 있고 자연스러운 태도의 소유자였다. 그의 누이들은 확실히 상류 계급의 품위 있는 훌륭한 여자들이었다. 매부인 허스트 씨는 그저 신사처럼 보일 뿐이었다. 그러나 그의 친구인 다르시 씨는 얼마 안 가서 온 방안의 주의를 모았다. 날씬하고 큰 키, 잘생긴 얼굴, 고상한 태도, 그리고 그가 이곳에 들어온 지 5분도 안 되어 퍼진 소문 즉, 일년에 1만 파운드의 수입이 있다는 조건들이 바로 그것이었다. 신사들은 그를 두고 사나이답다고 단언하였으며, 부인들은 빙리 씨보다 훨씬 멋지다고 말했다. 그래서 그날 밤의 절반 동안은 그가 인기를 독차지하게 되었다. 그러나 얼마 안가서 그의 인기는 떨어질 수밖에 없었는데, 그의 태도가 그들에게 증오감을 주었기 때문이었다. 그가 비록 다비셔에 막대한 토지와 재산을 가지고 있다고는 하지만 그의 거만하고 불쾌한 태도는 그의 친구인 빙리 씨와 비교할 가치도 없다는 평판을 면할 수 없게 하였다.

빙리 씨는 곧 무도회장의 주요한 사람들과 가까워졌다. 그는 쾌활하고 솔직했으며 매회 마다 춤을 추었고 무도회가 너무 빨리 끝나는 것을 아쉬워했다. 그리고 네더필드에서 자기가 무도회를 베풀겠다고 말했다. 이렇게 온유한 성품은 자연히 남의 눈에 띄게 마련이다. 그의 친구와는 얼마나 대조적인가! 다르시 씨는 한 번은 허스트 부인과 그리고 또 한 번은 빙리 양과 춤을 추곤 다른 여자에게 소개받는 것을 거절해 버렸다. 그리고 나서는 이리저리 거닐다가 이따금 일행 중의 누군가와 이야기하면서 남은 시간을 보냈다. 그의 성격은 이미 결정된 것이었다. 그는 가장 거만하고 가장 기분 나쁜 인물이었으므로 모두들 그가 다시는 오지 않기를 바랐다. 그 중에서도 가장 격렬한 반감을 품은 사람은 베넷 부인이었다. 부인은 그의 태도가 대체로 마음에 들지 않았다. 그러나 이러한 감정은 다르시 씨가 그녀의 딸 가운데 하나를 모욕했기 때문에 더욱 날카로워져서 그녀 특유의 울분으로 변해버렸다.

신사들의 수가 턱없이 부족했기 때문에 엘리자베스 베넷은 두 번이나 춤을 못 추고 앉아 있어야만 했다. 그러다가 다르시 씨가 바로 옆에 서 있었으므로 그가 빙리 씨와 나누는 대화를 엿들을 수 있었다. 빙리 씨는 다르시 씨에게 춤을 추도록 권하기 위해 2, 3분 동안 춤을 멈추고 친구 옆으로 온 것이었다.

"자, 다르시" 하고 빙리 씨가 말했다. "자네도 춤을 추게. 이렇게 멍하니 혼자서 왔다갔다하는 것은 보기 싫네. 춤을 추는 게 좋아."

"그만두겠네. 상대를 잘 알지도 못하면서 춤을 추는 건 싫어. 이런 데에서는 정말 참을 수 없을 것 같네. 자네 누이들은 선약이 있고, 다른 여자들과 함께 추면 벌받는 것만 같고."

"그렇게 까다롭게 굴지 말게" 하고 빙리 씨는 소리쳤다. "정말 오늘밤처럼 유쾌한 여성들을 많이 만난 적은 한 번도 없었어. 자네도 보다시피 눈에 띄게 예쁜 여자들도 많잖아."

"이 방안에 있는 단 한 명의 미인은 자네하고 춤을 추지 않나" 하고 다르시 씨는 베넷 집안의 맏딸을 보면서 말했다.

"응, 저런 미인은 쉽지 않지. 하지만 자네 바로 뒤에 그녀의 동생이 앉아 있네. 동생 역시 얼마나 예쁜데 그래. 상냥하기로도 이루 말할 수 없고 말야. 내가 파트너한테 소개해줌세."

"누구 말야?" 하고 돌아서면서 그는 잠시 엘리자베스를 바라보다가 시선이 부딪히자 시선을 돌리며 냉담하게 말했다. "그만하면 괜찮은 편이군. 하지만 나를 유혹할 만큼 예쁘진 않은데. 더군다나 다른 남자들에게 딱지 맞은 여자의 체면을 세워줄 생각은 추호도 없네. 자네나 어서 파트너에게 돌아가 그녀의 미소를 즐기게. 나하고 같이 있는 건 시간 낭비야."

빙리 씨는 그의 충고에 따랐다. 그러자 다르시 씨는 다른 곳으로 가 버렸다. 엘리자베스는 그에 대한 과히 편치 않은 감정을 품고 제자리에 앉아 있었다. 그러나 그녀는 친구들에게 열심히 이 이야기를 해주었다. 그도 그럴 것이 엘리자베스는 우스운 일이라면 무엇이든 마음에 들어하는, 명랑하고 농담을 좋아하는 기질의 아가씨였기 때문이다.

대체로 그날 밤은 온 가족이 유쾌하게 지냈다. 베넷 부인은 네더필드 일행이 자기 맏딸을 몹시 좋아하는 것을 보았다. 그녀는 빙리 씨와 두 번이나 함께 춤을 추었고 그의 누이들로부터도 각별한 대우를 받았던 것이다. 제인은 이 점에 대하여 어머니보다는 침착한 편이었으나 마찬가지로 만족해했다. 엘리자베스는 제인의 기쁨을 알아차렸다. 메리는 자기가 이 근방에서 가장 교양 있는 소녀라고 빙리 양이 이야기하는 것을 들었다. 캐더린과 리디아는 다행히 파트너를 놓치지 않고 춤을 추었으나, 사실 그들이 무도회에서 기대하는 것은 그게 전부였다. 이쯤에서 그들은 기분 좋게 롱본으로 돌아왔다. 롱본이야말로 그들이 사는 곳이며 그들이야말로 롱본이 필요로 하는 주민이었다. 베넷 씨는 그 때까지 자지 않고 있었다. 그는 책만 손에 쥐면 시간 가는 줄 몰랐다. 그런데다 이번 무도회는 그토록 굉장한 기대를 갖게 했던 만큼 그의 호기심도 대단했다. 그는 오히려 새로 이사 온 사람에 대한 아내의 기대가 실망으로 변하기를 은근히 바라고 있었다. 그러나 그는 얼마 안 가서 기대했던 것과는 전혀 다른 이야기를 듣지 않으면 안 되게 되었다.

"아이, 여보" 하고 방에 들어서며 아내는 말했다. "이렇게 재미있는 밤이 또 어디 있겠어요. 정말 굉장한 무도회였어요. 당신도 가실 걸 그랬어요. 제인이 가장 인기가 좋았는데, 모두들 예쁘다고 그러지 않겠어요! 빙리 씨도 그 애가 좋다고 두 번이나 춤을 췄어요. 생각해보세요, 글쎄. 정말 그 애하고 두 번이나 춤을 췄다니까요. 그분이 두 번이나 청한 건 그 방안에서 그 애뿐이었어요. 처음엔 루카스 양에게 청하더군요. 난 그분이 루카스 양하고 같이 서 있는 것을 보고 마음 졸였지만, 그분은 루카스 양이 전혀 맘에 들지 않았나봐요. 좋아할 사람이 있을 리 없죠. 제인이 차례로 교대하며 춤을 추는 것을 보고 그분은 홀딱 반한 것 같습니다. 그러고는 누구냐고 묻더니 소개를 받고 나서 연이어 두 번이나 그 애한테 춤을 청하더군요. 그리고 세 번째에는 킹 양하고 두 번 추고 네 번째에는 마리아 루카스하고 두 번, 다섯 번째에는 제인하고 다시 두 번 추고, 여섯 번째에는 리지하고, 그리고 불랑제(커드릴 춤의 제5단)는…."

"그 친구가 조금이라도 나를 동정한다면" 하고 그녀의 남편은 짜증이 나는 듯이 외쳤다. "그 절반도 추지 않았을 거요. 제발 그 파트너 얘기는 집어치워요. 첫 번째 출 때 그 친구 발목이라도 삐었으면 좋았을걸."

"여보" 하고 베넷 부인은 계속해서 말했다. "난 그분이 마음에 꼭 듭디다. 어쩌면 그렇게 멋있게 생겼을까! 그리고 그 누이들도 어찌나 우아하던지. 그렇게 화려한 옷은 처음 봤어요. 허스트 부인의 가운에 달린 레이스야말로…."

여기서 부인의 말은 또다시 저지 당했다. 베넷 씨가 화려한 옷에 대한 설명에 반감을 표시했기 때문이다. 그래서 부인은 화제를 바꿀 수밖에 없었다. 그녀는 신랄한 어조로 다소 과장되게 다르시 씨의 무례함에 대해 이야기했다.

"하지만 정말이지" 하고 부인은 덧붙여 말했다. "리지가 그런 사람의 취향에 맞지 않는다고 해서 조금도 손해 볼 것은 없어요. 그렇게 기분 나쁘고 소름 끼치는 사람의 마음에 들었다 해도 좋을 건 하나도 없을 테니까요. 그는 너무 도도하고 잘난 체해서 참을 수 없을 정도였어요. 자기가 제일 잘난 것처럼 여기저기 휘젓고 다니면서 같이 춤출 만큼 내 딸이 예쁘지 않다느니… 당신이 함께 갔더라면 한 번 혼쭐을 내주었을 텐데. 정말 다시는 보기도 싫은 사람이에요."

4

엘리자베스와 단둘이 남게 되자, 그 때까지 빙리 씨를 칭찬하는 데 몹시 조심스러워 했던 제인은 자기가 얼마나 빙리 씨를 사모하고 있는지에 대해 동생에게 말하기 시작했다.

"그분은 정말 모범적인 청년이야" 하고 제인이 말했다. "분별이 있고 시원스러운 데다가 명랑하고. 그런데다 어쩌면 그렇게 몸가짐이 점잖을까! 아주 자연스러웠어. 양가의 자제라 역시 달라!"

"그리고 미남이잖아" 하고 엘리자베스가 대꾸했다. "이왕이면 잘생긴

게 좋잖아. 그러니까 그분의 인격은 완벽한 셈이지!"

"두 번째 춤을 추자고 청했을 땐 정말 기뻤단다. 그런 행운을 얻으리라고 는 꿈에도 생각지 못했거든."

"그래? 난 언니가 그렇게 될 줄 알고 있었어. 하지만 그 점이 언니하고 나하고의 커다란 차이야. 언니는 입에 발린 말을 들으면 놀라지만 난 안 그렇거든. 두 번 춤을 청했다고 해서 이상할 게 뭐 있어? 아마 그분 눈에는 방안의 다른 여자들보다도 언니가 다섯 배는 더 예뻐 보였을 거야. 그런 정도의 친절쯤은 고마울 것도 없어. 하긴 확실히 상냥한 분이긴 해. 그러니까 언니가 그분을 좋아한다면 내가 허락해줄게. 그보다 훨씬 모자라는 사람들도 꽤 많이 좋아한 일이 있잖아, 언니는…."

"얘는!"

"정말 언니는 아무나 금방 좋아한다니까. 남의 결점은 보이지 않는 모양이야. 언니는 이 세상이 다 착하고 좋아 보이지? 언니가 남을 비난하는 것을 여태껏 들어본 적이 없으니까 말야."

"난 너무 쉽게 남을 비난하고 싶지 않거든. 하지만 언제든지 나는 내가 생각한 그대로만 말해."

"그건 나도 알아. 그게 바로 이상하단 말이야. 언니같이 분별 있는 사람이 어떻게 다른 사람들의 어리석고 못난 행동을 보지 못할까! 솔직한 척하는 것은 흔해빠진 거야. 어디서나 볼 수 있지. 하지만 겉치레나 계획성 없이 솔직한 것은—남의 좋은 점만을 취해서 그 이상으로 좋게 생각하고 나쁜 점은 말하지 않는 건—언니 뿐이야. 그분의 누이들도 좋아해? 그녀들의 태도는 빙리 씨만 못해."

"하긴 그랬어, 처음에는 말야. 그렇지만 얘기를 걸어보면 유쾌한 분들이

야. 빙리 양은 오라버니를 모시고 살림을 보살펴준다고 하더구나. 그런 분이 이웃에 오면 얼마나 좋겠니!'

엘리자베스는 잠자코 들었지만 그 말을 그대로 받아들이지 않았다. 무도회에서 그들의 행동은 대체로 유쾌했다고 만은 할 수 없었다. 그녀는 언니보다 관찰력이 뛰어나고 좀처럼 꺾이지 않는 성격이었을 뿐만 아니라, 공치사에 판단을 그르치거나 하는 일도 없었기 때문에 그들을 칭찬할 마음이 들지 않았다. 사실 그들은 기분이 좋으면 싹싹해지기도 하고, 마음만 내키면 남을 기분 좋게 해줄 수도 있는 꽤 괜찮은 여자들이었다. 그렇지만 그들은 거만하고 잘난 체했다. 그녀들은 미인 축에 들며 도회의 일류 사립 학교에서 교육을 받았고 2만 파운드의 재산이 있으면서도 오히려 그 이상을 소비할 뿐 아니라 지위가 있는 사람들하고만 사귀는 습성을 가지고 있었다. 그러니 자연히 모든 점에서 자기들만 좋게 생각하고 남은 깔보는 것이었다. 그들이 영국 북부의 명문 출신이라는 환경은 그들의 기억에 깊은 인상을 남겼다. 사실 그들 동기간의 재산은 상업에 의해서 얻어진 것이었다.

빙리 씨는 아버지로부터 거의 10만 파운드에 달하는 재산을 상속받았다. 그의 아버지는 토지를 살 생각이었으나 생전에 그 뜻을 이루지 못했던 것이다. 빙리 씨도 그럴 생각으로 적당한 주(州)를 물색해보기도 했다. 그러나 그는 이제 훌륭한 집과 장원(莊園)을 선택할 권리가 생겼으므로 그의 안이한 기질을 잘 알고 있는 많은 사람들은 그가 네더필드에서 생애를 보내며 토지를 사는 것은 자식 대에나 맡기지 않을까 생각하였다.

그의 누이들은 그가 자신의 토지를 가졌으면 했다. 그러나 그는 이제 겨우 셋집을 장만한데 지나지 않았고, 빙리 양은 또한 그의 살림을 돌봐주는 것이 싫지만은 않았다. 재산가라기보다는 상류 계급 사람과 결혼한 누이 허스트 부인도 편리할 때엔 빙리의 집을 자기 집같이 생각하는 것이었다. 빙리 씨가 우연한 기회에 네더필드의 집을 보라는 권유를 받고 마음이 솔깃한 것은 성년이 된 지 2년이 채 넘지 않은 때였다. 30분 동안 집안을 둘러본 그는 집의 위치와 주요한 방들이 마음에 들었다. 그런데다 집주인이 집 자랑을 하도 하는 바람에 그는 당장에 그 집을 빌린 것이었다.

성격 면에서 큰 차이가 있음에도 그와 다르시 씨 사이에는 확고한 우정이 지속되었다. 비록 자기와 그다지 큰 대조를 보이는 것 같지 않고 또 다르시 씨가 자신의 기질에 불만을 품은 것같이 보이진 않았을지라도 빙리 씨의 자연스럽고 개방적이고 솔직함은 다르시 씨에게 친밀감을 주었다. 다르시 씨의 변함없는 우정에 빙리 씨는 확고한 신뢰를 가지고 있었고 그의 판단력을 존경했다. 이해력에 있어서는 다르시 씨가 우수했다. 그렇다고 해서 빙리 씨에게 결함이 있는 것은 아니었으나 다르시는 현명했다. 동시에 그는 거만하고 내성적인 데다가 까다로웠다. 그의 태도도 점잖기는 하나 사람들에게 호감을 주지는 못했다. 그 점에 있어서는 그의 친구가 훨씬 유리했다. 빙리 씨는 어디에 나타나든지 사람들이 좋아했다. 반면에 다르시는 늘 다른 사람의 기분을 상하게 만드는 편이었다.

두 사람이 메리턴의 파티에 대해 이야기하는 태도에서도 그 특징이 잘 나타났다. 빙리 씨의 경우 그렇게 유쾌한 사람들과 아름다운 처녀들을 만나본 일이 없었다. 만나는 사람마다 그에게 친절하고 정중했다. 형식을 차릴 것도 없고 어색함도 없이 금방 무도회장의 모든 사람들과 친해진 것같이 느껴졌다. 베넷 양(제인)으로 말한다면 그녀보다 더 예쁜 천사를 상상할 수 없을 만큼 그에게는 예쁘게 보였다. 그러나 다르시 씨의 눈에는 그들은 아름다워 보이지도 않고 품위도 없는 사람들이었다. 그 중의 어느 누구에게도 그는 흥미를 느끼지 못했고, 그들에게서 친절함이나 호의 같은 것을 받지도 못했다. 베넷 양이 예쁘다는 것은 그도 인정했다. 그러나 그의 눈에는 그녀가 지나치게 잘 웃는 것 같았다.

허스트 부인과 그녀의 동생도 그것은 인정했다. 그럼에도 불구하고 그들은 베넷 양을 칭찬하고 좋아했다. 그래서 그녀는 귀여운 처녀이며 좀더 사귀는 데 이의가 없음을 분명히 했다. 베넷 양은 상냥한 처녀라고 결론 지어진 것이다. 동시에 빙리 씨는 이러한 추천으로 해서 베넷 양을 자기 마음대로 생각해도 좋다는 특권을 얻은 것처럼 생각되었다.

5

롱본에서 얼마 멀지 않은 곳에 베넷 씨 가족들과 특히 가까이 지내는 윌리엄 루카스 경이 살고 있었다. 그는 그전에 메리턴에서 상업에 종사하고 있었다. 그곳에서 그는 상당한 재산을 모았으며 시장(市長)을 역임하는 동안 국왕에 대한 극진한 충성으로 기사 작위를 받게 되었다. 그는 이러한 우대를 강하게 느꼈음인지 경영하던 상점과 조그만 시장 가에 있는 주택을 싫어하게 되었다. 그래서 그는 둘 다 버리고 메리턴에서 1마일 가량 떨어진 집으로 가족들과 함께 이사했다. 그 때부터 그 집을 루카스 로지라고 부르게 되었다. 그 집에서 그는 자신의 지위에 대해 유쾌하게 생각하며 가업에 구속됨이 없이 오로지 세상 사람들에게 친절을 베푸는 일에만 전념할수 있게 되었다. 그도 그럴 것이 자기 지위 때문에 의기양양해지기는 했으나 그것으로 인해 그가 오만해지지는 않았기 때문이다. 오히려 그는 누구에게나 정중했다. 타고난 성품이 온화한데다 악의가 없으며 은근했기 때문에 성 제임스(런던의 왕궁)에서의 배알(拜謁)이 그를 더욱 예절바른 사람으로 만든 것이었다. 루카스 부인은 매우 좋은 여자로서 지나치게 약삭빠르지도 않았으므로 오히려 베넷 부인에게는 소중한 이웃이 될 수 있었다. 루카스 경 부부에게도 딸들이 있었다. 스물 일곱 살쯤 된 맏딸은 분별이 있고 지혜로우며 엘리자베스의 친구였다.

루카스 양 자매와 베넷 양 자매가 모여서 무도회 이야기를 하는 것은 당연한 일이었다. 그래서 파티 다음날 아침 루카스 양 자매는 전날 밤의 파티에 관한 이야기를 나누기 위해 롱본으로 찾아왔다.

"그날 밤은 참 시작이 좋았어, 샬롯" 하고 베넷 부인은 자신을 억제하며 상냥한 말투로 루카스 양에게 말했다. "너는 첫눈에 빙리 씨 눈에 들었지."

"네. 하지만 그분은 두 번째 파트너를 더 좋아하는 것 같던데요."

"응, 제인 말이로구나. 그 애하고 두 번이나 추었지. 확실히 끌리는 것 같았어, 사실일 거야. 그런 얘기를 좀 들었거든. 하지만 잘은 모르겠어. 로빈슨 씨가 어쨌다고?"

"제가 그분하고 로빈슨 씨의 얘기를 엿들었다는 것 말씀이죠? 말씀드리지 않았던가요? 로빈슨 씨에게 메리턴 파티가 마음에 드느냐는 등 무도회장에 예쁜 여자들이 많이 있지 않느냐는 등 누가 제일 예쁘다고 생각하느냐는 등 물으시더군요. 그러니까 그분이 마지막 질문에 금방 '물론 베넷 댁 맏딸이지, 그 점에 이의가 있을 리 없네' 라고 대답하시던데요."

"어쩌면! 의심할 여지가 없군 그래. 하지만 결국엔 흐지부지될 거야."

"암만 해도 내가 엿들은 것이 더 뜻이 있겠네, 엘리자(엘리자베스의 애칭)" 하고 샬롯이 말했다. "다르시 씨의 말은 빙리 씨의 말보다 들을 만한 가치가 없으니까. 가엾은 엘리자, 안됐어! '그만하면 괜찮은 편이군' 이라고 했다면서."

"리지가 그분의 냉대 때문에 상심할 얘기는 아예 하지 마라. 정말 기분 나쁘거든. 그런 사람의 마음에 들어보았자 별로 반갑지도 않은 일이야. 어젯밤 롱 부인이 그러는데 그 사람이 바로 옆에 반시간이나 앉아 있으면서도 말 한 마디도 걸어오지 않더라는 구나."

"정말이에요, 어머니? 잘못 들은 말 아니에요?" 하고 제인이 말했다. "다르시 씨가 롱 부인에게 말을 거는 것을 제가 봤는데요."

"그건 롱 부인이 참다못해 네더필드가 마음에 드느냐고 물으니까 대답을 안 할 수가 없었던 거야. 하지만 말을 거니까 화를 내더란다."

"빙리 양이 그러는군요" 하고 제인이 말했다. "그 사람은 여간 친한 사이가 아니면 좀처럼 말을 안 한다고 하더군요. 그렇지만 가까운 사람에겐 여간 상냥하지 않대요."

"곧이 들리지 않는구나. 그렇게 상냥한 사람이라면 롱 부인한테 벙어리 노릇을 했겠니? 나도 짐작이 간다. 오만하기가 이를 데 없다는 구나. 필시 롱 부인이 마차가 없어 무도회에 올 때 세내어 타고 온 얘길 들었을 거야. 그러니까 깔보는 거지."

"롱 부인께 말을 걸지 않은 것쯤이야 어때요?" 하고 루카스 양이 말했다. "하지만 엘리자와 춤을 추었으면 좋았을걸."

"다음에 추렴, 리지야" 하고 베넷 부인이 말했다. "내가 너라면 그런 사람하고는 추지 않겠다."

"걱정 마세요, 어머니. 절대로 그 사람과는 춤을 추지 않을 거예요."

"그 사람의 자존심은…" 하고 루카스 양이 말했다. "흔히 있을 수 있는 오만이라서 제 비위엔 별로 거슬리지 않던데요. 그럴만한 이유가 있으니까 말예요. 가족, 재산, 뭣하나 부러울 게 없는 그런 젊고 훌륭한 젊은 분이 좀 도도한 태도를 보였다고 해서 이상할 건 없잖아요? 이런 식으로 말한다면 그가 자존심을 내세울 만도 하죠."

"그건 그래" 하고 엘리자베스가 대답했다. "그가 내 자존심만 꺾지 않았다면 그분의 자존심도 용서할 수 있어."

"자존심이라는 건…" 하고 자신의 사고가 견실함을 자랑으로 여기는 메리가 말했다. "아주 흔해빠진 감정이에요. 내가 책을 보고 안 거지만 정말 흔한 거예요. 인간의 본성에는 특히 그런 경향이 있거든요. 그래서 현실적인 것이든 상상의 것이든 간에 어떤 특질이 있는 것을 미끼로 자기 만족을 얻지 않는 사람은 거의 없어요. 허영심과 자존심은 다른 거예요. 이따금 같은 뜻으로 쓰이기도 하지만요. 허영심은 없지만 자존심이 강한 사람이 있죠. 자존심이라는 것은 우리 자신의 생각과 관련된 것이지만 허영심이라는 건 남이 나를 이렇게 생각해줬으면 하는 것과 관련된 거예요."

"내가 만일 다르시 씨만큼 돈이 많다면" 하고 누이들과 함께 온 루카스 군이 말했다. "자존심쯤 있으면 어때요? 여우 사냥용 개나 몇 십 마리 정도 기르면서 날마다 포도주 한 병 정도는 마시겠어요."

"그러면 자연히 과음하게 되겠지" 하고 베넷 부인은 말했다. "술 마시는 걸 내가 보면 당장에 술병을 치워버릴 테야."

루카스 군은 그렇게 해서는 안 된다고 우기고 부인은 반드시 그렇게 하겠다고 말을 계속했다. 결국 그 논쟁은 헤어질 때나 되어서야 끝이 났다.

6

롱본의 여자들은 얼마 안 가서 네더필드의 여자들을 방문했다. 그 방문은 어느 정도 성과를 거두었다. 베넷 양의 붙임성 있는 태도는 허스트 부인과 빙리 양의 마음에 들게 되었다. 그들은 비록 그녀의 어머니는 견딜 수 없을 정도이고 동생들은 얘기할 만한 가치가 없다고 생각했지만 위의 두 딸과는 가까워지고 싶다는 희망을 표현했다. 제인은 그 우대를 더할 나위 없이 기쁘게 받아들였지만, 엘리자베스의 눈에 비친 그들은 누구를 대하든지 간에 오만하게 보였으며 자기 언니한테도 예외가 아니었다. 이런 이유로 엘리자베스는 그들을 좋아할 수가 없었다. 제인에게 친절한 것도 그저 빙리가 제인을 좋아하기 때문에 자기들도 그 영향을 받은 데에서 생긴 결과에 불과했다. 그들을 만나면 빙리가 제인을 좋아한다는 것을 알 수 있었다. 그리고 엘리자베스도 언니가 처음부터 빙리에게 호감을 가졌으며 그 감정에 푹 빠져, 그를 열렬히 사랑하고 있음을 직감할 수 있었다. 그러나 엘리자베스가 기쁘게 생각하는 것은, 언니가 감정에는 약하지만 침착한 성격과 한결같이 쾌활한 태도를 겸하고 있어서 그 점이 말 많은 사람들의 의심을 막고 있었기 때문에, 이 일이 세상 사람들에게 탄로 나지 않았다는 사실이었다. 그녀는 이것을 친구인 루카스 양에게 얘기했다.

"하긴 그렇게 세상을 속이는 것이 재미있을지도 모르지" 하고 샬롯은 대답했다. "하지만 그렇게 감쪽같이 남의 눈을 속일 경우 불리할 때도 있거든. 만일 여자가 자기 애정을 그 상대방에게 똑같은 방법으로 교묘하게 감춘다면 그 사람을 붙잡을 기회를 놓칠지도 몰라. 그렇게 된 뒤에 비로소 이 세상도 별수 없는 우울한 곳이로구나 하고 생각해봤자 그다지 위로 받을 수가 없을 거야. 어떤 형태의 애정 속에든 감시와 허영의 요소가 깃들여 있기 때문에 그대로 내버려둔다는 건 마음을 놓을 수 없는 일이야. 우리는 누구나 다 자유롭게 사랑을 시작할 수 있어. 누군가를 이렇다 할 자극 없이 사랑을 할만큼 열성적인 사람은 거의 없거든. 그래서 여자는 자기가 느끼고 있는 것보다 훨씬 많은 애정을 표현하지 않으면 안 돼. 빙리 씨는 확실히 네 언니를 좋아해. 그러나 언니가 빙리 씨에게 아무런 자극도 주지 않는다면 좋아하는 것 이상으로 발전할 수는 없을 거야."

"하지만 언니 딴에는 나름대로 최선을 다해서 그분께 호의를 보이고 있거든. 나도 그것을 알아챌 수 있는데 빙리 씨가 모른다면 확실히 바보지."

"그렇지만, 엘리자, 빙리 씨는 너만큼 제인의 성격을 잘 모르잖니?"

"하지만 어떤 여자가 남자에게 마음을 두었을 때 구태여 그것을 감추려고만 하지 않는다면 남자가 못 느낄 리가 없어."

"그야 여자를 아주 자세히 관찰한다면야 알 수 있겠지. 하지만 빙리 씨와 제인은 자주 만나기는 해도 몇 시간씩 같이 있어 본 일이 없는 데다 늘 여러 사람들이 들끓는 곳에서 보니 긴 대화를 나눌 시간은 없었잖아. 그러니까 제인은 그분의 주의를 끌 수 있도록 단 반시간만이라도 잘 이용한다면 마음먹은 대로 애정을 나눌 수 있을 거야."

"좋은 계획인데" 하고 엘리자베스가 대답했다. "단지 결혼을 목표로 한다면 그 방법도 좋겠지. 만일 돈 있는 남편이나, 좌우간 단지 남편만을 얻을 결심이라면 나도 그런 방법을 쓰겠어. 하지만 제인의 감정은 그게 아니거든. 언니는 계획에 의해 움직이는 사람이 아니야. 지금 언니는 그분한테 느끼고 있는 애정의 정도도 확실히 모를 뿐만 아니라 또 그것이 온당한 것인지도 모르고 있어. 겨우 보름 동안 사귀었을 뿐이니까. 춤이라곤 메리턴에서 네 번 함께 추고 그분 댁에서 아침에 한 번 만났을 뿐, 같이 식사를 했다 곤 하지만 네 번뿐이거든. 언니가 그분을 어느 정도 이해하는데 이것만으로는 결코 충분치 못해."

"그 말도 일리가 있어. 단지 식사를 한 것뿐이라면 그분의 식욕이 어떤가 알아낸 정도에 그쳤겠지. 하지만 나흘 밤이나 같이 보냈다는 걸 잊어서는 안돼. 아니 나흘 저녁이면 충분하지."

"그래, 하지만 나흘 밤을 함께 지내면서 안 것은 빙리 씨와 언니가 둘 다 커머스(카드놀이의 일종)보다 벙탕(카드놀이의 일종)을 더 좋아한다는 것뿐이겠지. 다른 중요한 특징에 대해서는 별로 알아낸 것이 없는 모양이야."

"아무튼," 하고 샬롯이 말했다. "난 진심으로 제인이 잘되기를 빌 뿐이야. 그리고 만일 내가 당장 그분하고 결혼한다 하더라도 일년 동안 그분의 성격을 연구한 것 못지 않게 행복해질 수 있다고 믿어. 결혼에 있어 행복이라는 것은 인연이 좌우하거든. 두 사람이 결혼 전에 서로를 잘 안다고 해서 그것이 두 사람의 행복을 증가시켜주진 못해. 나중에 가서는 차츰 어긋나서 곤란한 일이 생기거든. 엘리자도 일생을 함께 지내려는 사람의 결점은 될 수 있는 대로 아는 게 좋아."

"웃기지마, 샬롯. 그건 옳지 못해. 옳지 못하다는 건 샬롯도 잘 알고 있잖아. 더구나 자신의 일이라면 그렇게 하지는 않겠지."

언니에 대한 빙리 씨의 태도를 관찰하는 데 열심이었기 때문에 엘리자베스는 자기가 그의 친구의 눈에 점점 흥미의 대상으로 바뀌어가고 있는 것을 모르고 있었다. 다르시 씨는 처음엔 엘리자베스를 두고 예쁘다고 생각지 않았다. 그래서 그녀를 무도회에서 보았을 때도 그다지 감탄하지 않았다. 그리고 그 다음에 만났을 때에는 그녀의 결점을 들추어내기 위해 바라본 것뿐이었다. 그러나 그 여자의 얼굴이 별로 예쁘지 않다고 생각하며 친구에게도 그 점을 확인하는 순간, 그녀의 까만 두 눈이 떠올랐고 그 얼굴이 아름다운 표정으로 인해 유달리 총명해지는 것을 발견했다. 그러나 이러한 발견에 뒤이어 눈에 띈 다른 것들이 그의 비위를 건드렸다. 그는 예리한 눈으로 여자의 모습이 완벽한 균형의 미를 갖추지 못했음을 꿰뚫어 보았지만 그녀의 맵시가 경쾌하고 기분이 좋은 것만은 인정하지 않을 수 없었다. 그리고 자기 입으로 그녀의 예의 범절이 유행에 뒤진 것이라고 주장했음에도 불구하고 그 명랑하고 자연스러운 품위에 마음이 끌렸다. 이런 것을 그녀는 전혀 모르고 있었다. 엘리자베스에게 있어 다르시 씨는 어디서나 남의 호의를 거절하고 거만하며 자기를 춤추는 상대자로서 예쁘지 않다고 말했던 남자라고 밖엔 생각하고 있지 않았다.

다르시 씨는 좀 더 엘리자베스에 대해 알고 싶어졌다. 그래서 말을 걸기 전에 우선 그녀가 다른 사람들과 이야기하는 것을 엿들었다. 그의 이러한 행동이 엘리자베스의 주의를 끌었다. 그곳은 윌리엄 루카스 경의 저택이었는데 굉장한 파티가 있었던 것이다.

"다르시 씨가 무슨 생각으로 그러는지 모르겠어" 하고 엘리자베스는 샬롯에게 말했다.

"내가 포스터 대령하고 얘기하는 걸 엿듣고 있잖아!"

"그거야 다르시 씨만이 대답할 수 있는 문제지."

"그렇지만 자꾸 그러면 그가 왜 그러는지 내가 다 알고 있다고 말해 줄 테야. 마치 빈정거리는 듯한 시선이거든. 그러니까 이쪽에서 다소 무례하게 나가지 않으면 점점 더 신경이 쓰일 거야."

그러자 그 때 다르시 씨가 가까이 다가왔다. 그러나 별로 이야기할 의향은 없는 것같이 보였다. 루카스 양이 아까 말한 대로 할 수 있겠느냐고 엘리자베스에게 물었다. 그러자 엘리자베스는 용기를 내어 다르시 씨를 향해 말했다.

"저, 다르시 선생님, 제 얘기 솜씨 어땠어요? 포스터 대령님께 메리턴에서 무도회를 열어달라고 졸랐거든요."

"굉장한 기세시군요. 그런 일은 여자들에게 항상 기운을 나게 하는가 봅니다."

"너무 가혹한 말씀을 하시는 군요."

"이젠 엘리자가 성가시게 됐는걸" 하고 루카스 양이 말했다. "내가 피아노를 열지, 엘리자. 그 뒤엔 어떻게 해야 하는지 알지?"

"정말이지 친구치곤 이상한 친구라니까. 덮어놓고 아무 앞에서나 피아노를 치라거나 노래를 부르라고 하니. 만일 내 허영심이 음악 쪽으로 흘렀다면 샬롯은 정말 고마운 친구였을 거야. 하지만 나는 그렇지 못해. 일류 연주가들의 음악만 듣던 분들 앞에서 내 솜씨를 보인다는 것은 정말 괴로운 일이야." 그러나 루카스 양이 고집을 부리자 그녀는 말했다. "그럼 좋아. 정말로 해야 된다면 하지, 뭐." 그러고는 엄숙한 얼굴로 다르시 씨를 힐끔 쳐다보며 덧붙여 말했다. "좋은 속담이 있죠. 여기 계신 분들은 다 잘 아실 거예요. '죽을 식히기 위해 숨을 죽여라.' 그럼 노래 소리를 높이기 위해서 숨을 죽이겠어요."

그녀의 노래는 물론 훌륭하다 할 수 없었지만 듣기엔 좋았다. 노래를 한두 곡 부르자 또 한 번 부르라는 몇 사람의 간청이 있었다. 그러나 대신 메리가 얼른 피아노 앞에 앉았다. 메리는 가족 중에서 가장 평범한 존재였으며 학식과 교양을 쌓기 위해 열심히 공부만 했기 때문에 언제나 그것을 남에게 발표하지 못해 안달이었다. 메리에겐 타고난 재능이나 취미도 없었다. 단지 그녀의 이러한 허영심이 열성을 부추겼지만, 그것은 또한 잘난 척하고 뽐내는 태도의 근원이 되어 오히려 본래의 장점까지도 손상시키는 것이었다. 엘리자베스는 비록 피아노를 메리보다 잘 치진 못했지만 모두들 즐겁게 들어주었다. 반면에 메리는 긴 협주곡을 연주한 뒤에 스코틀랜드와 아일랜드의 가곡을 연주하여 칭찬과 감사를 받고 기뻐했으나, 사실 그 가곡들은 동생들이 청한 것이었고, 그들은 루카스 집안 사람들과 두서너 명의 사관들과 함께 한 쪽 방에서 열심히 춤을 추고 있었다.

다르시 씨는 말 한 마디 없이 무의미하게 저녁 시간을 보내는 것에 화가 나서 그들 옆에 서 있었다. 그리고 너무 자기 생각에만 열중해 있었기 때문에 윌리엄 루카스 경이 자기 옆에 다가와 있는 것조차 모르고 있었다.

"젊은 사람들에게 춤이란 참 즐거운 오락입니다. 그렇지 않습니까? 다르시 씨! 결국 춤만큼 좋은 게 없군요. 전 춤이 세련된 사교의 극치라고 생각합니다."

"그렇습니다. 그런데다 과히 세련되지 못한 사회에서도 유행할 수 있으니까요. 야만인도 춤은 출 줄 알거든요."

윌리엄 경은 그 말에 미소를 띠다가 빙리 씨가 그들에게 한 몫 끼는 것을 보자 잠시 후 말을 계속했다.

"친구 되시는 분께서 춤을 잘 추시는데요. 그리고 다르시 선생도 이 방면에는 아주 능란하잖소, 다르시 씨?"

"제가 메리턴에서 춤추는 걸 보셨군요?"

"네, 그 때는 참 유쾌했습니다. 세인트 제임스에서는 가끔 춤을 추십니까?"

"안 춥니다."

"그런 장소에서 춤을 추는 것이 그곳에 어울리는 경의(敬意)의 표현이라고 생각지 않습니까?"

"피할 수만 있다면 그러한 경의의 표현은 아무 데에서도 쓰고 싶지 않습니다."

"댁은 시내에 있습니까?"

다르시 씨는 고개를 끄덕였다.

"나도 한 때는 시내에 자리잡아 볼 생각을 했었죠. 점잖은 사람들과 교제도 해보고 싶었으니까요. 하지만 런던의 공기가 내 아내의 건강에 맞는지 어떤지 자신이 없었어요."

그는 대답을 기다리며 말을 중단했다. 그러나 다르시 씨는 대답할 생각이 없었다. 그런데 엘리자베스가 마침 그들이 있는 곳으로 걸어왔기 때문에 윌리엄 경은 친절을 베풀 생각으로 그녀에게 말을 걸었다.

"아니, 엘리자 양, 왜 춤을 추지 않으시죠? 다르시 씨, 제가 이 규수를 소개해드리죠. 좋은 파트너가 되실 겁니다. 이런 미인이 앞에 계신데 설마 거절하지는 않으시겠죠." 그러면서 윌리엄 경은 그녀의 손을 잡아 다르시 씨에게 넘겨주려고 했다. 그러자 다르시 씨는 깜짝 놀랐으나 싫지는 않았다. 이 때 엘리자베스가 갑자기 손을 빼고 어리둥절해서 윌리엄 경에게 말했다.

"전 춤추고 싶은 생각이 없는데요. 춤출 상대를 구하려고 여기에 온 게 아니에요. 그렇게 생각하셨다면 오해세요."

다르시 씨는 정중하게 예의를 갖춰 춤을 추자고 간청했으나 소용없었다. 엘리자베스는 단단히 결심하고 있었기 때문에 윌리엄 경이 설득시키려 애써도 그녀의 결심을 바꿀 수는 없었다.

"엘리자 양, 당신의 아름다운 자태를 구경하고 싶어서 그러는데 거절하시다니 너무 하시는군요. 춤을 그렇게 잘 추시면서 말입니다. 이분도 오락을 별로 좋아하는 편은 아니지만 우리들을 위해 반 시간쯤은 기꺼이 상대해 주시리라고 생각합니다."

"다르시 선생님은 얼마나 공손하시다고요" 하고 엘리자베스는 미소지으며 말했다.

"그야 사실이죠. 그렇지만 마음을 끄는 상대자 앞에서 다르시 씨가 공손한 것도 무리는 아니죠. 이렇게 훌륭한 파트너를 거절할 리가 있습니까."

엘리자베스는 능청을 부리며 그를 외면했다. 신사의 마음속에서 여자의 이러한 반항적인 태도는 결코 여자의 가치를 손상시키는 이유가 되지는 않았다. 그는 오히려 만족스런 기분으로 엘리자베스를 생각하고 있었다. 그때 빙리 양이 다음과 같이 말했다.

"무얼 생각하고 계신지 알아 맞춰 볼까요?"

"모르실 텐데요."

"이런 식으로 며칠씩이나 보내야 한다는 것은 참을 수 없다고 생각하셨죠? 이런 사람들 사이에서 말씀이에요. 저도 동감이에요. 이렇게 지긋지긋해 본 적은 없었어요. 멋없고 시끄럽고 모두들 보잘 것 없으면서 허세들만 부려요. 선생님의 혹평을 좀 들려주세요!"

"잘못 추측하셨는데요. 저는 좀더 기분 좋은 일을 생각하고 있었습니다. 어여쁜 여자의 얼굴 가운데에서도 아름다운 두 눈이 던져주는 아주 유쾌한 일을 생각하고 있었습니다."

빙리 양은 그의 얼굴을 뚫어지게 바라보며 어떤 여자가 그러한 명상의 영예를 얻었는지 궁금하다는 표정을 지었다. 다르시 씨는 거리낌없이 그 여자의 이름을 말했다.

"엘리자베스 베넷 양."

"엘리자베스 베넷 양이라고요!" 하고 빙리 양은 되풀이해서 말했다. "정말 놀랍군요. 언제부터 그녀가 마음에 드셨나요? 그럼 축하의 말씀은 언제 드려야 할까요?"

"그렇게 물으실 줄 알았습니다. 여자의 상상력은 대단히 풍부하군요. 삽시간에 감탄이 연애로, 연애가 결혼으로 발전하다니 말입니다."

"아니, 그렇게 심각하게 말씀하신다면 일은 다 결정된 것 같은데요. 장모님 되실 분도 좋은 분이시겠다, 언제고 같이 펨벌리에 갈 수 있겠군요."

그녀가 이렇게 혼자 흥분해서 떠드는 말을 다르시 씨는 전혀 무관심하게 듣고 있었다. 이러한 다르시 씨의 태연한 모습이 더욱 그녀에게 확신을 주었기 때문에 재치 어린 그녀의 말은 끝날 줄을 몰랐다.

7

베넷 씨의 재산은 일년에 겨우 2천 파운드 정도였으나 남자 상속인이 없었기 때문에 딸들에게는 불행하게도 먼 친척에게 양도하게 되어 있었다. 베넷 부인의 재산이라야 그녀 혼자 쓰기에는 충분했지만 남편을 도울 만큼 충분하지는 못했다. 그 재산은 메리턴에서 변호사로 지냈던 그녀의 아버지가 그녀에게 남겨준 4천 파운드였다.

부인에게는 전에 아버지 밑에서 서기 노릇을 하다가 그 뒤 그 일을 물려받은 필립스라는 사람과 결혼한 여동생과, 런던에 자리잡고 상당한 사업을 하고 있는 에드워드라는 남동생이 있었다.

롱본의 마을은 메리턴에서 1마일밖에 떨어져 있지 않아서 젊은 여자들이 외출하기에 편리한 거리에 있었는데, 그들은 메리턴에 가고 싶은 생각이 나면 보통 일주일에 서너 번씩 이모나 또 바로 건너편에 있는 부인용품 상점에 들르곤 했다. 특히 집안에서 제일 어린 캐더린과 리디아는 다른 식구들보다 자주 방문했다. 그들은 언니들보다 나이도 어린데다 별다른 일 없을 때는 메리턴에 소풍 삼아 다녀오면 아침 시간을 재미있게 보낼 수 있을 뿐 아니라 얘깃거리가 생겨 저녁에 즐거운 시간을 보낼 수도 있다. 대체로 시골이라는 데에는 이렇다 할 세상 소식이 잘 돌지 않는 곳이라 그들은 이모한테서 그런 이야기를 듣고 오곤 했다. 사실 요즘은 근방에 의용군 연대가 도착해서 많은 이야기 거리가 생겼으므로 심심치 않았다. 메리턴이 본부인 그 연대는 겨우내 머물러 있을 예정이었다.

필립스 부인을 방문한 리디아와 캐더린은 매우 흥미 있는 정보를 가져왔다. 날마다 사관들의 이름과 그들의 관계에 대해 아는 것이 늘어난 것이다. 사관들의 숙사도 오랫동안 비밀로 남아 있을 수는 없었다. 결국 그들은 직접 사관들과 아는 사이가 되었다. 이는 필립스 씨가 사관들을 일일이 찾아다니는 통에 그것을 계기로 그 때까지 몰랐던 것을 알아낼 수 있었다. 그들은 사관들 이외의 이야기는 전혀 하지 않았다. 빙리 씨의 막대한 재산에 대한 이야기가 나오면 어머니에겐 청량제가 되었지만 딸들의 눈에는 그것이

기수(旗手)의 군복에 비길 만한 하등의 가치조차 없었다.

어느 날 아침, 그들이 이 화제에 대해 떠들어대는 것을 들은 베넷 씨는 못마땅한 듯이 말했다.

"너희들 얘기하는 걸 들어보니까 세상에서 제일 어리석은 사람은 바로 너희들인 것 같아. 예전에도 그렇게 생각은 했지만 지금 다시 그것을 확인했다."

캐더린은 어리둥절해서 아무 대답도 하지 못했다. 그러나 리디아는 조금도 개의치 않고 카터 대위에 대해 한참 칭찬하더니, 다음날 아침 대위가 런던으로 떠나기 때문에 그날 중으로 대위를 만나고 싶다고 했다.

"어이가 없군요" 하고 베넷 부인이 말했다. "당신은 거침없이 당신 자식을 바보 취급하시는군요. 만약 내가 다른 집 애들을 소홀히 생각했다면 그건 내 자식이 아니기 때문에 그럴 수 있는 거예요."

"아무리 내 자식이라도 바보 같다면 그것을 알아야 되지 않소?"

"그래요. 하지만 사실 우리 애들은 다 똑똑한 애들이거든요."

"아무래도 그것이 우리 둘의 의견이 틀어지는 점 같소. 우리들의 생각이 모두 같았으면 했더니 끝의 딸 둘이 바보라는 점만은 당신 생각하고 일치하지 않는구려."

"여보, 아직 애들인데 어른들같이 철들기를 바라면 되나요? 그 애들도 우리 나이가 되면 사관 생각은 안할 거예요. 나도 전엔 빨간 옷을 좋아하던 때가 있었어요. 아직도 마음속으로는 좋아하죠. 일년에 5, 6천 파운드의 수입이 있는 멋있는 젊은 사관이라면 딸들 중에 원하는 애가 있어도 거절하진 않겠어요. 전날 밤 윌리엄 경 댁에서 군복을 입은 포스터 대령의 모습은 정말 근사하더군요."

"어머니" 하고 리디아가 외쳤다. "이모가 그러시는데 포스터 대령과 카터 대위는 처음에 오셨을 때만큼 왓슨 양에게는 잘 안 가고 요즘은 클라크 서점에를 자주 가신대요."

부인이 대답을 하려다 하인이 베넷 양에게 온 편지를 들고 들어오는 바람에 중단하였다. 그것은 네더필드에서 보낸 것인데 하인이 회답을 기다리고 있다고 했다. 베넷 부인의 눈은 기쁨으로 빛났다. 딸이 편지를 읽고 있는 동안 부인은 계속 물어보았다.

"얘, 제인아, 누구한테서 왔니? 뭐야? 뭐라고 썼어? 어서 좀 말해보렴. 어서!"

"빙리 양한테서 왔어요" 하고 제인은 말했다. 그러고는 소리를 내어 편지를 읽기 시작했다.

친애하는 벗에게

만일 당신이 루이자와 나를 동정해서 함께 식사에 참석해주지 않으면 우리 둘은 앞으로 평생 서로 미워하게 될 거예요. 하루 온종일 여자 둘이 마주보고 앉아 있으면 결국 싸움을 하고 말 테니까요. 편지를 받는 즉시 와 주시면 고맙겠어요. 오빠하고 다른 남자들은 사관들과 식사하기로 했어요. 총총.

캐롤라인 빙리

"사관들하고 말이죠!" 하고 리디아가 외쳤다. "그런데 이모는 왜 그 이야기를 하지 않으셨을까?"

"밖에서 식사를 한다니 안됐구나" 하고 베넷 부인은 말했다.

"마차를 타고 가도 좋아요?" 하고 제인이 물었다.

"아니, 비가 올 것 같으니까 말을 타고 가렴. 그렇게 되면 밤을 거기서 지내게 되지 않겠니."

"그건 교묘한 수단이군요" 하고 엘리자베스가 말했다. "저쪽에서 언니를 돌려보내려 하지 않는다면요."

"응. 하지만 남자들이 메리턴에 가는데 빙리 씨의 마차를 쓸 게 아니냐. 그런데다 허스트 댁에서는 자기들 마차를 끌 말이 없잖니."

"그러면 코치(대형마차)로 갈까요?"

"하지만 아버지께서 말을 내주시지 않을 게다. 밭에서 필요하시거든. 여보, 안 그래요?"

"내가 쓰는 것보다 밭에서 더욱 필요한 것은 사실이란다."

"아버지께서 오늘 말을 쓰신다면" 하고 엘리자베스가 말했다. "어머니의 목적은 이루어지는 셈이죠."

엘리자베스는 마침내 아버지에게 마차를 끌고 갈 말은 밭에서 써야한다고 말해달라고 졸랐다. 그래서 결국 제인은 말 등에 올라타고 가지 않으면 안되었다. 날씨가 나빠지길 기대하면서 기분 좋게 어머니는 문까지 딸을 배웅했다. 제인이 떠난 지 얼마 안 되어 비가 퍼붓기 시작했던 것이다. 동생들은 언니를 걱정했다. 그러나 어머니는 자기의 희망이 이루어진 것을 기뻐하였다. 제인이 돌아올 수 없는 것은 확실했다.

"내 생각이 옳았어" 하고 베넷 부인은 마치 자기가 비를 내리게 한 것처럼 되풀이해서 말했으나 그녀의 기쁨이 최고조에 달한 것은 다음날 아침이었다. 아침 식사를 끝내자마자 네더필드로부터 하인이 엘리자베스에게 편지를 가지고 온 것이다.

리지에게

오늘 아침에는 몸이 몹시 좋지 않아. 어제 비를 흠뻑 맞아서 그런 것 같아. 이
곳의 친구 들이 친절하게도 다 나을 때까지는 가지 못하게 하는구나. 존스 선
생에게 보이자고 까지하거든. 그러나 그분이 오신다고 해서 놀랄 건 없다. 목
이 아프고 두통이 나서 그렇지 별로 대단하지는 않으니까.—언니가

엘리자베스가 소리내어 편지를 다 읽자 베넷 씨가 말했다.

"여보, 당신 딸이 위험한 병에 걸려 죽기라도 해야 당신 속이 시원하겠
소. 그게 다 당신이 빙리 씨에게 쫓아가도록 했기 때문이오."

"원, 죽긴 그애가 왜 죽어요. 감기 좀 들었다고 죽나요? 잘 돌봐줄 테죠.
거기 있는 동안은 괜찮을 거예요. 마차 준비가 되면 내가 얼른 가봐야 되겠
어요."

엘리자베스는 정말 걱정이 되어 마차는 없었지만 언니를 만나러 가야겠
다고 결심했다. 그녀는 말을 탈 줄 몰랐기 때문에 걸어갈 수밖에 없었다.
그녀는 자기의 결심을 말했다.

"어리석은 소리 그만해라" 하고 어머니가 꾸짖었다. "진흙 구덩이 속을
걸어간단 말이냐? 거기 가서 그 꼴을 누구한테 보이려고."

"언니야 만나볼 수 있겠죠. 제가 원하는 건 그것뿐이에요."

"리지야, 그건 아비 들으라고 하는 소리 같구나" 하고 아버지가 말했다.
"말을 끌어오란 말이지?"

"아녜요. 전 걷는 게 좋아요. 꼭 가야 할 경우엔 길이 좀 먼 것쯤은 아무
것도 아녜요. 3마일밖에 안 되는데요 뭐. 저녁때까지는 돌아올게요."

"언니가 그토록 인정이 깊은 데에는 나도 감탄하겠어" 하고 메리가 말했

다. "하지만 모든 충동적인 감정은 이성에 의해 통제돼야 해요. 내 의견으로는 모든 노력은 그것을 필요로 하는 것과 정비례해야 된다고 봐요."

"저희들도 메리턴까지 같이 가겠어요" 하고 캐더린과 리디아가 말했다. 엘리자베스는 그들과의 동행을 승낙했다. 그래서 세 자매는 함께 출발했다.

"서둘러서 가면" 하고 리디아가 걸으면서 말했다. "어쩌면 카터 대위가 떠나기 전에 만날 수 있을지도 몰라요."

메리턴에서 그들은 헤어졌다. 둘은 어떤 사관 부인의 숙소로 갔다. 엘리자베스는 혼자 계속해서 걸었다. 빠른 걸음으로 밭고랑을 여러 개 지나고 조급한 마음으로 재빠르게 울타리의 계단과 웅덩이를 뛰어넘어 드디어 그 집이 보이는 곳에 이르렀을 때에는 복사뼈가 시큰거렸고 양말은 더러워졌으며 얼굴은 열기로 화끈거렸다.

엘리자베스는 아침 식사를 하고 있는 방으로 안내되었다. 그 곳에는 제인을 제외한 모든 사람들이 모여 있었는데 엘리자베스가 나타나자 모두들 깜짝 놀랐다. 이렇게 길이 질척거리는 궂은 날씨에 혼자서 3마일이나 되는 새벽길을 걸어왔다는 것이 허스트 부인과 빙리 양에게는 믿어지지 않을 정도였다. 그래서 엘리자베스는 그것 때문에 그들이 자기를 경멸하고 있다고 생각했다. 그러나 그들은 아주 공손히 그녀를 맞았다. 그 집 남자들은 공손할 뿐만 아니라 상냥하고 친절했다. 그러나 다르시 씨는 거의 아무 말도 하지 않았고 허스트 씨도 전혀 말이 없었다. 다르시 씨는 빨갛게 상기된 엘리자베스의 얼굴을 보고는 빛이 난다고 칭찬했을 뿐, 그녀 혼자서 이렇게 먼 곳까지 온 것이 잘한 일인가 아닌가를 생각하느라 별로 말을 하지 않았다. 허스트 씨는 아침 먹을 생각만 하고 있었다.

엘리자베스는 언니의 증세에 대해 물어보았으나 그들의 대답은 시원치 않았다. 제인은 간밤에 잠을 잘 이루지 못했으며 일어나 있기는 하나 열이 심하여 방에서 나올 수가 없다는 것이었다. 엘리자베스는 즉시 언니에게 안내되었다. 동생을 보자 제인은 무척 기뻐했다. 그녀는 다만 가족들을 놀라게 하여 그들에게 걱정을 끼칠까 두려워 이렇게 찾아줄 것을 은근히 바랐으면서도 편지에는 그런 말을 쓰지 못했던 것이다. 그러나 그녀는 말을 길게 하지는 못했다. 단지 빙리 양이 자매를 남겨두고 나가자 제인은 그들이 자기를 얼마나 친절하게 보살펴주는지에 대하여 말할 뿐 다른 말은 없었다. 엘리자베스도 잠자코 그녀를 간호했다.

아침 식사가 끝나자 그들은 모두 함께 모였다. 그들이 깊은 애정과 염려를 제인에게 보여주는 것을 보고 엘리자베스도 그들이 점점 좋아지기 시작했다. 곧 의사가 왔다. 그는 환자를 진찰한 후 그들이 예상한 대로 지독한 감기에 걸렸으니 정성껏 간호해서 낫도록 해야 한다고 말하면서 침대로 돌아가라고 충고하고, 그녀에게 약간의 물약을 주겠다고 했다. 그녀는 곧 그의 지시대로 따랐다. 열병의 증세가 더 악화되어 머리가 몹시 아팠기 때문이다. 엘리자베스는 잠시도 그 방을 떠나지 않았고 다른 여자들도 거의 자리를 비우는 일이 없었다. 남자들이 외출했으므로 사실 다른 방에 가더라도 할 일이 없었던 것이다.

8

5시가 되자 엘리자베스와 빙리 양은 옷을 갈아입기 위해 그 방을 나왔다. 그리고 엘리자베스는 6시 30분에 만찬에 참석했다. 그 때 그녀는 예의 바른 질문들을 많이 받았는데, 특히 빙리 씨가 제인에게 유난히 마음을 쓰고 있는 것 같아 기뻤지만 시원한 대답을 해주진 못했다. 제인의 병세가 조금도 차도가 없었기 때문이다. 그 말을 듣자 그 집 자매들은, 자기들이 제인 때문에 얼마나 마음 아파하는가, 독감에 걸린다는 것이 얼마나 소름끼치는 일인가, 병을 앓는다는 것이 얼마나 괴로운 일인가를 서너 번 되풀이해 말했을 뿐 그 이상은 그녀에 대해 생각지 않았다. 직접 눈앞에 없을 때 제인에 대한 그들의 무관심은 엘리자베스로 하여금 처음과 마찬가지로 그들을 서로 미워하게 만들었다.

그들 가운데에서 그녀가 어느 정도 흡족한 마음으로 바라볼 수 있는 사람은 빙리 씨 뿐이었다. 빙리 씨는 분명히 제인을 걱정하고 있었고 엘리자베스 자신에게도 정중했으므로 무척 기분이 좋았다. 다른 사람들이 엘리자베스의 존재를 불편하게 여기고 있을 것이라는 사실을 빙리 씨도 잘 알고 있었기 때문에 그녀 쪽에서 새삼스럽게 마음을 쓰지 않아도 되었던 것이다. 빙리 씨를 제외하고는 아무도 엘리자베스에게 주의를 기울이지 않았다. 빙리 양은 오직 다르시 씨에게 정신이 팔려 있었고 그녀의 언니도 마찬가지였다. 허스트 씨로 말할 것 같으면 엘리자베스가 자기 옆에 앉아 있어도 오로지 먹고 마시고 카드놀이를 하는 데에만 정신이 팔려 있는 게으른 남자였으므로 엘리자베스가 라구(고기와 야채로 만든 스튜)보다 신선한 요리를 좋아한다는 것을 알았을 땐 그것에 대한 화제 이외에는 별로 얘기를 하지 않았다.

만찬이 끝나자 엘리자베스는 곧 제인에게로 돌아갔다. 그녀가 방을 나가자마자 빙리 양은 그녀에 대한 험담을 늘어놓기 시작했다. 엘리자베스는 태도도 좋지 않은 데다 자존심과 오만이 뒤섞여 있으며, 말솜씨라든지 품위라든지 아름다움이라든지 뭐하나 갖춘 게 없다는 것이었다. 허스트 부인도 같은 생각이었으므로 다음과 같이 덧붙여 말했다.

"결국 그 애는 걸음을 잘 걷는다는 것 외엔 볼 게 없어. 오늘 아침에 그 꼴은 또 뭐람? 평생 잊혀지지 않을 거야. 꼭 미치광이 같았거든!"

"정말예요, 언니. 깜짝 놀랐다니까요. 도대체 뭐하러 쫓아오느냔 말예요. 제 언니가 감기에 걸려 아프기로서니 진땅을 걸어 올 것까지는 없잖아요? 빗질도 하지 않은 그 머리 꼴이라니."

"게다가 그 애 속치마는 또 어떻고? 6인치 위까지 흙투성이였어. 그걸 가리려고 가운을 내렸지만 무슨 소용이 있겠어!"

"그건 사실이에요, 누님" 하고 빙리 씨가 말했다. "그러나 난 전혀 몰랐어요. 오늘 아침 그녀가 방으로 들어왔을 땐 건강해 보이는 얼굴을 바라보느라 더러운 속치마 같은 건 눈에 띄지도 않았어요."

"다르시 선생님은 보셨을 거예요" 하고 빙리 양은 말했다. "선생님의 누이가 그런 짓을 하는 건 보고 싶지 않으시겠죠?"

"그야 물론."

"3마일이든 4마일, 5마일이든 거리야 상관없지만 종아리까지 흙투성이가 된 채 그것도 혼자서 걸어오다니, 어떻게 할 생각이었을까요! 보나마나 독립심을 보이려고 그랬겠지만 속 들여다보이는 수작이죠. 예의라는 건 건너 마을 불 보듯이 아주 우습게 여긴다니까요."

"언니에 대한 우애 때문이었겠지" 하고 빙리 씨가 말했다.

"저, 다르시 선생님" 하고 빙리 양은 속삭이듯 말했다. "엘리자베스의 눈을 그렇게 칭찬하시더니 이런 꼴을 보시고 좀 생각이 변하지 않으셨어요?"

"아니요" 하고 그는 대답했다. "운동을 해서 그런지 눈이 더욱 빛나던데요." 그의 말에 모두 잠자코 있었으나 허스트 부인이 다시 말을 시작했다.

"제인 베넷에게는 호감이 가거든요. 정말 귀여워요. 좋은 곳으로 시집가면 좋으련만. 하지만 부모도 그렇고 친척들이라고는 신분이 낮은 사람들뿐이니 가망이 없을 거야."

"그녀의 이모부가 메리턴에서 변호사를 한다고 그러셨죠?"

"응, 그리고 또 한사람이 있어요. 어디라든가 치프사이드 근방에 살고 있다고 하던데."

"굉장한데요" 하고 그녀의 동생이 덧붙여 말했다. 그리고 두 사람은 마음껏 웃었다.

"치프사이드가 온통 친척들로 가득 찬다고 해서" 하고 빙리는 말했다. "그 사람들이 손해 볼 건 없지."

"하지만 그것 때문에 지위 있는 남자와 결혼할 가망은 사실상 줄어들 거야" 하고 다르시 씨가 대답했다.

이 말에 빙리 씨는 아무 대답도 하지 않았다. 그러나 그의 누이들은 진심으로 다르시 씨와 동감이었다. 그래서 그 친한 친구의 신분이 낮은 친척들을 놀림감으로 삼아 시간 가는 줄 모르고 웃고 떠들어댔다.

그러나 두 사람은 다시 식당에서 나와 제인의 방으로 들어갔다. 그리고 커피를 마시러 오라고 할 때까지 그 곳에 앉아 있었다. 엘리자베스는 제인이 아직도 병세가 좋지 않았기 때문에 언니 곁을 떠나려 하지 않았다. 그러나 저녁 늦게 언니가 잠이 든 것을 보자 마음이 놓였기 때문에, 아래층으로 내려가도 유쾌하지는 않겠지만 어쨌든 내려가야 될 것 같은 생각이 들었다. 응접실로 들어서자 다른 사람들은 루(카드놀이)를 하고 있었다. 모두들 같이 하자고 청했으나 거액을 건 노름이 아닌가하여 거절하고 나서 언니 핑계를 대며 아래층에 있는 동안 책이나 읽겠다고 말했다. 그러자 허스트 씨가 놀라며 그녀를 바라보았다.

"카드놀이보다 독서를 더 좋아하십니까?" 하고 그가 말했다. "정말 신기한 일이로군요."

"엘리자베스 베넷 양은" 하고 빙리 양이 말했다. "카드를 경멸하거든요. 굉장한 독서가이기 때문에 그 외엔 아무 것도 즐기지 않아요."

"그렇게 칭찬하실 것도 비난하실 것도 없어요" 하고 엘리자베스는 발끈해진 얼굴로 말했다. "난 굉장한 독서가는 못되니까요. 좋아하는 것은 독서 말고도 많이 있어요."

"언니를 간호하는 게 좋으실 테죠" 하고 빙리 씨가 말했다. "이제 곧 나으실 테니까 그 모습을 보면 기쁨이 더하실 겁니다."

엘리자베스는 진심으로 그에게 감사했다. 그러고는 두서너 권의 책이 놓여 있는 테이블 쪽으로 걸어갔다. 빙리 씨는 곧 다른 책을 더 가지고 오겠다고 말했다. 그의 서재가 제공할 수 있는 한의 모든 책을.

"베넷 양에겐 도움이 되고 저는 저대로 체면을 세울 만큼 좀 더 모았으면 좋았을 걸 그랬죠. 하지만 책이 많지도 않은 데다 게을러서 그것도 아직 다 읽지 못했답니다."

엘리자베스는 그 방에 있는 것만으로도 충분하다고 말했다.

"정말 어이가 없어요" 하고 빙리 양이 말했다. "아버지께서 남겨 놓으신 책이 겨우 이것밖에 되지 않으니까요. 다르시 선생님, 펨벌리의 자택 서재에는 책이 참 많을 테죠."

"그럴 수밖에 없지요" 하고 그는 대답했다. "여러 대에 걸쳐서 모은 것이니까요."

"선생님도 손수 많이 모으셨을 거예요. 항상 책을 사시잖아요!"

"요즘 같은 때 가정의 장서를 소홀히 하는 건 이해할 수 없군요."

"소홀히 하다니요! 물론 선생님은 그렇게 훌륭한 곳에 사시니까 아무 것도 소홀히 하실 수 없었을 테죠. 오빠, 다음에 집을 지을 때에는 펨벌리의 반만이라도 따라갈 수 있도록 멋진 집을 지었으면 좋겠어요."

"그러면야 좋지."

"정말로 충고하는 거예요. 그 근방에 땅을 사서 펨벌리를 본뜨란 말에요. 영국에 다비셔만큼 훌륭한 주(州)는 없거든요."

"그렇게 하지. 다르시가 팔기만 한다면야 펨벌리라도 사야 되겠는걸."

"가능하니까 하는 소리예요, 오빠."

"정말이야, 캐롤라인. 흉내내는 것보다는 펨벌리를 사버리는 게 더 쉽지 않겠니?"

엘리자베스는 이렇게 오가는 이야기에 정신이 팔려 책에는 거의 마음을 쓸 수 없었다. 그래서 곧 책을 다시 꽂아 놓고 테이블 쪽으로 가서 그들의 놀이를 지켜보기 위해 빙리 씨와 그의 누이 사이에 자리잡고 앉았다.

"다르시 양은 지난봄 보다 많이 컸겠군요?" 하고 빙리 양이 다르시 씨에게 말을 걸었다. "제 키만 해요?"

"그럴걸요. 지금 엘리자베스양의 키만 하죠. 조금 더 클까?"

"한번 더 만나고 싶군요. 그렇게 기분 좋은 분은 만난 일이 없어요. 그 용모라든지 태도라든지! 나이에 비해 교양도 있고 피아노는 또 얼마나 잘 친다고요."

"난 이해할 수 없어" 하고 빙리 씨가 말했다. 젊은 여자들은 어떻게 꾹 참으며 그런 걸 다 배울까."

"젊은 여자들은 다 교양이 있다고요! 오빠, 그건 무슨 뜻이죠?"

"그야 모든 여자를 두고 하는 말이지. 모두들 화판(畵板)에다 색칠을 하지 않나, 병풍에다 표지를 씌우지 않나, 주머니를 뜨지 않나, 이런 걸 못하는 여자는 없거든. 그리고 젊은 여자의 얘기만 나오면 으레 그 여잔 교양이 있다고 말하더군."

"자네가 말하는 일반적인 교양 목록은 지나칠 정도로 사실적이군. 주머니나 뜬다든지 병풍에 표지를 씌우는 것 외에는 심지어 그 말이 어울리지 않는 여자에게도 적용되거든. 그러나 여자에 대한 자네의 일반적인 평가엔 난 찬성할 수 없네. 우리가 알고 있는 모든 여자들 중에서 정말 교양 있는 여자를 꼽으라면 여섯 명 정도밖에 안 돼" 하고 다르시 씨가 말했다.

"저도 그렇게 생각해요" 하고 빙리 양이 말했다.

"그러면 교양 있는 여자라는 관념 속에는 여러 가지 조건이 붙게 되는군요" 하고 엘리자베스가 말했다.

"네, 여러 가지 조건이 붙죠."

"그야 물론이에요" 하고 그의 충실한 조수가 외쳤다. "흔히 볼 수 있는 것을 한다고 해서 정말 교양이 있다고 할 수는 없죠. 그 말에 적합하려면 여자는 기악, 성악, 그림, 무용, 그리고 현대어(프랑스어, 이탈리아어 등)에 완전한 지식이 없으면 안 돼요. 뿐만 아니라 걸음걸이, 음성의 억양, 사람을 대하는 태도, 말솜씨에 어딘가 남다른 점이 있어야 되거든요. 그렇지 못하다면 교양이라는 말은 전혀 어울리지 않아요."

"그런 것들을 다 갖추고 있어야지" 하고 다르시 씨가 덧붙여 말했다.

"광범위한 독서로 마음을 닦고 거기에 좀 더 본질적인 것을 첨가해야되죠."

"교양 있는 여자를 겨우 여섯 명밖에 모르신다 해도 전 조금도 놀라지 않아요. 그런 여자를 하나라도 아신다는 게 신기하죠, 뭐" 하고 엘리자베스가 말했다.

"자신이 여성이면서 여성에게 너무 가혹하시군요. 그런 여자가 있을 리 없다고 생각하니 말이에요."

"난 지금까지 그런 여자를 못 봤으니까요. 그런 재주와 취미, 근면, 그리고 우아함을 고루 갖춘 여자를 본 일이 없거든요."

허스트 부인과 빙리 양은 그녀의 말에 반박하면서 둘 다 이러한 묘사에 어울리는 여자를 많이 알고 있다고 주장하기 시작했다. 그러자 놀이에 집중할 수 없어진 허스트 씨가 못마땅해하며 그들에게 이야기를 그만둘 수 없겠느냐고 했다. 그래서 마침내 이야기가 뚝 그쳤으므로 엘리자베스는 곧 그 방을 나오고 말았다.

"엘리자는" 하고 그녀가 문을 닫고 나가자 빙리 양이 말했다. "자기도 여자이면서 여성들을 너무 과소평가하고 남성의 환심을 사려는 여자들 중의 하나예요. 그러한 방법으로 남자들에겐 성공하겠지요. 하지만 내 생각으로는 그것은 유치한 방법이고 아주 비열한 술책이에요."

"확실히" 하고 이 말을 받아 다르시 씨가 대답했다. "여성들이 이따금 남자를 끌기 위한 방법으로 사용하는 모든 술책엔 비열한 데가 있습니다. 교활함에 가까운 그런 건 일체 경멸해야겠죠."

빙리 양이 이 대답에 흡족해하지 않았으므로 더 이상 얘기는 계속되지 않았다.

엘리자베스는 언니의 병세가 악화되었으므로 그녀의 곁을 떠날 수 없다는 말을 하러 다시 그들에게 나타났다. 빙리 씨는 즉시 존스 씨를 불러오도록 하자고 했다. 그러나 그의 누이는 시골 의사의 진찰 같은 건 아무 소용이 없다고 생각했으므로 유명한 의사를 모셔 오도록 시내로 급히 사람을 보내자고 권했다. 이 호의를 엘리자베스는 받아들이려고 하지 않았다. 그러나 빙리 씨의 제안에까지 응하지 않으려는 것은 아니었다. 그래서 제인이 확실히 좀 더 악화된다면 다음날 아침 일찍 존스 씨를 모셔오기로 결정했다. 빙리 씨가 매우 울적해했으나 저녁을 먹은 후 이중창을 부름으로써 그 침울한 마음을 위로했다. 그러나 빙리 씨는 앓고 있는 제인과 그 동생에게 될 수 있는 한 친절히 해주라고 가정부에게 지시하는 것 외에 자신의 기분을 가라앉힐 방법이 없었다.

9

엘리자베스는 언니 곁에서 그날 밤을 보냈다. 다음날 아침 일찍 빙리 씨가 하녀를 시켜 제인을 병문안 했고 또 곧 이어 빙리 씨의 누이들을 시중 드는 품위 있는 두 여자도 병세를 물으러 왔기 때문에 엘리자베스는 기분 좋게 답변을 해주었다. 그러나 그녀는 그들의 이러한 친절에도 불구하고 롱본에 편지를 보내달라고 청했다. 어머니가 제인을 찾아와서 병세를 직접 판단해주었으면 했기 때문이다. 편지는 즉시 전달되었고 편지 내용도 재빨리 수락되었다. 베넷 부인이 끝의 두 딸을 데리고 이곳에 도착한 것은 아침식사가 막 끝난 직후였다.

제인이 확실히 위험한 지경에 이르렀다면 베넷 부인은 대단히 비참했을 것이다. 그러나 딸을 만나 그다지 위험한 병이 아닌 것을 알자 만족해하며 오히려 딸이 빨리 회복되지 않기를 바랐다. 건강이 회복되면 필시 제인은 네더필드를 떠나야 할 것이기 때문이다. 그래서 어머니는 집으로 데려다 달라는 딸의 청을 들어주려 하지 않았다. 게다가 거의 같은 시간에 온 약사도 환자가 움직이지 않는 것이 좋다고 말했다. 어머니와 세 자매는 제인의 옆에 잠깐 앉아 있다가 빙리 양이 나타나자 그녀를 따라 식당으로 들어갔다. 빙리 씨는 그들을 만나자 따님의 병이 생각하는 것보다 악화되지 않았으면 좋겠다고 말했다.

"그런데 별로 좋지 않군요." 부인은 이렇게 대답했다. "병세가 좋지 않아서 움직이면 안 되겠어요. 존스 선생님도 아예 움직일 생각은 말라고 그러시더군요. 신세 진 김에 좀 더 폐를 끼쳐야겠어요."

"움직이다뇨?" 하고 빙리 씨가 소리쳤다. "그런 생각을 하셔서는 절대 안 됩니다. 제 누이가 그런 말을 들을 것 같습니까?"

"너무 염려 마세요" 하고 냉담한 어조로 정중하게 빙리 양이 말했다. "따님이 저희 집에 머물러 계시는 동안은 힘닿는 데까지 보살펴드리겠습니다."

베넷 부인은 장황하게 감사의 말을 늘어놓았다.

"사실 저" 하고 그녀는 덧붙여서 말했다. "이렇게 좋은 친구분들이 계시지 않았더라면 그 애가 어떻게 됐을지 모르겠어요. 정말 그 앤 대단해요. 워낙 참을성이 강한 애지만 여간 괴로워하지 않는군요. 언제 봐도 상냥한 애랍니다. 다른 딸애들한테는, 너희들은 언니와 비교도 안 된다고 그러죠. 빙리 씨 댁엔 좋은 방도 많고, 저기 내다보이는 자갈길도 참 좋군요. 네더필드와 비길만한 곳은 아마 없을 거예요. 급히 떠나실 생각은 없으시겠죠? 단기 계약이긴 하지만."

"제가 하는 일은 뭐든지 급하답니다" 하고 빙리 씨는 대답했다.

"그러니까 만일 네더필드를 떠날 결심만 한다면 5분 안에 이곳에서 나갈 수도 있어요. 하지만 현재로선 이곳에 자리를 잡았다고 생각합니다."

"그러실 거라고 짐작했어요" 하고 엘리자베스가 말했다.

"이제야 저를 이해하기 시작하셨군요" 하고 빙리 씨는 그녀 쪽을 바라보며 소리쳤다.

"네, 완전히 이해할 수 있어요."

"아무래도 듣기 좋으라고 하는 소리 같은데요. 하지만 이렇게 쉽사리 속이 들여다보인다는 건 비참한 거예요."

"그냥 그런 거죠. 그렇다고 해서 깊고 복잡한 선생님의 성격보다 그러한 성격이 더 존경할 만한 가치가 있는가 하는 문제와는 달라요."

"리지야" 하고 그녀의 어머니가 외쳤다. "여기가 어딘 줄 알고 그러니? 집에서나 네 멋대로 하지 여기선 안돼."

"전엔 미처 몰랐는데" 하고 빙리 씨는 얼른 말을 계속했다. "성격 연구가시군요. 그것은 재미있는 연구가 될 겁니다."

"네, 하지만 재미있다는 점에서는 복잡한 성격이 제일이죠. 그만한 이점이 있으니까요."

"시골에서는" 하고 다르시 씨가 말했다. "그런 연구를 위해 일반적으로 극히 적은 소재밖에 제공받을 수 없겠죠. 시골에서는 이웃지간에 변화가 없는 극히 제한된 교제를 하실 테니까요."

"하지만 사람들 자신이 잘 변하니까 항상 새로운 걸 관찰할 수는 있어요."

"그래요" 하고 시골 이웃지간이라고 다르시 씨가 말한 것에 화를 내며 베넷 부인이 소리쳤다. "시골도 도회지와 마찬가지로 그런 일이 얼마든지 일어나고 있으니까요."

그녀의 큰 소리에 모두들 깜짝 놀랐다. 다르시 씨는 잠깐 베넷 부인 쪽을 쳐다보다가 묵묵히 외면했다. 베넷 부인은 완전히 승리한 것으로 생각하고 의기양양해서 다시 말을 계속했다.

"런던이라고 해서 시골보다 나을 게 없거든. 기껏해야 상점과 공공 장소가 많을 뿐이죠. 시골이 훨씬 좋아요. 안 그래요, 빙리 씨?"

"시골에 있을 때에는" 하고 그는 대답했다. "시골을 떠날 생각은 없었습니다. 도회지에 있을 때에도 역시 마찬가지거든요. 도회지나 시골이나 양쪽 다 좋은 점이 있어서 저는 어디에서나 마찬가지로 즐겁습니다."

"그야 올바른 성품을 타고 나셨으니까 그렇지요. 하지만 저분은" 하고 다르시 씨를 보며 베넷 부인이 말했다. "시골 따위 형편없는 곳으로 생각하시는 것 같은데요."

"아이, 어머니도. 그건 오해예요." 어머니 때문에 얼굴이 빨개지며 엘리자베스가 말했다. "어머니는 다르시 선생님이 말씀하신 걸 오해하셨어요. 이분 말씀은 다만 시골에서 만나는 사람들은 도회지 사람보다 변화가 없다는 것뿐이에요. 사실은 사실대로 인정해야죠."

"그야 누가 뭐라고 했니? 하지만 이 근방에서 여러 사람들을 만나지 못한다고 하더라도 이보다 더 큰 이웃이 어디 있겠니? 스물 네 명의 가족하고 함께 식사를 하지 않느냔 말이다."

엘리자베스를 위해서 빙리 씨는 웃음이 터지려는 것을 겨우 참았다. 그러나 그의 누이는 그다지 섬세한 성격이 아니었기 때문에 의미 심장한 미소를 띠며 다르시 씨에게 시선을 돌렸다. 엘리자베스는 어머니의 관심을 다른 곳으로 돌리기 위해 자기가 집을 떠난 이후 샬롯 루카스가 롱본을 방문하지 않았느냐고 어머니에게 물었다.

"응, 어제 부녀가 함께 오셨더라. 윌리엄 경은 참 좋으신 분이에요. 안 그래요, 빙리 씨? 고상한 분이라 점잖고 담백하고 아무하고나 말씀도 잘하시고, 그분이야말로 내가 생각하고 있는 교양 있는 분이에요. 이에 반해 자기가 굉장한 인물이나 되는 듯이 생각하고 말을 안 하는 사람은 생각이 잘못된 사람이지요."

"샬롯은 집에서 식사했나요?"

"아니, 민스 파이(얇게 썬 고기를 넣은 파이) 때문에 가야겠다고 하더라. 나는 말예요, 빙리 씨. 스스로 일을 잘 알아서 처리하는 하인들을 두고 있거든요. 우리 딸들의 교육은 다르죠. 누구나 자기 나름대로 판단하기 마련이지만 루카스 댁 따님들은 참 좋은 분들이에요. 예쁘지 않은 게 흠이긴 하지만요. 그렇다고 샬롯이 세련되지 않다는 건 아녜요. 그녀는 우리의 귀한 친구죠."

"아주 상냥하신 분 같더군요" 하고 빙리 씨가 말했다.

"그렇다 뿐인가요. 하지만 세련되지 않았다는 건 아셔야 해요. 루카스 부인은 늘 우리 제인이 예쁘다고 나를 부러워하셨죠. 제 자식 자랑은 하기 싫지만 확실히 제인 같은 애도 드물어요. 모두들 그러시지요. 내가 특별히 그 애를 아낀다고 해서 그러는 게 아녜요. 그 애가 겨우 열 다섯 살 때 시내에 사는 내 동생 가디너의 집을 방문한 손님이 그 애를 좋아해서 우리들이 그곳을 떠나기 전에 결혼 신청을 할거라고 동생댁은 확신하고 있었죠. 그런데 그렇게 되지 않았어요. 너무 나이가 어리다고 생각한 모양이죠. 하지만 그분은 그 애에 대한 시를 써서 주었는데 아주 훌륭한 시였답니다."

"그리고 곧 그분의 애정은 식어버렸어요" 하고 엘리자베스가 짜증 섞인 목소리로 말했다. "그런 식으로 시들어버린 애정도 많을 거예요. 맨 처음 시로써 사랑을 끝맺으려고 생각했던 사람은 과연 누굴까!'

"시는 사랑의 음식이라고 난 생각해왔습니다" 하고 다르시 씨가 말했다.

"튼튼하게 잘 닦여진 건전하고 훌륭한 사랑에 있어서는 그럴는지도 모르죠. 처음부터 건강한 것에는 무엇이나 영양분이 될 수 있어요. 하지만 대단치 않은 애정일 경우에는 좋은 소네트 한 편만으로도 완전히 그것을 굶겨 죽일 수 있을 거예요."

다르시 씨는 단지 미소만 띠고 있을 뿐이었다. 그러자 이야기가 중단되었으므로 어머니가 또 주책을 부리지나 않을까 하여 엘리자베스는 마음이 조마조마했다. 그녀는 이야기를 하려고 했으나 적당한 화제가 생각나지 않았다. 잠시 동안 모두 잠자코 있었다. 그러자 베넷 부인은 제인에게 베풀어준 빙리 씨의 친절에 거듭 감사하고 리지까지 폐를 끼친 데 대해 변명을 늘어놓기 시작했다. 빙리 씨는 자연스럽게 정중한 답례를 하고는 자기 누이에게도 인사를 시켰다. 누이는 그러한 답례를 별로 기품 있게 해내진 못했지만, 베넷 부인은 만족해서 얼마 안 있다가 마차를 불렀다. 이 지시로 막내딸이 앞으로 나왔다. 두 소녀는 이번 방문중 줄곧 둘이서만 소곤거렸는데, 그런 결과 처음에 빙리 씨가 이 지방에 왔을 때 네더필드에서 무도회를 열겠다고 약속한 것을 이행하지 않은 것에 대해 막내딸 리디아가 따져 묻기로 했던 것이다.

리디아는 튼튼하고 발육이 좋은 열 다섯 살의 소녀로서 피부가 곱고 인상이 좋은 얼굴을 가지고 있었다. 어머니는 이런 리디아가 마음에 들어 어렸을 때부터 남의 앞에 내세우곤 했던 것이다. 리디아에게는 왕성한 혈기와 타고난 일종의 자존심이 있었다. 일전에 이모부가 베푼 만찬과 리디아의 자연스러운 태도가 사관들의 마음에 들어 그들이 친절하게 대해주었기 때문에 어느 정도 자신을 가질 수 있게 되었던 것이다. 이러한 이유로 리디아는 빙리 씨에게 무도회에 대한 이야기를 서슴지 않고 할 수 있었다. 그녀는 빙리 씨에게 약속을 상기시키며, 만일 그것을 이행하지 않으면 가장 수치스러운 일이 될 것이라고 덧붙여 말했다. 이 갑작스런 공격에 대한 빙리씨의 대답은 그녀의 어머니를 기쁘게 했다.

"약속을 지키고 말고요. 언니가 완쾌되면 무도회 날짜를 댁에서 정해주시죠. 언니가 병중에는 춤을 추지 못할 테니까요."

리디아는 만족한다고 대답했다. "그럼요. 언니가 나을 때까지 기다려야 하죠. 그 때까지는 카터 대위도 한 번 더 메리턴으로 돌아오실 거예요. 그리고 선생님이 무도회를 열어주신다면" 하고 리디아는 덧붙여 말했다. "그분들에게도 열어달라고 졸라야죠. 포스터 대령이 열지 않으신다면 그건 수치라고 말씀드리겠어요."

그리고 나서 베넷 부인과 딸들은 떠났다. 엘리자베스는 곧 언니에게 돌아가 버리고 자기와 식구들의 행동에 대한 비평은 빙리 씨와 누이들과 그리고 다르시 씨에게 맡겼다. 엘리자베스가 돌아가자 마자 빙리 양은 '아름다운 눈'에 대해 열심히 놀려댔으나 다르시 씨는 엘리자베스를 비난하는 축에는 절대 끼지 않았다.

10

 그날도 그 전날과 다름없이 지나갔다. 허스트 부인과 빙리 양은 오전 중 거의 대부분의 시간을 환자의 곁에서 지냈다. 환자는 빠르진 않았지만 조금씩 병이 나아가고 있었다. 저녁 때 엘리자베스는 응접실에서 그들과 자리를 함께 했다. 다르시 씨는 편지를 쓰고 있었다. 빙리양은 그의 곁에 앉아서 편지 쓰는 것을 보고 있었으나 다르시 씨의 누이동생에게 자신의 안부를 전해달라고 함으로써 다르시 씨의 집중력을 흐트려 놓곤 했다. 허스트 씨와 빙리 씨는 피케(카드놀이의 일종)를 하고 있었으며 허스트 부인은 그것을 구경하고 있었다.

 엘리자베스는 뜨개질을 하면서 다르시 씨와 빙리 양이 주고받는 이야기를 재미있게 듣고 있었다. 다르시 씨의 필적, 행 사이의 균형, 혹은 편지의 길이 등을 계속해서 칭찬하는 그 여자의 말은, 듣는 본인의 무관심과 더불어 묘한 조화를 이루고 있었으므로 그 두 사람에 대한 엘리자베스의 견해와 완전히 일치했다.

 "동생이 이 편지를 받으면 얼마나 기뻐할까요?"

 다르시 씨는 대답하지 않았다.

 "참 빨리도 쓰시네요."

 "잘못 보셨습니다. 오히려 느린 편이죠."

 "일 년 동안에 사업상의 편지를 상당히 많이 쓰셔야만 되겠군요. 그런 편지는 정말 쓰기 싫으시겠어요?"

 "그런 일을 빙리 양이 아니고 내가 하니 다행스러운 일이군요."

"동생에게 제가 꼭 한 번 보고싶다고 써주세요."

"원하시는 대로 벌써 썼습니다."

"그 펜은 쓰기 어렵지 않으세요? 제가 고쳐드리죠. 전 펜을 수선하는 데에는 선수예요."

"아니, 괜찮습니다. 난 늘 내 손으로 고치니까요."

"어쩌면 그렇게 글씨를 고르게 쓰실까!"

그는 잠자코 있었다.

"하프 솜씨가 느셨다는 얘기를 듣고 제가 기뻐하더라고 동생에게 전해주세요. 그리고 화판의 예쁜 디자인도 훌륭했다고 전해주세요. 그랜틀리 양의 것보다 훨씬 뛰어났다고요."

"그 기쁨을 다음 편지에 쓸 때까지 연기해주실 수 없겠습니까? 지금은 써넣을 만한 자리가 없군요."

"그다지 중요한 건 아녜요. 정월엔 만나니까요. 선생님께선 언제나 동생에게 그렇게 길고 훌륭한 편지를 쓰시나요?"

"대개는 길게 씁니다. 하지만 늘 훌륭한지 어떤지 저로서는 알 수 없군요."

"그런 말을 한다고 다르시가 좋아할 줄 아니, 캐롤라인" 하고 그녀의 오빠가 소리쳤다. "편지 쓰는 일이 얼마나 고생스럽다고. 네 음절로 된 말을 찾느라고 머리를 써야 하거든. 안 그런가, 다르시?"

"내 문장은 자네 것과는 아주 다르지."

"아이고" 하고 빙리 양은 외쳤다. "찰스 오빠는 멋대로 아무렇게나 쓰는 걸요. 오빠는 단어를 절반이나 빼먹는 데다 잉크로 뒤범벅이 되어 지저분하기 짝이 없어요."

"생각이 너무 빨리 흘러나오니까 미처 쓸 시간이 없는 거야. 그래서 결국 내 편지를 받는 사람은 내가 전하려는 의도를 전혀 파악하지 못하기 일쑤지."

"겸손의 말씀을 하시는군요, 빙리 선생님" 하고 엘리자베스가 말했다.

"겸손한 척하는 것보다" 하고 다르시 씨가 말했다. "더 사람을 속이는 일은 없어. 그것은 자신의 의견을 아무렇게나 말하는 데 불과한 것이기도 하고 간접적인 자만의 표현이 될 수도 있지."

"그럼 지금 내가 보인 겸손은 어느 쪽이라고 생각하나?"

"간접적인 자만이지. 사실 자네는 편지 쓸 때의 결함을 자랑으로 생각하고 있지 않나? 그 결함은 무엇을 성급하게 생각하고 그것의 실행에 개의치 않는 데 원인이 있다고 생각하고 그것이 설사 존경할 만한 것은 못 된다 해도 적어도 몹시 흥미 있는 일이라고는 생각하고 있으니 말일세. 일을 재빠르게 해치우는 능력은 언제나 주인에게 대우를 받게 마련이지. 그래서 해놓은 것이 엉성해도 그냥 지나쳐버리는 수가 많거든. 자네, 오늘 아침 베넷 부인한테 만일 네더필드를 떠날 양이면 5분 안에 나갈 수 있다고 했을 때에도 실은 자네 자신에게 일종의 찬사를 바치고 경의를 표하는 거나 다름없지. 그래서 이와 같은 간접적인 자만은 아주 필요한 용건을 처리하지 않은 채 남겨놓게 될 뿐 아니라 자네 자신이나 다른 사람에게 이렇다 할 이익도 주지 못하거든. 그런 경솔한 짓을 한다고 해서 무슨 보람이 있겠나?"

"아니" 하고 빙리 씨는 소리쳤다. "그건 너무 심하네. 아침에 말한 너절한 것들을 저녁에 하나도 빼놓지 않고 외우다니. 하지만 내 명예를 걸고 말하겠는데 나 자신에 대해서 한 얘기는 모두 사실이었고 지금도 그렇게 믿고 있네. 그러니까 적어도 여자들 앞에서 겉으로만 잘 보이기 위해서 필요

없는, 경솔한 짓을 했다고는 생각지 않네."

"그렇게 믿고 있었겠지. 하지만 난 자네가 그렇게 빨리 가버릴 것이라고는 믿지 않아. 자네의 행동은 어떤 내 친구와 마찬가지로 매우 우발적이거든. 만일 자네가 말을 타려고 할 때 어떤 친구가 '빙리, 다음 주말까지 기다리는 게 좋아' 하고 말한다면 아마 자넨 그대로 할걸. 떠나지 않을 거야. 그리고 한 번 더 말리면 한 달이라도 좋이 연기하고 말 걸세."

"그 말씀으로 미루어보면" 하고 엘리자베스가 소리쳤다.

"빙리 선생님께서 자신의 기질을 정확히 평가하고 계시지 못하다는 거예요. 그리고 다르시 선생님은 지금 이분의 그러한 점을 너무 과장해 보이고 계시고요."

"그 말씀에 아주 만족합니다" 하고 빙리 씨는 말했다. "내 친구가 말한 것과는 반대로 내 기질이 부드럽다고 칭찬해주시는군요. 하지만 그 말을 이 친구는 전혀 그런 의미가 아닌 다른 의미로 말할 것 같은데요. 왜냐하면 그런 경우에 있어서 만일 내가 보기 좋게 거절하고 될 수 있는 대로 빨리 가버린다면 오히려 나를 좋게 생각할 테니까요."

"그럼 다르시 선생님은 선생님의 의사가 원래는 경솔한데 그걸 끝까지 고집하는 일이 옳다고 생각하시는 겁니까?"

"난 도무지 정확하게 설명할 수가 없군요. 다르시 씨가 직접 얘기하겠죠?"

"자네 마음대로 내 의견이라고 해놓고 그걸 나보고 자세히 설명하란 말이지. 하지만 난 그걸 인정한 게 아냐. 그렇지만 베넷 양, 설사 당신이 말씀하신 것 같은 사정이라고 하더라도 이 점을 잊으시면 안 됩니다. 가령 아까 말한 것과 같이 어떤 친구가 집으로 돌아가서 계획을 연기하라고 충고했을 경우 그냥 계획을 밀고 나가는 것이 좋겠다고 한 것은 단순히 나대로의 희망에 지나지 않습니다. 그렇게 하는 것이 왜 적당한지 이유는 하나도 말하지 않고 단순히 그렇게 하기를 바란 것뿐입니다."

"친구의 설득에 선뜻 응한다는 것은, 아주 쉽게 말씀예요, 선생님에게는 좋은 점이 못 되는군요."

"확신이 없이 복종한다면 어떤 사람의 경우에 있어서나 이해성이 있다는 칭찬은 듣지 못합니다."

"다르시 선생님, 선생님은 우정이라든지 애정의 힘을 전혀 인정하시지 않는 것 같군요. 설득하는 사람을 존경하는 마음만 있다면 그 친구가 이유를 들어 일일이 설명하지 않아도 선뜻 요구를 들어주는 법이에요. 그렇다고 제가 빙리 선생님을 예로 든 경우를 말씀드리는 건 아녜요. 그와 같은 경우, 이분의 행동에 대해서 이러고 저러고 논의하지 않아도 그러한 사정에 직접 처해보면 알 거예요. 친구간에 한 친구가 다른 친구의 대단치도 않은 결심을 변경시키려 한다면 그러한 일반적인 경우에 이유를 따져보기도 전에 그 희망에 응했다고 해서 선생님은 그분을 나쁘게 생각하시겠어요?"

"이 문제에 대해 더 얘기하기 전에 이 요구에 따르는 중요성의 정도 및 당사자간에 개재된 친밀도를 좀더 정확하게 정리해놓는 것이 좋지 않을까요?"

"그게 좋겠군" 하고 빙리 씨가 소리쳤다. "하나하나 상황을 자세히 듣고 싶군. 두 사람을 비교한 신장과 몸의 크기까지도 잊어버리지 말고 말야. 그건 말씀이죠, 베넷 양. 그래야 그 논리가 당신이 알 수 있는 것보다 좀 더 큰 무게를 지니게 될 테니까요. 나하고 비교해서 다르시가 이렇게 키가 큰 친구가 아니라면 난 지금의 절반도 그를 존경하지 않았을 겁니다. 어떤 특수한 시기, 특수한 장소에서의 다르시를 제일 두려워하죠. 특히 이 친구의 집에서 이 친구가 별로 하는 일이 없는 일요일 밤 같은 때에는 말예요."

다르시 씨는 싱긋 웃었다. 그러나 엘리자베스는 그가 오히려 화내는 것을 보고 싶었다. 그래서 그녀는 웃음을 그쳤다. 빙리 양은 오빠에게 그런 시시한 소리는 하지 말라고 은근히 나무라며 다르시 씨가 당한 모욕을 몹시 불쾌하게 여겼다.

"자네 의도는 알겠네, 빙리 군" 하고 그의 친구는 말했다. "자네는 따지기 싫으니까 우리 입을 막으려는 거지?"

"그럴지도 몰라. 따지다 보면 논쟁이 되기 쉽거든. 만일 내가 방에서 나갈 때까지 만이라도 자네와 베넷 양이 논쟁을 연기해준다면 고맙겠네. 나가고 난 다음에는 나를 아무렇게나 얘기해도 상관없어."

"그 청은," 하고 엘리자베스가 말했다. "어려운 일이 아녜요. 그리고 다르시 선생님은 편지를 끝마치는 것이 좋을 것 같군요."

다르시 씨는 그녀의 충고대로 편지 쓰는 일을 계속했다.

그 일이 끝나자 그는 빙리 양과 엘리자베스 양에게 음악을 조금 들려달라고 청했다. 빙리 양은 재빠르게 피아노가 있는 곳으로 갔다. 그리고 엘리자베스에게 먼저 치라고 정중하게 간청했으나 상대편 역시 정중하게 양보했기 때문에 할 수 없이 피아노 앞에 앉았다.

허스트 부인은 동생과 같이 노래를 불렀다. 그들이 그렇게 노래를 부르고 있는 동안, 엘리자베스는 악기 위에 있는 서너 권의 악보를 뒤적거리며 다르시 씨가 자주 자기를 응시하는 것을 의식하고 있었다. 그녀는 자기처럼 보잘 것 없는 여자가 저런 훌륭한 남자의 찬미의 대상이 될 수 있을까 하여 걷잡을 수 없는 기분에 사로잡혔다. 그러나 자기를 싫어하기 때문에 쳐다본다고 생각하는 것은 더욱 이상한 일이었다. 그녀는 결국 이렇게 생각하기로 했다. 자기에게는 그곳에 있는 누구보다도 다르시 씨의 정의 관념에 비추어볼 때 그릇되고 괘씸한 무엇이 있기 때문에 그의 주의를 끌었을 뿐이라고. 이 상상은 그다지 엘리자베스를 괴롭히지는 않았다. 다르시 씨를 조금도 좋아하지 않았기 때문에 그가 자기의 생각을 긍정해주었으면 하는 생각은 하지 않았던 것이다.

빙리 양은 이탈리아 가곡을 한두 곡 친 뒤에 생기 있는 스코틀랜드 가곡으로 변화를 주었다. 그러나 다르시 씨는 엘리자베스에게 가까이 와서 말했다.

"베넷 양, 릴(스코틀랜드 고지의 사람들이 추는 경쾌한 춤)을 출 수 있는 이런 기회를 붙잡고 싶은 생각이 간절하지 않습니까?"

엘리자베스는 미소를 지었으나 대답은 하지 않았다. 그녀가 말이 없자 그는 조금 놀란 표정을 지으면서 다시 질문을 되풀이했다.

"아…" 하고 그녀는 말했다. "그 말씀은 들었어요. 하지만 뭐라고 대답해야 좋을지 금방 결심이 서지 않는군요. 당신은 제 취미를 경멸하고 그것을 즐기시기 위해 제게서 '네'라는 말을 끄집어내려고 하죠. 하지만 저는 늘 그런 식의 술책으로 저를 경멸하려고 미리 마음먹은 사람의 기대를 깨뜨려버리는 것을 즐기거든요. 그래서 이렇게 대답하기로 결정했어요. '전 릴 같은 건 추고 싶지 않아요. 자, 저를 경멸할 수 있으면 경멸하세요'라고요."

"경멸할 생각은 전혀 없는데요."

그를 모욕하려고 그렇게 이야기한 엘리자베스는 다르시 씨의 그러한 은근한 태도에 어이가 없었다. 그러나 사실 그녀의 태도에는 상냥함과 장난기가 뒤섞여 있었으므로 남을 모욕하는 데에는 무리가 있었다. 다르시 씨는 지금까지 어떠한 여자한테도 엘리자베스에게만큼 반해본 일이 없었다. 그는 엘리자베스의 가정이나 친척의 신분이 그처럼 낮지만 않았다면 아마도 자신이 더 위험했을 거라고 생각했다.

그들의 모습을 수상하게 바라보던 빙리 양은 질투가 날 정도였다. 그래서 친애하는 친구인 제인의 회복을 간절히 바라는 마음은 엘리자베스를 쫓아버리고 싶은 욕구로 인해 더욱 강렬해졌다.

빙리 양은 엘리자베스와 다르시 씨의 결혼을 가정하고 이따금 그 결혼이 얼마나 행복할 수 있느냐 하는 문제를 이야기함으로써 다르시 씨가 그녀의 손님인 엘리자베스를 싫어하도록 자극했다.

다음날 가로수가 늘어선 길을 산책하면서 빙리 양이 말했다. "반드시 이런 경사가 있게 되면 장모님께 너무 말을 많이 하지 말고 잠자코 있는 것이 유익하다고 두어 가지 암시를 드리시겠죠? 만일 그것이 효과를 본 다음에는 처제들이 사관들 뒤를 쫓아다니지 않도록 충고해드리세요. 그리고 이런 거북한 말씀을 드려도 괜찮을지 모르겠습니다만, 부인되실 분께서 가지고 계신 자만과 무례함이 섞인 그 조그만 무엇을 억제하도록 힘쓰세요."

"내 가정 생활의 행복을 위해서 이제 더 하실 말씀이 없습니까?"

"있고 말고요. 필립스 이모부님 내외분의 초상화를 펨벌리의 화랑에다 거세요. 판사이신 종조부(從祖父)님의 초상화 옆에 놓으세요. 그분들은 같은 직업을 가지고 계시니까요. 단지 부류가 다를 뿐이죠. 그러나 사랑하는 엘리자베스의 그림은 절대로 그리게 해서는 안 됩니다. 생각해보세요. 어떤 화가가 그 예쁜 눈을 제대로 그리겠어요?"

"사실 그 눈이 지닌 표정을 제대로 나타내기는 쉽지 않겠죠. 그러나 눈의 빛깔이라든지 모양, 눈썹 같은 건 너무 아름다우니까 그대로 그릴 수 있을 겁니다."

그 순간 다른 산책길에서 허스트 부인과 엘리자베스가 나타났다.

"두 분께서 산책하실 줄은 미처 몰랐군요" 하고 빙리 양은 그들이 자기가 한 말을 엿듣지나 않았나 해서 다소 당황해하며 말했다.

"그런 법이 어디 있어" 하고 허스트 부인이 대답했다. "나간단 말도 없이 살짝 빠져나가다니."

그러더니 허스트 부인은 엘리자베스를 혼자 걷도록 내버려두고 다르시 씨의 한쪽 팔을 붙잡았다. 그 길은 셋이 걷기에 꼭 알맞았다. 그는 자기들의 무례함을 느끼고 얼른 말했다.

"넷이 걷기엔 길이 너무 좁군요. 가로수 길로 들어서는 게 좋겠어요."

그러나 엘리자베스는 그들과 같이 있고 싶은 생각이 조금도 없었기 때문에 웃으면서 대답했다.

"아니, 그러실 것 없어요. 그대로 계시죠. 세 분이 같이 걸으시는 게 여간 좋아 보이지 않은데요. 제가 끼면 그 아름다운 화면이 깨지고 말 거예요."

그러고는 경쾌한 걸음으로 뛰어가 버렸다. 그녀는 이틀 정도 지나면 집에 돌아갈 수 있다는 희망을 품고 주변을 거닐었다. 제인은 그날 밤 두 시간 동안이나 나가 있을 정도로 많은 차도가 있었다.

11

만찬이 끝나고 부인들이 나가자 엘리자베스는 언니에게로 달려갔다. 그리고 그녀의 몸을 따뜻하게 하도록 신경을 쓰면서 언니를 앞세우고 응접실로 들어갔다. 그들이 들어가자 그녀의 두 친구는 여러 가지 축하의 말로 제인을 환영했다. 신사들이 나타날 때까지 그들과 보낸 한 시간은 엘리자베스에게는 그다지 유쾌하지 않았다. 그들의 화술은 대단했다. 그들은 정확하게 어떤 파티의 장면을 묘사하고 재미있게 일화를 이야기하며 활기를 띠어, 아는 사람들을 웃길 수가 있었다.

그러나 신사들이 들어오자 이미 제인은 그들의 관심을 끄는 대상이 아니었다. 빙리 양의 시선은 즉시 다르시 씨 쪽으로 향하였다. 그리고 다르시 씨가 방안으로 몇 걸음 들어오기도 전에 벌써 그에게 할 이야깃거리가 생각났다. 다르시는 제인에게 정중하게 축하 인사를 했다. 허스트 씨도 고개를 약간 숙이면서 "정말 다행입니다" 라고 말했다. 그러나 빙리 씨의 인사는 차분히 가라앉아 있었고 부드러웠다. 또한 기쁨과 친절이 넘쳐흘렀다. 그는 방이 바뀌어 제인의 몸에 지장이 있을까 걱정하여 처음 반시간은 난로에 불을 지피는데 보냈다. 그리고 문에서 멀리 떨어져 앉도록 제인에게 벽난로 반대쪽으로 옮기도록 했다. 그리고 빙리 씨는 그녀의 곁에 앉아서 다른 사람들에게는 말을 건네지도 않았다. 엘리자베스는 건너편 구석진 자리에 앉아 뜨개질을 하면서 시종일관 그 장면을 즐겁게 바라보았다.

차를 마시고 난 다음 허스트 씨는 카드 테이블로 처제의 주의를 끌었다. 그러나 소용없었다. 그녀는 다르시 씨가 카드놀이를 원치 않는다는 것을 잘 알고 있었던 것이다. 그래서 허스트 씨는 조금 뒤에 드러내어 간청을 했으나 그것도 거절당하고 말았다. 그의 처제는 아무도 카드놀이를 하고 싶어하지 않는다고 허스트 씨에게 잘라 말했다. 그녀의 말을 증명이라도 하듯 방안에는 침묵이 흘렀다. 그래서 허스트 씨는 아무 것도 할 일이 없어

소파 위에 다리를 올리고 잠이 들어버렸다. 다르시 씨는 책을 집어들었다. 빙리 양도 그렇게 했다. 허스트 부인은 주로 자기의 팔찌와 반지를 만지작거리며 이따금 동생과 베넷 양의 이야기에 끼여들었다.

빙리 양은 자기가 책을 읽는 속도와 거의 같은 속도로 다르시 씨가 읽어 나가는 것을 유심히 지켜보는 데 온 주의를 쏟았다. 빙리 양은 줄곧 질문을 하거나 혹은 읽고 있는 페이지를 넘겨다보곤 했다. 그러나 그를 이야기에 끌어들이지는 못했다. 그는 다만 묻는 말에 대답을 할 뿐 열심히 책만 읽고 있었다. 마침내 빙리 양은 책을 읽으며 즐기려는 계획 마저 깨지자—사실 이 책은 다르시 씨가 읽고 있는 책의 둘째 권이기 때문에 고른데 지나지 않았던 것이지만—크게 하품을 하며 말했다. "이렇게 저녁 시간을 보내는 것도 참 유쾌하군요. 뭐니뭐니해도 책 읽는 재미가 제일이에요. 독서 이외의 것은 곧 싫증이 나니까요. 자기 집을 가지고 있다 해도 훌륭한 책들이 없으면 정말 비참할 거예요."

아무도 그녀의 말에 대꾸하지 않았다. 그래서 그녀는 또 한 번 하품을 하고 책을 팽개친 후, 뭐 재미있는 일이 없을까 하고 방안을 둘러보았다. 그러다가 자기 오빠가 베넷 양에게 무도회에 관해 이야기하고 있는 것을 들었기 때문에 갑자기 그쪽을 보며 말했다.

"그런데, 오빠, 정말 네더펠드에서의 무도회를 계획하고 있나요? 그렇다면 내 말을 들어봐요. 우선 결정하기 전에 여기 있는 분들의 생각을 물어보세요. 그 무도회가 재미있다기보다는 벌받는 기분일 사람도 있을 테니까요."

"다르시 말이냐?" 하고 그의 오빠가 소리쳤다. "그러면 시작하기 전에 마음대로 잠이나 자라지. 하지만 무도회는 이미 계획된 거야. 그러니까 니

콜스가 화이트 수프를 충분히 만들면 내가 초대장을 보내게 될 거야."

"좀 색다른 무도회가 되었으면" 하고 그녀는 대답했다. "좋겠는데요. 하지만 그런 모임은 대개 지루해서요. 무도회 대신 낮에처럼 이야기나 한다면 훨씬 합리적일 거예요."

"그야 훨씬 합리적이겠지. 하지만 무도회답지 않을 게 아냐?"

빙리 양은 대답하지 않고 일어나서 방안을 거닐었다. 그녀의 몸매는 날씬했고 걸음걸이도 예뻤다. 그녀는 그것을 다르시 씨에게 보여주고 싶었지만 다르시 씨는 여전히 책에 정신이 팔려 있었다. 빙리 양은 그만 실망하여 또 다른 계획을 세웠다. 그래서 엘리자베스를 향해 말했다.

"엘리자 베넷 양, 나처럼 방안을 한바퀴 돌아보시는 게 어때요? 같은 자세로 오래 앉아 있다가 이렇게 걸어보니까 아주 정신이 맑아지는군요."

엘리자베스는 놀랐으나 곧 동의했다. 빙리 양은 이와 같은 정중하고 예의바른 태도로 현실적인 목적을 이루는 데 성공했다. 왜냐하면 드디어 다르시 씨가 쳐다보았기 때문이다. 엘리자베스가 느낀 것과 마찬가지로 다르시 씨도 그녀의 친절이 이상하다고 생각하면서 무의식적으로 책을 덮었다. 그러자 그는 곧 그들에게서 그쪽으로 오라는 권유를 받았으나 거절했다. 그리고 두 사람이 같이 방안을 거닐기로 한 데에는 두 가지 동기가 있을 텐데 자기가 낀다면 그 어떤 동기에도 방해가 될 것이라고 말했다. '무슨 속셈일까?' 빙리 양은 그의 의도를 알고 싶어 못 견뎌 했다. 그래서 엘리자베스에게 다르시 씨의 말을 이해할 수 있느냐고 물었다.

"전혀 모르겠는데요" 하고 엘리자베스는 대답했다. "아마도 우리에게는 혹독한 뜻일 거예요. 그러니 그분을 실망시키는 가장 확실한 방법은 그것에 대해 아무것도 물어보지 않는 거예요."

그러나 빙리 양은 무슨 일에서든지 다르시 씨를 실망시킬 수가 없었다. 그래서 그 두 가지 동기를 설명해달라고 계속해서 졸랐다.

"그 설명이라면 어렵지 않아요" 하고 다르시 씨는 빙리 양이 말을 시키자마자 대답했다. "당신들이 저녁 시간을 보내기 위해 이런 방법을 택한 것은 피차에 공개하지 못할 비밀이 있거나 그렇지 않으면 걸을 때 자기 몸매가 보기 좋다고 생각했거나 둘 중의 하나겠죠. 만일 첫 번째 경우라면 내가 방해될 것이고, 두 번째 경우라면 불 옆에 앉아 있는 편이 훨씬 감상하기에 더 좋을 겁니다."

"어쩌면 그런 말씀을!" 하고 빙리 양이 소리쳤다. "그런 지독한 말은 처음 들어요. 그런 말씀을 하시다니 어떻게 혼내드리면 좋을까!"

"그거야 어렵지 않죠. 그럴 마음만 있다면 말예요" 하고 엘리자베스가 말했다. "서로 괴롭히고 혼내줄 수 있어요. 좀 귀찮게 해드리세요. 비웃어주란 말이에요. 가까운 사이니까 그 방법은 잘 아실 텐데."

"하지만 난 정말 몰라요. 친하긴 하지만 아직 그건 모르겠어요. 조용하고 침착한 분을 비웃다니! 그건 안 될 말이에요. 그래 봤자 꿈쩍도 안 하실걸요. 그리고 비웃으라지만 웃을 거리가 없는데 웃다간 오히려 우리 정체만 탄로날 거예요. 다르시 선생님이 혼자 즐기도록 내버려둬요."

"다르시 선생님을 비웃지 못한다고요?" 하고 엘리자베스가 소리쳤다. "그거 아주 잘됐군요. 앞으로도 그랬으면 좋겠어요. 나로서는 그런 분을 많이 안다는 건 큰 손해이니까요. 난 웃는 게 퍽 좋아요."

"빙리 양은" 하고 다르시 씨가 말했다. "나를 지나치게 평가해주셨습니다. 아무리 현명하고 훌륭한 사람들도, 아니 아무리 현명하고 훌륭한 행위라도 농담을 인생의 첫째 가는 재미로 삼는 사람들에게는 웃음거리가 되겠죠."

"확실히" 하고 엘리자베스는 대답했다. "그런 사람들이 있어요. 하지만 저는 그런 축에 들지 않았으면 좋겠군요. 저는 현명하고 훌륭한 것을 비웃지는 않아요. 그러나 어리석고 무분별한 행동, 변덕과 모순은 확실히 제겐 흥미 거리예요. 그리고 될 수만 있다면 어디서든지 그런 걸 비웃어주겠어요. 하지만 선생님에게는 확실히 그런 점들이 없어요."

"아마 누구나 그렇진 못할걸요. 하지만 나는 훌륭한 이해력을 웃음거리로 만드는 것 같은 우둔함만은 피하려고 노력해왔습니다."

"허영과 자존심 같은 것 말씀이시죠?"

"그렇죠. 허영이라는 건 정말 약점이죠. 그러나 자존심은… 정말 훌륭한 마음을 가진 사람은 자존심을 언제나 잘 억제해 나갈 겁니다."

엘리자베스는 미소를 감추기 위해 그를 외면했다.

"다르시 선생님에 대한 시험은 이제 끝난 모양이죠?" 하고 빙리 양이 말했다. "그래, 성적은 어때요?"

"다르시 선생님에겐 결점이 없다고 확신해요. 자기 스스로 솔직하게 말씀하시니까요."

"아니요" 하고 다르시 씨가 말했다. "난 그렇지 않습니다. 나는 결점투성이에요. 그러나 그것이 이해력의 결핍을 뜻하는 것은 아닐 겁니다. 사실 나는 내 성질을 장담하지 못해요. 너무나 남에게 양보할 줄 모르니까요. 그 때문에 확실히 다른 사람들에게는 무례하게 보일 거예요. 다른 사람이 저지른 어리석은 짓과 악은 당연히 잊어버려야 될 때에도 난 잊어버리지 않거든요. 물론 나 자신을 화나게 만드는 것도 말입니다. 남이 아무리 내 기분을 움직여보려고 해도 여간해서는 흔들리지 않습니다. 내 기질은 아마 원한을 잘 품는 쪽일 겁니다. 그러니까 내게 한 번 호의를 잃게 되면 영원히 잃어버리게 되는 셈이죠."

"그건 정말 큰 결점예요." 엘리자베스가 소리쳤다. "앙심을 마음속 깊숙이 품는 것은 성격의 치명적인 결함이죠. 하지만 선생님은 자신의 결점을 잘 지적하셨어요. 그것만은 정말 비웃을 수 없군요. 안심하세요."

"모든 성격에는 일종의 특유한 악의 경향이 있죠. 타고난 결함 말예요. 그것은 아무리 교육을 잘 받아도 극복할 수 없습니다."

"그럼 선생님의 결함은 모든 사람들을 싫어하는 경향이군요."

"그럼 당신의 결함은" 하고 다르시 씨는 미소지으며 대답했다. "그것을 고의로 오해하는 성격이군요."

"음악을 좀 즐길까요" 하고 자기가 끼여들지 못하는 두 사람의 이야기에 진력이 난 빙리 양이 소리쳤다. "언니, 형부를 깨워도 괜찮을까요?"

그녀의 언니는 안 된다고는 말하지 않았다. 그래서 피아노 연주가 시작되었다. 다르시 씨는 조금도 섭섭하게 생각되지 않았다. 그는 자기가 엘리자베스에게 지나치게 정신을 팔고 있다는 것에 대해 위험 의식을 느끼기 시작한 것이다.

12

언니하고 의논한 결과 엘리자베스는 다음날 아침 어머니한테 편지를 써서 그날 중으로 마차를 보내달라고 청했다. 그러나 베넷 부인은 두 딸이 다음 화요일까지는 네더필드에 머물러 있을 것이라 믿고 있었고, 또 그래야 예정했던 일주일간의 제인의 체류가 끝나기 때문에 두 딸을 그전에는 반갑게 맞아들일 생각이 없었다. 이런 이유로 어머니의 회답은 엘리자베스에게 그리 탐탁한 것은 아니었다. 그럴 수밖에 없는 것이 엘리자베스는 집으로 돌아가고 싶은 생각이 간절했기 때문이다. 베넷 부인의 편지에는 두 딸이 화요일 이전엔 마차를 쓰지 못할 것이라고 씌어 있었다. 그러나 엘리자베스는 더 이상 체류하지 않기로 굳게 결심하고 있었다. 그리고 더 있으라는 말은 기대하지도 않았다. 오히려 쓸데없이 오래 폐를 끼치고 있다고 그 집 식구들에게 눈치나 보이지 않을까 걱정되어 제인에게 당장 빙리 씨의 마차를 빌리라고 재촉했다. 그래서 결국 그날 아침 그들은 네더필드를 떠나야 한다는 데 합의하고 마차를 부탁하기로 했다.

이 말을 듣자 주인 측에서는 여러 번 염려하는 말을 늘어놓았다. 그들이 하루만이라도 더 있어 달라고 간청을 했기 때문에 제인도 마음이 흔들리지 않을 수 없었다. 결국 다음날 아침까지 그들의 귀가는 연기되었다. 그렇게 되자 빙리 양은 더 있으라고 청한 것을 후회했다. 엘리자베스를 질투하는 마음이 그녀의 언니에 대한 애정을 훨씬 넘어섰기 때문이다.

이 집 주인은 그들이 그렇게 빨리 돌아가려는 것을 몹시 섭섭하게 생각했다. 그래서 여러 번 그녀의 몸이 시원치 않으며 아직 완쾌되지 않았다고 제인 양을 설득시키려 했다. 그러나 제인은 자기가 옳다고 생각하면 물러서지 않는 성격이었다.

다르시 씨에게 있어서는 그것은 기쁜 소식이었다. 엘리자베스는 네더필드에 그만하면 충분히 오래 있었다. 그녀는 다르시 씨가 좋아하는 것 이상으로 그의 마음을 끌었다. 그러나 빙리 양은 엘리자베스에게 친절하지 못했고 다르시 씨에게는 유달리 귀찮게 굴었다. 그는 이제 찬미의 표시, 즉 자신을 행복하게도 불행하게도 만들 수 있는 힘이 자신에게 있다는 희망을 품게 하여 여자를 우쭐하게 하는 행동 따위는 일체 겉으로 나타내지 않겠다고 결심했다. 이러한 생각이 든 이상 그것을 확고하게 하든지 분쇄해버리든지 마지막 날의 자기 행동이 실질적인 중요성을 띠게 될 것이라고 그는 생각했다. 이 목적을 고수하여 그는 마지막 날인 토요일에는 하루 종일 채 열 마디도 하지 않았다. 반시간 동안이나 단둘이 함께 있는 적도 있었지만 될 수 있는 한 충실히 책 읽는 데에 열중하고 그녀의 얼굴조차 보지 않았다.

　일요일 아침 예배 후 거의 모든 사람들에게는 오히려 기분 좋은 작별이 있었다. 빙리 양이 엘리자베스에게 베푼 친절은 제인에 대한 애정과 마찬가지로 뜨거운 것이었다. 헤어질 때 빙리 양은 엘리자베스에게 롱본이나 네더필드에서 다시 만나면 반가울 것이라고 다짐하면서 아주 부드럽게 포옹하고 악수까지 했다. 엘리자베스도 명랑하게 그들과 작별했다.

　두 딸이 집으로 돌아왔을 때 어머니는 그다지 반갑게 맞이하지 않았다. 베넷 부인은 그들이 돌아오는 것에 대해 의아해했으며 저쪽에 너무 폐를 끼쳐 미안하다고 생각했고 제인이 또 한 번 감기에 걸릴지도 모른다고 말했다. 아버지는 비록 표현은 간결했지만 두 딸을 보자 진정으로 반겨주었다. 그는 가족이 모두 모이자 비로소 이 두 딸의 중요성을 깨달았던 것이다. 그래서 저녁에 가족이 전부 모인 자리에서 제인과 엘리자베스가 없었기 때문에 집안에 생기가 없었을 뿐더러 분별력도 거의 잃었었다는 이야기를 주고받았다.

　메리는 평상시와 같이 화성학(和聲學)과 인간성의 연구에 몰두했다. 그리고 몇 군데 구절을 인용하여 식구들을 감탄시키기도 하고 케케묵은 도덕론에 관한 소감을 들려주기도 했다. 케더린과 리디아는 이와는 다른 종류의 정보를 가지고 있었다. 그것은 지난주 수요일부터 연대에서 여러 가지 사건이 일어나 화제가 되고 있었기 때문이다. 즉 사관 몇 명이 최근에 이모부 댁에서 식사를 했으며 졸병 한 명이 매를 맞았고 포스터 대령이 결혼할 것이라는 소문이 돌았던 것이다.

13

"여보" 하고 베넷 씨는 다음날 아침밥을 먹다가 아내에게 말했다. "오늘 음식 준비를 잘 시켰소? 우리 식구 이외에 한 사람이 더 올 것 같소."

"누구 말이에요? 올 사람이라곤 없는데요. 혹시 샬롯 루카스가 올는지는 모르지만 우리 집 음식이야 그녀에겐 잘 맞잖아요? 자기 집에서도 그렇게 맛있는 음식은 자주 먹지 못할 걸요."

"내가 말하는 사람은 점잖은 신사로서 우리 집에 처음 오는 손님이야."

베넷 부인의 눈이 빛났다. "처음 오시는 신사라니! 빙리 씨로군요. 아니, 제인, 넌 한마디도 내게 그런 얘길 전혀 해주지 않았잖아. 내숭은! 그야 빙리 씨를 만나는 건데 반갑고말고요. 하지만 이걸 어쩌나, 야단 났어요. 공교롭게도 오늘은 생선을 살 수 없는데. 리디아, 초인종 좀 눌러라. 지금 당장 힐에게 말해 놓아야겠어."

"빙리 씨가 아니오" 하고 남편이 말했다. "한 번도 만나보지 못한 사람이야."

이 소리를 듣자 식구들은 놀랐다. 그래서 그는 아내와 다섯 딸들에게서 한꺼번에 열렬한 질문 공세를 받아야 했다.

아버지는 잠시 동안 그들의 호기심을 즐기다가 이렇게 설명했다.

"약 한 달쯤 전에 이 편지를 받았어. 그리고 약 두 주일 전에 회답을 냈지. 좀 까다로운 일이 돼서 일찌감치 손을 써야겠다고 생각했기 때문이야. 그 편지는 먼 친척뻘 되는 콜린스로부터 온 건데 그 사람은 내가 죽으면 마음대로 우리 식구들을 이 집에서 내쫓을 수도 있어."

"아니, 여보" 하고 그의 아내는 소리쳤다. "도저히 참고 들을 수가 없군요. 그분은 지긋지긋해요. 얘기도 하지 마세요. 세상에 이런 마음 아픈 일이 또 어디 있어요. 당신 땅을 당신 자식이 물려받지 못하고 다른 사람에게 주다니. 내가 당신이라면 벌써 옛날에 무슨 수를 냈을 거예요."

제인과 엘리자베스는 어머니에게 상속인을 따로 정하는 한정 상속(限定 相續)에 대해 설명해주려고 했다. 그전에도 여러 차례 그렇게 해보려고 했지만 그 때마다 베넷 부인의 이성으로는 도저히 이해되지 않는 문제였다. 딸이 다섯이나 있는데 누구도 생각지 못했던 남자에게 토지를 빼앗긴다는 것은 잔인한 일이라고 부인은 마구 비난했다.

"확실히 불공평한 일이긴 하지" 하고 베넷 씨는 말했다. "그렇지만 콜린스가 롱본을 상속하게 된 죄를 씻을 만한 무엇이 있어야지. 하지만 당신도 편지 사연을 들어보면 그 사람의 심정을 이해할 거요."

"천만에요. 도대체 당신한테 편지를 보내다니 철면피에다 위선자가 아니고 뭐예요? 그런 허위에 찬 사람은 정말 싫어요. 그 사람 아버지도 그랬으니까 그 사람도 당신하고 싸움이나 하지 그래요? 그래도 싸움은 하기 싫었던 모양인 게죠?"

"그거야, 그 점에 대해서 자식으로서 신중히 생각했기 때문이겠지. 자, 들어봐요."

존경하는 아저씨

선친과 아저씨 사이에 있었던 불화는 늘 저의 불안거리였습니다. 저는 두 분의 사이를 개선해 보려고 매우 애썼습니다. 그러던 중 불행히도 아버지께서 돌아가셨습니다. 그렇지만 선친께서 늘 멀리하시던 분과 가까이 지낸다는 것은 돌아가신 분에게 죄를 짓는 것이 아닐까 염려되어 한동안 초조했던 것입니다―그것 봐요, 여보―그러나 이 문제에 대해서는 이제 결심한 바 있습니다. 그것은 다름 아니라 부활절에 안수례를 받고 다행히도 루이스 드 버그 경의 미망인 라이트 어너러블(Right Honorable:백작 이하의 귀족에게 붙이는 존칭) 캐서 린 드 버그의 애호를 받아 그분의 너그러우신 은혜로 이곳 교구의 귀중한 목사직에 추천받았습니다. 이곳에서 저는 그 부인에게 항상 감사하는 마음으로 행동하며 언제나 자진해서 영국 국교회 제정의 제전과 의식을 거행할 수 있도록 성실하게 노력할 것입니다. 또한 힘자라는 데까지 모든 가정의 화목과 축복을 위해 애쓰고 이를 확립시키는 것이 목사인 저의 의무라고 생각합니다. 이러한 이유로 인한 저의 우호적인 인사를 나무라지 마시고, 또한 제가 롱본의 한정 상속인이 되는 것을 너그럽게 승낙하여 주시고 평화의 표시인 이 감람의 가지를 받아주시기 바랍니다. 저 자신이 따님들의 권리를 훼손시키는 것 같아 사과 드리며 힘닿는 대로 보상을 해드릴 것을 약속드리겠습니다―이 건에 대한 자세한 설명은 후일로 미루겠습니다. 제가 방문하는 데 이의가 없으시다면 11월 18일 월요일 4시까지 여러분을 찾아

뵙고 약 일주일간만 폐를 끼치고자 합니다. 만일 일요일에 교회 일을 다른 목사가 맡아준다면 캐서린 부인도 이해해주실 것이므로 제 계획을 무난히 수행할 수 있을 것입니다. 부인과 따님들께 안부 전해주시기 바랍니다.

겐트 웨스터램 시외 헌스퍼드에서 10월 15일 윌리엄 콜린스

"그러니까 오후 4시면 이 신사께서 화해를 청하러 오시단 말야" 하고 편지를 접으면서 베넷 씨는 말했다. "분명히 양심적이고 정중한 청년 같아. 틀림없이 가깝게 지낼 수 있을 거야. 캐서린 부인이 특별히 관대하게 이 청년을 다시 한 번 만나도록 보내주기만 한다면 말이지."

"애들에 대해 쓴 것을 보니 다소 분별이 있어 보이는군요. 애들한테 보상할 마음이 있다면 구태여 싫어할 필요는 없죠."

"잘은 모르지만" 하고 제인이 말했다.

"어떤 방법으로 저희들이 마땅히 받을 권리를 보상하겠다는 걸까요? 그렇게 하겠다면 그것은 분명히 자신의 명예를 위한 것이겠죠."

엘리자베스는 주로 캐서린 부인에 대한 콜린스 씨의 절대적인 존경과 필요할 때에는 언제든지 교구 사람들에게 세례를 주고 결혼을 시켜주며 죽으면 매장까지 해주겠다는 그 친절한 마음씨에 감동되었다.

"아무튼 별난 사람인 것 같아요" 하고 엘리자베스는 말했다. "어떤 사람일까요? 편지 문장이 꽤 도도하던데. 그리고 한정 상속인이 되는 것을 사과한다는 것은 무슨 뜻일까요? 그것을 피하려는 의사는 없는 것 같던데요. 그는 분별이 있는 사람일까요, 아버지?"

"그렇지는 않은 것 같아. 만나봐서 그 반대라면 얼마나 좋겠니. 편지를 보면 비굴한 면과 거만한 면이 뒤섞여 있어서 어느 정도 가능성이 있기는

하다만, 어서 만나봤으면 좋겠다."

"그 편지엔 결함이 있는 것 같지 않던데요. 감람의 가지를 생각해낸 것은 새삼스러울 게 없어요. 하지만 표현 방법은 훌륭하거든요" 하고 메리가 말했다.

캐더린과 리디아는 편지라든지 편지를 보낸 사람에게는 조금도 흥미가 없었다. 그들의 친척이 빨간 군복(영국고관의 옷)을 입고 올 가능성은 거의 없었다. 이미 수주일 동안 그들은 다른 빛깔의 복장을 한 남자들과 교제를 해봤지만 어떤 사람에게서도 기쁨을 느끼지 못했던 것이다. 어머니에게 있어서 콜린스 씨의 편지는 그녀의 불쾌한 감정을 많이 씻어주었다. 어머니는 너무도 태연하게 콜린스 씨를 맞이할 준비를 하고 있었으므로 오히려 그녀의 남편과 딸들이 놀랄 지경이었다.

콜린스 씨는 시간을 정확하게 지켰다. 온 식구들은 공손히 그를 맞았다. 그러나 베넷 씨는 별로 말이 없었다. 어머니와 딸들은 즐겁게 그와 이야기를 나누었다. 콜린스 씨를 자극할 필요도 없었고 본인도 잠자코 있으려 하지 않았다. 스물 다섯 살인 그는 키가 크고 신중해 보이는 젊은이였다. 그의 모습은 침착하고 당당했으며 태도는 몹시 형식적이었다. 자리에 앉자 얼마 안 있어 그는 베넷 부인에게 이렇게 훌륭한 딸들을 가진 것에 대해 경의를 표하고, 딸들이 미인이라는 말은 많이 들었으나 직접 만나고 보니 평판이 사실만 못하다고 말한 다음, 적당한 시기에 그들이 좋은 인연을 맺어 결혼하는 것을 부인이 틀림없이 볼 수 있을 것이라고 덧붙였다. 이 은근한 말씨를 별로 탐탁지 않게 여기는 사람도 있었지만 공치사에 대해 불평하지 않는 베넷 부인은 그 말에 선뜻 대답했다.

"참 친절도 하시지. 저도 제발 그렇게 됐으면 좋겠어요. 그렇지 못하다면 얼마나 비참하겠어요? 세상일이란 참으로 묘하게 풀리게 마련이니까요."

"댁의 토지가 한정 상속되는 것을 말씀하시는 거로군요?"

"그래요. 애들이 가엾어요. 그것만은 아시겠지요? 그렇다고 댁의 잘못이라는 건 아네요. 이런 일은 그저 이 세상에 흔히 있는 요행수니까요. 단지 토지가 일단 한정 상속되면 그때부터 장차 어떤 일이 일어날지 모르는 일이죠."

"따님들이 받을 고생은 잘 압니다. 그 문제에 대해선 말씀드릴 것이 많습니다만, 너무 경솔하게 서두르면 안 될 것 같아 조심하는 것뿐이죠. 그러나 따님들이 보고 싶어 온 건 사실입니다. 우선 그 정도만 말씀드리죠. 그러나 좀 더 사귀어보시면."

식사를 하라고 부르는 소리 때문에 그의 이야기는 중단되었다. 딸들은 서로 마주 보며 미소지었다. 비단 딸들만이 콜린스 씨의 찬사의 대상이 된 것은 아니었다. 그는 현관이나 식당, 가구 전부를 둘러보고 칭찬했다. 만일 그가 모든 것을 장래의 자기 소유물로서 보고 있다는 억울한 추측만 낳지 않았다면 그 칭찬은 베넷 부인의 마음을 충분히 감동시키고도 남았을 것이다. 그는 음식에 대해서도 감탄했다. 그는 이렇게 맛있는 음식을 대체 어떤 따님이 만들었느냐고 물었다. 그래서 베넷 부인은 그의 잘못을 수정해주었다. 자기들은 훌륭한 요리사를 두고 있기 때문에 딸들이 구태여 부엌에 들어갈 필요가 없다고 다소 거칠게 말했다. 콜린스 씨는 부인의 기분을 상하게 한 것에 대해 용서를 구했다. 부인은 부드러운 목소리로 조금도 화나지 않았다고 말했으나, 그는 약 15분 동안이나 사과의 말을 되풀이했다.

14

식사를 하는 동안 베넷 씨는 거의 말을 하지 않았다. 그러나 하인들이 물러나자 손님과 이야기를 주고받을 좋은 기회라고 생각했다. 그래서 콜린스 씨가 반가워할 것이라고 예상했던 화제를 꺼내어, 좋은 후원자가 생겨 다행이라고 말했다. 그의 희망을 북돋워 주는 캐서린 부인의 친절과 편안한 생활을 하도록 배려해주는 마음씨는 진실인 것 같았다. 베넷 씨로서는 이 이상 좋은 화제는 고를 수 없었을 것이다. 콜린스 씨는 유창한 말로 부인을 칭찬했다. 이 화제는 그의 기분을 고상하게 만들어 흔히 볼 수 없을 정도의 엄숙한 태도를 취하게 했다. 그리고 귀족의 그러한 태도—자기가 캐서린 부인에게서 경험한 것 같은 정다움과 친절은 한 번도 느껴본 일이 없었다고 아주 근엄한 표정을 지으면서 그는 확언했다. 그가 이미 부인의 앞에서 행한 영광스러운 두 번의 설교는 모두 다정한 찬사를 받았다는 것이다. 부인은 또 로징스로 두 번이나 그를 식사에 초대했으며 그 전 토요일에도 저녁에 커드릴(카드놀이)을 하는데 인원을 채우기 위해 그에게 사람을 보냈다는 것이다. 그의 여러 친지들은 캐서린 부인을 거만하다고 생각하고 있으나 콜린스 씨는 그녀의 정다운 태도밖에 본 적이 없었다. 부인은 늘 그에게 다른 신사를 대할 때와 마찬가지로 말을 걸었으며, 그가 근처의 사교계에 출입하는 것이라든지 친척을 방문하기 위해 이따금 두어 주일 동안 그 교구를 떠나는 것에 조금도 개의치 않았다. 콜린스 씨가 신중하게만 선택한다면 될 수 있는 대로 빨리 결혼하는 것이 좋을 것이라고 충고까지 해주었다. 그리고 한 번은 조촐한 목사관을 방문하여 그곳에서 그가 해놓은 모든 개조를 매우 칭찬하면서 자기의 어떤 안(案)—이층 다락의 선반 건이었지만—을 제시하기도 했다.

"정말 모든 것이 절도 있고 적절하신 분이군요" 하고 베넷 부인은 말했다. "말할 것도 없이 퍽 좋으신 분일 거예요. 세상 여자들이 그분만 같다면야 무슨 걱정예요. 그분은 근처에 살고 계신가요?"

"저의 집 정원 중간에 조그만 길이 하나 있는데 그 길 저쪽이 그 부인이 사시는 로징스 파크랍니다."

"미망인이시라죠? 자녀가 있나요?"

"따님이 한 분 계신데 그분이 로징스와 그 밖의 막대한 재산의 상속녀입니다."

"네" 하고 부인은 머리를 끄덕인 후 소리쳤다. "그럼 그 따님은 이 세상의 다른 어떤 딸들보다 행복한 분이군요. 어떤 분이죠? 예쁜가요?"

"참 매력 있는 아가씨죠. 캐서린 부인이 하신 말씀이지만 진정한 아름다움이라는 점에서 드 버그 양은 세상의 어떤 아름다운 여성보다도 훨씬 아름답고 용모에는 명문 출신의 기품이 흐르고 있다는 겁니다. 그렇지만 불행하게도 몸이 약하기 때문에 여러 가지 교양 습득에는 방해를 받고 있죠. 그렇지 않으면 많이 발전하셨을 겁니다. 이 얘기는 그분의 교육을 담당하시고 지금도 역시 그 가정에서 살고 있는 부인에게서 들었습니다. 그 부인은 아주 상냥하고 이따금 작은 말 두 필이 끄는 마차를 타고 제 집 옆을 지나가곤 합니다."

"그분은 벌써 국왕을 배알하셨나요? 이름이 뭐라고 했더라? 궁정 부인들이 워낙 많아서!"

"가엾게도 건강이 좋지 못해서 시내 외출이 어려우십니다. 그래서 요전에도 제가 캐서린 부인께 말씀드렸습니다만 영국 궁정은 가장 빛나는 보배를 잃은 셈이죠. 이런 얘기를 부인은 좋아하시는 것 같더군요. 저는 언제나 부인께서 좋아하시는 미묘한 찬사를 기회 있을 때마다 자연스럽게 말씀드릴 수 있습니다. 따님이 태어나신 것은 마땅히 공작 부인이 되시기 위한 것이며 가장 높은 신분을 가진 남자라 할지라도 따님에게 거만을 부리기는커녕 도리어 따님에 의해 도움 받을 것이라고 여러 번 캐서린 부인에게 말씀드렸죠. 이런 대단치 않은 말을 부인은 마음에 들어 하거든요. 이러한 종류의 친절을 각별히 베풀지 않으면 안 된다고 생각합니다."

"옳은 판단이지" 하고 베넷 씨가 말했다. "교묘하게 사람의 비위를 맞추는 재주를 가진 건 다행한 일이거든. 그런데 좀 뭣한 얘기지만 그런 사람의 마음에 들게 하는 친절은 그 즉석에서 갑자기 생기는 거요, 그렇지 않으면 미리 계획한 것이오?"

"주로 그때 그때의 상황에 따라 생기는 거죠. 평범한 경우에 알맞도록 그러한 멋있는 공치사를 암시한다든지 정돈해서 심심풀이로 할 때도 있지만 언제나 될 수 있는 대로 계획하지 않은 것처럼 보이고 싶습니다."

베넷 씨의 기대는 충분히 보상되었다. 그의 친척은 그가 바랐던 것처럼 어리석고 터무니없었다. 그래서 그는 무한한 기쁨을 느끼면서 그의 이야기를 듣거나 동시에 더 말할 나위 없이 결단성 있는 태연한 표정을 지었다. 이따금 엘리자베스를 힐끔 쳐다보는 것 이외에는 같이 즐거움을 나눌 동료가 필요치 않았다.

그러나 차를 마실 시간까지 그 약의 효과는 적중했다. 베넷 씨는 기쁘게 손님을 응접실로 데리고 가서 그가 차를 다 마시자 자기 딸들에게 책을 읽어달라고 간청했다. 콜린스 씨는 즉시 승낙했다. 그리고 책 한 권을 꺼내왔다. 그러나 그는 그 책을 보고 깜짝 놀랐다. 대출 서점에서 빌려온 것이 뻔했기 때문이다. 그는 양해를 구하면서 자기는 절대로 소설은 읽지 않는다고 밝혔다. 그러자 키티는 그를 뚫어지게 바라보았고 리디아는 소리를 질렀다. 다른 책이 몇 권 더 나오자 그는 잠시 생각한 뒤에 포다이스의 설교집을 택했다. 그가 그 책을 펴자 리디아는 하품을 했다. 그리고 그가 단조롭고 무거운 목소리로 세 페이지도 채 읽기 전에 리디아는 그의 낭독을 가로막고 이렇게 말했다.

"어머니, 필립스 이모부가 리처드를 내쫓겠다고 그러시는데 그걸 알고 계세요? 그렇게 된다면 포스터 대령이 그를 채용할 거예요. 토요일에 이모께서 직접 저한테 말씀하셨어요. 내일 메리턴에 소풍가서 그 얘길 더 들어야지. 그리고 데니 씨가 언제 시내에서 돌아오는지도 여쭤봐야지."

리디아는 두 언니들로부터 잠자코 있으라는 눈짓을 받았다. 콜린스 씨는 몹시 불쾌해서 책을 내려놓으며 말했다.

"젊은 여성들이 진지한 내용의 책에 얼마나 싫증을 내는지는 여러 번 본 일이 있습니다. 심지어는 그분들에게 이로운 책조차도 싫어하거든요. 정말 어이가 없습니다. 분명히 많은 여성들에게 교훈보다 더 유익한 건 없는데도 말이에요. 그러나 이 어린 사촌에게는 굳이 더 부탁하지 않겠습니다."

그러고는 베넷 씨 쪽을 향해 주사위놀이의 상대가 되어주겠다고 제의했다. 베넷 씨는 딸들이 그런 시시한 놀이를 하도록 내버려두는 것이 가장 현명한 방법이라고 말하고 그의 제안을 받아들였다. 베넷 부인과 딸들은 리디아의 무례를 정중히 사과하면서 책을 계속해서 읽어주면 다시는 그런 일이 없도록 하겠다고 약속했다. 그러나 콜린스 씨는 그 어린 친척에게 악의를 품고 있지 않으며 또 그런 행동에 절대로 모욕을 느끼거나 나쁘게 생각지도 않는다고 안심을 시키고 나서 베넷 씨와 함께 다른 테이블에 자리잡고 앉아 주사위놀이를 준비했다.

15

콜린스 씨는 결코 분별 있는 사람은 아니었다. 뿐만 아니라 그의 타고난 결함은 교육과 교제를 통해서 시정될 수 없었다. 그 동안 그는 생애의 대부분을 무식하고 인색한 아버지의 지도 밑에서 자라왔다. 대학이라고 다니긴 했으나 이렇다 할 유익한 수련을 쌓지 못했고 그저 학교에 학적만 두고 있었을 뿐이었다. 아버지는 그를 복종이라는 굴레 속에서 길렀기 때문에 이것이 아들을 비굴하게 만든 것이다. 그러나 그것이 이제 와서는 세상 사람들과 섞이려 하지 않는 우둔한데서 오는 자만과 뜻하지 않게 일찍 성공한 데에서 오는 거만한 기분으로 인해 적잖이 반작용을 일으킨 것이다. 헌스퍼드의 목사 자리가 비어 있을 때 운 좋게도 우연히 캐서린 부인의 눈에 띈 것이다 부인의 높은 신분에 대한 경의와 후원자로서의 숭배하는 마음이 목사로서의 권위와 교구장으로서의 권리 따위와 제멋대로 뒤섞여서 결국 그를 오만과 추종, 자존과 비굴함이 뒤섞인 인물로 만들어 놓았다.

이제 그는 훌륭한 집과 충분한 수입이 있기 때문에 결혼할 생각을 하고 있었다. 그래서 롱본의 친척과 화해하면서 그의 아내 감을 생각한 것이다. 만일 이 집의 딸들이 세상 소문과 같이 예쁘고 사랑스럽다면 그 중의 하나를 택할 심산이었다. 이것이 바로 그들의 아버지의 토지를 상속하는 데 대한 보상—일종의 속죄—의 계획이었다. 그는 그 계획이 적절함과 타당성으로 가득 찬 훌륭한 것, 즉 자기 쪽에서 말한다면 대단히 관대하고 사리사욕이 없는 것이라고 생각했다.

콜린스 씨의 계획은 딸들을 보고 나서도 변치 않았다. 오히려 베넷 양의 아름다운 얼굴을 보면서 그의 견해는 더욱 확고해졌고 응당 나이가 제일 많은 딸이어야 된다는 그의 꼼꼼한 견해 또한 더욱 굳어졌다. 그래서 첫날 밤엔 제인이 그의 눈에 들었다. 그러나 다음날 아침이 되자 변화가 생겼다. 아침 식사 전에 그가 베넷 부인과 15분간 마주 앉아 목사관 이야기에서부터 시작하여 그 목사관의 안주인이 될 사람을 롱본에서 찾고 싶다며 자연스럽게 그의 희망을 이야기했을 때, 부인은 겉으로는 미소짓고 격려하면서도 그가 이미 점찍어 놓은 제인만은 안 된다고 경고했던 것이다.

"그 밑의 딸들에 대해서는 뭐라고 말할 수 없지만… 확실한 대답은 할 수 없어요… 이미 맘에 든 사람의 일 같은 것은 난 몰라요… 맏딸 얘기를 조금 해주죠… 암시해둘 책임을 느껴서 말인데, 그 애는 머지않아 약혼할 것 같아요."

콜린스 씨로서는 단지 제인을 엘리자베스로 바꾸기만 하면 되었다. 그것은 얼마 안 되어 베넷 부인이 불을 지피고 있는 동안에 그대로 이루어지게 되었다. 엘리자베스는 태어난 순서에 있어서나 아름다움에 있어서나 제인의 다음이었기 때문에 당연히 언니를 대신해야만 했다.

베넷 부인은 그의 암시를 마음속에 간직하고 머지않아 두 딸을 결혼시킬 수 있겠다고 믿게되었다. 그 전날까지만 해도 말도 하기 싫던 남자가 이젠 부인의 마음에 꼭 들었던 것이다.

메리턴으로 소풍을 가자는 리디아의 제안은 무산되지 않았다. 메리 이외의 자매는 모두 함께 가는 것에 찬성했다. 베넷 씨의 청으로 콜린스 씨도 따라가게 되었다. 베넷 씨는 콜린스 씨를 쫓아버리고 서재에 혼자 있고 싶었기 때문이다. 그도 그럴 것이 아침 식사 후 콜린스 씨는 주인의 뒤를 따라 서재로 쫓아 들어와 겉으로는 수집한 책 중에서 제일 큰 폴리오(2절판)에 마음이 끌린 듯 하였으나 사실은 거의 쉴 새 없이 헌스퍼드의 집과 정원 이야기를 베넷 씨에게 늘어놓았던 것이다. 그러한 행동은 베넷 씨의 마음을 몹시 불안하게 했다. 그는 언제나 자기 서재에서 안일과 평온을 맛봐왔던 것이다. 그러므로 엘리자베스에게 말한 것같이 집안의 다른 방에서는 어리석은 짓과 자만이 눈에 띄어도 좋으나 서재에서만은 그런 꼴을 보고 싶지 않았다. 그래서 그는 은근하게 딸들이 소풍가는 데 같이 가달라고 당장에 콜린스씨에게 간청했던 것이다. 그러자 책을 읽기보다는 걷는 것이 훨씬 어울리는 콜린스씨는 매우 기뻐하며 커다란 책을 덮고 나갔다.

　그들은 콜린스씨가 연방 늘어놓는 시시한 이야기에 맞장구를 치면서 메리턴에 닿을 때까지 시간을 보냈다. 밑의 딸들의 주의는 벌써 그에게서 멀어졌다. 두 자매의 눈은 즉시 사관들을 찾느라고 거리를 향해 있었다. 상점의 진열장 안에 있는 멋진 모자나 최근에 새로 나온 모슬린이라면 몰라도 그만 못한 것들은 조금도 그들의 주의를 끌지 못했다.

　그러나 얼마 안 가서 그들은 어떤 청년에게 온통 마음이 쏠렸다. 그 청년은 그들이 그 때까지 한 번도 본 적이 없는 아주 점잖은 모습을 지닌 남자로서 거리 저편을 어떤 사관과 같이 걷고 있었던 것이다. 그 사관은 바로 데니 씨였다. 그가 런던에서 언제 돌아왔는지 리디아가 물으러 갔지만 그는 지나치면서 그저 눈인사만 했다. 모두가 그 의젓한 용모의 사나이에게 감동되어 대체 그가 누구인지 궁금해하였다. 키티와 리디아는 가능한 한 그가 누구인지 알아내기로 결심하고 건너편 상점에 볼일이 있다고 핑계를 대고는 길을 건너갔다. 그리고 두 신사가 돌아와서 같은 장소에 닿았을 때 마침 그들도 인도에 닿게 되었다. 데니 씨는 얼른 그들에게 인사하고 친구인 위컴 씨를 소개했다. 위컴 씨는 그의 부대의 장교로 임관을 받고 그 전날 시내에서 그와 함께 돌아왔다는 것이다. 그것은 응당 그럴 법한 일이었다. 그 청년이 완벽한 멋을 내려면 군복만 입으면 될 것 같았다. 그의 풍채는 그만큼 나무랄 데가 없었다. 그는 최선의 미의 요소, 즉 훌륭한 용모와 당당한 체격과 예의바른 친절을 구비하고 있었다. 소개가 끝나자 곧 남자들은 말을 주고받는 데 어울리는, 경쾌하고 겸손한 맛을 풍기는 어조로 이야기를 시작했다. 그들이 같이 서서 즐겁게 이야기를 하고 있으려니까 말발굽 소리가 그들의 주의를 끌었다. 그러더니 다르시 씨와 빙리 씨가 말을 타고 지나가는 것이 보였다. 두 신사는 여자들을 알아보자 얼른 그들에게로 와서 늘 하던 식으로 인사를 했다. 빙리 씨는 대변자 노릇을 했는데 베넷 양이 그들의 주요 목적이었다. 빙리 씨의 말로는 마침 제인을 문병하기 위하여 롱본으로 가는 도중이라는 것이다. 다르시 씨는 빙리 씨의 이야기를 증명이라도 하듯 눈인사를 했다. 그리고 엘리자베스를 보지 않으려고 애썼다. 그러다가 갑자기 그의 시선이 낯선 남자의 모습에 끌렸다. 엘리자베스는 문득 그 두 사람의 시선이 마주치는 것을 보고 어안이 벙벙해졌다. 왜냐하면 두 남자가 다 안색이 변했기 때문이다. 한 사람은 파래졌고 다른 한 사람은 빨개졌다. 위컴 씨는 잠시 후 모자에 가볍게 손을 댔다. 이 인사에 대해 다르시 씨는 마지못해 답례할 뿐이었다. 대체 어떻게 된 일일까? 매우 궁금한 일이었지만, 다음 순간 빙리 씨가 방금 일어난 일을 눈치 채지 못했는지 작별 인사를 하고 친구와 함께 말을 몰고 가버렸다.

데니 씨와 위컴 씨는 여자들과 함께 필립스 이모부 댁의 문까지 걸어갔다. 그리고 같이 들어가자는 리디아의 간곡한 청에도 불구하고, 더구나 필립스 부인이 창을 열고 들어오라고 청했음에도 불구하고 그 자리에서 작별 인사를 했다.

필립스 부인은 조카딸을 만나는 것을 언제나 매우 좋아했다. 손위의 두 조카는 최근에 방문하지 않았었기 때문에 특히 더 환영을 받았다. 이모는 둘이 갑자기 찾아오다니 놀랍다고 매우 수선을 피웠다. 하기는 자기 집 마차로 마중을 간 것이 아니니까 만일 우연히 존스 씨의 점원을 거리에서 만나지 않았더라면 부인은 베넷 양이 집으로 돌아온 것을 조금도 모르고 있을 판이었다. 그 점원 말이 베넷 씨의 딸들이 왔으니까 약을 네더필드로 보내지 않아도 좋을 것이라는 것이었다. 그 때 제인이 콜린스 씨를 소개했기 때문에 부인은 콜린스 씨에게 예의를 갖추었다. 부인은 될 수 있는 한 정중하게 그를 맞았다. 콜린스 씨는 초면에 폐를 끼치게 된 것을 사과하면서 부인보다 몇 배나 더 예의를 갖추고 정중하게 답례를 했다. 그러나 부인이 자기를 알아주도록 소개한 젊은 여자들과 자기는 친척 관계이기 때문에 변명이 될 수 있다는 것을 은근히 믿고 있는 태도였다. 필립스 부인은 그와 같은 깍듯한 예의가 오히려 송구스러웠다. 그러나 이 초면의 신사에 대한 부인의 그러한 느낌은 또 한 사람에 대한 감탄과 질문으로 곧 깨지고 말았다. 그러나 그 사람에 대해서 부인은 다만 조카딸들이 이미 알고 있는 것, 즉 데니 씨가 런던에서 데리고 왔으며, 그는 주(州)의 부대의 중위 임관 사령을 받기로 되어 있다는 것 이외는 말할 수가 없었다. 한 시간 동안 그가 거리를 여기저기 거닐고 있는 모습을 보고 있었다고 부인은 말했다. 그 때 만일 위컴 씨가 나타났다면 키티와 리디아는 확실히 그 일을 계속했을 것이다. 그러나 그 초면의 사람과 비교하면 '멍청하고 기분 나쁜 남자'가 되어버린 두서너 명의 사관들 이외에는 불행하게도 누구 하나 창 옆을 지나가지 않았다. 몇 사람의 사관이 다음날 필립스 댁에서 식사를 할 예정이었다. 이모는 이모부에게 위컴 씨를 찾아보게 하고 만약 저녁에 조카딸들이 롱본에서 온다면 그도 초대하도록 하자고 제의했다. 모두들 승낙했다. 그래서 훌륭하고 즐거우면서도 번화한 제비뽑기를 한 다음 따뜻한 저녁이나 간단히 하자고 필립스 부인은 말했다. 이러한 즐거운 기대는 몹시 마음을 들뜨게 했다. 그래서 모두들 명랑하게 헤어졌다. 콜린스씨는 방을 나가면서도 계속해서 사죄했는데 주인은 그런 말은 불필요하다고 계속 정중한 태도로 말했다.

그들이 걸어서 돌아오는 길에 엘리자베스는 얼마 전에 두 신사의 사이에서 일어난 일을 본 대로 제인에게 이야기했다. 그러나 그 신사들이 잘못한 것이 있다면 제인은 어느 한 쪽이든지 혹은 두 쪽 모두를 변호하려고 했으나 그들의 행동은 동생도 그랬듯이 한마디로 설명할 수 없는 것이었다.

집으로 돌아온 콜린스 씨는 필립스 부인의 공손한 태도를 칭찬함으로써 베넷 부인을 매우 만족 시켰다. 그는 캐서린 부인과 그의 딸을 제외하고는 그처럼 우아한 여성을 본 일이 없다고 단언하였다. 사실 필립스 부인은 그를 더할 나위 없이 정중하게 맞았을 뿐만 아니라 초면이었는데도 다음날 저녁 식사에까지 특별히 초대해주었던 것이다. 그야 두 사람이 친척 관계에 있으니까 그럴 수도 있었겠지만 지금까지 그의 전 생애에서 그처럼 고마운 마음씨를 가진 사람은 만나본 적이 없었던 것이다.

16

그들의 이모와 딸들의 약속에 아무런 반대도 없었고, 방문 중 하룻밤 동안 베넷 부부만을 남겨두고 외출하는 것을 꺼리는 콜린스 씨의 걱정에는 아무도 귀를 기울이지 않았기 때문에 대형 마차가 그와 다섯 명의 딸들을 적당한 시간에 메리턴으로 실어 나르게 되었다. 응접실로 들어가자 딸들은 그 때 마침 위컴 씨가 이모부의 초대를 받아들여 와 있다는 소리를 듣고 기뻐했다.

모두 자리에 앉자 콜린스 씨는 천천히 주위를 둘러보고 칭찬할 마음의 여유를 가졌다. 그는 방의 크기와 가구에 몹시 감동 된 듯, 사뭇 여름철 아침에 로징스의 조그만 식당에 있는 것 같다고 말했다. 이 비교는 처음에는 그다지 큰 만족을 주지 못했으나 필립스 부인이 그의 이야기를 듣고 로징스가 무엇이며 그 소유자가 누구인가를 알게 되자—캐서린 부인의 응접실에 대한 묘사, 즉 벽난로나 선반만으로도 8백 파운드나 들었다는 것을 알자— 그 사치의 효과를 느끼고 로징스의 가정부의 방과 비교한다 해도 불쾌하게 생각될 것이 없다고 여겼다.

콜린스 씨는 신사들이 합석할 때까지 캐서린 부인과 그녀의 저택의 웅장함에 대해 부인에게 하나하나 즐겁게 들려주고 이따금 객담으로 수수한 자기 집과 그 집을 아담하게 꾸며놓은 솜씨를 은근히 자랑했다. 필립스 부인은 유심히 그의 말을 듣고 있었는데 콜린스 씨의 유력한 지위에 대한 그녀의 믿음은 그의 이야기를 듣자 더욱 증가되어 될 수 있는 대로 이 사실을 빨리 이웃 사람들에게 알려야겠다고 결심했다. 소녀들은 콜린스씨의 말에 귀

기울이려 하지 않고 악기를 원하거나 벽난로 선반 위에 있는, 그들이 손질한 시원치 않은 도자기의 모조품을 음미해보는 것 이외에 할 일이 없었기 때문에 기다리는 동안 무척 지루해했다. 그러나 드디어 따분한 시간도 끝났다. 신사들이 온 것이다. 위컴 씨가 방으로 들어오자 엘리자베스는 그전에 그를 처음 보았을 때나 그 이후 그를 생각했을 때에도 조금도 그에 대해 이치에 어긋나는 찬사를 보낸 것이 아니었음을 깨달았다. 주(州) 부대의 사관들은 일반적으로 아주 명예롭고 신사적인 사람들이었지만 그 중에서도 뛰어난 사람들이 바로 지금 온 일행이었다. 그러나 위컴 씨는 체격, 용모, 태도, 걸음걸이가 누구보다도 뛰어났다. 그것은 흡사 그들이 포도주 냄새나 풍기는 넓적하고 답답한 필립스 이모부보다 뛰어나 보이는 것과 마찬가지였다. 그 이모부는 그들의 뒤를 따라 방으로 들어온 것이다.

위컴 씨는 거의 모든 여자들의 시선을 한 몸에 받고 있는 행복한 남자였다. 그리고 엘리자베스는 그러한 위컴 씨 옆에 앉아있는 행복한 여자였다. 그리고 곧 위컴 씨가 건네는 상냥한 말투의 이야기는 비록 그것이 습기 찬 저녁이나 장마가 질 것 같은 것에 지나지 않았으나, 흔해빠지고 따분하고 상투적인 이야기라 할지라도 말하는 사람의 기교에 따라 얼마든지 재미있는 이야기로 변할 수 있다는 것을 엘리자베스로 하여금 깨닫게 했다.

여성의 주의를 끄는 점에 있어서 위컴 씨나 사관들과는 이질적인 점이 있는 콜린스 씨는 마치 헌신짝처럼 버려진 것만 같았다. 젊은 여자들에게 그는 확실히 아무 것도 아니었다. 그러나 이따금씩 필립스 부인이 친절하게 그의 이야기를 들어주었다. 그리고 부인의 세심한 마음씨로 인해 그는 커피와 머핀(작고 둥그스름하게 구운 빵)을 배불리 얻어먹었다.

카드 테이블이 놓이자 그는 위스트(네 사람이 두 명씩 한 패가 되어 노는 게임)에 한 몫 끼여 부인에게 은혜를 갚을 기회를 얻었다.

"지금 당장은 이 게임에 대해 잘 모릅니다만" 하고 그는 말했다.

"곧 익숙해질 겁니다. 저와 같은 환경에서 생활하고 있으면." 필립스 부인은 그의 호의를 여간 고마워하지 않았다. 그러나 그 까닭을 물어볼 수 없었다.

위컴 씨는 위스트 게임을 하지 않고 다른 테이블에 있는 엘리자베스와 리디아의 청을 받아들여 기꺼이 그들 사이에 한 몫 끼였다. 처음에는 리디아가 그를 독점할 것만 같았다. 리디아의 말솜씨가 단호했기 때문이다. 그러나 리디아는 여전히 제비뽑기를 더 좋아해서 얼마 안 있어 그 게임에 흥미를 느끼고 내기를 걸고 상금을 타려고 소리를 지르는 것에 열중했으므로 유독 어느 한 사람에게만 집중할 수는 없었다. 흔히 게임이 요구하는 조건을 짐작하고 있는 위컴 씨는 엘리자베스에게 이야기할 여유가 생겼다. 엘리자베스는 그의 이야기를 진심으로 듣고 싶어했다. 하긴 진짜로 듣고 싶어했던 것, 즉 그와 다르시 씨가 알게 된 내력을 들을 수 있는 희망은 없었지만. 엘리자베스는 감히 다르시 씨의 이름조차 입 밖에 내지 못했다. 그러나 그녀의 호기심은 뜻하지 않게 채워졌다. 위컴 씨 자신이 먼저 그 이야기를 꺼냈다. 그는 네더필드가 메리턴에서 얼마나 떨어져 있느냐고 물었다. 그리고 대답을 듣고 나자 주저하는 태도로 다르시 씨가 얼마 동안 거기 머무르고 있었느냐고 물었다.

"한 달쯤 됐어요" 하고 엘리자베스는 말했다. 그리고 그것만으로 이야기를 끝내고 싶지 않기 때문에 이렇게 덧붙였다.

"그분은 다비셔에 큰 재산을 가지고 계신다죠?"

"네" 하고 위컴 씨가 대답했다. "그 사람은 굉장한 땅을 갖고 있어요. 연수입만 해도 만 파운드나 되니까요. 여기에 관해 나만큼 확실한 정보를 제공할 수 있는 사람은 아마 없을 겁니다. 나는 어렸을 때부터 그 집안과 특별한 관계가 있으니까요."

엘리자베스는 깜짝 놀라는 표정을 지었다.

"어제 우리가 만났을 때의 냉정한 태도를 보셨으니까 이런 말을 듣고 놀라시는 것도 무리가 아니죠. 다르시 군과는 잘 아는 사입니까?"

"그랬으면 할 정도로" 하고 엘리자베스는 흥분해서 소리쳤다.

"그분과 같이 한집에서 나흘을 지냈어요. 아주 기분 나쁜 분인 것 같아요."

"내 의견이 어떻다는 걸 말씀드릴 수는 없습니다" 하고 위컴 씨가 말했다. "그 사람이 좋은 사람인지 어떤지에 대해서 말예요. 그런 의견을 말할 자격이 없군요. 워낙 오래 전부터 속속들이 잘 알고 있는 사이이기 때문에 나는 공정한 심판자는 될 수 없어요. 자연히 편협하게 마련이죠. 하지만 당신의 의견을 들으면 사람들은 놀랄 겁니다. 다른 데에서는 이렇게 단정적으로 말씀하지 않으시겠죠? 여기서야 가족들끼리니까 그렇지만."

"아니요. 네더필드만 아니라면 어디서나 똑같이 말할 수 있어요. 하퍼드셔에서는 모두 그분을 싫어하거든요. 누구나 그 자존심 때문에 몸서리를 치지요. 저만큼 호의를 갖고 그분 얘기를 하는 사람도 없을 거예요."

"난 억지로 야속한 체는 못 합니다" 하고 잠깐 말을 끊었다가 위컴 씨가 말했다. "다르시든 누구든 간에 자신의 가치 이상으로 평가되지 않는다고 해서 말예요. 그러나 그 친구에게는 그런 일이 별로 없을 텐데요. 세상 사람들은 재산과 지위에 눈이 어두워지거나 혹은 압도할 것 같은 그의 도도한 태도가 두려워서 그 사람이 원하는 대로 평가를 하거든요."

"저는 그분을 조금 알고 있는 정도이지만 그분은 확실히 까다로운 분인 것 같아요."

위컴 씨는 다만 머리만 흔들 뿐이었다.

"어떻습니까" 하고 말할 기회를 얻자 위컴 씨가 말했다. "그 사람은 이 지방에 오래 있을 것 같습니까?"

"모르겠어요. 하지만 네더필드에 있을 때 다른 데로 가신다는 얘기는 듣지 못했어요. 그분이 근처에 계신다고 해서 선생님이 주 부대에 대해 호의를 갖고 세운 계획이 영향을 받지 않게 되었으면 좋겠군요."

"무슨 영향이야 있겠어요. 내가 다르시에게 내쫓길 것 같습니까? 만약 나를 만나는 것을 피하고 싶으면 다르시가 떠나야죠. 우리 사이는 그다지 좋은 편은 아닙니다. 그래서 그 사람을 만나는 것은 늘 고통스런 일입니다. 그러나 내가 다르시를 피할 만한 이유가 따로 있는 건 아네요. 세상에 내놓고 할 수 있는 얘기지만 다만 그에게 몹시 학대받은 것이 마음에 걸리고 현재의 그 사람의 됨됨이가 유감스러워 가슴 아플 따름입니다. 베넷 양, 이미 세상을 떠나셨습니다만 그 사람의 아버지는 참 좋은 분이셨죠. 아주 성실한 분이셨습니다. 그분의 아들인 다르시와 함께 있으면 으레 수많은 야릇한 추억이 떠올라서 마음이 슬퍼집니다. 그가 나에게 보여준 행동은 말로 다할 수 없습니다. 그러나 무엇이든 용서할 수 있을 것 같아요. 그가 자기 선친의 희망을 저버리지 않고 그 영혼을 욕되게 하지 않는다면 말예요."

엘리자베스는 화제가 점점 흥미로워지자 열심히 귀를 기울였다. 그러나 이야기가 워낙 미묘하여 그 이상 묻지는 못했다.

위컴 씨는 좀더 일반적인 화제, 즉 메리턴과 그 근방의 사교에 대한 이야기를 하기 시작했다. 지금까지 본 것이 아주 마음에 들었는지 특히 사교에 대해 점잖게, 그러나 아주 지혜롭고 은근하게 이야기했다.

"지속적이고 훌륭한 사교를 예상할 수 있었습니다" 하고 그는 덧붙여서 말했다. "내가 주 부대에 들어가게 된 동기를 말해볼까요. 존경할 만한 기분 좋은 부대라는 걸 알고 있었기 때문이에요. 그런데다 친구인 데니가 현재 메리턴의 번영과 마을 사람들이 군인들에게 베풀어준 친절한 마음씨와 훌륭한 지식인들에 대한 얘기를 했기 때문에 나는 더욱 솔깃해졌죠. 나에겐 사교가 필요합니다. 나는 실의를 맛본 인간이에요. 내 정신은 고독을 이겨내지 못할 겁니다. 직무와 사교가 없으면 안돼요. 군대 생활은 원래 내가 원하던 것은 아니었습니다. 그러나 사정에 의해 선택해야만 했던 것입니다. 그렇지 않으면 교회 목사가 되었을 거예요. 나는 교회에 들어가도록 자라왔으니까요. 그리고 내가 지금 막 얘기한 그 친구도 그럴 마음만 있었다면 지금쯤은 굉장한 목사직을 차지하고 있었을 겁니다."

"어쩌면!"

"암, 그렇고 말고요. 돌아가신 그의 부친께서는 그분의 증여권(贈與權) 내에 있는 가장 훌륭한 목사직이 비는 대로 나를 추천하겠다고 유언하셨죠. 그분은 내 교부(敎父)이시고 여간 나를 귀여워하시지 않았어요. 그 친절에 대해서는 뭐라고 표현할 수가 없습니다. 목사 임명 문제를 분명히 해놓을 셈으로 유언하신 것인데 그 목사 자리가 비자 그만 다른 사람의 손으로 넘어가고 말았죠.".

"어쩌면 좋아!" 하고 엘리자베스는 소리쳤다. "하지만 어떻게 그렇게 됐을까요? 어떻게 해서 유언이 무시됐을까요? 왜 법률상의 보상을 요구하지 않으셨어요?"

"유언장의 문구에 형식이 미비한 데가 있어서 소송해도 아무 소용이 없는 일이었습니다. 명예로운 사람이라면 유언의 취지를 의심하지 않았겠지만 다르시는 그걸 의심했습니다. 그 유언을 단순한 조건부의 추천으로 취급하고 나의 사치스러운 짓이며 무분별한 행동을 들어 이미 그 요구권은 효력을 상실했다고 주장했습니다. 그 목사직은 2년 전에 내가 막 차지할 나이가 되자 마침 비었었습니다. 그런데 다른 사람이 차지한 거죠. 아무리 생각해봐도 내가 그 자리를 잃어버려야 할만큼 나쁜 짓을 했다고는 생각되지 않거든요. 물론 내 성질이 격하고 앞뒤 사정을 염두에 두지 않는 것은 사실입니다. 그래서 그 사람 앞에서 그에 대한 내 의견을 서슴지 않고 늘어놓은 일이 있었는지도 모르죠. 그러나 그 이상 나쁜 짓을 한 것은 생각나지 않습니다. 사실 우리는 피차 아주 이질적인 인간이기 때문에 그가 나를 미워하는지도 몰라요."

"어점 그럴 수가 있어요! 그분이야말로 사람들 앞에서 창피를 당해야 될 분예요."

"언젠가 그렇게 되겠죠. 그렇지만 내가 창피를 주고 싶지는 않아요. 그 친구의 아버지를 잊을 수 없는 한 그에게 싸움을 걸거나 정체를 폭로할 수는 없습니다."

엘리자베스는 그러한 마음을 지니고 있는 그가 존경스러웠다. 그리고 그가 그런 마음을 표현했을 때에는 한결 미남인 것같이 생각되었다.

"하지만…" 하고 잠시 말을 끊었다가 엘리자베스는 말했다.

"동기가 무엇이었을까요? 무엇이 그분에게 그런 잔인한 행동을 하게 만들었을까요?"

"나를 아주 철저하게 싫어했기 때문이겠죠. 그건 아마 질투 때문일 거예요. 돌아가신 그의 아버지께서 나를 그처럼 좋아하시지만 않았다면 아들인 그가 나한테 그렇게 심하게 굴지는 않았을 겁니다. 그런데 그의 아버지께서 특별히 나를 사랑해주셨기 때문에 어려서부터 아들을 화나게 한 거겠죠. 그 친구는 두 사람 사이의 경쟁—자주 나한테 기울어지곤 한 아버지의 편애를 참지 못하는 성질이었죠."

"그분이 그렇게 나쁜 분이라고는 생각지 않았어요. 비록 그분을 좋게 생각하진 않았지만 나쁘게 생각할 이유도 없었으니까요. 그러나 일반적으로 동료들을 경멸하고 있다는 것은 짐작하고 있었지요. 그렇지만 그런 악의에 찬 복수와 불법적이고도 몰인정한 짓을 할 정도로 비열한 줄은 몰랐군요."

그녀는 2, 3분간의 침묵이 흐른 다음 다시 말을 계속했다.

"생각나는군요. 언젠가 그분이 네더필드에서 자기는 앙심을 깊이 품으며 남을 쉬 용서하지 않는 성질이 있다고 자랑하더군요. 그건 좋지 않은 성질이에요."

"그 문제라면 내 입에서 무슨 말이 나올는지 장담하지 못하겠군요" 하고 위컴 씨는 대답했다. "나는 그 친구에게 공정할 수가 없을 것 같아요."

엘리자베스는 다시 깊은 생각에 잠기더니 잠시 후 이렇게 소리쳤다. "그렇게 취급하는 법이 어디 있어요? 아버지가 이름까지 지어주며 아끼고 귀여워하던 사람을." 그녀는 다음과 같이 덧붙여 말하고 싶었다. '그리고 이토록 사람의 마음을 끄는 용모를 가진 훌륭한 청년을.' 그러나 그녀는 다만 이렇게 말했을 뿐이다. "그리고 선생님 말씀대로 어렸을 때부터 그렇게 가까이 지냈던 분을."

"우리는 같은 교구의 같은 장원에서 태어났습니다. 유년 시절의 대부분을 함께 지냈죠. 같은 집에서 살고 같은 놀이를 하고 같은 부모의 보호를 받았습니다. 우리 아버지께서는 댁의 필립스 이모부가 성공하신 그런 일을 하셨죠. 그러나 돌아가신 다르시 선생께 힘이 되어드리기 위해 만사를 제쳐놓고 펨벌리의 재산을 관리하시는 데 일생을 보내셨습니다. 그래서 아버지는 다르시 선생에게 두터운 신임을 받으셨고 두 분은 아주 친밀한 사이가 되었습니다. 다르시 선생은 아버지가 관리를 착실히 해주어 그 은혜가 크다고 가끔 치사를 하신 일이 있었죠. 그래서 아버지가 돌아가시기 직전에 그분은 저를 위해 목사 자리를 주선해주시겠다고 자진해서 약속하셨던 것입니다. 그 때 아버지는 그것을 나에 대한 애정의 빚인 동시에 아버지께 대한 감사의 빚이라고 생각하고 계셨을 거예요."

"참 알 수 없는 일이군요!" 하고 엘리자베스는 소리쳤다. "얼마나 미운 짓예요! 그렇다면 지금 다르시 씨는 자존심 그 자체를 위해서라도 선생님께 공평해야 될 텐데 그렇지 못한 게 이상하지 뭐예요. 그 정도의 동기라면 자존심 때문에라도 옳지 못한 일은 할 수 없었을 텐데요. 정말 옳지 못한 일이예요."

"신기한 일이죠" 하고 위컴 씨는 대답했다. "그 친구의 모든 행동은 자존심에 귀착될 수 있고 자존심은 그에게 있어 최선의 벗이거든요. 그의 자존심은 다른 어떤 감정보다도 그를 덕망 있게 만들어 주었죠. 하지만 모순 없는 사람이 어디 있겠습니까? 게다가 그 친구가 내게 보여준 행동에는 자존심보다 훨씬 강한 충동이 있었어요."

"그분의 그런 지겨운 자존심이 본인에게 무슨 이익을 주었을까요?"

"주고 말고요. 그것 때문에 그 친구는 인색하지 않고 너그러워질 때가 있습니다. 예를 들면 돈을 아낌없이 나누어주거나 친절을 베풀고 소작인들을 도와주고 가난한 사람들을 구해준 일이 있었죠. 가문의 자존심, 말하자면 자식으로서의 자존심이 그렇게 시킨 거예요. 자기 아버지에 대한 자부심이 대단하니까요. 가문을 더럽힌다든지 좋은 평판을 떨어뜨린다든지 혹은 펨 벌리가의 권세를 잃지 않도록 애쓰는 것이 그의 유력한 동기죠. 그 친구는 또 오빠로서의 자존심도 대단합니다. 그래서 동기간의 애정도 약간은 가미 된 후견인으로서 누이동생을 친절하게 돌보고 있는 것입니다. 틀림없이 동 기간의 우애가 극진하다고 모두들 그 친구를 치켜세울 테니 두고 보세요."

"그분의 누이동생은 어떤 분이죠?"

그는 머리를 흔들었다. "귀엽다고 말하고 싶습니다. 다르시댁 사람들을 나쁘게 말하는 건 고통스러우니까요. 그렇지만 그녀는 너무도 오빠를 닮았 어요. 잘난 체하는 건 대단하죠. 어렸을 때에는 상냥하고 사람을 잘 따랐어 요. 날 얼마나 좋아했다고요. 난 그녀를 기쁘게 해주기 위해 몇 시간씩 시 간을 내곤 했으니까요. 그렇지만 지금은 아무 소용도 없습니다. 열 대여섯 살쯤 되었을 그녀는 교양이 높은 아가씨죠. 아버지가 돌아가신 후 런던에 있는 집에서 살고 있는데 어떤 부인과 함께 지내며 교육을 받고 있어요."

이따금 말이 끊어지면 또 다른 화제를 꺼냈다가 엘리자베스는 다시 한 번 최초의 화제로 돌아가지 않을 수 없었다.

"그분이 빙리 씨와 친한 게 이상하군요. 빙리 씨는 늘 쾌활하고 무척 상 냥한 분인데 어떻게 그런 분하고 친하실까요? 두 분의 마음이 맞는다는 게 이상하지 않아요? 빙리 씨를 아세요?"

"전혀."

"부드럽고 상냥하고 기분 좋은 분이죠. 그분은 다르시 씨가 어떤 사람이 라는 걸 모르실 거예요."

"아마 모를 겁니다. 하지만 다르시는 남의 마음에 들고 싶어할 경우에는 그렇게 할 수도 있어요. 재능이 없는 게 아니니까요. 그럴 만한 가치가 있다고 생각할 때에는 재미있는 말동무가 된답니다. 사회적인 지위가 대등한 사람들 사이에서는 그다지 넉넉지 못한 사람들을 대할 때와는 전혀 다른 사람이 된다니 까요. 그러나 자존심을 잃는 법은 절대로 없습니다. 다만 돈 많은 사람 축에 끼면 시원시원하고 공정하고 진실하고 현명하면서도 인격적인 사람으로 보여서 아마 기분 좋은 사람인 듯 느껴지겠죠. 그의 재산과 풍채를 어느 정도 참작한다면 말예요.”

위스트 패들은 얼마 후에 자리를 떠나고 일동은 다른 테이블 주위에 모였다. 콜린스 씨는 엘리자베스와 필립스 부인 사이에 자리를 잡았다. 부인은 그에게 게임의 결과가 어찌되었느냐고 대수롭지 않게 물었다. 그것은 좋지 않는데 콜린스 씨가 점수를 다 잃었던 것이다. 그러나 필립스 부인이 그것에 대해 걱정을 하자 콜린스 씨는 그런 것쯤은 아무 것도 아니며 돈 같은 것은 보잘 것 없는 것이라고 아주 정중하게 말한 후 걱정하지 말라고 부탁했다.

“잘 알겠습니다, 부인” 하고 그는 말했다. “하지만 일단 카드 테이블에 앉으면 누구든지 만사를 운에 맡길 수밖에 없습니다. 저는 다행히 5실링밖에 잃지 않았으니 대단하게 생각할 정도는 아닙니다. 이렇게 말할 수 없는 사람도 물론 많을 겁니다. 그러나 캐서린 부인의 덕택으로 저는 사소한 일에 마음을 쓸 필요가 전혀 없습니다.”

위컴 씨의 주의가 그에게로 쏠렸다. 그는 잠시 동안 콜린스 씨를 바라보다가 엘리자베스에게 그가 드 버그 일가와 가까운 사이냐고 낮은 목소리로 물었다.

“캐서린 부인이” 하고 엘리자베스는 대답했다. “최근에 저분께 목사직을 주셨어요. 콜린스 씨가 처음에 어떻게 그 부인의 눈에 들게 됐는지 전

잘 모르겠지만 오래된 사이는 아닌가봐요."

"하지만 캐서린 부인과 앤 다르시 부인은 자매간이고 캐서린 부인이 현재 다르시의 이모님이라는 건 아시겠죠?'

"전혀 모르고 있었는데요. 캐서린 부인의 친척에 대해선 아무 것도 몰랐어요. 캐서린이라는 분이 계시다는 것도 그저께서야 안걸요."

"그 따님인 드 버그 양은 많은 재산을 물려받을 겁니다. 그녀와 그녀의 사촌오빠가 토지를 합칠 거라고들 하더군요."

엘리자베스는 그의 말을 듣고 가엾은 빙리 양의 일을 생각하면서 미소지었다. 빙리 양의 온갖 정성이 수포로 돌아갈 것이 분명했다. 만일 다르시 씨가 이미 다른 사람과 결혼하기로 결정되었다면 다르시 씨의 누이에게 보냈던 그녀의 애정도 다르시 씨 본인에 대한 칭찬도 아무 소용이 없게 된 것이 아닌가.

"콜린스 씨는" 하고 엘리자베스는 말했다. "캐서린 부인과 그 따님을 여간 두둔하는 게 아녜요. 그러나 부인에 대한 얘기 중에서 제가 짐작할 수 있는 것은 그녀에게 감사하는 나머지 오히려 부인을 그르쳤다는 것과, 부인은 콜린스 씨의 후원자이긴 하지만 거만하고 잘난 체하는 분인 것 같다는 사실뿐이에요."

"두 가지 다 맞을 겁니다" 하고 위컴 씨가 대답했다. "여러 해 동안 저는 부인을 못 만났습니다. 또 그녀를 과히 좋아하지도 않았죠. 그녀의 태도가 독단적이고 오만불손했던 것으로 기억하고 있어요. 그렇지만 분별력 있고 현명하다는 평판도 있죠. 그러나 그 재능의 동기는 지위와 재산에서, 권위적인 태도에서, 그리고 나머지는 그 조카의 오만에서 조금씩 비롯된 것 같습니다. 다르시는 자기와 연고가 있는 사람은 누구든지 일류에 속하는 이해력을 지녀야 된다고 단정하고 있죠."

엘리자베스는 이 설명이 합리적이라고 생각했다. 두 사람은 서로 만족스럽게 이야기를 나누었으나 저녁 식사가 나오자 카드 게임이 끝났고 다른 여자들도 위컴 씨의 친절을 받게 되었다. 필립스 부인의 만찬 모임은 시끄러워서 이야기를 나눌 수가 없었다. 그러나 위컴 씨의 태도는 모든 사람의 마음에 들었다. 그는 무슨 말을 하든지 말솜씨가 능란했고 또 무엇을 하든지 우아해 보였다. 엘리자베스는 위컴 씨에 대한 생각으로 머리가 꽉 찬 채 그 집을 나왔다. 집으로 돌아오면서 그녀는 위컴 씨와 나눈 이야기 이외에는 일절 아무 것도 생각할 수가 없었다. 그러나 집으로 돌아오는 도중에는 위컴 씨의 이름을 입 밖에 낼 틈도 없었다. 리디아와 콜린스 씨가 한 번도 입을 다물지 않았기 때문이다. 리디아는 쉴 새 없이 제비뽑기와 자기가 잃은 피쉬(수 따기) 이야기를 했다. 콜린스 씨는 필립스 부부가 친절하다느니 위스트 게임에서 진 것에 대해서는 조금도 개의치 않는다느니, 저녁상에 올랐던 요리를 하나하나 되뇌이면서 방해가 되지 않았느냐고 덧붙이기까지 하며 마차가 롱본의 집 앞에 설 때까지 너무 할 말이 많아 어쩔 줄 몰라 했다.

17

다음날 엘리자베스는 위컴 씨와 주고받은 이야기를 제인에게 들려주었다. 제인은 놀랍고 걱정스러운 표정으로 그 이야기를 듣고 있었다. 다르시 씨에게는 그처럼 친구인 빙리 씨의 존경심을 불러일으킬 만한 자격이 없다는 것을 어떻게 해석해야 좋을지 몰랐다. 그렇다고 해서 위컴 씨와 같은 상냥한 외양을 지닌 청년의 진실성을 의심한다는 것은 제인의 성질이 용납하지 않았다. 위컴 씨가 정말 그와 같이 불친절한 대우를 받았을지도 모른다는 것만으로도 제인의 고운 마음씨에는 큰 관심거리가 되었던 것이다. 그래서 그녀는 두 남성을 호의적으로 해석하고 그들 각자의 행위를 변호해주거나 따로 설명할 수 없는 것은 무엇이든 우연이 아니면 어떤 착오라고 생각할 수밖에 없었다.

"두 분이" 하고 제인은 말했다. "어쩌다 서로 오해를 하신 거겠지. 우리가 그 이유를 어떻게 알아? 이해 관계가 있는 다른 사람들이 두 분 사이를 이간질 시켰을 거야. 어느 한 분에게 죄를 뒤집어씌우지 않는 한 우리로서는 두 분 사이를 나쁘게 한 이유와 사정을 추측할 수 없어."

"사실 그래. 그런데 언니, 필시 이 일과 관련 있는 그 이해 관계에 있는 사람에 대한 언니의 의견은 어때? 그 사람들의 진상은 가려야지. 그렇지 않으면 어느 한 사람을 나쁘게 생각지 않으면 안 될 테니까."

"웃고 싶으면 웃어도 좋아. 하지만 아무리 웃어도 내 의견은 변하지 않아. 애, 리지야, 이것이 다르시 씨를 얼마나 불명예스럽게 하는 일인지 생각해보렴. 자기 아버지가 소중히 여기던 사람을 그렇게 다루다니, 더구나 목사직까지 주겠다고 약속한 분이 아니냐 말야. 그럴 리가 없어. 조금이라도 인정이 있고 자신의 인격을 존중하는 사람이라면 그런 짓은 못해. 가장 친한 친구를 그렇게 오해하다니. 아무리 생각해도 그럴 리가 없어."

"위컴 씨가 어젯밤에 얘기한 것이 꾸며낸 것이라고 생각하는 것보다는 빙리 씨가 그에게 속았다고 생각하는 것이 마음 편해. 그와 관련된 이름이

나 모든 사실을 거침없이 말하던데 뭘. 만일 그 말이 거짓이라면 다르시 씨에게 반박하라고 그러지. 그분의 얼굴에는 진실한 표정이 나타나 있었어."

"정말 어렵고 곤란한 일이구나. 어떻게 생각해야 좋을지 모르겠어."

"안된 일이군. 하지만 뻔하잖아."

그러나 제인도 다음 한 가지만은 명백하게 생각할 수 있었다. 즉 빙리 씨가 만일 속은 것이라면 진상이 드러날 때 그가 몹시 괴로워할 것이라는 사실이다.

이러한 이야기를 주고받던 관목 숲 속에서 두 자매는 자신들을 부르는 소리를 들었다. 그 때까지 이야기하던 화제의 당사자들이 온 것이다. 빙리 씨와 그의 누이동생이 오랫동안 기다리던 네더필드의 무도회에 그들을 초대하기 위해 직접 온 것인데, 그 무도회는 다음 화요일에 열기로 결정되었다는 것이다. 두 자매는 가까운 친구를 다시 만나게 되어 기뻤다. 빙리 씨 남매는 지난번에 만난 것이 까마득한 옛날 같다면서 헤어진 이후 제인은 혼자서 무엇을 하고 지냈느냐고 거듭 물었다. 그들은 다른 식구들에게는 거의 신경도 쓰지 않았다. 될 수 있는 대로 베넷 부인을 피했고 엘리자베스에게도 그다지 말을 걸지 않았으며, 그 외의 사람들에게는 한 마디도 말을 하지 않았다. 그들은 얼마 안 되어 자리에서 일어났는데, 특히 빙리 씨는 놀랄 정도로 재빠르게 일어나 베넷 부인의 정중한 인사를 피하려는 듯이 급히 나가 버렸다.

네더필드의 무도회를 상상하는 것은 집안의 어떤 여자에게나 유쾌한 일이었다. 베넷 부인은 그것이 맏딸에게 경의를 표하기 위해 열리는 것이라고 마음대로 생각하고 형식적인 서면이 아닌, 직접 빙리 씨로부터 초대받은 것을 자랑으로 여겼다. 제인은 두 친구와 같이 보낼 저녁과 그녀들의 오빠인 빙리 씨로부터 친절을 받으며 보내게 될 하룻밤을 마음속에 그려보았다. 엘리자베스는 위컴 씨와 실컷 춤을 추며 다르시 씨의 표정과 거동에서 모든 확증을 잡을 수 있게 될 것이 기뻤다. 캐더린과 리디아가 기대한 즐거움은 유독 어느 한 사건이나 특정인과 관련된 것은 아니었다. 그들은 엘리자베스와 마찬가지로 위컴 씨와 저녁의 반을 춤출 작정이었으나 그렇다고 반드시 위컴 씨하고만은 아니었다. 그러나 역시 무도회는 무도회였다. 메리까지도 그 무도회에 솔깃하지 않을 수 없다고 가족들에게 말하는 것이었다.

"아침에 혼자 있을 수만 있다면" 하고 그녀는 말했다. "그것만으로도 충분해요. 이따금 저녁 모임에 참석하는 것을 별로 희생이라고는 생각지 않아요. 우리는 사교가 필요하니까요. 나는 기회 있을 때마다 오락과 유희를 즐기는 것이 좋다고 생각하는 사람들 중의 하나예요."

이 때 엘리자베스는 몹시 명랑해졌기 때문에 너무 쓸데없이 콜린스 씨에게 이야기를 걸지는 않았으나 다음과 같이 묻지 않을 수 없었다. 즉 '빙리 씨의 초대를 수락할 생각인지, 만일 그럴 생각이라면 그날 밤의 파티에 참가하는 것이 옳다고 생각하는가'라고. 그러나 엘리자베스는 오히려 놀라고 말았다. 그 점에 관해서 콜린스 씨는 조금도 주저하는 빛이 없었고 춤을 춘다고 해서 대주교나 캐서린 부인에게 책망을 듣지나 않을까 염려하는 기색도 전혀 없었다.

"내 의견 같아서는" 하고 콜린스 씨는 말했다. "품위 있는 청년이 존경할 만한 사람들을 위해서 여는 이런 종류의 무도회는 결코 나쁜 것이라고는 보지 않습니다. 나 자신도 무도회에 반대하기는커녕 그날 밤 여러분의 손을 모두 잡아보고 싶습니다. 그리고 엘리자베스 양, 이 기회에 특히 처음 두 번은 나와 춤 출 수 있게 해주십시오. 제인 양께서는 제 청에 정당한 이유가 있다고 생각하시고 이를 실례되는 일이라 생각지 않으시리라 믿습니다."

엘리자베스는 꼼짝 못하게 되었다고 느꼈다. 사실 그 춤은 위컴 씨와 추기로 확실히 계획하고 있었던 것이다. 그런데 하필 콜린스 씨와 추게 되다니. 엘리자베스의 명랑한 성격이 이렇게 언짢게 표시된 일은 일찍이 없었다. 그러나 할 수 없는 일이었다. 위컴 씨와의 재미는 별수 없이 조금 연기하기로 하고 콜린스 씨의 청을 예의로 받아들일 수밖에 없었다. 그녀는 콜린스의 은근한 태도가 암시하는 그 이상의 어떤 뜻이 들어 있는 것 같아 마음이 가볍지 않았다. 그녀는 비로소 어떤 느낌을 받았는데, 즉 자매들 중에 자기가 헌스퍼드 목사관의 주부로서 어울리고 특별한 방문객이 없을 때에는 로징스의 커드릴 테이블로 사람을 모으기에 적당한 사람으로 뽑힌 것을 알아차렸다. 그가 더욱 친절해지면서 자신의 기지와 명랑함에 대하여 수차례 찬사를 보내는 것을 깨닫자 그 생각은 곧 확신으로 변했다. 그녀는 자기 자신이 그만큼 매력이 있었다는 것에 대해 만족하기에 앞서 어이가 없었다. 그리고 머지않아 그와 결혼할 가능성이 짙다는 것과 어머니가 아주 흡족해할 것이라는 사실을 알 수 있었다. 그러나 엘리자베스는 그 암시를 받아들이지 않았다. 대답을 했다가는 반드시 심각한 논쟁이 벌어질 것을 알고 있었기 때문이다. 콜린스 씨가 결혼 신청을 하지 않을지도 모르고, 또 청혼을 하기도 전에 그 사람과 말다툼을 한다는 것은 쓸데없는 짓이었다.

네더필드의 무도회 준비를 하든가 그에 대한 이야기라도 하지 않았다면 베넷 가의 밑의 두 딸은 그 동안 불쌍한 꼴이 되었을 것이다. 왜냐하면 초대한 날부터 무도회 당일까지 날마다 비가 와서 두 딸은 한 번도 메리턴으로 소풍을 가지 못했기 때문이다. 이모에게서나 사관들에게서도 이렇다 할 소식이 없었다. 네더필드에서 쓸 슈로즈(구두 장식)도 집사를 통해 사들였다. 엘리자베스도 날씨 때문에 위컴 씨와 가까이 지낼 수 없어 참기 어려웠는지도 모른다. 그나마 화요일에 무도회가 있어서 그것을 기대하고 있으니 망정이지 그렇지 않았다면 키티와 리디아에게 차마 금요일, 토요일, 일요일, 월요일을 참고 기다리라고 말할 수 없었을 것이다.

18

엘리자베스는 네더필드의 응접실에 들어서자마자 거기에 모여 있던 붉은 옷을 입은 무리들 속에서 위컴 씨의 모습을 찾아보았으나 헛수고였다. 그 때까지도 그가 오지 않을지도 모른다는 생각은 하지 않았던 것이다. 물론 놀라기는 했지만 그러나 위컴 씨를 만나게 되리라는 확신은 희박해지지 않았다. 엘리자베스는 평상시보다 더 신경을 써서 옷을 입고 위컴 씨의 마음속에 아직도 정복되지 않은 곳이 있다면 완전히 정복하리라 마음먹고 애써 명랑하게 준비하고 있었다. 그날 밤 안으로 성공할 수 있을 것이라고 믿었던 것이다. 그러나 불현듯 다르시 씨의 기분을 고려한 빙리 씨가 사관들에게 초대장을 보내면서 위컴 씨는 고의로 빠뜨린 것이 아닌가 하는 의문이 떠올랐다. 아니나다를까 엘리자베스가 생각한 대로는 아니었지만 위컴 씨가 오지 않는다는 확정적인 사실을 그의 친구인 데니 씨를 통해 확인했다. 리디아가 궁금해서 이유를 물어보니, 위컴 씨는 용무가 있어서 그 전날 시내에 들어갔는데 아직 돌아오지 않았다는 것이다. 그는 의미심장한 미소를 띠며 다음과 같이 덧붙여 말했다.

"그 친구가 여기 있는 어떤 신사를 피하고 싶지 않았다면 설령 일이 있다고 해서 이 시간에 다른 곳으로 가지는 않았을 걸요."

리디아는 이 말을 듣지 못했지만 엘리자베스는 똑똑히 들었다. 그녀가 처음에 추측했던 것처럼 위컴 씨가 오지 않는 것은 다르시 씨에게 책임이 있다고 확신했다. 다르시 씨에 대한 모든 불쾌한 감정이 직접적인 실망으로 말미암아 날카로워져 있었기 때문에 방금 그가 뒤로 가까이 와서 다정스럽게 말을 거는데도 정중한 대답을 해줄 수 없었다. 다르시 씨의 말에 주의를 기울이면서 관용을 보이는 것은 위컴 씨를 모욕하는 것이었다. 엘리자베스는 다르시 씨와 어떠한 이야기도 하지 말자고 결심했다. 그래서 다소 불쾌한 듯 외면하였으나 이러한 태도는 빙리 씨에게 말을 걸 때에도 고쳐지지 않았다. 게다가 다르시 씨에 대한 빙리 씨의 맹목적인 편애가 엘리자베스를 화나게 만들었다.

그러나 엘리자베스는 언짢은 기분으로 있을 성질이 아니었다. 그날 밤 자신의 기대는 완전히 억측으로 어긋나버렸지만 오랫동안 그녀의 마음속에 자리잡고 있지는 않았다. 그녀는 일주일 동안 만나지 못했던 샬롯 루카스에게 자기 슬픔을 모두 털어놓고 나서 화제를 콜린스 씨의 괴팍한 성격으로 돌리고 특별히 친구의 주의를 그에게로 돌리게 했다. 그러나 처음 두 번에 걸친 춤은 또 한번 그녀를 곤란하게 했다. 그것이야말로 고통스러운 춤이었다. 콜린스 씨는 어색하게 점잔을 빼며 정신은 차리지 않고 변명만 하는가 하면, 부주의하여 잘못 움직이기 일쑤여서 그 때문에 엘리자베스가 겪은 두 번에 걸친 수치와 비참한 꼴은 불쾌한 파트너가 주는 최대한의 것이었다. 엘리자베스는 그에게서 벗어나는 순간 살 것만 같았다.

다음에 그녀는 어느 사관과 춤을 추었다. 위컴 씨의 이야기를 하고 모두들 그를 좋아한다는 이야기를 듣자 마음이 후련해졌다. 이 춤이 끝나자 엘리자베스는 샬롯 루카스에게로 돌아갔다. 그리고 둘이 이야기를 하고 있는데 갑자기 다르시 씨가 말을 걸었다. 그가 엘리자베스에게 춤을 추자고 불쑥 청했기 때문에 그녀는 얼떨결에 수락해버렸다. 다르시 씨가 춤이 끝나는 즉시 돌아가 버렸기 때문에 남아 있던 엘리자베스는 자신의 방심한 태도에 짜증이 났다. 샬롯은 친구를 위로하느라고 애썼다.

"반드시 기분 좋은 분일 거야."

"큰일 날 소리하지 마. 그거야말로 최대의 불행이야. 미워하려고 마음먹고 있는 상대가 기분 좋은 사람이라니. 그런 악담을 하면 안 돼."

그러나 다시 춤이 시작되어 다르시 씨가 춤을 청하러 다가오자 샬롯은 귓속말로 친구에게 충고하지 않을 수 없었다. 위컴 씨가 마음에 들었다고 해서 어리석게 그보다 열 배나 유력한 남자의 눈에 불쾌하게 보이지 말라는 것이었다. 엘리자베스는 아무 말 하지 않고 춤추는 무리 속에 끼였다. 그리고 다르시 씨의 상대가 되는 것을 허락하면서 자기가 나타낸 위엄에 스스로 놀랐으며, 옆의 사람들도 그 모습을 보고 놀라는 것을 그들의 표정을 통해 알 수가 있었다. 그들은 잠시 동안 조용히 서 있었다. 엘리자베스는 그 침묵이 두 번 춤을 추는 동안 계속될 것같이 생각되었다. 그리고 자기가 먼저 침묵을 깨뜨리지는 말아야겠다고 결심했다. 그러나 갑자기 상대편으로 하여금 이야기를 하지 않으면 안되게 만드는 것이 오히려 큰 벌을 주는 것이 되지 않을까 하여 춤에 대한 간단한 감상을 얘기했다. 다르시 씨는 이에 대답을 하고는 다시 침묵을 지켰다. 몇 분이 지나자 엘리자베스는 다시 한 번 말을 걸었다.

"이번에는 다르시 선생님이 말씀하실 차례예요. 전 춤 얘기를 했으니까 선생님도 방의 크기라든지 몇 쌍의 남녀가 모였다든지 하는 등의 의견을 말씀하셔야 해요."

다르시 씨는 미소지었다. 그리고 무엇이든 엘리자베스가 원하는 대로 이야기를 하겠다고 약속했다.

"좋아요, 우선 그렇게 대답하시는 걸로 충분해요. 조금 있으면 저도 개인이 여는 무도회보다는 공개 무도회가 훨씬 즐겁다고 말씀드릴지도 모르겠어요. 하지만 지금은 잠자코 있겠어요."

"그럼 춤을 추고 있는 동안 무슨 말이건 해야한다는 규칙이라도 있습니까?"

"그럴 때도 있어요. 반 시간 동안이나 침묵을 지키는 것은 이상하게 보이거든요. 더구나 누군가의 편리를 위해서는 될 수 있는 대로 말을 정돈하지 않으면 안되니까요."

"지금은 자신의 감정을 염두에 두고 계십니까, 혹은 내 감정을 만족시키고 있다고 생각하십니까?"

"양쪽 다죠" 하고 엘리자베스는 능청스럽게 대답했다. "하지만 저는 언제나 선생님과 저의 감정이 비슷하다는 것을 보아왔거든요. 우린 둘 다 비사교적이고 말수가 적은 성격이기 때문에, 방안에 있는 모든 사람들을 깜짝 놀라게 하여 박수 갈채 속에 금언(金言)으로써 후세에 전해질 수 있는 가망이라도 있기 전에는 입을 열 생각을 하지 않으니까요."

"그건 당신의 성격과는 일치되지 않는 것 같은데요" 하고 그는 말했다. "그리고 내 성격하고 얼마나 가까운 것인지는 잘 모르겠군요. 당신은 필시 그것을 똑같은 초상화라고 생각하실 테죠."

"저 자신의 작품을 제가 평가해서는 안되죠."

다르시 씨는 대답하지 않았다. 두 사람은 그 춤이 끝날 때까지 다시 침묵을 지켰다. 잠시 후 그는 엘리자베스 자매가 메리턴에 곧잘 산책하러 가지 않았느냐고 물었다. 그녀는 그렇다고 대답하고 유혹에 견디다 못해 이렇게 덧붙여 말했다. "언젠가 거기서 뵈었을 때에는 마침 새 친구를 만들고 있던 참이었어요."

효과는 만점이었다. 그리고 그의 얼굴에는 훨씬 짙은 오만의 그림자가 덮였다. 그러나 말은 없었다. 엘리자베스는 자신의 약한 마음을 나무라면서 말을 계속할 수가 없었다. 드디어 다르시 씨가 입을 열었다. 그리고 어색한 태도로 말했다.

"위컴 군은 친구를 사귀는 데 여러 가지 좋은 예절을 갖추고 있죠. 하지만 그 친구들과 끝내 사이좋게 지낼지는 확실치 않습니다."

"어쩌다 두 분 사이가 나빠지셨나요?" 하고 엘리자베스는 힘을 주어 말했다. "그분은 일생을 두고 괴로워하실 거예요."

다르시 씨는 대답하지 않았다. 그는 화제를 바꾸고 싶어하는 것 같았다. 그 때 윌리엄 루카스 경이 그들 곁으로 다가왔다. 그들 사이를 지나 방 저쪽으로 가려던 참인 듯했다. 그러나 다르시 씨를 보자 그는 걸음을 멈추고 한결 정중하게 인사를 한 후 그의 춤과 파트너에 대해 찬사를 던졌다.

"정말 이렇게 훌륭한 춤은 좀처럼 볼 수 없을 겁니다. 확실히 일류이십니다. 감히 말씀드리지만 파트너 되시는 분도 선생에게 그다지 불명예가 되지는 않겠군요. 이런 즐거움을 맛보도록 종종 청하고 싶어요. 엘리자 양, 특별히 기대되는 사건—그의 언니와 빙리를 힐끔 보면서—이 일어났으면 좋겠군요. 굉장한 축사가 흘러 들어갈 게 아닙니까? 이건 다르시 선생께 호소할 문제인데… 하지만 방해는 하지 않겠습니다. 이 젊은 여성의 매혹적인 이야기로부터 선생을 붙들어드린다 해도 고맙단 말씀은 못들을 것이고 엘리자 양의 빛나는 시선이 나를 꾸짖고 있는 것 같군요."

나중에 말한 이 인사는 거의 다르시 씨의 귀에 들어오지 않았다. 그러나 윌리엄 경이 친구에게 넌지시 언급하자 그는 몹시 감동된 것 같았다. 그의 눈은 심각한 표정을 띤 채 같이 춤을 추고 있는 빙리 씨와 제인 쪽을 향했다. 그러나 그는 곧 정신을 차리고 자기 파트너를 향해 말했다.

"윌리엄 경이 방해를 했기 때문에 우리가 무슨 얘기를 했는지 잊어버렸군요."

"마치 우리가 무슨 얘기나 한 것 같군요. 윌리엄 경이 이 방안에서 어떤 한 쌍을 방해했다고는 하지만 저희들같이 말이 없는 쌍도 없을 거예요. 두서너 가지 화제를 꺼내봤지만 성공하지 못했어요. 다음엔 어떤 화제를 택해야 좋을지 모르겠군요."

"책에 대해서는 어떻게 생각하십니까?' 하고 그는 미소를 지으며 말했다.

"책이요? 틀렸어요. 우린 같은 책을 읽지도 않았거니와 설령 읽었다 해도 같은 느낌으로 읽은 게 아니니까요."

"그렇게 생각하시다니 유감이로군요. 그렇지만 그게 충분한 화제거리가 되지 않겠습니까? 서로의 상반된 의견을 비교해볼 수도 있을 테니까."

"안돼요. 무도회장에서 책 이야기를 할 수는 없어요. 제 머릿속은 항상 다른 일로 꽉 차 있거든요."

"이런 경우에는 언제나 눈앞에 보이는 것에만 주의를 집중하신다는 말씀이죠?" 하고 그는 의아한 표정으로 말했다.

"네 항상" 하고 무엇을 말하고 있는지도 모르면서 그녀는 대답했다. 그녀의 생각은 걷잡을 수 없이 화제로부터 멀리 벗어나 있었던 것이다. 그것은 그 후 얼마 안 되어 그녀가 갑자기 외친 소리로 인해 더욱 확실해졌다.

"언젠가 이런 말씀을 하신 적이 있으시죠, 다르시 선생님. 좀처럼 남을 용서하지 않을 뿐 아니라 원한이 생기면 쉽게 풀리지 않으신다고요. 그렇게 하시려면 상당히 조심하셔야 할 거예요."

"그렇습니다" 하고 그는 단호하게 말했다.

"편견 때문에 무모해지는 것은 생각지 않으세요?"

"그런 일이 없길 바랄 뿐이죠."

"처음에는 올바른 판단을 내려두는 것이 좀처럼 의견을 변경시키지 않는 사람들의 독특한 의무거든요."

"무슨 생각으로 그런 질문을 하시는 거죠?"

"선생님의 성격을 예증(例證)하려는 것뿐예요" 하고 그녀는 심각한 표정을 지우려고 애쓰면서 말했다. "그것을 확실히 하고 싶어요."

"그래, 얻은 것이 무엇이죠?"

그녀는 머리를 흔들었다. "진행이 잘 안 되는군요. 선생님에 관해서는 여러 가지 다른 얘기를 듣고 있기 때문에 갈피를 못 잡겠어요."

"나도 짐작이 갑니다" 하고 그는 엄숙하게 대답했다. "나에 대해서 별별 소문이 다 떠돌 겁니다. 그래, 베넷 양, 지금 당장 내 성격을 대강 스케치해 주실 수 없습니까? 결과 여하에 따라서는 서로에게 명예롭지 못할 수도 있으니까요."

"하지만 지금 선생님의 얼굴을 비슷하게 스케치하지 않으면 다시는 이런 좋은 기회가 없을지도 모르겠어요."

"굳이 베넷 양의 흥미를 지연시키고 싶지는 않습니다" 하고 그는 냉담하게 말했다.

엘리자베스는 그 이상 말하지 않았다. 두 사람은 춤을 끝내고 말없이 헤어졌다. 서로 정도는 다르겠지만 두 사람 다 실망한 상태였다. 다르시 씨의 마음속에는 엘리자베스를 향한 상당히 강한 감정이 있었으므로 곧 여자를 용서하게 되었지만 그 대신 그 노여움은 한꺼번에 또 다른 사람에게로 쏠렸다.

그들이 헤어진지 얼마 안 되어 빙리 양이 엘리자베스 쪽으로 다가왔다. 그리고 새침한 얼굴로 경멸이 가득 담긴 표정으로 이렇게 말했다.

"저, 엘리자 양, 조지 위컴을 무척 좋아하신다죠! 언니가 그 사람 얘기를 하며 여러 가지 물으시더군요. 그 청년은 다른 얘기는 많이 하면서도 자기가 돌아가신 다르시 선생의 청지기였던 노(老) 위컴의 아들이란 것은 깜박 잊고 얘기하지 않은 모양이죠. 하지만 친구로서 충고하겠어요. 그 사람 말을 무조건 신용해서는 안돼요. 다르시 선생이 그 사람을 학대했다는 건 순전히 거짓말예요 그러기는커녕 얼마나 친절하게 대해 주셨다고요. 조지 위컴이 다르시 선생에게 얼마나 못되게 굴었는지 모르시죠? 저는 자세한 사정은 몰라도 그것만은 잘 알아요. 다르시 선생에게는 조금도 흠잡을 점이 없어요. 조지 위컴의 이름이 다른 사람의 입에 오르내리는 걸 들을 수 없을 정도니까요. 그래서 저의 오빠는 사관들을 모두 초대하는데 그 사람만 빠뜨릴 수 없어 고민했지만 자기 자신이 제 발로 도망가버렸기 때문에 오히려 여간 다행이라 생각지 않으셨어요. 이 지방에 온 것 자체가 큰 실례지 뭐예요. 어떻게 감히 그런 짓을 했을까? 아무튼 좋아하는 분의 잘못이 이렇게 드러나서 안됐군요. 하지만 그 사람의 내력을 보면 과히 기대할 게 없을 것 같더군요."

"지금 말씀으로는 그분의 죄와 혈통이 똑같은 것같이 보이는군요. 그분이 다르시 댁의 청지기 아들이라는 것보다 더 나쁘게 말씀하시니 말예요. 사실인즉 그건 그분이 직접 나한테 말씀해주신 거예요" 하고 엘리자베스는 화를 내며 말했다.

그러자 빙리 양은 조소의 빛을 띠고 외면하며 대답했다. "미안해요. 공연한 참견을 했군요. 내 딴에는 마음을 쓰느라고 한 일인데."

'뻔뻔스러운 것! 이런 비열한 짓으로 내 마음을 움직일 수 있으리라고 생각한다면 큰 오산이지. 그것은 네가 사실을 제대로 모르고 있다는 것 뿐 아니라 다르시의 나쁜 점을 더욱 드러내는 짓일 뿐이야' 하고 엘리자베스는 중얼거렸다. 그리고 그녀는 언니를 찾았다. 언니는 같은 문제에 대해 빙리 씨에게 묻고 있었다. 제인은 흡족한 마음으로 미소를 띤 채 얼굴을 빛내며 동생을 만났다. 그날 밤 일어난 일에 얼마나 만족하고 있는가를 충분히 보여주는 얼굴이었다. 엘리자베스는 즉석에서 언니의 기분을 알아차렸다. 그래서 그 순간 위컴 씨에 대한 마음과 그 상대에 대하여 품었던 분노, 그밖의 여러 가지 일들이, 제인이 지금 순조로운 행복의 길에 서 있다는 희망 앞에서 무너지고 말았다.

엘리자베스는 언니 못지 않게 밝은 미소를 띠며 말했다. "말해 줘. 위컴 씨에 대해서 무슨 얘기를 들었어? 하지만 언니는 재미 보느라고 남 생각은 하지도 못했을 거야. 그런 사정이었다면 걱정 마. 내가 용서할 테니."

"너도 참, 내가 왜 그분을 잊어버리니? 하지만 속시원하게 들려줄 얘기가 없구나. 빙리 씨는 그분의 이력에 대해 속속들이 알지도 못하고 더구나 다르시 선생을 화나게 만든 사정은 전혀 모르더라. 그렇지만 친구의 훌륭한 행동이라든지 성실과 명예에 대해서는 증인이 되어주겠다는 거야. 위컴 씨는 사실 다르시 선생으로부터 받은 대우보다 훨씬 적은 대우밖에 받을 자격이 없다고 생각하고 있더구나. 미안한 얘기지만 그분이나 그분 누이동생 말로는 위컴 씨는 존경할 만한 청년은 못 되는 것 같아. 위컴 씨는 너무 경솔해서 다르시 선생의 호의를 받을 자격이 없었는지도 몰라" 하고 제인은 말했다.

"빙리 씨는 위컴 씨를 잘 모르잖아?"

"응, 요전번 아침 메리턴에서 처음 인사했지."

"그럼 보나마나 그 얘기는 다르시 선생님한테서 들으신 거겠지. 그만하면 알았어. 그렇지만 목사 자리 문제에 대해서는 뭐라고 그래?"

"그 일에 대해선 확실히 기억하고 있지 않다고 하더라. 여러 번 다르시 선생한테서 듣긴 했대. 아무튼 조건부로 준 것처럼 알고 있던데."

엘리자베스는 열심히 말했다. "빙리 씨의 성의를 의심하는 건 아니야. 하지만 보증한다고 해서 그걸 그대로 믿을 수는 없거든. 빙리 씨가 친구를 변호하는 것은 정말 훌륭해. 그렇지만 그분은 이 얘기에 대해서 모르는 것이 많고 그나마 나머지는 친구인 다르시 선생한테서 들은 것이니까 아무래도 두 분을 그전같이 생각해야겠어."

여기서 그녀는 화제를 바꾸어 서로를 즐겁게 해줄 수 있으면서 감정을 상하지 않고 나눌 수 있는 얘기를 꺼냈다. 제인이 빙리 씨의 호의에 대해 품고 있는 겸손하면서도 즐거운 희망에 대해 엘리자베스는 즐겁게 귀를 기울이며 자신도 언니의 확신을 더욱 강하게 해주기 위해 최선을 다해 말했다. 그때 빙리 씨가 그들 사이에 끼여들었기 때문에 엘리자베스는 루카스 양쪽으로 물러갔다. 그러고는 지금 그분과 유쾌하게 춤을 추었느냐는 루카스 양의 질문을 받았지만 대답을 채 하기도 전에 콜린스 씨가 두 사람에게로 다가와 희색이 만면하여 마침 기막힌 사실을 알았다고 그녀에게 말했다.

"정말 우연히 알았어요. 바로 이 방에 내 보호자의 가까운 친척이 계시더군요. 그 신사가 이 집의 주부 역할을 하고 있는 젊은 부인에게 자기의 사촌 누이 드 버그 양과 그녀의 어머니인 캐서린 부인의 이름을 말하는 것을 우연히 들었습니다. 참 신기한 일이죠. 분명 캐서린 부인의 조카 되는 분일 텐데, 이런 모임에서 그분을 만나리라고 누가 생각이나 했겠습니까? 이 발견으로 그분에게 경의를 표할 기회를 놓치지 않게 된 것은 여간 고마운 일이 아니거든요. 지금 즉시 경의를 표한다면 좀 더 일찍 표하지 못한 것을 용서해주실 테죠. 그런 관계가 있으신 것을 전혀 모르고 있었던 것이 사죄의 구실이 될 거예요" 하고 콜린스 씨는 말했다.

"다르시 선생과 인사하시지 않겠어요?"

"해야죠. 진작 인사드리지 못한 것을 사과 드려야겠어요. 그분이 바로 캐서린 부인의 조카 되는 분이시죠. 캐서린 부인이 일주일 전만 해도 아주 건강하셨다는 걸 그분에게 말해줘야겠어요."

엘리자베스는 이러한 콜린스 씨의 계획을 단념시키느라 무척 애를 먹었다. 다르시 씨는 다른 사람의 소개 없이 자기 소개를 하는 것은 자기 이모님에 대한 존경이라기보다는 오히려 무례한 짓이라고 생각할 것이라는 것과, 서로 아는 체할 필요가 없을 뿐더러 설사 한다고 하더라도 인사를 청하는 것은 지위가 높은 다르시 씨가 할 일이라고 확실히 말했다. 콜린스 씨는 자기의 의사를 굽히지 않으려는 단호한 태도로 그녀의 말을 들었다. 그래서 그녀가 말을 끝내자 다음과 같이 대답했다.

"엘리자 양, 당신이 이해하고 계신 범위 안에서의 모든 일에 대해 훌륭한 판단을 높이 평가합니다. 그러나 용서하시기 바랍니다. 세속적으로 규정되어 있는 예식과 성직을 조절하는 것 사이에는 상당한 구별이 있어야 될 것입니다. 그리고 목사라는 직분의 위엄은 우리 나라의 어떠한 높은 자리의 사람과도 대등하다고 생각합니다. 하긴 당연히 행동에 따라야 될 겸손을 동시에 갖춰야 되겠지요. 그러기 때문에 지금의 경우 제 양심의 명령에 따르는 것을 용서해 주셔야겠습니다. 그렇게 함으로써 제가 의무적이라고 생각하는 행동을 하게 되는 것이죠. 충고해주신 대로 행동하지 못함을 죄송하게 생각합니다, 다른 모든 문제에 대해서는 당신의 충고가 늘 제 지침이 될 것입니다. 그러나 지금으로서는 제가 교육이라든지 꾸준한 노력을 기울여온 점으로 보더라도 당신 같은 젊은 여성보다는 옳고 그른 것을 판단하기에 더 적당하다고 생각합니다."

그러고는 몸을 굽혀 절을 한 그는 다르시 씨에게로 달려가기 위해 물러갔다. 다르시 씨가 어떻게 그의 인사를 받아들일까 하고 엘리자베스는 열심히 바라보고 있었다. 인사를 받고 놀랄 것은 뻔한 일이었다. 그녀의 친척은 엄숙하게 인사를 하고 이야기를 시작했다. 말소리는 하나도 들리지 않았으나 다 알아들을 수 있을 것만 같았다. 입술이 움직이는 것으로 보아 '사죄', '헌스퍼드', '캐서린 부인' 따위의 말을 하고 있는 것을 알 수 있었다. 그런 사람한테 자신의 정체를 털어놓는 것을 보고 엘리자베스는 속이 상했다. 다르시 씨는 자못 놀라는 듯한 태도로 콜린스 씨를 바라보았다. 그러다가 드디어 콜린스 씨가 말할 기회를 주자 어색해하면서도 정중하게 답례를 했다. 그러나 콜린스 씨는 다시 말을 꺼낼 용기를 잃지 않았다. 다르시 씨의 콜린스 씨에 대한 경멸은 두 번째 이야기가 길어짐에 따라 더욱 명확해지는 것 같았다. 말이 끝나자마자 다르시 씨는 약간 머리를 숙여 보이고는 다른 곳으로 가버렸다. 그래서 콜린스 씨는 엘리자베스에게로 돌아왔다.

"사실 인사하는 데 불만을 품으실 이유가 없거든요. 다르시 선생은 내가 경의를 표한 것이 몹시 마음에 드신 것 같았어요. 아주 정중하게 대답해주시더군요. 심지어는 이런 찬사까지 하시던데요. 캐서린 부인의 통찰력을 확신하고 있으니까 그분의 격에 떨어지는 총애를 받을 리가 없을 것이라고 믿는다는 거죠. 참 훌륭한 생각입니다. 대체로 난 그분이 마음에 들었어요."

엘리자베스는 더 이상 그에 대해 아무런 흥미를 느끼지 못했기 때문에 언니와 빙리 씨에게 주의를 돌렸다. 그들을 바라보고 있노라니 차츰 기분이 좋아지고 마침내 그녀를 언니처럼 행복하게 만들어주었다. 엘리자베스는 언니가 참된 사랑으로 비롯된 결혼을 하여 그에 따르는 기쁨 속에 파묻혀 바로 그 집에 안주하고 있는 광경을 마음속에 그려보았다. 그런 이유에서라면 빙리 씨의 두 누이를 좋아하도록 노력하는 것도 어려운 일은 아닐 것만 같았다. 어머니의 생각도 그녀와 같을 것이 틀림없었다. 그래서 그녀는 언니에게 너무 가까이 가지 않아야겠다고 마음먹었다. 너무 많이 엿들으면 곤란하다고 생각했기 때문이다. 모두들 저녁 식탁에 둘러앉았을 때 서로 이야기를 주고받아야 할 위치에 놓인 것이 큰 두통거리라고 그녀는 생각했다. 그래서 어머니가 루카스 부인에게 서슴없이 제인이 머지않아 빙리 씨와 결혼하게 되리라는 이야기를 하는 것을 듣자 그녀는 안절부절못하였다. 그것이야말로 어머니에게 생기를 불어넣는 화제였기 때문이다. 베넷 부인은 그 결혼의 좋은 점을 말하는 데 있어서 지치지도 않는 것 같았다. 빙리 씨가 그렇게 훌륭한 남자이고 돈이 많고 3마일밖에 떨어지지 않은 곳에 살고 있다는 것은 어머니를 만족시켜 주는 첫째 조건이었다. 그리고 빙리의 두 누이가 제인을 얼마나 좋아하고 있는가를 생각하고 반드시 그들도 마찬가지로 이 혼담을 성취시키고 싶어할 것이라고 여기자 여간 즐거운 것이 아니었다. 뿐만 아니라 다른 딸들에게도 유리하였다. 제인이 그런 훌륭한 결혼을 한다면 동생들은 다른 부잣집 남자의 눈에 띌 것임에 틀림없기 때문이다. 그리고 끝으로 제인이 자기 만한 나이가 되면 아직 결혼을 하지 않은 딸들을 그녀에게 맡길 수 있게된다는 것이 기뻤다. 그도 그럴 것이 마음이 내키지 않을 때에는 남의 앞에 나타나지 않아도 될 것 같았기 때문이다. 이런 것을 낙으로 생각하는 것은 필요한 일이었다. 그런 경우에 그것은 예의이기 때문이다. 그러나 베넷 부인은 아무리 나이가 들어도 집에 있는 것을 위로라고 생각할 사람은 아니다. 베넷 부인은 루카스 양에게도 그런 행운이 따르기를 바란다고 되풀이해서 말한 다음, 말을 끝마쳤다. 하기는 확실한 승리감에 사로잡혀 그럴 가망은 전혀 없을 것이라고 믿고있기는 하지만.

엘리자베스는 어머니의 말이 너무 조급하고 빠른 것을 막기 위해 남이 듣지 않게 제발 좀 더 낮은 소리로 기쁨을 표시하라고 권하였으나 소용없었다. 그녀가 더욱 참을 수 없었던 것은 그 이야기의 주요한 부분을 그들의 건너편에 앉아 있는 다르시 씨가 듣고 있다는 것이었다. 그러나 어머니는 어리석은 짓이라고 딸만 나무랐다.

"다르시 선생이 나하고 무슨 상관이 있니? 무엇 때문에 그 사람을 무서워해야 하느냔 말야. 그분이 듣고 싶어하지 않는다고 말도 하지 말란 말이냐. 뭐 죄지은 게 있어야 굽실거리지."

"어머니, 제발 조용조용히 말씀하세요. 다르시 선생을 기분 나쁘게 해서 좋을 게 뭐 있어요. 괜히 그러면 그분 친구에게 좋지 않은 인상만 줘요."

그러나 그녀의 말은 이렇다 할 효과를 나타내지 못하였다. 그녀의 어머니는 여전히 알아듣기 쉬운 말로 자기 의견을 털어놓는 것이었다. 엘리자베스는 부끄럽고 마음이 불안스러워 얼굴이 달아올랐다. 그녀는 몇 번이고 다르시 씨에게 시선을 보내지 않을 수 없었다. 그럴 때마다 자기의 두려워하는 표정이 드러났다. 왜냐하면 그는 사뭇 어머니를 보고 있지는 않았으나 그의 주의는 여전히 어머니 쪽으로 쏠리고 있음이 분명했기 때문이다. 그의 얼굴은 분개한 경멸의 표정에서 차츰 침착하고 정중한 표정으로 변해갔다.

그러나 마침내 베넷 부인은 할말이 없어졌다. 자기 몫이 있을 것 같지도 않은 기쁨이 반복되는 동안 하품만 하고 있던 루카스 부인은 이제야 해방이 되었다는 듯 차가운 햄과 닭고기를 맛보았다. 엘리자베스도 비로소 살 것 같은 기분이었다. 그러나 이 평온함도 오래 가지 않았다. 저녁 식사가 끝나자 노래 이야기가 나와 메리가 약간의 청을 받고 모두를 즐겁게 해야겠다고 나서자 그녀는 울며 겨자 먹기로 바라보지 않으면 안되었기 때문이다. 몇 번이나 의미심장한 표정을 해보이고 말없는 애원을 하면서 그녀는 동생 메리가 남들을 위하여 수고를 아끼지 않겠다는 증거를 보이려는 것을 막으려 애썼다. 그러나 소용없었다. 메리는 의식하지 않았다. 재간을 발휘할 이런 기회는 그녀에게 있어 즐거운 것이었다. 그래서 그녀는 노래를 부르기 시작했다. 엘리자베스는 괴로운 마음으로 동생을 바라보았다. 동생이 몇 절 부르는 동안 꾹 참으며 보고 있었으나 돌아온 보답은 너무나 지독했다. 메리는 테이블에 있던 사람들에게 또 한 번 불러달라는 약간의 암시를 받자 30초쯤 사이를 두었다가 다음 노래를 시작했기 때문이다. 메리의 역량은 이렇게 과시하기에는 결코 적합한 것이 아니었다. 목소리는 약하고 태도는 너무 과장되어 보였다. 엘리자베스는 마음이 괴로웠다. 언니는 어떻게 견디고 있는가를 보려고 그녀는 제인에게 시선을 보냈다. 그러나 제인은 태연하게 빙리 씨와 이야기를 하고 있었다. 엘리자베스는 그의 누이들에게 시선을 돌렸다. 두 사람은 서로 경멸의 눈짓을 주고받고 있었다. 다르시 씨는 여전히 버티고 앉아 점잔을 빼고 있었다. 엘리자베스는 눈짓으로 아버지에게 메리가 밤새 노래를 계속하지 않도록 어떻게 해달라는 호소를 했고, 아버지는 그 암시를 받아들였다. 그래서 메리가 두 번째 노래를 끝내자 큰 소리로 말했다.

"됐다, 메리, 참 재미있었다. 다른 아가씨들에게도 특기를 발휘할 기회를 드려야지."

메리는 못들은 체했지만 약간 당황하는 것 같았다. 엘리자베스는 동생에게도 미안했고 아버지에게도 미안했다. 그리고 모처럼 걱정한 것이 수포로 돌아가지나 않을까 해서 걱정이 되었다. 이번에는 좌중의 다른 사람이 청을 받을 차례였다.

"만일 내가" 하고 콜린스 씨가 말했다. "노래의 청을 받을 행운이 주어진다면 짤막한 가곡을 한 곡 들려드리고 싶습니다. 음악이란 순수한 오락이고 성직자의 직업에도 용납될 수 있는 것이라고 생각하니까요. 하긴 너무 오랜 시간을 음악에 할애하는 것이 좋다는 건 아닙니다. 확실히 따로 마음을 쓰지 않으면 안 될 일이 있으니까요. 교구장은 할 일이 많습니다 우선 나 자신에게 이롭고 보호자에게는 손해를 보지 않도록 10분의 1의 교구 세(稅)에 협정을 해야 되거든요. 또 설교의 초안도 작성해야죠. 그리고 남은 시간은 교구 일과 살림에 마음을 쓰고 그것들을 손질하기에도 모자랍니다.

집을 될 수 있는 대로 안락하게 꾸미려고 노력하는 건 좋은 일이거든요. 그리고 누구에게나, 특히 자기를 밀어준 사람들에게 마음을 쓰고 부드러운 태도를 취하는 것이 경솔한 행동이라고는 생각지 않습니다. 교구장이 그 의무를 면할 수 있다고는 생각지 않거든요. 그 가족과 인연이 있는 분들이라면 누구에게나 경의를 표할 기회가 있는데도 소홀히 하는 사람을 좋게 생각할 수는 없죠." 그는 다르시 씨에게 절을 하며 말을 맺었으나 너무나 큰 소리로 말했기 때문에 방안에 있는 대부분의 사람들이 다 들을 정도였다. 많은 사람들이 눈을 휘둥그래 뜨거나 미소를 지었다. 그러나 베넷 씨만큼 기뻐하는 사람은 아무도 없었다. 한 편 베넷 부인은 콜린스 씨가 그처럼 분별 있게 말하는 것을 진심으로 칭찬하고 사뭇 속삭이는 말투로 루카스 부인에게 콜린스 씨는 아주 총명하고 훌륭한 청년이라고 말했다.

엘리자베스는 흡사 자기 가족들이 그날 밤 가능한 한 모든 것을 드러내기로 약속을 하고 나왔다 하더라도, 이보다 더 용감하고 훌륭하게 자기들의 역할을 다하지는 못했을 것만 같았다. 단지 빙리 씨와 언니를 위해 다행이라고 생각된 것은, 그 창피한 장면이 어느 정도 그들의 주의에서 벗어나 있었으므로 빙리 씨도 그 어리석은 짓들을 틀림없이 봤겠지만 그다지 괴로움을 받을 정도는 아니었다는 사실이었다. 그러나 그의 두 누이와 다르시 씨가 자신의 가족을 조소할 기회를 얻은 것은 정말 못마땅한 일이었다. 신사의 말없는 경멸과 여자들의 조소는 모두 엘리자베스에게는 참을 수 없는 것들이었다.

그날 밤의 남은 시간은 엘리자베스에게 조금도 즐겁지 않았다. 콜린스 씨는 계속 그녀를 괴롭혔다. 그는 끈질기게 그녀 옆에 붙어 있었지만 그녀와 춤을 출 수 있는 기회도 얻지 못했을 뿐 아니라 그의 이런 행동은 다른 사람하고도 출 수 없게 만들었다. 다른 여자와 추라고 간청도 해보고 방안의 어떤 젊은 여자에게 소개해 주겠다고도 말해보았으나 소용없었다. 그는 솔직히 춤에는 관심도 없었고 그의 주요한 목적은 세심한 경의로써 그녀의 마음에 들도록 하는 일이었기 때문에 밤새 옆에 있겠다고 그녀에게 말했다. 이러한 계획에는 논쟁의 여지가 없었다. 엘리자베스가 간신히 숨을 돌린 것은 친구인 루카스 양 때문이었다. 루카스 양은 자주 그들 사이에 끼여들어 부드럽게 콜린스 씨의 이야기를 자기 쪽으로 유인했던 것이다.

엘리자베스는 적어도 다르시 씨에게 주목받는 불쾌감을 면할 수 있었다. 그는 조금 떨어진 곳에 서 있으면서 이따금 혼자가 되었건만 이야기를 주고받을 정도로 가까이 오진 않았다. 엘리자베스는 이것이 자기가 위컴 씨에 대해 언급한 것 때문에 오는 당연한 결과라고 느끼면서 기뻐했다.

롱본의 일행은 베넷 부인의 계략에 의해 다른 손님들이 다 돌아간 후에도 15분 동안이나 마차를 기다리지 않으면 안되었다. 그래서 그들 중엔 주인이 얼마나 자기들이 돌아가 주기를 바라고 있을까 하고 생각하는 사람도 있었다. 허스트 부인 자매는 입만 열면 번번이 피곤하다고 불평하면서 노골적으로 자기들끼리 집에 있고 싶다는 것을 드러냈다. 그들은 자기 이야기에 끌어넣으려는 베넷 부인의 기도(企圖)를 일체 거절함으로써 모두를 더욱 지루하게 했다. 콜린스씨는 빙리 씨와 그의 누이에게 파티의 우아함과 손님에 대한 그들의 행동의 특징인 환대와 정중함에 대해 찬사를 늘어놓았으나, 그들의 기분을 바꾸지는 못했다. 다르시 씨는 아무 말도 하지 않았다. 베넷 씨도 묵묵히 그 장면을 즐기고 있었다. 빙리 씨와 제인은 다른 사람과 조금 떨어진 곳에서 단둘이 이야기를 하고 있었다. 엘리자베스는 허스트 부인이나 빙리 양과 마찬가지로 철저히 침묵을 지키고 있었다. 리디아 까지도 지칠 대로 지쳤는지 이따금 하품을 하면서 "아이, 고단해" 하고 말할 뿐이었다.

이윽고 그들이 일어나서 작별 인사를 하자 베넷 부인은 가까운 시일 내에 롱본에서 여러분을 다시 뵙고 싶다고 열렬하게 희망을 표시했다. 특히 빙리 씨를 향해 형식적인 초대장으로써 예의를 갖추지 않더라도 가족과 같이 식사를 해준다면 무척 기쁠 것이라고 말했다. 그는 기뻐하며 감사의 뜻을 표했다. 그리고 다음날은 며칠 예정으로 런던에 가야 되지만 돌아오는 대로 곧 부인을 방문하겠다고 선뜻 약속했다.

베넷 부인은 흡족해하였다. 그리고 살림살이, 새 마차, 결혼 의상 등을 준비한다 하더라도 3, 4개월 이내에는 틀림없이 맏딸 제인이 네더필드에 자리 잡는 것을 볼 수 있으리라는 기쁜 확신을 품고 그 집을 떠났다. 그리고 또 둘째 딸을 콜린스 씨와 결혼시키는 것에 대해서도 부인은 마찬가지로, 확실히 똑같지는 않지만 꽤 기쁘게 생각했다. 어머니에게 있어서 엘리자베스는 여러 딸들 중에서 가장 귀엽지 않은 딸이었다. 그래서 사람으로 보나 신랑감으로 보나 콜린스 씨가 엘리자베스에게는 적격이라고 생각했지만, 그 어떤 가치 면에서는 빙리 씨와 네더필드에는 비교도 안 되는 인물이었다.

19

다음날 롱본에서는 새로운 장면이 전개되었다. 콜린스 씨가 정식으로 고백을 한 것이다. 휴가 기간이 다음 토요일까지였으므로 그는 때를 놓치지 않고 고백하기로 결심한 것이다. 또 그 순간 망설임이나 괴로운 마음도 일지 않았기 때문에 그는 법도라고 생각하는 관습을 잘 지키면서 확실한 태도로 말을 시작하였다. 아침 식사 후 얼마 안 되어 베넷 부인과 엘리자베스 그리고 그 밑의 한 명의 딸이 같이 있는 것을 보자 그는 베넷 부인에게 다음과 같이 말을 꺼냈던 것이다.

"오전 중에 따님 엘리자베스 양과 단둘이 얘기를 나누고 싶습니다만 좀 도와주시겠습니까?"

엘리자베스가 놀라서 얼굴을 붉히며 어쩔 줄 몰라 하자 베넷 부인이 즉석에서 대답했다.

"아, 저! 그야, 좋고 말고요. 그 애도 좋아할 거예요. 반대할 이유가 없거든요. 자, 키티야, 이층으로 올라가자."

그리고 그녀는 뜨개질 감을 모아 급히 나가려고 했다. 그러자 엘리자베스가 소리쳤다.

"어머니, 가지 마세요. 제발 가지 말라니까요. 콜린스 씨도 용서하실 거예요. 다른 사람이 듣지 말아야 할 얘기를 저한테만 하실 리가 없잖아요. 그렇지 않으면 저도 따라가겠어요."

"아서, 당치 않은 소리하지 말고 그대로 있어." 엘리자베스가 정말 안절부절못하면서 당황한 표정으로 달아나려 했기 때문에 어머니는 다시 덧붙여 말했다.

"리지야, 여기서 콜린스 씨의 얘기를 들어보렴."

엘리자베스는 그러한 명령을 거역하려고는 하지 않았다. 잠시 생각해본 후 될 수 있는 대로 이 일을 조용히 끝내버리는 것이 가장 현명한 길이라고 생각했기 때문에 그녀는 다시 자리에 앉았다. 그리고 하던 일을 계속하면서 괴롭기도 하고 우습기도 한 기분을 감추려고 애썼다. 베넷 부인과 키티는 나가버렸다. 두 사람이 나가자마자 콜린스 씨는 말을 시작했다.

"믿어주십시오, 엘리자베스 양. 당신의 정숙한 태도는 본인을 위해 불리하기는커녕 다른 장점을 더해주는 것입니다. 마음이 내키지 않는다는 걸 조금이라도 보여주셨기에 망정이지 그렇지 않았다면 제 눈에 당신이 이처럼 사랑스럽게 보이지는 않았을 겁니다. 그러나 문제 없어요. 당신에게 구혼해도 좋다는 어머니의 허락을 얻었으니까요. 제가 말씀드리는 진의는 의심할 여지가 없을 겁니다. 원래 섬세한 기질을 타고나셔서 그저 모르는 체하실지는 모르지만요. 제 마음은 확실했으니까 잘못 보시지 않았을 거예요. 이 집에 들어서자마자 저는 당신을 장래의 반려자로 택했습니다. 그러나 이 문제에 대해 감정에 사로잡혀 분별을 잃기 전에 제가 결혼하고자하는 이유부터 말씀드리는 것이 좋겠군요. 사실 저는 아내를 고르기 위해 하퍼드셔에 온 것입니다."

이렇게 엄숙하면서도 태연한 콜린스 씨가 감정에 사로잡혀 분별없는 행동을 할지도 모른다는 생각을 하자 엘리자베스는 곧 웃음이 터질 것 같았으므로, 그가 잠시 말을 중단한 순간을 이용하여 그의 말을 막으려 했으나 뜻대로 되지 않았다. 그러자 콜린스 씨는 말을 계속했다.

"제가 결혼하려는 이유는 첫째로 안정된 환경에 있는 나와 같은 목사는 누구나 그 교구에 결혼의 모범을 보이는 것이 옳다고 생각했기 때문입니다. 둘째로 결혼이 제 행복을 더욱 북돋워 주리라고 확신했기 때문입니다. 그리고 셋째로 이것을 먼저 말씀드렸어야 했는데, 그것은 내가 후견자라고 부를 수 있는 역량을 가진 고귀한 부인의 특별한 충고와 권리 때문입니다. 그분은 두 번이나 이 문제에 대해 자신의 의견을 말씀하셨죠. 이쪽에서 여쳐본 것도 아닌데요. 바로 내가 헌스퍼드를 떠나기 전 토요일 밤의 일이었습니다. 커드릴 그룹에서 젠킨슨 부인이 버그 양의 발을 올려놓는 걸상을 고치고 있는 중이었죠. 그 때 부인이 말씀하셨어요. '콜린스씨, 결혼을 하셔야 해요. 당신 같은 목사는 결혼을 하지 않으면 안돼요. 그러니까 적당한 신부를 골라요. 나를 위해서 점잖은 여자를 고르라니까요. 당신을 위해서는 일도 잘하고 쓸모 있는 여자라야 해요. 사치스럽게 자라지 않고 적은 수입을 아껴 쓸 줄 아는 사람이어야 해요. 이것이 나의 충고랍니다. 될 수 있는 대로 빨리 그런 여자를 발견해서 헌스퍼드로 데리고 오세요. 그럼 내가 찾아가 보죠.' 그런데 말씀드리고 싶은 것은 캐서린 부인의 특별한 대접을 받는 것이 제가 당신에게 제공할 수 있는 이점 중에서 결코 작은 것이라고는 생각지 않는다는 것입니다. 부인의 태도는 도저히 제가 말씀드릴 수 없을 정도로 훌륭하니까요. 당신의 재치 있고 명랑한 성격이 부인의 마음에 꼭 드실 거예요. 특히 그분이, 신분이 자아내는 침묵과 경의로써 온화해질 때에는 말입니다. 제가 결혼하려는 이유는 이것뿐입니다. 그 밖의 얘기로는 근처에 귀여운 여성들이 많이 있는데도 불구하고 그곳이 아니라 왜 롱본으로 제 생각을 돌렸느냐 하는 것입니다. 하지만 사실은 이래요. 당신의 아버님이 돌아가시면— 그러나 앞으로 천국에서 영생을 누리시기 위함이지만! —제가 이 토지를 상속하도록 되어 있기 때문에 따님들 중에서 아내를 고를 결심을 하지 않으면 나 자신이 만족할 수 없습니다. 따님들의 손실을 될 수 있는 대로 줄이기 위한 말씀예요. 물론 그와 같은 불행한 일이 일어날 경우에 말입니다. 그러나 지금 말씀드린 것처럼 몇 해 동안 그런 일이 일어나지 않았으면 합니다. 이것이 제 동기였죠. 그리고 그것 때문에 당신 눈에 비친 제 가치가 떨어지지 않으리라고 은근히 믿고 있습니다. 이렇게 내 애정의 격렬함을 가장 생기 있는 말로써 확신하는 것 외에는 아무것도 말씀드릴 것이 없군요. 나는 재산 따위에는 관심이 없기 때문에 아버님께 그러한 요구는 하지 않습니다. 그런 건 용납되지 않는다는 걸 잘 알고 있으니까요. 게다가 권한이 있으신 거라고는 어머니께서 돌아가신 뒤에야 차지하게 될 4퍼센트 공채 짜리인 천 파운드뿐이니까요. 그러므로 그 문제에 대해서는 앞으로도 침묵을 지키겠습니다. 또한 우리가 결혼하면 절대로 내 입에서 옹졸한 질책 같은 건 나오지 않으리라는 걸 믿고 안심하셔도 좋습니다."

지금이야말로 그의 말을 중단시켜야만 했다.

"너무 서두르시는군요" 하고 그녀는 소리쳤다. "제가 아직 대답하지 않았다는 사실을 잊어버리셨군요. 더 이상 기다릴 것 없이 대답을 하겠어요. 저한테 보여주신 호의는 감사해요. 또 구혼해주신 걸 영예롭게 생각하고 있어요. 그렇지만 안되겠어요."

"지금 갑자기 생각한 건 아닙니다" 하고 판에 박은 듯이 손을 흔들며 콜린스 씨는 대답했다. "젊은 여자들은 처음에 남자가 구혼을 하면 마음속으로 받아들이고 싶으면서도 일단 거절하는 것이 보통이죠. 두서너 번 거절할 때도 있어요. 그러니까 지금 금방 하신 말씀에 실망하지는 않습니다. 머지않아 제단으로 동행할 희망을 버리지 않겠습니다."

"어쩌면" 하고 엘리자베스는 소리쳤다. "딱 잘라 말씀드렸는데 아직도 희망을 걸고 계신다니 이상하군요. 저는 두 번째 청혼한다고 해서 그 행운에 자기 행복을 맡길 정도로 생각없는 젊은 여자는― 만일 그런 여자가 있다면 말예요― 아녜요. 저는 진심으로 거절한 거예요. 당신은 저를 행복하게 해주실 수 없을 거예요. 게다가 저 또한 당신을 행복하게 해드릴 수 없을 거예요. 정말예요. 캐서린 부인께서 저를 아신다면 제가 모든 점에서 그런 위치에 놓일 자격이 없다는 것을 아시게 될 거예요."

"캐서린 부인이 그렇게 생각하실 것이 확실하다면" 하고 콜린스 씨가 정색을 하고 말했다. "그러나 그분이 당신한테 불만을 품으시리라고는 생각지 않는데요. 걱정 말아요. 다음에 그분을 뵈면 겸손하고 알뜰하고 그 밖에 훌륭한 점이 많다고 극구 찬양하겠습니다."

"이거 보세요, 콜린스 씨. 저를 치켜세우는 건 그쯤 해두시죠. 제가 저를 판단하도록 내버려두시고 저라는 존재를 인정해주세요. 당신은 제가 말씀드리는 것을 믿어주시지 않으면 안돼요. 부디 행복하고 부유하게 사시기를 빌어요. 당신의 청을 거절하면서 그렇게 되시도록 빌고 있는 거예요. 저한테 구혼을 하고 저의 집안에 대해 미묘한 감정을 품으시는 것으로써 만족해하시는 것 같은데 롱본의 땅은 아무 때고 손에 넣으시는 대로 양심의 가책을 받으실 필요 없이 차지하시면 돼요. 그러니까 이 일은 이것으로 결말을 짓는 것이 좋겠어요." 이렇게 말하면서 그녀는 일어나 나가려고 하였다. 그러나 콜린스 씨는 다음과 같이 말을 걸었다.

"이 문제에 대해 다음에 말씀드릴 때에는 지금보다 반가운 대답을 듣고 싶습니다. 그렇다고 지금 당신을 비난하고 있는 것은 아니에요. 남자가 처음으로 구혼을 할 때에는 으레 거절하는 것이 여자들의 관습이라는 건 잘 알고 있습니다. 게다가 지금도 당신은 여자답게 내 구혼에 용기를 주는 말씀을 해주셨으니까요."

"콜린스 씨, 정말" 하고 엘리자베스는 흥분해서 말했다. "답답하시군요. 지금까지 말씀드린 것이 용기를 북돋워드린 것처럼 보였다면, 저의 거절을 진심으로 믿게 하기 위해서 어떻게 표현해야 좋을지 모르겠군요."

"나의 구혼을 거절하신 것은 다만 말뿐이라고 믿게 해주시기 바랍니다. 내가 그렇게 믿는 이유를 간단히 말한다면 이렇습니다. 내 청혼은 받아들일 만한 것이 못된다거나 내가 제의한 가정 생활은 그다지 훌륭한 것이 못될 것이라고는 생각지 않습니다. 내 지위라든지 드 버그 댁과의 관계, 또 댁과의 인연 등은 내게는 대단히 유리한 조건입니다. 그리고 당신은 물론 여러 가지 매력을 지니고 있지만 또다시 청혼을 할지는 확실치 않다는 것을 아셔야 합니다. 당신의 결혼 비용은 불행하게도 얼마 되지 않아 그것 때문에 사랑스럽고 부드러운 당신의 모습을 아무 가치 없이 만들지도 모릅니다. 그러므로 나를 거절한 것은 진심이 아닐 것입니다. 말하자면 품위 있는 여자들처럼 모호한 태도로써 내 사랑을 더욱 절실하게 만들고 싶기 때문이라고 생각할 수 있습니다."

"아뇨, 훌륭한 분에게 고통을 주기 위해 우아함을 나타내는 그런 짓은 전하지 않았어요. 오히려 제 행동이 성실했다고 생각해주시는 것이 좋을 거예요. 결혼 신청을 해주신 영예에 대해서는 거듭 감사드려요. 하지만 도저히 받아들일 수는 없어요. 아무리 생각해봐도 마음이 허락지 않는군요. 좀 더 솔직하게 말씀드려도 좋을까요? 다시는 제가 일부러 당신을 괴롭히려는 점잖은 여자라고 생각지 마세요. 정말로 진실을 얘기할 줄 아는 이성을 지닌 여자라고 생각해주세요."

"참 훌륭하시군요" 하고 머뭇거리며 그는 말했다. "양친의 허락만 얻는다면 나의 청혼이 거절되리라고는 생각지 않습니다."

이러한 지긋지긋한 제멋대로의 자기 기만에 엘리자베스는 더 이상 대답하고 싶지 않았다. 그래서 말없이 얼른 물러 나왔다. 거듭 거절의 의사를 표시했건만 그가 여전히 그것을 두고 호의를 가진 격려라고 생각한다면 아버지에게 말씀드려야겠다고 결심했다. 아버지가 자신의 결정에 반대할 것은 뻔한 일이지만 적어도 그것을 고상한 여성의 꾸밈과 교태 같은 것이라고 오해할 리는 없었기 때문이다.

20

콜린스 씨는 그의 성공적인 사랑에 대해 오랫동안 생각에 잠겨 있을 수만은 없었다. 이야기의 결말이 어떻게 되었나 궁금해서 현관에서 서성거리고 있던 베넷 부인이, 엘리자베스가 문을 열고 빠른 걸음으로 그녀 곁을 지나 계단 쪽으로 가는 것을 보자 얼른 식당으로 들어왔기 때문이다. 베넷 부인은 그들이 지금까지보다 더 가까운 인연을 맺게될지도 모르게 된 데 대해 열렬하게 축하를 하였다. 콜린스 씨는 이 축하에 대해 부인과 똑같은 기쁨을 나타내며 받아들였다. 왜냐하면 엘리자베스가 명백하게 표시한 거절은 그녀의 수줍어하는 여자다움과 섬세한 성격에서 자연히 흘러나온 것이라고 생각했기 때문이다.

그러나 이러한 그의 보고는 베넷 부인을 놀라게 했다. 딸이 청혼을 거절한 것은 내심으로 콜린스 씨에게 용기를 주기 위해서였다고 믿고 부인도 만족하여 기뻐하고 싶었지만 실제로는 그렇게 믿어지지가 않았다. 그래서 베넷 부인은 이렇게 말하지 않을 수 없었다.

"하지만 안심해요, 콜린스 씨" 하고 그녀는 덧붙였다. "리지도 알게 될 거예요. 내가 직접 말하겠어요. 그 애는 고집이 세고 어리석어서 자신에게 돌아올 이익을 모르는 거예요. 하지만 내가 알아듣도록 말하겠어요."

"저, 말씀을 가로막아서 죄송하지만" 하고 콜린스 씨는 소리쳤다. "만일 그녀가 진짜로 고집이 세고 어리석다면 나 같은 남자에게 어울리는 아내가 될는지 어떨지는 알 수 없군요. 저는 결혼 생활에 모든 행복을 걸고 있으니까요. 그러니까 진심으로 제 결혼 신청을 거절하겠다고 고집한다면 억지로 받아들여 달라고 강요할 순 없죠. 그런 성격상의 결함이 있다면 제 행복에 그다지 도움이 되지는 못할 테니까요."

"그건 오해예요" 하고 베넷 부인이 당황하며 말했다. "리지는 이런 일에 한해서만 고집을 피우죠. 다른 점에서는 얼마나 좋은 애라고요. 곧 그 애의 아버지한테 가서 그 애를 납득시키겠어요."

부인은 그에게 대답할 틈조차 주지 않고 당장 남편에게로 달려가 서재로 들어서자마자 소리를 질렀다.

"여보, 어서 좀 와요. 야단 났어요. 어서 와서 리지를 콜린스씨와 결혼하도록 타이르지 않으면 안 되겠어요. 글쎄, 그 애가 결혼하지 않겠다고 고집을 피운다지 뭐예요. 서두르지 않으면 그 양반 마음이 변해서 그 애를 데려가지 않을지도 몰라요."

베넷 씨는 아내가 들어오자 책에서 눈을 떼고 무관심하게 그녀의 얼굴을 바라보았다. 아내의 이야기를 모두 듣고 난 뒤에도 그의 태도는 조금도 변하지 않았다.

"당신 얘기는 도대체 종잡을 수가 없구려" 하고 아내의 말이 끝나자 그는 말했다. "무슨 얘기를 하는 거요?"

"콜린스 씨하고 리지 얘기에요. 리지가 콜린스씨와 결혼 안하겠다고 그러니까 콜린스 씨도 리지를 데려가지 않겠대요."

"그럼 나보고 어떻게 하라는 거요? 가망 없는 일 같은데."

"당신이 리지에게 말씀하세요. 결혼해야 된다고 말이에요."

"내려오라고 해요. 내 의견을 말해줘야겠군."

베넷 부인이 벨을 눌러 엘리자베스를 서재로 호출했다.

"이리 가까이 오너라" 하고 딸이 나타나자 아버지가 말했다. "중대한 일로 불렀다. 콜린스 씨가 너에게 청혼 한 모양이더구나. 그게 사실이냐?" 엘리자베스는 정말이라고 대답했다. "좋아, 그래, 넌 그 청혼을 거절했니?"

"네."

"그래, 그런데 그게 중요한 점이야. 어머니는 네가 그걸 받아들여야 된다고 말하더구나. 여보. 안 그렇소?"

"그럼요. 그렇게 하지 않으면 다시는 저 애의 얼굴을 보지 않을 거예요."

"엘리자베스, 너는 어느 쪽을 선택하든 어차피 불행하게 되어버렸구나. 오늘 이후 너는 아비나 어미 중에서 어느 한 쪽과는 남이 돼야 하니까. 만일 네가 콜린스 씨와 결혼하지 않으면 어머니가 너를 안 볼 것이고, 그와 결혼한다면 이 아비가 네 얼굴을 보지 않을 것이다."

엘리자베스는 아버지의 말머리가 이러한 결론에 이르자 미소짓지 않을 수 없었다. 그러나 베넷 부인은 남편도 이 일을 자기가 바라는 쪽으로 생각하고 있다고 여겼었기 때문에 매우 실망했다.

"여보, 그렇게 말씀하시면 어떻게 해요? 결혼하도록 하겠다고 약속하고서는."

"천만에" 하고 남편은 대답했다. "두 가지의 조그마한 부탁을 하고 싶소. 첫째로 지금과 같은 경우에 내가 마음대로 생각할 수 있게 해주고, 둘째로 내 방을 마음대로 쓸 수 있도록 될 수 있는 대로 빨리 이 서재에서 나가 주었으면 좋겠소."

그러나 남편에게 실망했음에도 불구하고 베넷 부인은 아직 문제의 요점을 포기하지 않았다. 그녀는 거듭 딸을 설득했다. 달래보기도 하고 위협하기도 했다. 부인은 제인을 자기편으로 끌어넣으려고 노력했다. 그러나 제인은 가급적 공손하게 말하면서 끼여들기를 거절했다. 엘리자베스는 어떤 때에는 정색을 하고 또 어떤 때에는 비웃으면서 어머니의 공격에 응수했다. 그녀의 태도는 변했으나 결심은 조금도 흔들리지 않았다.

그러는 동안 콜린스 씨는 혼자서 일의 경과에 대해 골몰하고 있었다. 그는 자기 자신이 너무나 잘났다고 생각하고 있었기 때문에 대체 무슨 이유로 엘리자베스가 청혼을 거절하는지 이해할 수가 없었다. 비록 자존심이 꺾이기는 했으나 그다지 괴롭지는 않았다. 그가 그녀에게 품은 사랑이란 전혀 근거가 없는 것이었기 때문이다. 그래서 그녀가 어머니의 비난을 받을 만하다고 생각하자 전혀 유감스러운 생각이 들지 않았다.

집안이 이렇게 혼란에 빠져 있을 때 샬롯 루카스가 여기서 하루를 보내기 위하여 찾아왔다. 현관에서 리디아가 그녀를 맞이했다. 리디아는 샬롯에게 뛰어가 사뭇 속삭이듯이 외쳤다. "잘 오셨어요. 집안에 웃지 못할 일이 벌어졌어요. 글쎄, 오늘 아침에 무슨 일이 있었는지 아세요? 콜린스 씨가 리지 언니에게 결혼 신청을 했어요. 그랬더니 언니가 거절했다지 뭐예요."

샬롯이 채 대꾸도 하기 전에 키티가 한 몫 끼여들었다. 키티도 똑같은 소식을 알리러 왔던 것이다. 그들이 식당으로 들어가자 그곳에 혼자 있던 베넷 부인이 역시 그 이야기를 꺼내며 루카스 양의 동정을 구했다. 그리고 리지가 집안의 희망을 받아들이도록 설득해달라고 애원했다.

"정말 부탁해요, 루카스 양" 하고 어머니는 우울한 어조로 덧붙였다. "아무도 내 편을 들어주지 않는다오. 날 도와주지 않아요. 모두들 잔인해요. 아무도 내 심정을 생각해주지 않아."

제인과 엘리자베스가 들어왔기 때문에 샬롯은 대답하지 않아도 되었다.

"옳지, 저기 오는군" 하고 베넷 부인은 말을 계속했다. "아무 일도 없었던 것처럼 태연하게 행동할 수 있는 것을 보니 우리 같은 건 눈에 보이지도 않는 모양이야. 하지만 내 말을 들어라, 리지 아가씨. 이렇게 결혼 신청을 다 거절해버린다면 이제 신랑감 얻기는 다 틀렸다. 아버지가 돌아가시면 누가 너를 먹여 살린다지? 난 널 먹여 살릴 수가 없어. 그러니까 내 말을 잘 들으란 말야. 오늘부터 모녀의 인연을 끊겠다. 아까도 서재에서 말했지만 다시는 너하고는 얘기도 안할 테다. 너같이 부모의 마음을 몰라주는 애하고는 말도 하고 싶지 않으니까. 사실 남에게 말을 건넨다는 게 그리 좋을 것도 없지. 더구나 나같이 신경이 약한 사람은 그다지 말하고 싶은 생각도 나지 않아. 내 고충을 누가 알아줘야 말이지. 그런데 언제나 이 꼴이거든. 우는 아이 젖 준다고 우는 소리나 해야 동정을 받지."

딸들은 이 내심의 토로를 묵묵히 듣기만 했다. 설득한다든지 위로하는 것이 어머니의 짜증을 더해드릴 뿐이라는 것을 알고 있었기 때문이다. 그 때문에 부인은 누구에게도 제지를 받지 않고 이야기를 계속할 수 있었다. 결국엔 콜린스 씨가 한 몫 끼여들었다. 그는 유난히 위엄있는 태도로 들어왔다. 그를 보자 베넷 부인은 딸들에게 말했다.

"자, 모두들 입 다물어. 그리고 콜린스 씨와 둘이서 얘기 좀 하게 해다오."

엘리자베스는 조용히 방을 나왔다. 제인과 키티가 그 뒤를 따랐다. 그러나 리디아는 될 수 있는 대로 이야기를 엿들을 결심을 하고 발을 멈췄다. 샬롯은 처음에 콜린스 씨가 인사를 하자 주춤했다. 콜린스 씨는 샬롯과 그의 가족의 안부를 자세히 물었다. 샬롯은 약간 호기심에 끌려 창가로 걸어가서 안 듣는 척하였다. 그러자 애조를 띤 목소리로 베넷 부인이 콜린스 씨를 불렀다. "아, 콜린스 씨."

콜린스 씨는 불쾌감을 나타내는 목소리로 다음과 같이 말했다.

"부인, 이 일에 대해서는 이제부터 말을 하지 않기로 하죠. 물론 따님의 행동을 원망하지는 않습니다. 피할 수 없는 불행을 단념하는 것은 우리 모두의 의무입니다. 저같이 운이 좋아 어린 나이에 등용된 청년에게는 특별한 의무이죠. 전 제가 그녀를 단념한 것으로 생각하고 있습니다. 다행히 따님이 승낙했다고 하더라도 정말 행복하게 될지는 의문이기 때문에 더욱 그렇죠. 거절당한 축복에 있어서 우리가 그것의 가치를 어느 정도 잊기 시작했을 때에 느끼는 체념만큼 완전한 것이 없음을 저는 종종 경험했습니다. 제가 댁에 실례를 했다고 생각지 마십시오. 두 분께 저를 위해 부모님이 되어주십사 하는 말씀은 드리지도 않고 따님의 호의를 얻고 싶은 청을 이렇게 취소하더라도 말입니다. 제 행동은 두 분이 아니고 따님이 직접 거절한 점에서 못마땅한 건지도 모릅니다. 그러나 우리들은 누구나 잘못을 범하기 쉽습니다. 이 일을 위해 저로서는 하느라고 한 게 이렇게 됐군요. 제 목적은 댁에 조금이라도 도움이 되려고 심사숙고해서 귀여운 반려자를 얻고자 한 것이었습니다. 그러나 만일 저의 행동에 조금이라도 불손한 데가 있었다면 사과드리겠습니다."

21

콜린스 씨의 구혼에 대한 논의는 이제 가까스로 끝났다. 엘리자베스는 당연히 이에 따르는 불쾌한 기분과 이따금 어머니의 불평하는 소리를 참고 들어야 했다. 콜린스 씨의 경우에는 당황해하거나 실망하지도 않고 혹은 엘리자베스를 피하려고 하지도 않고 딱딱한 태도와 시무룩한 침묵에 의해 주로 그의 기분을 표현하였다. 그는 엘리자베스에게는 거의 말을 걸지 않았다. 자신도 느끼고 있었지만 그의 주의는 그 이후 끈질기게도 하루 종일 루카스 양에게로 향해 있었다. 루카스 양은 정중하게 그의 말에 귀를 기울였기 때문에 여러 사람들에게, 특히 그녀의 친구인 엘리자베스에게는 큰 도움이 되었다.

다음날에도 베넷 부인의 기분은 여전히 언짢았고 몸도 개운치 않았다. 콜린스 씨 역시 기분이 상해 표정이 굳어 있었다. 그가 화가 나 있었기 때문에 그의 방문이 길지 않기를 엘리자베스는 바랐지만 그의 계획은 조금도 그것 때문에 영향을 받은 것 같지는 않았다. 그는 토요일에 가기로 되어 있었다. 그래서 토요일까지는 묵을 작정이었다.

아침 식사 후 위컴 씨가 돌아왔는지도 알아보고 네더필드의 무도회에 그가 오지 않아 섭섭했다는 말도 할 겸 소녀들은 메리턴으로 산책을 갔다. 그러나 그들은 시내로 들어가는 길목에서 위컴 씨를 만났으므로 이모 댁까지 함께 갔다. 거기서 그가 파티에 못가 유감스러웠다는 얘기와 마음 아프다는 이야기, 그리고 모두들 걱정했다는 이야기를 천천히 주고 받았다. 그러나 엘리자베스에게는 자기가 일부러 파티에 참석하지 않은 것이라고 자발적으로 인정했다.

"난 알았거든요" 하고 그는 말했다. "시간이 다가올수록 다르시를 만나지 않는 것이 좋겠다는 것을. 그 사람과 오랜 시간 동안 같은 방, 같은 그룹 사이에 있어야 한다는 것이 참을 수 없을 것만 같았죠. 그 장면은 다른 분들에게도 불쾌한 모습이 되었을지도 모릅니다."

엘리자베스는 위컴 씨의 관용성을 높이 평가해주었다. 그들은 그 점에 대해 충분한 이야기를 나눈 후 서로 정중하게 칭찬 해줄 시간의 여유가 있었다. 위컴 씨와 또 한 명의 사관이 그들과 함께 롱본까지 걸어서 돌아오는 동안 그는 특히 엘리자베스에게만 말을 많이 걸었던 것이다. 그가 동행한 것은 이중의 행운이었다. 엘리자베스는 그의 동행이 자기에게 경의를 표시하는 것이라는 것을 잘 알고 있었고 또 부모님에게 그를 소개하기에도 가장 좋은 기회였다.

그들이 집으로 돌아온 지 얼마 안되어 한 통의 편지가 베넷 양에게 배달되었다. 그것은 네더필드에서 온 것인데 즉시 개봉되었다. 봉투 속에는 여자의 아름다운 글씨체로 씌어진 한 장의 우아하고 광택이 나는 조그만 편지지가 들어 있었다. 엘리자베스는 언니가 편지를 읽는 순간 안색이 변하여 어느 한 곳에 시선을 보내고 있는 것을 보았다. 제인은 이윽고 제정신으로 돌아와 편지를 치우고 평상시와 같이 쾌활하게 그들의 대화에 끼려고 노력했다. 그러나 엘리자베스는 이 문제에 마음이 쓰여서 위컴 씨에게조차 관심을 갖지 못하게 되었다. 그와 엘리자베스가 작별 인사를 하자마자 제인이 눈짓으로 이층으로 따라오라고 했다. 그들의 방으로 들어가자 제인은 편지를 꺼내며 말했다.

"캐롤라인 빙리에게서 왔어. 내용을 읽어보고 난 정말 놀랐단다. 지금쯤은 전부 네더필드를 떠나서 시내로 들어가는 길일 거야. 그런데다 다시 돌아오겠다는 얘기도 없거든. 캐롤라인의 말을 들어보렴."

제인은 편지의 글귀를 소리내어 읽었다. 그들은 곧 오빠의 뒤를 쫓아 시내에 들어갈 예정이며 그날은 허스트 씨의 집이 있는 그로스브너가에서 식사를 할 예정이라는 소식이었다. 다음에는 이런 구절도 있었다. "저는 하퍼드셔를 떠나는 것을 애석하게 생각지는 않겠어요. 나의 소중한 친구인 당신과의 교제 이외에는. 그러나 언젠가는 우리들이 기억하고 있는 즐거운 교제를 몇 번이고 거듭할 수 있을 거예요. 그 때까지는 편지로 마음속을 털어놓으며 이별의 고통을 달랬으면 해요. 꼭 그렇게 해주시리라 생각하고 있어요." 이 과장된 표현을 신뢰하지 않기 때문에 엘리자베스는 아주 태연하게 들었다. 그들이 떠난 것은 놀라우나 그다지 슬퍼할 것은 없을 것같이 생각되었다. 그들이 네더필드에 없다고 해서 빙리 씨까지 거기 있지 말란 법은 없을 것 같았다. 그런 데다 그들과 교제를 못 한다해도 빙리 씨와의 교제를 즐기다 보면 제인은 머지않아 그들에 대한 생각은 하지 않게 될 것이라고 엘리자베스는 확신했다.

"안됐어" 하고 엘리자베스는 잠깐 말을 중단했다가 이야기했다.

"친구들이 이 곳을 떠나기 전에 만나지 못해서 말이야. 그렇지만 빙리 씨의 누이동생이 고대하고 있는 행복의 시기가 의외로 빨리 온다고 기대할 수는 없어? 피차에 친구로서의 유쾌한 교제가 누이들로 해서 좀더 큰 만족으로 되살아난다고 생각할 수는 없느냐 말이야. 빙리 씨는 누이들 때문에 런던에 붙잡혀 있지는 않을 거야."

"아무도 이번 겨울엔 하퍼드셔에 돌아오지 않을 거라고 캐롤라인이 확실히 말했거든. 그 부분을 읽어줄게."

어제 오빠가 떠나셨을 때, 오빠 생각으로 런던의 일은 3, 4일이면 충분할 거라고 생각하셨나봐요. 그러나 우리 생각으로는 그렇게 되지 않을 것 같아요. 또 오빠가 시내에 들어가면 서둘러 떠나지 않으리라는 것을 잘 알고 있기 때문에 그리로 뒤쫓아가기로 결심했어요. 그러면 오빠가 쓸쓸한 호텔에서 멍하니 시간을 보내지 않아도 되겠죠. 가까이 지내던 분들이 겨울을 나기 위하여 벌써 여러 분 그쪽으로 가고 있어요. 당신도 그 무리들 중의 한 분이 되고 싶다는 소식을 듣고 싶군요. 하지만 그럴 가망은 없겠죠. 하퍼드셔의 크리스마스가, 이 계절이 흔히 가져오는 그런 유쾌함으로 가득했으면 좋겠군요. 멋쟁이 양반들이 많이 있어서 세 사람이 없어진 쓸쓸함을 느끼지 않으셨으면 얼마나 좋겠어요. 그 세 사람 을 우리가 빼앗아가게 되었으니 말예요.

"이걸로 확실하잖아" 하고 제인은 덧붙였다. "그분은 이번 겨울에 돌아오지 않을 거야."

"빙리 양이 자기 오빠에게 돌아가지 못하도록 하려고 작정하고 있다는 것만은 확실해."

"왜 그런 생각을 하니? 그분 스스로 그런 게 틀림없어. 자기 일은 자기 맘대로 하는 분이 니까. 네가 모르고 있을 뿐이지. 특히 내 마음을 괴롭히는 부분을 읽어주지. 너한테는 감추지 않겠어."

다르시 선생은 그분의 누이동생을 몹시 만나고 싶어하세요. 그리고 사실대로 말하자면 우리도 한번 그분 누이를 만나보고 싶어요. 조지아나 다르시의 우아함과 교양에 버금갈 만한 여자가 있다고는 생각지 않거든요. 그분이 루이자 언니와 내게 품는 애정은 그녀가 언제고 올케가 되리라는 희망으로 인해 더욱더 마음을 끄는 것이 있거든요. 이 문제에 대한 내 기분을 이전에 말씀드렸는지 모르겠군요. 하지만 그것을 털어놓지 않은 채 이 고장을 떠나고 싶지 않고 또 당신의 눈에도 그것이 못마땅하게 보이지는 않으리라고 믿어요. 오빠는 지금까지 그분을 얼마나 좋아했다고요. 앞으로 가장 친밀한 입장에서 만날 기회가 종종 있겠죠. 저쪽 친척들도 이쪽과 마찬가지로 이 혼담을 몹시 바라고 있거든요. 그런데 우리 오빠는 어떤 여자의 마음이든 끌 수 있다고 말한다 해도 결코 남매 간의 과대평가는 아닐 거예요. 애정에 유리한 조건이 구비되어 있고 아무런 장애물도 없으니 여러 가지 행운을 보증하는 사건의 희망 속에 잠겨보는 것도 잘못은 아니지 않을까요?

"리지야, 너 이 문장을 어떻게 생각하니?" 하고 편지를 다 읽자 제인은 물었다. "아주 확실하지 않니? 캐롤라인은 내가 올케가 되리라고는 생각도 하지 않고 바라지도 않는다고 명백하게 말하는 거지 뭐냐? 자기 오빠가 내게 무관심하다고 믿고, 만일 내가 그분에게 어떤 감정을 품고 있다면 주의를 줘야겠다는―얼마나 친절해―거 아니니? 그 문제에 대해서 달리 생각할 수 있겠니?"

"있지 않고. 내 생각은 전혀 달라. 내 말 들어보겠어?"

"그래 어디 말해봐."

"두서너 마디면 돼. 빙리 양은 자기오빠가 언니를 사랑한다는 걸 알았거든. 그래서 다르시 선생의 누이와 결혼시키려는 거야. 그의 뒤를 쫓아가서 오빠를 시내에 머물러 있게 하고 그분은 언니를 생각하고 있지 않다고 언니를 설득시키려는 거야."

제인은 머리를 흔들었다.

"언니 정말이야, 내 말을 믿어. 누구든지 언니하고 그분이 같이 있는 걸본 사람은 그분의 애정을 의심할 수 없을 거야. 빙리 양도 의심 못 하지. 그녀도 그런 바보는 아니거든. 자기에 대한 다르시 씨의 사랑이 그 절반만이라도 된다면 당장 혼인 의상을 주문할 거야. 하지만 사실은 이래. 우리는그분들에게 어울릴 정도로 재산도 없고 훌륭하지도 못해. 그런데다 한 번결혼을 치르면 또 한 번 치르는 데에는 그만큼 수고를 덜 수 있으리라 생각하고 다르시 씨의 누이를 올케로 삼으려는 거야. 이 생각은 확실히 교묘해서 성공할지도 몰라. 만일 버그 양만 방해가 안된다면 말이야. 하지만 언니, 자기 오빠가 다르시 양을 좋아한다고 빙리 양이 말했다고 해서 그분이화요일에 언니와 작별할 때보다 조금이라도 언니의 장점을 보는 눈이 무뎌졌다든가, 언니의 사랑이 식었다거나 그쪽 여자를 더욱 사랑하고 있다고동생이 오빠를 설득시킬 수 있다든가, 이런 식으로 심각하게 상상하진 말아."

"우리들이 빙리 양에 대해 똑같은 생각을 하고 있다면" 하고 제인은 대답했다. "네가 설명하는 여러 가지를 듣고 내 마음이 편해질지도 모르지. 그렇지만 그 근거가 정확하지 않다는 걸 난 알아. 캐롤라인은 계획적으로속이려고 하는 사람은 아니거든. 그러니까 지금 내가 바랄 수 있는 것은 그녀가 자기 생각에 속고 있다는 것 뿐이야."

"좋아. 그 이상의 명안도 없겠지. 언니는 내게서 위로 받을 생각은 없으니까. 그녀가 자기 생각에 속고 있다고 제발 믿구려. 그걸로 그녀에 대한의무를 다한 셈이니까 더 이상 초조해할 건 없어."

"하지만 아무리 좋게 생각해봐도 그의 누이나 친구들이 모두 다른 사람과 결혼하기를 바라는 분을 내가 받아들여서 행복하게 될 것 같니?"

"그건 언니 자신이 결정할 문제야" 하고 엘리자베스는 말했다. "잘 생각해서 그분의 두 누이를 거역하는 데에서 오는 슬픔이 그분의 아내가 되는 행복에 비해서 더 크다면, 충고하는데, 어떻게 해서라도 그분을 거절하면 돼."

"어떻게 그렇게 말 할 수가 있니?" 제인은 약간 미소를 지으며 말했다. "그들이 찬성하지 않는 건 괴로운 일이지만 내가 머뭇거리는 성질이 아니라는 걸 너도 잘 알면서 그러니."

"그야 그럴 테지. 그렇다면 언니 입장을 동정해줄 수도 없어."

"하지만 그분이 이번 겨울에 돌아오지 않는다면 내가 어떻게 해야 좋을지 걱정할 필요도 없을 거야. 여섯 달 후엔 별별 일이 다 일어날 테니까."

빙리 씨가 다시 돌아오지 않으리라는 생각을 엘리자베스는 더할 수 없이 경멸하였다. 그것은 단순히 캐롤라인의 이해 관계가 얽힌 소망이 빚어낸 암시로밖에 생각되지 않았다. 그 희망이 아무리 명백하게 혹은 기교를 다해 말해진다 하더라도 스스로 사리판단을 할 수 있는 청년에게 영향을 줄수 있으리라고는 잠시도 상상할 수 없었다.

엘리자베스는 이 문제에 대해 느낀 바를 될 수 있는 한 강력하게 언니에게 설명하였다. 그리고 마침내 즐겁게도 좋은 결과를 보게 되었다. 제인은 절망에 빠져버릴 성질이 아니었다. 그래서 이따금 애정의 겸양 때문에 그녀의 희망이 뒤바뀌기는 하였으나 빙리 씨가 네더필드로 돌아와서 자기 가슴속의 희망에 보답해 주리라는 기대를 점차 갖게 되었다.

베넷 부인에게는 다만 가족이 떠나는 것만을 알리고 빙리 씨의 행동 때문에 놀라지 않도록 하자는 데 그들의 의견이 일치하였다. 그러나 이 작은 소식만으로도 부인은 큰 걱정을 하였고, 여자들이 서로 친밀해지기 시작하자마자 다른 데로 가버리는 것은 유감이라며 한탄하였다. 그러나 그녀는 잠시 동안 이를 슬퍼하다가, 빙리 씨는 곧 돌아올 것이며 롱본에서 식사를 하게될 것이라고 생각하며 위로를 받았다. 그리고 모든 결론이 다음과 같은 유쾌한 결론으로 모아졌다. 그는 다만 가족끼리의 식사에 초대받은 것이지만 음식은 잔뜩 두 코스를 내도록 하자는 것이었다.

22

베넷 댁 사람들은 루카스 댁에서 식사를 하기로 되어 있었다. 그리고 그날도 루카스 양은 친절하게 콜린스 씨의 말에 귀를 기울였다. 엘리자베스는 기회를 보아 감사의 뜻을 전했다. "덕분에 저분은 기분이 퍽 나아진 것 같아" 하고 그녀는 말했다. "이 은혜는 말로 다할 수 없어." 샬롯은 도움이 되어 기쁘며 다소 시간을 희생시킨 보람이 있었다고 친구에게 말했다. 아주 상냥한 말씨였다. 그러나 샬롯의 친절은 엘리자베스가 눈치 채지 못할 정도로 진행되고 있었던 것이다. 그녀의 목적은 콜린스 씨의 눈을 자기에게 끌어들여 다시 되돌아가지 않도록 붙잡아놓는 데 있었다. 루카스 양의 계획은 그런 것이었다. 겉으로 나타난 것은 그럴 듯해서 그들이 저녁에 헤어질 때 콜린스 씨가 그렇게 빨리 하퍼드셔를 떠나려고 하지 않았다면 성공은 틀림없다고까지 느낄 정도였다. 그러나 이 점에서 루카스 양은 그의 정열적이며 독립적인 성격을 고려하지 않고 있었다. 그는 다음날 아침 살짝 롱본가를 빠져나가 루카스 로지로 달려가서 그녀에게 사랑을 고백했기 때문이다. 콜린스 씨는 엘리자베스 자매들이 알까봐 걱정되었다. 그가 나가는 것을 그들이 본다면 눈치 챌 것이 뻔했기 때문이다. 그 계획이 성공하기 전에 미리 알려지지 않기를 바랐다. 그러나 확실히 성공하리라는 생각이 들었다. 샬롯이 상당히 용기를 북돋워주었기 때문에 그런 생각이 들기도 했겠지만, 수요일 사건 이후로 콜린스 씨는 의기소침해 있었던 것이다. 그러나 그는 대단한 영접을 받았다. 루카스 양은 그가 자기 집 쪽으로 걸어오는 것을 이층 창문으로 보았다. 그래서 좁은 길에서 우연히 만나도록 얼른 방을 빠져나갔다. 그러나 그녀는 그렇게 굉장한 사랑과 웅변이 거기에서 기다리고 있으리라고는 생각지도 못했다.

콜린스 씨의 장광설로 해서 가급적 짧은 시간 안에 두 사람이 만족하도록 모든 일이 결정되었다. 집안에 들어가자 그는 자기를 가장 행복하게 해줄 날짜를 결정해달라고 간청했다. 이러한 간청은 우선 거절해야 했지만 여자 쪽에서는 상대방의 행복감을 무시할 생각은 없었다. 콜린스 씨는 원래 우둔해서 결혼 신청이 제발 계속되었으면 하고 여자가 바랄 만큼의 매력은 전혀 갖고 있지 않았다. 루카스 양은 다만 안정되고 싶다는 단순한 생각에서 그를 받아들인 것이지 얼마나 빨리 결혼이 이루어지느냐에 대해서는 마음을 쓰지 않았다.

루카스 경 부부는 곧 콜린스 씨로부터 결혼을 승낙해달라는 요청을 받았다. 그래서 기쁘게 동의해주었다. 콜린스 씨의 지금 형편으로 본다면 자신들의 재산을 거의 나누어줄 수 없는 딸에게는 적당한 혼처였다. 그리고 그가 장래에 부유하게 되리라는 기대 또한 낙관적이었다. 루카스 경 부인은 이 일에 전에 자아내지 못했을 정도의 관심을 나타내며 앞으로 몇 해나 베넷 씨가 더 살 수 있을까 계산하기 시작했다. 루카스 경은 다음과 같은 자신의 생각을 말했다. 즉 콜린스 씨가 롱본의 토지를 소유하게 된다면 그들 부부가 성 제임스에 나타나는 것이 아주 수월해지리라는 것이었다. 요컨대 이런 경우에 온 집안이 모두 기뻐한 것은 당연했다. 손아래 딸들은 전보다 빨리 사교계에 나갈 수 있다는 희망을 품었다. 사내아이들은 샬롯이 노처녀로 죽을지도 모른다는 우울한 마음에서 벗어날 수 있었다. 샬롯 자신은 꽤 침착한 편이었다. 그녀는 목적을 달성했기 때문에 좀더 생각해볼 여유가 있었다. 그 결과는 대체로 만족스러운 것이었다. 콜린스 씨는 분명히 지각도 없고 그다지 마음에 드는 편도 아니었다. 그와 같이 사는 것은 지루할 것이고 그의 애정이 근거 없는 것임에는 틀림없었다. 그렇더라도 그는 자신의 남편이 될 것이 아닌가. 그녀에게는 남자가 결혼 생활을 별로 중요시하지 않으며 결혼하는 것만이 유일한 마음의 준비일 뿐 아니라, 행복을 가져다 줄 가망성이 아무리 희박하다 하더라도 결혼이 가난에서 벗어나는 가장 흡족한 예방책임에 틀림없었다. 이 예방책을 이제야 손에 넣은 것이다. 결국 그녀는 스물 일곱 살로서 평범한 외모로 미인이 갖는 행운을 실컷 맛보게 되었다. 이 일 때문에 가장 꺼림칙한 것은 이 일이 반드시 초래하게 될 엘리자베스 베넷의 놀라움이었다. 엘리자베스와의 우정을 그녀는 다른 누구보다도 소중하게 여겼다. 엘리자베스가 이상하게 여길 것은 틀림없고 분명히 자신을 비난할 것이다 물론 그녀의 결심이 흔들릴 리는 없겠지만 그러한 불찬성에 의해 그녀의 감정이 상할 것임에는 틀림없었다. 그녀는 자신이 이 소식을 알리기로 결심했다. 그래서 콜린스 씨에게 롱본으로 저녁 먹으러 갈 때 식구들이 이 일에 대해 눈치 채지 못하도록 하라고 부탁했다. 그는 순순히 비밀로 하겠다고 약속했다. 그러나 그 약속을 지키는 것은 힘들었다. 왜냐하면 그의 오랜 부재로 인한 호기심이 노골적인 질문이 되어 터져 나와서 그에 대한 대답을 하는 데에도 요령이 필요했고, 또한 그 자신도 멋있는 사랑을 말해버리고 싶어 못 견뎌 했기 때문에 자제심을 발휘해야만 했다.

다음날 아침 콜린스 씨는 아무도 일어나지 않은 시간에 떠날 예정이었다. 그래서 여자들이 잠자리에 들기 전에 작별 인사를 주고받았다. 베넷 부인은 다정하고 간곡하게 다른 데에서 약속이 있다 하더라도 언제든지 다시 한 번 롱본에서 만날 수 있다면 얼마나 즐겁겠느냐고 말했다.

"그렇게 초대해주셔서 정말 감사합니다. 저도 바라고 있었으니까요. 될 수 있는 한 빨리 청하신 대로하도록 노력하겠습니다" 하고 그는 대답했다.

그들은 모두 놀랐다. 베넷 씨는 그렇게 빨리 다시 오는 것이 탐탁지 않았기 때문에 얼른 말했다.

"하지만 그 점에서 캐서린 부인이 반대할 우려는 없을까? 괜히 보호자의 비위에 거슬리는 것보다 차라리 친척을 소홀히 하는 게 낫지."

"그렇게 말씀해주시니 정말 감사합니다. 안심하십시오. 그 부인의 동의 없이는 그런 경망한 행동은 취하지 않겠습니다."

"조심할수록 좋지. 그분의 비위를 거스르는 것보다 차라리 다른 모험을 하는 게 좋아. 다시 이곳에 오는 것을 싫어한다면—아무래도 그럴 것 같은데—가만히 집에 있는 게 좋아요. 우리 걱정은 말고."

"그렇게까지 친절하게 주의를 주셔서 감사합니다. 염려 마십시오. 이 일은 물론 하퍼드셔에 있는 동안 베풀어주신 모든 호의에 대해서는 가자마자 편지를 드리겠습니다. 따님들께는 오랫동안 못 만날 것도 아니니까 이렇게 말씀드릴 것까지는 없겠습니다만, 건강과 행복을 빌겠습니다. 물론 나의 사촌 엘리자베스 양에게도 빼놓지 않고요."

그 장소에 어울리는 인사를 하고 여자들은 물러갔다. 머지않아 다시 찾아오려고 하는 것을 알자 모두 놀랐다. 베넷 부인의 예감에 의하면 콜린스 씨는 아래 딸들 중의 다른 애에게 구혼할 생각이 있는 것 같다는 것이다. 그런데 메리가 이 구혼을 받아들이도록 설득 당할 것 같았다. 메리는 다른 어떤 자매보다도 콜린스 씨의 재능을 높이 평가하고 있었기 때문이다. 콜린스 씨의 감상에는 이따금 마음을 울리는 견실한 데가 있었다. 결코 자기만큼 현명하지는 못했지만 몸소 솔선수범해서 독서를 하고 수양을 하도록 용기를 북돋워주면 아주 흡족한 배필이 될지도 모르겠다고 메리는 생각했다. 그러나 다음날 아침 이런 희망은 완전히 무너지고 말았다. 루카스 양이 아침 식사 후에 찾아와서 엘리자베스에게 은밀히 전날의 사건에 대해 이야기했기 때문이다.

콜린스 씨가 샬롯을 사랑하게 된 게 아닌가하는 가능성이 요 며칠 동안에 한 번 엘리자베스의 마음에 떠오른 적이 있었다. 그러나 샬롯이 그에게 용기를 주리라는 것은 자기가 용기를 줄 수 없는 것과 마찬가지로 가능성이 없는 것 같았다. 따라서 엘리자베스의 놀라움은 너무나 커서 처음에는 예의범절의 한계를 넘어설 정도였다. 그녀는 다음과 같이 외치지 않을 수 없었다.

"콜린스 씨하고 약혼했다고, 샬롯. 그럴 리가 없어!"

이야기를 하는 동안 침착한 표정을 지니고 있던 루카스 양은 이렇게 정면으로 비난을 받자 잠깐 당황해했다. 그러나 전혀 예기치 못한 일도 아니어서 다시 침착한 태도를 회복하고 조용히 대답했다.

"왜 놀라니, 엘리자. 콜린스 씨가 운 나쁘게 네게 성공하지 못했다고 해서 다른 여자의 호의도 받을 수 없다고 생각한 거야?"

그러자 엘리자베스는 마음을 가라앉혔다. 그리고 의식적으로 노력하며 이 혼담은 그녀로서도 참 기쁜 일이며 상상할 수 있는 모든 행복을 빈다고 확실한 태도로 말했다.

"네 기분은 알겠어" 하고 샬롯은 대답했다. "놀랐을 거야, 정말 놀랐을 거야. 콜린스 씨는 최근에 너하고 결혼하고 싶어했으니까. 그렇지만 잘 생각해보면 너도 내가 한 일에 만족할 거야. 난 다만 안락한 가정을 필요로 할 뿐이야. 콜린스 씨의 성격이나 친척, 지위를 생각해볼 때, 그분과의 행복은 다른 사람들이 결혼 생활을 시작할 때 장담할 수 있을 정도로는 전망이 있다고 생각해."

엘리자베스는 조용히 대답했다. "그야 그럴 테지."

그들은 잠시 어색하게 말을 끊었다가 다른 식구들이 있는 데로 갔다. 샬롯은 오래 머무르지 않았다. 그래서 엘리자베스는 혼자서 좀 전에 들은 이야기를 회상했다. 그리고 한참 생각한 끝에 간신히 그들의 어울리지도 않는 결혼에 동감하게 되었다. 콜린스 씨가 사흘 동안에 두 번이나 청혼을 했다는 신기한 사실은 그가 비로소 승낙을 받은 데 비하면 아무 것도 아니었다. 결혼에 대한 샬롯의 의견이 자기 생각과는 다르다는 것을 그녀는 늘 느끼고 있었다. 그러나 막상 그것을 실행에 옮길 때 모든 고상한 감정을 현실적인 이익에 희생시킨다는 것은 상상할 수도 없었다. 콜린스 씨의 아내 샬롯, 이것은 아무리 보아도 굴욕적인 모습이었다. 그녀는 친구가 스스로 자신을 욕보이고 품위를 떨어뜨리는 것을 보고 마음의 상처를 받은데다 그 친구가 선택한 운명 속에서 조금이라도 행복하게 된다는 것은 불가능하다는 괴로운 확신이 생긴 것이었다.

23

엘리자베스는 어머니와 자매들과 같이 앉아서, 들은 이야기를 회상하고 그것을 말할 권한이 자기한테 부여되어 있는지 어떤지를 고심하고 있었다. 그 때 윌리엄 경이 나타났다. 딸의 약혼을 알리러 몸소 온 것이었다. 그는 그들에게 깍듯이 인사를 하고 두 가정이 인연을 맺게된 데 대해 혼자 기뻐하며 사정을 설명하였다. 실상 그들은 그 소식에 의아해했을 뿐만 아니라 믿지도 않았던 것이다. 베넷 부인은 단정한다기보다는 감정을 억누르며 그건 전혀 착각일 것이라고 딱 잘라서 말했다. 늘 경솔하고 이따금 버릇이 없는 리디아가 시끄럽게 소리쳤다.

"어쩌면 윌리엄 선생님. 왜 그런 말씀을 하세요. 콜린스씨는 리지 언니 하고 결혼하고 싶어하시는데요. 그걸 모르세요?"

궁정에 몸담고 있었던 사람의 은근한 태도라도 지니고 있지 않았다면 그는 이러한 취급에 노하지 않고 참을 수는 없었을 것이다. 그러나 윌리엄 경의 점잖은 태도는 모든 일을 순조롭게 끌고 나갔다. 그는 자기 이야기가 사실이라는 것을 단언하려는 허락을 청하면서도 그들의 불손한 말을 꾹 참고 들었다.

엘리자베스는 그러한 불쾌한 입장에서 그를 구할 책임이 있다고 느꼈기 때문에 샬롯으로부터 직접 들어서 알고 있다고 말하고 자진해서 그 사실을 인정했다. 그리고 어머니와 동생들이 떠드는 소리를 중지시키려고 애썼다. 그러기 위해서 윌리엄 경에게 진심으로 축하의 말을 했는데 뒤이어 제인도 축하의 말을 했다. 또 그녀는 이 혼담, 콜린스 씨의 훌륭한 성격, 헌스퍼드가 런던으로부터 그리 멀지않은 거리에 있다는 점에서 기대될 수 있는 행복에 대해 여러 가지 말을 늘어놓았다.

베넷 부인은 너무도 어이가 없어 윌리엄 경이 머물러 있는 동안 말도 제대로 하지 못했다. 그러나 그가 가버리자 부인의 감정이 폭발하고 말았다. 우선 첫째로 그 일 전부를 절대로 믿으려 하지 않았다. 둘째로 콜린스 씨는 확실히 속은 것이라고 그녀는 말했다. 셋째로 그들이 결혼을 해도 결코 행복하지 못할 것이며, 넷째로 혼담은 깨질지도 모른다는 것이었다. 그러나 이번 일로부터 확실한 두 가지 결론이 나왔다. 하나는 엘리자베스가 모든 손해의 원인이며 또 하나는 자기가 여러 사람들로부터 혹독한 취급을 받았다는 것이다. 이 두 가지 점에 대해 부인은 그날 나머지 시간 동안 계속 되풀이했다. 그녀를 위로하거나 달랠 방법이라고는 아무 것도 없었다. 그날 하루가 지나도 부인의 분노는 풀리지 않았다. 꾸짖지 않고 엘리자베스의 얼굴을 보게 될 때까지 일주일이나 걸렸고, 무례한 태도를 보이지 않고 윌리엄 경 내외와 말을 하게 될 때까지는 한 달이 걸렸으며, 그들의 딸을 조금이라도 용서하게 되기까지는 수 개월이 걸렸다.

이번 일에 베넷 씨는 그다지 동요하지 않았다. 오히려 이번 일로 그는 매우 기분 좋아 했다. 왜냐하면 상당히 분별이 있으리라고 생각했던 샬롯 루카스가 자기 아내와 똑같이 바보이며 딸보다도 더 바보인 것을 안 것이 만족스러웠기 때문이다.

제인은 이 혼담에 다소 놀랐다고 말했다. 그러나 그녀는 그 놀라움보다는 오히려 진심으로 두 사람의 행복을 비는 마음이 더 간절하다고 말했다. 그렇다고 엘리자베스는 그들이 행복해질 것 같지 않다는 쪽으로 언니를 설득시킬 수는 없었다. 키티와 리디아도 루카스 양을 부러워하지는 않았다.

콜린스 씨는 그저 보통 목사였기 때문이다. 그것은 메리턴에 퍼지는 조그만 소문에 불과할 뿐 그들에게 별다른 영향을 주지 않았다.

루카스 부인은 딸을 훌륭하게 결혼시킬 수 있다는 즐거움을 베넷 부인에게 한바탕 쏟아놓고 싶은 만큼 의기양양한 기분에 사로잡혔다. 그래서 그녀는 자기가 얼마나 기뻐하고 있는가를 말하기 위해 오히려 여느 때보다도 자주 롱본을 찾았다. 물론 베넷 부인의 무뚝뚝한 표정과 악의에 찬 말씨는 그녀의 기쁨을 쫓아버리기에 충분했지만 말이다.

엘리자베스와 샬롯은 피차 이 화제에 대해서는 말을 하지 않도록 애썼다. 엘리자베스는 두 번 다시 마음속을 털어놓고 이야기할 수는 없다고 설득 당한 느낌이었다. 샬롯에게 실망한 만큼 그녀는 이전 보다 더 부드러운 마음씨로 언니를 대했다. 언니의 정직함과 섬세함에 대한 자신의 믿음은 결코 흔들릴 리가 없다고 생각하자 그녀의 행복을 걱정하는 마음만이 나날이 더해 갔다. 빙리 씨가 떠난 지 일주일이 되도록 돌아온다는 소식이 없었기 때문이다.

제인이 캐롤라인에게 즉시 답장을 보냈으므로 또 한 번 소식이 올 것이라고 날짜를 세며 기다리고 있었다. 콜린스 씨로부터는 약속한 감사 편지가 화요일에 도착했다. 그것은 아버지 앞으로 보낸 것으로 일 년간이나 폐를 끼친 사람에게 어울릴 정도의 장중한 감사를 늘어놓았다. 서두에서 그는 그들에게 알리기 위한 전제로 그의 양심을 드러내고 나서는 기쁨을 감추지 못하는 표현으로 이웃의 사랑스러운 루카스 양의 애정을 얻은 행복을 알리고, 그러고는 롱본으로 다시 와 달라는 그들의 친절한 청을 쾌히 받아들인 것은 다만 루카스 양과 같이 있을 즐거움을 염두에 두고 있었기 때문이라고 설명했다. 그는 2주일 후 월요일에 롱본으로 돌아오겠다는 것이었다. 그리고 캐서린 부인은 이 결혼을 진정으로 찬성하고 있으며 될 수 있는 대로 빨리 식을 올리기를 희망했다고 말했다. 그는 또, 이것이 사랑하는 샬롯을 설득할 충분한 이유가 되어 자기를 가장 행복한 남자로 만들어줄 날을 빨리 결정지을 수 있을 것이라고 덧붙여 말했다.

콜린스 씨가 하퍼드서로 돌아오는 것은 베넷 부인에게 있어 더 이상 유쾌한 일이 아니었다. 오히려 그녀는 남편과 마찬가지로 불평을 하고 싶었다─콜린스가 루카스의 집으로 가지 않고 롱본으로 온다는 것은 참 이상한 일이었다. 또 몹시 거북하고 곤란했다─. 부인은 건강이 좋지 않을 때 집안에 손님을 맞이한다는 것이 싫었다. 게다가 모든 사람 가운데에서 연인들이 누구보다도 불쾌했다. 베넷 부인의 사소한 불평은 대개 이런 것이었다. 이것보다 더한 것이 있다면 오직 빙리 씨가 계속해서 보이지 않는 것에 대한 실망뿐이었다.

제인과 엘리자베스도 이 문제에 대해서는 기분이 별로 좋지 않았다. 날이 갈수록 그에 대한 소문이 연달아 메리턴에 퍼졌지만 겨우내 네더필드에는 돌아오지 않으리라는 소문들뿐이었다. 이 소문이야말로 베넷 부인을 몹시 분개시켰고 말도 안되는 거짓말이라고 부정했다.

엘리자베스까지도 불안해지기 시작했다. 물론 빙리 씨가 무관심하다는 것이 아니라 그의 누이들이 그를 떼어놓는 데 성공할지도 모른다는 일 때문이었다. 제인의 행복을 깨뜨리거나 그 연인의 마음이 변할 수도 있다는 수치스러운 생각을 인정하고 싶지는 않았으나 그러한 생각이 거듭 마음에 떠오르는 것을 억제할 수는 없었다. 그의 매정한 두 누이와 위압적인 친구가 힘을 합하여 애쓰고 거기다 다르시 양의 매력과 런던의 오락이 가해지면 그의 애착의 힘은 굉장한 것이 되리라고 그녀는 걱정했다.

이 불안한 상태에 있어서 제인의 걱정은 물론 엘리자베스보다 더 심했다. 그러나 어떻게 느끼든 그녀는 그것을 내색하지 않으려 했다. 그래서 제인과 엘리자베스는 결코 이 화제에 대해 언급하지 않았다. 그러나 이런 조심스러운 방법도 그들의 어머니를 자제시킬 수는 없었는데, 거의 한 시간마다 어머니는 빙리 씨의 이야기를 하고 그가 빨리 왔으면 좋겠다는 간절한 마음을 표시했다. 그리고 제인으로 하여금 만일 그가 돌아오지 않는다면 큰 모욕을 당한 것으로 생각하겠노라고 그에게 고백하도록 요구까지 하였다. 이러한 공격적인 말을 조용히 참아 넘기기 위해서는 제인의 끊임없는 온화함이 필요했다.

콜린스 씨는 어김없이 2주일 후 월요일에 돌아왔다. 그러나 그는 롱본에서 처음 영접받았을 때만큼 환영을 받지는 못했다. 그러나 그는 너무도 행복했기 때문에 그다지 마음을 쓸 필요가 없었다. 다행히 그는 연애하느라 바빴으므로 다른 사람들은 그와 늘 상대하지 않아도 되었다. 그는 매일같이 루카스 로지에서 지냈고 때로는 가족이 취침하기 전, 외출했던 변명을 하기에 겨우 알맞을 시간에 롱본으로 돌아왔다.

베넷 부인은 차라리 가련한 모습이었다. 이 혼담에 대한 이야기를 꺼내기만 하면 부인은 불쾌한 고민에 빠지는 것이었다. 어디를 가나 그 이야기뿐이었다. 베넷 부인은 루카스 양을 쳐다보기도 싫어했다. 그 집의 후계자로서 질투에 찬 혐오감을 가지면서 보았기 때문이다. 샬롯이 찾아오면 그녀가 언제고 자기 집을 소유할 때를 기다리고 있다고 부인은 결론을 내려 버렸다.그녀가 낮은 목소리로 콜린스 씨와 이야기할 때면 언제나 두 사람은 롱본의 토지 이야기를 하는 것이며 베넷 씨가 죽기 무섭게 자기와 딸들을 집에서 내쫓으려는 이야기를 하는 것이라고 믿었다. 부인은 이러한 불평을 남편에게 털어놓았다.

"여보, 정말" 하고 그녀는 말했다. "입맛이 쓰지 뭐예요. 샬롯 루카스가 이 집의 여주인이 된다니 말예요. 내가 그 여자를 위해서 집을 비워주고 그 여자가 내 자리를 차지하는 꼴을 보고 살아야 한다니."

"여보, 그런 우울한 생각을 하면 안돼. 좀더 그럴 듯한 얘기를 합시다. 내가 끝내 살아남는다는 희망을 가져봅시다."

이 말은 베넷 부인에게 그다지 위로가 되지 않았다. 그래서 그녀는 대답을 하지 않고 좀 전의 이야기를 계속했다.

"그 사람들이 이 토지를 전부 수중에 넣는다는 것을 생각하면 참을 수 없어요. 한정 상속이란 것만 없다면 걱정 없겠는데요."

"걱정이 없다니?"

"아무 것도 걱정할 게 없단 말예요."

"당신이 그렇게 무신경 상태에 빠지지 않은 것을 고맙게 생각합시다."

"여보, 난 한정 상속에 관계되는 일엔 고마워할 수 없어요. 땅을 내 딸이 아닌 다른 사람한테 물려주고 어떻게 마음이 편할 수 있단 말예요? 그나마다 콜린스 씨를 위해서가 아니예요? 뭣 때문에 그 사람이 누구보다도 득을 보느냐 말예요."

"당신이 잘 판단하구려" 하고 베넷 씨는 말했다.

24

빙리 양의 편지가 도착하자 모든 의문이 풀렸다. 우선 첫머리에는 모두가 겨울 동안 런던에 머물러 있을 것이라고 적혀 있었다. 그리고 오빠가 하퍼드셔를 떠나기 전에 그 지방의 친구들에게 작별 인사를 하지 못한 것을 섭섭하게 생각한다면서 편지를 끝맺고 있었다.

희망은 사라진 것이다. 완전히 없어진 것이다. 제인은 편지의 나머지 부분에 주의를 기울였지만 빙리 양의 의례적인 애정이외에는 위안이 될 수 있는 말은 거의 아무 것도 발견하지 못했다. 다르시 양에 대한 찬사가 편지의 대부분을 차지하고 있었고 그녀의 여러 가지 매력이 자세히 씌어 있었다. 캐롤라인은 자기들의 친근함이 더해 가는 것을 뽐내고 지난번 편지에서 털어놓은 기대가 성취될 것이라고 예언까지 했다. 그녀는 또 오빠가 다르시 씨 집에서 함께 살고 있다고 쓴 후, 가구를 새로 들여놓을 다르시 씨의 계획을 신이 나서 적고 있었다.

엘리자베스는 마침내 제인에게서 대강의 이야기를 듣고 말없이 분개했다. 그녀의 가슴속은 언니를 위한 걱정과 다른 모든 사람에 대한 분노로 가득 찼다. 물론 자기 오빠가 다르시 양에게 마음을 두고 있다는 캐롤라인의 주장을 믿을 수는 없었다. 그녀는 전과 마찬가지로 빙리 씨가 제인을 좋아하는 것을 의심하지 않았다. 그리고 여전히 빙리 씨를 좋아했지만 그가 그렇게 우유부단하고 결단성이 없는 데에는 화가 나지 않을 수 없었으며 경멸심까지 생겼다. 결국 그는 친구들의 의도대로 행동하는 노예가 되었고 자기 행복을 그들의 변덕스러운 마음에 대한 희생물로 바치게된 것이 아닌가. 그나마 자기의 행복만이 희생당하는 것이라면 마음대로 그것을 농락해도 상관없었을 것이다. 그러나 언니의 행복까지 휩쓸려 들어간 것이다. 그것을 남자 쪽에서는 알고 있었을 것이다. 요컨대 이 문제는 오랫동안 생각해봐도 결국 엎질러진 물이었다. 엘리자베스는 다른 것은 일체 생각할 수가 없었다. 그러나 빙리 씨의 관심이 정말 사라져버렸는지, 그렇지 않으면 친구의 간섭으로 억압당했는지, 그는 제인의 애정을 깨닫고 있었는지, 그렇지 않으면 그 애정을 그가 미처 깨닫지 못했는지, 사정은 어찌되었거나 그 차이로 말미암아 그에 대한 엘리자베스의 생각은 크게 영향을 받을 것임에 틀림없었다. 그러나 언니의 입장은 여전했고 다만 언니의 평화스런 마음만 상처를 입은 것이었다.

제인은 2, 3일 후에야 엘리자베스에게 자기의 느낌을 이야기했다. 그러나 드디어 베넷 부인이 네더필드와 그 주인에 대해 보통 때보다 오랜 시간 안절부절 하다가 두 딸을 남겨두고 나가자 제인은 다음과 같이 말하지 않을 수 없었다.

"어머니는 제발 그만 좀 하셨으면 좋겠어. 그분 얘기를 자꾸 하면 내게 고통을 준다는 걸 모르시나 봐. 하지만 난 불평은 하지 않겠어. 오래가진 않을 테니까. 곧 그분을 잊어버리게 될 테지. 그렇게 되면 우리는 모두 예전대로 돌아갈 거야."

엘리자베스는 의심스럽게 불안한 표정으로 언니를 바라보았으나 아무 말도 하지 않았다.

"넌 나를 의심하는구나" 하고 약간 얼굴을 붉히며 제인은 소리쳤다.

"그건 당치 않아. 그야 그분은 내 추억 속에서 누구보다도 가장 좋은 분으로 남아 있을지도 모르지. 하지만 그것 뿐이야. 더 바랄 것도 없고 걱정할 것도 없어. 그분을 원망할 것도 없지. 하느님께 감사해! 난 그런 고통은 없으니까. 그러니까 조금만 참으면 돼. 꼭 단념하도록 힘쓸 거야."

한결 힘있는 목소리로 제인은 곧 이렇게 덧붙였다.

"생각하기에 따라 위안을 받을 수는 있어. 쉬운 일이야. 내가 괜히 들떠서 그런 거지, 나 이외의 사람에게는 아무에게도 피해를 주지 않았다고 생각하면 되거든."

"제인 언니" 하고 엘리자베스는 소리를 질렀다. "언니는 사람이 너무 좋아. 언니는 착하고 욕심이 없어서 꼭 천사 같아. 뭐라고 말을 해야 좋을까. 난 지금까지 한 번도 언니한테 제대로 해준 것이 없고 언니가 당연히 받을 만큼 언니를 위해주지도 못한 것 같아."

제인은 자신의 과장된 감정을 애써 부인하고 그렇게 칭찬해주는 것은 동생의 따뜻한 애정 때문이라고 말했다.

"아냐" 하고 엘리자베스는 말했다. "그건 공평하지 못해. 언니는 덮어놓고 세상을 아름답게만 생각하고 싶으니까 내가 남의 욕을 하면 마음이 언짢은 거야. 난 그저 언니가 나무랄 데가 없다고 생각하고 싶은 것 뿐이야. 그런데 언니는 아니라고 그러다니. 내가 뭐 지나치게 말한다든지 또 무엇에든 호의를 갖는 언니의 독특한 성격에 간섭한다고 생각지는 말아. 그럴 필요는 없어. 내가 정말 사랑하는 사람이란 극소수이고 내가 좋다고 생각하는 사람은 더 적으니까. 세상을 넓게 보면 볼수록 난 싫증이 나. 인간의 성격이란 짐작할 수 없고 장점이나 분별력이 있는 것같이 보이는 것도 거의 믿을 만한 것이 못 된다는 내 신념은 나날이 굳어져만 가. 최근에도 그런 경우가 두 번 있었어. 하나는 말하지 않기로 하고 또 하나는 샬롯의 결혼이야. 이해할 수가 없어. 아무리 생각해도 이해할 수가 없어."

"리지야, 그런 감정 속에 끌려 들어가지 않는 것이 좋아. 그 때문에 네 행복이 망쳐지면 어떻게 하니. 너는 상황과 성격의 차이를 충분히 고려하고 있지 않아. 콜린스 씨의 훌륭한 태도와 샬롯의 신중하고 착실한 성격을 생각해봐. 샬롯은 대가족의 딸이라는 것을 잊어서는 안돼. 그런데다 재산으

162

로 말하면 가장 적당한 혼처이지. 여러 사람을 위해서 샬롯이 콜린스 씨에게 경애와 존경을 느낄지도 모른다고 생각하란 말이야."

"언니를 위해서라면 뭐든지 믿고 싶어. 하지만 그런 것을 믿어봤자 아무한테도 이익될 게 없잖아? 만일 샬롯이 그에게 조금이라도 경애를 품고 있다고 억지로 믿는다고 해도, 샬롯의 판단력은 지금 그녀의 애정에 대해 내가 생각하고 있는 것보다 훨씬 나쁘게 생각되는 것뿐이니까. 언니, 콜린스 씨는 잘난 체나 하는, 속이 좁고 바보 같은 사람이야. 언니도 동감일걸. 그런 사람하고 결혼하는 여자는 올바른 판단을 했다고 볼 수 없다는 것에도 동감할 거야. 샬롯 루카스도 그것에 대해서는 변명 못 해. 어떤 개인을 위해서 절조와 강직의 의미를 바꿔 놓을 수는 없을 테니까. 또 이기심을 신중함이라고 하거나 위험을 모르는 것을 행복의 보증이라고 설득하려고 하진 말아. 나까지 언니처럼 믿으라고 하진 말라니까."

"그 두 분에 대해서 너는 너무 말을 지독하게 하는 것 같구나" 하고 제인은 대답했다. "두 사람이 행복하게 되는 것을 보고 너도 그렇게 믿게 됐으면 좋겠다. 하지만 그 얘기는 이쯤 해두자. 너 무슨 다른 얘기했었지. 두 가지 경우라고 했잖아. 네 말을 잘못 들은 건 아닐 텐데. 하지만 리지야, 제발 그분한테 잘못이 있다든지 그분에 대한 네 생각이 약해졌다든지 그런 얘기로 날 괴롭히진 말아줘. 우리가 계획적으로 해를 입었다고 쉽게 생각하면 안 돼. 또 원기 왕성한 청년이 언제나 조심성 있고 용의주도할 거라고 생각해서는 안 돼. 우리는 자신의 허영심에 속게 될 수 있거든. 여자들은 자신들에 대한 남자의 감탄을 실제보다도 더 큰 의미가 있는 것처럼 과장해서 생각하니까."

"그리고 남자는 여자들이 그렇게 생각하도록 유도하지."

"만일 그것이 계획적인 것이라면 용서할 수 없어. 그렇지만 세상에는 몇 몇 사람들이 상상하는 것처럼 일부러 계획을 꾸미는 사람이 그렇게 많진 않을 거야."

"난 빙리 씨의 행동이 모두 의도적인 것이라고는 생각지 않아" 하고 엘리자베스는 말했다. "그렇지만 나쁜 짓을 하려고 혹은 다른 사람을 불행하게 만들려고 일부러 술책을 쓰지 않았다 해도 과실이 생기거나 비참한 일이 일어날 수는 있어. 생각이 모자란다든지 다른 사람의 기분 따위는 아랑곳하지 않는다든지 혹은 결단성이 모자랄 때 그렇게 되거든."

"그럼 그 중의 한 가지 탓이란 말이야?"

"응, 두 번째 경우지. 하지만 내가 얘기를 계속하면 언니가 존경하고 있는 분들에 대한 내 생각을 말하게 될 테니까, 그럼 언니 비위만 거스르게 될 거야. 적당한 때 나를 저지시켜야 해."

"그럼 그분의 누이가 그분을 움직였다고 생각하니?"

"그럼. 그분의 친구까지 동원해서."

"그건 믿을 수 없어. 뭣 때문에 그를 움직이지 않으면 안되냔 말이야. 그들도 그분의 행복을 바랄 텐데. 그리고 만일 그분이 나한테 애정을 품고 계시다면 다른 여자는 결코 그 애정을 얻을 수 없을 텐데 말이야."

"언니의 첫 번째 견해가 틀렸어. 행복 외에 더 많은 것을 바랄지도 모르잖아. 그분의 재산과 지위가 커지는 것을 바랄지도 모르지. 돈이나 유력한 집안, 자존심 같은 관록이 구비된 여자하고 결혼시키고 싶을지도 몰라."

"분명히 다르시 양을 선택하기를 바라고 있을 거야" 하고 제인은 대답했다. "하지만 그건 네가 생각하고 있는 것보다 더 고상한 감정 때문일지도 몰라. 그들이 나를 아는 것보다는 다르시 양을 안 지가 더 오래되었거든.

그러니까 나보다 저쪽을 더 좋아한다고 해서 이상할 것은 없지. 그러나 그들의 희망이 어떻든 간에 누이가 본인의 소원을 반대했다고는 생각지 않아. 꼭 반대해야 할 이유가 없다면 남매간에 누가 그런 짓을 하고 싶겠니? 빙리 씨가 나한테 애정을 느끼고 있다고 두 분이 생각했다면 우리 둘 사이를 떼어 놓으려고는 하지 않을 거야. 정말로 애정이 있다면 그런 방법은 성공 못 하지. 넌 그런 애정을 상상함으로써 다른 사람을 몰인정한 몹쓸 인간으로 만들고 나를 비참하게 만들려는 거야. 그런 생각으로 날 괴롭히지 말아 줘. 난 내가 잘못 판단한다고 해서 수치로 여기지는 않으니까. 적어도 그분이나 그분 누이를 나쁘게 생각하는 것 같은 너의 감정과 비교한다면 그런 착각쯤은 아무 것도 아니지. 사물을 보는 가장 좋은 시각인 이해심을 갖고 생각하도록 나를 내버려두렴."

엘리자베스는 이러한 요청을 거절할 수는 없었다. 그래서 그 이후 빙리 씨의 이름은 그들의 입에 거의 오르내리지 않았다.

베넷 부인은 여전히 빙리 씨가 돌아오지 않는다고 궁금해하며 투덜거렸다. 날마다 엘리자베스는 그에 대한 설명을 해줬지만 베넷 부인이 혼란을 일으키지 않고 그 일을 이해할 가망이 없어 보였다. 딸은 자기도 믿지 않는 것을 어머니에게 납득시키려고 노력했다. 그가 제인에게 친절을 베푼 것은 흔히 있는 일시적인 호의의 결과이며 제인의 얼굴을 안 보게되자 그것도 끝이 났다는 것이다. 그러나 이 이야기에 일리가 있다는 것은 그 당장에서는 이해가 되었으나 엘리자베스는 날마다 똑같은 이야기를 되풀이하지 않으면 안되었다. 베넷 부인의 가장 큰 위로는 빙리 씨가 여름에 다시 한 번 올지도 모른다는 것이었다.

베넷 씨는 이 문제를 다르게 생각하고 있었다.

"그래, 리지야" 하고 어느 날 그는 말했다. "네 언니는 연애에 실패한 거야. 잘 됐어. 계집아이들은 이따금 연애에 실패한 것을 결혼 후에 자랑으로 삼거든. 잠시 회상해볼 수도 있고 또 동료들 사이에서 특별한 존재 같이도 보이니까. 네 차례는 언제지? 아마 넌 제인에게 오랫동안 뒤떨어지는 것을 참지 못할 거야. 그러나 걱정 마라. 이 지방의 젊은 여자들을 모두 실연시키기에 충분할 만큼 메리턴에는 사관들이 많다. 위컴을 사귀어보렴. 유쾌한 남자이지. 멋지게 너를 차버릴 거다."

"아버지, 고맙습니다. 하지만 그렇게 야단스럽게 기분 좋은 사람이 아니라도 전 만족해요. 제인 언니와 같은 행운을 모두가 기대해서는 안 되니까요."

"그렇고말고" 하고 베넷 씨는 말했다. "그러나 그런 일이 너한테 생긴다 해도 애정이 많은 어머니가 있어서 다 잘 돌봐줄 테니까 아무 걱정 없을 게다."

롱본 가의 여러 식구들에게는 최근에 속상한 일 때문에 우울해진 기분을 돌리는 데 위컴 씨와의 교제가 큰 역할을 했다. 그들은 종종 그를 만났다. 그에겐 여러 가지 장점이 있었는데 최근엔 무엇이든 솔직하게 털어놓는 장점이 하나 더 추가되어 있었다. 엘리자베스가 이미 들은 이야기, 다르시 씨에 대한 그의 요구권, 다르시 씨가 그에게 한 처사 따위가 이젠 명백하게 인정되고 공개적으로 의논되었다. 아무 것도 모르고 다르시 씨를 싫어했었는데 근거가 생기자 그들은 모두 기뻐했다.

이 일에 있어 제인만은, 하퍼드셔의 사교계에는 알려지지 않은 어떤 참작할 만한 사정이 있지나 않을까 하고 고려해본 오직 한 사람이었다. 그녀는 부드럽고 착실하고 솔직해 늘 사정을 참작해야 된다고 주장하거나 혹

166

실수가 있었는지도 모른다고 역설했다. 그러나 다른 사람들은 한결같이 다르시 씨가 아주 못된 인간이라고 생각했다.

25

사랑 고백과 결혼 준비로 일주일이 지나가고 토요일이 왔기 때문에 콜린스 씨는 그의 상냥한 샬롯과 헤어져야만 했다. 그러나 그가 갖는 헤어짐의 고통은 신부를 맞이할 준비 때문에 그리 심하진 않은 편이었다. 거기에는 그럴 만한 이유가 있었는데, 즉 다음에 하퍼드셔에 다시 돌아와 며칠만 지나면 가장 행복한 남자가 될 수 있는 결혼 날짜가 정해질 것이기 때문이다. 그는 롱본의 친척에게 지난번과 같이 엄숙하게 작별 인사를 했다. 그리고 어여쁜 사촌들에게 다시 건강과 행복을 빈다고 말하고 그들의 아버지에게는 감사 편지를 띄우겠다고 약속했다.

다음 월요일에 베넷 부인은 동생 내외를 반갑게 맞이했다. 그들은 늘 하던 대로 롱본에서 크리스마스를 지내기 위하여 온 것이었다. 가디너 씨는 지각 있는 신사로서 천성이라든지 교육이 누이보다 훨씬 뛰어났다. 상업에 종사하면서 자기 창고가 바라다 보이는 곳에 살고 있는 남자가 이렇게 품위 있고 유쾌하다는 것을 네더필드의 여자들은 믿으려 하지 않을 것이다. 가디너 부인은 베넷 부인과 필립스 부인보다 몇 살 아래였으며 상냥하고 총명한 점잖은 여자로서 롱본의 조카들이 좋아하는 외숙모였다. 특히 위의 두 조카딸과의 사이에는 특히 정이 깊었다. 제인과 엘리자베스는 그전에 여러 번 시내에 들어가면 외숙모 댁에서 묵곤 했던 것이다.

가디너 부인은 도착하자마자 우선 선물을 나누어주고 나서는 최신 유행에 대한 이야기를 하기 시작했다. 그것이 끝나자 부인은 다른 할 일이 없어서 가만히 있었다. 이번에는 들을 차례였기 때문이다. 베넷 부인은 별별 우는소리를 다해가며 불평을 늘어놓았다. 지난번 그녀와 헤어진 이래 그들은 모두 고통을 받았다고 했다. 두 딸이 금방이라도 결혼을 할 수가 있었는데 허사가 되고 말았다는 것이다.

"제인을 나무라지는 않아" 하고 그녀는 말을 계속했다. "제인은 빙리 씨한테 갈 수도 있었다고 하지만 리지는 어떤 줄 알아? 이제 이렇게 생각하는 것도 지긋지긋하지만 저만 고집을 부리지 않았다면 지금쯤은 콜린스 씨의 아내가 됐을지도 몰라. 그분이 바로 이 방에서 구혼을 했거든. 그걸 리지가 거절했지 뭐야. 그 결과가 어떻게 된 줄 알아. 루카스 부인이 나보다 먼저 딸을 시집보내게 됐고 롱본의 토지는 그대로 한정 상속이지 뭐야. 루카스 집 사람들은 모두 음모가들이야. 손에 들어오는 건 뭣이고 잡으려고 들거든. 그 사람들이 그렇다는 것 유감이지만 사실이야. 그 덕택으로 난 신경이 약해졌고 몸이 시원찮아. 이 집안에선 나 같은 건 귀찮은 존재로만 여기고 이웃이라고는 제 욕심들만 채우니 말이야. 하지만 마침 잘 와줘서 반가워. 긴 소매(그 당시에 유행한 옷)에 대한 이야기를 듣는 게 난 재미있어."

가디너 부인은 제인과 엘리자베스의 편지로 이 이야기에 대해 대강 알고 있었다. 그래서 시누이의 말에 간단히 답변을 해주고 조카들도 위로해준 다음 화제를 바꿨다.

나중에 엘리자베스와 단둘이 남게 되자 부인은 이 문제에 대해 이야기를 계속했다.

168

"제인에게는 좋은 신랑감이었던 모양이구나" 하고 가디너 부인은 말했다. "일이 잘못되어서 안됐구나. 하지만 그런 일은 흔히 있어. 네가 빙리 씨라는 분의 인품에 대해 이미 말했지만, 그런 사람은 2, 3주일간 예쁜 여자와 쉽사리 연애를 하고 나서 어쩌다 헤어지게 되면 언제 사랑했더냐 하는 식이란다. 이런 건 흔히 있는 일이지."

"외숙모처럼 생각한다면야 마음이 편하죠" 하고 엘리자베스는 말했다. "그러나 저희들에겐 통하지 않아요. 저희들이 받은 고통은 우연히 일어난 게 아니거든요. 친구가 간섭을 했어요. 남에게 신세질 필요 없을 만큼 재산이 있는 청년에게 애인을 단념하라고 설득하는 예가 그리 흔히 있는 일은 아니잖아요. 그 청년이 바로 2, 3일 전만 해도 열렬하게 사랑하던 여자를 말예요."

"하지만 열렬하게 사랑한다는 그 표현은 고리타분한데다가 애매하고 확실치가 않아서 잘 모르겠구나. 그 말은 정말 강한 애정에도 쓸 수 있지만 이따금 반시간쯤 사귄 사람한테서 일어나는 감정에도 쓰이거든. 그래, 빙리 씨의 사랑이 어느 정도 열렬했었니?"

"그 이상 더 좋아할 수도 없죠. 언니한테 홀딱 반해 다른 여자들은 거들떠보지도 않았다니까요. 두 분이 만날 때마다 눈에 띌 정도였어요. 그분이 연 무도회에서 춤을 청하지 않았기 때문에 두서너 명의 여자가 기분 상했을 정도였어요. 저도 두어 번 말을 걸었지만 대답조차 하지 않았어요. 그 이상의 확실한 증거가 어디 있겠어요? 사랑하는 여자 이외의 다른 사람한테는 무례한 짓을 하게 마련인 것이 사랑의 본질 아네요?"

"응, 그래! 그분이 느꼈으리라고 내가 생각한 바로 그런 종류의 사랑이로구나. 가엾은 제인, 정말 안됐어. 그 애의 성격으로 보아 금방 마음을 진정시키기가 어려웠겠지. 차라리 너한테 그런 일이 있었더라면 좋았을걸. 너 같으면 그런 기분을 웃어넘길 수도 있었을 텐데. 한데 제인이 나하고 같이 가자고 하면 들을 것 같니? 잠시 이곳을 떠나 있으면 좋아질 수도 있거든. 아마 집에서 좀 떠나 있는 것이 좋을 거야."

엘리자베스는 이 제의를 몹시 기뻐했다. 그리고 언니가 순순히 응하리라고 확신했다.

"내 생각 같아서는" 하고 가디너 부인은 덧붙였다. "이 청년의 일이 제인의 마음에 영향을 미칠 것 같지는 않다. 시내의 우리 집이라야 전혀 다른 곳이고 드나드는 사람들도 다른 데다 너도 잘 알다시피 우리는 외출도 별로 하지 않으니까 빙리 씨가 일부러 만나러 오기 전에는 두 사람이 만날 기회는 없을 거야."

"그야 물론이죠. 그분은 지금 친구에게 갇혀 있는 꼴이거든요. 그런데다 다르시 선생은 런던에서 외숙모 댁까지 제인을 찾아가라고 친구한테 권하지는 않을 테니까요. 외숙모, 그걸 어떻게 생각하세요? 다르시 선생은 아마 그레이스처치 가(街)와 같은 곳을 듣기는 했는지 몰라도, 만일 한 번 거기에 발을 들여놓는다면 더러운 것을 씻어버리려고 한 달 동안 목욕을 해도 충분치 않다고 생각할 거예요. 그 점에 대해서 걱정할 필요는 없어요. 빙리 씨는 그분이 동행하지 않으면 나다니지도 않거든요."

"그거 잘됐다. 제인과 만나지 않는 것이 좋아. 하지만 제인은 그 사람의 누이와 편지 왕래가 있잖니? 찾아가고야 말지 않을까?"

"언니는 교제를 끊을 거예요."

이 점이나 혹은 더욱 관심거리인, 빙리 씨가 제인을 만나는 것이 용납되지 않을 것이라는 사실에 대해 엘리자베스가 확실히 말했음에도 불구하고,

가디너 부인은 이 문제에 마음을 쓰면서 잘 생각해본 결과 전혀 희망이 없는 것도 아니라는 생각이 들었다. 빙리 씨의 애정만 되살아난다면 그 친구들의 잘못은 좀더 자연스럽게 제인의 매력에 굴복하게 될지도 모르는 일이었고, 또 어떻게 생각하면 그렇게 될 것 같이도 생각되었다.

제인은 외숙모의 초대를 쾌히 수락하였다. 그 때 제인은 마음속으로 빙리 씨 남매에 대해 그다지 신경 쓸 필요가 없다고 생각했다. 즉 캐롤라인은 오빠와 한집에 살고 있지 않으니까 빙리 씨와 부딪치는 일없이 캐롤라인과 이따금 오전 중에 함께 지낼 수 있겠다고 생각한 것이다.

가디너 씨 부부는 롱본에 일주일 동안 묵었다. 필립스 씨 부부라든지 루카스네 사람들, 또 사관들 때문에 하루도 약속이 없는 날은 없었다. 베넷 부인은 정성껏 동생 내외를 접대할 준비를 갖추고 있었기 때문에 한 번도 가족끼리만 식사를 한 일이 없었다. 집에서 모임이 있을 때에는 사관들이 몇 사람씩 참석하곤 했다. 그 사관들 가운데에는 반드시 위컴 씨가 있었다. 그리고 가디너 부인은 이 때마다 엘리자베스가 열심히 위컴 씨를 칭찬했기 때문에 의아해하면서 그들 두 사람을 자세히 관찰하였다. 언뜻 보기에 두 사람은 심각한 연애를 하고 있는 것 같지는 않았지만 서로 좋아하는 것은 분명하다고 보고 부인은 약간 불안해졌다. 그래서 부인은 하퍼드셔를 떠나기 전에 그 문제에 대해 엘리자베스에게 이야기하고 애정을 그렇게 진전시키는 것은 분별없는 짓이라고 말해주기로 결심했다.

위컴 씨는 그의 모든 능력과는 별도로 가디너 부인에게 기쁨을 줄 수 있는 점을 한 가지 가지고 있었다. 10여 년 전 결혼하기 전에 부인은 바로 그의 고향인 다비셔에서 한동안 지낸 일이 있었다. 그래서 그들은 서로 공통된 친구들을 가지고 있었다. 따라서 5년 전 다르시 씨의 아버지가 세상을 떠난 이후 그는 그곳에 거의 가지 않았지만, 전에 사귀던 친구들에 대해서 부인이 이따금 입수한 소식보다는 좀 더 새로운 소식을 전해줄 수 있었다.

가디너 부인은 펨벌리에 가본 일이 있기 때문에 죽은 다르시 씨의 성격을 잘 알고 있었다. 따라서 그에 대한 화제가 끊이질 않았다. 펨벌리에 대한 추억을 위컴 씨의 상세한 묘사와 비교해보고 작고한 다르시 씨의 성격에 찬사를 보내면서 부인은 그와 더불어 즐거워했다. 지금의 다르시 씨가 그에게 한 처사를 듣자 다르시 씨의 기질에 대한 아주 어려울 때의 평판 중에서 그것과 일치되는 것을 생각해내려고 애썼다. 그래서 마침내 이렇게 믿게 되었다. 즉 피츠윌리엄 다르시는 몹시 거만하고 고집 센 소년이라는 소문을 전에 들은 적이 있다고.

26

가디너 부인은 단둘이 이야기하기에 적당한 기회를 얻자 차근차근 엘리자베스에게 주의를 시켰다. 자기가 생각하고 있는 대로 정직하게 말하고 나서 부인은 이렇게 말했다.

"너는 분별이 있는 애니까 그렇게 되지 않도록 주의를 받는 것만으로도 사랑에 빠지지는 않겠지. 그러니까 마음놓고 얘기하는 거다. 진심으로 주의하기를 바란다. 재산이 부족하다고 해서 경솔한 애정에 휩쓸리지 않도록. 또 그분을 네 수중에 넣으려고 하지 마라. 그렇다고 그분에게 욕할 만한 그 무엇이 있는 건 아냐. 정말 사람의 마음을 끄는 청년이지. 재산만 있다면 그 이상 바랄 게 없는 사람이야. 하지만 사실은 그렇지 않거든. 네 멋대로 생각하여 도를 넘으면 못써. 너도 지각이 있고, 또 모두 네가 분별 있게 행동하리라 믿고 있다. 아버지께서도 네 결심과 훌륭한 행동을 믿고 계실 거야. 아버지를 실망시켜 드리면 안된다."

"외숙모, 이건 정말 진지한 문제예요."

"그래, 그러니까 너도 진지하게 행동해주길 바란다."

"그건 걱정하실 필요 없어요. 조심할 테니까요. 위컴 씨에 대해서도 조심하죠. 막을 수만 있다면 그분이 저를 사랑하지 못하도록 하겠어요."

"엘리자베스, 네가 지금 하는 얘긴 진심이 아냐."

"미안해요. 다시 진심으로 말씀드릴게요. 현재로선 위컴 씨를 사랑하지 않아요. 확실히 사랑하는 건 아녜요. 하지만 그분은 지금까지 만난 어떤 사람과도 비교할 수 없을 정도로 마음에 드는 분예요. 그래서 그분이 정말 저한테 마음이 있다면… 그러지 않으셨으면 좋겠어요. 경솔한 짓이라는 건 저도 아니까요. 아, 그 밉살스러운 다르시… 아버지가 저를 믿어주시는 건 고마워요. 아버지의 믿음마저 잃어버린다면 저는 정말 비참할 거예요. 그렇지만 아버지도 위컴 씨를 좋아하시거든요. 그러니까 외숙모, 전 어느 분에게나 불행을 가져다 드리고 싶진 않아요. 하지만 저희들이 늘 보고 있는 일이지만 애정만 있다면 젊은 사람들은 재산이 없다고 해서 약혼을 주저하지는 않거든요. 그러니까 만일 제가 유혹을 받았을 때 그런 많은 사람들과 다르게 행동할 수 있다고 어떻게 약속할 수 있겠어요? 반항하는 것이 약은 짓이라는 것을 어떻게 알겠어요? 그러니까 외숙모께 약속할 수 있는 것은 서두르지 않겠다는 것뿐예요. 제가 그분의 첫 번째 대상이라고 섣불리 믿지 않도록 하겠어요. 그분과 한자리에 있게 된다해도 희망은 갖지 않겠어요. 어쨌든 최선을 다하죠."

"그분이 자주 이곳에 오지 못하게 하는 것이 좋을 것 같구나. 적어도 어머니께서 그분을 초대할 마음이 생기기 않도록 해라."

"언젠가 그런 일이 있었지만" 하고 억지로 웃음을 띠면서 엘리자베스는 말했다. "정말 그렇게 하지 않도록 하는 것이 저로서는 현명하겠죠. 그렇지만 그분이 자주 오는 건 아녜요. 이번 주일에 그분이 여러 번 초대받은 것은 외숙모가 오셨기 때문예요. 친구를 위해서라면 계속해서 손님을 초대할 필요가 있다는 어머니의 주장을 잘 아시죠? 하지만 정말 제 명예를 걸고 가장 현명하다고 생각되는 길을 택하도록 노력하겠어요. 그럼 만족하시겠죠?"

외숙모는 만족한다고 대답했다. 엘리자베스는 외숙모가 암시해준 친절에 감사했고 두 사람은 헤어졌다. 이것은 마음 상하지 않고 그런 점에 대해 충고할 수 있는 훌륭한 본보기였다.

가디너 씨 부부와 제인이 떠나고 얼마 안되어 콜린스 씨가 하퍼드셔로 돌아왔다. 그러나 루카스 집에 머물렀기 때문에 그가 왔다고 해서 베넷 부인에게 큰 불편을 주지는 않았다. 그의 결혼은 빠르게 다가오고 있었다. 베넷 부인은 마침내 그를 단념하고 그 결혼이 불가피하다고 생각하게 되자 심술궂은 어조로 "제발 잘살라지" 하고 되풀이해서 말하곤 했다. 그들은 목요일에 식을 올릴 예정이었다. 수요일에 루카스 양은 작별 인사를 하러 찾아왔다. 루카스 양이 일어나 작별 인사를 하자 엘리자베스는 어머니가 무뚝뚝하게 억지로 행복을 빌어 주는 것을 보고 부끄러워하며 자신은 진정으로 애정을 가지고 밖으로 친구를 따라 나왔다. 함께 계단을 내려오며 샬롯은 말했다.

"종종 소식 전하겠지, 엘리자?"

"응, 그럼."

"청이 또 하나 있어. 집으로 찾아주지 않겠니?"

"하퍼드셔에서 가끔 만나게 되겠지."

"난 당분간 켄트를 떠날 것 같지 않아. 그러니까 헌스퍼드로 오겠다고 약속해줘."

엘리자베스는 그 방문이 유쾌하지 못할 것을 알면서도 거절할 수가 없었다.

"아버지하고 마리아가 3월경에 올 거야" 하고 샬롯은 덧붙여 말했다. "그러니 같이 오도록 해. 정말이야, 엘리자. 아버지나 마리아와 마찬가지로 환영할게."

결혼식이 거행되었다. 신랑 신부는 교회에서 곧장 켄트를 향해 출발했다. 누구나 다 이 결혼에 대해 다른 때와 마찬가지로 할 말도 많고 들을 말도 많았다. 엘리자베스에게 며칠 후 친구로부터 편지가 왔다. 그들의 편지는 전과 같이 자주 오고 갔다. 다만 전같이 서로 마음을 털어놓지는 않았다. 엘리자베스는 편지를 쓸 때마다 마음을 털어놓고 이야기할 수 있는 즐거움이 사라졌음을 느껴야만 했다. 그리고 편지를 쓰는 데 게을리하지 않겠다고 결심은 하고 있었지만 그것은 현재보다 과거의 우정 때문이었다. 엘리자베스는 샬롯의 첫 번째 편지를 간절한 마음으로 받았다. 샬롯이 새 가정에 대한 이야기를 어떻게 할까, 캐서린 부인을 좋아하게 되었을까, 자신이 행복하다고 장담할까, 이런 것을 알고 싶은 호기심이 일어나지 않을 수 없었다. 편지를 읽어본 후 엘리자베스는 샬롯이 모든 점에서 자신이 예상하고 있던 대로 표현하고 있다고 느꼈다. 샬롯은 명랑하게 사연을 적었고 기쁨 속에 잠겨 있는 것 같았으며 칭찬할 수 없는 것에 대해선 일체 쓰지 않았다. 집, 가구, 이웃, 길 따위가 다 그녀의 취미에 맞았다. 캐서린 부인의 태도는 친절하고 은근하다고 했다. 헌스퍼드와 로징스의 묘사는 콜린스 씨가 묘사한 것을 적당히 부드럽게 한 것이었다. 그래서 그 나머지를 알기 위해서는 자기가 방문할 때까지 기다리지 않으면 안되겠다고 엘리자베스는 생각했다.

제인은 이미 무사히 런던에 도착했다는 소식을 두서너 줄 적어 동생에게 보내왔었다. 다음 번 편지에는 빙리 씨 남매에 대한 이야기를 써 보냈으면 하고 엘리자베스는 생각했다.

두 번째 편지를 기다리는 엘리자베스의 초조한 마음을 알았음인지 제인으로부터 편지가 도착했다. 그녀는 시내로 들어간 지 일주일이 되었건만 캐롤라인은 만나지도 못했고 소식도 못 들었다는 것이다. 그러나 제인은 롱본에서 친구에게 부쳤던 마지막 편지가 무슨 사고로 인해 분실된 모양이라고 생각하고 있었다.

"외숙모께서" 하고 그녀는 편지를 계속 쓰고 있었다. "내일 그쪽으로 가신단다. 그래서 나도 이 기회에 그로스브너 가를 구경하게 됐어."

빙리 양을 방문한 후 제인은 다시 편지를 보냈다. "캐롤라인은 원기 왕성한 것 같지는 않아." 이것이 제인의 첫마디였다. "그렇지만 나를 만나더니 기뻐서 어쩔 줄 모르며 런던에 온다는 말을 미리 하지 않았다고 책망을 했단다. 그러니까 내 짐작이 틀리지 않았거든. 내 마지막 편지를 못 받은 거야. 물론 빙리 씨의 안부를 물었지. 그분은 안녕하시대. 그런데 다르시 선생과 늘 약속이 있어서 남매간에도 별로 자주 만나지 못한다더라. 다르시 양이 만찬에 초대받아 오기로 되어 있었어. 만나보았으면 좋겠어. 캐롤라인과 허스트 부인이 외출하려던 길이었기 때문에 오래 있을 수가 없었어. 머지않아 그분들과 여기서 또 만나게 되겠지."

엘리자베스는 이 편지를 읽고는 머리를 저었다. 언니가 시내에 가 있는 것을 빙리 씨에게 알리는 것은 오직 우연에 맡길 수밖에 없다고 생각했기 때문이다.

4주일이 지나갔다. 그러나 제인은 빙리 씨의 그림자도 볼 수 없었다. 섭섭할 것 없다고 제인은 스스로 자위하려고 애썼다. 그러나 빙리 양의 소홀한 태도를 눈치 채지 않을 수 없었다. 제인은 보름 동안 매일 아침 집에서 그녀를 기다렸고 저녁이 되면 캐롤라인이 오지 못한 것에 대한 새로운 변명을 생각해내야만 했다. 그러나 마침내 방문객이 나타났지만 그녀는 왔다가 금방 돌아가는 것이었다. 그녀의 의심적은 태도로 보아 그 이상 더 제인은 스스로 자위하며 자신을 속일 수가 없었다. 이때에 그녀가 동생에게 쓴 편지는 당시의 그녀의 기분을 충분히 증명할 수 있는 것이었다.

너는, 빙리 양이 내게 보내는 호의에 내가 감쪽같이 속았다고 고백해도 네 판단이 옳았다고 나를 웃음거리로 만들지는 않겠지. 하지만 사실은 네가 옳았다는 것을 알았어. 그러나 캐롤라인의 행동을 생각해볼 때, 내가 믿고 있던 것은 네가 의심하고 있던 것과 마찬가지로 자연스러웠다고 주장한다 해서 나를 고집쟁이라고 생각하지 말아다오. 빙리 양이 나하고 친하고 싶어하던 이유를 나는 전혀 모르겠어. 그렇지만 그와 같은 상황에 또 처한다면 한 번 더 내가 속을 테지. 캐롤라인은 어제까지 나를 찾아주지 않았어. 그 동안 편지 한 통도, 한 줄의 글도 받지 못했거든. 그녀가 왔을 때에는 그저 온 것뿐이지 확실히 유쾌할 것은 없었어. 그녀는 좀 더 일찍 찾아오지 못한 데에 대한 형식적인 변명을 하고 다시 만나자는 말 한 마디 없이 돌아가 버렸어. 모든 점에서 다른 사람 같았기 때문에 그녀가 가버린 뒤 나는 다시는 교제를 하지 않기로 결심했어. 안됐지만 그녀를 책망하지 않을 수 없어. 나를 선택한 방법이 틀렸거든. 가까이하려고 시작한 것은 다 저쪽이야. 틀림없어. 하지만 그녀한테는 안 됐어. 자신의 잘못을 알고 있을 것이고 또 오빠를 생각하는 나머지 그렇게 됐을 테니까 말야. 이 이상 내 마음을 설명할 필요는 없을 것 같아. 이런 걱정은 전혀 불필요하다고 생각하지만 그녀가 그런 것을 느낀다면 나한테 보여준 행동의 의미를 쉽게 알 수 있어. 오빠가 그녀한테 소중한 것은 당연한 일이니까 오빠를 위해서 캐롤라인이 그런 걱정을 한다는 건 자연스러운 일이야. 그러나 참 이상하거든. 이제 와서 그런 걱정을 하다니 말이야. 만일 빙리 씨가 조금이라도 내 생각을 했다면 벌써 오래 전에 만날 수 있었을게 아니야. 빙리 씨는 내가 시내에 들어와 있는 것을 알고 있거든. 틀림없이 빙리 양의 눈치가 그래. 그리고 그녀의 말투로 보아 자기 오빠가 정말 다르시 양에게 마음을 쏟고 있다고 자신을 이해시키려는 것 같아. 나로서는 알 수 없는 일이야. 내가 만일 냉정하게 판단을 한다면 이번 일에는 표리부동한 점이 있었다고 말하고 싶어. 그러나 가슴 아픈 생각일랑 쫓아버리고 나를 행복하게 하는 길과 너의 애정, 외삼촌과 외숙모의 한결같은 친절만을 생각하도록 노력하겠어. 빨리 답장해줘. 캐롤라인은 자기 오빠가 두 번 다시 네더필드엔 돌아가지 않을 거라는 둥 그 집은 내놓을 거라는 둥 말하더라. 그렇지만 확실친 않아. 이 얘기는 하지 않는 게 좋겠지. 헌스퍼드의 친구들한테서 그런 유쾌한 소식이 있었다니 기쁘다. 부디 윌리엄 경과 마리아와 함께 그분들을 찾아보도록 해. 거기 가면 참 재미있을 거야.

이 편지는 엘리자베스에게 약간의 고통을 주었다. 그러나 제인이 더 이상은 빙리 양에게 속지 않으리라 생각하자 다시 기운이 났다. 빙리 씨에게 기대를 거는 것은 이제 가망 없는 일이었다. 엘리자베스는 그의 애정이 되살아나기를 바라지도 않았다. 그의 성격은 아무리 좋게 평가하려해도 그럴 수 없었다. 그것이 제인에겐 더욱 유리한 일이 될지도 모르지만, 그 벌로써 그가 차라리 빨리 다르시 씨의 누이동생과 결혼해버렸으면 좋겠다고 엘리자베스는 진정으로 바랐다. 위컴 씨의 말에 의하면, 그렇게 될 경우 그는 자기가 버린 것을 몹시 애석하게 생각할 것이라는 것이다.

이즈음 가디너 부인은 엘리자베스에게 위컴 씨에 관한 약속을 환기시켜 소식을 전해 달라고 요구했다. 엘리자베스가 보낸 소식은 자신보다도 오히려 외숙모를 만족시킬 만한 것들이었다. 그녀에 대한 위컴 씨의 확실한 편애는 이제 식었고 친절도 사라졌으며 그는 또 다른 여자에게 마음을 쏟고 있었다. 엘리자베스는 이런 변화를 확실히 알 수 있을 정도로 주의 깊게 관찰하고 있었던 것이다. 그러나 고통을 느끼지 않고 바라볼 수 있었으며 편지에도 쓸 수 있었다. 그녀는 별로 충격을 받지 않았으며 재산만 충분히 있었다면 자기야말로 그의 유일한 상대자가 되었을 것이라고 믿자 그녀의 허영심도 위로 받을 수 있었다. 위컴 씨가 지금 관심을 끌려고 애쓰고 있는 젊은 여자는 갑자기 만 파운드를 손에 넣은 것이 가장 두드러진 매력이었다. 그러나 엘리자베스는 이 경우에 샬롯의 경우보다는 총명하지 못해 독립을 바라는 마음 때문에 위컴 씨와 싸우지는 않았다. 그와는 반대로 그렇게 자연스러울 수가 없었다. 그도 자기를 버리는 것은 좀 힘이 들었을 것이고 서로를 위해서 그것이 현명한 처사라고 그녀는 쉽게 인정했다. 그래서 진심으로 그의 행복을 바랄 수가 있었다.

엘리자베스는 이런 사연을 전부 가디너 부인에게 알렸다. 자초지종을 말한 후 그녀는 이렇게 계속해서 썼다.

외숙모,

저는 그다지 깊은 사랑에 빠지지는 않았었다고 믿고 있습니다. 정말로 저 순수 하고 고결한 정열을 체험했다면 지금 그분의 이름을 들어도 혐오스러울 테고 여러 가지 불행이 그분에게 일어나기를 바랐을 거예요. 그러나 제 기분은 위컴 씨에게만 친절한 것 은 아닙니다. 미스 킹에게도 공평하니까요. 그 여자를 미워하고 싶은 생각이 들지 않는군 요. 오히려 좋은 여자라고 생각할 수 있을 것 같아요. 이런데 무슨 애정이 있겠습니까. 제 가 조심했던 것은 과연 효과가 있었어요. 물론 그와 연애를 하고 미치광이처럼 굴었다면 아는 사람들 사이에 흥미의 대상이 되긴 했겠지만, 제가 그다지 주목의 대상이 되지 않는 다고 해서 서운하게 생각지는 않아요. 관록을 쌓기 위한 대가를 정말 비싸게 치를 때가 오겠죠. 키티와 리디아는 위컴 씨의 배신을 저보다도 더 한탄하고 있어요. 동생들은 세상 물정을 잘 몰라서, 잘생긴 청년도 평범한 인간과 마찬가지로 살아가기 위해서는 뭣이고 밑천이 없으면 안 된다는 사실을 선뜻 인정하지 못한답니다.

27

롱본 집에는 그 이상의 큰 사건은 일어나지 않았고 메리턴으로 산책하는 일 외에는 변한 것이 거의 없었다. 그나마 진흙 천지이거나 춥거나 하면서 그럭저럭 정월과 2월이 지나갔다. 3월에 엘리자베스는 헌스퍼드에 갈 예정 이었다. 그녀는 처음엔 그곳에 가는 것을 그다지 진지하게 생각지 않았다. 그러나 얼마 안 되어 알게 된 일이지만 샬롯은 그 계획이 실현되리라고 믿고 있었고 엘리자베스도 차츰 확실하게, 또 유쾌하게 그 계획에 대해 생각하게 되었다. 떨어져 있으니까 한 번 샬롯을 보고 싶은 마음이 깊어져 콜린스 씨를 싫어하는 마음도 풀어져버렸다. 그리고 그 계획 자체도 새로운 데가 있었다. 그런데다 그런 어머니와 그처럼 사귐성이 없는 동생들과 같이 있는 집도 완전무결하다고는 할 수 없기 때문에 약간의 변화도 변화 자체를 위해서는 좋은 것이었다. 뿐만 아니라 여행 도중에는 제인도 만날 수 있지 않은가. 이런 이유로 때가 가까워짐에 따라 오히려 계획이 연기되지 않을까 하여 엘리자베스는 걱정이 되었다. 그러나 만사가 원만히 진행되었다. 그래서 드디어 샬롯의 처음의 계획대로 되었다. 그녀는 윌리엄 경과 그의 둘째 딸과 함께 여행하게 된 것이다. 런던에서 하룻밤 지낸다는 조항이 추가되어 계획은 완벽하게 되었다.

오직 하나 마음 아픈 일은 아버지를 남겨두고 가는 일이었다. 아버지는 엘리자베스가 없으면 반드시 쓸쓸해하실 것이다. 사실 막상 떠나게 되니까 아버지도 작별하는 것이 싫은지 편지를 쓰라고 말하면서 자기도 답장을 하겠다는 약속까지 했다.

엘리자베스와 위컴 씨의 작별은 아주 다정하게 이루어졌다. 남자 쪽이 더 다정하였다. 비록 그는 지금 다른 여자를 쫓고 있기는 하지만 엘리자베스가 자기의 관심을 끌고 또 그만한 자격을 갖춘 최초의 여자, 자기 말을 들어주고 동정해주던 최초의 여자, 자기가 감탄한 최초의 여자였다는 것을 잊지는 않았다. 그는 작별 인사를 하며 재미있는 일이 많이 생기기를 바란다고 말했다. 더욱이 캐서린 부인이 어떤 여자인지 미리 알아보라고 일러주고 그 여자에 대한 두 사람의 의견—모든 사람에 대한 의견—은 언제나 일치할 것이라고 말했다. 이때에 보여준 그의 마음씨라든지 관심을 생각하면 늘 참된 경애의 정을 느끼고 그에게 마음이 끌릴 것이라고 엘리자베스는 생각했다. 헤어지면서 확신하게 된 것은 결혼을 하거나 독신으로 있거나 간에 위컴 씨는 늘 상냥하고 기분 좋은 전형적인 남성이 될 것이라는 점이었다.

다음날 함께 여행을 한 일행은 위컴 씨가 과연 기분 좋은 남자라는 생각을 그녀로 하여금 확고하게 해주었다. 왜냐하면 윌리엄 루카스 경과 상냥하기는 하나 아버지와 마찬가지로 머리가 텅 빈 그의 딸 마리아는 들을 만한 가치가 있는 이야기는 하나도 알고 있지 못했기 때문이다. 두 사람의 이야기를 듣는 것은 마치 덜커덕거리는 마차 소리를 듣는 것과도 같았다. 엘리자베스는 어리석은 짓을 보고 듣는 것을 좋아했지만 윌리엄 경의 어리석은 짓은 너무도 오랫동안 보아왔던 것이다. 윌리엄 경은 자신이 국왕을 배알한 이야기나 기사(騎士) 작위에 대해서도 이렇다 할 새로운 흥미를 돋구어주지 못했다. 그런데다 그가 예의를 갖추는 것조차 그의 이야기와 마찬가지로 따분하기 그지없었다.

여행이라야 24마일의 거리였고 아침 일찍 출발했기 때문에 정오에는 그레이스처치 가에 도착할 수 있었다. 일행이 가디너 씨 댁의 문 앞으로 차를 몰았을 때 제인은 응접실 창 앞에 서서 그들의 도착을 유심히 바라보고 있었다. 그들이 복도에 들어서자 제인은 그곳으로 마중을 나왔다. 엘리자베스는 열심히 언니의 얼굴을 들여다보고는 예전과 같이 건강하고 예쁜 것을 기뻐했다. 계단 위에는 어린 소년과 소녀가 한패 몰려 있었다. 그들은 내종(內從) 사촌 언니를 보려고 했으나 응접실에서 기다리는 것이 지루했고, 또 일 년 동안이나 만나지 못했기 때문에 부끄러워서 계단에서 내려오지 못했던 것이다. 모두가 기뻐하고 친절했다. 그날은 더할 나위 없이 유쾌하게 지냈다. 오전 중에는 물건을 사느라고 법석을 떨고 저녁에는 극장엘 갔다.

엘리자베스는 극장에서 일부러 외숙모 옆에 앉았다. 그들의 첫 번째 화제는 제인이었다. 엘리자베스는 제인이 늘 명랑하게 보이기 위해 애쓰고는 있지만 가끔 풀이 죽는다는 대답을 듣고는 놀라기보다는 마음이 아팠다. 그러나 그녀는 그러한 상태가 오래 지속되지 않을 것이라고 생각했다. 가디너 부인은 빙리 양이 그레이스처치 가를 찾아왔던 자초지종과, 제인과 자기 사이에 일어났던 갖가지 일들을 되풀이해 얘기했다. 그 대화의 내용에 의하면 제인은 진심으로 그와의 교제를 단념하고 있는 것이 확실했다.

그리고 가디너 부인은 엘리자베스가 위컴 씨에게 버림받은 것은 아니냐고 놀리면서 어떻게 그렇게 잘 참느냐고 칭찬을 늘어놓았다.

"하지만 엘리자베스" 하고 부인은 덧붙였다. "킹 양은 어떤 여자니? 위컴 씨가 욕심꾸러기라니 유감스러운 일이구나."

"외숙모, 결혼에 있어서 욕심과 신중한 동기 사이에는 어떤 차이가 있죠? 어디서 신중한 행동이 끝나고 욕심이 시작되는 것인가요? 지난 크리스마스 땐 외숙모께서 그분이 저하고 결혼할까봐 걱정하셨죠. 분별없는 짓이라고 말예요. 그런데 지금은 겨우 만 파운드 가진 여자를 수중에 넣으려고 한다고 욕심꾸러기라고 말씀하시네요."

"킹 양이 어떤 여자라는 것만 말해주면 어떻게 생각해야 좋을지 알 수 있어."

"아주 좋은 여자예요. 그녀에 대한 나쁜 소문은 별로 못 들었으니까요."

"하지만 위컴 씨는 그 여자의 할아버지가 돌아가셔서 상속을 받기 전까지는 이렇다 할 애정을 그녀에게 보이지 않았잖니?"

"그랬죠. 무엇 때문에 그러겠어요. 나한테 돈이 없기 때문에 내 애정을 구하지 않은 사람인데 별로 마음에도 없고 가난한 여자한테 사랑을 고백할 리가 있겠어요?"

"하지만 그런 일이 있은 직후에 그렇게 서둘러서 그 여자에게 관심을 돌린다는 건 신사답지 못한 비겁한 행동 같다."

"곤경에 빠진 남자들은 그렇지 않은 남자들이 지킬지도 모르는 점잖은 예의범절 같은 걸 하나하나 지킬 틈이 없거든요. 킹 양이 좋다면 그만이죠. 우리가 이러쿵저러쿵할 건 없어요."

"킹 양이 좋다고 한다고 위컴 씨의 입장이 떳떳해지지는 않아. 확실히 킹 양한테 결함이 있는 것 같구나. 분별력이나 감정, 둘 중의 하나겠지."

"그럼" 하고 엘리자베스는 소리쳤다. "외숙모 마음대로 생각하세요. 위컴 씨는 욕심꾸러기이고 킹 양은 바보라고 말이에요."

"아니야, 리지. 그건 내 본의가 아니야. 다비셔에서 그렇게 오래 살던 청년을 나쁘게 생각하고 싶지 않아. 그건 너도 잘 알지 않니?"

"그 정도밖에 안 된다면 전 다비셔에 살고 있는 청년들을 우습게 생각하겠어요. 다비셔에 살고 있는 그들의 친구도 더 나을 것은 없죠. 그런 사람들은 정말 지긋지긋해요. 잘됐군요. 내일 제가 가는 데에는 한 사람도 기분 좋은 사람이 없어요. 태도도 그렇고 분별력도 그렇고요. 결국 멍청한 사람들만이 사귈 가치가 있는 유일한 사람들이로군요."

"주의해라, 리지. 그건 너무 절망적인 얘기다."

연극이 끝나고 헤어지기 전에 그녀는 뜻하지 않은 기쁨을 얻게 되었다. 그건 외삼촌 내외분으로부터 여름에 가기로 계획한 관광 여행에 같이 가자는 초대를 받은 것이다.

"얼마나 멀리 갈지는 아직 정하지 않았다" 하고 가디너 부인은 말했다. "그렇지만 아마 호수 지방까지는 가게 될 거야."

엘리자베스에게는 그보다 더 기분 좋은 일은 있을 수 없었다. 그녀는 감사해하며 선뜻 그 초대를 받아들였다. "어쩌면, 외숙모도!" 하고 그녀는 어쩔 줄 몰라하며 소리쳤다.

"아이, 좋아라. 얼마나 즐거울까요. 외숙모 덕택으로 싱싱한 생명력과 활력이 솟아나는군요. 실망이나 울화는 떠나 보내겠어요. 바위나 산에 비한다면 남자들은 아무것도 아니죠. 정말 멋진 시간을 보낼 수 있을 거예요. 그리고 다시 돌아오면 무엇 하나 정확하게 설명할 줄 모르는 다른 여행자 같이는 되지 않겠어요. 어디든 갔던 곳을 잘 기억해두었다가 본 것을 그대로 생각해 내야죠. 호수나 산이나 강이 우리 상상 속에서 섞이지 않도록 말이에요. 어떤 곳의 경치를 묘사할 경우 그 위치에 대해 우리가 입씨름을 하지 않도록 해야죠. 우리들이 제일 먼저 지르는 감탄의 소리는 뭇 여행자들이 지르는 것처럼 참을 수 없는 것이 되지 않도록 해야겠어요."

28

다음날 엘리자베스는 여행 도중에 눈에 띄는 모든 것이 새롭고 흥미로웠다. 게다가 그녀의 기분은 아주 좋아서 그런 기쁨을 맛보기에 적당했다. 왜냐하면 언니가 건강해 보였으므로 그녀의 건강에 대한 걱정이 사라졌을 뿐만 아니라 호수 지방으로의 여행 계획이 끊임없는 즐거움의 원천이 되었기 때문이다.

신작로에서 헌스퍼드로 향하는 샛길로 들어서자 모든 사람들의 시선은 목사관을 찾으며 모퉁이를 돌 때마다 집이 보이지 않나 해서 궁금해했다. 로징스 파크의 울타리가 한쪽 경계선을 이루고 있었다. 거기에 살고 있는 사람들에 대한 여러 가지 이야기를 생각해보고 엘리자베스는 미소를 지었다.

드디어 목사관이 보였다. 길 쪽으로 경사진 정원이나 그 안에서 있는 집, 푸른 담장과 계수나무 울타리 등으로 보아 목적지에 도착했음을 알 수 있었다. 콜린스 씨와 샬롯이 입구에 나타났다. 마차는 조그만 문 앞에서 멈추었다. 그 문에서 집까지의 거리는 얼마 안 되었지만 자갈이 깔려 있었다. 일행은 고개를 끄덕이며 미소를 지었다. 그들은 곧 마차에서 내려 서로 쳐다보며 기뻐하였다. 콜린스 부인은 더 말할 나위 없이 활발하고 유쾌하게 친구를 환영했고, 그렇게 애정을 다하여 환영받은 것을 알자 엘리자베스는 진심으로 오기를 잘했다고 생각했다. 콜린스 씨의 태도는 결혼 후에도 변하지 않은 것을 금방 알 수 있었다. 그의 형식적인 정중한 태도는 이전과 똑같았다. 그는 엘리자베스의 집안 소식을 묻고 대답을 듣느라고 그녀를 문 앞에 몇 분 동안 세워두었다. 그러고는 입구가 깨끗하다고 말하면서 사람들을 지체하지 않고 집안으로 안내했다. 객실로 들어가자마자 그는 또 한 번 형식적인 겉치레로 그들의 방문을 환영하고는 다과를 내놓겠다는 아내의 말을 그대로 되풀이했다.

엘리자베스는 그가 자랑 깨나 하리라고 각오하고 있었다. 방의 균형이라든지 그 모양과 가구 등을 자랑할 때 자기가 그를 거절함으로써 잃어버린 것을 확실히 깨닫게 하려는 것처럼 콜린스 씨는 특히 자기에게 말을 하고 있는 것이라고 엘리자베스는 생각지 않을 수 없었다. 그러나 모든 것이 깨끗하고 기분 좋게 보이긴 했으나 엘리자베스는 후회의 빛을 보여 그의 의도를 만족시켜 줄 수 없었다. 오히려 그러한 남편과 같이 살면서 그렇게 쾌활한 태도를 가질 수 있는 것을 의아해하며 친구를 쳐다보았다. 아내가 응당 부끄럽게 생각할 말을 콜린스 씨가 서슴없이 하자—그것도 여러 번이나—엘리자베스는 자기도 모르게 샬롯에게 시선을 돌렸다. 한두 번 약간 그녀의 얼굴은 붉어지기는 했으나 대체로 샬롯은 현명하게도 그의 말을 못 들은 척 했다. 한동안 앉아서 찬장으로부터 벽난로의 재받이에 이르기까지 방안에 있는 모든 가구 등에 감탄하며 여행 도중에 런던에서 일어났던 일을 빼놓지 않고 이야기한 후에야 콜린스 씨는 정원을 거닐지 않겠느냐고 청했다. 정원은 넓고 손질이 잘 되어 있었는데 콜린스 씨가 손수 가꾼 것이라고 했다. 정원에서 일하는 것은 그의 가장 점잖은 즐거운 일 중의 하나라는 것이다. 샬롯이 그 운동의 건전함에 대해 이야기하며 될 수 있는 대로 그에게 그 운동을 권하고 있다고 말했을 때의 그 태연스런 표정을 보고 엘리자베스는 감탄했다. 여기서 그는 산책길을 거닐며 일일이 안내하고 자청한 찬사를 다른 사람이 말할 사이도 없이 모든 경치를 자세하게 설명했기 때문에 그 뒤의 아름다움을 오히려 놓쳐버릴 지경이었다. 그는 모든 방향에 있는 밭의 수도 셀 수 있었고 가장 먼 숲 속에 있는 나무에 대해서도 말할 수 있었다. 그러나 이 정원과 이 지방, 아니 이 나라가 자랑할 수 있는 어떤 경치 가운데에서도 로징스의 전망과 비교될 만한 것은 아무것도 없다고 그는 말했다. 그의 집 정면으로 건너편 가까이 장원의 경계가 되어 있는 수목 사이로 그것이 보였던 것이다. 그것은 깨끗한 최신식 건물로서 비탈진 땅에 교묘하게 세워져 있었다.

콜린스 씨는 그의 정원을 지나 두 개의 목장까지 안내하려고 하였다. 그러나 여자들은 아직도 녹지 않은 눈 위를 걸을 만한 구두를 신고 있지 않았기 때문에 되돌아왔다. 윌리엄 경이 그를 따라간 동안에 샬롯은 동생과 친구를 데리고 다니며 집안을 구경시켰다. 남편의 도움을 받지 않고 집 구경을 시킬 기회를 얻은 것이 무척 기쁜 모양이었다. 집은 작은 편이었다. 그러나 잘 지어서 편리했다. 모든 것이 깨끗하게 정돈되어 있었다. 확실히 샬롯의 솜씨답다고 엘리자베스는 생각했다. 콜린스 씨를 생각지 않는 동안은 참으로 마음이 편했다. 샬롯도 그런 것을 보니 콜린스 씨는 이따금 잊혀지는 대상임에 틀림없다고 엘리자베스는 생각했다.

엘리자베스는 캐서린 부인이 아직 시골에 있다는 것을 이미 들어 알고 있었다. 만찬석상에서 그 이야기가 또 나왔다. 그러자 콜린스 씨가 한 몫 거들며 말했다.

"엘리자베스 양, 이번 일요일에 교회에서 캐서린 부인을 만날 겁니다. 그래서 말씀드릴 필요 없이 만나보시면 기쁘실 겁니다. 부인은 상냥하고 친절하셔서 예배가 끝나면 반드시 무슨 말씀이 있으실 거예요. 당신이 여기 계시는 동안 부인은 반드시 당신과 마리아를 함께 초대하실 거예요. 아내에게 보여주시는 그분의 태도는 훌륭하죠. 우리는 매주 두 번 로징스에서 식사를 하는데 걸어올 필요가 없습니다. 부인의 마차가 우리를 위해 항상 대기하고 있으니까요. 아니, 부인의 마차 중에서도 어떤 마차인지 말씀드려야겠군요. 여러 가지 마차가 있으니까요."

"캐서린 부인은 정말 존경할 만큼 분별 있는 분이야" 하고 샬롯이 덧붙였다. "그리고 늘 마음을 써주시고 돌봐주시는 이웃이지."

"그렇고말고. 내가 말하고자 하는 것도 바로 그거야. 부인에게는 아무리 존경의 표시를 해도 지나치지 않아."

그날 밤은 주로 하퍼드셔의 소식을 이야기하거나 이미 편지에 쓴 것을 되풀이하는 데 시간을 보냈다. 그런 후에 엘리자베스는 자기 방에 혼자 남아 샬롯의 만족해하는 모든 태도를 곰곰이 생각해보기도 하고, 남편을 인도하는 솜씨와 남편을 감싸주는 침착성을 이해하기도 하면서, 이런 것이 순조롭게 이루어지고 있음을 인정하지 않을 수 없었다. 그녀는 또 이 방문의 일정이 어떻게 짜여질지 예상해보지 않을 수 없었다. 보통 때와 다름없는 일의 조용한 진행, 콜린스씨의 귀찮은 방해, 로징스와의 빈번한 교제 등이 그것이었다. 생생한 그녀의 상상력은 이 모든 일들을 떠오르게 해주었다.

다음날 점심때쯤 엘리자베스가 방안에서 소풍 갈 준비를 하고 있는데 갑자기 아래층에서 소란스런 소리가 났다. 잠시 귀를 기울이고 있으려니까 누군가 요란스럽게 급히 계단을 뛰어 올라와 큰 소리로 그녀의 이름을 부르는 것이었다. 그녀는 문을 열었다. 그러자 계단 중간쯤에 서 있는 마리아와 마주쳤다. 마리아는 흥분해서 헐떡거리며 외쳤다.

"저, 엘리자, 어서 식당으로 오세요. 재미있는 구경거리가 있으니. 무엇인지는 말하지 않겠어요. 얼른 내려와요."

엘리자베스는 그녀에게 이것저것 물어보았으나 소용없었다. 마리아는 그 이상 말하려고 하지 않았으므로 궁금증을 풀기 위해 그녀는 오솔길에 면해 있는 식당으로 뛰어 내려갔다. 두 여자가 정원의 문 앞에다 나지막한 이두 마차를 세우고 있었다.

"겨우 이거야?" 하고 엘리자베스는 외쳤다. "난 또 돼지가 뜰 안으로 들어온 줄 알았지. 그런데 캐서린 부인과 그 따님이 오셨다는 것뿐이잖아."

"아니에요" 하고 그녀의 착오에 놀라며 마리아는 말했다. "캐서린 부인이 아녜요. 나이 많은 분은 젠킨슨 부인인데, 그 집에 살고 있죠. 또 한 사람은 드 버그 양이에요. 좀 보세요. 꽤 작은 여자이지요. 저렇게 마르고 작은 줄은 몰랐어요."

"이렇게 바람이 부는데 샬롯을 바깥에 세워놓다니 무례하지 뭐야. 왜 들어오지 않는 걸까?"

"샬롯 언니의 말이 그런 일은 좀처럼 없다나 봐요. 드 버그 양이 집안에 들어온다는 건 굉장한 영광이라는군요."

"그분의 외양이 맘에 들어" 하고 문득 다른 생각을 하면서 엘리자베스가 말했다. "아픈 것 같고 심술궂은 것 같군요. 그래, 그분에게는 잘됐어. 좋은 부인이 될 거야."

콜린스 씨와 샬롯은 문 옆에 서서 마차 안에 있는 여자들과 이야기를 주고받았다. 엘리자베스에게는 꽤 위로가 되는 윌리엄 경은 문 앞에 서서 자기 앞에 있는 고귀한 분에게 열렬한 경의를 표하며 드 버그 양이 자기 쪽을 볼 적마다 고개를 숙여 절을 했다.

드디어 할말이 끝나자 여자들은 마차를 타고 떠나고 다른 사람들은 집안으로 들어왔다. 콜린스 씨는 두 여자를 보자 그들의 행운을 축하하기 시작했다. 그 이유를 샬롯이 설명해주었는데 모두 다음날 로징스의 식사에 초대받았다는 것이다.

29

이 초대는 콜린스 씨를 매우 의기양양하게 만들었다. 의아해하는 방문객들에게 보호자로서의 자신의 위엄을 보이고 그분이 자기 부부에게 친절하게 대해주는 모습을 보이는 것이야말로 그가 바라던 바였다. 그런 기회가 그렇게 빨리 온 것은 캐서린 부인의 친절로서 그는 그것에 어떻게 감사해야 좋을지 모를 정도였다.

"물론" 하고 그는 말했다. "그 부인께서 일요일에 로징스로 와서 차를 마시고 하룻밤 지내라고 말씀하셨다 해서 조금도 놀랄 것은 없어요. 그분의 정다움을 잘 아는 저는 이미 그렇게 말씀하실 줄 알았거든요. 하지만 이러한 친절을 누가 생각이나 했겠어요? 당신들이 오신 뒤, 이렇게 빨리 그 댁에서 식사를 함께 하자고 초대―더구나 한 사람도 빼놓지 않는 초대―를 받으리라고 누가 상상이나 했겠어요."

"그다지 놀랄 것도 없지" 하고 윌리엄 경이 대답했다. "높은 분들의 예의범절이 어떤지는 내가 겪어보아서 잘 알고 있어요. 궁전에서는 그러한 품위 있는 예의범절은 드물지 않거든."

그날 하루와 다음날 아침까지 사람들은 로징스를 방문할 이야기 이외에는 거의 하지 않았다. 훌륭한 방, 많은 하인들, 맛있는 음식을 보고 모두들 놀라지 않도록 콜린스 씨는 그들이 기대하고 있는 것들에 대해 조심스럽게 일러주었다.

여자들이 화장을 하기 위해 헤어질 때 그는 엘리자베스에게 말했다.

"옷 때문에 걱정할 건 없어요. 캐서린 부인은 자신이나 따님에게 어울릴 만한 우아한 복장을 우리들에게 요구하시지는 않거든요. 다만 당신의 옷 가운데에서 제일 좋은 것을 입으면 돼요. 그 이상은 필요 없습니다. 캐서린 부인은 검소한 옷을 입었다고 해서 당신을 나쁘게 생각지는 않으실 테니까요. 그분은 신분의 구별을 지키는 것을 좋아하시거든요."

그들이 옷을 갈아입는 동안 그는 두서너 번 방문 밖에 와서 서두르라고 재촉했다. 캐서린 부인은 식사를 기다리는 것을 몹시 싫어하기 때문이라는 것이다. 부인의 그러한 엄격한 생활 태도에 대한 이야기를 듣자 사교에 익숙지 않은 마리아 루카스는 완전히 겁을 먹었다. 마리아는 그녀의 아버지가 성 제임스에서 배알할 때 느낀 것과 같은 불안을 느끼면서 로징스에서의 접견을 기다렸다.

날씨가 좋았기 때문에 공원을 가로질러 약 반 마일 가량 걸어가는 것은 퍽 유쾌한 일이었다. 어느 공원이나 나름대로의 아름다움과 경치가 있게 마련이다. 엘리자베스는 매우 기분이 좋았다. 또한 그 저택 정면에 있는 유리창의 수를 세면서 저 유리들을 루이스 드 버그 경이 맨 처음에 끼울 때 얼마나 많은 돈이 들었는가에 대해 이야기했지만 엘리자베스는 그다지 감탄하지 않았다.

그들이 계단을 올라가 현관에 다다랐을 때 마리아는 점점 더 겁을 집어먹었고 윌리엄 경도 그리 침착한 태도를 취할 순 없었다. 그러나 엘리자베스는 용기를 잃지 않았다. 그녀는 캐서린 부인이 특별한 재능과 놀랄 만한 덕을 지니고 있기 때문에 위엄이 있는 것이 아니라 다만 돈과 신분으로 위엄을 나타내는 것뿐이니까 조금도 두려워할 필요가 없다고 생각했다.

콜린스 씨가 훌륭하게 조화를 이루며 완벽하게 장식되어 있다고 떠들어대던 현관을 들어선 그들은 하인들의 안내를 받으며 객실을 지나 캐서린 부인과 그 딸, 그리고 젠킨슨 부인이 앉아 있는 방으로 들어갔다. 캐서린 부인은 아주 겸손한 태도로 일어나 그들을 맞아주었다. 그리고 콜린스 부인이, 소개시키는 책임을 자기가 맡겠노라고 남편과 의논해서 결정해놓았기 때문에 콜린스 씨 같으면 필요하다고 생각했을 겉치레의 말들을 하지 않고 적당히 소개를 끝낼 수 있었다.

성 제임스에 갔던 경험이 있는데도 불구하고 윌리엄 경은 으리으리한 분위기에 완전히 기가 질리고 말았다. 그래서 그는 겨우 코가 땅에 닿도록 절을 했을 뿐 말 한 마디도 못한 채 자리에 앉아버렸다. 그리고 그의 딸은 거의 정신이 나간 사람처럼 놀라 걸상 한 끝에 걸터앉아서는 눈 둘 곳을 몰라 헤매고 있었다. 엘리자베스는 침착한 마음으로 눈앞에 있는 세 여자를 태연하게 바라볼 수가 있었다. 캐서린 부인은 키가 크고 몸집이 큰 여자로서 한 때는 아름다웠을지도 모르는 예쁜 얼굴의 소유자였다. 그 여자의 모습은 부드러운 편은 아니었고 또 그들을 맞아들이는 태도 역시 딱딱했기 때문에 방문객들로 하여금 자기들의 낮은 신분을 재삼 인식하게 만들었다. 그 여자는 침묵하고 있을 때에도 만만치 않았다. 더구나 무슨 말을 하든지 위엄 있는 투로 거만하게 말했기 때문에 엘리자베스는 곧 위컴 씨 생각을 했다. 그리고 그날 하루 종일 관찰한 결과 바로 위컴 씨가 말한 그대로라는 것을 발견했다.

용모와 태도가 다르시 씨와 비슷한 캐서린 부인을 관찰한 후 엘리자베스는 그 딸에게로 눈을 돌렸다. 그리고 그녀가 그렇게도 여위고 자그마한 것을 보고 마리아만큼이나 놀랐다. 모녀는 몸집이나 얼굴이 한 군데도 닮은 데가 없었다. 버그 양은 얼굴이 창백해서 흡사 병자 같았다. 그 얼굴은 미운 편은 아니었으나 예쁘지도 않았다. 그리고 그녀는 젠킨슨 부인에게 낮은 목소리로 속삭이는 것 외에는 별로 말이 없었다. 젠킨슨 부인의 외모 역시 잘생긴 곳은 하나도 없었다. 그 여자는 버그 양의 말을 열심히 들어주며 그녀의 눈에 햇빛이 비치지 않도록 병풍을 옮겨주는 데 열중하고 있었다.

잠시 앉아 있다가 그들은 창가로 가서 바깥 경치를 감상하였다. 콜린스 씨가 그 아름다운 경치를 설명하자 캐서린 부인도 친절하게 여름에는 경치가 좋다고 말했다.

만찬은 참으로 훌륭했다. 콜린스 씨가 말했던 하인들과 그릇들이 모두 동원되었다. 또한 그가 말한 대로 주인의 청에 따라 식탁의 말석에 자리잡게 되자 그는 마치 인생에 있어 이보다 더 좋은 일이 어디 있을까 하는 표정으로 앉아 있었다. 그는 즐거운 듯이 재빠른 솜씨로 고기를 썰어 먹으며 찬사를 아끼지 않았다. 그리고 나오는 음식마다 칭찬을 늘어놓았다. 윌리엄 경은 그제야 겨우 기운을 차려 사위가 말하는 대로 자기도 따라서 칭찬을 했다. 엘리자베스는 캐서린 부인이 이런 꼴을 견뎌낼 수 있을까 하고 생각했다. 그러나 그 부인은 두 사람의 과장된 찬사에 만족한 듯한 표정이었고 그럴 때마다 아주 기분 좋은 미소를 짓는 것이었다. 더구나 식탁 위에 놓인 음식이 그들이 먹어보지 못한 새로운 음식일 때에는 과장된 찬사와 미소가 오고 갔다. 그들은 그다지 말을 많이 하지 않았다. 그러나 엘리자베스는 기회가 주어지는 대로 주저하지 않고 말했다. 그녀는 샬롯과 드 버그 양 사이에 앉아 있었는데 샬롯은 주로 캐서린 부인의 말을 듣는 데 정신이 팔려 있었고, 드 버그 양은 식사가 끝날 때까지 한 마디도 하지 않았다. 젠킨슨 부인은 주로 드 버그 양의 먹는 모습을 지켜보며 이것저것 먹으라고 권하거나 또는 그녀의 기분이 어떤지 표정을 살피고 있었다. 마리아는 말할 엄두조차 낼 수 없었으며 남자들은 부지런히 먹어대며 찬사를 늘어놓고 있었다.

응접실로 들어온 여자들은 캐서린 부인의 이야기를 듣는 것 외에는 할 일이 없었다. 커피가 나올 때까지 그녀는 계속해서 말을 했다. 그리고 모든 문제에 대해서 자기 의견을 아주 단호한 태도로 말하는 것으로 보아 그녀는 결코 남에게 비난이나 공격을 당해본 적이 없다는 사실을 알 수 있었다. 그녀는 샬롯에게 집안 살림에 대해 다정하고 자세하게 물어보기도 하고, 모든 것을 관리해나가는 데 필요한 여러 가지 충고까지 해주었다. 뿐만 아니라 샬롯의 집과 같이 식구가 적은 집안에서 모든 일을 처리해나가는 방법을 말해주거나 소와 닭을 기르는 방법 등도 알려주었다. 엘리자베스는, 이 부인은 남에게 명령하는 데 있어서 하찮은 일도 빠뜨리지 않는다는 것을 알았다. 콜린스 부인과 말하면서 캐서린 부인은 때때로 마리아와 엘리자베스에게 자주 물었다. 캐서린 부인은 엘리자베스의 집안에 대해 아무 것도 몰랐으며, 콜린스 부인에게는 엘리자베스가 참으로 품위 있는 귀여운 처녀라고 말했다. 캐서린 부인은 가끔 엘리자베스에게 형제가 몇인가, 언니인가 동생인가, 시집 갈 나이가 된 형제는 없는가, 잘생겼는가, 어디서 교육을 받았는가, 아버지는 어떤 마차를 가지고 계신가, 어머니의 처녀 때 이름은 무엇인가 등등에 관해 물었다. 엘리자베스는 이러한 질문들이 무척 무례하다고 생각했지만 침착한 태도로 대답했다. 그러자 캐서린 부인이 이렇게 말했다.

"댁의 아버님 재산은 콜린스 씨에게 상속하기로 되어 있는 줄 알고 있어요" 그리고 샬롯을 향하여 다시 말했다. "당신에게 참 잘된 일이에요. 어쨌든 여자 쪽에서는 재산을 상속할 아무 근거가 없다고 봐요. 루이스 드 버그 경 집안에서는 그렇게 할 필요가 없다고 생각했으니까요. 피아노를 치거나 노래를 부를 줄 아세요, 베넷 양?"

"조금 합니다."

"아, 그래요! 그럼 언제 좀 들려주실 수 없을까요? 우리 집 피아노는 아주 훌륭한 거예요. 아마 댁의 것보다 훨씬 나을 거예요. 언제든지 한번 쳐보세요. 다른 형제들도 다 음악 공부를 했나요?"

"한 아이만 했습니다."

"왜 다 배우지 않으셨나요? 다들 배워두면 좋을 텐데. 웨브 씨 댁 딸들은 다들 할 줄 알아요. 웨브 씨의 수입은 댁의 아버님 수입보다 못한데도요. 미술 공부는 하셨나요?"

"아뇨. 전혀 못했습니다."

"아니, 식구들 중에 아무도 하지 않았나요?"

"네."

"정말 이상하군요. 아마 기회가 없었던 모양이지요. 댁의 어머님께서는 매년 봄에 훌륭한 선생님을 뵙기 위해 도시로 애들을 데리고 왔어야 했을 텐데요."

"어머니도 그렇게 하고 싶으셨을 거예요. 그러나 아버지께서 런던을 아주 싫어하셨습니다."

"가정교사는 해고하셨나요?"

"저희는 가정교사를 둬본 적이 없습니다."

"가정교사를 안 뒀다고요? 어떻게 그럴 수가 있나요? 딸 다섯이 가정교사도 없이 집에서 자라다니요! 정말 이런 말은 처음 들어보는군요. 어머니께서는 따님들을 교육시키시느라 아주 힘드셨겠군요."

사실은 그렇지도 않았다고 생각하며 엘리자베스는 웃지 않을 수 없었다.

"그럼, 누가 아가씨들을 가르쳤지요? 시중은 누가 다 들어주었나요? 가정교사가 없었다니 교육을 아주 소홀하게 받으셨겠군요."

"다른 집안과 비교해보면 그럴지도 몰라요. 하지만 배우고 싶은 걸 못 배운 적은 한 번도 없었어요. 우리는 항상 책을 읽도록 자극을 받았고 필요할 때는 선생님을 모시고 있었으니까요. 물론 게으름을 피우고 싶은 애는 얼마든지 게으름을 피울 수 있었던 것은 사실이에요."

"정말 그랬을 거예요. 하지만 가정교사를 두면 게으름은 못 피우죠. 만일 내가 댁의 어머니와 아는 사이였다면 가정교사를 두도록 단단히 권했을 거예요. 항상 말하지만 교육이라는 것은 확실하고 규칙적으로 받지 않으면 안 되는 것이고, 또 가정교사만이 그런 교육을 할 수 있거든요. 그런 방법으로 나는 여러 집안에 좋은 가정교사를 많이 소개해주었지요. 젊은 사람들에게 좋은 자리를 구해 주는 것은 매우 만족스러운 일이랍니다. 젠킨슨 부인의 조카 네 명도 내가 다 좋은 자리에 들어가게 해주었죠. 또 어떤 젊은 사람은 우연히 이름만 알게되었는데, 요전에 내가 그를 소개해주었더니 그 집에서 여간 좋아하지 않아요. 콜린스 씨, 어제 메트칼프 부인이 고맙다는 인사를 하러 왔다는 얘기를 했던가요? 소개시켜 준 포프 양을 보물처럼 생각하고 있다고 말하더군요. '캐서린 부인, 당신이 내게 보물을 하나 갖다 주었구려' 하고 말했어요. 댁의 동생들 중에 가정교사로 나간 사람이 있으세요, 베넷 양?"

"네, 다 나갔습니다."

"다라고요! 아니 한꺼번에 다섯이 다 나갔어요? 참 이상하군요! 엘리자베스양이 둘째 딸이 아네요? 언니들이 시집도 가기 전에 동생들이 다 나가다니! 아직 나이가 어릴 텐데요." "네, 막내 동생은 아직 열 여섯도 안 됐어요. 아마 사람들 앞에 나가기엔 너무 어릴 거예요. 하지만 언니들이 아직 혼인할 형편이 못 되거나, 또 혼인할 의사가 없다고 해서 동생들을 사교와 오락으로부터 멀리하게 한다는 것은, 동생들에게 퍽 안된 일이라고 생각합니다. 비록 제일 늦게 태어났더라도 첫 번째로 태어난 사람과 마찬가지로 젊음을 즐길 권리가 있어요. 또 그런 이유로 집안에 가둬둔다는 것은 안 될 말이죠. 그렇게 되면 형제간의 우애나 마음의 기쁨을 나눌 수 없게 될 거라고 생각해요."

"아, 어쩌면 나이에 비해 참으로 확고한 자기 생각을 가지셨군요. 저, 몇 살이나 되셨죠?" 하고 캐서린 부인은 말했다.

"다 큰 동생이 셋씩이나 있는 저에게 나이를 말하라고 하시지는 않겠지요?" 하고 엘리자베스는 미소를 지으며 말했다.

캐서린 부인은 그녀로부터 직접 대답을 들을 수 없다는 사실이 몹시 놀라운 모양이었다.

엘리자베스는 모르긴 해도 그렇게 위엄 있는 캐서린 부인의 오만한 질문을 농담조로 받아넘긴 것은 자기가 처음일거라고 생각했다.

"내가 보기엔 스물을 넘지 않았을 것 같군요. 그러니까 나이를 감출 필요는 없잖아요?"

"스물 한 살은 아직 안 됐습니다."

남자들이 끼여들고 차시간이 끝나자 카드 테이블이 놓여졌다. 캐서린 부인과 윌리엄 경, 콜린스 씨 부부가 커드릴 놀이를 하기 시작했고 드 버그 양이 카지노를 하자고 했기 때문에 두 여자가 젠킨슨 부인을 도와 패를 구성했다. 그러나 그들은 카드놀이와 관계없는 이야기는 한 마디도 주고받지 않았기 때문에 이 테이블은 아주 재미가 없었다. 다만 젠킨슨 부인만이, 드 버그 양이 너무 덥거나 춥지 않을까, 또는 햇빛이 너무 강하거나 약하지 않을까 하며 걱정하는 듯한 표정을 지을 뿐이었다. 반면 저쪽 테이블에서는 여러 가지 일이 일어나고 있었다. 캐서린 부인이 주로 말을 했는데, 그녀는 다른 세 사람의 잘못을 지적하거나 자신의 일화를 말하곤 했다. 콜린스 씨는 그녀가 말하는 것에 모두 동의하면서 자기가 딴 점수에 대해서는 일일이 부인에게 고맙다고 말하고, 자기가 너무 많이 땄다고 생각될 때엔 열심히 변명을 늘어놓기도 하였다. 윌리엄 경은 별로 말은 하지 않았지만, 캐서린 부인이 말한 일화에 나오는 고귀한 이름들을 머릿속에 기억해두려고 노력했다.

캐서린 부인과 그 딸이 실컷 즐겼다고 생각했을 때 카드놀이는 끝이 났고, 콜린스 부인에게 마차를 타고 가라고 말하자 그녀는 이에 고맙다고 응낙했다. 그리고 곧 마차를 불렀다. 일행이 난로가에 모여서 내일 날씨에 대한 캐서린 부인의 의견을 듣고 있을 때, 마차가 도착해서 그들을 불러냈다. 콜린스 씨는 고맙다는 치하의 말을 계속 중얼거리고 윌리엄 경 역시 몇 번이나 그녀에게 절을 하고 나서야 그들은 그곳을 떠날 수 있었다. 마차가 그 집을 떠나자마자 콜린스 씨는 엘리자베스에게 로징스에서 본 모든 것에 대한 소감을 말해보라고 했다. 샬롯 때문에 엘리자베스는 실제로 생각한 것보다 좋게 말할 수밖에 없었다. 그러나 엘리자베스가 억지로 꾸며낸 이 찬사는 콜린스 씨를 만족시킬 만한 것은 못 되었다. 콜린스 씨는 곧 캐서린 부인의 칭찬을 늘어놓기 시작했다.

30

윌리엄 경은 헌스퍼드에 일주일밖에 머무르지 않았다. 그러나 그것은 딸이 편안하고 안정된 생활을 하고 있으며, 그렇게 좋은 남편과 이웃을 갖기도 쉬운 일이 아니라는 사실을 믿기에는 충분한 기간이었다. 윌리엄 경이 머무는 동안 콜린스 씨는 아침 시간은 이륜 마차에 장인을 태우고 자기 땅을 보여주러 다니는 데 소비했다. 그러나 윌리엄 경이 떠나자 온 식구는 모두 그전의 상태로 되돌아갔다. 엘리자베스는 이런 상태로 되돌아감으로 인해 콜린스 씨와 대하는 시간이 적어진 것만은 기쁘게 생각하고 있었다. 그는 아침과 점심 시간에는 대개 정원서 일을 하든가 책을 읽던가 무엇을 쓰던가 그렇지 않으면 자기 서재에서 한길 쪽으로 난 창 밖을 내다보고 있던가 했기 때문이다. 여자들의 방은 뒤쪽에 있었다. 엘리자베스는 처음에 샬롯이 보통 때에는 식당 방을 잘 사용하지 않는 것을 이상하게 여겼다. 그 방은 다른 방보다 더 크고 바깥 경치도 훨씬 좋았다. 그러나 엘리자베스는 곧 자기 친구가 그렇게 하는 데에는 그만한 이유가 있다는 것을 발견했다. 만일 콜린스 씨가 이렇게 훌륭한 방에 있게되면 자기들만이 쓰는 방에는 있지 않으려고 할 것이기 때문이다. 그래서 엘리자베스는 샬롯의 이런 처사에 감탄하지 않을 수 없었다.

응접실에서는 골목길을 거의 내다볼 수가 없었다. 그래서 무슨 마차가 지나갔다든지, 또 특히 드 버그 양의 이륜 마차가 몇 번 지나갔다든지 하는 것을 알 수 있는 것은 오직 콜린스 씨 덕분이었다. 드 버그 양은 그곳을 지나갈 때마다, 콜린스 씨는 한 번도 빼놓지 않고 와서 그 사실을 알려주었다. 드 버그 양은 자주 목사관 앞에 마차를 세우고 샬롯과 잠시 말을 주고받긴 했지만 한 번도 마차에서 내려 쉬다 가라는 권유를 받아들인 적은 없었다.

콜린스 씨는 매일 로징스까지 산책하러 나갔으며, 부인이 동행하지 않는 날도 그리 많지는 않았다. 그래서 엘리자베스가 다른 동거인들에 대한 문제를 해결해야 할 일이 있을지도 모른다고 생각할 때까지는, 그렇게 많은 시간을 희생하는 이유를 알 수가 없었다. 가끔 황송하게도 캐서린 부인이 이들을 방문하곤 했다. 그리고 이곳에 머무는 동안 응접실에서 일어나는 일은 한 가지도 빼놓지 않고 눈여겨보는 것이었다. 그녀는 그들의 살림을 조사해보거나 일하는 것을 주의해서 보는 가하면 다른 방법으로 하라는 충고까지 서슴지 않았다. 가구의 배치가 잘못되었다는 말을 하거나 하녀가 소홀히 한 곳을 하나하나 찾아내기도 했다. 그리고 음식을 내놓으면 콜린스 부인 몫의 고기가 다른 식구들에 비해 너무 크다는 것을 지적하기 위해 자기는 맛만 조금 볼 뿐이었다.

머지 않아 엘레자베스는 귀부인은 그 주의 치안 재판권을 가지고 있진 않았지만, 그 교구에서는 가장 활동적인 치안 판사이며, 아주 조그만 사건까지도 콜린스 씨를 통해 그녀에게 넘겨진다는 사실을 알게 되었다. 또 소작인들이 싸움을 한다든지 무슨 불만이 있다든지 너무 돈이 없어 어쩔 줄 모를 때는 그녀가 직접 마을로 달려가서 그들의 싸움을 말리고, 불만을 없애고, 야단을 쳐서 화해 시킨 후 물건을 주고 오는 것이었다.

로징스에서 만찬을 즐기게 되는 것은 일주일에 두 번 정도였다. 단지 윌리엄 경이 가버리고, 저녁에 카드 테이블이 하나만 놓여지는 것 외에는 언제나 지난번 만찬 때와 똑같았다. 다른 집과의 교제는 그리 많지 않았다.

일반적으로 이웃 사람들의 생활 양식은 콜린스 씨 부부로서는 따라갈 수 없는 것이었기 때문이다. 그러나 이런 사실들이 엘리자베스에게는 별로 고통스러운 것은 아니었다. 엘리자베스는 대체로 기분 좋게 지낼 수가 있었다. 매일 그녀는 샬롯과 약 30분간 즐거운 이야기를 주고받곤 하였다. 그리고 날씨가 매우 좋았기 때문에 자주 밖에 나가 마음껏 즐길 수가 있었다. 다른 사람들이 캐서린 부인을 방문하러 간 동안에 엘리자베스는 자주 다니던, 마음에 드는 산책길을 걷곤 했다. 그 길은 공원의 한 쪽 경계선을 이룬 탁 트인 숲을 따라 나 있었는데, 기분 좋게 그늘진 길도 있었다. 이 그늘진 길은 엘리자베스 이외에는 아무도 그 가치를 알아주는 사람이 없는 듯했고 캐서린 부인의 호기심도 여기까지는 채 미치지 않은 모양이었다.

이렇게 조용한 가운데 엘리자베스가 이곳을 방문한 지도 어느새 2주일이 되어 부활절이 가까워오고 있었다. 로징스의 가족 수가 늘어날 것은 일주일 전부터 확실했으며, 좁은 범위의 교제만을 하고 있는 사람들에게는 그것이 매우 중요한 일에 속했다. 이곳에 도착한 직후 엘리자베스는 다르시 씨가 2, 3주일 내에 이곳에 올 예정이라는 소리를 들었다. 엘리자베스는 원래 자기가 아는 사람들을 싫어하는 성격은 아니었지만, 그가 오면 로징스에 있는 사람들에 비해 비교적 새로운 구경거리가 생길 것이 기뻤다. 그리고 그가 사촌누이에게 취하는 행동을 보면 빙리 양의 의도가 과연 어느 정도 가망성 있는 것인지도 알 수 있을 것이었다. 캐서린 부인은 그를 자기 딸의 배필로 결정해놓았다. 그래서 아주 만족한 표정으로 다르시 씨가 온다는 이야기를 하며 그를 매우 칭찬했으나, 그가 이미 루카스 양과 엘리자베스를 자주 만나 안면이 있다는 사실을 알게 되었을 때에는 거의 화를 낼 정도였다.

그가 도착했다는 사실을 목사관에서는 곧 알게 되었다. 콜린스 씨가 아침 내내 헌스퍼드 길로 향해 있는 문지기의 집이 보이는 곳에서 왔다갔다 하고 있었기 때문이다. 마차가 공원 쪽으로 돌아가자 그는 인사를 하고 나서 집으로 달려와 이 굉장한 소식을 전했다. 그 이튿날 아침, 그는 서둘러서 로징스로 문안을 드리러 갔다. 다르시 씨가 백부의 작은아들 피츠윌리엄 대령과 함께 왔기 때문이다. 콜린스 씨가 이 두 신사를 데리고 왔을 때 거기 모인 사람들은 모두 깜짝 놀랐다. 샬롯은 그들이 한길을 건너오는 것을 남편 방에서 내다보고는 급히 다른 방으로 뛰어가 정말로 굉장한 손님이 온다고 하며 이렇게 덧붙였다.

"엘리자베스, 저 사람들의 인사를 받게 된 것은 순전히 네 덕택이야. 다르시 씨는 나를 보려고 저렇게 서둘러 오지는 않을 테니까."

이런 치사에 대해 엘리자베스가 이런 치사에 대해 그렇지 않다는 대답을 채 하기도 전에 벌써 대문에서는 초인종이 울렸다. 그리고 곧 세 신사가 방으로 들어왔다. 맨 먼저 들어온 피츠윌리엄 대령은 서른 살쯤 되어 보였으며, 그다지 잘 생긴 편은 아니지만 용모나 태도가 정말 신사다웠다. 다르시 씨는 하퍼드셔에 있을 때와 똑같았다. 언제나 그렇듯이 신중한 태도로 콜린스 부인에게 인사하였으며 엘리자베스에게는 과연 그가 어떤 감정을 가지고 있는지는 몰라도 아주 침착하게 인사를 했다. 엘리자베스는 말없이 그저 인사만 나누었을 뿐이었다.

피츠윌리엄 대령은 근본이 좋은 남자들만이 취할 수 있는 여유 있는 태도로 곧 말을 하기 시작했으며, 아주 즐거운 듯이 이야기를 끌어 나갔다. 그러나 다르시 씨는 콜린스 부인에게 집과 정원에 대해 잠깐 이야기를 한 다음 아무에게도 말을 걸지 않고 잠시 동안 가만히 앉아 있었다. 그러나 드디어 그는 예의를 갖추고 엘리자베스에게 집안 식구들의 안부를 물었다. 엘리자베스는 보통 때와 똑같은 태도로 대답했다. 그리고 잠깐 말을 끊었다가 이렇게 덧붙였다.

"언니는 석 달 동안 런던에 있게 됐어요. 거기서 혹시 못 만나셨나요?"

그가 언니를 만나지 못했다는 사실을 엘리자베스는 이미 잘 알고 있었다. 그러나 빙리 씨 남매와 언니 사이에 일어났던 일을 그가 아는 척하는지 떠보기 위해 일부러 물어본 말이었다. 그리고 그녀는 다르시 씨가 유감스럽게도 못 만났다고 말하면서 좀 당황하는 것 같은 태도를 눈치 챘다. 그러나 그 얘기에 대해서는 더 이상 묻지 않았고 신사들은 곧 그곳을 떠났다.

31

목사관에서는 피츠윌리엄 대령의 태도에 대해 칭찬들이 대단했다. 그리고 여자들은 그 대령이 로징스로 그들을 초대하는 날 더한층 분위기를 흥겹게 만들 것이라고 생각했다. 그러나 초대를 받은 것은 며칠이 지난 다음이었다. 손님이 집에 있는 동안은 그들이 필요치 않기 때문이다. 그리고 영광스런 초대를 받게 된 것은 손님들이 도착한 지 일주일 만인 바로 부활절 날이었다. 그리고 그 초대라는 것도, 예배가 끝난 후 헤어지면서 오늘 저녁에 집에 오라는 말을 한 것뿐이었다. 지난 일주일 동안 캐서린 부인이나 그 딸을 전혀 볼 수가 없었던 것이다. 피츠윌리엄 대령은 그 동안에도 몇 번이나 목사관을 방문했다. 그러나 다르시 씨는 오직 교회에서만 볼 수 있을 뿐이었다.

그 초대는 물론 받아들여졌다. 그리고 그들은 정확한 시간에 캐서린 부인의 응접실에 모여들었다. 캐서린 부인은 그들을 정중하게 맞이했으나 손님이 없을 때만큼 반갑게 맞이하는 것 같지는 않았다. 그리고 사실상 그녀는 자기 조카들에게만 열중하고 있었고, 그 방안에 있는 어느 누구보다도 유독 다르시 씨에게만 말을 많이 걸었다.

피츠윌리엄 대령은 정말로 사람들을 만나서 기쁜 모양이었다. 그에게는 로징스에 있는 모든 것이 다 기쁨이며 위안이었다. 더구나 콜린스 부인의 어여쁜 친구 엘리자베스에게 마음이 사로잡혀 있었다. 그는 엘리자베스 옆에 앉아서 켄트와 하퍼드셔에 관한 이야기며 여행이나 집에 있을 때의 이야기며 또 신간 서적과 음악에 대한 이야기 등을 유쾌하게 늘어놓았기 때문에 전에 이 방에서 맛보았던 것보다 몇배나 큰 기쁨을 즐길 수가 있었다. 너무 신이 나서 거리낌없이 말을 주고받았기 때문에 그들은 다르시 씨는 물론, 캐서린 부인의 주목까지 끌게 되었다. 다르시 씨는 곧 호기심에 가득 차서 계속해서 그들 쪽을 바라보고 있었다. 그리고 잠시 후에는 캐서린 부인 역시 다르시 씨와 똑같은 기분이 들었던지 그들에게 다가와 솔직하게 말을 걸었다. 캐서린 부인은 조금도 주저하는 사람이 아니었기 때문이다.

"무슨 말들을 하고 있니, 피츠윌리엄? 무슨 얘기들이야? 베넷 양에게 무엇을 얘기해주고 있었는지 나도 좀 들어보자꾸나."

"음악 얘기를 하고 있습니다" 하고 피츠윌리엄은 대답하지 않을 수 없어서 그녀에게 말했다.

"음악 얘기라고! 그러면 큰 소리로 말하렴. 난 어떤 얘기보다도 그 얘기가 듣고 싶단다. 음악 얘기를 하고 있는 중이라면 나도 단단히 한 몫 끼어야겠는걸. 이 영국에서 나만큼 음악을 좋아하고 또 타고난 취미를 가진 사람도 없을 게다. 만약에 내가 음악 공부를 했더라면 굉장한 대가가 되었을 거야. 또 앤도 몸이 건강하여 공부를 할 수 있었다면 그렇게 되었을 것이고. 분명히 앤은 훌륭한 연주를 할 수 있었을 텐데. 조지아나는 어떻게 돼 가고 있니, 다르시?'

다르시 씨는 자기누이의 실력이 많이 늘었다고 애정이 듬뿍 섞인 칭찬을 했다.

"그렇게 되었다니 참 반갑구나" 하고 캐서린 부인은 말했다.

"내가 이렇게 말하더라고 전해라. 여간 연습하지 않고서는 잘 칠 생각 따윈 하지도 말라고 말이다."

"이모님" 하고 다르시 씨는 대답했다. "그런 염려는 하지 않으셔도 될 것 같습니다. 그 애는 쉬지 않고 연습하고 있으니까요."

"그렇다면 다행이지. 연습을 너무 많이 해서 손해 보는 법은 없단다. 그리고 다음에 편지 쓸 때에는 무슨 일이 있어도 연습을 게을리 해서는 안 된다고 일러줘야겠어. 내가 늘 젊은 사람들에게 말하지만 계속해서 연습하지 않는 한 음악의 묘기란 습득하기 어려운 것이야. 베넷 양에게도 몇 번이나 연습해야만 잘 칠 수 있게 될 거라는 얘기를 해줬지. 콜린스 씨 댁에는 악기가 없지만, 어느 때고 우리 집에 와서 쳐도 좋다고 말이야. 내가 벌써 몇번이나 얘기했지만, 매일 로징스에 와서 젠킨슨 부인 방에 있는 피아노를 쳐도 좋아. 그 쪽에서 치는 것은 아무에게도 방해가 되지 않을 테니까."

다르시 씨는 이모님의 이런 무례한 말에 약간 부끄러운 듯한 모양이었다. 그는 아무 대답도 하지 않았다.

커피 시간이 끝나자, 피츠윌리엄 대령은 엘리자베스에게 피아노를 쳐주겠다는 약속을 실행에 옮기도록 청했다. 그녀는 곧 피아노 앞에 가서 앉았다. 그는 그녀 곁으로 걸상을 끌고 갔다. 캐서린 부인은 음악을 반쯤 듣다가 조금 전과 마찬가지로 다르시 씨에게 말을 걸었다. 그러나 그는 이모님 곁을 떠나 언제나 그렇듯이 정중한 태도로 피아노가 있는 데까지 가서는 연주하는 사람의 아름다운 얼굴이 잘 보이는 위치에 섰다. 엘리자베스는 그가 하는 행동을 모두 보고 있었다. 그리고 잠시 후 쉬는 틈을 타서 그에게 심술궂은 미소를 던지며 이렇게 말했다.

"그런 모습으로 제 음악을 들으러 오셔서 저를 놀라게 해주려고 그러세요, 다르시 씨? 하지만 선생님의 누이가 그렇게 잘 친다고 해서 조금도 놀라지는 않습니다. 전 고집이 세서 남이 아무리 놀라게 하려고 해도 쉽게 놀라는 사람이 아니에요. 남이 나를 위협할수록 저는 더 용기가 나거든요."

"오해하고 계신 것은 아니겠죠?" 하고 다르시 씨는 대답했다.

"제가 놀라게 해드리려는 의도를 가지고 있다고는 정말 생각지 않으실 테니까요. 그리고 그 동안 사귀어봐서 안 일이지만, 가끔 진심이 아닌 말을 털어놓는 것에 상당한 취미를 갖고 계시는군요."

엘리자베스는 이런 식으로 자기를 표현하는 말을 듣고는 크게 웃었다. 그리고 피츠윌리엄 대령에게 말했다. "아마 다르시 씨가 저를 어떻게 생각하면 좋은지, 또 제가 말하는 것은 하나도 믿지 말라고 가르쳐주실 거예요. 이렇게 제 성격을 잘 알아맞히는 사람을 만났으니 큰일인데요. 어떻게 이곳에서 여러 사람들의 신용을 좀 얻어볼까 하고 생각했었는데 말예요. 다르시 씨, 하퍼드셔에서 알게 된 제 약점을 여기서 모두 폭로하시다니 비겁한 일 아니에요? 이렇게 말해서 어떨지 모르겠지만 그건 좀 졸렬한 방법이에요. 그리고 그렇게 말씀하신다면 저도 대응하고 싶어지는데요. 친척들이 들으면 깜짝 놀랄 만한 일들을 얘기할까요?"

"조금도 무섭지 않습니다" 하고 다르시 씨는 미소를 지으며 말했다.

"다르시가 실수한 얘기를 듣고 싶은데요" 하고 피츠윌리엄 대령이 말했다. "낯선 사람들 틈에서 어떤 태도를 취했는지 말입니다."

"그럼 말하겠어요. 하지만 먼저 놀라지 않도록 단단히 준비하세요. 하퍼 드셔에서 처음 다르시 씨를 만난 것은 무도회에서였어요. 그 무도회에서 그분이 어떻게 하셨는지 아세요? 춤이라고는 네 번밖에 안 추셨답니다. 기분 상하게 해드려서 안됐지만 그게 사실이었어요. 남자들이라곤 별로 있지도 않았는데도 꼭 네 번밖에 안 추셨거든요. 내가 지금까지 확실히 알고 있는 것은 파트너가 없어서 춤을 못 추고 앉아 있던 여자가 한 두 명이 아니었어요. 다르시 씨, 그렇지 않다고 말씀은 못 하시겠죠?"

"그 때에는 같이 갔던 사람들 이외에 거기 모인 여자들을 잘 몰랐어요."

"그래요. 그리고 무도회장에서는 아무도 소개받을 수 없는 법이겠죠. 피츠윌리엄 씨, 무슨 곡을 칠까요? 제 손이 명령을 기다리고 있습니다."

"아마 소개시켜달라고 했어야 더 옳았을는지도 모릅니다. 하지만 저는 낯선 사람들에게 먼저 접근하는 성격이 못 됩니다" 하고 다르시 씨는 말했다.

"그건 무슨 이유일까요?" 하고 엘리자베스는 여전히 피츠윌리엄 대령에게 말했다. "분별력 있고 교육을 받은 남자가, 또 넓은 세계에서 살아오신 분이 어째서 낯선 사람들에게 먼저 가까이 하지 못하는지 물어봐도 될까요?"

"제가 대답해드릴 수도 있습니다" 하고 피츠윌리엄 대령은 말했다.

"다르시 씨에게 물어볼 필요도 없어요. 자기가 애써 그렇게 하고 싶지 않으니까 그랬겠죠."

"확실히 저에겐 다른 사람들이 가지고 있는 재주가 없습니다. 전에 만난 적이 없는 사람과는 쉽게 말을 할 수가 없어요. 다른 사람의 말에 맞장구를 찬다든지, 그들의 얘기에 흥미를 느끼는 것 같은 표정을 짓는다든지 할 수가 없어요. 어떤 사람들은 그렇게 잘도 하지만 말이에요" 하고 다르시 씨는 말했다.

"제 손가락이 이 악기 위에서 마음대로 움직여주지 않는군요. 다른 여자들은 그렇게 잘도 하던데. 힘과 속도가 틀리면 표현도 틀려지거든요. 하지만 저는 항상 저의 잘못이라고 생각하고 있어요. 제가 애써 연습하지 않았으니까요. 내 손이 본래 잘 치는 사람들 손보다 둔하다고는 절대 생각지 않아요" 하고 엘리자베스는 말했다.

다르시 씨는 미소지으며 말했다. "정말 옳은 말씀입니다. 당신이 훨씬 더 시간을 쓸모있게 쓰겠군요. 당신의 음악을 들을 특권을 가진 사람이라면 누구나 결점이 있다고 생각되지 않습니다. 우리는 피차 낯선 사람 앞에서는 연주하지 않으니까요."

여기까지 말했을 때 캐서린 부인 때문에 말이 중단되었다. 그녀가 이들을 향해 무슨 이야기를 하고 있느냐고 커다란 소리로 물었기 때문이다. 엘리자베스는 곧 다시 피아노를 치기 시작했다. 캐서린 부인은 가까이 다가가서 잠시 듣고 있다가 다르시 씨에게 말했다.

"좀 더 연습하고, 런던에 있는 선생님에게 배우기만 하면 베넷 양은 아주 잘 칠 거다. 취미에 있어서는 앤을 못 따르겠지만, 손가락 쓰는 법을 잘 알고 있으니까. 앤이 몸만 건강해서 공부를 할 수 있었다면 훌륭한 연주자가 되었을 거야."

엘리자베스는 다르시 씨가 자기 사촌을 칭찬하는 말에 얼마나 동의하는지 보고 싶어서 그를 바라보았다. 그러나 이번에도 역시 그에게선 사촌누이를 사랑하는 기색을 찾아볼 수 없었다. 그리고 그녀는 드 버그 양에 대한 이런 태도에서 빙리 양에게 위로가 될 만한 결론을 내렸다. 즉 빙리 양이 그의 친척이라면 그와 결혼할 가망성이 있다는 결론을 내린 것이다.

캐서린 부인은 엘리자베스의 연주에 대해 계속해서 자기 의견을 이야기했다. 그리고 그녀의 솜씨와 취미에 대해 여러 가지 충고까지 해주었다. 엘리자베스는 정중하게 억지로 예의를 차리며 그녀의 말을 받아들였다. 그리고 모든 사람들을 집까지 데려다 주기 위해 마차가 준비되는 동안 신사들의 요청에 의해 계속 피아노 앞에 앉아 있었다.

32

이튿날 아침 샬롯과 마리아가 마을에 볼일이 있어 나가고 없는 사이에 엘리자베스는 혼자 앉아 제인에게 편지를 쓰고 있었다. 이 때 문에서 들린 초인종 소리에 그녀는 깜짝 놀랐다. 확실히 밖에 누가 온 모양이었으나 마차 소리가 안 들렸기 때문에 엘리자베스는 필경 캐서린 부인일 것이라 생각하고, 그녀가 또 주제넘게 참견하는 것이 싫어서 반쯤 쓰다 만 편지를 걷어치우고 있었다. 그러자 곧 문이 열리면서 다르시 씨가 혼자서 방으로 들어서는 것이었다. 엘리자베스는 깜짝 놀랐다.

다르시 씨 역시 엘리자베스가 혼자 있는 것을 보고는 놀란 눈치였다. 그는 모두들 집에 있는 줄 알았다고 말하면서 자신의 예고 없는 방문을 사과했다.

두 사람이 자리에 앉게되자 엘리자베스가 먼저 로징스의 안부를 물었다. 그러나 그 다음엔 깊은 침묵 속에 빠져버리는 것만 같았다. 그래서 무엇이든지 할 말을 좀 해야겠다고 궁리하던 엘리자베스는 그 위급한 때에, 그녀가 하퍼드셔에서 다르시 씨를 마지막으로 보았을 때의 일을 상기해냈다. 게다가 그들이 부랴부랴 떠나간 일에 대해 그가 뭐라고 말할런지 궁금해서 엘리자베스는 이렇게 물었다.

"다르시 선생님, 지난 11월엔 모두들 왜 그렇게 갑자기 네더필드를 떠나셨지요? 빙리 씨는 다르시 선생님이 곧 뒤쫓아오신 것을 보고 꽤 놀라셨겠어요. 제 기억이 맞는다면 빙리 씨는 다르시 선생님보다 꼭 하루 먼저 떠나셨으니까요. 런던에서 출발할 때 빙리 씨와 그 누이동생께선 안녕하셨나요?"

"네, 별고 없었죠. 감사합니다."

더 이상 다른 대답이 나올 것 같지 않았다. 잠시 후에 엘리자베스가 말을 이었다.

"빙리 씨는 다시 네더필드로 돌아가실 의향이 있으신가요?"

"그렇게 말하는 건 들어보지 못했습니다만, 앞으로 그가 네더필드에서 지낼 시간은 그리 많지 않은 것 같습니다. 런던엔 친구들도 많고, 또 지금은 친구들과의 만남이 점점 잦아지는 때이니까요."

"만일 빙리 씨가 네더필드에서 그리 많이 지내지 않을 작정이시라면 아주 네더필드를 내놓으시는 게 이웃 사람들에게도 좋을 거예요. 누가 그 집을 사서 아주 눌러 살 수도 있으니까요. 하지만 빙리 씨는 아마 이웃의 편의를 위해서보다는 자기를 위해서 집을 사셨을 테니까, 그분이 집을 지키든지 떠나든지 하는 것도 그와 같은 원칙 하에서 기대할 수밖에 없겠군요."

"누가 적당한 값에 사겠다고 한다면야 언제든지 내놓지 않겠습니까?"

엘리자베스는 그 말에 대꾸하지 않았다. 빙리 씨에 대한 이야기를 더 오래 끄는 것이 두려워졌기 때문이다. 그래서 더 이상 할말이 없게 되자, 이제부터 화제를 찾아내는 수고는 그에게 맡기기로 했다.

다르시 씨도 눈치를 채고 곧 말을 꺼냈다.

"참 아늑한 집이로군요. 콜린스 씨가 처음 헌스퍼드에 오셨을 때 캐서린 부인께서 많이 손질을 해주신 모양입니다."

"그런가 봐요. 그 이상의 친절을 다른 데에서는 베풀 수 없었을 거예요."

"콜린스 씨는 루카스 양 같은 여자를 아내로 맞은 것에 대해 매우 다행스럽게 여기는가 보던데요."

"네, 사실이에요. 콜린스 씨의 친구분들이 기뻐할 만도 하죠. 그런 분을 받아들일 만한, 또는 받아들인다 하더라도 행복하게 해줄 만한 분별 있는 여자들은 드물거든요. 그 가운데에서 한 사람을 다행히도 만났으니까요. 샬롯은 굉장한 이해심을 가지고 있어요. 전 샬롯이 콜린스 씨와 결혼한 것을 매우 현명한 일이었다고는 생각지 않지만요. 아무튼 무척 행복해 보이더군요. 이해득실 면으로 보더라도 샬롯에겐 확실히 유익한 결혼이었어요."

"또 친정이나 친구들과도 얼마 안 떨어진 가까운 거리에 살게 돼서 매우 좋을 겁니다."

"가까운 거리라고요? 50마일이나 되는데도요?"

"50마일이 뭐 그리 먼길인가요? 반나절 남짓이면 갈 수 있는 거리인 걸요. 가까운 거리이고 말고요."

"저는 거리가 결혼 조건의 하나라고는 절대로 생각지 않아요. 그리고 샬롯이 친정과 가까운 곳에 살게 되었다고는 결코 말할 수 없어요."

"그점이 바로 엘리자베스양이 하퍼드셔에 집착하고 있다는 증거입니다. 그래서 롱본에서 조금만 벗어나도 멀게 생각되어지는 거지요."

이 말을 할 때 다르시 씨의 입가에는 일종의 미소가 떠올랐다. 엘리자베스는 아마도 그 의미를 이해한 듯했다. 그는 자기가 제인과 네더필드를 생각하고 있는 줄로 상상하고 있음에 틀림없었다. 엘리자베스는 얼굴을 붉히며 대답했다.

"저는, 여자는 반드시 친정과 가까운 곳으로 출가해야만 한다는 것을 말하는 건 아네요. 멀고 가까운 것은 상대적인 문제이므로 경우에 따라 달라지겠죠. 즉 여행 비용이 대수롭지 않을 만큼 재산이 있는 사람에게야 뭐 좀 멀다 해서 나쁠 것도 없겠죠. 하지만 샬롯의 경우는 그런 경우와 다르거든요. 콜린스 씨 내외가 충분한 수입이야 있긴 해도 어디 자주 여행을 할 수 있을 만한 사람들인가요? 그러니까 지금 거리의 절반 정도가 아니라면 샬롯이 과연 친정과 가까운 데 있다고 말할 수는 없다는 거죠."

다르시 씨가 엘리자베스 쪽으로 조금 다가앉으며 말했다.

"자기 고장에 대해 그렇게 강하게 집착하실 권리가 이젠 없습니다. 평생 롱본에서만 사실 작정이신가요?"

엘리자베스의 얼굴에 놀란 기색이 떠올랐다. 그 역시 어떤 감정의 변화를 알아챌 수 있었다. 그는 의자를 도로 뒤로 물리고, 책상 위에 있던 신문을 집어들어 훑어보면서 좀 더 냉정한 목소리로 이렇게 말했다.

"켄트가 마음에 드십니까?"

그러고는 켄트 주에 관한 이야기가 두 사람 사이에 있던 잠깐 동안 오고 갔으나, 그나마도 막 일을 마치고 돌아온 샬롯과 마리아가 들어오는 바람에 이내 끝나고 말았다. 그들은 이 단둘의 만남을 보고 깜짝 놀랐다. 다르시 씨는 엘리자베스가 혼자 있는 줄 모르고 잘못 들어왔다는 변명을 늘어놓은 다음, 아무에게도 말을 건네지 않고 몇 분 동안 더 앉아 있다가는 나가버렸다.

다르시 씨가 나가자마자 샬롯이 입을 열었다.

"어떻게 된 거야, 엘리자. 그분이 줄곧 너를 사랑하고 있나봐. 그렇지 않고서야 이렇게 허물없이 우리를 방문할 리 없거든."

그러나 샬롯은 엘리자베스로부터 다르시 씨는 침묵만 지키고 앉아 있었다는 이야기를 듣고나서는, 역시 다르시 씨가 엘리자베스를 사모하는 일은 있을 것 같지 않다고 여겼다. 그래서 여러 가지로 추리해본 결과, 결국 그의 방문은 아무 것도 할 일이 없는 데에서 비롯된 것이라고 상상할 수밖에 없었다. 게다가 지금이 일 년 중에서도 가장 재미없는 계절이라는 것을 생각해보면 조금 전에 추리한 것은 더욱 그럴 듯했다. 모든 야외 운동도 이젠 철이 지났고 집안에는 캐서린 부인과 책과 당구대밖에 없었다. 그렇지만 남자들은 늘 집안에만 들어앉아 있을 수는 없었다. 목사관이 근처에 있는 탓이었는지, 혹은 거기까지 가는 산책이 즐거운 탓이었는지, 또는 목사관에 사는 사람들이 보고 싶은 탓이었는지, 이 두 사촌 형제는 이때부터 거의 매일같이 그쪽으로 걷고 싶은 유혹을 느꼈다. 때로는 제각기, 때로는 두 사람이 함께, 또 때로는 그들의 이모님과 함께 오전중이면 불쑥불쑥 오곤 하였다. 피츠윌리엄 대령이 오는 이유는 모두들 빤히 알고 있었다. 그것은 그가 그들과 사귀고 싶었기 때문이고, 아직도 그들이 자기의 방문을 기뻐한다는 확신 때문이었다. 엘리자베스는 그가 확실히 자기에게 호감을 갖고 있다는 것과 동시에 그와 함께 있다는 자기 만족에서, 그녀가 한 때 좋아했던 조지 위컴 씨의 생각이 떠올랐다. 두 사람을 비교해볼 때, 피츠윌리엄 대령의 태도는 매력적인 우아함에 있어서는 위컴 씨보다 모자라지만 반면에 매우 박식한 편이라고 엘리자베스는 생각했다.

그러나 다르시 씨가 자주 목사관에 들르는 이유는 좀처럼 이해하기 힘들었다. 입도 떼지 않고 10분 동안이나 그냥 앉아 있는 것으로 보아 교제를 위해 오는 것은 아니었다. 어쩌다 말을 할 때에도, 그것은 마음으로부터 우러나와서라기보다는 오히려 말을 해야 할 필요성 때문에 그러는 것처럼 보였다. 다시 말하면 자신의 기쁨을 위해서가 아니라 예의상 어쩔 수 없기 때문이었다. 그는 거의 한 번도 활기찬 모습을 보인 적이 없었다. 샬롯은 그를 어떻게 생각해야 할지 몰랐다. 피츠윌리엄 대령이 가끔 그가 멍하니 있는 것을 보고 웃어대는 것으로 보아 무언가 분명 평상시와는 다르다는 것을 알 수는 있었으나, 샬롯의 상식으로서는 그 차이가 어느 정도인지 알아낼 도리가 없었다. 그래서 그녀는 이 변화는 바로 사랑 때문이며, 그리고 그 사랑의 대상은 그녀의 친구인 엘리자베스라고 믿고는 그것을 확인하려고 무척 애를 썼다. 그러나 그들이 로징스에 있을 때에나 또는 그가 헌스퍼드에 있을 때에나 샬롯은 줄곧 그를 관찰해보았지만 별다른 소득이 없었다. 그의 눈길은 분명히 엘리자베스 쪽으로 많이 돌려졌지만 그 표정에는 의심의 여지가 있었다. 그것은 열렬하고 확고한 것이기는 했으나 그 안에 과연 사랑하는 마음이 있는지 없는지 샬롯은 종종 의심스러웠고, 또한 심지어는 얼빠진 것으로밖에 보이지 않을 때도 있었다.

샬롯은 한두 번 엘리자베스에게 다르시 씨가 너를 사랑하고 있는지도 모른다고 귀띔해주었으나, 그 때마다 엘리자베스는 웃어넘기곤 했다. 샬롯은, 결국 실망으로 끝나버릴지도 모를 위험이 있다 하여 그런 화제를 간과해 버리는 것은 당치 않은 일이라고 생각했다. 그녀의 의견으로는 만약 엘리자베스가, 다르시 씨가 자기를 사랑하고 있다는 것을 나중에라도 추측하게 된다면, 엘리자베스의 증오심이 사라지게 되리라는 것은 의심할 여지가 없기 때문이다.

엘리자베스에 대한 친절한 계략으로 샬롯은 가끔 그녀를 피츠윌리엄 대령과 결혼시키려는 계획을 세우곤 했다. 대령은 누구와도 비교할 수 없을 만큼 유쾌한 사람이었다. 그는 확실히 엘리자베스를 사랑하고 있었고, 또 그의 지위도 엘리자베스에게 가장 적합한 것이었다. 그러나 이 모든 장점을 상쇄해버리는 것이 있었다. 그것은 다르시 씨에게는 교회의 중요한 목사 추천권이 있었으나 피츠윌리엄 씨에게는 아무 것도 없다는 것이었다.

33

공원을 산책하는 도중에 엘리자베스는 우연히도 몇 번이나 다르시 씨를 만났다. 아무도 오지 않는 이런 곳에서 그를 만나는 것을 엘리자베스는 참으로 심술궂은 악운이라고 생각했다. 그래서 이런 일이 다시는 일어나지 않도록 하기 위해 엘리자베스는 다르시 씨에게 이 길은 자기가 즐겨 다니는 곳이라고 처음에 주의를 주었다. 그러니 그럼에도 불구하고 이런 일이 다시 일어난다면 그것은 얼마나 이상한 일이 될 것인가? 그러나 엘리자베스는 그를 또 만났다. 그것도 세 번씩이나. 그것은 그의 짓궂은 장난이거나 그렇지 않으면 자발적인 고행인 듯했다. 왜냐하면 이렇게 우연한 경우에 그는 전처럼 형식적인 인사를 하고 어색하게 머뭇거리다가 가버리는 것이 아니라 이제는 오던 길을 되돌아서 엘리자베스와 같이 걷는 것이 필요하다고 실제로 생각했기 때문이다. 그는 결코 말을 많이 하지 않았고, 엘리자베스도 별로 말을 받아 주거나 귀를 기울이는 수고를 하지 않았다. 그러나 그들이 세 번째 만났을 때, 엘리자베스는 그가 자신에게 헌스퍼드의 생활은 재미있는가, 혼자 걷는 것을 좋아하는가, 콜린스 씨 부부는 행복하다고 생각하는가 등등의 아무 연관도 없는 이상한 질문들을 하는 데에 놀라지 않을 수 없었다. 그리고 로징스 이야기를 꺼내면서 그는 엘리자베스가 켄트에 다시 올 때에는 로징스에도 머물러주었으면 하는 눈치였다. 그의 머리 속에는 피츠윌리엄 대령이 들어 있는 것일까? 만일 그렇다면, 그는 피츠윌리엄과 그 자신 사이에 일어날지도 모르는 일을 암시하고 있는 것임에 틀림없다고 엘리자베스는 생각했다. 이런 생각들이 엘리자베스를 약간 괴롭히긴 했지만 목사관 맞은편에 있는 울타리 문에 이르자 안심이 되었다.

그러던 어느 날 엘리자베스는 제인의 편지를 읽으면서 산책을 하던 중이었다. 제인이 좋지 않은 기분으로 쓴 대목에 정신을 쏟고 있으려니까, 이번에는 다르시 씨 대신 피츠윌리엄 대령이 자기 앞으로 마주 걸어오고 있었다. 엘리자베스는 곧 편지를 접어 넣고 억지로 미소를 지으면서 이렇게 말했다.

"이 길로 산책하시는 줄은 전혀 몰랐는데요."

"해마다 늘 하던 대로 공원을 산책하고 있습니다. 저는 목사관에 들르는 것으로 끝낼 작정이었는데 더 멀리 가시나요?"

"아뇨, 곧 돌아가야죠."

그래서 엘리자베스는 오던 길을 돌아서 목사관을 향해 그와 나란히 걸었다. 엘리자베스가 먼저 말을 꺼냈다.

"토요일에 정말 켄트를 떠나세요?"

"네, 다르시가 또 연기하지 않으면 떠나겠습니다. 저는 다르시의 의사를 따르고 있습니다. 그 애는 자기 마음 내키는 대로 일을 꾸미니까요."

"비록 자기가 계획한 일에 만족할 수는 없더라도 적어도 자기에게는 마음 내키는 대로 할 수 있는 힘이 있다는 데에 커다란 기쁨을 느끼겠죠. 전 다르시 씨처럼 자기가 하고 싶은 일을 실행시킬 수 있는 힘을 즐기는 사람을 일찍이 보지 못했어요."

"다르시는 자기 마음대로 하기를 매우 좋아합니다. 그러나 누군들 그러고 싶지 않겠어요? 다만 다른 사람들은 가난하고 그는 부유하기 때문에 다른 사람들보다 자기 마음대로 할 수 있는 특권을 더 많이 가지고 있다는 것뿐이죠. 전 진정으로 말씀드리는 겁니다. 장남이 아닌 차남은 대개 극기와 의존에 익숙해야만 하는 법이죠."

"제 생각으로는 백작의 차남 정도라면 극기나 의존에 대해 제대로 잘 모르실 것 같은데요. 그렇다면 피츠윌리엄 대령님은 극기와 의존을 경험해본 적이 있으신가요? 돈이 없어서 가고 싶은 데를 못 가셨다거나, 갖고 싶은 것을 손에 넣지 못한 적이 있으셨습니까?"

"따끔한 질문이시로군요. 그런 성질의 고난을 경험한 적이 있다고는 말씀드릴 수 없습니다만, 좀 더 중대한 문제에 있어서는 돈 때문에 골머리를 앓는 수가 있습니다. 차남은 결혼도 마음대로 못 한답니다."

"돈 많은 여자를 원하지만 않는다면 잘들 하는 것 같던데요."

"돈에 대한 우리의 습관은 우리를 너무 의존적으로 만듭니다. 저와 같은 신분에, 돈에는 그다지 신경을 쓰지 않고 결혼해줄 수 있을 만한 아량 있는 여자도 많지 않을걸요."

'내게 하는 말일까.' 이런 생각을 하며 엘리자베스는 얼굴을 붉혔으나 다시 침착성을 되찾고 명랑한 어조로 말했다.

"그건 그렇고, 백작의 차남이 받은 공정 가격은 얼마나 되죠? 장남이 중 환자가 아니라면 설마 5만 파운드야 청구하지 않겠죠?"

피츠윌리엄도 같은 말투로 대답했다. 그러자 이 화제는 끝나고 침묵이 뒤따랐다. 엘리자베스는 피츠윌리엄이 이 침묵에 대해 자기가 조금 전 일 에 마음이 동요되었기 때문이라고 상상할지도 모른다고 생각하고 이 침묵 을 깨뜨리기 위해 이내 다음과 같이 말했다.

"저는 다르시 씨가 대령님을 모시고 온 것은 주로 그분이 자기 마음대로 할 수 있는 대상을 찾기 위해서라고 생각해요. 그분은 일생 동안 이 권리를 최대한으로 이용하기 위해 결혼도 안 하실 거예요. 하지만 다르시 선생의 누이동생은 지금으로서는 든든할 거예요. 오빠의 보호 아래 있으니까요. 다르시 선생은 누이에게 해주고 싶은 대로 해주시겠군요."

"그렇지도 않습니다. 그 일은 다르시와 제가 분담하고 있습니다. 조지아 나의 후견인은 다르시와 나 두 사람이죠."

"아, 그러세요? 그럼 어떤 성질의 후견인인가요? 감당하시기에 어렵지 않으세요? 그만한 나이의 젊은 여자들은 때때로 다루기가 좀 힘들거든요. 게다가 조지아나 양도 다르시 선생과 같은 기질을 타고났다면 아마 자기 마음대로 하려고 들걸요."

이렇게 말할 때 엘리자베스는 피츠윌리엄이 자기를 뚫어지게 쳐다보고 있다는 것을 알았다. 그리고 그가, 엘리자베스 양은 왜 조지아나가 자기들에게 어떤 불안을 줄는지도 모른다고 상상하느냐고 금방 묻는 것을 보고, 엘리자베스는 자기 추측이 그런대로 사실에 매우 접근했음을 확신했다. 엘리자베스는 주저하지 않고 이렇게 말했다.

"그렇게 놀라실 것까지는 없어요. 아무도 다르시 양을 비난하는 것을 들어보진 못했으니까요. 아마 그녀는 세상에서 가장 순종 잘하는 사람 중의 하나일 거라고 생각합니다. 제가 잘 아는 허스트 부인과 빙리 양이 지극히 귀여워하는 사람이죠. 이분들을 아신다고 말씀하시는 것을 들은 듯한데요."

"네, 조금 압니다. 빙리 씨는 유쾌하고 신사다운 사람이죠. 다르시와는 죽마고우랍니다."

"네, 그래요. 빙리 씨에게 이상할 정도로 친절하고 지나칠 정도로 간섭을 하시더군요."

엘리자베스는 냉담하게 말했다.

"간섭한다고요! 그렇습니다. 저도 다르시가 무척 참견하고 싶어한다고 생각해요. 여기 오는 도중에 다르시가 제게 한 말로 미루어 보면 빙리 씨가 다르시에게 큰 도움을 받았던 모양입니다. 하지만 이건 빙리 씨의 용서를 구해야겠군요. 빙리 씨가 정말 그 애의 마음속에 있었던 인물이었다고 생각할 권리는 제게 없으니까요. 단지 추측일 뿐입니다."

"무슨 말씀이시죠?"

"다르시가 남들에게 알려지는 것을 꺼리는 일입니다. 아마도 여자 쪽 귀에 들어가면 안 좋은 일인가 봅니다."

"아무에게도 말하지 않을게요."

"그럼, 제가 추측한 사람이 빙리 씨라고 하는 데에는 흥분할 이유가 없다는 점을 염두에 두시고 들어주십시오. 다르시가 제게 한 말은 이렇습니다. 최근에 한 친구가 아주 경솔한 결혼을 하려고 하길래 그 속단에서 구해준 것을 기쁘게 생각한다고요. 그러나 누구라고 이름도 말하지 않았고, 그 이상 자세한 것은 말하지 않았습니다. 저는 단지 빙리 씨가 그런 곤경에 빠질 만한 청년이라고 생각했고, 또 두 사람이 지난 여름 내내 같이 있었다는 점에서 그애가 말하는 사람이 빙리 씨가 아닌가 하고 의심해보았을 뿐입니다."

"다르시 선생은 본인이 참견하는 이유를 말씀하셨나요?"

"여자에 대하여 매우 강력한 이의를 제기한 것으로 알고 있습니다."

"그래서 두 사람을 떼어놓기 위해 다르시 선생은 어떤 수단을 쓰셨나요?"

"거기에 대해서는 한마디도 없었습니다. 다르시가 한 말이라고는 단지 아까 말씀드린 것뿐입니다." 피츠윌리엄은 웃으면서 말했다. 엘리자베스는 대꾸하지 않은 채 분노로 가슴을 떨면서 걸었다. 피츠윌리엄은 엘리자베스를 잠시 바라본 후에 왜 그렇게 표정이 심각하냐고 물었다.

"방금 말씀하신 것에대해 생각하고 있는 중이에요. 다르시 선생의 행위는 제 마음에 들지 않아요. 무엇 때문에 다르시 선생이 재판관 노릇을 하는 건가요?"

"다르시의 간섭을 쓸데없는 참견이라고 생각하시나 보군요."

"저는 다르시 선생에게 자기 친구의 선택에 대한 옳고 그름을 판단할 권리가 있다고는 생각하지 않아요. 친구의 행복의 수단을 오로지 자기 자신의 판단에 의거해서 결정하고 인도할 권리가 과연 다르시 선생에게 있을까요?" 흥분을 가라앉히면서 엘리자베스는 말을 계속했다. "그러나 자세한 사정을 모르니 다르시 씨를 비난하는 것은 옳지 않겠군요. 하지만 이번 일은 깊은 우정에서 비롯된 것이라고는 생각지 않아요."

"자신 없는 추측입니다만, 다르시가 획득한 영광스러운 승리를 비참하게 깎아 내리는 말씀인데요."

이것은 농담조로 한 말이었으나, 엘리자베스에게는 마치 다르시 씨의 모습을 보는 것 같아 대꾸할 마음이 나지 않았다. 그래서 갑자기 화제를 바꾸어 목사관에 도착할 때까지 다른 이야기들을 했다. 목사관에 돌아온 엘리자베스는, 피츠윌리엄이 돌아가자마자 자기 방에 들어앉아 누구의 방해도 받지 않은 채 지금까지 들은 것에 대해 곰곰이 생각해볼 수가 있었다. 다르시 씨가 마음 속에 품고 있는 인물이 자기와 연관이 있는 사람들이 아니라고는 생각할 수 없었다. 이 세상에서 그가 그렇게 무한정한 영향을 끼칠 수 있는 사람은 단 한 사람뿐이었다. 빙리 씨와 제인을 떼어놓는 일에 그가 관계했으리라고는 꿈에도 생각지 못한 일이었고, 그러므로 두 사람에 대한 처사를 엘리자베스는 오직 빙리 양의 탓으로만 돌렸었다. 그러나 분명 다르시 씨의 오만과 변덕이, 바로 제인이 지금까지 받았고 또 지금도 받고 있는 모든 고난의 원인임에는 틀림없었다. 그는 세상에서도 가장 상냥하고 고결한 마음씨를 지닌 한 여인이 행복해질 수 있는 모든 가능성을 파괴해 버린 것이다. 그리고 그가 얼마나 더 해를 입힐런지는 아무도 몰랐다.

'여자에 대하여 아주 강력하게 이의를 제기한 것으로 알고 있습니다' 라는 것이 피츠윌리엄의 말이었다. 이 강력한 이의라는 것은 필시 제인에게 지방 변호사인 큰아버지와 런던에서 상업을 하고 있는 외삼촌이 있다는 사실과 관련된 것이 분명했다. 엘리자베스는 속으로 소리쳤다.

'언니 개인에게는 하등의 이의가 있을 수 없어. 얼마나 사랑스럽고 착한 언닌데! 이해심도 많고, 마음씨도 곱고, 몸가짐도 매력적이거든. 아버지 탓일 리도 없어. 성미는 좀 괴팍하시지만, 다르시 씨도 업신여기지 못할 수완이 있으시고, 그가 미치지 못할 만큼 동네에선 신용도 있으시니까.' 그러나 어머니에 대해 생각했을 때 엘리자베스는 자신이 없었다. 그렇지만 이러한 이의가 다르시 씨에게 결정적인 압력을 가할 수 있는 원인이 된다고는 생각하고 싶지 않았다. 그의 오만한 태도는, 빙리 씨의 처가가 될 사람들이 교양이 부족하다는 사실에서보다는 신분이 낮다는 사실에서 더 깊은 상처를 받을 것이라고 엘리자베스는 확신했다. 결국 다르시 씨는 한편으로는 이런 못된 오만심에, 또 한편으로는 빙리 씨를 자기 여동생을 위해 붙잡아 두자는 생각에 지배되고 있다는 확신에 이르렀다.

엘리자베스는 이 문제에 대해 번민하며 울다가 드디어 두통까지 느끼게 되었다. 저녁 무렵이 되면서 두통이 더욱 악화되자 엘리자베스는 그렇지 않아도 다르시 씨를 보고 싶지 않았으므로 샬롯을 따라 로징스에 가는 것을 그만두기로 했다. 그들은 로징스에서 차를 마시기로 약속되어 있었던 것이다. 샬롯은 엘리자베스가 정말로 불편해하는 것을 보고 억지로 가자고 조르지는 않았고, 남편에게 역시 엘리자베스에게 강요하지 말라고 최선을 다해 설득하였다. 그러나 콜린스 씨는 엘리자베스가 집안에 그대로 남아 있음으로써 캐서린 부인의 마음을 거슬릴까봐 안절부절이었다.

34

콜린스 씨 부부가 가버리자 엘리자베스는 마치 다르시 씨에게 잔뜩 화풀이나 하려는 것처럼, 켄트에 머무르는 동안 제인에게서 온 편지들을 모두 꺼내어 다시 검토해 읽기 시작했다. 그 편지들 속에는 실제의 불안한 마음이나 지나간 일을 다시 언급한 구절, 또는 현재의 괴로움을 전하는 사연 등은 없었으나 대체로 구절구절마다 지금까지 제인이 쓴 문장의 특징이었던 명랑함이 보이지 않았다. 이 명랑함이란 슬픔이 없는 평온한 마음과 누구에게나 친절한 제인의 성품으로부터 생긴 것으로 구름이 끼어서 흐려진 적이 거의 없었던 것이다. 그리하여 처음 읽었을 때에는 거의 주의하지 않았으나 정신을 차려 다시 읽어보았을 때에는 그 문장이 제인의 불안한 마음을 드러내고 있음을 느낄 수 있었다. 다르시 씨가 제인에게 가져다 줄 수 있었던 불행에 대한 뻔뻔스런 자만심은 엘리자베스로 하여금 언니의 괴로움을 뼈아프게 느끼도록 했다. 그러나 엘리자베스는 그의 로징스 체류도 이제 2,3일 후면 끝난다는 생각에 스스로를 위로했다. 더욱이 2주일 후면 자기도 제인을 만날 수가 있으며 형제간에 할 수 있는 최선을 다해 언니의 마음을 회복시켜줄 수도 있다고 생각하니 더욱 큰 위로가 되었다.

다르시 씨가 켄트를 떠나면 피츠윌리엄 씨도 그와 함께 갈 것이라는 생각을 엘리자베스는 하지 않을 수 없었다. 그러나 피츠윌리엄 씨는 전혀 그럴 의사가 없다는 것을 이미 그녀에게 밝힌 바 있었다. 피츠윌리엄 씨는 유쾌한 사람이기는 했으나 엘리자베스는 그와 헤어지는 것이 마음 아프게 생각되지는 않았다.

이런 생각에 골몰해 있다가 문에서 들리는 초인종 소리에 엘리자베스는 정신이 번쩍 들었다. 엘리자베스는 혹시 피츠윌리엄 대령이 아닌가 하는 생각에 조금 움찔했다. 그는 전에도 한번 저녁 늦게 들른 적이 있었고, 오늘은 특히 병문안을 하러 왔는지도 모르는 일이었다. 그러나 놀랍게도 다르시 씨가 집안으로 들어서는 것을 보았을 때 그런 생각은 곧 사라지고 엘리자베스는 뜻밖의 충격을 받았다. 다르시 씨는 엘리자베스의 병이 좀 나아지기를 바라는 마음에서 왔다고 말하면서 성급한 마음에 건강 상태가 어떠냐고 물었다. 엘리자베스는 쌀쌀맞은 태도로 대답했다. 다르시 씨는 몇 분 동안 앉아 있다가 다시 일어나서 방안을 거닐기 시작했다. 엘리자베스는 놀랐으나 한 마디의 말도 하지 않았다. 다시 몇 분 동안 침묵이 흐른 뒤에 그는 엘리자베스에게로 다가와 흥분된 어조로 이렇게 말했다.

"발버둥을 치며 자신과 싸워봤으나 소용이 없었습니다. 도무지 뜻대로 되지 않았습니다. 감정을 억제하려 애썼으나 되지 않는군요. 내가 당신을 얼마나 열렬히 경모하고 사랑하는가를 말씀드리지 않을 수 없습니다."

엘리자베스의 놀라움은 이루 표현할 수가 없었다. 엘리자베스는 눈을 동그랗게 떴다가 얼굴을 붉혔다가 의아해 하다가 다음에는 마침내 벙어리가 되고 말았다. 다르시 씨는 이것을 엘리자베스가 자극을 받아 흥분한 탓이라고 생각하고 곧 이어서 그가 엘리자베스에게 오래 전부터 느껴온 감정을 고백하기 시작했다. 그는 그러나 말은 잘했으나 더 구체적으로 진술해야 할 감정들이 있었음에도 불구하고 애정에 관한 얘기보다는 자존심에 관한 얘기에 더 열을 올렸다. 그는 엘리자베스가 자기보다 신분이 낮다든가, 그녀와 결혼하는 것은 자기의 지위를 떨어뜨리는 것이 된다든가, 좋아하기는 하면서도 신분의 차이 때문에 이성적인 판단이 이를 거부하게 만든다든가 등 이러한 자신의 생각들은 결국 자기의 높은 신분 때문인 듯이 열심히 말했으나, 그러한 그의 청혼은 결코 상대방의 마음을 움직이지 못했다.

깊이 뿌리 박혀 있는 증오심에도 불구하고 엘리자베스는 이러한 다르시 씨의 구혼에 전혀 무감각할 수는 없었고, 한순간이라도 엘리자베스의 생각이 변하지는 않았으나 처음에는 그가 받을 고통에 대해 미안한 마음을 금치 못했다. 그러나 결국 계속되는 다르시 씨의 말에 분노가 치밀어올라 이 분노 속에 모든 연민을 불살라버리고 말았다. 그러면서도 엘리자베스는 그가 말을 끝내면 참을성 있게 대답할 수 있도록 자신을 진정시키려고 애썼다. 다르시 씨는, 모든 노력에도 불구하고 억제할 수 없었던 자신의 애정의 힘을 분명히 나타낸 후, 이제는 엘리자베스가 구혼을 수락함으로써 자신의 애정에 보답해줄 것만을 희망한다면서 말을 마쳤다. 엘리자베스는 이 말을 할 때 그의 태도가 마치 자기의 승낙을 추호도 의심치 않는다는 태도임을 간파할 수 있었다. 그의 입은 실패의 염려와 불안을 말하고 있었으나 그의 표정은 사실상의 확신을 드러내고 있었다. 이런 것들은 엘리자베스를 더욱 화나게 할 뿐이었다. 다르시 씨의 말이 끝나자 엘리자베스의 뺨은 붉게 상기되어 있었다. 엘리자베스는 이렇게 말했다.

"제가 알기로는 이러한 경우, 상대방이 고백한 애정에 대해 이쪽에서 아무리 같잖은 보답을 한다 할지라도 감사한 마음을 표명하는 것이 형식적인 관례라고 생각해요. 하기야 감사한 마음을 느끼는 게 당연하겠죠. 저도 그런 감정을 느낄 수만 있다면 지금이라도 감사를 드리고 싶어요. 그러나 저는 다르시 씨의 호의를 구할 수도 없고, 또 구하고자 하는 꿈도 꾸어본 적이 없어요. 다르시 씨께서 지금 베풀어주신 호의도 분명 마지못해 하신 일일 거예요. 제가 다르시 씨를 괴롭혀드렸다니 정말 죄송하군요. 하지만 그것은 제가 전혀 모르는 사이에 이루어진 일이고, 또 그까짓 괴로움은 그리 오래가지 않을 거예요. 아까 말씀하신 대로 다르시 씨의 애정을 승인하는 것을 오랫동안 반대해온 그런 자존심이라면, 제 말을 들으신 후 그런 괴로움을 이겨내는 것쯤은 그리 어렵지 않을 거라고 생각해요."

두 눈을 엘리자베스의 얼굴에 고정시키고 벽난로 선반에 기대어 서있던 다르시 씨는 엘리자베스의 말 한마디 한마디에 놀라움이라기보다는 분노를 느끼는 듯했다. 그의 안색은 분노로 창백해졌고 마음의 동요가 얼굴전체에 숨김없이 나타났다. 그는 태연하게 보이려고 필사적으로 노력했고 자기가 냉정해졌다고 자신할 때까지는 결코 입을 열지 않았다. 이 침묵이 엘리자베스를 두렵게 했다. 드디어 그가 억지로 가라앉힌 목소리로 이렇게 말했다.

"결국은 이것이 제가 모처럼 기대한 대답의 전부로군요. 예의상의 노력조차 거의 기울이지 않고 어째서 이렇게 거절을 하시는 건지 좀 알고 싶은데요. 그러나 별로 대수로운 일은 아닙니다."

이 말에 엘리자베스는 다음과 같이 대답했다.

"그렇다면 저도 물어볼 말이 있어요. 다르시 씨는 그렇게 드러내놓고 저를 모욕하고 제 감정을 해칠 뜻이 있으셨으면서 어째서 자신의 의사를 거스르고 이성을 거스르고 심지어는 자신의 인격까지 거스르면서 저를 사랑한다고 말씀하셨나요? 설사 제가 무례했다 하더라도 이것만으로 약간의 변명은 되지 않을까요? 제가 화를 낸 이유는 이것 말고도 또 있습니다. 다르시 씨도 아마 아실 거예요. 설사 제가 다르시 씨를 싫어하지 않았다 하더라도, 또는 제 감정이 아무렇지 않았다 하더라도, 혹은 앞으로 더 나아가서 제 감정이 다르시 씨를 좋아하고 있었다 하더라도, 아무리 생각해보아도 제가 가장 사랑하고 있는 언니의 행복을 거의 영원히 파괴해버린 사람을 받아들일 수 있을 것 같습니까?"

이 말을 듣자 다르시 씨는 정색을 했다. 그러나 충격은 잠시였고 그는 엘리자베스가 말을 계속하는 동안 그 말을 중단시키려 들지 않고 잠자코 듣고 있었다.

"저에게는 다르시 씨를 나쁘게 생각할 이유가 충분히 있습니다. 어떠한 동기였다 할지라도, 다르시 씨께서 언니에게 행하신 비열하고 부당한 행동을 변명할 수는 없을 거예요. 설사 다르시 씨가 빙리 씨와 언니를 멀어지게 한 유일한 매개자는 아니었다 할지라도, 빙리 씨로 하여금 마음이 변덕스럽고 변하기 쉽다는 세상의 비난을 사게 하고 언니에게는 희망하던 일이 좌절되었다는 조소를 사게 하면서 두 사람을 가장 비참한 불행 속에 빠뜨린 장본인이라는 것을 감히 부인하려 하지는 않으실 것이고, 또 부인하실 수도 없겠죠."

여기서 엘리자베스는 말을 멈추었다. 그리고 다르시 씨가 아무런 후회의 감정도 나타내지 않은 채 듣고 있는 태도를 것을 보고 적지 않은 분노를 느꼈다. 다르시 씨는 도무지 믿을 수 없다는 듯한 미소까지 띠며 엘리자베스를 응시했다.

"어디, 부인할 수 있으세요?" 엘리자베스는 다시 물었다. 그러자 다르시 씨는 짐짓 태연한 체하며 대답했다.

"나는, 엘리자베스 양의 언니로부터 제 친구를 떼어놓는 일에 최선을 다했다는 것과, 또 그것이 성공하자 즐거워했다는 것을 부인하고 싶은 마음은 조금도 없습니다. 나는 나 자신에게보다 빙리 군에게 더 많은 애정을 가졌으니까요."

엘리자베스는 다르시 씨의 이 무례한 말을 눈치 챘다는 기색을 보이기가 싫었지만 그 뜻만은 놓치지 않았다. 그러나 엘리자베스의 마음을 풀어줄 만한 말은 아니었다. 엘리자베스는 계속 말했다.

"그러나 제 증오심이 뿌리 박고 있는 토대는 비단 이 일뿐만이 아니에요. 이런 일이 일어나기 훨씬 전부터 다르시 씨에 대한 제 감정은 결정되어 있었어요. 다르시 씨의 인격에 대해서는 몇 달 전에 위컴 씨가 자세히 들려줘서 잘 알고 있습니다. 이 점에 대해 무슨 하실 말씀이 있으세요? 어떤 거짓된 우정으로 자신을 변호하시겠습니까? 혹은 어떻게 해서든지 사실을 허위로 진술해서 다른 사람들을 속이시겠습니까?"

"그 친구에게 대단한 관심이 있으신 모양이로군요" 하고 다르시 씨는 상기된 채 약간 침착성을 잃은 목소리로 말했다.

"그분의 불운을 알고 있는 사람치고 그분에게 관심을 갖지 않을 사람이 누가 있겠어요?"

"불운이라고요? 그렇죠. 정말 기구한 불운이었습니다." 그는 경멸하는 투로 말을 받았다. 엘리자베스는 힘을 주어 외쳤다.

"다르시 씨가 그렇게 만드신 거예요! 그분을 현재의 빈궁한 상태로 끌어내린 거죠. 지독한 곤경으로요. 다르시 씨는 위컴 씨의 것으로 마련되었던 이익들을 빼앗아버리셨고 위컴 씨의 생애에 있어서 가장 행복한 시절로부터 그가 받을 가치가 있고 또 당연히 받을 권리가 있는 생활의 독립성을 박탈해버리셨어요. 이런 모든 일을 하시고도 위컴 씨의 불행을 멸시와 조소로써 말할 수 있으신가요?"

다르시 씨는 빠른 걸음으로 방안을 가로질러 거닐며 그녀의 말에 대꾸했다.

"결국 이것이 저에 대한 엘리자베스 양의 견해로군요. 또한 이것이 저에 대한 엘리자베스 양의 평가로군요. 자세히 말씀해주셔서 고맙습니다. 이 평가에 의한다면 제 죄과는 정말 무거운데요." 걸음을 멈추고 엘리자베스 쪽으로 돌아서면서 다르시 씨는 말을 이었다. "오랫동안 주저하며 망설였던 저의 솔직한 고백이 엘리자베스 양의 자존심을 건드리지 않았더라면 이런 죄과는 그냥 묵인될 뻔했군요. 만약 제가 좀더 고도의 방법으로 제 감정의 갈등을 감추고, 이성이나 반성이나 기타 하등의 제약도 없이, 아무런 생각도 없이, 무작정 애정에 빠졌다고 엘리자베스 양이 믿도록 아첨이나 했더라면 이런 통렬한 비난은 은폐되고 말 뻔했습니다. 그러나 저는 일체의 위선을 미워합니다. 그래서 저는 방금 털어놓은 제 감정에 대해 추호도 부끄러움이 없습니다. 제가 엘리자베스 양과의 교제에 있어서 열등감을 즐겼으면 하십니까? 지체가 나보다 결정적으로 낮은 사람과 인척 관계를 맺고 싶어하는 제 희망을 기뻐하기를 기대하시는 겁니까?"

엘리자베스는 순간 순간 분노가 치밀어 오르는 것을 느꼈으나 침착성을 잃지 않으려고 최선을 다하면서 다음과 같이 말했다.

"다르시 씨, 다르시 씨의 고백이 제 마음을 감동시켰다고 생각하신다면 그건 절대 오핵입니다. 다르시 씨의 행동이 좀더 훌륭하고 신사다웠더라면, 제가 다르시 씨를 거절함에 있어서 다르시 씨를 화나게 해드리지나 않을까 걱정했겠지만 다르시 씨의 행동은 오히려 그 불안을 제거해주었을 뿐, 그 이상의 효과는 없었어요."

엘리자베스는 다르시 씨가 이 말에 놀라는 것을 보았다. 그러나 그는 한 마디도 하지 않았다. 엘리자베스는 말을 계속했다.

"온갖 수단을 다 써서 제 마음을 움직여보려 해도 다르시 씨의 청혼을 받아들이도록 할 수는 없을 거예요."

다르시 씨는 또 한 번 흠칫 놀랐다. 그는 불신과 울분이 뒤섞인 표정으로 그녀를 바라보았다. 엘리자베스는 이어서 말했다.

"저는 다르시 씨와 알게 된 처음 순간부터 선생님의 태도에서 선생님이 오만하고 자기 자신만이 제일 잘났다는 듯 자부심이 강하고 다른 사람의 감정 같은 것은 묵살해버리는 이기주의자라는 인상을 받았습니다. 이런 것이 비난의 토대를 구축했고 이 토대 위에다 그 후에 연거푸 일어난 사건들이 요지부동으로 증오의 건물을 세웠습니다. 한 달이 못 가서 저는 누가 뭐라고 권하더라도 다르시 씨와는 절대로 결혼하지 않겠다고 결심했죠."

"말씀 많이 하셨습니다. 이젠 엘리자베스 양의 기분을 충분히 이해하겠습니다. 지금은 제 감정을 부끄러워할 뿐입니다. 이렇게 시간을 많이 빼앗아서 죄송하군요. 부디 몸조리 잘하시고 안녕히 계십시오."

이런 말을 남기고 다르시 씨는 급히 방을 나갔다. 잠시 후 엘리자베스는 그가 현관문을 열고 나가버리는 소리를 들었다.

엘리자베스의 마음도 몹시 괴로울 만큼 타격이 컸다. 그녀는 몸을 어떻게 가누어야 할지 몰라서 쓰러져 반시간 가량을 울었다. 방금 일어난 일을 돌이켜보면 볼수록 그녀의 놀라움은 더욱 커졌다. 다르시 씨로부터 청혼을 받다니! 그가 수개월 전부터 나를 사랑하고 있었다니! 그의 친구가 나의 언니와 결혼하는 것을 반대했던 것과 같은 모든 장애에도 불구하고—적어도 이 장애는 자신의 경우에 있어서도 똑같은 압력을 지니고 있을 텐데—나와 결혼을 감행할 만큼 나를 사랑하고 있었다니! 엘리자베스로서는 도저히 믿어지지가 않았다. 자기도 모르는 중에 그렇게 강한 애정을 불러일으킨 것은 어쨌든 유쾌한 일이었다. 그러나 그의 오만, 밉살스런 불손, 제인에게 한 행동에 대한 수치스러운 공언, 이 공언을 정당화할 변명도 못하는 주제에 자기의 행동을 승인하는 뻔뻔스런 철면피, 위컴 씨의 이야기를 할 때의 냉정한 그의 태도, 자기도 부인하려들지 않던 위컴 씨에 대한 그의 잔인성, 이런 것들이 다르시 씨의 애정에 대해 엘리자베스가 순간적으로 지녔던 동정심을 말끔히 지워버렸다. 계속 흥분한 채 생각에 잠겨 있던 엘리자베스는 캐서린 부인의 마차 소리를 듣자 샬롯의 시선을 받는 것이 싫어서 자기 방으로 급히 가버렸다.

35

이튿날 아침 엘리자베스는 지난밤 잠들 때까지 하던 생각이 미처 가시지 않은 채 잠에서 깨어났다. 그녀는 전날의 놀라움에서 아직 벗어날 수가 없었고, 그러므로 다른 일에 대해선 아무 것도 생각할 수가 없었다. 그녀는 어떤 일에도 마음이 내키지 않아서 아침 식사를 마치자마자 곧 밖으로 나가 운동을 좀 하려고 마음먹었다. 그래서 그녀는 늘 즐겨 다니던 길을 걷다가 다르시 씨가 그 길로 가끔 온다는 생각이 들자 발길을 멈추었다. 그러고는 공원 안으로 들어가지 않고 골목길로 접어들어 통행세를 받는 길에서 벗어났다. 공원의 울타리는 아직도 한쪽으로 경계를 이루고 있었다. 얼마 후에 그녀는 공원으로 통하는 문 앞을 지나갔다.

그 골목길을 두세 번 걷고 나자 상쾌한 아침 기분에 이끌려 그녀는 공원 문 앞에 서서 그 안을 들여다보고 싶은 유혹을 느꼈다. 그녀가 켄트에서 5

주일을 보내고 있는 동안 마을에는 변한 것이 많았다. 신록은 나날이 짙어 가고 있었다. 엘리자베스가 막 다시 걸음을 옮기려는 순간 그녀는 언뜻 공원을 둘러싸고 있는 작은 숲 속에 한 남자가 있는 것을 보았다. 그는 이쪽으로 오고 있었다. 그것이 다르시 씨 일까봐 두려워 엘리자베스는 곧 몸을 돌려 되돌아갔다. 그러나 그녀를 알아볼 만큼 다가온 남자는 열심히 걷다가 마침내 엘리자베스의 이름을 큰 소리로 불렀다. 그러자 이미 돌아서 걷고 있던 엘리자베스는 그 목소리의 주인공이 다르시 씨임을 알면서도 몸을 돌려 공원 문 쪽으로 갔다. 두 사람은 같은 시간에 문 앞에 다다랐다. 그가 편지를 내밀자 엘리자베스는 그것을 무의식적으로 받았다. 다르시 씨는 좀 거만하면서도 침착한 어조로 이렇게 말했다.

"뵙기를 바라면서 숲에서 얼마간 거닐고 있었습니다. 그 편지를 읽어주시면 고맙겠습니다." 그러더니 가벼운 인사를 하고는 공원 안으로 곧 사라져버렸다.

즐거움을 기대한 것은 아니었지만 잔뜩 호기심이 나서 엘리자베스는 편지를 뜯었다. 놀랍게도 봉투 안에는 종이 끝까지 빽빽하게 쓴 두 장의 편지지가 들어 있었고 심지어 봉투에까지 글씨가 가득 씌어 있었다. 엘리자베스는 골목길을 걸어 나오면서 그 편지를 읽기 시작했다. 편지를 쓴 장소와 날짜는 로징스의 아침 8시였는데 사연은 다음과 같았다.

이 편지를 받으시고 이 편지가 지난밤 당신을 몹시 불쾌하게 했던 그런 감정을 다시 상기시킨다거나, 또는 다시 구혼하기 위한 것이라는 염려로 놀라지 마시길 바랍니다. 저는 이 편지를, 두 사람의 행복을 위해서는 가능한 한 빨리 잊어버리는 것이 좋을 일들을 낱낱이 써서 당신의 괴롭힌다거나, 또는 저를 스스로 낮추고자 하는 마음으로 쓰는 것은 아닙니다. 제 성격 탓에 이것을 반드시 써야만 하고 또 당신이 읽어주시기를 요구하지만 않는다면, 이 편지를 쓴 저나 읽으시는 당신이 해야 할 수고는 덜 수 있었을 겁니다. 당신에 게 주의를 기울여 들어달라고 요구하는 저의 무례를 용서해주시리라 믿습니다. 당신은 마지 못해서라도 이것을 읽어주시리라 믿습니다만, 저는 당신의 정의감에 호소하고자 하는 바입니다.

질과 양이 전혀 다른 두 가지 죄과를, 지난밤 당신은 저의 책임으로 돌리셨습니다. 하나는 제가 빙리 군과 당신의 언니와의 사이를 어느 편의 감정에도 상관없이 떼어놓았다는 것이고, 다른 하나는 여러 가지 요구와 도의와 인정을 무시하면서 위컴 군의 눈앞에 닥친 행복을 파멸시키고 그의 복된 앞날을 무참히 짓밟았다는 것입니다. 내 젊은 날의 친구이자 내 아버지가 아끼던 청년이고, 우리 가정의 후원 없이는 거의 의지할 데가 없으며, 성인이 되면 자신의 출세를 위해 우리가 전력을 다 해주어야 할 청년과의 관계를 일부러, 또 공연히 끊어버린 것은 다시없는 배신행위라고 믿습니다.

여기에 비하면 이제 애정을 나눈 지 겨우 수주일밖에 안 되는 빙리 군과 당신 언니와의 사이를 결렬시킨 일은 비교도 안 되는 일입니다. 그러나 저의 행동과 그 행동의 동기에 관한 다음의 사연을 읽으신 후에, 지난밤 몇 가지 사실에 대해 그렇게도 마음껏 꾸짖어주셨던 그 가혹한 비난을 면하게 해주시길 빕니다. 만약 저로서는 당연했던 저의 행동과 그 동기를 설명함에 있어 당신의 감정을 불쾌하게 할 만한 것을 불가불 말씀드려야 할 경우가 있더라도, 저는 '미안합니다' 라고 밖에는 말할 수가 없습니다. 그 이상의 사과는 어리석다고 생각합니다.

제가 하퍼드셔에 머문 지 얼마 안 되어 저 역시 다른 사람들처럼 빙리 군이 롱본의 어느 처녀보다도 당신의 언니를 좋아한다는 것을 알게 되었습니다. 그러나 그가 진실한 애정을 느끼고 있다는 것을 제가 확신하게 된 것은 네더필드에서 무도회가 열린 날 밤이었습니다. 저는 전에도 그가 사랑에 빠진 것을 몇 번 보아왔습니다. 그날 밤 무도회에서 제가 당신과 춤추고 있는 동안, 당신의 언니에 대한 빙리 군의 애정이 이제는 결혼을 기대할 정도로 발전했다는 사실을 우연히도 윌리엄 루카스 경을 통해 처음 알게 되었습니다. 그 사실을 루카스 경은 시간만 아직 결정되지 않았을 뿐 확정적인 일처럼 말했습니다.

그 순간부터 저는 제 친구의 행동을 세심하게 관찰했는데, 베넷 양에 대한 그의 사랑은 제가 과거에 그에게서 보았던 것 이상의 것임을 알 수 있었습니다. 저는 당신의 언니도 주의해서 살폈습니다. 그녀의 얼굴 표정과 행동은 개방적이고 명랑했으며, 또 변함없이 친절했습니다만, 그에게 특별한 호감을 가지고 있는 듯한 느낌은 없었습니다. 이렇게 하룻밤 동안 자세히 관찰한 끝에, 비록 베넷 양이 빙리 군의 호의를 즐겁게 받아주고는 있지만 빙리 군과 같은 감정을 지니고 있는 것은 아니라는 사실을 확신하게 되었습니다. 이 점에 있어 당신이 생각을 잘못했거나 혹은 제 생각이 그릇되었을지도 모릅니다. 당신 언니에 대해선 당신이 나보다 더 잘 알고 계시니까, 저의 잘못이었다는 쪽이 더 있을 법한 일이겠죠.

만약 그렇다면, 당신의 울분은 당연한 것입니다. 그러나 당신 언니의 얼굴 표정과 평온한 태도는 당신 언니의 성품이 아무리 사랑스럽다 해도, 아주 날카롭게 관찰하는 사람조차 그 마음만은 아마도 그렇게 쉽게 감동시킬 수가 없다는 확신을 하게 할 만한 것이었음을 저는 주저없이 말할 수 있습니다. 빙리 군에 대하여 베넷 양이 무관심했다는 것을 제가 믿고 싶어했던 것은 사실입니다. 그러나 저의 관찰과 결심은 희망이나 근심에 좌우되는 것이 아님을 감히 말씀드립니다. 저는 제인 양이 빙리 군에 대해 무관심하기 를 원했기 때문에 그렇게 믿었던 것은 아닙니다. 그것은 분명 공정한 확신을 근거로 한 믿음이었습니다. 두 사람의 결혼에 대한 저의 의견은, 신분의 차이 때문은 아니었습니다. 제인 양에게 훌륭한 친척이 없다는 사실은 제게 있어서처럼 빙리 군에게도 그렇게 나쁜 조건은 될 수 없습니다. 제가 반감을 지닌 데에는 다른 원인이 있었습니다. 그 원인이란 빙리 군의 경우에나 저의 경우에 똑같이 아직 존재하고 있는 원인이지만 그것이 직접 제 앞에 닥치지 않았다는 이유로 해서 저 자신도 잊으려고 노력했던 원인입니다. 간단하게나마 저는 이것을 말씀드려야겠습니다.

당신 어머니가 처해 있는 가정 형편이 비록 불만스러운 것이라 해도 그것은 당신의 어머님과 세 동생분과, 또 때로는 아버님조차, 그리도 빈번히, 또 거의 골고루 저지르는 전적인 무례에 비하면 아무 것도 아닙니다. 용서하십시오. 이런 말씀을 드려서 당신의 감정을 상하게 하는 저 역시 괴롭습니다. 그러나 당신만은 이와 같은 비난을 받지 않도록 행동하셨습니다. 이것은 당신과 당신 언니, 두 분의 교양과 인격에 부끄럽지 않을 칭찬할 만한 행동이었습니다. 이 점을 생각하시고 당신 가족의 결점을 걱정하거나 그러한 결점이 겉으로 드러난 것을 불쾌히 여기시는 가운데에서도 위로를 얻으시길 바랍니다. 아무튼 저는 무도회 날 밤에 일어났던 일로 말미암아 베넷 댁의 사람들에 대한 저의 견해가 확고해졌으며, 또 가장 불행한 결혼으로부터 빙리 군을 보호해야겠다는 제 결심 역시 굳어졌다는 것만을 덧붙여 말씀드리겠습니다. 당신도 기억하고 계시겠지만, 그 이튿날 빙리 군은 곧 돌아올 계획으로 네더필드를 떠나 런던으로 출발했습니다.

제가 한 일을 이제부터 설명해드리겠습니다. 저와 마찬가지로 빙리 군의 누이들도 불안 했던 모양입니다. 저희들의 감정이 일치한다는 것을 곧 알았으니까요. 그래서 빙리 군을 제인 양으로부터 한시라도 빨리 떼어놓아야 한다는 것을 똑같이 깨닫고 우리는 곧 그를 런던으로 데리고 가기로 결심했습니다. 그래서 우린 런던으로 갔습니다. 거기서 저는 빙리 군에게 그러한 결혼의 불행을 일깨워주는 역할을 선뜻 맡았습니다. 저는 열심히 설명하고 강조했습니다. 그러나 이러한 간절한 충고가 아무리 그의 결심을 동요시키고 지연시켰다 해도 제가 자신 있게 보증하는 빙리 군에 대한 당신 언니의 무관심을 그가 깨닫지 않고는 그들의 결혼이 종내 깨지리라고는 생각지 않습니다. 빙리 군은 제인 양이 그의 애정을 성실한 호의로써 동등한 애정으로써는 아니더라도 보답하고 있다고 믿고 있었습니다.

그러나 그는 자기 자신의 판단보다도 저의 판단력에 더 많이 의존하고 있는, 천성이 무척 겸손한 사람입니다. 그래서 그가 착각하고 있다는 사실을 깨우쳐주기란 그리 어려운 일이 아니었습니다. 그에게 그러한 확신을 주자 하퍼드셔로 돌아가지 않도록 그를 설득하는 일은 아주 쉬운 일이 되었습니다. 이러한 모든 행동에 대해 저는 제 자신을 비난하지 않습니다만, 모든 사건을 통해서 제가 만족하게 여기지 않는 단 하나의 행위는, 바로 제가 비열하게도 제인 양이 런던에 와 있다는 사실을 빙리 군에게 숨기려는 술책을 썼다는 것입 니다. 빙리 양도 저도 제인 양이 런던에 온다는 것을 알고 있었습니다만, 빙리 군은 아직 모르던 상태였습니다. 그들이 만나더라도 별 다른 나쁜 결과는 생기지 않으리라 짐작하고 는 있지만, 저는 제인 양에 대한 그의 호감이 제인 양을 만나도 아무 위험이 없을 만큼 충분히 식었다고는 생각지 않습니다. 이러한 거짓 행위는 아마도 제 품위를 떨어뜨리는 짓이겠죠. 하지만 저는 그것이 최선의 방법이라고 생각했습니다. 이 문제에 대해선 이 이상 더 말씀드릴 것도 사과드릴 것도 없습니다. 만약 제가 당신 언니의 감정을 상하게 해드렸다면 그것도 부지중의 일이며, 또한 저를 지배했던 동기가 비록 당신에게는 부당한 것으로 여겨졌을지라도 저는 지금도 그 동기를 비난하고 싶지는 않습니다. 위컴 군을 해 쳤다는, 좀 더 무거운 또 하나의 비난에 대해서는 저의 가정과 그와의 관계를 전부 당신 에게 털어놓음으로써 반박할 수밖에 없습니다. 그가 '특히' 저를 뭐라고 비난했는지는 모릅니다만, 지금부터 제가 말씀드리는 사실은 한 사람 이상의 정직한 증인을 부를 수 있을 만큼 확실한 사실입니다.

위컴 군은 여러 해 동안 펨벌리의 재산 관리인이었던 매우 훌륭한 분의 아들입니다. 그분은 맡은 바 임무를 잘 처리했기 때문에 자연히 아버지는 그분을 돕고 싶어했고, 따라서 그의 대자(代子)인 조지 위컴 군에게도 너그러운 친절을 베풀었던 것입니다. 아버지는 그의 학비를 대주셨고 후에는 케임브리지까지 보내주셨는데, 부인의 낭비벽으로 언제나 가 난했던 그의 아버지가 그를 신사가 되기까지 교육시킨다는 것은 불가능했으므로 이것은 가장 귀중한 도움이었습니다. 품행이 단정하고 언제나 상냥한 이 청년을 아버지는 매우 좋아하셨을 뿐만 아니라 그를 무척 신용하셨고, 또 목사가 되길 바라시고 그에게 목사직을 주기로 작정하셨습니다. 그러나 저는 여러 해 전부터 전혀 다른 각도로 그를 생각하기 시작했습니다. 약하고 무절제한 성격을, 그는 그의 가장 절친한 친구인 저에게까지도 조심스레 감추려고 했지만, 그와 거의 동년배인 청년이며 그가 마음놓고 있는 순간에 그를 관찰 할 기회가 많았던 아버지에겐 이런 기회가 없었습니다. 저의 눈만은 속일 수가 없었습니다. 여기서 또 당신을 괴롭혀야겠습니다. 그 괴로움의 깊이가 어느 정도인지는 당신만 이 아닙니다. 위컴 군이 당신의 마음속에 일으킨 감정이 어떠한 것이든 저는 그의 본성을 밝혀야만 하겠습니다. 이것은 제가 말씀드려야 할 이유를 덧붙이는 것일 뿐입니다.

저의 훌륭하신 아버지께선 약 5년 전에 돌아가셨는데, 위컴 군에 대한 그분의 애정이 최후까지 어쩌나 확고하셨던지 그의 직업이 허락하는 한 최선의 방법을 다하여 그의 출세 를 위해 제가 노력해줄 것을 유언에서 특별히 당부하셨으며, 또 그가 성직에 나가면 좋은 곳에 목사 자리가 비는 대로 곧 그에게 줄 것을 명하셨습니다. 이뿐 아니라 그에게는 천 파운드의 유산도 남겨주셨습니다. 그의 아버지는 저의 아버지보다 오래 살지도 못하셨는데, 이런 일들이 있은 지 반년도 못 되어 위컴 군은 자기에게 아무런 이득이 없는 목사직 을 포기하고 대신 좀 더 직접적으로 돈을 벌 수 있는 길을 택하기로 결심했다고 하면서, 이를 부당하다고 생각지 말아달라는 편지를 제게 보내왔습니다. 그는 또 덧붙여 쓰기를, 자기는 법학을 연구해볼 생각인데 이 점에 있어 천 파운드의 이자는 매우 부족한 학비임을 알아달라는 것이었습니다.

저는 그의 진실성을 믿었다기보다는 오히려 원했지만, 하여 튼 그의 제안을 받아들이기로 했습니다. 그는 결코 목사가 될 인물이 못됨을 저는 이미 알고 있었던 것입니다. 그래서 문제는 곧 해결되었고 그에게 설령 목사직에 임명될 경우 가 생긴다해도 목사가 됨에 있어서의 원조에 대한 모든 권리를 이양하는 대신 3천 파운드를 주기로 했습니다. 그러자 우리들 사이의 모든 관계가 이제는 사라진 것처럼 보였습니다. 저는 그를 아주 나쁘게 생각했기 때문에 그를 펨벌리에 초대하지도 않았고 런던의 저택에 출입하는 것도 허락지 않았습니다. 그는 주로 런던에서 살았는데 법률을 공부한다는 것은 일종의 핑계에 지나지 않았고, 이제 모든 구속으로부터 해방된 그는 게으르고 낭비 스러운 생활에 빠지고 말았습니다. 약 3년간 저는 그의 소식을 거의 듣지 못했는데, 그를 위해 마련했던 성직록(聖??)의 소유자가 죽자 그는 또 목사직에 자기를 추천해줄 것을 편지로써 부탁했습니다. 그는 자기가 무척 어려운 처지에 빠졌다는 것을 제게 이해시켰는데, 그 점은 어렵지 않게 믿을 수 있었습니다. 그는 법률이 거의 무익한 학문임을 알았다고 하면서, 만약 제게 문제의 목사직에 자기를 추천해준다면 이젠 정말 목사가 되기로 단단히 결심했다는 것이었습니다. 또한 제가 달리 추천할 사람도 없다는 것을 자기는 확신하며, 또 제 존경하는 아버의 의도를 잊을 수도 없을 테니까 제가 추천해줄 것을 분. 명히 믿는다는 것이었습니다. 제가 이러한 간청에 응하기를 거절했다거나, 또는 거듭되는 탄원을 무시했다고 해서 당신은 저를 책망하지는 않으실 겁니다. 그의 울분은 자신의 처지가 어려워지면 어려워질수록 커졌는데, 저를 몹시 비난하는 것과 더불어 남들에게도 제 욕을 심하게 했던 모양입니다. 그 후로 우리들 사이에는 겉으로 드러난 교제조차 일절 끊어져 버리고 말았습니다. 그리고 나서부터 그가 어떤 생활을 해왔는지 전 모릅니다. 그러나 지난 여름 그는 또다시 제 신경을 건드리고 말았습니다.

이젠 저 자신도 잊고 싶고, 또 현재와 같은 경우가 아니라면 다른 어떤 경우에라도 아무에게도 말하고 싶지 않은 사정을 말씀드려야만 하겠습니다. 제가 이렇게 많은 일에 대 해 자세히 말씀드리면 의심하고 있는 모든 것이 풀리리라고 확신합니다. 저보다 열 살 아래인 제 누이 조지아나는 어머니의 조카 되는 피츠윌리엄 대령과 저의 보호를 받고 있었는데, 약 일 년 전에 학교를 그만두고 런던에 집을 한 채 갖게 되었습니다. 지난 여름 제 동생은 이 집을 관리하는 영 부인과 함께 램즈기트에 갔었습니다. 그런데 그곳에 위컴 군 도 왔던 겁니다. 영 부인과 그는 전부터 아는 사이였다는 것이 밝혀졌는데, 틀림없이 미리 계획했던 모양입니다. 하여튼 그 부인 덕분에 우린 참 비참하게 속았지요. 이 부인의 묵인과 협조로 그는 조지아나와 친하게 되었는데, 아직 어린 동생에 대한 그의 친절한 인상이 조지아나의 상냥한 마음속에 깊이 박혀서 그 애는 그를 사랑한다고 굳게 믿게 되고 나중엔 둘이 도망치기로 동의한 것입니다. 그 때 동생의 나이는 겨우 열다섯 살이었는데 굳이 핑계를 댄다면 어렸다는 핑계뿐이겠죠. 지금 조지아나의 경솔함을 말씀드렸지만, 다행히도 그 사실을 제게 알린 사람도 조지아나였습니다. 계획했던 도망을 치기 전 한 이틀 간을 정말 우연히도 제가 램즈기트에서 지내게 되었는데, 이 때 조지아나는 자기가 거의 아버지처럼 존경하는 오빠를 슬프게 하고 괴롭힌다는 생각을 참지 못해 마침내 모든 사실을 털어놓았던 것입니다. 제 마음이 어떠했으며 또 어떻게 행동했을 것인가 하는 것은 당신의 상상에 맡깁니다. 동생의 체면과 감정을 존중해서 일절 그 사실을 입밖에 내지 않았지만, 곧 여기를 떠나라는 편지를 위컴 군에게 보내고 영 부인도 물론 해고해버렸습니다. 위컴 군의 주요 목적은 확실히 3천 파운드라는 조지아나의 재산이었을 겁니다. 제게 대한 원한을 풀고자 했다는 것도 강력한 동기라고 저는 생각지 않을 수 없습니다. 정말이지 완전한 복수가 될 뻔했습니다.

엘리자베스 양, 이상 저는 위컴 군과 저와의 모든 관계에 대해 사실대로 말씀드렸습니다. 만약 이것이 거짓이라고 전적으로 부인만 하지 않으신다면 위컴 군에게 제가 잔인했다는 오해는 이 시간 이후 부터는 면해 주실 것으로 믿습니다. 저는 그가 어떤 방법으로, 또 어떤 거짓의 탈을 쓰고 당신을 속였는지는 모릅니다. 그러나 그가 당신에게서 얻은 성취는 조금도 놀랄만한 게 못됩니다. 당신은 그의 과거 행동을 알지 못할 뿐만 아니라 현재의 행동도 잘 모르기 때문입니다. 당신의 힘으로서는 이런 일들을 알아낼 수도 없으며, 또 당신의 기질로서는 사람을 의심한다는 것은 있을 수 없는 일입니다.

　　당신은 아마, 왜 제가 이런 모든 것들을 지난밤에 얘기해주지 않았나 하고 의아해할지도 모릅니다. 그러나 그 때는 저도 제 감정을 억제할 수 없어서 무엇부터 얘기하고, 또 알려야만 할 것인지를 몰랐습니다. 여기 말씀드린 모든 것의 진실성에 대해서는, 저의 친척이자 친구이며, 또 아버지의 유언의 집행자인 한 사람으로서 이 사건의 전말에 대해 자세히 알고 있는 피츠윌리엄 대령의 증언을 특별히 간청할 수 있습니다. 그러나 만약 당신이 저를 증오하셔서 저의 주장을 일고의 가치도 없는 것으로 생각하신다면 같은 이유로써 피츠윌리엄 대령도 신임할 수 없을 것입니다. 아무튼 그와 의논할 가능성이 있을 것 같기에 내일 아침 안으로 이 글을 당신에게 전할 수 있는 길을 찾아보도록 하겠습니다.

　　하느님의 축복이 내리시기를 빌며……

피츠윌리엄 다르시 올림

36

　　다르시 씨로부터 편지를 받았을 때, 설사 그 속에서 그가 다시 구혼하리라는 것을 기대하지는 않았다 할지라도, 거기에 쓰여있는 내용은 그녀가 조금도 예상치 못한 일이었다. 그러나 사연이 그러했으므로 엘리자베스가 얼마나 열심히 그 편지를 읽었을 것인가, 또 서로 엇갈리는 감정이 얼마나 그녀를 흥분시켰을 것인가 하는 것은 쉽사리 상상할 수 있었다. 편지를 읽어 내려갈 때 그녀에게 생긴 감정의 변화는 이루 표현할 수조차 없었다. 처음에는 놀라운 마음으로 그가 사죄할 여유쯤은 가진 사람이라고 알았는데, 다음에는 수치를 아는 사람이라면 속을 감추지 못할, 변명조차도 할 줄 모르는 사람이라는 것을 알았다. 그가 진술한 모든 것에 대하여 강한 편견을 갖고서 엘리자베스는 네더필드에서 일어났던 일에 대한 그의 설명을 읽기 시작했다. 이해할 사이도 없이 열심히 읽으면서 다음의 문장이 초래할 결과를 알고 싶은 마음을 참지 못해, 읽고 있는 문장의 뜻을 제대로 알기도 전에 눈이 먼저 다음 문장으로 옮겨갔다. 자기 언니가 무감각하다는 그의 믿음을 그녀는 곧 거짓이라고 단정했고, 두 사람의 결혼에 대한 실제적이고도 최악의 경우를 위해 반대한다는 그의 변명은 어찌나 그녀를 화나게 만들었는지 다르시 씨를 올바르게 판단코자 하는 의욕조차도 사라져버릴 정도였다. 그는 자기가 한 일에 대해서 엘리자베스를 이해시킬 만한 사죄도 표하지 않았다. 그의 문장은 반성의 여지가 전혀 없이 불손했으며 오만하고 무례하기 짝이 없었다.

그러나 언니에 관한 이야기에 이어 쓴 위컴 씨에 대한 그의 진술은 좀더 또렷한 주의력을 요구했다. 그리고 그것이 사실이라면 위컴이라는 인물의 훌륭함에 대해 그녀가 품고 있었던 모든 생각과 위컴 씨 자신이 말한 그의 신상에 대한 놀라운 호감을 뒤엎어버려야 했기 때문에 엘리자베스의 마음은 차마 말로 표현할 수 없을 정도로 아팠다. 놀라움과 두려움과 또 심지어는 공포스러운 전율이 그녀를 압박했다. '거짓말이다!', '그럴 리가 없다! '가장 비겁한 거짓말이다! 라고 거듭 외치면서 전적으로 믿으려 하지도 않았다. 편지를 다 읽었을 때에는 마지막 한두 페이지에 무슨 말이 씌었는지 미처 그 뜻도 파악하지 못한 채 급히 편지를 접어넣으며, 이 편지에 마음을 쓰지 말자고, 다시는 이 편지를 보지도 않겠다고 마음속으로 다짐했다.

이렇게 아무 것에도 정착할 수 없는 혼란스런 마음으로 엘리자베스는 계속 걸었으나 그것으로는 도무지 진정되지 않았다. 30초도 못되어 그녀는 편지를 다시 펴들었다. 그러고는 가능한 한 마음을 가다듬어 위컴 씨에 대한 대목만을 다시 정독하기 시작했고 각 문장의 의미를 정확히 파악하기 위해 감정을 억제해야만 했다. 위컴 씨와 펨벌리 집과의 관계에 대한 다르시 씨의 진술은 위컴 씨가 이야기한 것과 꼭 같았고, 다르시 씨의 돌아가신 부친이 그에게 친절했다는 사실도, 비록 그 친절의 정도는 몰랐으나 위컴 씨의 말과 거의 일치했다. 거기까지는 두 사람의 말이 같았으나 유언에 관한 것은 전혀 일치하지 않았다. 목사 녹에 관한 위컴 씨의 말은 그녀의 기억에 아직도 생생했다. 그래서 그의 말을 회상해보았을 때, 그녀는 어느 쪽이든 한 쪽은 비열하게도 겉과 속이 다름을 인정치 않을 수가 없었다. 잠시 동안 그녀는 속으로 위컴 씨 쪽이 옳다고 믿는 마음이 잘못이 아니기를 바랐다. 그러나 면밀한 주의력을 가지고 다시 읽어보았을 때, 곧 이어서 위컴 씨가 목사 녹에 대한 모든 권리를 이양했다는 것과 대신 3천 파운드라는 거액을 받았다는 점 때문에 엘리자베스는 다시금 주저하지 않을 수 없었다. 그녀는 편지를 내려놓고 자기로서는 공명정대한 태도라고 믿는 마음으로 모든 사실을 심사숙고해보고 각 진술의 타당성을 심사해보았으나 헛수고였다. 두 사람의 얘기가 모두 증거 없는 주장뿐이었다. 엘리자베스는 세 번째로 편지를 다시 읽어보았다. 그러나 어떤 계략을 쓰더라도 그 사건에 있어서 다르시 씨의 행동이 파렴치하다고 믿었던 사실이 바뀌어, 모든 사건을 통해 다시 바라볼 때 그는 전적으로 결백하다는 증거가 더욱 뚜렷해질 뿐이었다.

낭비와 방탕의 책임을 다르시 씨가 주저치 않고 위컴 씨에게 돌린 사실은 그녀에게 매우 큰 충격을 주었으나 그러면 그럴수록 그 부당성을 반증할 수가 없었다. 그가 어떤 주의 의용군에 입대하여 런던에서 우연히 만나 잠깐 사귀게 된 어느 청년의 권유로 그 부대에 몸을 맡기고 있었다는 이야기를 엘리자베스는 전혀 들어본 적이 없었다. 그의 과거에 대해서도 자기가 말한 것 외에는 하퍼드셔에서도 알고 있는 것이 없었다. 그의 본래 인격에 관해서 분명 알아볼 방법이 있었다 하더라도 엘리자베스는 그러고 싶은 마음이 전혀 없었고, 그의 용모와 음성과 태도만을 보고서 그가 모든 미덕을 겸비한 사람이라고 곧 믿어버린 것이었다. 다르시 씨의 공격으로부터 그를 구해줄 수 있는 그의 어떤 선행의 실례나 고결하고 자비로운 특성을 떠올려보려고 엘리자베스는 애썼다. 적어도 이러한 뛰어난 미덕으로써 그의 우연한 과실을 보상하려 했고, 이 '우연한 과실'이라는 명목에다 여러 해에 걸친 그의 태만과 다르시 씨가 악덕이라고 일컫는 그의 비행을 분류해 넣으려고 했다. 그러나 이러한 생각도 엘리자베스를 돕지는 못했다. 그녀는 매력이 넘치는 위컴 씨의 풍채와 태도를 곧 눈앞에 떠올릴 수는 있었으나 이웃 사람들이 일반적으로 그를 좋게 생각하는 것 이상의 실재적인 미덕과, 곤경 중에서도 꿋꿋이 지녀온 그의 사회적인 능력을 상기할 수는 없었다. 이 점에 대해 오래 생각하고 나서 엘리자베스는 다시 편지를 계속해서 읽었다. 그러나 가엾게도 다음 대목에 나오는 다르시 양에 대한 그의 음모는, 바로 전날 아침 피츠윌리엄 대령과 자기와의 사이에 있었던 일에서 어떤 확증을 얻게 하였고, 마지막에는 사건 전말의 진위를 피츠윌리엄 대령에게 조회해 달라고 씌어 있었다. 엘리자베스는 전에 피츠윌리엄 대령으로부터 그의 사촌인 다르시 씨에 관한 일이라면 무엇이든 잘 안다는 이야기를 들은 적이 있었는데, 그의 인격을 의심할 하등의 이유가 그녀에게는 없었다. 한 때 그녀는 그에게 마음을 바치기로 거의 결심한 적도 있었지만 이런 생각은 처음에는 어색한 감정 때문에 포기하였고, 나중에는 만약 다르시 씨가 그의 사촌의 확실한 증언을 믿지 않았다면 그가 자기에게 청혼하는 위험은 무릅쓰지 않았으리라는 신념 때문에 아주 사라져버리고 말았다.

엘리자베스는 위컴 씨를 이모부 댁에서 처음 만나던 날 저녁에 그와 나누었던 대화 내용을 모조리 기억하고 있었고 그의 말씨까지도 생생히 기억했다. 엘리자베스는 그제야 초면인 사람에게 그러한 대화는 옳지 않다는 것에 생각이 미쳤고 지금까지 그런 생각을 하지 못했던 것을 의아하게 여겼다. 엘리자베스는 비로소 그가 했던 야비한 행동과 언행의 불일치를 깨달을 수 있었다. 엘리자베스는 위컴 씨가 다르시 씨를 만나는 것을 조금도 두려워하지 않는다고 자랑하던 것, 오히려 자기가 생각을 바꾸지 않는다면 다르시 씨가 네더필드를 떠날 것이라고 말하던 것, 그러면서도 바로 그 다음주에 네더필드에서 열렸던 무도회는 피했던 사실을 상기했고, 또 네더필드 일가가 그곳을 떠나기 전까지는 위컴 씨가 자기 이야기를 그녀 이외의 사람들에게는 말하지 않다가 그들이 떠난 뒤에야 그의 이야기가 보든 곳에서 화제가 되었다는 것과, 그가 다르시 씨의 부친에 대한 자신의 존경심이 다르시 씨의 비행을 세간에 폭로하지 못하게 한다고 그녀에게 확신시켰으면서도, 다르시 씨의 인격을 깎아 내리는 데에는 사양이나 주저함이 없었던 사실을 상기했다.

위컴 씨에 관한 모든 일들이 이제는 왜 그렇게 사뭇 달리 보이는지 몰랐다. 킹 양에 대한 그의 친절도 오로지 돈만 바라는 가증스러운 의도에서 나온 것이고, 그 여자의 재산이 보통이었음에도 불구하고 그의 희망이 사그라지지 않았다는 것은 그가 아무 것이나 붙잡으려고 갈망하고 있었다는 것을 증명했다. 자기에 대한 그의 행동 또한 지금 생각해보면 결코 용서할 수 없는 것이었다. 그가 엘리자베스의 재산에 대해 속았거나, 그렇지 않으면 엘리자베스가 경솔하게 보여준 호감을 조장함으로써 자기의 허영심을 만족시키고 있었거나 둘 중의 하나였다. 위컴 씨에 대한 호의를 유지해 보려는 모든 노력은 점점 무너져가고, 반면에 다르시 씨의 정당성을 더욱 확신하게 되자, 오래 전에 빙리 씨가 제인의 질문을 받고 그 사건에 있어서 다르시 씨의 결백을 주장하던 것을 인정하지 않을 수 없었다. 또한 비록 다르시 씨의 태도가 오만하고 냉담하긴 했어도 그와 알게 된 이래—근래에는 상당히 가까워졌고 또 그의 생활 방식과도 좀 친숙해졌지만—그가 파렴치하다거나 부정하다고 말할 만한 행동을 하는 것을 한 번도 본 적이 없었고, 그의 불경하고 부도덕한 습성에 대해 남들이 말하는 것도 들어본 적이 없었다는 사실을 인정하지 않을 수 없었다. 그뿐만이 아니었다. 자기의 친척들 사이에서도 그가 존경을 받았다는 것, 위컴 씨조차도 그가 오빠로서는 훌륭하다고 인정했으며, 다르시 씨도 자애로운 감정을 느낄 수 있다는 것을 입증할 만큼 그가 자기의 여동생을 무척 사랑스럽게 이야기하는 것을 그녀도 가끔 들었다는 것, 또 만약 그의 행위가 위컴 씨가 말한 대로였다면, 그런 엄청난 과실이 세상에 드러나지 않을 리가 결코 없다는 것, 그리고 그런 일을 할 수 있는 사람과 빙리 씨같이 상냥한 사람과의 우정은 결코 이루어질 수 없다는 것 등도 인정하지 않을 수 없었다.

엘리자베스는 점점 부끄러워졌다. 다르시 씨든 위컴 씨든 그들을 생각하기만 하면 엘리자베스는 자기가 얼마나 우매하고 편파적이었으며 편견을 지녔고 어리석었던가를 절감했다. 엘리자베스는 속으로 부르짖었다.

'내 행동은 얼마나 비열했나! 안식(眼識)과 재능을 뽐내고 언니의 솔직성을 멸시하고 공연히 아니꼬운 불신의 허영에 만족하지 않았던가? 얼마나 창피한 일이냐? 그러나 마땅하지! 내가 사랑에 빠졌더라도 그 이상 어리석고 바보스럽진 않았으리라. 하지만 사랑이 아니라 허영이 내 과오였다. 한 사람의 편애에 기뻐하고 다른 한 사람의 무시에는 화를 내고, 이래서 우리가 처음 사귈 때부터 나는 편견과 무지를 사모했고 두 사람이 관련된 사건에 있어서 분별심을 잃어버렸다. 이 순간까지 나는 나 자신을 까맣게 모르고 있었다.'

자기에게서 제인에게로 또 제인에게서 빙리 씨에게로 그녀의 생각은 꼬리를 물고 이어졌다. 여기에까지 이르자 이에 대한 다르시 씨의 설명이 매우 불충분했었다는 생각이 들어서 엘리자베스는 다시 한 번 편지를 읽어보았다. 그러나 찬찬히 읽어본 결과는 매우 달랐다. 그녀가 믿기 어려운 위컴 씨 건에 대한 다르시 씨의 주장을 어떻게 부인할 수 있단 말인가? 그는 제인의 애정을 전혀 의심치 않아 왔다고 분명히 말했고, 또 엘리자베스는 샬롯의 의견이 무엇이었던가를 상기하지 않을 수 없었다. 제인에 대한 다르시 씨의 진술의 타당성도 또한 부인할 수 없는 것이었다. 제인의 감정은 비록 열렬하기는 했어도 거의 드러나지 않았었고, 또 제인의 태도와 품행에는 가끔 감정과는 어울리지 않게 자기 만족이 있었다.

다르시 씨가 그녀의 가족에 대한—억울하지만 받아 마땅한—비난하는 대목에 이르렀을 때, 그녀의 수치심은 더욱 깊어졌다. 이 비난의 타당성은 그것을 부정하기에는 너무도 강했으므로 엘리자베스에게 충격을 주었고, 네더필드의 무도회에서 일어났던 일과 또 처음에 다르시 씨가 확실하게 불만을 갖게 된 것은 그에게보다 엘리자베스의 마음에 더 강한 인상을 주었던 일이다.

엘리자베스와 그녀의 언니에 대한 찬사는 그녀에게 그다지 위로가 되어 주지 못했다. 그러한 찬사가 이렇게 자신의 가족이 스스로 초래한 모욕을 조금 무마해주긴 했지만, 그녀에게는 전혀 위로가 되지 않았다. 또 제인에 대한 실망도 실상은 자신의 가족들이 초래한 것이었고, 또 그러한 창피한 행동 때문에 자기들 두 사람의 체면이 실제적으로 얼마나 손상되었는가 하는 데에까지 생각에 미치자 엘리자베스는 한 번도 느껴보지 못한 우울증에 빠졌다. 그녀는 지금까지 사건의 전말을 검토해보고 그 타당성을 추정해보기도 하고, 또 그렇게도 갑작스럽고 중대한 변화를 될 수 있는 한 수긍해보기도 하면서 골목길을 무려 두 시간 동안이나 배회하였다. 그러다가 몸도 피곤하고 또 오랫동안 집을 나와 있었다는 생각이 들자, 결국 집으로 돌아오고 말았다. 집으로 들어가면서 엘리자베스는 보통 때와 다름없이 유쾌한 기색을 보이려 애썼고 사람들과의 대화를 방해할 만한 생각들은 접어두기로 마음먹었다.

집안에 들어서자마자 엘리자베스는 그녀가 나간 사이에 로징스에서 두 사람이 각각 다녀갔다는 말을 전해들었다. 한 사람은 다르시 씨인데 겨우 몇 분 있다가 가버렸고, 또 한 사람은 피츠윌리엄 대령으로 그녀가 돌아오기를 한 시간 동안이나 앉아서 기다리다가 나중에는 그녀를 찾으러 가겠다고 하며 나갔다는 것이다. 엘리자베스는 그를 못 만난 것을 서운해하는 척했지만 사실은 기뻤다. 피츠윌리엄 대령은 그녀에게 이제 더 이상 문제가 되지 않았다. 그녀는 오직 편지만을 생각할 뿐이었다.

37

이튿날 아침 두 신사는 로징스를 떠났다. 콜린스 씨는 그들에게 작별 인사를 하려고 문지기 집에서 기다리고 있었는데, 로징스에서 최근에 우울한 일이 있은 직후 그들이 기대에 못지않게 심신 양면으로 건강하고 명랑해 보이더라는 반가운 소식을 가지고 돌아올 수 있었다. 그래서 콜린스 씨는 캐서린 부인과 그 따님을 위로하느라고 로징스로 급히 달려갔으며, 돌아올 때엔 부인이 무척 우울해서 그들과 저녁을 같이하고 싶어한다는 매우 만족스런 소식을 가지고 왔다.

엘리자베스는 캐서린 부인을 대할 때마다, 만약 자기가 원하기만 했다면 지금쯤은 자신이 부인의 미래의 조카며느리로서 소개되었을 것이라는 생각을 하지 않을 수 없었고, 또 그럴 경우 부인이 못마땅해하는 모습을 생각하고는 웃지 않을 수 없었다. '부인은 뭐라고 말할까? 어떻게 행동할까?' 이런 생각들을 하면서 엘리자베스는 혼자 즐거워했다.

처음의 화제는 로징스 파티의 사람 수가 줄었다는 것이었다. 캐서린 부인은 이렇게 말했다.

"그 점을 나는 무척 가슴 아프게 생각해요. 친구를 잃는 것을 나만큼 절실하게 느끼는 사람도 아마 없을 거예요. 그 젊은 애들에게는 각별한 애정을 느끼고 있었는데… 물론 그 애들도 내게 무척 애정을 가지고 있죠. 그런데 가버리다니 정말 섭섭하군요. 하지만 그 애들은 늘 그래요. 대령은 마지막까지 쾌활한 표정이었지만 다르시는 지난해보다도 더 가슴 아프게 여기는 것 같더군요. 아마 로징스에 대한 애착이 커졌나 봐요."

그녀의 말에 콜린스 씨가 맞장구를 치면서 대화 속에 끼여들었다. 그러자 캐서린 부인과 그 영양은 친절하게 찬성의 뜻을 표했다.

식사 후에 캐서린 부인은 엘리자베스가 의기소침해 있는 것을 보고, 집에 돌아가는 것이 싫어 그러는 줄로 지레 짐작하고는 이렇게 말했다.

"하지만 정 그렇게 떠나기 싫으시다면 좀더 오래 머무르겠다고 어머님께 편지를 드리세요. 콜린스 씨 부인도 퍽 기뻐할 거예요."

"친절하신 초대에는 정말 감사드립니다. 그렇지만 그것을 받아들이는 것은 저의 권한 밖이에요. 전 다음 토요일에는 런던에 가 있어야 하니까요." 하고 엘리자베스는 대답했다.

"아니, 그렇다면 엘리자베스 양은 이곳에 겨우 6주일간만 머무르는 게 아녜요? 난 두 달간이라고 생각했었는데. 엘리자베스 양이 오기 전에 콜린스 부인도 그렇게 말했죠. 이렇게 일찍 떠나야 하나요? 엘리자베스 양의 어머님도 2주일간 더 머물도록 허락하실 거예요."

"하지만 아버지께선 허락지 않으실 거예요. 빨리 돌아오라고 지난주에 편지까지 하신걸요."

"아이, 어머님이 허락하시면 아버님께서도 허락하시겠죠. 딸들이란 아버지에겐 그리 대단한 존재가 아니거든요. 그리고 만약 한 달만 더 머문다면, 두 분 중 한 분은 내가 런던까지 데려다 주죠. 6월 초에 한 일주일간 런던에 다녀와야 하니까요. 도슨이 마차의 마부석에 앉는 것을 싫어하지 않으니까 한 분쯤은 탈 자리가 있을 겁니다. 그리고 또 다행히 날씨가 선선해진다면 두 분 다 데리고 가죠. 두 분은 모두 몸이 크지 않으니까."

"친절은 고맙습니다만 아무래도 처음 계획대로 해야 할 것 같습니다."

캐서린 부인은 단념했다.

"콜린스 부인, 두 분에게 하인을 딸려 보내야겠어요. 난 언제나 마음속에 있는 것을 털어놓는다는 사실을 아시지요? 젊은 두 아가씨가 단둘이서 역마차로 여행한다는 것은 생각할 수도 없어요. 당치 않은 일이에요. 어떻게 해서든지 누굴 좀 딸려 보내세요. 정말 안 될 일이에요. 젊은 여자들이란 지위에 따라서 늘 적당히 보호를 받고 시중을 받아야 되는 법이죠. 질녀 조지아나가 지난 여름 램즈기트엘 갈 때에도 남자 하인들을 딸려 보냈죠. 그렇지 않았더라면 펨벌리의 다르시 씨의 따님인 다르시 양과 앤 부인이 못마땅하게 생각했을 거예요. 난 이런 일에는 상당히 마음을 씁니다. 콜린스 부인, 존을 이분들과 함께 보내세요. 마침 생각이 나서 이런 말을 하게 되니 다행이군요. 정말이지 그냥 보냈더라면 큰 결례가 되었을 뻔했어요."

"외삼촌께서 하인을 보내주실 거예요."

"아, 외삼촌이라고? 그분은 남자 하인도 부리고 계시겠지요? 이런 일을 생각해주시는 분이 계시다니 기쁘군요. 어디서 말을 바꾸겠어요? 아, 물론 브롬리에서 겠죠. 벨 여관에 가서 내 이름을 대면 시중을 잘 들어줄 거예요."

이 밖에도 캐서린 부인은 그들의 여행에 대해 많은 질문을 했다. 그런데 자기가 한 질문에 대해 일일이 대답을 기다리진 않았으므로 엘리자베스는 주의해서 듣지 않으면 안 되었다. 그것이 이 다음에 도움이 되리라고 엘리자베스는 믿었다. 그렇지 않았더라면 그녀는 어수선한 마음에 자기가 어디에 있는지조차도 잊어버렸을 것이다. 생각은 조용한 시간을 위해 남겨두어야 하는 법이다. 혼자 있을 때면 엘리자베스는 언제나 커다란 안도감으로 생각에 잠기곤 했다 하루라도 혼자 산책하지 않는 날이 없었고 그럴 때면 으레 유쾌하지 않은 회상에 잠기곤 했다.

다르시 씨의 편지는 이제 훤히 외워버릴 지경이었다. 엘리자베스는 문장을 하나하나 검토해보았다. 그럴 때마다 그에 대한 감정이 훨씬 달라졌다. 그가 구혼했을 때의 말투에 생각이 미치면 엘리자베스는 아직도 격분을 느끼지만, 그러나 자기가 또 얼마나 부당하게 그를 비난하고 꾸짖었는가를 생각하면 그녀의 노여움은 자신에게로 되돌아왔고 다르시 씨가 실망하던 모습에 동정이 가기도 했다. 그의 애정은 엘리자베스로 하여금 감사한 마음을 일으키게 했고 그의 무던한 성격은 존경심마저 일게 했다. 그러나 엘리자베스는 아직도 다르시 씨를 인정할 수가 없었고, 또 자기가 거절했던 것을 잠시라도 뉘우칠 수 없었으며, 더구나 그를 다시 만나고 싶은 마음은 조금도 없었다. 엘리자베스 자신의 지난날의 행동은 괴로움과 후회의 원천이 되었고 자기 가정의 불행한 결함 속에는 아직도 쓰라린 슬픔의 중요한 원인이 있었다. 게다가 이런 것들을 구제할 희망이란 없었다. 엘리자베스의 아버지는 이런 것들을 대수롭지 않게 웃어넘기는 것으로 만족하고 자기의 젊은 딸들의 무모한 경솔함을 다스리려고 노력해본 적이 없는 사람이었고, 또 어머니는 그런 나쁜 것은 자신에게는 당치않은 일이라며 전혀 무감각한 태도를 보였다. 엘리자베스는 종종 제인과 합심해서 캐더린과 리디아의 경솔한 언행을 자제시켜보려고 노력했지만, 어머니의 관대함이 그들을 지지해주는 동안에는 개선의 여지가 있을 수 없었다. 마음이 여리고 성미가 급하여 동생인 리디아의 영향마저 받는 캐더린은 언니들의 충고가 모욕이나 되는 것처럼 늘 화를 냈고, 또 무엇이든지 제멋대로 하려 들고 조심성이 없는 리디아는 언니들의 말에 거의 귀를 기울이려고 하지도 않았다. 동생들은 무식하고 게으르고 게다가 허영심까지 있었다. 메리턴에 장교가 있는 한 그들은 장교와 어울릴 것이고, 메리턴이 롱본에서 걸어갈 수 있을 정도로 가까운 곳에 있는 한 그들은 언제까지나 메리턴을 왕래할 것이다.

제인을 위한 걱정은 엘리자베스의 또 하나의 커다란 관심사였다. 다르시 씨의 변명으로 그녀는 빙리 씨를 전처럼 훌륭한 사람이라고 생각하게 되었으므로 제인이 잃은 것에 대해 많은 생각을 하게 되었다. 빙리 씨가 다르시 씨를 맹목적으로 신뢰하고 있다는 점을 제외하고는, 그 외의 모든 비난은 그 자신의 행동이 스스로 제거해주었다. 자기의 가족이 어리석고 무료했기 때문에 제인이 어느 모로 보다 부럽고 유리하며 행복이 가득 넘치는 그런 혼처를 빼앗겼다는 생각을 하면 엘리자베스는 괴롭고 슬퍼서 견딜 수가 없었다.

이러한 생각에 위컴 씨의 인격에 관한 새로운 정보마저 끼여들어 전에는 거의 상처받아본 적이 없었던 그녀의 유쾌한 마음이 이 세상에 즐겁게 보이는 것이라고는 아무 것도 없을 정도로 불쾌하게 변하는 것은 당연한 일이다.

엘리자베스가 그곳에 머무르던 마지막 일주일 동안에는 첫 번째 주일처럼 로징스에서의 파티가 잦아졌다. 그녀는 마지막 날 밤도 로징스에서 보냈다. 캐서린 부인은 또 그들의 여행에 대해 상세한 것들을 캐물었고 짐을 꾸리는 좋은 방법도 가르쳐주었다. 그리고 자기의 유일하고 올바른 방법인 가운 개는 방법의 필요성을 어쩌나 강조했던지, 마리아는 아침에 꾸려놓은 짐들을 도로 풀어 지레 짐작대로 짐을 다시 꾸리지 않을 수 없었다.

그들이 떠날 때 캐서린 부인은 즐거운 여행이 되기를 바란다고 말하고 친절하게도 내년에 다시 헌스퍼드로 와달라고 그들을 초대했다. 드 버그양도 두 사람에게 인사를 하고 손을 내미는 수고를 아끼지 않았다.

38

토요일 아침 식사 때 엘리자베스는 다른 사람들이 들어오기 몇 분전에 콜린스 씨를 만났다. 그래서 콜린스 씨는 그가 꼭 필요하다고 생각했던 작별 인사를 엘리자베스에게 할 수 있었다. 그는 이렇게 말했다.

"엘리자베스 양, 제 아내가 당신이 이렇게 친절하게 저희들을 찾아주신 데 대한 자기 마음을 이미 표시했는지는 모릅니다만, 아내의 감사를 받지 않고 떠나시지는 않겠지요. 이렇게 오셔서 머물러 준 호의에 대해선 매우 감사히 여기고 있습니다. 이처럼 누추한 곳에 누구를 청한다는 게 얼마나 외람된 일인가를 우리는 잘 알고 있으며, 우리의 단조로운 생활 양식이라든가 방들도 작은데다가 하인도 몇 안되고, 또 우리들이 세상일을 잘 몰라서 이 헌스퍼드의 생활이 당신처럼 젊은 아가씨에겐 무척 따분했으리라 여겨집니다. 그러나 당신의 친절을 우리가 감사하고 있다는 것과, 또 당신이 유쾌한 시간을 보낼 수 있도록 우리의 힘이 미치는 한 최선의 노력을 했다는 것만은 믿어주시길 바랍니다."

엘리자베스는 자기의 감사한 마음을 전하고 또 그동안 아주 행복했다고 진심으로 말했다. 그리고 자기는 6주일 동안 매우 즐겁게 보냈고 샬롯과 함께 있게 되어서 무척이나 기뻤으며, 그리고 자기가 받은 친절한 보살핌은 자기가 많은 은혜를 입은 사람임을 느끼게 한다고 덧붙여 말했다. 그녀의 말에 콜린스 씨는 대단히 만족해하며 더욱 점잖게 미소를 띠면서 이렇게 대답했다.

"불쾌하지 않게 보내셨다니 무척 기쁩니다. 사실 우린 최선을 다했죠.

그리고 다행히도 당신을 상류 사회에 소개시켜드릴 수가 있었고, 또 우리와 로징스 댁과의 인연으로 종종 단조로운 생활에 변화를 줄 수 있었기 때문에, 당신의 이번 헌스퍼드 방문은 그래도 지루하지는 않았으리라고 믿습니다. 사실 캐서린 부인 일가에 관한 저희들의 입장은 소수의 사람만이 자랑할 수 있는 특별한 유익과 축복을 지닌 그런 것이죠. 우리의 지위가 어떤 것이며 또 우리가 얼마나 로징스 댁과 거리낌없고 허물없이 교제하고 있는가를 아셨을 겁니다. 사실 이 누추한 목사관이 불편하긴 하지만 누가 여기에서 기거하는 한 그래서 로징스 댁과 친교를 맺을 수 있는 한은 결코 동정의 대상은 되지 않았으리라고 저는 생각합니다."

그의 감정을 고양시키기에는 말만으로는 부족했다. 그래서 그는 방안을 이리저리 걸어다니지 않으면 안 되었다. 그 동안 엘리자베스는 몇 개의 짧은 문장으로 예의와 사실을 융합해보려고 했다. 그는 말을 이었다.

"이제 돌아가시거든 하퍼드셔에 계신 분들께 우리가 아주 잘 지내고 있다는 소식을 전해주셨으면 좋겠습니다. 적어도 전 당신이라면 그 일을 할 수 있으리라고 믿습니다. 캐서린 부인이 제 아내를 얼마나 친절하게 보살펴주시는가를 당신은 매일 보셨으니까요. 그렇기 때문에 저는 아내가 불행하다고는 전혀 생각지 않습니다. 그러나 이것은 말씀하지 않으시는 게 좋겠군요. 단지 하나 엘리자베스 양에게 확신시켜드릴 것은, 이 다음에 당신이 결혼하면 저희들처럼 행복하게 되시기를 충심으로 기원한다는 사실입니다. 사랑하는 아내와 저는 오로지 같은 마음을 지니고 있으며, 생각하는 방식도 같습니다. 모든 점에 있어서 저희들의 성격과 이상은 아주 비슷하죠. 마치 서로를 위해서 태어난 것 같습니다."

엘리자베스는 그렇게 성격과 이상이 비슷한 두 사람이 결혼한다면 매우 행복할 것이라고 편안한 감정으로 말할 수가 있었고, 또한 똑같이 성실한 마음으로 콜린스 씨 가정의 행복을 확신하므로 기쁘다고 덧붙여 말할 수 있었다. 그러나 그녀가 하려던 이러한 말들은 방금 말한 가정의 행복의 원천인 부인이 방에 들어옴으로 인해 그만 중단되었다. 하지만 엘리자베스는 이 일을 조금도 섭섭하게 생각지 않았다. 가엾은 샬롯! 이러한 곳에 그녀를 두고 간다는 것을 서글픈 일이었다. 그러나 이 모든 것들은 그녀가 선택한 것이었다. 샬롯은 그들이 떠나는 것을 분명히 섭섭해하였지만 동정을 바라는 것 같지는 않았다. 샬롯의 가정과 살림살이, 교구(敎區)와 닭이나 오리, 그리고 여기에 딸린 자질구레한 일들은 아직 그 나름대로의 매력을 잃지 않고 있었던 것이다.

드디어 마차가 왔다. 트렁크는 매달고 작은 짐은 마차 안에 집어넣었다. 출발 준비가 다 되었다고 하인이 알려왔다. 친구들과 다정한 이별을 나눈 뒤에 엘리자베스는 배웅을 하려는 콜린스 씨와 함께 마차로 갔다. 정원을 걸어 내려오면서 그는 엘리자베스의 전 가족에 대한 인사와, 지난 겨울 롱본에서 그가 받은 친절에 대한 감사와, 잘 모르긴 하지만 가디너 씨 부부에게 안부를 전해줄 것을 엘리자베스에게 부탁했다. 콜린스 씨의 부축을 받아 엘리자베스가 마차 안으로 들어가고 그 뒤를 따라 마리아가 올라탔다. 마차 문을 닫으려는데, 그가 갑자기 약간 놀라는 표정으로 이제까지 그들이 로징스의 부인들에게 인사말을 전하는 것을 잊었다고 깨우쳐주었다. 그러면서 이렇게 덧붙였다.

"물론 로징스에 계실 때 그분들께 전하기를 원하시겠죠."

엘리자베스는 이의를 제기하지 않았다. 문이 닫히고 마차는 떠났다. 몇 분간의 침묵이 흐른 뒤에 마리아가 외쳤다.

"참 이상해! 우리가 여기에 온 것이 하루나 이틀밖엔 안 되는 것 같아. 그런데도 얼마나 많은 일이 일어났는지 몰라!"

"정말 많은 일이 일어났었지" 하고 엘리자베스는 한숨을 쉬며 말했다.

"로징스에선 차를 두 번 마신 것 외에도 아홉 번이나 함께 식사를 했지! 할말이 얼마나 많았는지 모르겠어!"

"나는 또 숨길 일이 얼마나 많았는지……." 엘리자베스는 혼잣말로 중얼거렸다.

그들의 여행은 별로 말이 많지 않은 가운데, 또 별 걱정도 없이 계속되었다. 헌스퍼드를 떠난 지 네 시간이 못 되어 그들은 가디너 씨 댁에 도착했다. 여기서 그들은 며칠 동안 묵기로 했다.

제인은 건강해 보였지만 친절한 외숙모가 마련해준 여러 가지 파티 때문에 엘리자베스는 제인의 기분을 살필 기회가 별로 없었다. 그러나 제인은 곧 자기와 같이 집으로 돌아가게 되어 있으니까 롱본에 가면 충분히 관찰할 시간이 있으리라고 엘리자베스는 생각했다.

그러나 제인에게 다르시 씨의 구혼에 관한 이야기를 하지 않고 롱본으로 돌아갈 때까지 기다린다는 것은 여간 힘든 일이 아니었다. 자기에게 제인을 깜짝 놀라게 해줄 만한 힘이 있다는 것과 동시에 자신도 알 수 없지만 아직 마음에서 가시지 않은, 자기의 허영심을 틀림없이 만족시켜줄 만한 사실을 말할 수 있는 힘을 자기가 지니고 있음을 알고 있었기 때문에, 모든 것을 털어놓고 이야기해버리고 싶은 유혹을 강하게 느꼈다. 이 유혹은, 그녀가 어느 정도까지 제인에게 이야기해줄 것인가 하는 것을 아직 결정짓지 못했다는 것과, 또 만약 그 화제를 일단 꺼내기만 하면 빙리 씨의 이야기가 자꾸 튀어나와서 제인을 더욱 슬프게 하지 않을까 하는 걱정 외에는 다른 어떠한 것도 억제할 수 없는 강력한 유혹이었다.

39

5월 둘째 주일, 세 젊은 아가씨들은 그레이스처치 가를 출발하여 하퍼드 셔의 어느 곳으로 향했다. 베넷 씨의 마차가 그들을 기다리기로 약속된 여관에 도착했을 때 마부가 시간을 지킨 보람이 있어, 그들은 키디와 리디아가 이층 식당에서 밖을 내다보고 있는 것을 재빨리 알아차렸다. 이 두 소녀는 맞은편에 있는 부인 모자 상점에 들르거나 경비 보는 문지기를 감시하고, 또 오이 생채를 만드는 등 재미있게 시간을 보내면서 한 시간 정도 그곳에서 기다리고 있는 중이었다.

언니들을 환영한 다음에 그들은 여관 식량 저장실에서 흔히 볼 수 있는 냉동 고기로 차린 식탁을 자랑스러운 듯이 보이면서 소리쳤다.

"근사하지 않아요? 놀랄 만큼 맛이 좋을 거예요."

리디아가 덧붙여 말했다.

"언니들을 대접할 생각예요. 하지만 돈 좀 꿔줘야겠어요. 저 상점에서 우리 돈을 다 써버렸거든요." 그러고는 산 것을 내보이면서 말했다. "이거 봐요, 언니. 이 모자 샀어요. 그리 예쁘진 않지만 사는 편이 좋을 거라고 생각했죠. 집에 가면 뜯어버릴 거야. 그리고 멋있게 다시 만들 테니 두고 보세요."

그 모자를 두고 언니들이 보기 싫다고 말하자 리디아는 들은 채도 하지 않고 말을 이었다.

"하지만 가게에는 이것보다 훨씬 더 보기 싫은 게 두세 개나 있는 걸요. 그런 것들은 예쁜 빛깔의 수실을 사서 가장자리를 새로 달고 손질을 하려면 더 성가셔요. 더구나 군대가 메리턴을 떠나버리면 올 여름엔 무슨 모자를 쓰든 그리 문제가 되지 않거든요. 두 주일만 있으면 떠난대요."

"정말 떠난다니?" 하고 엘리자베스는 매우 기뻐서 소리쳤다.

"브라이턴 근방에서 야영하게 되었나봐요. 난 아버지에게 여름 동안 우리들을 브라이턴에 데리고 가달라고 막 조를 테야. 참 재미있는 계획이죠. 아마 비용도 얼마 안 들 거예요. 엄마도 만사 제쳐놓고 가고 싶어하실 거구요. 그렇게라도 하지 않으면 이번 여름이 얼마나 초라할 것인지 생각해보세요."

엘리자베스는 생각했다.

'그래, 확실히 유쾌한 계획일 테지. 또 우리에게도 이로운 점이 많고. 그런데 맙소사! 브라이턴과 야영하는 군대들이라니? 한 연대의 군인들 때문에 우리가 이미 결단이 나지 않았어? 그리고 또 메리턴에서 달마다 열리던 그 무도회는 뭐람!

모두가 식탁에 둘러앉자 리디아가 또 입을 열었다.

"그런데 언니, 알려드릴 뉴스가 있는데 뭔지 알아 맞춰봐요, 네? 아주 멋지고 근사한 뉴스예요. 우리들이 모두 좋아하는 어떤 사람에 대한 거야."

제인과 엘리자베스는 서로 얼굴을 쳐다보았다. 그러고는 웨이터에게 서 있지 않아도 된다고 말했다. 그러자 리디아가 웃으면서 말했다.

"아이, 언니는 저렇게 늘 격식을 차리고 신중을 기한다니까. 웨이터가 간섭이라도 할까봐 들어선 안 된다고 생각했군요. 웨이터는 내가 말하려는 것보다 더 나쁜 얘기들도 자주 들을 거예요. 하지만 보기 싫은데 잘 갔어요. 저렇게 긴 턱은 생전 처음 본다니까요. 그런 그렇고…. 내 뉴스란 건 위컴 씨에 관한 거예요. 웨이터가 듣기엔 너무 좋은 소식이죠? 위컴 씨는 메리 킹과 결혼하지 않는 대요. 어때요? 메리는 리버풀에 있는 아저씨 댁으로 갔대요. 거기 머문다나. 이제 위컴 씨는 안전하죠?"

"메리 킹도 안전하지. 재산과 관련된 것이라면 그런 경솔한 결혼을 면했으니 말이야" 하고 엘리자베스가 덧붙여 말했다.

"위컴 씨를 좋아했으면서 그냥 가버리다니 메리는 참 바보야."

"하지만 양쪽 다 열렬한 애정은 없었던 것 같아" 하고 제인이 말했다.

"물론 위컴 씨 쪽엔 없었죠. 장담해요. 위컴 씨는 메리에겐 조금도 신경 쓰지 않았으니까요. 그렇게 지저분하고 주근깨가 많은 조그만 여자를 누가 거들떠나 보겠어요?"

엘리자베스는 아무리 자신이 이처럼 조잡한 표현은 할 수 없다 하더라도 감정은 이보다 낳을 바가 없다는 생각을 하고서는 충격을 받지 않을 수 없었다.

식사를 마치자 언니들이 값을 치르고 곧 마차를 불렀다. 잠시 생각한 끝에 그들은 상자들과 반짇고리, 작은 짐꾸러미, 또 키티와 리디아가 산 반갑잖은 물건들을 안고 마차에 올라타 앉았다.

리디아가 또 말을 꺼냈다.

"아주 근사하게 좁혀 앉았군요. 모자는 참 잘 샀어요. 다른 상자에 있는 것은 단지 재미로 산 것이지만. 그건 그렇고 우리 집에 갈 때까지 얘기하고 웃으면서 즐겁고 편안하게 가요. 우선 그동안 언니들에게 있었던 이야기를 좀 들려주세요. 맘에 드는 남자들은 만나봤어요? 또 재미있게 놀았나요? 돌아올 때에는 누구든지 결혼해서 오길 무척 바랐는데. 큰언니는 조금 있으면 노처녀가 되겠어요. 벌써 스물세 살 아녜요? 내가 스물세 살까지 결혼을 못 하고 있으면 얼마나 창피할까? 언니가 결혼하기를 필립스 이모가 얼마나 고대하는지 언닌 상상도 못 할 거예요. 그리고 이모가 그러는데 둘째 언니는 콜린스 씨하고 결혼했더라면 좋았을 뻔했대요. 농담이라고는 생각지 않아요. 아이, 난 언니들보다 먼저 결혼하고 싶어. 그럼 무도회에는 언니들의 보호자로 따라갈 텐데. 요전엔 포스터 대령님 댁에서 아주 재미있게 놀았어요. 그날 키티와 나는 대령님 댁에서 지내기로 되어 있었거든요. 그리고 포스터 부인은 저녁에 작은 무도회를 열겠다고 약속했죠. 포스터 부인과 나는 그 정도로 친한 사이가 되었어요. 그래서 해링턴 댁의 두 딸을 불렀잖아요. 아, 그런데 해리에트가 아프다지 뭐예요. 얼마나 우스웠겠나 생각 좀 해보세요. 대령님과 그 부인, 키티와 나, 그리고 필립스 이모밖에는 아무도 이 사실을 몰랐어요. 이모한테서 가운을 하나 빌려야 했기 때문에 이모도 자연스럽게 아시게 됐죠. 그래도 그가 얼마나 근사하게 보였는지 언니들은 상상도 못할거예요. 데니 씨와 위컴 씨, 프래트 씨, 그밖에 두세 사람이 더 들어왔지만 그를 전혀 알아보지 못했어요. 나와 포스터 부인은 얼마나 웃었던지 죽는 줄만 알았어요. 아, 그런데 너무 웃어서 남자들이 눈치를 채버렸지 뭐예요. 그래서 곧 탄로 나고 말았죠."

이렇게 리디아는 자기들이 무도회에 참석했던 이야기와 즐거운 농담으로써 키티의 암시와 조언을 받아가며 롱본까지 가는 동안 언니들을 즐겁게 해주려고 애썼다. 엘리자베스는 가능한 한 듣지 않으려고 했으나 위컴 씨의 이름이 자주 언급되는 것을 피할 수는 없었다.

집에서는 무척 다정스럽게 그들을 맞아주었다. 베넷 부인은 제인이 여전히 아름다운 것을 보고 기뻐했고, 베넷 씨는 저녁을 먹는 동안 "리지야, 돌아와서 반갑구나" 하고 몇 번이나 엘리자베스에게 말했다.

루카스 댁의 대부분의 가족들이 마리아를 맞아서 이야기를 들으려고 왔기 때문에 식당에서 가진 파티는 굉장했다. 따라서 화제도 다양했다. 루카스 경 부인은 식탁 너머로 마리아를 바라보며 첫째 딸의 행복이며, 닭과 오리에 대한 이야기를 물었고, 베넷 부인은 한 편으로는 자기보다 조금 아래쪽에 앉아 있는 제인에게서 최근의 유행에 관한 이야기를 들으랴, 또 한편으로는 그 이야기를 되받아 루카스의 젊은 딸에게 해주랴, 두 가지 일을 한꺼번에 하느라 무척 부산하였다. 리디아는 좌중에서 제일 큰 목소리로 누구든지 들으라고 아침 나절의 여러 가지 즐거웠던 일들을 떠들어댔다. 리디아는 이렇게 말했다.

"아, 메리 언니, 우리와 같이 갔더라면 좋았을 걸 그랬어. 얼마나 재미있었다고. 갈 때에는 차일을 모두 걷어올리고 마차 안에는 아무도 없는 것처럼 꾸몄지. 키티 언니가 아프지만 않았더라면 줄곧 그렇게 하고 갔을 거야. 조지 여관에 가서도 아주 멋지게 행동했지. 세언니들에게 세상에서 제일 근사한 냉동 고기로 점심을 대접했으니까 말이야. 언니도 갔었더라면 우리가 한턱 냈을 텐데. 돌아올 때에도 굉장히 재미있었어. 마차 안에 도저히 다 못 탈 줄 알았거든. 난 우스워 죽을 뻔했어. 집에 올 때까지 참 즐거웠어. 어찌나 큰 소리로 웃고 떠들었는지 아마 십 리 밖에 있는 사람도 다 들었을 거야."

이 말에 메리는 엄숙하게 대답했다.

"리디아, 난 그런 즐거움을 무시할 생각은 추호도 없어. 그런 것들은 아마 여자의 일반적인 습성에 꼭 맞는 것일 거야. 하지만 그것들은 내겐 조금도 매력이 없어. 그보다는 난 책 한 권이 훨씬 더 좋아."

그러나 리디아는 메리의 말을 전혀 듣지 않았다. 리디아는 누구에게든지 30초 이상 귀를 기울여본 적이 거의 없었다. 더구나 메리의 말엔 처음부터 주의를 기울이려 하지 않았다.

오후가 되자 리디아는, 다른 처녀들과 함께 메리턴에 가서 군인들이 어떻게 지내고 있는지 가서 보자고 성화같이 재촉했다. 그러나 엘리자베스는 끝내 이를 반대했다. 베넷 가의 딸들이 집에 돌아온 지 반나절도 채 안 되어 군인들을 따라다닌다는 것은 있을 수 없는 일이었다. 이유는 그 밖에도 또 있었다. 즉 엘리자베스는 위컴 씨와 다시 만나는 것을 꺼려 했던 것이다. 될 수 있는 한 언제까지나 그와는 만나지 않기로 그녀는 결심했다. 곧 부대가 이동한다는 소식을 들은 엘리자베스의 기쁨은 사실상 말로 표현할 수 없을 정도였다. 2주일만 있으면 부대는 떠난다. 일단 떠나기만 하면 더 이상 위컴 씨 때문에 자신을 괴롭히는 일이 없기를 엘리자베스는 바랐다.

집에 돌아온 지 몇 시간도 안 되어서 엘리자베스는 여관에서 리디아가 암시했던 브라이턴으로의 여행 계획이 부모님들 사이에 자주 논의되고 있다는 사실을 알게 되었다. 엘리자베스는 아버지가 그것을 승낙할 의사가 추호도 없다는 것을 곧 알아챘지만, 그 대답이 너무 모호해서 어머니는 가끔 실망을 하면서도 기어이 계획을 성취시키겠다는 희망을 아직 포기하지 않은 것 같았다.

40

엘리자베스는 제인에게 모든 사실을 알리고 싶은 충동을 더 이상 참을 수가 없었다. 그래서 제인이 관련된 사항만은 모두 빼놓기로 마음먹고, 다르시 씨가 자기에게 구혼하던 날에 일어났던 일의 핵심만을 그녀에게 이야기해주었다.

짐작대로 제인은 매우 놀랐지만, 다른 사람들이 엘리자베스를 아무리 지나치게 칭찬한다 해도 그것을 당연하게 생각하는 언니로서의 강한 편애심 때문에 놀라움은 곧 가시고 다른 감정으로 바뀌었다. 제인은 다르시 씨가 자기의 감정을 그렇게도 적당치 않은 방법으로 엘리자베스에게 전하려 했음을 아쉽게 생각했고, 더욱이 엘리자베스의 거절이 다르시 씨에게 주었을 불행에 대해서는 더욱더 슬퍼했다. 제인은 이렇게 말했다.

"다르시 씨가 자신의 성공을 너무 자신만만했던 것은 잘못이야. 그리고 더욱이 그것을 얼굴에 나타내지는 말았어야 했어. 그러나 그만큼 실망은 또 얼마나 컸겠니?"

엘리자베스는 이렇게 대답했다.

"다르시 씨에겐 정말 미안해. 하지만 그분은 나에 대한 호감을 금방 씻어버릴 다른 감정도 지니고 있어. 언니, 그분을 거절했다고 날 욕하진 않겠지?"

"욕을 한다고? 아니, 그렇지 않아."

"하지만 내가 위컴 씨를 너무 좋게 말한 것은 나무랄걸?"

"아냐. 네가 한 말에 무슨 잘못이 있는지 난 모르겠어."

"하지만 바로 그 다음날 일어난 일을 말하면 알게 될 거야."

여기서 엘리자베스는 편지 이야기를 하고 위컴 씨에 관한 사연을 전부 말했다. 가엾게도 제인이 받은 타격은 컸다. 제인은, 한 개인이 지닌 이런 많은 악들이 전 인류에게 존재하고 있다는 사실을 모른 채 한 세상을 즐겁게 살아갈 수 있는 사람이었다. 다르시 씨에 대한 오해가 풀려서 제인의 마음이 좀 기쁘긴 했지만 위컴 씨가 악인이라는 사실을 무마해주진 못했다. 아주 진지하게 제인은 거기에 무슨 오해라도 있지 않았나 하는 것을 증명하려 애썼고 다르시 씨를 개입시키지 않고 위컴 씨의 결백을 밝히려고 노력했다.

엘리자베스가 말했다.

"소용없어, 언니. 언닌 어떻게든지 두 사람 모두를 좋게만 해석하려 하지만 그건 절대로 안 될 거야. 물론 언니 마음대로 생각하는 건 좋지만 어느 한 사람한테만 만족해야 돼. 물론 두 사람 다 좋은 점은 있어. 그걸 합해서 꼭 한 사람의 선인을 만들 만큼 말이야. 그런데 요즘은 그 장점이 이 사람에게로 갔다가 또 저 사람에게로 갔다가 해서 도무지 누가 선인인지 알 수가 없어. 나는 다르시 씨가 전부 옳은 것 같아. 하지만 언니는 언니 마음대로 생각해."

얼마 있다가 제인은 억지로 웃으면서 이렇게 말했다.

"아까와 지금 중 언제 더 충격을 많이 받았는지 모르겠어. 위컴 씨가 그렇게 나쁜 사람이라니. 도무지 믿어지지가 않아. 그리고 다르시 씨도 불쌍하지! 리지, 그가 얼마나 괴로워했겠나 한 번 생각해봐. 굉장히 실망했을 거야. 그러고도 자기 누이동생 얘기를 할 수밖에 없었으니… 정말 너무 불쌍해! 너도 틀림없이 그렇게 생각하겠지."

"아니, 처음에는 나도 후회하고 동정했는데 언니가 그러는 것을 보고 그런 마음이 없어져버렸어. 언니가 너무 관심을 갖는 걸 보니까 난 점점 더 무관심해지고 냉담해져. 언니가 동정심을 낭비하는 대신 난 좀 절약해야겠어. 언니가 한탄하면 할수록 내 마음은 새털처럼 더 가벼워질 거야."

"불쌍한 위컴 씨! 용모에는 그렇게도 착실함과 덕망이 넘치고 몸가짐도 그렇게 관대하고 정중하더니!"

"두 사람의 교육에는 근본적으로 커다란 잘못이 있었나봐. 한 사람은 모든 미덕을 지니고 있고, 또 한 사람은 그 간판만 지니고 있으니 말이야."

"넌 전엔 다르시 씨란 사람이 그 미덕의 간판조차도 없는 사람이라고 생각했었지만 난 한 번도 그렇게 생각한 적이 없었어."

"그래도 난 그렇게 남을 까닭 없이 미워함으로써 눈에 띄게 영리해질 생각이었어. 그러면 사람의 천성이 자극을 받아서 지혜가 열리거든. 올바른 말을 한 마디도 하지 않은 채 남을 늘 욕할 수는 있지만, 무언가 재치 있는 말을 때때로 하지 않고서 언제나 남을 비웃을 수는 없어."

"리지야, 그래도 네가 처음 편지를 읽었을 땐 지금처럼 자신만만하게 행동할 수는 없었을 거야."

"물론 그럴 수 없었어. 난 무척 불안했어. 불안했다기보다 불행했대도 과언이 아니야. 내가 느끼는 걸 하소연할 상대도 없었지 뭐야. 날 위로해주고, 내가 그렇게 연약하고 허영심이 많으며 또 어리석지는 않았다고 말해줄 언니도 없었고. 하기야 지금은 내가 그랬었다는 것을 알고 있지만. 그래도 그땐 언니가 옆에 있었으면 하고 얼마나 바랐는지 몰라."

"넌 위컴 씨 얘기를 다르시 씨에게 할 때면 언제나 직접적인 표현만 써왔으니 참 운도 없지 뭐니. 이제 와선 그 말들이 전혀 부당했다는 게 드러났으니 말이야."

"물론이지. 다르시 씨를 혹독하게 말한 불운은 내가 조장해왔던 그분에 대한 편견이 가져온 가장 당연한 결과야. 한 가지 언니의 충고를 듣고 싶은 게 있어. 우리가 아는 모든 사람들에게 위컴 씨의 인격을 알려야 할까, 아니면 그냥 둬야 할까?"

제인은 잠깐 생각하더니 이렇게 대답했다.

"꼭 위컴 씨를 그렇게 무참하게 폭로시킬 필요는 없지 않을까? 너의 생각은 어때?"

"나도 그런 일은 하지 않는 게 좋을 것 같아. 다르시 씨도 내게 자기 말을 공개할 권리를 준 것은 아니니까. 그건 그렇고 그분 누이동생에 관련된 사실은 될 수 있는 한 나만 알고 있을 작정이야. 그 사건 이후 위컴 씨의 소행에 관해서 지금까지 알고 있던 것은 모두 거짓이라고 사람들을 깨우쳐봤자 누가 날 믿겠어? 다르시 씨에 대한 일반적인 편견은 너무도 강해서 그분을 올바른 시각으로 바라볼 수 있도록 하려면 메리턴 사람들이 절반은 죽어야 할 거야. 내게 어디 그럴 힘이 있어? 위컴 씨는 머지않아 떠나게 될 테니까 그의 본래의 인격이 어떻든 여기 남아 있는 사람들에겐 그리 대수로운 문제가 아닐 거야. 훗날 언젠가는 모든 사실이 밝혀질 때가 오겠지. 그땐 왜 그걸 바보같이 진작 몰랐느냐고 사람들을 비웃어줄 수도 있잖아? 그러니까 지금은 거기에 대해선 아무 말도 안할래."

"네 말이 옳아. 지금 위컴 씨의 비행을 세상에 공개한다면 영원히 그분을 망칠지도 몰라. 지금쯤은 위컴 씨도 과거에 저지른 일을 뉘우치고 명예를 회복하기를 원하고 있을 거야. 그분을 절망시켜서는 안 돼."

엘리자베스의 마음의 동요는 이러한 대화로 말미암아 가라앉았다. 엘리자베스는 2주일간 그녀의 마음을 억누르고 있던 두 가지 비밀을 털어놓았다. 이제는 제인이 다르시 씨든 위컴 씨든 누구의 이야기를 다시 꺼내더라도 기꺼이 즐겨 들을 수 있었다. 그러나 마음 한구석에는 아직도 무언가 도사리고 있는 것이 있었다. 엘리자베스의 이성은 이것을 드러내 놓기를 두려워했다. 그녀는 제인에게 다르시 씨가 준 편지의 나머지 절반을 감히 이야기할 수가 없었고, 더구나 빙리 씨가 제인에 대해 알고 있는, 아무도 끼어들 수 없는 비밀이 있었다. 그리고 제인과 빙리 씨 두 사람간의 완전한 이해만이 해결책이라는 것을 그녀는 잘 알고 있었다.

'일어날 것 같지 않은 이런 일이 일어나야만 난 겨우 빙리 씨를 훨씬 기분 좋게 할지도 모르는 말을 할 수 있을 뿐이야. 언어의 자유는, 그 말이 완전히 가치를 상실해버릴 때까진 내 것이 될 수 없어.' 이렇게 엘리자베스는 혼자 중얼거렸다.

집에 돌아와서 안정된 지금에서야 엘리자베스는 제인의 기분을 살펴 볼 여유가 생겼다. 제인은 행복하지 않았다. 그녀는 아직도 매우 부드러운 애정을 빙리 씨에게 품고 있었다. 과거에 사랑에 빠졌다고는 생각조차 해본 적이 없는 제인이었기 때문에 그녀의 애정은 당연히 모든 정열을 간직하고 있었고, 제인의 나이와 기질로 인해 흔히들 초연하다고 자랑하는 그 이상의 굳은 견실성을 지니고 있었다. 또 빙리 씨의 추억을 어쩌나 열렬하게 소중히 여기고 다른 모든 분별심과 친구들의 동정에 대한 친절한 마음으로, 슬픔의 늪에 빠져서 자신의 건강과 친구들의 평온을 해치지 않도록 조심할 정도였다.

하루는 베넷 부인이 엘리자베스에게 다음과 같이 말했다.

"그런데 리지야, 너는 언니 일을 어떻게 생각하니? 나는 이제 다신 아무에게도 그 이야기를 하지 않기로 결심했다. 요전에 필립스 이모에게도 그렇게 말했단다. 하지만 제인이 런던에서 빙리 씨를 만났는지 안 만났는지 도대체 알 수가 있어야 말이지. 아무튼 그 사람은 아주 형편없는 청년이야. 지금도 제인이 그와 결혼할 기회가 남아있다고는 조금도 생각지 않아. 알 만한 사람에겐 모두 물어봤는데 이번 여름에 그가 네더필드에 다시 온다는 말은 없더구나."

"그분은 다시 네더필드에 와서 살지는 않을 거예요."

"그거야 생각하기 나름이지. 아무도 그가 오길 바라는 사람은 없으니까. 하기야 난 그 작자가 내 딸을 망쳐놓았다고 계속 떠들고 다닐 작정이다. 만약 내가 제인이라면 그를 가만히 두진 않았을 거야. 제인이 가슴이 터져 죽고, 그래서 그놈이 후회하는 꼴이라도 봐야 속이 좀 후련해지겠어."

그러나 엘리자베스로선 그런 기대로부터 아무런 위로도 받을 수 없었기 때문에 침묵을 지켰다. 그랬더니 얼마 안 있다가 베넷 부인이 다시 말했다.

"그래, 리지야, 콜린스 씨 부부는 잘살더냐? 나야 그들이 계속 행복하기를 바랄 뿐이다. 그리고 식탁은 어떻게 차리더냐? 샬롯이야 아주 착실한 살림꾼이지. 자기 어머니의 반만큼만 야무지다면 꽤 재산을 모을 거다. 그 사람들 살림에는 아마 낭비라는 건 없을 걸."

"없어요, 조금도."

"꽤 잘 꾸려나갈 거야. 틀림없지. 지출이 수입을 넘지 않도록 조심할 테고. 그래서 돈 때문에 걱정하는 일은 없을 거다. 그러는 것이 자신들에겐 좋지. 그런데 너희 아버지가 돌아가시면 롱본이 자기들 것이 된다고 가끔 얘기하지 않던? 아버지가 돌아가시기만 하면 완전히 자기들 소유가 된다고 생각하고 있을 거야."

270

"어머니, 그런 말은 그 사람들이 제 앞에선 할 수 없는 이야기잖아요."

"암, 할 수 없지. 했다면 이상한 일이지. 그러나 자기네들끼린 가끔 얘기할 게다. 어쨌든 법적으로 자기 것이 아닌 재산을 그렇게 쉽게 얻을 수 있다면 정말 횡재한 거지. 나한텐 다만 상속인을 한정했으니 부끄러운 일이다."

41

제인과 엘리자베스가 귀가한 후 일주일이 금방 지나가고 2주일째로 접어들었다. 부대가 메리턴에 주둔하는 마지막 주일이었으므로 이웃 마을의 처녀들은 모두 갑자기 의기소침해졌다. 이런 가운데 유독 베넷 가의 두 큰 딸들만이 아무렇지도 않은 듯 먹고 마시고 잠자며 일상 생활을 즐기고 있었다. 이러한 무관심에 대해 그들은 극도의 슬픔에 빠진 키티와 리디아로부터 비난을 받았는데, 이 꼬마 아가씨들은 자기 가족들이 그렇게 냉정한 것에 대해 도무지 이해가 가지 않았다.

"아, 이제 우린 뭐지? 어떻게 하면 좋담! 리지 언니, 언닌 어떻게 웃을 수가 있어요?" 쓰라린 슬픔에 젖은 그들은 이렇게 종종 부르짖곤 했다.

인정 많은 어머니는 그들의 슬픔을 같이 나눠주었다. 25년 전에 그와 비슷한 경우를 만나 자기 자신이 괴로워했던 일을 그녀는 생각해냈다. 그러고는 이렇게 말했다.

"나도 밀러 대령의 부대가 떠날 땐 꼬박 이틀을 두고 울었단다. 가슴이 미어지는 줄로만 알았어."

"정말 내 가슴이 미어질 것 같아요" 하고 리디아가 말했다.

"아, 정말, 브라이턴에만 갈 수 있다면 얼마나 좋을까? 하지만 아버지가 반대하실 걸."

"해수욕을 조금만 하면 아주 원기가 회복될 텐데."

"필립스 이모가 그러시는데 해수욕이 내겐 퍽 이롭대요." 이렇게 키티가 덧붙였다.

롱본의 집에서는 이런 비탄의 소리가 끊이지 않고 울렸다. 엘리자베스는 그들에게 재미를 붙이려고 하였지만 즐기고 싶은 마음은 모두 수치심 때문에 사라져버리고 말았다. 엘리자베스는 다르시 씨의 이견(異見)의 정당성을 새로이 느꼈고 전에 없이 그가 빙리 씨의 의견에 참견했던 사실을 용서해주고 싶었다.

리디아의 우울증은 얼마 안 가서 해소되었다. 연대장인 포스터 대령의 부인이 브라이턴으로 같이 가자고 리디아를 초대했기 때문이다. 리디아의 이 귀중한 친구는 매우 젊은 여자로서 최근에 결혼한 부인이었다. 두 사람이 모두 명랑하고 쾌활했기 때문에 서로를 마음에 들어했는데, 사귀지 겨우 석 달만에 둘도 없이 친한 친구가 되어버린 것이다.

리디아의 기쁨과 포스터 부인에 대한 예찬, 베넷 부인의 즐거움, 반면에 키티의 울분 등은 이루 다 말로 표현할 수가 없었다. 키티의 심정을 아는지 모르는지 리디아는 모든 사람들에게 축복해달라고 소리치면서 어느 때보다도 더 호들갑스럽게 웃고 떠들며 기쁨에 들떠 집안을 이리저리 뛰어다녔다. 한편 불운한 키티는 응접실에서 심술난 것처럼 조리에 맞지 않은 말들을 늘어놓으며 줄곧 투덜거리고 있었다.

"왜 포스터 부인은 리디아만 초대하고 나는 초대하지 않았는지 도무지 모르겠어. 비록 내가 자기와 각별한 친구는 아니더라도 리디아 만큼 나도 당당히 초대받을 권리가 있어. 두 살이나 더 먹었으니까 오히려 더 많지."

엘리자베스가 잘 알아듣도록 얘기해주고, 제인은 단념하도록 달래보았으나 헛수고였다. 엘리자베스는 어머나 리디아같이 흥분하기는커녕 이번 초대를 리디아의 모든 상식에 대한 사형 집행장이라고 생각하고, 비록 나중에 자기가 한 일이 알려져서 미움을 받더라도 아버지에게 리디아를 가지 못하게 해달라고 살짝 귀띔해주지 않을 수 없었다. 엘리자베스는 아버지에게 리디아의 행동은 모두 무례한 것뿐이라는 것, 포스터 부인과 같은 여자와 사귐으로써 별 이득될 것이 없다는 것, 집에서보다 유혹이 더 많은 브라이턴 같은 데에선 지각없는 일을 저지를 확률이 더욱 높다는 것 등을 이야기했다. 베넷 씨는 그녀의 말을 주의 깊게 듣다가 이렇게 말했다.

"리디아는 여러 사람들 앞에서 한 번쯤 웃음거리가 되어보기 전에는 얌전해지지 않을 게다. 그리고 지금과 같은 환경에서는 그 애가 제 가족에게 손실과 불편을 조금도 주지 않고 그런 일을 해나가길 바란다는 사실이 무리야."

"만약 아버지께서, 리디아의 조심성 없고 경망한 행동을 남들이 모두 알게 되었을 때 우리가 입게 될 손해가 과연 어느 정도인지를 아신다면 이렇게 내버려두진 않을 거예요. 아니 손해는 벌써 보고 있어요."

"벌써 보고 있다고? 아니 리디아가 네 애인을 놀라게 해 쫓아 보내기라도 했단 말이냐? 그렇다면 안됐구나, 리지. 그렇다고 실망할 건 없지. 그 애가 좀 어리석은 얘기를 했다고 해서 친척으로서 인연 맺기를 꺼리는 그런 옹졸한 청년이라면 섭섭해할 하등의 이유도 없다. 그래, 리디아의 바보짓 때문에 떨어져 나간 가엾은 친구들이란 누구누구니?"

"잘못 아셨어요, 아버지. 제가 그렇게 분개할 만한 상처를 입은 것은 아니에요. 제가 지금 말씀드리고 있는 건 특수한 손해가 아니라 일반적인 손해예요. 리디아의 방종하고 경박한 성격, 몰염치하며 일체의 구속을 싫어하는 그 성격 때문에 우리의 중요성과 세상에서의 책임이 영향을 받지 않을 수 없단 말이에요. 용서하세요, 이렇게 터놓고 말씀드려서. 만약 아버지께서 리디아의 이런 넘쳐흐를 듯한 기운을 자제시키고 그 애가 현재 추구하는 것이 자기 생애에 있어서 중요한 일이 못됨을 일깨워주시지 않는다면 리디아는 아주 몹쓸 애가 되어 버리고 말 거예요. 그러한 성격은 굳어져버릴 테고, 열 여섯 살이 되면 자기 자신과 가족에게 욕을 보이는 아주 지독한 바람둥이가 될 거예요. 그것도 가장 악하고 가장 비열한 바람둥이죠. 젊음과 반반한 얼굴 외에는 아무런 매력도 없고, 무식하고 속이 텅 비어 있기 때문에 남들의 칭찬만을 받고 싶어하는 그러한 광적인 열망이 가져올 세인의 경멸을 어떤 식으로도 막아 낼 도리가 없을 거예요. 이런 위험 속에 키티 역시 빠져들고 있어요. 그 애는 리디아가 이끄는 대로 어디든지 따라 갈 거예요. 허영에 차고 무식하고 게으르고 게다가 제멋대로예요. 아버지! 그 애들을 아는 사람이라면 누구나 그 애들을 비난하고 멸시하고 싶어질 거예요. 저희들도 종종 그런 치욕 속에 휩쓸리지 않을 거라고 아버진 장담하실 수 있으세요?"

베넷 씨는 비로소 엘리자베스의 마음이 온통 이 문제로 꽉 차 있음을 알았다. 그는 엘리자베스의 손을 정답게 쥐면서 이렇게 대답했다.

"너무 걱정하지 말아라, 리지야. 너와 제인은 어디를 가더라도 흠모와 귀염을 받을 게고, 바보 같은 동생이 두서너 명 있다고 해서 그렇게 흠이 되지는 않을 게다. 리디아가 브라이턴에 가지 않으면 집안이 조용하지 못할 거야. 그러니 가게 내버려 두자. 포스터 대령은 지각이 있는 분이니까 리디아가 사고를 내지 않도록 잘 보살펴줄 거고, 리디아도 다행히 너무 초라해 보여서 아무도 건드리려고 하진 않을 거야. 또 브라이턴에 가면 여기서보다도 더 대수롭지 않은 여자가 될 거고, 장교들은 자기들이 지금까지 생각했던 여자들보다 더 멋진 여자들을 만나게 될 거다. 그러니 리디아가 거기에 가서 자기가 얼마나 보잘 것 없는 존재인가를 깨닫도록 하자. 만약 그래도 안 된다면 그땐 리디아를 평생 가둬둘 수밖에 없겠지."

엘리자베스는 이 대답에 만족할 수밖에 없었다. 그러나 그녀의 생각은 아직 변함이 없었으므로 실망과 섭섭한 마음을 안고 아버지의 방에서 물러나왔다. 하지만 엘리자베스의 천성은 괴로운 것을 자꾸만 생각함으로써 오랫동안 괴로워하는 그런 여자는 아니었다. 그녀는 자기의 의무를 다했다는 것에 자부심을 느꼈다. 불가피한 재난에 대해 초조하게 애를 태우거나 불안과 걱정에 싸여 있는 것은 그녀의 성미에 맞지 않는 일이었다.

엘리자베스가 아버지와 이런 상의를 했다는 사실을 만약 리디아나 어머니가 알았더라면 그들의 분노는 그들의 수다와 능변을 합한다 하더라도 이루 다 표현할 수 없을 정도였을 것이다. 리디아의 상상 속에서 브라이턴으로의 여행은 지상에서 있을 수 있는 모든 행복을 의미하는 것이었다. 리디아는 창조적인 환상의 눈으로 장교들이 우글거리는 즐거운 해수욕장의 거리를 보았고, 수십 명의 미지의 장교들에게 호의의 대상이 되고 있는 자신을 보았다. 그녀는 또 병사(兵舍) 안의 모든 기쁨을 보았다. 천막들이 똑같은 모양으로 아름답게 줄지어 있었고 그 안에는 젊고 유쾌한 장교들이 눈부신 빨간 군복을 입고 있었다. 그 천막 바로 밑에서 한 번에 적어도 여섯 명의 장교들과 모여 앉아 즐거이 놀고 있는 자기의 모습을 리디아는 또한 보았다.

　이러한 희망과 사실로부터 엘리자베스가 자기를 떼어놓으려고 했다는 것을 만약 리디아가 알았더라면 그녀의 심정이 어떠했을까? 이는 리디아와 거의 똑같은 기분에 싸여 있는 어머니만이 이해해줄 수 있는 것이었다. 베넷 부인에게 있어서 리디아가 브라이턴에 간다는 사실은, 자기 남편은 그곳에 조금도 가고 싶어하지 않는다는 확신으로 인해 생긴 우울함을 위로해주는 전부였다.

　그러나 그들은 부녀간에 있었던 일에 대해서는 전혀 몰랐다. 그래서 흥분은 리디아가 집을 떠나는 바로 그날까지 지속되었다.

　엘리자베스는 이제 위컴 씨를 마지막으로 보게 되었다. 집으로 돌아온 후에도 그를 종종 만났으므로, 이전에 그를 유독 좋아했기 때문에 느꼈던 마음의 동요도 모두 사라지고 말았다. 처음에는 그녀를 즐겁게 해주던 바로 그 친절 때문에 그녀는 사람을 염증나게 하고 싫증나게 하는 일종의 단조로움을 꿰뚫어 볼 수조차 없었다. 더욱이 자기에 대한 위컴 씨의 요즈음의 태도에서 엘리자베스는 새로이 불쾌감을 맛보았다. 왜냐하면 그가 곧 처음에 그들이 사귀었을 때처럼 친절을 되풀이하려고 했으나, 헌스퍼드 사건 이후 그 친절은 엘리자베스의 기분을 상하게 할뿐이었기 때문이다. 엘리자베스는 자기가 이렇게 쓸데없고 천박한 친절의 대상이라는 것을 깨닫자 그에 대한 모든 흥미를 잃어버렸다. 그러면서도 한편 엘리자베스는, 위컴 씨가 자기에 대해 아무리 오랫동안, 또 이유야 어찌되었든 친절을 보이지 않다가도 그녀가 다시 친절하게 대해주기만 한다면 그기의 허영심은 곧 채워지고 언젠가는 그를 또 좋아할 것이라고 믿고 있는 것은 그녀 자신의 책임이라고 스스로를 질책하지 않을 수 없었다.

부대가 메리턴에 마지막으로 머무는 날, 위컴 씨는 다른 장교들과 함께 롱본에서 식사를 했다. 엘리자베스는 그와 기분좋게 헤어지고 싶은 마음이 조금도 없었기 때문에 그가, 헌스퍼드에서 있는 동안 어떻게 지냈는지에 대해 물어왔을 때, 엘라자베스는 피츠윌리엄 대령과 다르시 씨가 로징스에서 3주일을 보냈다는 이야기를 하고 대령을 알고 있느냐고 물어보았다.

위컴 씨는 당황하고 불쾌하고 놀란 기색이었다. 그러나 곧 평정을 되찾은 듯 미소를 띠면서 전에 종종 그를 만난 적이 있다고 대답했다. 그리고 그는 몹시 신사다운 사람이었다고 말한 다음 엘리자베스에게 그를 좋아하느냐고 물었다. 엘리자베스가 상당히 좋아한다고 대답하자 그는 아무렇지도 않은 듯이 곧 이렇게 덧붙였다.

"그분이 로징스에 얼마나 있었다고 하셨죠?"

"거의 3주일 동안이에요."

"자주 만나셨나요?"

"네, 매일 보다시피 했죠."

"태도가 사촌과는 상당히 다를걸요."

"네, 아주 다르죠. 하지만 다르시 씨도 사귀어보니까 점점 나아지는 것 같은데요."

"그렇겠죠!" 하고 위컴 씨가 소리쳤다. 이 때의 그의 표정을 엘리자베스는 놓치지 않고 보았다.

"그런데, 저어……."

여기서 잠깐 멈추었다가 좀더 명랑한 어조로 위컴 씨는 말했다.

"그가 나아졌다는 것은 단지 인사인가요? 평소의 태도보다 더 정중해지기라도 했나요? 하지만 전……." 좀더 낮고 정색을 띤 목소리로 그는 말을 이었다. "그가 본질적으로 나아졌다고는 감히 생각할 수 없는데요."

"아, 물론이죠. 본질적으로는 과거와 조금도 다름이 없을 거예요."

엘리자베스가 말하는 동안 위컴 씨는 그녀의 말에 기뻐해야 할지 또는 그 말의 뜻을 의심해야 할지 마음의 갈피를 잡지 못하였다. 엘리자베스의 얼굴에는 왠지 그로 하여금 두렵고 불안한 마음으로 귀기울이게 하는 그 무엇이 있는 것 같았다. 엘리자베스는 말을 계속했다.

"사귀어보니까 다르시 씨가 나아지더란 말은요, 그분의 생각이나 태도가 좋아졌다는 뜻이 아니라, 그분을 알고 보니까 그분의 성격이 좀 더 잘 이해되더란 말이에요."

위컴 씨는 놀라서 안색이 더욱 변하고 당황해하는 것 같았다. 몇 분 동안 아무 말이 없다가 그는 그런 마음을 떨쳐버리고 다시 엘리자베스를 향해 아주 은근한 어조로 이렇게 말했다.

"다르시 군에 대한 제 감정을 잘 아시는 당신은, 그가 슬기롭게도 외양으로나마 정당한 척 하려 한다는 말을 듣고 제가 얼마나 진정으로 기뻐하리라는 것을 금방 이해하시리라 믿습니다. 거기에 대한 그의 자존심은 자기 자신에게는 아닐지라도 다른 사람들에게는 도움이 될 것입니다. 왜냐하면 사람들 앞에서라도 옳은 인간인 것처럼 자기를 보이려는 그 자존심이, 제가 받은 것과 같은 해독을 남에게 끼치지 못하게 할 것이기 때문입니다. 다만 제가 걱정하는 것은, 당신이 말씀하신 그런 조심성은 다르시 군이 이모님을 방문할 때에만 나타나는 것이 아닌가 하는 것입니다. 이모님의 생각과 판단을 다르시 군은 몹시 두려워하거든요. 제가 알기로는 다르시 군이 이모님과 같이 있을 때면 언제나 그런 감정 때문에 자제를 하곤 하죠. 또 다르시 군이 드 버그 양과 연분을 맺고 싶어하는 이유도 매우 크게 작용했죠. 이 점을 그는 상당히 깊이 생각하고 있었다고 저는 확신합니다."

이 말에 엘리자베스는 고소를 금치 못했으나 다만 고개를 가볍게 숙임으로써 대답을 대신했다. 엘리자베스는 그가 옛날의 화제인 '그의 비탄'으로 자기를 끌어들이고 싶어한다는 것을 알았으나 그녀는 그에게 신경 쓸 기분이 아니었다. 위컴 씨가 평소처럼 명랑한 듯이 꾸미는 가운데에 나머지 저녁 시간이 흘러갔다. 두 사람은 드디어 상호간 정중한 예의를 지키면서, 필시 다시는 만나는 일이 없기를 서로 바라면서 헤어졌다.

파티가 끝나자 리디아는 포스터 부인과 함께 메리턴으로 갔다. 거기서 그들은 이튿날 아침 일찍 출발할 예정이었다. 리디아와 가족과의 이별은 슬프기보다는 오히려 떠들썩했다. 키티만이 눈물을 흘렸지만 그것도 슬퍼서 우는 것이 아니라 분하고 부러워서 우는 것이었다. 베넷 부인은 몇 번이나 딸의 행복을 빌면서 인상에 남도록 즐길 수 있는 기회는 가능한 놓치지 말라고 당부했다. 물론 충고를 덧붙인 것은 말할 것도 없었다. 리디아가 너무 소란스럽게 작별인사를 하는 바람에 언니들의 상냥한 작별 인사는 하나도 들을 수 없었다.

42

만약 엘리자베스의 의견이 가족 모두에게 따돌림을 받았다면 그녀는 부부의 행복이나 가정의 안락에 관해 즐거운 그림을 그릴 수 없었을 것이다.

엘리자베스의 아버지는 젊음과 미에 반하여, 또 이러한 젊음과 미가 흔히 지니는 외양적인 좋은 기분에 이끌려 어머니와 결혼했으나, 어머니의 이해가 부족하고 소견이 좁은 탓으로 어머니에 대한 애정은 결혼 초기에 이미 식어버렸다. 존경과 신뢰감은 영원히 사라져버렸고 가정의 행복에 대한 모든 기대는 깨져버렸다. 그러나 베넷 씨는 자기 자신의 경솔함이 초래한 실망에 대해, 불행한 사람의 어리석은 행동이나 비열한 행동을 흔히 덮어주는, 그러한 즐거움 가운데에서 위안을 구하는 따위의 기질을 지닌 사람은 아니었다. 베넷 씨는 나라와 책을 사랑했고, 이러한 취미가 그의 유일한 즐거움이었다. 부인의 무지와 어리석음이 그의 즐거움에 도움이 되지 못한 만큼 그가 부인의 혜택을 입은 것이라고는 거의 없었다. 이런 것은 남자가 흔히 부인의 덕으로 돌리고 싶어하는 그런 종류의 행복은 아니었다. 그러나 다른 오락을 즐길 능력이 없는 진정한 현인(賢人)은 앞에서 말한 바와 같은 것으로부터 은덕을 이끌어내는 법이다.

　엘리자베스는 남편으로서의 아버지의 행동이 온당치 않음을 모를 만큼 미련하지는 않았다. 엘리자베스는 아버지의 행동을 언제나 고통스러운 마음으로 보아왔으나, 아버지의 재능을 존경하고 자기에 대한 깊은 애정에 감사한 나머지 도저히 그냥 넘겨버릴 수 없을 정도의 것도 잊어버리려 애썼다. 자기 아내를 자녀들까지 무시하도록 폭로하는 따위의, 부부 상호간의 의무나 예의를 위반하는 몹시 비난할 만한 사실조차 잊어버리려고 노력했다. 그러나 엘리자베스는 매우 부적당한 결혼이 틀림없이 가져올 불리한 손실을 지금처럼 절감해 본 적은 없었다. 또 아버지가 재능을 그렇게 쓸데없는 곳에 쓰기 때문에 일어나는 불행을 지금처럼 실감했던 적도 없었다. 아버지의 재능은 올바로 쓰기만 하면 비록 부인의 소견을 넓히지는 못할망정 적어도 딸들의 존경만은 계속 받았을 그런 재능이었다.

엘리자베스가 위컴 씨의 출발을 기뻐한 것은 단지 군대가 이동했기 때문에 만족했던 것뿐이었다. 다른 곳의 무도회에 초대되는 일은 전보다 줄어들었고, 집에는 어머니와 동생이 있어서 주위의 모든 침울한 것에 대한 그들의 끊임없는 불평불만은 집안을 우울하게 만들었다. 또 비록 키티는 그녀의 머리를 어지럽히던 장교들이 떠나버린 이상 조만간 본래의 의식을 회복한다손 치더라도, 리디아의 경우는 달랐다. 커다란 죄악조차도 서슴없이 받아들이는 그녀의 성격으로 보아 해수욕장과 병사(兵舍)라는 두 가지 위험요소는 그녀의 모든 어리석음과 염치없는 성격을 한층 더 굳힐 것이 당연한 일이었다. 이리하여 대체로 엘리자베스는 누구든지 가끔 경험하는 일이지만, 그녀가 초조한 마음으로 기다리던 사건이 일어나더라도 기대했던 만큼의 큰 만족을 가져다주지는 않는다는 것을 알았다. 따라서 사실상의 행복의 시작을 위해서는 미래의 어느 시일을 기약하는 것이 필요했고, 자기의 소원과 희망을 정착시킬 또 다른 지점을 지닐 필요가 있었으며, 또다시 기대의 즐거움을 누리면서 현재를 위로하고 또 하나의 실망에 대비하는 것이 필요했다. 그래서 호수 지방으로 여행하는 것이 현재 엘리자베스가 생각하고 있는 가장 즐거운 목적이었다. 그것은 어머니와 키티의 불만이 만들어내는 피할 수 없는 불안한 시간에 대한 최상의 위로였다. 이 여행 계획에 제인을 포함시킨다면 그 계획은 완전한 것이 될 것이다. 그러나 엘리자베스는 다음과 같이 생각했다.

'하지만 무언가 부족한 것이 있다는 건 오히려 다행스런 일이야. 만약 모든 준비가 완벽하다면 실망하는 일이 반드시 생길 테니까. 그러나 언니가 없어서 서운한 마음이 항상 따라 다니면 즐거운 일에 대한 모든 기대가 실현되기를 당연히 바라게 되겠지. 여행 계획에서 기대했던 것이 모조리 이루어질 수는 없을 거야. 여기에서 오는 실망은 무언가 마음을 괴롭히는 일이 약간만 있으면 충분히 예방할 수 있어.'

리디아는 떠나면서 자주 또 자세히 어머니와 키티에게 편지를 쓰겠다고 약속했다. 그러나 편지는 늘 오래 기다려야 왔고 그나마도 늘 짧았다. 어머니에게 보낸 편지에는 방금 도서관에서 돌아온 길인데, 거기에는 모모(某某) 장교가 따라왔었다는 것, 또 가운과 파라솔을 새로 샀다는 것, 여기에 대해서는 좀더 자세히 쓰려고 했는데 포스터 부인이 지금 부르기 때문에 급히 그만두지 않을 수 없다는 것, 지금부터 병사에 간다는 것 따위의 사연뿐이었다. 키티에게 보낸 편지에는 그나마도 들을 만한 사연이 더욱 적었다. 어머니에게 보낸 편지보다 좀 더 길긴 하지만 썼다가 지운 곳이 너무 많았다.

리디아가 떠난 지 2, 3주일이 지나지 건강함과 즐거운 기분과 명랑함이 다시 롱본에 깃들기 시작했다. 모든 것이 좀 더 활기를 띠었다. 겨울 동안 런던에 가 있던 가족들도 이미 돌아왔고 여름옷과 무도회에 대한 화제가 다시 시작되었다. 베넷 부인은 수다스런 침착성을 회복했고, 키티도 6월 중순쯤엔 울지 않고 메리턴에 갈 수 있을 만큼 많이 회복하고 심술궂은 배치로 해서 다른 부대가 메리턴에 또다시 주둔하지 않는 이상, 돌아오는 크리스마스쯤에는 키티가 하루에 한 번 이상은 장교 이야기를 꺼내지 않을 정도로 상당히 회복되리라는 희망을 갖게 했다.

북쪽 호수 지방으로 여행을 떠나기로 작정한 날이 아주 빨리 다가오고 있었다. 2주일 남짓 남았을 즈음 가디너 부인으로부터 편지가 왔다. 사연은 출발 일자를 연기하고 동시에 여행 일정을 줄이자는 것이었다. 가디너 씨는 사업상 2주일밖에 남지 않은 7월에는 출발할 수가 없으며, 또 한 달 안으로 런던에 가봐야 한다는 것이었다. 그래서 시간이 매우 짧아졌기 때문에 멀리 갈 수는 없으며 당초에 계획했던 대로 많은 것을 구경할 수도 없고, 또 작으나마 여유 있고 즐겁게 구경할 수도 있을 테니까, 호수 지방은 단념하고 대신 여행을 단축시킬 수밖에 없다는 것이었다. 그래도 그 주에는 3주일을 꼬박 걸려서 볼만큼 구경거리가 많으며, 가디너 부인은 특히 상당히 매력을 느낀다는 것이었다. 그리고 자기가 그전에 가본 적이 있으며, 또 며칠간 머무를 예정인 모시(某市)는 매트로크, 체츠워드, 다브데일, 더 피크 따위의 유명한 경치들만큼이나 호기심을 불러일으킨다는 것이었다.

엘리자베스는 몹시 실망했다. 그녀는 호수 지방에만 희망을 걸었던 것이다. 그리고 3주일이면 아직도 호수 지방을 구경하기에 충분한 시일이라고 생각했다. 그러나 그녀로서는 그것만으로도 만족할 수밖에 없었으며 또 모든 일에 즐거워하는 것이 그녀의 성격이었다. 그래서 곧 만사는 다시 순조롭게 되었다.

다비셔라고 하면 연상되는 것이 많았다. 그 말을 들을 때마다 엘리자베스는 펨벌리와 그 소유자인 다르시 씨를 생각지 않을 수 없었다. '그러나 반드시 태연한 모습으로 가야지. 가서 형석(螢石)을 다르시 씨 몰래 가져와야지.' 이렇게 엘리자베스는 속으로 중얼거렸다.

그리하여 기다리는 시간은 곱으로 길어졌고 가디너 씨 부부가 도착할 때까지 4주일을 집에서 보내야 했다. 그러나 한 달은 쉬 지나가고 가디너 씨 부부는 네 아이를 데리고 드디어 롱본에 왔다. 여섯 살과 여덟 살 난 두 계집애와 두 사내 동생들은 제인이 맡기로 했다. 제인은 누구나 좋아할 수 있는 여자였으며, 그녀의 착실한 마음과 상냥한 성품은 그들을 가르치고 그들과 같이 놀고 그들을 사랑하고, 이렇게 여러 모로 그들을 돌보기에 꼭 알맞았다.

가디너 씨 부부는 겨우 하룻밤을 롱본에서 보내고, 이튿날 아침 엘리자베스와 함께 신비와 즐거움을 찾아 여행의 길을 떠났다. 그들에게 있어 한 가지 기쁨만은 확실했다. 즉 동반자로서 적당하다는 기쁨이었다. 이 말 속에는 불편을 참는 건강한 심신과, 또는 즐거움을 더하는 명랑성과 낯선 곳에서 실망하는 일이 있을 때마다 기쁨을 줄 사람과 지혜 등이 포함되어 있었다.

다비셔나 그들의 여행길에 놓여 있는 명승지를 소개하고 묘사하는 것은 이 글의 목적이 아니다. 옥스퍼드나 블레님이나 워릭이나 케닐워드나 버밍엄 등은 독자들도 잘 알고 있을 것이다. 다비셔의 일부 지방만이 현재 필자가 관심을 갖는 전부다. 주의 주요한 명승지들을 모두 구경한 후에, 일행은 가디너 부인이 이전에 살던 곳이며 아직도 몇몇 지기(知己)들이 살고 있는 것을 최근에 알게 된 램턴이라는 작은 도시로 발길을 돌렸다. 이 램턴에서 5마일도 안 되는 곳에 펨벌리가 있다는 것을 엘리자베스는 가디너 외숙모에게서 들었다. 펨벌리의 방문은 그들의 여행 계획에는 없었지만 그렇게 멀리 있는 것도 아니었다. 지난밤에 여정을 상의할 때 가디너 부인이 펨벌리에 다시 가보고 싶다는 말을 꺼내자 가디너 씨는 기꺼이 찬성했고 엘리자베스에게도 승낙을 청했었다. 가디너 부인은 이렇게 말했다.

"얘, 넌 그렇게도 귀가 아프게 들은 곳에 가보고 싶지 않니? 또 네가 아는 많은 사람들과도 인연이 있는 곳이야. 네가 알다시피 위컴이 청년 시절을 보낸 곳이기도 하고."

엘리자베스는 괴로웠다. 펨벌리에는 볼일이 없음을 알고 마음이 내키지 않는 체할 수밖에 없었다. 엘리자베스는 크고 호화로운 저택에 이제 싫증이 났으며 또 가보고 싶지도 않다고 말했다. 여러 곳을 돌아다녔기 때문에 실상 훌륭한 융단이라든가 수놓은 커튼이라든가 하는 것엔 흥미가 없다고도 했다.

가디너 부인은 엘리자베스의 어리석은 생각을 꾸짖었다.

"만약 펨벌리가 훌륭한 가구만이 즐비한 화려한 집에 불과하다면 나도 그만두겠어. 하지만 정원이 정말 매혹적이란 말이야. 전국에서 가장 훌륭한 숲이거든."

엘리자베스는 더 이상 말하지 않았다. 그러나 마음만은 잠자코 동의하고만 있을 수가 없었다. 펨벌리를 구경하는 동안에 다르시 씨를 만날지도 모른다는 생각이 곧 떠올랐다. 두려운 일이었다. 엘리자베스는 얼굴을 붉히며, 그런 위험을 무릅쓰느니보다는 외숙모에게 숨김없이 이야기하는 편이 나으리라고 생각했다. 그러나 여기엔 문제가 많았기 때문에 결국 엘리자베스는 펨벌리의 가족이 묵고 있는지의 여부를 몰래 물어보아서 불행하게도 다르시 씨가 집에 있다면, 그때엔 최후 수단으로 모든 것을 털어놓으리라고 결심했다.

그래서 밤에 잠자리에 들자 엘리자베스는 하녀에게 펨벌리는 훌륭한 곳인가, 주인의 이름은 무엇인가, 또 가족은 여름 동안 돌아와 있는가 하는 것 등을 시치미를 떼고 물어보았다. 다행히도 마지막 물음에 대한 대답은 부정적이었다. 그래서 이젠 걱정이 사라졌으므로 그녀 자신도 펨벌리를 가보고 싶은 호기심이 갑자기 일어났음을 느꼈다. 이튿날 아침 그 화제가 다시 나와서 질문을 받았을 때, 엘리자베스는 시치미를 뚝 떼고 그 계획을 정말로 싫어했던 것만은 아니라고 선뜻 대답했다.

그래서 그들은 펨벌리로 가게 되었다.

43

마차를 타고 가면서 엘리자베스는 처음으로 펨벌리 숲을 불안한 마음으로 바라보았다. 그리고 드디어 그들이 문지기 집을 돌아 안으로 들어가자 엘리자베스의 가슴은 몹시 뛰었다.

공원은 매우 넓고 컸으며 땅은 울퉁불퉁했다. 그들은 가장 낮은 곳으로 들어가서 얼마 동안 넓게 뻗은 아름다운 숲 속을 지나갔다.

엘리자베스의 가슴은 말할 수 없을 만큼 벅찼으며 주목할 만한 곳과 경치를 두루 살펴보곤 감탄하지 않을 수 없었다. 마차가 반 마일쯤 서서히 올라가자 꽤 높은 언덕 꼭대기에 이르렀는데, 바로 거기에서 숲은 끝나고 길이 좀 험하게 돌아 들어간 골짜기 건너편에 우뚝 솟은 펨벌리의 저택이 한눈에 들어왔다. 높은 지대에 세운 크고 아름다운 돌집이었다. 뒤로는 높고 울창한 산마루가 둘러쳐져 있고 앞에는 천연의 시내가 큰 개울을 이루며 흘렀다. 그러나 조금도 부자연스러운 꾸밈이란 없었고 양쪽에 있는 둑은 형식적인 것도 거짓으로 장식한 것도 아니었다. 엘리자베스는 즐거웠다. 그녀는 결코 펨벌리보다 더 아름답게 꾸며놓은 곳을 본 적이 없었고, 이처럼 자연의 혜택을 받아 어색한 인공적인 아름다움이 없는 곳을 본 적이 없었다. 그들은 모두 펨벌리의 장관을 극구 찬양해마지 않았다. 그 순간 엘리자베스는 이 펨벌리의 안주인이 된다는 것은 정말 대단한 일이라고 느꼈다.

　그들은 언덕을 내려가 다리를 건너 문 쪽으로 다가갔다. 집 가까이에 이르자 엘리자베스에게는 다르시 씨를 만나지나 않을까 하는 두려움이 되살아났다. 집을 보고 싶다고 말하자 그들은 현관 안으로 안내되었다. 가정부를 기다리는 동안 엘리자베스는 자기가 어디에 와 있는가를 알고 새삼스레 놀라지 않을 수 없었다.

　드디어 가정부가 왔는데 그녀는 엘리자베스가 생각했던 것보다 예의바르고 그리 가냘프지 않은 훌륭한 모습의 나이 지긋한 부인이었다. 일행은 부인을 따라 응접실로 들어갔다. 균형이 잘 잡히고 훌륭하게 꾸며진 커다란 방이었다. 가볍게 방을 둘러본 후에 엘리자베스는 창으로 가서 창 밖의 경치를 즐겼다. 그들이 방금 내려온, 숲이 무성한 언덕은 멀리서 보니 더욱 가파르고 아름다웠으며 정원은 잘 조성되어 있었다. 엘리자베스는 즐거운 기분으로 시내와 둑 위에 여기저기 흩어져 있는 나무들, 계곡의 굽이굽이, 이 모든 풍경을 눈이 닿는 데까지 바라보았다. 각기 다른 방에서 볼 때마다 이러한 경치의 위치는 바뀌었지만 어느 방의 창문에서 보든지 아름다운 풍경이었다. 방들은 고상하고 훌륭했으며 가구들은 주인의 재력에 알맞은 것들이었다. 엘리자베스는 펨벌리의 가구가 몰취미하게 번질번질하거나 쓸데없이 화려하지 않으며 로징스의 가구보다는 덜 화려하나 더 우아한 것을 보고 다르시 씨의 취미에 경탄하지 않을 수 없었다.

　엘리자베스는 생각했다.

　'나는 이곳의 안주인이 될 뻔했지. 지금쯤은 이 방들과 낯이 익었을지도 몰라. 손님으로 이 방들을 구경하는 대신 이 방들이 내 것 인양 기뻐하며 외삼촌과 외숙모 그리고 손님들을 이 방에 안내했을 수도 있었겠지.'

여기서 엘리자베스는 다시 마음을 가라앉혔다.

'아냐, 그럴 리가 없어. 외삼촌과 외숙모와는 관계가 끊어졌을 거야. 두 분을 초대하는 따위의 허락은 받지 못했을 거야.'

그녀는 자신의 가슴속에 일어나는 어떤 후회스런 마음을 간신히 진정시켰다.

엘리자베스는 가정부에게 주인이 정말 없느냐고 물어보고 싶었으나 차마 그럴 용기가 나지 않았다. 그러나 이 질문을 결국 가디너 씨가 했을 때 엘리자베스는 놀라 돌아섰다. 레이놀즈 부인은 없다고 대답하고 이렇게 덧붙였다.

"그러나 내일 오실 겁니다. 친구분들과 큰 무도회가 있을 예정이라서요."

엘리자베스는 자기들의 여행이 하루 연기되지 않은 것을 얼마나 다행으로 여겼는지 모른다.

가디너 부인이 어떤 그림을 보라며 엘리자베스를 불렀다. 엘리자베스가 가까이 가보니 그것은 다른 몇 개의 작은 초상화에 섞여 벽난로 위에 걸려 있는 위컴 씨의 초상화였다. 외숙모는 엘리자베스를 보고 웃으면서 그를 좋아하느냐고 물었다. 이 때 가정부가 다가와서 그것은 돌아가신 주인의 재산 관리인이었던 사람의 아들로서, 주인이 당신의 돈을 들여 키운 청년의 초상화라고 설명을 한 후 이렇게 덧붙였다.

"지금은 군대에 갔죠. 하지만 몹시 방탕했다는 소문입니다."

가디너 부인은 엘리자베스를 보고 웃었으나 엘리자베스는 따라 웃을 수가 없었다.

레이놀즈 부인은 또 하나의 그림을 가리키면서 말을 이었다.

"이분이 제 주인입니다. 꽤 닮으셨죠. 약 8년 전에 저 그림과 동시에 그린 것입니다."

"주인 되시는 분의 훌륭한 인품에 대해선 들어 알고 있습니다. 출중한 인물이시로군요. 어디, 리지는 저 그림이 실물과 닮았는지 안 닮았는지 알 수가 있겠구나" 하고 가디너 부인이 그림을 보면서 말했다.

레이놀즈 부인은 엘리자베스가 자기 주인을 알고 있는 듯한 이 말을 듣자 엘리자베스에 대한 관심이 커진 모양이었다.

"아가씨는 다르시 도련님을 아시나요?"

엘리자베스는 얼굴을 붉히며 말했다.

"네, 조금."

"잘생긴 분이라고 생각지 않으세요?"

"네, 매우 훌륭한 분이에요."

"정말 그렇게 훌륭한 분은 다시 없을 거예요. 이층 화실에 가시면 이것보다 더 큰 것을 보실 수 있습니다. 이 방은 돌아가신 주인이 가장 좋아하시던 방이었죠. 이 그림들은 그 때 걸렸던 그대로예요. 무척 좋아하셨습니다."

이것은 엘리자베스에게 위컴 씨가 이 집 식구들과 같이 살았었다는 것을 알게 해주었다.

레이놀즈 부인은 다음에 다르시 양의 여덟 살 때의 초상화로 그들의 주의를 돌리게 했다.

"다르시 양도 오라버님처럼 잘생겼는가요?" 하고 가디너 씨가 물었다.

"물론이에요. 제가 본 여자 중에서 가장 예쁜 아가씨죠. 그리고 재주도 갖추셨습니다. 하루 종일 악기를 치시며 노랠 부르시지요. 다음 방에 가면 도련님이 아가씨에게 선물하신, 방금 들여온 새로운 악기가 하나 있습니다. 아가씨도 내일 도련님과 함께 오실 겁니다."

가디너 씨는 태도가 매우 담백하고 쾌활해서 질문도 하고 의견도 말함으로써 가정부의 수다를 돋우었다. 레이놀즈 부인은 자만심에서인지, 혹은 주인에 대한 애착에서인지 주인과 그 여동생의 이야기를 하는 것에 확실히 커다란 기쁨을 느끼는 모양이었다.

"주인께서는 일 년 중 펨벌리에 계시는 날이 많은가요?"

"제가 바라는 만큼 많은 날은 아니에요. 하지만 아마 일 년 중 절반은 여기서 지내실 거예요. 그리고 아가씨는 여름이면 언제나 내려오십니다."

'물론 램즈기트에 갈 때에는 빼놓고서겠지.'라고 엘리자베스는 생각했다.

"주인께서 결혼을 하시면 자주 뵙겠군요."

"그럴 겁니다. 하지만 언제 하실지 아나요? 누가 그분께 어울리는지 도대체 알 수가 있어야죠."

가디너 씨 부부는 미소지었다. 그러나 엘리자베스는 이렇게 말하지 않을 수 없었다.

"부인께서 그렇게 생각하시는 것은 아마 그분의 명예를 위해서겠죠."

"저는 사실을 말할 뿐입니다. 그분을 아는 모든 사람들이 말하는 것 이상의 것은 말하지 않습니다" 하고 가정부는 대답했다. 그러자 엘리자베스는 이건 좀 지나친 칭찬이라고 생각했다. 그리고 가정부가 다음과 같이 말하는 것을 듣고 더욱 놀랐다.

"저는 도련님이 네 살 때부터 줄곧 모시고 있었지만, 그 동안 한 마디라도 도련님이 화를 내며 말씀하시는 것을 들어본 적이 없답니다."

이 칭찬은 다른 어떤 칭찬보다도 가장 엉뚱하고 엘리자베스의 생각과는 상반되는 것이었다. 그가 상냥한 사람이 아니라는 것은 그녀의 가장 확고한 신념이었다. 이제 엘리자베스의 가장 예리한 주의력이 눈을 뜨게 되었다. 그래서 좀더 듣고 싶어졌는데 마침 외삼촌이 고맙게도 다음과 같이 말했다.

"그만한 분도 드물죠. 훌륭한 주인을 모시고 있어서 좋으시겠습니다."

"그럼요. 저도 그렇게 생각합니다. 한평생 살아도 그 분보다 더 좋은 분을 만날 수는 없을 겁니다. 어려서 상냥한 사람은 자라서도 온후하더군요. 어려서 도련님은 세상에서 제일 마음이 상냥하고 너그러운 소년이었습니다."

엘리자베스는 눈을 둥그렇게 뜨고 가정부를 쳐다보았다. 그리고 '다르시 씨가 과연 그랬을까?' 하고 생각했다.

"부친께서도 훌륭한 분이셨다죠?' 하고 가디너 부인이 물었다.

'네, 정말 훌륭하신 어른이셨죠. 도련님도 반드시 아버님을 닮으셔서 가난한 사람들에게 상냥하실 겁니다."

엘리자베스는 들을수록 놀랍고 의아했지만 그래도 더 듣고 싶어 안달이 났다. 그러나 레이놀즈 부인은 그 외의 점에 대해서는 엘리자베스에게 관심을 갖게 할 수가 없었다. 가정부는 초상화들과 방들의 크기와 가구들의 가격에 관한 이야기를 했지만 쓸데없는 일이었다. 가디너 씨는 가정부가 자기 주인을 극구 칭찬하는 것을 다르시 가(家)에 대한 애정 어린 편견의 탓으로 돌리고 이에 크게 기꺼워하면서 이내 화제를 다시 다르시 씨 쪽으로 돌렸다. 일행이 커다란 층계를 올라갈 때 가정부는 힘을 내어 그의 장점들을 늘어놓았다.

"도련님은 세상에서 가장 훌륭한 주인이고 지주이십니다. 자기 이외에는 생각도 하지 않는 요즘의 버릇없는 젊은 사람들 같지 않죠. 소작인이나 하인들도 모두 도련님을 칭찬합니다. 어떤 사람들은 도련님을 오만하다고들 하죠. 하지만 전 그런 태도를 본 적이 없습니다. 제 생각으론 도련님이 다른 청년들처럼 말을 많이 하지 않기 때문인가봐요."

'저런 투로 말하니까 다르시 씨가 꽤 좋은 분인 것처럼 들리는군' 하고 엘리자베스는 생각했다.

"다르시 씨에 대한 이런 훌륭한 이야기는 위컴 씨에 대한 그의 행동과는 아주 모순되는데" 하고 외숙모가 걸어가면서 엘리자베스에게 속삭였다.

"아마 속고 있는지도 모르죠."

"아냐, 그런 것 같지 않은데. 믿을 만한 사람이 얘기하는 거니까 근거 있는 말일 거야."

이층의 넓은 복도에 이르자 일행은 아래층의 방들보다 더욱 우아하고 깨끗하고 최근에 다시 꾸민 것 같이 매우 아름다운 거실로 안내되었다. 그리고 그 방은 펨벌리에서도 가장 다르시 양의 마음에 들었던 방으로 새로 꾸민 것도 오로지 그녀를 즐겁게 하기 위해서라는 사실을 알았다.

"확실히 좋은 오빠로군요." 창문으로 다가가면서 엘리자베스는 이렇게 말했다.

레이놀즈 부인은 다르시 양이 이 방에 들어서면서 기뻐하는 모습을 보기를 손꼽아 기다린다고 말하면서 다음과 같이 덧붙였다.

"도련님이 하시는 일은 늘 이런 거죠. 아가씨를 기쁘게 해드릴 수 있는 일이라면 무엇이든지 단번에 하시거든요. 아가씨를 위해서라면 못 하실 일이 없어요."

이제 남은 것은 화랑과 두서너 개의 침실뿐이었다. 미술품 진열실에는 훌륭한 그림이 많이 있었으나 엘리자베스는 미술에는 문외한이었으므로 다르시 양이 크레용으로 그린 몇 가지 그림만을 즐겨 돌아보았다. 다르시 양이 그린 그림의 소재는 대개 재미있었고 또 이해하기도 쉬웠다.

화랑에는 가족과 조상들의 초상화가 많았지만 다른 사람들의 관심을 끌 수는 없었다. 엘리자베스는 알고 있는 얼굴만을 찾았다. 드디어 엘리자베스의 발길을 멈추게 하는 그림이 하나 있었다. 그것은 그가 자기를 바라볼 때에 엘리자베스가 가끔 본 적이 있는, 얼굴 가득 미소를 띤 얼굴이었다. 진지한 생각에 잠긴 채 엘리자베스는 그 그림 앞에서 몇 분 동안을 서 있었다. 그리고 일행이 화랑을 나가기 전에 다시 한 번 돌아와 그 그림을 보았다. 레이놀즈 부인은, 그것은 부친이 살아 계실 때 그려진 것이라고 알려주었다.

이 순간 엘리자베스의 마음속에는 확실히, 그들이 한참 사귈 때 그에 대해 느꼈던 것보다 한층 더 부드러운 감정이 일어나고 있었다. 레이놀즈 부인이 다르시 씨에게 하는 칭찬은 절대로 보잘 것 없는 성질의 것이 아니었다. 총명한 하인의 칭찬보다 더 가치가 있는 칭찬이 또 어디에 있을 것인가? 오빠로서 지주로서 주인으로서 얼마나 많은 사람의 행복이 그의 보호 아래 있는가를 엘리자베스는 생각해보았다. 과연 그에게는 얼마나 많은 즐거움이나 괴로움을 부여할 능력이 있는 것일까? 얼마나 많은 선행이나 비행이 그에 의해 행해질 수 있는 것일까? 가정부가 진술한 모든 의견은 그의 인격에 유리한 것뿐이었다. 두 눈으로 자기를 바라보고 있는 그의 초상화 앞에 서 있을 때, 엘리자베스는 일찍이 느껴본 적이 없었던 깊은 감사의 마음을 느끼며 그의 호의를 생각했다. 엘리자베스는 그 호의가 얼마나 따뜻한 것이었나를 생각하고 그 표현의 부적당한 면을 부드럽게 이해했다.

일반에게 열람을 허락하고 있는 이 집안을 다보고 난 뒤 그들은 아래층으로 다시 내려왔다. 거기서 가정부에게 작별을 고하고 현관문에서 만난 정원사의 안내를 받았다.

그들이 개울 쪽으로 잔디밭을 가로질러 건널 때, 엘리자베스는 다시 한 번 집을 보려고 돌아섰다. 가디너 씨 부부도 걸음을 멈췄다. 그런데 엘리자베스가 그 건물을 언제 지었을까를 추정하고 있을 때, 바로 그 건물의 주인인 다르시 씨가 집 뒤 마구간으로 통하는 길목에서 나왔다.

두 사람 사이의 거리는 20야드도 채 못 되었고, 또 다르시 씨의 출현이 너무 돌발적인 것이었기 때문에 그의 시야를 피하는 것은 불가능한 일이었다. 두 사람의 시선은 곧 마주쳤고 서로의 뺨은 빨갛게 물들었다. 그는 몹시 놀라고 아연해서 한동안 움직일 줄을 몰랐으나 이내 침착하게 일행 있는 쪽으로 다가와서 완전히 태연하진 못해도 아주 정중하게 엘리자베스에게 말을 걸었다.

엘리자베스는 처음엔 본능적으로 돌아섰으나 다르시 씨가 다가오는 바람에 멈칫하고 당황스러움을 숨기지 못한 채 그의 인사를 받았다. 만약 처음 본 다르시 씨의 외모가, 다시 말해 그의 용모가 그들이 방금 보고 온 초상과 닮았다는 사실이, 나머지 두 사람인 가디너 씨 부부에게 자기들의 눈앞에 있는 사람이 바로 다르시 씨라는 것을 납득시키기엔 충분하지 않다 할지라도, 정원사가 그를 보고 놀라는 것만으로도 금방 그임을 알 수 있었을 것이다. 그들은 다르시 씨가 엘리자베스에게 이야기하는 동안 약간 떨어져서 서 있었다. 엘리자베스는 놀라고 당황하여 거의 눈도 들지 못하고 그가 가족의 안부를 묻는데도 대답할 바를 몰랐다. 그들이 지난번 헤어진 이후 다르시 씨의 태도가 돌변한 데 놀란 엘리자베스는 그가 말을 할 때마다 더욱 당황해하였다. 자꾸만 자기가 이곳에 와 있다는 것이 부당하다는 생각이 들어서 그와 같이 서 있는 몇 분 동안은 엘리자베스의 일생 중 가장 불안한 순간이었다. 다르시 씨도 아주 태연할 수만은 없는 모양이었다. 말을 할 때 그의 어조는 평소의 침착성을 잃고 있었고, 롱본은 언제 출발했는가, 다비셔에는 얼마나 머무는가 하는 따위의 질문을 계속 되풀이하며 서두르는 모양이, 그의 정신이 갈피를 못 잡고 흩어져 있다는 것을 확실히 말해주고 있었다.

결국 그는 아무 생각도 나지 않는 모양이었는지 말 한마디 없이 몇 분간을 그대로 서 있더니 갑자기 정신을 차리고 작별 인사를 한 후 가버렸다.

가디너 씨 부부는 엘리자베스와 함께 걸으면서 그의 인품을 격찬하였으나 엘리자베스는 한 마디도 듣지 못하고 자기 감정에 완전히 도취된 채 묵묵히 걷기만 했다. 그녀는 수치심과 괴로움으로 어쩔 줄 몰랐다. 펨벌리에 오다니 세상에서도 가장 비참하고 주책없는 짓이었다! 그에겐 얼마나 이상하게 보였을까! 그다지도 자부심이 강한 남자에게 이 얼마나 이상하게 보였을까! 내가 일부러 자기 앞에 나타난 것처럼 생각하겠지! 아, 난 왜 왔을까? 그는 무엇 때문에 예정보다 하루를 앞당겨 왔을까? 다만 10분만 일찍 나왔더라면 우리는 다르시 씨가 알아보지 못하는 곳으로 갈 수 있었을 것이기 때문이다. 엘리자베스는 몇 번이고 이 심술궂은 만남에 낯을 붉혔다. 그런데 돌변한 그의 태도는 무엇을 의미하는 것일까? 도대체 그가 먼저 말을 건네는 것부터가 기적이었다. 더구나 그렇게 정중하게 가족의 안부까지 묻다니! 엘리자베스는 그의 태도에 그렇게 위엄이 사라진 것을 본 적이 없었고 그도 이 갑작스런 만남에서처럼 상냥하게 말을 해본 적이 없었다. 로징스 정원에서 엘리자베스의 손에 편지를 쥐어주며 하던 그의 마지막 말과는 이 얼마나 대조적인가! 엘리자베스는 어떻게 생각해야 할지 도대체 알수가 없었다.

개울가의 아름다운 산책길로 들어섰던 일행은 한 걸음씩 비탈길을 오르면서 넓은 숲으로 다가갔다. 한동안이 지나도록 엘리자베스는 그것을 몰랐다. 비록 가디너 씨 부부가 되풀이하는 물음에 기계적으로 대답을 하고 그들이 가리키는 풍경에 눈을 돌리는 척은 하였지만 엘리자베스는 아무 것도 느끼지 못했다. 그녀의 온 정신은 건물이야 어떻든 그가 있는 펨벌리 저택에 집중되어 있었다. 자기와 만난 순간 그의 마음속에 어떤 생각이 스쳐갔으며 어떤 모양으로 자기를 생각했으며, 또 모든 것을 꺼리지 않고 그가 아직도 자기에게 호감을 가지고 있는지 등이 몹시 알고 싶어졌다. 그는 냉정했기 때문에 정중할 수 있었으리라. 그래도 그의 목소리에는 무엇인가 침착하지 못한 데가 있었다. 자기를 보고 그가 고통을 느꼈는지, 혹은 기쁨을 느꼈는지 엘리자베스로선 도무지 알 길이 없었지만 그가 침착하지 못했던 것만은 확실했다.

그러나 결국 엘레자베스가 정신이 나가 있는 것을 본 가디너 씨 부부가 그녀를 일깨우자 그녀는 좀더 자기답게 보여야겠다는 필요성을 느끼지 않을 수 없었다.

일행은 숲으로 들어서서 잠시 동안 개울에 작별 인사를 하고 좀더 높은 지대로 올라갔다. 거기서 그들은 나뭇가지들 사이로, 점점이 이어진 계곡의 매혹적인 경치들과 울창한 숲이 길게 뻗어 있는 맞은편 동산들과 간간이 흐르는 시냇물을 볼 수 있었다. 가디너 씨는 공원을 전부 돌아보고 싶다고 말했으나 도저히 걸어선 돌아볼 수 없는 거리였으므로 속상해했다. 정원사는 자랑스런 미소를 띠며 주위가 10마일이나 된다고 말했다. 그래서 그들은 가던 길을 계속 따라 좇아갔는데 얼마 동안을 걷자 개울가와 좁은 지대에 이르는, 우거진 숲 가운데에 있는 내리막길에 다시 이르렀다. 일행은 경치가 좋은 간소한 자리로 옮기려고 물을 건넜다. 그곳은 그들이 지금까지 보아온 어느 곳보다도 자연스러운 곳이었다. 계곡은 다시 협곡으로 좁아져서 개울과 그 개울을 두른 무성한 덤불 사이로 난 좁은 산책 길만이 겨우 들어앉을 만한 자리밖에 없었다. 엘리자베스는 그 계곡의 굽이굽이를 모두 둘러보고 싶었다. 그러나 그들이 다리를 건너고 집에서 너무 멀리 왔음을 알았을 때, 걸음을 잘 걷지 못하는 가디너 부인이 결국 더 이상 갈 수 없다고 주저앉으며 될 수 있는 대로 빨리 마차를 타고 돌아가자고 말했다. 엘리자베스는 이에 따를 수밖에 없었다. 그래서 그들은 개울 건너편의 가장 가까운 쪽으로 집을 향해 발길을 돌렸다. 그러나 자기 취미에 몰두하는 일은 드물지만 낚시질을 꽤 좋아하는 가디너 씨가 가끔 물위로 뛰어오르는 송어에 정신이 팔려 그 이야기를 정원사와 주고받느라고 걸음이 더디어졌기 때문에 일행이 걷는 속도는 자연히 느려졌다. 이렇게 지체하면서 배회하고 있을 때 다르시 씨가 그다지 멀지 않은 곳에서 그들을 향해 오고 있는 것을 보자 그들은 다시 놀랐다. 엘리자베스의 놀라움은 아까와 마찬가지로 컸다. 그들이 지금 걷는 길은 물 건너편 길보다 덜 가려져서 서로 만나기 전에 그가 오는 것을 볼 수 있었다. 엘리자베스는 놀라긴 했으나 아까보다는 그를 만날 준비가 좀 더 잘되어 있는 편이었고, 그가 정말로 자기들을 만날 작정으로 오는 것이라면 이번에는 침착하게 행동하기로 결심했다. 엘리자베스는 잠시 동안 그가 필시 딴 길로 접어들 것이라고 생각했다. 이 생각은 그들이 길모퉁이를 도느라고 다르시 씨가 그들의 시야에 보이지 않는 동안에도 계속되었다. 그러나 모퉁이를 다 돌고 나자 그는 바로 그들 앞으로 다가오고 있었다. 엘리자베스는 한눈에 그가 얼마 전의 정중한 태도를 조금도 잃지 않고 있음을 알았다. 그래서 그의 공손함을 닮으려고 엘리자베스는 그와 부딪치자 펨벌리의 아름다움을 칭찬했다. 그러나 '아름답습니다' 라든가 '매혹적이에요' 라는 이상의 말은 하지 않았다. 그때 자기가 펨벌리를 칭찬하는 것이 어쩌면 나쁜 의미로 해석될 수도 있다는 불길한 생각이 들어서 엘리자베스는 안색을 바꾸고 입을 다물어버렸다.

가디너 부인은 조금 뒤쪽에 서 있었다. 그녀가 머뭇거리자 다르시 씨는 엘리자베스에게 자기를 일행에게 좀 소개해 주지 않겠느냐고 청했다. 이것은 엘리자베스로서는 전혀 생각지도 못한 뜻밖의 친절이었다. 엘리자베스는 그가 자기에게 사랑을 구할 때, 그의 오만함이 반감을 일으켰던 바로 그 사람들을 이제 사귀려 하는 데에 웃음을 참을 수가 없었다. 엘리자베스는 생각했다.

'이분들이 누군지 알면 깜짝 놀랄 거야. 아마 상류 사회 사람들인 줄 알고 있는 모양이지.'

엘리자베스는 곧 그들을 소개했다. 가디너 씨 부부와의 인척 관계를 말하면서 엘리자베스는 슬쩍 다르시 씨의 표정을 살폈다. 그가 이런 명예롭지 못한 상대로부터 급히 도망치지나 않을까 하는 생각도 들었다. 그는 확실히 놀라기는 했지만, 그러나 잘 견뎌냈다. 그리고 도망치기는 커녕 그들과 같이 돌아서서 가디너 씨와 이야기를 하기 시작했다. 엘리자베스는 기쁘고 의기양양하지 않을 수 없었다. 자기에게도 얼굴을 붉힐 필요가 없는 떳떳한 친척이 있다는 것을 다르시 씨가 알았다는 것이 다행스러웠다. 엘리자베스는 두 사람이 주고받는 이야기에 귀를 기울였다. 그리고 점잖은 태도를 보이면서 이야기를 하고 있는 외삼촌의 지식과 취미와 말솜씨에 기쁨을 느꼈다.

화제는 곧 낚시질로 옮겨갔다. 엘리자베스는, 고기가 많아서 낚시하기에도 재미있을 개울을 다르시 씨가 가리키면서 "낚시 도구를 드릴 테니까, 이 근처에 머무르시는 동안 언제고 원하는 대로 여기로 오셔서 낚시질을 하세요" 하고 아주 정중하게 가디너 씨를 초대하는 말을 들었다. 엘리자베스와 팔을 끼고 걷고 있던 가디너 부인은 엘리자베스에게 놀란 표정을 지어 보였다. 엘리자베스는 아무 말도 하지는 않았지만 다르시 씨의 그러한 친절이 꼭 자기 때문인 것 같아 몹시 기뻤다. 그러나 엘리자베스는 매우 놀라워하며 다음과 같은 생각을 되풀이했다.

'그가 이렇게 변한 이유는 무엇일까? 나 때문일 리는 없어. 그의 행동이 저렇게 부드러워진 것이 나를 위해서일 리는 없어. 헌스퍼드에서 내가 질책을 했다고 해서 이렇게 변할 수야 없지. 그가 아직도 나를 사랑할 리는 없어.'

이렇게 두 여자는 앞서고 두 남자는 뒤서서 얼마 동안을 다시 걷고 난 뒤 어떤 기묘한 수중 식물을 좀더 잘 보기 위해 개울 끝으로 내려섰을 때 일행에게 약간의 변화가 일어났다. 그것은 이 아침나절 운동에 피곤해진 가디너 부인이 엘리자베스의 팔에 매달리는 것만으로는 견디기 어려워 자연히 남편의 팔에 매달렸기 때문이다. 이렇게 되자 다르시 씨는 대신 엘리자베스와 나란히 걷게 되었다. 잠시 동안의 침묵 끝에 엘리자베스는 그에게 자기는 그가 부재중인 줄 알고 여기에 왔다는 사실을 알려주고 싶었다. 따라서 그의 도착은 전혀 생각지도 못했던 것이었다고 말하면서 그녀는 다음과 같이 덧붙였다.

"가정부도 아마 내일이나 돼야 오실 거라고 우리에게 말하더군요. 그래서 저희가 베이크월을 떠나기 전에 뵈리라고는 정말 생각지도 못했습니다."

다르시 씨는, 사실 그럴 예정이었으나 음식 조달인과 좀 할 일이 있어서 같이 여행하고 있던 사람들보다 몇 시간 먼저 돌아온 것이라고 말하면서 다음과 같이 말을 이었다.

"그 사람들은 내일 아침 일찍 여기에 올 겁니다. 그 속에는 엘리자베스 양이 잘 아시는 빙리 군과 그 누이들도 있죠."

엘리자베스는 대답 대신 약간 고개를 숙였을 뿐이지만 빙리 씨의 이름이 마지막으로 나왔기 때문에 지난날이 생각났다. 그러나 다르시 씨는 그의 안색으로 미루어보아 별로 그 일을 생각지 않고 있는 모양이었다. 잠시 사이를 두고 다르시 씨는 말을 계속했다.

"일행 중 특히 엘리자베스 양을 몹시 알고 싶어하는 사람이 한 사람 있는데요. 당신이 램턴에 머무르시는 동안 제 동생을 소개할 수 있도록 해주시겠습니까? 너무 지나친 요구일까요?"

이 제의에 대한 엘리자베스의 놀라움은 너무나 커서 그녀는 어떻게 이 일을 받아들여야 할지 몰랐다. 엘리자베스는 자기와 사귀고 싶어하는 다르시 양의 소원이 무엇이든 간에 그것은 오빠인 다르시 씨가 시킨 것임에 틀림없다고 직감적으로 느꼈다. 이렇게 생각하자 엘리자베스는 매우 만족스러웠고, 전에 자기가 그를 질책한 데 대한 원한 때문에 그가 자기를 정말로 나쁘게 생각하고 있지는 않다는 것을 알고 매우 기뻤다.

두 사람은 서로 깊은 생각에 잠긴 채 말없이 걸었다. 엘리자베스의 마음은 편치가 않았다. 그러나 한 편으로는 만족스럽고 기뻤다. 그가 자기에게 동생을 소개시켜주겠다는 것은 최고의 경의의 표시였기 때문이다. 두 사람은 이내 가디너 씨 부부를 앞질렀다. 그들이 마차에 도착했을 때에는 가디너 씨 부부는 약 8분의 1마일이나 뒤떨어져 있었다.

그래서 다르시 씨는 엘리자베스에게 집으로 들어가자고 청하였으나 그녀가 피곤하지 않다고 우기는 바람에 두 사람은 잔디 위에 그냥 서 있었다. 이런 때의 침묵이란 어색한 법이라 되도록 말을 많이 해야 하는 것이다. 엘리자베스는 무슨 말이든 하고 싶었지만 화제마다 제한이 있는 것 같았다. 그러나 드디어 자기가 여행중이라는 것을 기억해내고 매트로크며 다브데일에 관한 이야기를 매우 참을성 있게 했다. 그러나 시간은 더디 가고 외숙모의 걸음도 매우 느려 단둘만의 대화가 끝나기 전에 이미 엘리자베스의 끈기와 생각은 거의 바닥이 나고 말았다. 가디너 씨 부부가 당도하자 다르시 씨는 집으로 들어가서 약간의 다과를 들자고 청했으나 일행은 굳이 사양하고 지극히 공손한 인사를 나누고 서로 헤어졌다. 다르시 씨는 두 여인이 마차에 올라타는 것을 부축해주었다. 마차가 떠날 때 엘리자베스는 그가 자기 집 쪽으로 천천히 걸어가는 것을 보았다.

가디너 씨 부부는 그들이 본 것에 대해 이야기하기 시작했다. 그들은 이구동성으로, 다르시 씨가 예상했던 것보다 말할 수 없이 훌륭하다고 말했다. 가디너 씨는 이렇게 말했다.

"더할 나위 없이 몸가짐이 훌륭하고 예절바르고 겸손하던데."

이 말을 가디너 부인이 받았다.

"그 사람은 확실히 뭔가 조금 묵직한 데가 있더군요. 이건 그의 모습에 한한 것이지만, 어울리지 않는 것은 아니에요. 이젠 나도 그 댁 가정부처럼 '어떤 사람들은 그를 오만하다고들 하죠. 하지만 전 그런 태도를 본 적이 없습니다' 하고 말할 수 있을 것 같아요."

"난 우리에 대한 그 청년의 태도에 매우 놀랐어. 예의 이상으로 친절했지. 정말 친절했어. 그런데 그럴 필요가 전혀 없었거든. 엘리자베스와 안다지만 그건 사소한 이유밖에 안 돼."

"리지야, 그분은 위컴같이 잘생기진 않았더구나. 위컴 같은 용모는 아니야. 그러나 이목구비는 더 훌륭하던데. 그런데 넌 무엇 때문에 그 사람이 싫다고 우리에게 얘기했었니?"

엘리자베스는 극구 변명하면서 켄트에서 만났을 땐 전보다 그를 더 좋아했었다는 것과 자기도 그가 오늘 아침처럼 상냥한 것은 처음 보았다고 말했다.

"그러나 그 청년의 언행에는 어딘가 좀 종잡을 수 없는 데가 있어. 높은 지위에 있는 사람들이라 으레 그렇거든. 그래서 낚시질하러 오라는 그의 말을 곧이 듣진 않겠다. 언제든 또 마음이 변해서 날 몰아낼지도 모르는 일이니까 말야" 하고 가디너 씨가 말했다.

엘리자베스는 외삼촌 내외가 그의 성격을 전적으로 오해하고 있다고 생각했으나 아무 말도 하지 않았다.

가디너 부인이 말을 받았다.

"우리가 본 바로는 다르시 씨가 위컴 씨에게 한 것처럼 아무에게나 잔인할 수 있다고 생각해선 안 될 것 같아. 심술궂게 생기질 않았어. 오히려 말할 때면 입가에 무언가 붙임성 있는 기가 돌던데. 그의 용모에는, 사람들에게 그의 마음이 냉정하다는 등의 나쁜 느낌을 주지 않는 품위가 있더구나. 그래서 하지만 우리에게 집안을 안내하던 가정부의 말은 확실히 과장된 데가 있어. 어떤 때엔 웃음이 나오는 것을 참을 수가 없을정도 였지. 하여튼 너그러운 주인 양반이야. 더구나 하인들의 눈엔 모든 미덕을 두루 갖춘 사람이지."

여기서 엘리자베스는 위컴 씨에 대한 다르시 씨의 행동을 변호하는 무슨 말인가를 좀 해야겠다고 생각했다. 그래서 될 수 있는 대로 조심성 있는 말씨로, 자기가 켄트에서 그의 친척에게 들은 바에 의하면 그의 행동에 대해서는 좀 달리 생각해볼 여지가 많다는 것과, 하퍼드셔에서 생각하고들 있는 것처럼 그의 인격은 그렇게 비난할 만한 것이 결코 아니며, 또 위컴 씨도 그렇게 원만한 사람은 아니라고 말했다. 이 말을 확증하기 위해 그녀는 그 밖에 두 사람이 관계했던 금전상의 사건들을, 자기에게 말해준 당사자의 이름은 얘기하지 않았지만 그러나 신용해도 좋은 사람이라고 말하면서 자세하게 이야기했다.

가디너 부인은 놀라고 염려하는 빛이었으나 그 때에는 이미 마차가 아까 오던 길에 즐겼던 경치에 가까워졌기 때문에 그들은 모두 회상의 기쁨에 잠겼고, 또 남편에게 주위의 경치들을 낱낱이 가리키는 데에 너무 정신이 팔려서 그녀는 다른 것은 생각할 틈이 없었다. 아침나절 내내 걸었기 때문에 피곤해졌음에도 불구하고 가디너 부인은 점심을 마치자마자 옛날 친구들을 찾아나섰고 저녁 시간은 오랫동안 끊겼던 우정을 되찾은 만족감 가운데에 싸여서 보냈다.

그러나 엘리자베스는 그날 일어난 일들만이 머릿속에 가득 차서 외숙모의 새 친구들에 대해서는 주의를 기울이지 못했다. 엘리자베스는 갑작스러운 다르시 씨의 친절과, 또 무엇보다도 그가 그 자신의 여동생을 자기에게 소개시키려는 의도를 도무지 이해할 수가 없었던 것이다.

44

엘리자베스는 다르시 씨가 그의 누이가 펨벌리에 도착하는 그 이튿날쯤
에야 그녀를 데리고 찾아오려니 생각하고, 그날 아침나절은 여관에 붙어
있어야겠다고 마음먹었다. 그러나 그녀의 생각은 빗나가고 말았다. 그들
이 램턴에 도착한 바로 다음날 아침에 다르시 씨 남매가 찾아왔기 때문이
다. 그날 아침 일행이 몇몇 새로운 친구들과 함께 여관 주위를 산책하고 나
서 아침 식사를 하기 위해 옷을 갈아입으려 막 여관에 돌아왔을 때였다. 마
차 소리가 나서 창문으로 다가가 보니 두 남녀를 태운 이륜 마차가 거리를
달려오고 있는 것이 보였다. 엘리자베스는 즉시 마차를 알아보고 그들이
오는 이유를 짐작하고서는 자기가 맞이할 영예를 가디너 씨 부부에게 얘기
함으로써 놀라움을 좀 덜어보려 했으나 헛일이었다. 가디너 씨 부부는 몹
시 놀랐다. 엘리자베스가 말할 때의 당황한 태도와 지금의 상황과 전날의
여러 가지 일들을 종합해볼 때, 다르시 씨와 그녀와의 교제에는 보통 이상
의 의미가 있다는 것을 가디너 씨 부부는 비로소 눈치챘다. 그 전에는 이것
을 전혀 눈치 채지 못했으나 다르시 씨가 베푼 여러 가지 친절은 엘리자베
스에 대한 특별한 애정으로밖에는 달리 생각하거나 설명할 길이 없었다.
이런 새로운 생각들이 가디너 씨 부부의 머리를 스치는 동안 엘리자베스의
당황한 감정은 순간 순간마다 커지고 있었다. 엘리자베스 스스로도 자신이
당황하는 것에 매우 놀랐지만 다른 모든 불안 가운데에서도 자기에 대한
그의 애정 때문에 그가 동생에게 자기를 너무 과찬하지나 않았을까 하여
두려웠고, 평소에 손님을 기쁘게 해주던 것 이상의 애교 있는 모습으로 그

들을 기쁘게 해줄 수 있을까 하여 걱정했다.

다르시 씨 남매에게 들킬까봐 겁이 나서 엘리자베스는 창문에서 떨어져 있었다. 그리고 마음을 진정시키려고 애쓰면서 방을 이리저리 거닐었으나 외삼촌 내외의 의아해하는 얼굴을 보자 그녀의 모든 노력도 허사가 되고 말았다.

드디어 다르시 양과 그녀의 오빠가 나타나서 놀랄만한 소개가 시작되었다. 엘리자베스는 그의 새로운 벗인 다르시 양도 자기만큼이나 당황해하는 태도를 보고 무척 놀랐다. 램턴에 머문 이래로 엘리자베스는 다르시 양이 매우 오만하다는 말을 들었던 것이다. 그러나 단 몇 분간의 관찰만으로도 엘리자베스는 다르시 양이 매우 수줍어하고 있다는 것을 확신할 수 있었다. 그녀에게서 한 마디 이상의 말을 듣는 것조차 힘들 지경이었다.

다르시 양은 키가 컸고 몸집도 엘리자베스보다 컸다. 나이는 열 여섯 남짓하다지만 외모는 균형이 잡혀있었고 여자답고 정숙했다. 인물은 오빠인 다르시 씨보다 못생긴 편이긴 했으나 얼굴에는 지각과 명랑성이 넘쳐흘렀고 몸가짐은 더할 나위 없이 공손하고 얌전했다. 다르시 양도 오빠처럼 날카롭고 어떤 일에도 끄떡없는 '관찰자' 일 것이라고 생각했던 엘리자베스는 이처럼 그녀가 전혀 다른 성격을 알자, 마음이 놓였다.

그들이 함께 있은 지 얼마 안 되어서 다르시 씨는 빙리 씨도 엘리자베스를 만나러 올 것이라는 사실을 알렸다. 그녀가 간신히 새로운 방문자를 맞을 준비를 했을 때, 층계를 올라오는 빙리 씨의 빠른 발자국 소리가 들렸고 그러자 마자 그가 방으로 들어서는 것이었다. 빙리 씨에 대한 그녀의 노여움은 이미 사라진 지 오래이지만, 설사 아직 좀 남아 있었다 해도 엘리자베스에게 보여준 그의 한결같은 상냥한 태도 때문에 모두 사라져버렸을 것이다. 빙리 씨는 예나 다름없이 다정하게 엘리자베스 가족의 안부를 묻고 평소와 똑같이 명랑한 기분으로 엘리자베스와 마주 보고 이야기했다.

가다너 씨 부부에게도 빙리 씨는 엘리자베스 못지 않게 흥미 있는 인물이었다. 그들은 오랫동안 그를 보고 싶어했었다. 실상 그들 앞에 있는 모든 사람들이 그들의 관심을 끌고 있었다. 다르시 씨와 엘리자베스에 대해 방금 일어난 의아심 대문에 가다너 씨 부부는 신중하고 진지하게 두 사람을 살폈고, 이런 관찰로부터 적어도 두 사람 중의 어느 한 사람은 사랑을 느꼈으리라고 확신했다. 엘리자베스의 감정에 대해서는 아직 의심스러운 점이 조금 남아 있었지만 다르시 씨가 그녀에 대한 사랑의 찬미에 충만해 있었다는 것은 의심할 여지가 없었다.

엘리자베스로서는 할 일이 많았다. 그녀는 각 방문자들의 마음을 탐지해 보고 싶었고 자기의 마음을 진정시키고 싶었으며, 모든 사람들 앞에서 자신도 유쾌해지고 싶었다. 그러나 그것의 실현성에 대하여 가장 미심쩍어한 이 마지막 목적에 대해서는 단연 성공을 거둘 수 있었다. 그것은 엘리자베스가 즐겁게 해주려고 노력한 사람들이 전부 그녀의 마음에 들었기 때문이다. 빙리 씨는 선뜻 즐거워할 준비가 되어 있었고, 조지아나는 그것을 열망했으며, 다르시 씨 역시 그렇게 되려고 결심하고 있었다.

빙리 씨를 보자 엘리자베스의 생각은 자연히 제인에게로 향했다. 빙리 씨의 마음은 과연 어떤지 얼마나 그녀가 알고 싶어했는지 모른다. 때때로 그녀는 빙리 씨가 전보다 말수가 적어졌다고 생각했고, 또 그가 자기를 바라볼 때의 표정을 보고 그가 추억을 회상하려고 애쓰고 있구나 하는 생각을 하며 다소 기뻐했다. 그러나 이 생각이 비록 상상에 지나지 않는다 할지라도 엘리자베스는 한 때 제인의 연적이었던 조지아나에 대한 빙리 씨의 태도에는 오해할 여지가 없었다. 어느 쪽의 표정에도 특별한 호의를 가지고 있지 않은 듯하고 빙리 양의 소원을 정당화할 만한 일은 두 사람 사이에 일어나지 않았다. 그래서 이 점에 대해 엘리자베스는 곧 만족해했다. 그런데 일행이 헤어지기 전에 몇 건의 사소한 사건이 일어났다. 엘리자베스는 빙리 씨의 생각이 몹시 알고 싶어서 자연스럽게 제인을 기억하게 만든 후 그로 하여금 제인에 대한 이야기를 하도록 하고 싶었다. 만약 그에게 용기만 있었더라면 제인에 관한 이야기를 했을 것이다. 그는 다른 사람들이 이야기하고 있을 때 진정 유감스러운 듯한 목소리로 엘리자베스에게 무척 오랫동안 제인을 보지 못했노라고 말했다. 그리고 엘리자베스가 미처 대답도 하기 전에 이렇게 말을 이었다.

"8개월이 넘는군요. 네더필드에서 함께 춤을 춘 11월 26일 이후로 서로 만나지 못했으니까요."

엘리자베스는 빙리 씨의 기억력이 매우 정확한 것을 보고 기뻐했다. 그는 나중에 다른 사람들이 주의를 하지 않는 틈을 타서 엘리자베스의 자매들이 모두 롱본에 있느냐고 물었다. 이 질문이나 그전의 말 속에 무슨 대단한 의미는 들어 있지 않았지만 그 표정과 태도만은 의미심장했다.

엘리자베스는 다르시 씨에게 자주 눈을 돌리지는 않았으나 흘끗 쳐다볼 때마다 그의 얼굴에서 온화하고 친절한 표정을 찾아볼 수 있었고, 그가 하는 말에서 그의 친구에 대한 지난날의 오만이나 경멸적인 어조가 아주 가셔버린 것을 느낄 수 있었다. 이것은 엘리자베스가 전날 보았던 다르시 씨의 변화된 행동이 비록 일시적인 것이라 할지라도 적어도 만 하루는 계속되었다는 것을 그녀에게 확신시켜주었다. 이처럼 다르시 씨가 수개월 전만 해도 그들과 교제하면 무슨 치욕이나 되는 듯이 여기던 사람들과 사귀고 싫어하고 그 사람들의 호의를 구하는 것을 볼 때, 또 그가 자기에게 뿐만이 아니라 한 때 공공연하게 모욕한 사람들인 바로 자기의 친척들에게도 이렇게 친절한 것은, 헌스퍼드 목사관에서와 비해 그 변화와 차이가 너무도 커서 엘리자베스의 마음에 너무도 강한 충격이 아닐 수 없었다. 이러한 다르시 씨의 친절한 노력은 오히려 네더필드와 로징스의 두 처녀의 초조와 비난을 초래할 수도 있는 이 때, 다르시 씨가 네더필드의 가까운 친구들이나 로징스의 고귀한 인척들과 사귀는 데 있어서 그가 지금처럼 기뻐하고 자부심이나 완강한 침묵으로부터 벗어나 있는 것을 엘리자베스는 일찍이 본 적이 없었다.

　방문자들 일행은 반시간 이상 머물러 있었다. 그들이 떠나려고 자리에서 일어섰을 때, 다르시 씨는 누이에게 가디너 씨 부부와 엘리자베스가 이곳에 머무는 동안 펨벌리의 만찬에 그들을 초대하자고 권유했다. 다르시 양은 다른 때에는 손님을 초대할 때 별로 수줍음을 타지 않았는데, 이번에는 다소 수줍어하면서 선뜻 동의했다. 가디너 부인은 이 초대와 가장 관련이 있는 엘리자베스가 초대에 응할 의향이 있는지를 알고 싶어서 그녀를 돌아보았으나 그녀는 고개를 돌려버리고 말았다. 그러나 이런 고의적인 회피는 그 초대가 싫어서라기보다는 일시적인 당황 때문에 그런 것이라 생각하고, 또 사교를 즐기는 자기 남편이 아주 기꺼이 승낙할 의사임을 안 가디너 부인은 초대에 참석할 것을 약속했다. 날짜는 이틀 후로 정해졌다.

　빙리 씨는 엘리자베스에게 할 말이 아직도 많았고 하퍼드셔에 있는 모든 친구들에 대해서도 물어볼 말이 많았으므로 그녀를 다시 만날 수 있게 되기를 간절히 바란다고 말했다. 엘리자베스도 이 말을, 그가 제인에 대한 이야기를 듣고 싶어하는 것으로 해석하고 기뻐했다. 다른 이유들도 있었지만

이 때문에, 엘리자베스는 다르시 씨 일행이 가버린 다음에도 반시간 동안 만족스런 마음으로 지낼 수 있었다. 엘리자베스는 혼자 있고 싶었다. 외삼촌 내외의 어떤 질문이나 암시가 두려워서 그녀는 두 사람이 빙리 씨를 칭찬하는 이야기만을 겨우 들어주고 옷을 입으러 급히 가버렸다.

그러나 엘리자베스는 가디너 씨 부부의 호기심을 두려워할 이유는 전혀 없었다. 그들은 엘리자베스와 다르시 씨의 교제를 방해하려 들지 않았다. 그들이 생각하는 것보다 엘리자베스가 그와 훨씬 친한 것은 분명한 사실이었고, 그가 엘리자베스를 사랑하고 있다는 것도 명백한 사실이었다. 그들은 알고 싶은 것이 많았으나 엘리자베스에게 캐물을 수는 없었다.

가디너 씨 부부는 이제 다르시 씨를 좋게 생각하려 했다. 그들이 알고 있는 한에 있어서는 그에게서 어떤 결점도 찾을 수가 없었고 그의 공손함에 감동하지 않을 수 없었다. 만약 그들이 다르시 씨의 인격을 별 다른 이유 없이 자신들의 감정이나 그의 하인의 얘기만을 듣고 끌어내렸다 하더라도, 그를 알고 있는 하퍼드셔의 사교계 사람들은 이를 인정하지 않았을 것이다. 그러나 이제 가디너 씨 부부는 가정부를 믿을 수 있었다. 네 살 이후의 다르시 씨에 대해 훤히 알고 있으며, 또 몸가짐에도 존경할 만한 점을 보여준 가정부의 권위를 그렇게 간단히 부정할 순 없다는 생각을 곧 하게 된 것이다. 램턴에 있는 그들 벗들의 말에도 그 말의 가치를 깎아내릴 만한 것은 하나도 없었다. 다르시 씨가 오만하다는 것 외에는 그를 비난할 점이 없었다. 확실히 그는 오만했다. 만약 그가 오만하지 않다면, 그것은 다르시 씨 집안 사람들이 가지는 작은 시장 거리의 주민들이 그를 모르기 때문에 그에게 오만하다는 죄를 돌린 탓에 있을 것이다. 그러나 그는 관대한 사람이며 가난한 사람들에게 많은 선행을 베풀었다는 사실은 이미 널리 인정되

고 있었다

엘리자베스 일행은 위컴 씨가 여기서 그다지 존경받지 못하고 있다는 것을 알게 되었다. 왜냐하면 비록 그와 다르시 씨 사이에 있었던 사건의 핵심은 잘 모른다 하더라도, 그가 다비셔를 떠날 때 진 많은 빚을 다르시 씨가 나중에 다 갚아주었다는 사실만은 아직도 사람들이 기억하고 있기 때문이다.

엘리자베스의 생각은 어제 저녁보다도 더 펨벌리에 가 있었다. 밤은 길었지만 펨벌리 저택에 있는 어느 한 사람에 대한 그녀의 감정을 결정짓기에는 충분치 못했다. 꼬박 두 시간 동안을 그녀는 자신의 마음을 정하려고 애쓰면서 잠들지 못한 채 누워 있었다.

엘리자베스는 확실히 다르시 씨를 미워하지는 않았다. 아니, 이미 증오는 오래 전에 사라졌고 혐오스런 감정을 지녔던 것을 오래 전부터 부끄러워하고 있었다. 그를 매우 유리하게, 또 그의 성질을 좋은 의미로 해석하는 어제의 증언으로 말미암아 엘리자베스의 감정은 이제 호의적인 것 이상으로까지 발전했다. 그러나 무엇보다도 엘리자베스의 마음속에는 존경이나 경의보다는 지나칠 수 없는 하나의 호의적인 것의 동기가 있었다. 그것은 감사였다. 한 때 자기를 사랑했었다는 데 대한 감사뿐만 아니라, 그를 거절할 때 자기의 거만하고 신랄한 태도와 또 그 거절에 따르는 모든 부당한 비난을 쾌히 용서하고 아직도 자기를 사랑하는 데 대한 감사였다. 자기를 대단한 원수처럼 피하기만 하던 그가 이 우연한 재회를 얻어 자기와의 교제를 계속하려고 몹시 열망하고 있는 듯이 엘리자베스에게는 보였다. 그리고 야비한 태도를 보인다거나 두 사람만이 관련된 특별한 태도를 취하지 않고 자기 친구들의 호의를 구한다거나 자기를 그의 동생에게 소개시키려 드는 것으로 생각되었다. 그렇게도 오만하던 사람의 이러한 변화는 놀랍기도 하거니와 감사한 마음까지 불러일으켰다. 왜냐하면 그러한 변화는 사랑, 그것도 열렬한 사랑의 탓이었으며, 이것 때문에 이 변화에 대한 엘리자베스의 인상은 비록 정확히 말할 수는 없지만 북돋워야 할 성질의 것이었기 때문이다. 엘리자베스는 다르시 씨를 존경하고 그에게 경의를 표하고 감사했으며 그의 행복에 진심으로 관심을 기울였다. 그리고 그의 행복이 얼마만큼이나 자기에게 의존하고 있는가를 엘리자베스는 알고 싶었고, 다시 그가 자기에게 구혼하고 싶은 마음을 일으키는 힘―이 힘을 그녀는 아직도 지니고 있다고 마음속으로 생각하고 있었다―을 이용하는 것이 얼마만큼 두 사람의 행복을 위하는 것이 되는가를 알고 싶었다.

그날 저녁 가디너 씨 부부와 엘리자베스는, 펨벌리에 도착하던 바로 그날로 자기들을 방문한 다르시 양의 훌륭한 예의에 대해서 비록 똑같이 할 수는 없다 할지라도 이쪽에서는 어떤 겸허한 노력을 기울여서 마땅히 답례를 해야 할 것이라는 것과, 따라서 이튿날 아침 펨벌리로 다르시 양을 방문하는 것이 좋을 것이라는 의견을 보았다. 그리하여 두 사람은 펨벌리에 가게 되었다. 엘리자베스는 기뻤다. 비록 자기 자신에게 그 이유를 물어보았을 때 대답할 말은 없었지만.

가디너 씨는 아침 식사를 마치자마자 곧 떠났다. 어제 이미 낚시 계획을 다 짜놓았고, 정오에는 펨벌리에서 몇몇 사람을 만나기로 단단히 약속되어 있었던 것이다.

45

빙리 양이 자기를 싫어한 것은 바로 질투 때문이었다고 확신하게 되자 엘리자베스는 펨벌리에 갔을 때 빙리 양이 자기를 얼마나 달갑지 않은 얼굴로 대할 것인가를 생각지 않을 수 없었고, 그쪽에서 얼마만큼 예의를 갖추고 서로의 교제가 다시 시작될 것인지 궁금했다. 펨벌리 저택에 닿자 그들은 현관을 지나 큰 홀로 안내되었는데, 그 방의 북쪽 경치는 시원한 여름에 알맞은 것이었다. 정원으로 난 창문으로는 집 뒤의 높다랗고 숲이 울창한 동산과, 중간 중간의 잔디 위에 흩어져 있는 아름다운 참나무와 밤나무들의 상쾌한 경치를 내다볼 수 있었다.

이 방에서 두 사람은 다르시 양의 영접을 받았다. 다르시 양은 허스트 부인과 빙리 양, 또 런던에서 함께 살던 부인과 앉아 있었다. 조지아나는 매우 공손하게 그들을 환영했다. 그녀는 수줍음과 잘못을 저지르지나 않을까 하는 두려움으로 당황하고 있었으나 열등감을 갖는 사람들에게는 그녀의 그런 태도가 오만하고 말이 적다는 인상을 주기 쉬웠다. 그러나 가디너 부인과 엘리자베스는 다르시 양의 기질을 잘 알고 있었으므로 그녀를 동정했다.

허스트 부인과 빙리 양은 예의상 겨우 그들에게 아는 체하는 듯 보였다. 두 사람이 자리에 앉자 침묵—이런 침묵이란 으레 어색한 법이지만—이 한 동안 계속되었다. 그러자 품위 있고 명랑한 모습을 한 앤즐리 부인이 침묵을 깨뜨렸다. 무슨 화제든 꺼내려고 애쓴 모습이 빙리 양이나 다르시 양보다 세련된 부인임을 증명해주었다. 그렇게 해서 앤즐리 부인과 가디너 부인 사이에는 때때로 엘리자베스의 도움을 받아 대화가 진행되었다. 다르시 양은 이 대화에 과감히 끼여들고 싶은 표정이었으며, 이따금 남들이 귀를 기울이지 않는 틈을 이용하여 몇 마디씩 말을 했다.

엘리자베스는 빙리 양이 자기를 찬찬히 관찰하고 있다는 것과, 특히 그녀가 다르시 양에게 한 마디라도 하려고 하면 빙리 양이 귀를 곤두세운다는 것을 금방 알아차렸다. 만약 그들이 불편한 거리에 앉아 있지만 않았더라면 빙리 양의 이런 관찰 때문에 다르시 양과 이야기를 하고 싶어하는 엘리자베스의 노력이 좌절되지는 않았을 것이다. 그러나 엘리자베스는 말을 많이 해야 할 필요성이 줄어드는 것을 섭섭하게 생각지 않았다. 그녀는 생각에 골몰하고 있었다. 순간 순간마다 엘리자베스는 어떤 남자든지 이 방에 들어왔으면 하고 바랐다. 엘리자베스는 이 저택의 주인이 자기들과 함께 있기를 바라면서도 동시에 그것을 두려워했다. 어느 쪽을 더 바라는지 그녀 자신도 알 수 없었다. 엘리자베스는 이런 생각을 하며 빙리 양의 말을 듣지도 않고 한 15분쯤 앉아 있었는데 빙리 양이 가족의 안부를 묻는 바람에 제정신이 들었다. 엘리자베스도 똑같이 냉담하면서도 간결하게 그녀의 물음에 대답했다. 빙리 양은 더 이상 말하지 않았다.

그들의 방문에서 일어난 두 번째의 변화는 하인들이 냉동 고기와 케이크와 계절에 맞는 온갖 훌륭한 과일을 들고 들어온 것이었다. 그러나 이것도 앤즐리 부인이 다르시 양에게 주인으로서의 역할을 상기시키느라고 몇 번이나 의미 있는 눈짓과 미소를 던진 다음에야 비로소 이루어졌다. 모두가 이야기할 수는 없지만 먹을 수는 있었기 때문에 이제 모든 사람에게 할 일이 생긴 셈이었다. 그들은 모두 포도와 복숭아가 피라미드처럼 쌓인 식탁에 둘러앉았다.

이렇게 음식을 먹고 있는 동안에 엘리자베스는 자신이 다르시 씨가 나타나는 것을 두려워했는가 또는 원했는가에 대해 그가 방안에 들어서는 순간확실하게 결정지을 좋은 기회가 왔다. 그가 방에 들어서자, 조금 전까지만해도 그가 나타나기를 바라는 마음이 압도적이라고 생각했는데, 이제는 그가 나타난 것이 두려워지기 시작했기 때문이다.

다르시 씨는 저택에 온 두서너 명과 함께 낚시질을 하고 있던 가디너 씨와 얼마 동안 함께 있었다. 그런데 가디너 부인과 엘리자베스가 그날 아침조지아나를 방문할 계획이라는 말을 듣자 그들을 만나려고 비로소 그곳을떠나왔던 것이다. 그가 나타나자 엘리자베스는 지혜롭게 아주 태연자약 하려고 마음먹었다. 그러나 이런 결심을 해야 할 필요성이 크면 클수록 지속하기가 쉽지 않았다. 왜냐하면 엘리자베스는 모두가 자기와 다르시 씨에게관심을 기울이고 있으며, 다르시 씨가 처음 방에 들어서면서부터 모두가그의 행동을 주시하고 있다는 것을 알았기 때문이다. 다르시 씨가 이야기를 할 때면 비록 빙리 양의 얼굴에 미소가 퍼지긴 했지만 그녀의 얼굴에서처럼 주의 깊은 호기심이 강하게 드러나는 사람도 또 없었다. 그녀는 아직도 절망하기보다 질투하고 있었으며, 그에 대한 호감도 여전히 갖고 있었다. 조지아나는 오빠가 들어오자 더욱 열심히 말을 하려 했다. 엘리자베스는 그가 조지아나와 자기가 친밀하게 사귀기를 바라고 있으며, 어느 쪽이든 될 수 있는 대로 많은 대화를 하도록 모든 노력을 기울이고 있음을 알 수있었다. 빙리 양도 또한 이 모든 것을 알아차리고 화가 치밀어 냉소적인 공손함을 띠면서 맨 먼저 이야기를 시작했다.

"엘리자 양, 군대가 메리턴에서 이동했다죠? 댁의 가정은 커다란 타격을받았겠군요."

다르시 씨 앞이라 엘리자베스는 위컴 씨의 이름을 입 밖에 내지는 않았지만 곧 위컴 씨가 맨 처음 생각났음을 알게 되었고, 그와 관련된 여러 가지 회상 때문에 일순간 마음이 괴로웠다. 그러나 이 심술궂은 공격을 피하기 위해 그녀는 곧 용기를 내어 빙리 양의 물음에 태연한 목소리로 대답했다. 그녀가 말하고 있는 동안에 엘리자베스는 다르시 씨가 상기된 얼굴로 자기를 유심히 쳐다보고 있고 조지아나가 겁에 질려 눈도 제대로 뜨지 못하고 있는 것을 언뜻 볼 수 있었다. 만약 이 때 빙리 양이 자기가 사랑하는 사람을 얼마나 괴롭히고 있는가를 알았다면 그녀는 틀림없이 그러한 암시적인 질문을 삼갔을 것이다. 그러나 빙리 양은 단지 엘리자베스가 좋아하고 있다고 믿고 있는 위컴 씨의 이야기를 끌어내어 그녀를 불안하게 만들려고 했던 것이고, 다르시 씨의 눈에 엘리자베스가 나쁘게 비치도록 그녀로 하여금 자기 감정을 실토하도록 만들려는 것이었으며, 이래서 군대와 관련을 맺은 엘리자베스 가족들의 모든 어리석고 못난 짓들을 그에게 상기시킬 작정이었다. 조지아나와 위컴 씨가 도망을 계획했었다는 것을 빙리 양은 전혀 모르고 있었다. 다르시 씨는 엘리자베스 외에 비밀이 보장될 만한 곳에도 그 사실을 전혀 누설하지 않았던 것이다. 빙리 씨와의 친밀한 관계 때문에 이다음 조지아나가 빙리 가의 한 사람이 되기를 바라는 마음에서 그는 특히 이 사실을 감추려고 애썼던 것이다. 그에게 이런 의사가 있었다는 것을 엘리자베스는 오래 전부터 생각하고 있었지만 다르시 씨는 확실히 그런 계획을 했었을 것이다. 그리고 이것은 빙리 씨와 제인을 떼어놓으려는 그의 노력에 효과적이라는 의미는 없었을 것이며, 단지 아마도 그가 조지아나를 빙리 씨에게 출가시키려고 생각하고 있었던 만큼 그의 행복에 대해 한층 적극적인 관심을 지닌 탓이었을 것이다.

그러나 엘리자베스의 침착한 행동은 곧 다르시 씨의 감정을 가라앉혀 주었다. 그리고 빙리 양도 화가 나고 실망이 돼서 그 이상 위컴 씨의 이야기는 꺼내지 않았으므로 조지아나도 더 이상 말을 할 생각이 없었기에 곧 진정이 되었다. 그녀는 오빠와 눈이 마주칠까봐 두려워했으나 그는 그 사건에 조지아나가 관련됐던 것은 거의 상기하지 않았고, 그의 생각을 엘리자베스로부터 다른 곳으로 돌리려고 한 것이 오히려 더욱 즐겁게 엘리자베스에게 고정시킨 결과가 되었다.

가디너 부인과 엘리자베스의 방문은 이상의 질문과 대답이 있은 후에 곧 끝났다. 다르시 씨가 마차까지 두 사람을 바래다주는 동안 빙리 양은 엘리자베스의 사람됨과 몸가짐과 옷에 대한 갖가지 험담을 시작했다. 그러나 조지아나는 빙리 양의 의견에 동의하려 하지 않았다. 엘리자베스에 대한 오빠의 칭찬은 조지아나의 호감을 사기에 충분했고 오빠의 판단은 잘못될 리가 없었다. 이렇게 되자 다르시 씨가 혼자 돌아왔을 때 빙리 양은 조지아나에게 한 이야기를 그에게 또다시 되풀이하지 않을 수 없었다.

"다르시 씨, 엘리자 베넷의 오늘 아침 모습이란 얼마나 꼴불견이었는지 모르겠어요. 지난 겨울 이후로 사람이 그렇게 변하다니. 그런 사람은 생전 처음 보았어요. 피부가 굉장히 타고 거칠어졌더군요. 루이자 언니와 저는 엘리자베스를 만나지 않았던 편이 좋았을 거라고 말했답니다."

다르시 씨는 그녀의 말이 무척 듣기 싫었지만, 엘리자베스가 여름에 여행하는 사람치고는 그리 이상할 것도 없는, 즉 약간 햇볕에 그을렸다는 것 외에는 별로 변한 것을 모르겠다고 냉정하게 대답하는 것으로 꾹 참았다.

빙리 양은 항변했다.

"저는 엘리자베스에게서 아무런 아름다움도 찾아볼 수 없었어요. 얼굴

은 너무 여위었으며 생기도 없고, 용모도 전혀 잘생긴 데가 없어요. 코는
품위가 없고 콧날도 뚜렷하지 못해요. 이는 그래도 예쁜 편이지만 그것도
빼어난 것은 못 되고, 눈은 아름답다고 하는 사람들이 가끔 있는 모양인데
제가 보기엔 그리 뛰어날 것은 없어요. 날카롭고 수다스런 눈매여서 전 아
주 질색이에요. 몸매도 오만하고 기품이 없는 게 차마 눈뜨고 볼 수 없을
지경이죠."

비록 빙리 양은 다르시 씨가 엘리자베스를 좋아하고 있다고 믿고 이런
이야기를 했으나, 그것이 자기를 돋보이게 하는 좋은 방법은 아니었다. 화
난 사람은 언제나 슬기롭지 못한 법이다. 빙리 양은 그가 드디어 약간의 짜
증을 내는 것을 보고 자기가 계획한 대로 성공을 거두었다고 믿었다. 그러
나 다르시 씨는 끝내 아무 말이 없었다. 그래서 그의 입을 열게 할 작정으
로 빙리 양은 말을 계속했다.

"우리가 하퍼드셔에서 처음 엘리자베스를 알게 되었을 때 소문난 그녀
의 아름다움을 보고 모두들 놀랐던 일을 전 지금도 기억하고 있어요. 그리
고 어느 날 밤 네더필드에서 저녁 식사를 끝마친 뒤에 다르시 씨가 '엘리자
베스는 미인이야, 엘리자베스의 어머니를 곧 여사라고 불러야겠어.' 라고
하시던 말을 기억하고 있어요. 그 후로는 엘리자베스가 다르시 씨를 점점
더 좋아하는 것 같더군요. 그리고 아마 다르시 씨도 한 때 엘리자베스를 아
름답다고 생각하셨죠?'

다르시 씨는 더 이상 감정을 억누를 길이 없어 대꾸하였다.

"네 그렇습니다. 그러나 그것은 제가 처음으로 엘리자베스 양을 알았을
때뿐이었습니다. 엘리자베스 양을 제가 아는 사람들 가운데에서도 가장 아
름다운 여인 중의 한 사람이라고 생각한 지는 벌써 수개월이나 되었습니

다."

이 말을 마치고 다르시 씨는 나가버렸다. 빙리 양은 그로 하여금 자기 외에는 아무에게도 고통을 주지 않는 이 말을 하게끔 본인 스스로 만들었다는 것에 쓰디쓴 만족을 느끼지 않으면 안 되었다.

가디너 부인과 엘리자베스는 여관으로 돌아오는 동안 두 사람에게 특히 관심이 있었던 일만을 빼놓고 그들의 방문 중에 일어났던 일들을 빠짐없이 이야기했다. 그들이 가장 많이 관심을 가졌던 사람인 다르시 씨에 관한 것만을 제외하고서 그들이 본 모든 사람들의 표정과 행동에 대해 이야기를 나누었다. 즉 그의 동생과 그의 친구들과 그의 집과 과일 등등, '그' 만을 제외한 모든 것에 대해 이야기했다. 그러나 엘리자베스는 가디너 부인이 그를 어떻게 생각하고 있는지 몹시 궁금했다. 가디너 부인 역시 엘리자베스가 먼저 그 화제를 꺼냈더라면 매우 기뻐했을 것이다.

46

엘리자베스는 처음 램턴에 도착하던 날 제인에게서 편지가 오지 않는 것을 보고 실망했다. 이 실망은 엘리자베스가 램턴에 머무는 동안 매일 아침 되살아나곤 했지만 사흘째 되는 날 제인의 편지를 동시에 두 장씩이나 받자 이 불평은 자연히 사라졌으며, 또 그 중 한 편지에는 그것이 딴 곳으로 잘못 전달되었다는 부전(附箋)이 붙어 있어서 제인의 명분을 세워줄 수가 있었다. 편지가 잘못 전해졌던 것은 그다지 놀라운 일이 아니었다. 주소가 전혀 딴 곳으로 적혀 있었기 때문이다.

편지가 왔을 때 일행은 산책을 나가려던 참이었다. 그래서 가디너 씨 부부는 그녀에게 혼자 조용히 편지를 읽으라고 하고는 단둘이 산책을 나갔다. 엘리자베스는 잘못 전달되었던 편지를 먼저 읽었다. 그것은 닷새 전에 쓴 것이었는데 거기에는 소규모의 파티들과 초대의 약속 등 마을에서 흔히 있을 수 있는 소식들뿐이었지만, 그보다 하루 늦게 장황하게 쓴 나중의 편지는 좀 더 중요한 소식을 전하고 있었다. 사연은 다음과 같았다.

사랑하는 리지

위의 글을 쓴 이후 천만 뜻밖에도 아주 중대한 일이 하나 생겼단다. 놀라게 해서 안됐지만 우리는 모두 무사하니까 그건 안심하고, 내가 지금부터 말하려는 건 가엾은 리디아 이야기야. 어젯밤 12시쯤에 우리가 막 잠이 들려는데 포스터 대령님으로부터 속달 우편이 오지 않았겠니. 펴보니까 글쎄 리디아가 장교 한 사람과, 솔직하게 말하자면 위컴 씨하고 스코틀랜드로 도망을 쳤다는 구나. 우리들이 얼마나 놀랐겠는지 한번 상상해보렴. 그런데 키티는 전혀 예기치 못했던 것은 아닌 눈치야. 얼마나 안됐는지 모르겠어. 어쩌면 둘 다 그렇게 경솔하게 결혼을 하니? 하지만 잘되겠지. 위컴 씨의 인격에 대해서는 우리가 오해를 하고 있었다고 믿고 싶어. 난 그를 아무런 생각 없이 무조건 믿을 수 있을 것 같아. 그렇다고 해로울 거야 없지 않겠니. 리지야, 우리 기뻐해 주자꾸나. 적어도 위컴 씨는 재산에는 무관심했던 것 같아. 아버지가 그 애에게 아무 것도 물려줄 게 없다는 것은 그도 잘 알고 있었을 테니까 말이야. 가엾은 어머니는 몹시 슬퍼하고 계셔. 아버지는 그래도 무던히 견디시는 편이야. 위컴 씨에 대한 일들을 가족들에게 알리지 않았던 것이 지금 생각해

보면 얼마나 다행인지 모르겠어. 우리도 잊어버리자. 두 사람은 아마 토요일 밤 12시쯤 떠났을 거라고 추측하지만 어제 아침 8시까지도 몰랐다는구나. 그래서 그때서야 급히 편지를 띄우게 된 거래. 두 사람은 여기서 10마일 정도의 지점을 통과했을 거야. 그래서 포스터 대령이 곧 롱본에 오신 대. 리디아가 떠나면서 대령 부인에게 자기들 계획에 관해 몇 줄 적어놓고 간 모양이야. 그만 써야겠어. 가엾은 어머니를 혼자 오래 내버려둘 수 있어야지. 이것 만으론 뭐가 뭔지 모르겠지? 나도 내가 무얼 썼는지 잘 모르겠어.

엘리자베스는 이 편지를 읽고 나자 아무 것도 생각할 틈도 없이, 자기의 감정이 어떤지 제대로 파악도 못한 채 몹시 초조한 마음으로 나머지 편지를 뜯었다. 먼저 번 편지의 후반부를 쓴 지 하루가 지난 후에 쓴 것인데 사연은 다음과 같았다.

사랑하는 리지,

지금쯤은 지난번에 총총히 쓴 편지를 받아보았겠구나. 이 편지는 좀더 자세히 쓰기를 바라지만, 비록 시간이 제한되어 있는 것은 아니라 할지라도 내 머리가 어리둥절해서인지 지금부터 쓰는 글에 조리가 있을지 확신은 못하겠어. 귀여운 리지, 무얼 써야 할지 실은 나도 잘 모르겠다. 하여튼 나쁜 소식이지만 지체할 수가 없어서 쓴다. 비록 위컴 씨와 가엾은 리디아와의 결혼이 경솔한 것이긴 해도 우리는 지금 둘이 결혼식 을 올렸다는 확신을 고대하고 있어. 그것은 그들이 스코틀랜드로 가지 않은 듯하기 때문 이야. 포스터 대령님은 그저께 브라이턴을 출발하셨는데, 어제 속달 편지가 도착한 지 몇 시간이 안 되어서 여기에 도착하셨어. 리디아가 포스터 대령 부인에게 남기고 간 편지를 보면 그들이 그레트나 그린으로 갈 것처럼 생각되지만, 위컴 씨의 동료 장교인 데니 씨의 말로는 위컴 씨는 그레트나 그린에는 갈 꿈도 꾼 적이 없었다고 하고, 또 포스터 대령님은 놀라서 두 사람을 쫓을 작정으로 브라이턴을 출발하셨어. 클래팜까지는 쉽게 쫓아가신 모양인데 거기에서 그만 더 갈 수가 없으셨대. 그것은 두 사람이 에프섬에서 타고 온 이륜 마차를 클래팜에서 버리고 삯마차로 바꿔 탄 때문이라나. 이 일 이후로 우리가 알고 있는 사실은 그들이 런던 거리를 걷고 있는 것을 누가 봤다는 것 뿐이야. 난 도무지 어떻게 생각해야 할지 모르겠어. 포스터 대령님이 런던 방면으로 온갖 수소문을 해보고 하퍼드셔까지 가셨어. 도중에 바네트와 해트필드에 있는 길과 여관을 모조리 수소문해 보았지만 성과가 없으셨대. 도대체 그런 사람들이 지나가는 것을 본 사람조차 없다는 거야. 그래서 무척 걱정을 하며 롱본으로 돌아오셨는데, 아주 믿음직한 태도로 우리를 걱정해주셨어. 대령님 내외분을 생각하면 내 마음도 슬퍼. 그분들의 탓이라고 어떻게 나무랄 수가 있겠니? 사랑하는 리지, 우리의 슬픔은 무척 크단다. 아버지와 어머니께선 최악의 경우까지 생각하고 계시지만 나로선 위컴 씨가 그렇게 나쁜 사람이라곤 생각되지 않아. 여러 가지 사정을 종합해보면 두 사람이 당초의 계획을 변경하여 런던에서 비밀리에 결혼했다고 생각하는 것이 더 타당할 것 같아. 그리고 설사 위컴 씨가 리디아에 대해 그런 나쁜 음모를 꾸밀 수 있었다 하더라도 리디아가 자존심이고 뭐고 모두 잊어버렸다고 어찌 생각할 수 있겠니? 도저히 그럴 수야 없잖아? 그런데도 포스터 대령님은 두 사람의 결혼을 믿으려들지 않으시는 구나. 내가 그런 말을 하니까 대령님은 고개를 흔드시면서 위컴이란 사람은 믿을 만한 사람이 못 된다는 거야. 어머니는 매우 편찮으셔서 방에만 누워 계신단다. 기운을 내면 좀 나아지시련만 막무가내야. 아버지가 지금처럼 괴로워하시는 건 처음 뵈었어. 그런 대도 키티는 두 사람이 그들의 애정을 자기에게 숨겼다고 화만 내고 있구나. 하기야 이건 비밀이니까 이상하게 생각할 것도 없지. 사랑하는 리지, 넌 이런 슬픈 장면들을 보지 않았으니 얼마나 다행인지 모르겠다. 이젠 처음에 받은 충격도 가셨을 텐데, 리지, 집에 돌아오지 않으련? 그러고 싶지 않다면 강요하진 않겠다. 난 그렇게까지 이기적이진 않으니까. 안녕! 다시 말하지만 될 수 있으면 집으로 돌아오도록 해라. 사정이 사정인 만큼 가능한 한 빨리 오길 간절히 바란다. 외삼촌 내외분은 안녕하시겠지. 할말이 많지만 외삼촌께 특히 한 가지 부탁드리고 싶은 게 있어. 아버지께서 포스터 대령님과 함께 리디아를 찾으러 곧 런던에 가실 거야. 무얼 어떻게 하시려는 건지 나도 잘 모르지만 너무 괴로워하셔서 가장 안전한 최선의 방법을 찾아낼 여유도 없으신 모양이야. 더구나 대령님도 내일 저녁까지는 브라이튼으로 꼭 돌아가셔야 한다는구나. 이런 위급한 때엔 외삼촌의 충고와 조력이 무엇보다도 필요하다고 생각해. 그분도 내 마음을 충분히 이해해주실 거야. 그분의 친절을 믿으니까.

"아! 외삼촌, 어디 계세요?" 하고 엘리자베스는 편지를 다 읽자마자 가디너 씨를 쫓아가고 싶은 마음에 사로잡혀서 자리에서 뛰어 일어나며 소리를 쳤다. 그러나 엘리자베스가 문가에 이르자 하인의 손에 의해 문이 열리면서 다르시 씨가 들어섰다. 그는 엘리자베스의 창백한 얼굴과 당황스런 태도를 보고 매우 놀랐다. 그가 미처 입을 열기도 전에 리디아에게 모든 정신을 빼앗긴 엘리자베스가 급히 외쳤다.

"용서하세요. 지금 곧 외삼촌을 찾아봐야 해요. 일각도 지체할 수 없는 일이 생겼어요. 우물쭈물할 시간이 없어요."

"아니 도대체 무슨 일이십니까?" 하고 다르시 씨는 공손하게 흥분한 어조를 감추며 물었다. 그러고는 곧 마음을 진정시키고 말을 이었다. "일분이라도 붙잡지는 않겠습니다만 저나 하인을 시키는 게 어떨까요? 어디 편찮으신 것 같은데 혼자선 못 가시겠습니다."

엘리자베스는 주저하였지만 두 무릎은 마구 떨렸다. 그리고 자기가 가디너 씨 부부를 찾으러 나간다는 것이 얼마나 힘든 일인가를 알았다. 그래서 하인을 불러 자기도 거의 알아듣지 못하는 숨가쁜 목소리로 빨리 가서 가디너 씨 부부를 즉시 모셔오라고 분부했다.

하인이 나가자 엘리자베스는 몸을 가누지 못하고 주저앉았다. 그 모습이 어찌나 비참하고 애처로웠던지 다르시 씨는 엘리자베스 곁을 떠날 수가 없었다. 그는 동정섞인 부드러운 목소리로 이렇게 말했다.

"하녀를 부를까요? 무얼 드시면 좀 나아질까요? 포도주 한 잔 드시겠습니까? 몹시 편찮으신가 본데."

엘리자베스는 진정하려고 애쓰면서 대답했다.

"아녜요, 괜찮아요. 저에 관한 일은 아니에요. 아무렇지도 않습니다. 다만 방금 롱본에서 편지를 받았는데 너무 끔찍한 소식이어서 좀 괴로웠을 뿐이에요."

이 말을 하며 엘리자베스는 울음을 터뜨리고 말았다. 그러고는 몇 분 동안 한 마디도 하지 못했다. 다르시 씨는 그저 슬픈 불안에 사로잡혀 자기의 걱정을 어렴풋이 말하고 동정적인 눈길로 묵묵히 엘리자베스를 응시할 수밖에 없었다. 결국 엘리자베스는 말을 이었다.

"방금 제인 언니에게서 아주 무서운 편지를 받았어요. 아무에게도 숨길 수 없는 일이에요. 막내동생이 친구들을 모두 버리고 도망을 쳤대요. 위컴 씨에게 몸을 던졌답니다. 둘이 브라이턴에서 도망 쳤다는 거예요. 다르시 씨야 위컴 씨를 잘 아시니까 그 나머지는 의심치 않으시겠죠. 리디아는 돈도 없고 그렇다고 훌륭한 친척이 있는 것도 아니라서 위컴 씨를 사로잡을 만한 것은 아무 것도 없어요. 이젠 구할 길이 없어요."

다르시 씨는 놀라서 어리둥절해했다.

엘리자베스는 더욱 떨리는 목소리로 덧붙였다.

"저라면 그 일을 막을 수도 있었다고 생각하니 가슴이 아프군요. 저는 위컴 씨의 됨됨이를 알고 있었는데 제가 알고 있는 일을 조금이나마 제 가족들에게 말해줘서 그의 인격을 그들이 알 수 있도록만 했어도 이런 일은 없었을 거예요. 그러나 모든 일은 끝났어요. 이젠 너무 늦었어요."

"정말 슬프고 놀랍습니다. 하지만 그게 정말 확실한 일인가요?"

"네, 확실해요. 일요일 밤에 두 사람이 브라이턴을 떠났대요. 런던까진 수소문해보았다는군요. 그 이상은 못 하고요. 아마 스코틀랜드로 가진 않았을 거예요."

"그러면 리디아 양을 찾기 위해 무슨 계획이라도 세웠습니까?"

"아버지께서 런던으로 가셨대요. 언니는 외삼촌의 도움을 청하고 있어요. 그래서 반시간 후엔 출발할까 합니다. 하지만 아무리 애를 써도 소용없어요. 전 잘 알고 있습니다. 위컴 씨 같은 사람이 어떻게 마음을 돌릴 수 있겠어요. 두 사람을 찾을 수 있을 것 같아요? 전 꿈도 안 꿔요. 아, 정말 끔찍한 일이에요."

다르시 씨는 말없이 고개만 흔들었다.

"제 두 눈이 그 사람의 속을 훤히 들여다보고 있었는데, 용기를 내서 제가 해야 할 일이 무엇인지를 알았더라면 얼마나 좋았을까요? 그러나 전 몰랐어요. 너무 지나친 짓인 줄로만 알았죠. 정말 큰 잘못을 저질렀어요."

다르시 씨는 대꾸하지 않았다. 그는 엘리자베스의 말을 잘 듣고 있지 않는 것 같았으며 이마를 찌푸린 채 우울한 모습으로 잔뜩 생각에 잠겨서 방을 왔다갔다하고 있었다. 엘리자베스는 이것을 보고 곧 그 뜻을 바로 이해했다. 그녀는 맥이 풀렸다. 이러한 가정적 결함과 깊은 치욕이 드러난 지금 엘리자베스는 더 이상 다르시 씨에게 매력을 줄 수가 없었다. 그녀에겐 이미 의아심도 비난도 있을 수 없었다. 그는 자기를 견제하고 있는 것이라고 생각해 보았지만 아무런 위로가 되지 못했고 그녀의 고통을 덜어주지 못했다. 오히려 반대로 그녀는 자기의 소원이 무엇인가를 이제 정확히 이해할 수 있게 되었다. 일체의 사랑이 허무로 돌아가야 할 지금처럼 그녀가 그를 사랑할 수 있다고 절실히 느껴본 적은 없었다.

그러나 이기심이 엘리자베스의 마음에 침입하긴 했으나 그녀는 완전히 점령할 수는 없었다. 리디아가 가족들에게 끼친 치욕과 비극은 즉시 엘리자베스의 모든 사사로운 걱정을 삼켜버리고 말았다. 몇 분간의 침묵이 흘렀다. 손수건으로 얼굴을 가린 채 리디아 외의 모든 것을 잊고 있던 엘리자베스는 다르시 씨의 목소리에 겨우 정신을 차렸다. 그는 동정적이면서도 자제하는 태도로 이렇게 말했다.

"제가 가주었으면 하고 아까부터 바라고 계셨겠지만 저도 비록 도움이 되지 않는 걱정이긴 해도 정말 걱정이 된다는 것 외에는 제가 머물러 있는 이유를 변명할 길이 없습니다. 저로서도 무슨 위로가 될 말씀이나 일을 해드릴 수가 있으면 좋겠습니다만, 그러나 쓸데없는 걱정으로 당신을 괴롭혀 드리진 않겠습니다. 고의적으로 치사를 받고 싶어하는 것 같아서요. 그러면 오늘 펨벌리에는 오시지 못하겠군요?"

"네. 누이동생에겐 대신 사과드려 주세요. 급한 일로 곧 집으로 돌아가게 되었다고요. 그리고 이 일만은 될 수 있는 대로 숨겨주세요. 오래가진 못할 테지만요."

다르시 씨는 비밀을 지킬 것을 선뜻 약속했다. 그리고 엘리자베스의 슬픔에 다시 한 번 위로의 뜻을 표하고 지금 추측하고 있는 것보다 더 나은 결과가 있기를 바란다고 말했다. 끝으로 그의 가족에게 자기의 안부를 전해줄 것을 바란다면서 진지한 이별의 시선을 한 번 보내고는 방을 나갔다. 다르시 씨가 가버리자 엘리자베스는 그들이 다비셔에서 몇 번 만났을 때와 같은 애정으로 서로가 다시 재회할 수 있었다는 것이 꿈만 같이 여겨졌다. 엘리자베스는 모순과 변화로 가득 찬, 그들이 사귀어온 모든 과거를 회상해보고 전에는 그와의 교제를 끝맺는 것을 기뻐하였으나 지금은 계속해서 교제하고 싶어하는 자신 감정의 변화에 한숨을 지었다.

만약 감사와 존경이 애정의 좋은 발판이라면 엘리자베스의 이런 감정적 변화는 결코 있어서는 안 될 것도 또 그릇된 것도 아닐 것이다. 그러나 만약 그렇지 않다면, 즉 흔히 세간에서 말하듯이 상대방을 처음 보기만 해도 사랑이 생긴다고 할 때, 이런 감사와 존경에서 우러나오는 호의가 불합리하고 부자연한 것이라고 한다면, 그녀가 위컴 씨를 편애함으로써 후자의 방법을 실험해보고 그것이 성공하지 못하니까 자연히 전자의 방법을 택하게 되었다는 것밖에는 엘리자베스를 변호해줄 아무런 말이 없었다. 아무튼 엘리자베스는 그가 떠나는 것을 섭섭한 눈으로 바라보며 그 슬픈 일을 곰곰이 생각하자, 리디아의 추문으로 닥쳐올 불운에 괴로움이 더하는 것 같았다. 제인의 두 번째 편지를 읽은 이래 엘리자베스는 위컴 씨가 리디아와 결혼할 것이라는 희망은 조금도 생각해본 적이 없었다. 제인밖에는 그런 기대를 하고 만족해 할 사람이 없을 것 같았다. 이 사건의 발전에 대해 생각해볼 때 엘리자베스에겐 그다지 놀라운 감정은 없었다. 첫 번째 편지의 사연이 머릿속에 남아 있는 동안에만 그녀는 놀라고 당황했다. 돈 때문에 하는 결혼이라면 도저히 불가능한 결혼을 위컴 씨가 리디아와 한다는 것과, 도대체 리디아가 위컴 씨 같은 남자를 어떻게 사랑할 수 있게 되었는지 도무지 이해할 수가 없었으나, 이제는 모든 것이 너무나 확연하고 리디아가 그러한 사랑에 충분히 매력을 느꼈음직도 하다고 여겨졌다. 리디아가 결혼할 생각도 없이 고의적으로 도피에 동참했다고는 생각할 수 없었으나, 리디아의 도덕도 이해심도 그녀를 유혹으로부터 보호해주진 못했으리라는 것은 쉽게 알 수 있었다.

리디아가 위컴 씨를 좋아하고 있다는 사실을 군대가 하퍼드셔에 주둔하고 있는 동안에는 엘리자베스도 전혀 몰랐으나 그녀가 상대가 누구든 자극만 받으면 금방 그 사람을 좋아할 수 있다는 것만은 알고 있었다. 누구든지 그녀에게 친절을 베풀기만 하면 어떤 때엔 이 장교, 어떤 때엔 저 장교가 리디아의 애인이 될 수 있었다. 그녀의 애정은 일정한 대상도 없이 이리저리 마구 옮겨다니고 있었던 것이다. 리디아 같은 소녀에게는 태만의 죄와 그릇된 방종이 있었음을 엘리자베스는 이제야 절실히 느꼈다.

엘리자베스는 미칠 듯이 집에 돌아가고 싶어졌다. 아버지도 안 계시고 어머니는 기운을 못 차리고 누워 계시므로, 언제나 돌봐드려야만 하는 어지러운 집안에서 혼자 모든 일을 도맡아 하고 있을 제인이 그리웠다. 이제 리디아는 더 이상 어쩔 수 없다고 생각하면서도 외삼촌이 한 몫 거들어주는 것이 무엇보다도 긴요한 일처럼 여겨졌다. 그래서 그가 방안에 들어설 때까지의 엘리자베스의 초조함이란 이루 형언할 수가 없었다. 가디너 씨 부부는 하인이 전하는 말을 듣자 엘리자베스가 갑자기 병이 난 줄로만 알고 놀라서 급히 달려왔다. 엘리자베스는 우선 그들을 안심시키고 대신 그들을 부른 이유를 말했다. 그녀는 편지 두 장을 소리 내어 읽고 특히 떨리는 목소리로 두 번째 편지의 추신을 자세히 읽었다. 가디너 씨 부부는 리디아를 예뻐하진 않았으나 큰 충격을 받았다. 리디아 한 사람뿐만이 아니라 모든 가족과 친척이 관련된 일이었기 때문이다. 그래서 가디너 씨는 놀라움과 두려움의 비명을 지른 다음에 자기 힘이 닿는 한 최선을 다하겠다고 쾌히 약속했다. 엘리자베스는 그 정도의 일은 기대했던 바이지만 눈물을 흘리며 감사했다. 세 사람은 한마음으로 여행에 관한 모든 일들을 곧 처리하고 한시 바삐 출발하기로 했다. 이때 가디너 부인이 소리쳤다.

"그런데 펨벌리는 어떻게 한담. 존이 그러는데 우리를 부르러 온 사이에 다르시 씨가 왔었다는데, 정말이냐?"

"네, 그분에게 약속을 지킬 수 없게 되었다고 말했어요. 그 문젠 해결되었어요."

"무엇이 해결되었다고? 아니, 벌써 그런 사실까지 털어놓을 만한 사이가 됐니? 그와 너의 관계가 정말 어느 정도인지 궁금하구나" 하고 가디너 부인은 짐을 꾸리려고 자기 방으로 달려가면서 중얼거렸다.

그러나 희망은 헛된 것이었다. 그것은 기껏해야 다음에 올 급하고 혼란된 시간 동안, 그녀를 즐겁게 해줄 뿐이었다. 만약 엘리자베스에게 게으름을 피울 만한 여유가 있었더라면 자기처럼 슬픔에 잠긴 사람이 도대체 무슨 일을 한다는 건 불가능하다는 것을 알았을 것이다. 그러나 가디너 부인과 마찬가지로 엘리자베스에게도 해야 할 일이 있었다. 무엇보다도 램턴에 있는 친구들에게 그들이 갑자기 떠나게 된 이유를 거짓 변명하는 편지를 써야 했다. 그러나 한 시간내에 모든 일은 끝났다. 가디너 씨가 여관비를 치르자 남은 것은 출발하는 일뿐이었다. 아침 내내 슬픔에 잠겨있던 엘리자베스는 생각보다 일이 일찍 끝난 것을 알았다. 드디어 그녀는 마차를 타고 롱본으로 달렸다.

47

마차를 타고 마을을 빠져나올 때 가디너 씨가 입을 열었다.

"엘리자베스, 이 일에 대하여 여러 번 생각해봤는데 아무리 곰곰이 생각해보아도 네 생각보다도 제인의 생각이 더 그럴 듯 하구나. 도대체 어떤 미친 청년이 보호자와 친구가 있는 소녀에게, 더구나 자기 부대장 집에 머무르고 있는 소녀에게 그런 음모를 꾸밀 수 있겠니. 그래서 난 두 사람이 정식으로 결혼할 것이라고 낙관하고 싶다. 그는 리디아의 친구들이 간섭하지 않을 거라고 생각했을까? 또 대령님을 그렇게 모욕하고도 다시 부대로 돌아갈 수 있을 거라고 생각했을까? 그의 유혹은 이런 모험에는 적당치 않아."

"정말 그럴까요?" 하고 엘리자베스는 그 순간 마음이 밝아지면서 외쳤다. 이 말을 가디너 부인이 받았다.

"나도 외삼촌과 같은 생각이 들기 시작했어. 위컴이 정말 그런 죄를 지었다면 그의 신분과 명예와 이익을 한꺼번에 잃어버리는 것이 되거든. 난 위컴이 그렇게 나쁜 사람이라고는 생각지 않아. 리지, 넌 어떠니? 위컴이 그런 일을 저지를 수 있다고 믿을 만큼 아주 비관적이냐?"

"아마 자기의 이익만은 소홀히 하지 않았겠죠. 그러나 그 외의 모든 것은 능히 무시할 만한 사람이라고 믿어요. 하지만 사실이 그렇다 해도 전 감히 믿을 용기가 없어요. 만약 사실이 그렇다면 그들은 왜 스코틀랜드로 가지 않았을까요?"

"두 사람이 스코틀랜드로 가지 않았다는 확실한 증거는 없지 않니?" 하고 가디너 씨가 대답했다.

"그렇지만 그들이 이륜 마차를 삯마차로 바꿔 탔다는 것만은 거의 확실하거든요. 더구나 바네트로 가는 길을 모조리 알아보았지만 흔적도 없다지 않아요?"

"그래? 그럼 런던에 있다고 가정해두자. 거기 있을 법도 하니까. 숨으려는 뜻에서였는지는 모르지만 그리 비난할 만한 이유도 없잖니. 필시 두 사람에겐 경제적 여유가 없을 거야. 그렇다면 그리 급한 건 아니지만 스코틀랜드에서 결혼하는 것보다 런던에서 하는 것이 더 경제적이라고 생각했을런지도 모르잖아?"

"그러나 무엇 때문에 몰래 하는 거죠? 왜 찾아 낼까봐 겁을 내요? 두 사람이 몰래 결혼해야 할 이유가 뭐예요? 아, 아녜요. 그럴 리가 없어요. 그에게 리디아와 결혼할 생각은 전혀 없었다고 그의 친구가 말한 것을 언니의 편지에서 보시지 않았어요? 위컴 씨는 돈 없는 여자와 결혼할 사람이 아니에요. 자기가 돈이 없거든요. 리디아가 젊고 건강하고 명랑하다는 것 외에, 그가 조건이 좋은 결혼을 포기할 만큼 뾰족한 수나 매력이 리디아에게 있다고 생각하세요? 부대원들에 대한 체면을 걱정하는 그의 수치심이 얼마만큼 리디아와의 도주에 제재를 가할 것인지 저로서는 판단할 능력이 없어요. 저는 그러한 시도가 초래할 결과밖에는 아는 게 없거든요. 외삼촌의 이의에 대해서도 그것이 이론적으로 옳은지는 의문이에요. 리디아에겐 그런 일에 간섭할 오빠들이 없어요. 아마도 우리 아버지의 태도가 자기 가정에서 일어나고 있는 일에 관심이 없고 주의를 기울이지 않던 지난날의 경험에 비추어서, 아버지도 세상의 다른 아버지처럼 그런 일에 대해 거의 간섭하지 않을 것이라고 위컴 씨는 생각했을 거예요."

"하지만 리디아가 위컴 씨를 사랑하는 것 외에는 자존심도 부끄러움도 다 잊어버리고, 결혼도 하지 않은 채 그와 동거하는 것에 동의했다고는 생각할 수 없지 않겠니?"

엘리자베스는 눈에 눈물이 글썽해져서 대답했다.

"이런 일에 대한 동생의 도덕 관념을 언니로서 의심해야 한다는 것은 정말이지 무엇보다도 고통스러운 일이에요. 뭐라고 말씀드려야 좋을지 모르겠군요. 제가 리디아를 잘못 판단하고 있는지도 모르지만, 리디아는 아직 어려서 중대한 일을 신중히 고려하는 법을 배운 적이 없어요. 그리고 지난 반년 동안 아니, 일년 동안 리디아는 환락과 허영밖에 배운 게 없어요. 자기의 시간을 전혀 무가치하고 쓸모 없는 일에 허비하며 방치했고, 그때그때 생각이 떠오르는 대로 제멋대로 행동했어요. 군대가 메리턴에 처음으로 주둔한 이래 그 애 머릿속은 연애라든가 유희라든가 장교 따위로 가득 차 있었어요. 무엇이든 제멋대로 생각하고 지껄였지요. 그래서 그 애의 감정에는, 뭐라고 할까요?, 감수성만이 점점 늘게 되었고, 그러니까 자연히 쾌활해지고 덜렁거렸죠. 그런데 위컴 씨가 여자를 사로잡을 만한 모든 매력과 수완을 구비하고 있다는 것은 우리도 잘 아는 사실이잖아요."

"그러나 제인은 위컴이 그런 일을 저지를 만큼 나쁘다고는 생각지 않는 모양이던데" 하고 가디너 부인이 말했다.

"언젠 제인 언니가 남을 나쁘게 생각한 적이 있었나요? 그 사람의 과거의 소행이야 어떻든 간에 그 사람의 비행이 실제로 드러나기 전까진 그 사람이 그런 일을 할 만한 사람이라고 언니가 믿을 사람은 하나도 없어요. 사실은 언니도 저와 마찬가지로 위컴 씨가 실제로 어떤 사람인가를 잘 알고 있어요. 어느 모로 보든 그는 바람둥이라는 것, 책임감도 부끄러움도 없다는 것, 아첨을 좋아하고 거짓되고 사람을 잘 속인다는 것 등을 우리 둘은 알고 있었어요."

"아니, 정말 알고 있었단 말이냐?" 하고 가디너 부인은 얼굴에 잔뜩 호기심을 드러내며 물었다. 엘리자베스는 정색을 하며 대답했다.

"그럼요. 전날에도 다르시 씨에 대한 그의 몰염치한 행동에 대해 제가 말씀드렸죠. 그리고 지난번에 롱본에 오셨을 때 그가 자기에게 은혜와 자비를 베푼 사람을 어떻게 말하는지 외숙모도 들으셨죠? 그리고 말할 가치도 없지만 제 마음대로 말할 수 없는 일들이 또 있어요. 아무튼 펨벌리 가에 대해서 그가 떠벌린 거짓말이란 끝이 없답니다. 그가 조지아나 양에 대해 한 말을 듣고 저는 그녀가 오만불손하고 까다로운 여자인 줄로만 알았어요. 그 사람은 전혀 반대로 알고 있었던 거예요. 우리도 알다시피 다르시 양이 사랑스럽고 겸손하다는 것을 그는 알았어야 했어요."

"그런데 리디아는 그 사실을 몰랐니? 너와 제인이 이렇게도 잘 알고 있는 사실을 리디아가 몰랐다니 말이 되니?"

"아, 무엇보다도 바로 그게 잘못이었어요. 제가 켄트에서 다르시 씨와 그의 사촌인 피츠윌리엄 대령을 잘 알게 되기 전까지는 저도 그 사실을 몰랐어요. 집에 돌아오니까 군대는 1,2주일 내로 메리턴을 떠나게 되어 있더군요. 일이 이렇게 되자, 제 얘기를 들은 언니나 저는 일부러 저희가 알고 있는 일을 알릴 필요까지는 없다고 생각했어요. 이웃 사람들이 이미 그에 대해 지니고 있는 호의를 그 때 뒤집어본댔자 무슨 뾰족한 수가 있겠어요? 그리고 리디아가 포스터 부인을 따라가기로 결정되었을 때에는 리디아에게 위컴 씨의 인격을 밝혀줄 필요성은 떠오르지 않았어요. 리디아가 그런 잘못을 저지를 줄이야 누가 알았겠어요? 이제야 쉽사리 이해가 가시겠지만 이런 일이 일어날 줄은 꿈에도 생각지 못했어요."

"그래서 군대가 모두 브라이턴으로 떠났을 때만 해도 두 사람이 서로 좋아하고 있다고 믿을 만한 근거가 없었단 말이지?"

"조금도 없었죠. 어느 쪽에도 애정의 조짐은 보이지 않았으니까요. 만약 그런 낌새가 조금이라도 보였다면 집에서 몰랐을 리가 있겠어요? 위컴 씨가 입대하자 리디아는 곧 그를 칭찬했지만 그건 우리도 모두 그런걸요. 메리턴과 메리턴 주변의 처녀들이 처음 두 달 동안은 모두 그에게 정신을 못 차리고 있었어요. 그렇다고 그가 리디아에게만 특별한 호의를 보인 것도 아니에요. 그러나 어느 정도 시간이 흘러 그에 대한 터무니없이 열광적인 찬미도 맥이 빠져버렸어요. 그 다음엔 색다른 호의를 보여주는 다른 장교들이 리디아의 애인이 되더군요."

이렇게 계속 이야기를 나눔으로써 이 흥미 있는 화제 위에, 그들의 두려움과 희망과 추측에 더해지는 신기함이 아무리 줄어들었다 하더라도, 그들의 여정중 이 화제만큼 시간을 오래 끌만한 다른 화제가 없었다는 것은 믿기 어렵지 않다. 엘리자베스의 머릿속에서는 한시도 그 생각이 떠난 적이 없었고 쓰라린 고민과 자책에 사로잡혀서 조금도 마음이 편안하거나 그 일을 잊을 틈이 없었다.

그들은 될 수 있는 대로 빨리 달렸다. 그리하여 길에서 하룻밤을 새우고 이튿날 점심 시간에 롱본에 도착했다. 엘리자베스는 제인이 너무 오래 기다려 지치지 않도록 빨리 올 수 있었던 것을 다행스럽게 여겼다.

가디너 씨 부부의 자녀들은 마차가 집 주위의 목장으로 들어서자 그것을 바라보느라 집 앞 계단에 서 있다가 마차가 문에 다다르자 그제야 반색을 하며 소리를 질렀다. 그리고 기뻐 깡충거리며 어리광을 피우는 등 자기들의 반가움을 온몸으로 표시했다. 이것이 그들이 집에 돌아와서 처음으로 받은 환영이었다.

엘리자베스는 마차에서 뛰어내려 아이들에게 얼른 입을 맞춘 다음 현관으로 달려갔다. 거기서 베넷 부인의 방으로부터 아래층으로 뛰어내려온 제인과 마주쳤다.

두 사람은 얼싸안고 눈물을 흘렸다. 엘리자베스는 그 후에 별다른 소식을 듣지 못했느냐고 급히 물었다.

"아직 없어. 하지만 이젠 외삼촌이 오셨으니까 모든 일이 잘될 거야."

"아버지께선 런던에 계셔?"

"응, 지난번에 편지한 대로 화요일에 그곳으로 가셨어."

"그럼 그동안 아버지한테서는 자주 소식이 있었어?"

"꼭 한 번 있었지. 수요일에 나한테 짤막한 편지를 보내셨는데, 무사히 도착하셨다는 것과 내가 특히 부탁을 드린 대로 내게 지시를 주시는 사연이었어. 그리고 이젠 꼭 전해야 할 중요한 일이 생기기 전엔 편지 안하시겠대."

"그리고 어머닌 좀 어떠셔? 또 동생들은?"

"많이 좋아지셨어. 정신적으로 충격을 상당히 받으셨지만. 지금 이층에 계신데 널 보면 매우 반가워하실 거야. 아직 침실 밖으로는 못 나오셔. 메리와 키티는 고맙게도 아주 건강해."

"언닌 좀 어때? 안색이 창백한데. 어려운 일을 많이 치르느라고 혼났지?'

그러나 제인은 아주 건강하다고 대답했다. 가디너 씨 부부가 자기 아이들과 이야기하고 있는 동안에 나누었던 둘의 대화는 그들이 다가오자 중단되었다. 제인은 외삼촌 내외에게 달려가서 웃음과 울음이 뒤섞인 말로 그들을 맞이하며 감사를 표시했다.

모두들 응접실에 가서 앉자 가디너 씨 부부는 엘리자베스가 이미 한 질문을 또 되풀이했지만, 제인도 그들에게 알려줄 만한 새로운 소식을 갖고 있지를 못함을 알았다. 그러나 그녀의 자비로운 마음이 원했던 낙관적인 희망을 제인은 아직도 버리지 않고 있었다. 그녀는 아직도 모든 일이 잘될 것이라고 믿었고, 매일 아침 리디아나 아버지로부터 그 동안의 경과를 알리는, 필시 두 사람의 결혼을 알리는 편지가 오기를 기다렸다.

몇 분간 이야기를 나눈 다음 그들은 베넷 부인의 방으로 올라갔다. 부인은 생각했던 대로 후회의 눈물을 흘리고 탄식을 토해내며 위컴 씨의 야비한 행동에 대해 비난을 퍼붓고 자기가 받는 고통에 대해 불평을 늘어놓기도 하면서 그들을 맞이했다. 그녀는 자기의 그릇된 판단이 딸의 잘못을 초래한 주원인임에도 불구하고 자기 이외의 모든 사람들을 비난하였다. 그녀는 이렇게 말했다.

"내 계획대로 처음부터 가족이 모두 브라이턴에 갔더라면 이런 일은 일어나지 않았을 텐데. 리디아는 가엾게도 아무도 돌봐줄 사람이 없었어. 도대체 포스터 댁은 왜 리디아를 그냥 가게 내버려두었을까? 확실히 소홀히 했던 거야. 리디아는 누가 잘 돌봐주기만 하면 절대로 그런 일을 저지를 애가 아니거든. 포스터 댁이 리디아를 맡는 걸 나는 항상 못마땅하게 여겼지만 그냥 내버려뒀지. 가엾은 애야. 그런데 그이는 나가버렸어. 어디서든지 위컴을 만나기만 하면 결투를 신청할 거고, 결투만 하면 당신이 돌아가실 거야. 그러면 우린 어떻게 되지? 당신의 몸이 무덤에서 식기도 전에 콜린스가 우리를 내쫓을 텐데. 그 때 동생마저 우리한테 불친절해지면 우리는 어떻게 살아가지?'

모두들 이 무서운 생각에 반대하여 소리쳤다. 가디너 씨는 베넷 부인과 전 가족에 대한 자기의 애정을 확인시킨 다음, 이튿날로 런던으로 가서 베넷 씨를 도와 리디아를 찾는 데 모든 노력을 기울이겠노라고 말하고 다음과 같이 덧붙였다.

"너무 쓸데없는 염려는 하지 마세요. 최악의 경우를 대비하는 게 옳긴 하겠지만 그렇게 미리 단정지을 필요는 없어요. 두 사람이 브라이턴을 떠난 지 일주일도 안됐잖아요? 며칠만 더 기다리면 무슨 소식이 있을 겁니다. 그러니 두 사람이 결혼하지 않는다거나 결혼할 의사가 없다는 것을 확인하기까지는 가망이 없다고 단념하지 맙시다. 런던으로 올라가는 즉시 매부를 찾아가서 그레이스처치 가의 집으로 모시고 가겠습니다. 거기서 앞으로 할 일을 의논해보겠습니다."

"아, 그랬으면 오죽이나 좋겠니? 런던에 가면 그 애들이 어딘가에 있을 테니까 꼭 찾아봐라. 아직도 결혼을 안 했거든 결혼을 시키고, 결혼 예복 때문에 결혼을 미루지 않도록 결혼한 다음에 그 애가 원하는 대로 돈을 보내주겠다고 말해줘. 그리고 무엇보다도 매부가 결투를 하지 않도록 해줘. 내가 얼마나 비참한 지경에 빠져 있는가를 반드시 말하고 말이야. 놀라서 정신이 나가고 어쩌나 온몸이 떨리고 허리가 쑤시고 머리가 아프고 가슴이 두근거리는지 밤낮으로 한시도 편할 날이 없다고 전해줘. 그리고 리디아에겐 나를 만날 때까지 옷을 주문하지 말라고 해라. 그 앤 어느 상점이 제일 좋은지 모르거든. 동생은 자상하니까 모든 일을 잘해줄 거야."

가디너 씨는 최선의 노력을 다할 것을 다시 약속했지만 누님이 바라는 것이나 두려워하는 것에 대해 중용을 취하라고 권하지 않을 수가 없었다. 저녁 식사가 준비될 때까지 이런 이야기를 주고받다가 딸들이 없는 동안 부인의 시중을 드는 가정부에게 그녀의 감정을 퍼붓도록 놓아두고 모두들 방을 나왔다.

가디너 씨 부부는 베넷 부인을 이렇게 가족들과 격리시킬 필요가 없다고 생각했으나 이를 말하지는 않았다. 그 이유는 하인들이 심부름을 하는 동안 그들 앞에서 입을 다물고 있을 만한 분별심이 그녀에게 없음을 그들은 잘 알고 있기 때문이고, 그들이 가장 신뢰할 수 있는 가정부 혼자서 베넷 부인의 모든 불안과 걱정을 이해하는 것이 더 나으리라 생각했기 때문이다.

식당에서 그들은 메리와 키티를 만났는데, 그들은 자기 일에 너무 열중한 나머지 각자의 방에서 자기 일에 너무 열중한 나머지 일찍 나타나지 못했던 것이다. 한 애는 책을 보다가 나왔고 또 한 애는 화장을 하다가 나왔다. 그러나 두 애의 표정은 매우 평온했고 사랑하는 동생의 일이 마음에 걸려서인지, 아니면 그 일에 자신이 직접 분노를 느낀 때문인지, 키티의 목소리에 평소보다 약간 초조한 빛이 떠도는 것 외에는 어느 아이에게서도 달라진 점을 찾아볼 수 없었다. 모두들 식탁에 둘러앉자마자 메리가 엄숙한 얼굴로 태연하게 엘리자베스에게 이렇게 속삭였다.

"몹시 불행한 일이야. 아마 말들이 많을 거야. 그러나 우리는 마땅히 이 악의 조류를 거슬러 올라가서 서로의 상한 가슴에다 언니다운 위로를 부어

넣어주어야만 해."

엘리자베스가 대꾸하고 싶은 생각이 없음을 알자 메리는 말을 계속했다.

"리디아에게는 확실히 불행한 사건이지만 우리는 여기에서 다음과 같은 유익한 교훈을 이끌어낼 수가 있지. 첫째, 여자는 한 번 도덕성을 잃으면 회복할 수 없다는 것. 둘째, 처음 한 발을 잘못 디디면 이것이 그 사람을 영원한 파멸로 이끈다는 것. 셋째, 여자의 명예란 소중한 만큼 동시에 깨지기도 쉽다는 것. 넷째, 여성이란 무가치한 남성에 대해서는 몸가짐을 아무리 조심한다 해도 결코 지나친 법이 없다는 것이야."

엘리자베스는 놀라서 눈을 치뜨고 동생을 쳐다보았으나 너무 기가 막혀 말이 나오지 않았다. 그러나 메리는 눈앞의 불행한 사건으로부터 그러한 도덕적 교훈을 찾아낼 수 있었다는 데에 만족을 느끼는 모양이었다.

오후가 되어서야 제인과 엘리자베스는 약 반시간 동안 둘만의 시간을 가질 수 있었다. 엘리자베스는 그 기회를 놓치지 않고 제인 역시 알고 싶어하는 질문들을 던졌다. 두 사람은 함께 이 무서운 결과에 대해 걱정했다. 엘리자베스는 그 결과가 거의 확정적이라고 생각했고 제인도 그것을 전적으로 부정할 수는 없었다. 엘리자베스는 다음과 같이 말하면서 화제를 이어갔다.

"내가 아직 모르는 것들에 대해 모조리 얘기해줘. 좀 더 자세하게 전말을 들려줘. 포스터 대령님은 뭐라고 그래? 둘이 도망가기 전에 뭐 눈치 챈 건 없었대? 늘 같이 있었을 텐데."

"특히 리디아 쪽에서 호의를 좀 보이는 듯하다고 가끔 생각은 했지만 경계해야 할 정도는 아니었대. 그분껜 참 죄송한 일이야. 그분의 행동이야 더할 나위 없이 정중하고 친절했지. 두 사람이 스코틀랜드로 가지 않았다는 생각이 들기 전에 그분도 걱정하고 계시다는 것을 알리려고 여길 오셨어. 그런데 그 걱정이 점점 커지니까 여행을 서두르셨지."

"데니라는 장교는 위컴 씨가 결혼하지 않을 거라고 했다면서? 그 사람은 둘이 도망칠 것을 알고 있었대? 대령님도 그 사람을 직접 만나보셨대?"

"응, 그런데 대령님이 물으니까 아무 것도 모른다고 잡아떼며 사실을 말하려 들지 않더래. 두 사람이 결혼하지 않을 거라는 종래의 자기 주장을 되풀이하지 않더라는구나. 이것으로 추측해보건대 그 사람이 오해하고 있었지 않았나 하는 생각이 들어."

"그러니까 포스터 대령님이 오실 때까지는 두 사람이 정말 결혼했을까에 대해 아무도 의심을 품지 않았단 말이지?"

"어떻게 그런 생각을 할 수 있었겠니? 난 위컴 씨가 항상 옳게 처신하는 사람이 아니라는 걸 알기 때문에 그 사람과 결혼한다는 리디아의 행복에 대해서 약간 불안하고 걱정스러웠어. 부모님은 그 사실은 전혀 모르고 그저 그 결혼이 얼마나 경솔한 결혼인가를 느끼셨을 뿐이지. 그제야 키티가 우리보다 아는 게 많다고 의기양양해하며 리디아가 마지막 편지에서 자기의 계획을 암시했다고 말하지 않겠니? 키티만은 두 사람이 수주일 전부터 가까운 사이라는 걸 알았던 모양이야."

"그럼 리디아가 브라이턴에 가기 전엔 몰랐던 거야?"

"그랬을 거야."

"포스터 대령님도 위컴 씨를 좋지 않게 생각하셨어? 대령님도 그의 본성을 알고 계셔?"

"대령님도 위컴 씨를 전과 같이 그리 좋게 말씀하시진 않았어. 그는 무분별하고 경솔한 사람이라고 믿고 계셨어. 그리고 이런 일이 일어난 이후로 그가 빚을 잔뜩 진 채 메리턴을 떠났다는 소문이 돌고 있어. 난 사실이 아니길 바래."

"제인 언니, 우리가 그에 대해 알고 있는 사실을 숨김없이 얘기했더라면 이런 일은 안 일어났을 거야."

"아마 결과가 나빠지진 않았겠지."

"그러나 그땐 사람의 현재의 기분은 생각지도 않고 과거의 결점을 폭로한다는 것은 도리에 어긋나는 일이라고 생각했었잖아."

"우리의 의도야 좋았지."

"리디아가 포스터 부인에게 남긴 편지를 대령님은 자세히 기억하고 계셨나 보지?"

"그걸 우리에게 보여주기 위해 가져오셨어."

제인은 손가방에서 편지를 꺼내 엘리자베스에게 주었다. 그것은 다음과 같은 사연이었다.

해리엣 아주머님께
제가 어디로 가는지 아시면 비웃으시겠지만 저도 내일 아침 제가 없어진 다음에 아주머님이 놀라실 일을 생각하니 웃지 않을 수가 없군요. 전 그레트나 그린으로 가요. 누구와 같이 가는 지 짐작 못 하신다면 아주머니는 바보예요. 제가 사랑하는 사람은 이 세상에서 단 하나뿐인 천사 같은 사람예요. 그가 없으면 전 행복할 수가 없어요. 그래서 둘이 도망치는 걸 조금도 불행하다고 생각지 않아요. 원치 않으시면 제가 없어졌다고 롱본에 편지하지 않으셔도 좋아요. 리디아 위컴이라고 내 이름을 적어 편지를 보내면 더욱 놀랄 테니까요. 얼마나 재미있어요? 웃음이 나와서 견딜 수가 없군요. 프래트에게 오늘 밤

같이 춤을 못추게 되어 미안하다고 대신 사과해주세요. 모든 일을 알게 되면 나를 용서해주겠죠. 이 다음에 기쁜 얼굴로 다시 만날 때 반드시 그와 춤을 추겠노라고 말해주세요. 롱본에 가면 제 옷들을 가지러 보내겠지만 샐리에게 짐을 챙기기 전에 저의 수놓은 모슬린 가운을 기워달라고 전해주세요. 좀 찢어진 데가 있거든요. 안녕! 대령님께도 대신 안부 전해주시고 저희의 행복한 여행에 축배를 들어주세요.　　　　　　아주머니의 귀여운 리디아 베넷

편지를 다 읽자 엘리자베스가 소리쳤다.

"참, 리디아는 너무 철이 없어. 그 틈에 이런 편지까지 쓰다니, 이게 뭐람! 그런데 이 편지로 보아 적어도 리디아는 자기 여행 문제에 있어선 신중했던 모양이야. 나중에 위컴 씨가 어떻게 설득 시켰는지는 모르지만 이 파렴치한 계획을 리디아 쪽에서 세웠을 리가 없어. 아버지도 이 점을 아셔야할 텐데."

"아버지가 그렇게 충격 받는 것을 난 여태껏 본 적이 없어. 아무튼 꼬박 10분 동안 아무 말씀도 못 하셨으니까. 어머니는 당장에 병이 나시고. 그래서 온 집안이 이렇게 뒤숭숭하지 뭐니?"

"아, 언니, 그래 그날 하루 동안 한 사람의 하인도 이 사실을 몰랐을까?"

"모르겠어. 하지만 그런 와중에 조심한다는 건 매우 어렵단다. 어머니는 히스테릭해지시고 난 나름대로 힘껏 보살펴드리려고 애썼지만, 마음만큼 해드리지 못한 것 같아. 무슨 일이 일어날까 봐 겁에 질려서 꼼짝도 못했단다."

"어머니 시중 드느라고 너무 힘이 들었나 봐. 안색이 좋지 않아. 내가 언니와 함께 있었더라면 좋았을 텐데. 걱정이란 걱정은 혼자 도맡고 있었으

니."

"메리와 키티도 친절했어. 사소한 일은 무엇이고 하려고 들었지만 그 애들에겐 일이 맞지 않는 것 같아. 키티는 너무 가냘프고 메리는 어찌나 공부를 열심히 하는지 쉬는 시간마저 빼앗을 수가 있어야지. 필립스 이모가 화요일에, 아버지가 떠나신 후에 오셔서 고맙게도 목요일까지 계셔주셨어. 많은 도움과 위로가 되었단다. 루카스 경 부인도 매우 친절하셨어. 수요일 아침에 우리를 위로하러 오셔서 많이 도와주셨단다. 필요하다면 따님들을 보내주시겠대."

"이럴 땐 그냥 집에 가만히 계시지 않고. 호의야 고맙지만 이웃이 그런 불상사를 당하면 될 수 있는 대로 안 찾아가 보는 편이 좋아. 도움이라니 당치도 않고, 위로라니 아니꼬워. 멀리 앉아서 으스대기나 하고 코웃음이나 치라고 하지."

그리고 엘리자베스는 아버지가 런던에서 어떤 방법으로 리디아를 찾으려 하는지에 대해 물었다. 제인은 이렇게 대답했다.

"내 생각엔 두 사람이 마차를 바꿔 탄 에프섬에 가서 마부들을 만나 보시고 무슨 단서를 찾으려는 것 같아. 주된 목적은 클래팜에서 두 사람을 태우고 간 삯마차의 번호를 알아내려는 것일 거야. 그 마차는 런던에서 승객을 태우고 온 것인데 두 젊은 남녀가 마차를 바꿔 타는 것이 눈에 띄었으리라 생각하고 클래팜에서 알아보실 모양이야. 그렇게 해서 그전에 마부가 손님을 내려준 곳을 알게 되면 그것을 수소문해 볼 작정이시지. 그 마차가 서는 곳과 번호를 찾아내는 것은 불가능하지 않대. 그 밖에 또 다른 계획이 있는지는 모르지만 너무 급히 가시고 애를 많이 태우시는 바람에 이 정도의 것을 알아내기에도 힘이 들었단다."

48

　이튿날 아침 베넷 씨로부터 편지가 오기를 온 식구가 기다렸으나 우체부는 단 한 통의 편지도 전해주지 않았다. 그들은 베넷 씨가 대개의 경우 편지를 잘 안 쓰는 성질이라는 것은 알고 있었지만, 때가 때인 만큼 그가 편지를 보내주기를 바랐다. 그래서 그들은 편지를 보낼만한 좋은 소식이 없는 것이라고 단정지을 수밖에 없었으나 그것만이라도 속 시원하게 알려줬으면 오죽이나 좋겠느냐고 생각했다. 가디너 씨도 출발하기 전에 그의 편지가 오기만을 기다리고 있었다.

　베넷 씨가 떠났을 때 그들은 적어도 일의 경과만은 계속해서 알려줄 것으로 믿었다. 가디너 씨는 떠나면서 매부를 설득해서 될 수 있는 대로 빨리 롱본으로 돌려보내겠다고 약속했다. 베넷 부인은 그것만이 자기 남편을 결투에서 구하는 유일한 길이라 생각하고 몹시 기뻐했다.

　가디너 부인은 자기가 이곳에 머물러 있는 것이 조카딸들에게 도움이 될지도 모른다고 생각하고 아이들과 함께 하퍼드셔에 며칠간 더 있기로 했다. 그녀는 제인 자매와 함께 베넷 부인의 시중을 들었는데 한가한 시간에는 그들에게 큰 위안이 되었다. 필립스 아주머니도 자주 그들을 방문했다. 올 때마다 위컴 씨가 저지른 좋지 않은 행위에 대해 새로운 이야기를 들려주었으며 돌아갈 때면 그들을 더욱 실망시키곤 했으나 그 구실은 언제나 그들을 위로하고 격려하기 위함이었다.

　온 메리턴이, 석 달 전만 해도 거의 광명의 천사였던 위컴 씨를 헐뜯는 듯했다. 메리턴의 모든 상인들에게 그가 빚을 졌고 어느 상가의 딸들과도 관계를 가졌다는 말이 유혹이라는 칭호 아래 논란을 야기시켰다. 누구든지 다 그는 이 세상에서 가장 악독한 청년이라고 선언했고, 그의 표면상의 미덕이 늘 의심스러웠다는 사실을 이해하기 시작했다. 엘리자베스는 이런 말들을 절반은 믿지 않았지만, 리디아는 영영 신세를 망쳐버렸다는 생각이 한층 더 확실해졌고 그런 말을 조금밖에 믿지 않았던 제인까지도 거의 절망적이었다. 이러한 절망은, 만약 두 사람이 제인이 전적으로 믿는 대로 스코틀랜드로 갔다면 지금쯤은 당연히 무슨 소식이 있어야만 했으므로 더욱 더 커졌다.

가디너 씨는 일요일에 롱본을 떠났다. 화요일에 가디너 부인은 편지 한 장을 받았는데 거기에는, 그가 런던에 도착하는 즉시 베넷 씨를 찾아가서 그를 설득시켜 그레이스처치 가로 모시고 왔다는 것, 자기가 런던에 도착하기 전에 베넷 씨는 에프섬과 클래팜에 갔다 왔는데 아무런 만족할 만한 정보를 얻지 못했다는 것, 또 베넷 씨가 두 사람이 런던에 와서 하숙을 구하기 전에 어느 호텔에 들었을 법하다고 생각하고 있으므로 자기는 지금부터 런던의 주요한 호텔들을 알아볼 작정이라는 것, 자기로서는 이 방법에 대해 아무런 성과도 기대하지 않지만 매부가 강력히 주장하기 때문에 그를 도울 작정이라는 것, 베넷 씨가 현재로서는 런던을 떠날 마음이 전혀 없는 듯하다는 것, 그리고 곧 또 편지하겠다는 약속 등이 적혀 있었다. 그리고 다음과 같은 추신이 덧붙여 있었다.

저는 포스터 대령에게, 만약 가능하다면 부대에서 위컴과 친했던 사람에게 위컴이 지금 숨어 있는 곳을 알 만한 친척이 있는지 여부를 알아봐 달라는 편지를 냈습니다. 만약 우리가 이용할 만한 그런 단서를 가지고 있는 사람이 나타난다면 그건 중요한 수확이 될 것입니다. 지금으로서는 어떻게 손을 대야 할지 모르겠군요. 포스터 대령은 최선을 다하리라고 믿습니다. 그렇지만 그 보다도 위컴의 친척이 어떤 사람들인지는 리지가 누구보다도 잘 알 것 같은 생각이 듭니다.

엘리자베스는 자기에게서 확실한 것을 알아내려는 외삼촌의 겸손한 태도가 무엇을 근거로 해서 나온 것인지 짐작하면서도 조금도 당황하지 않았으나, 그녀의 능력으로는 추신의 기대에 보답할 만한 어떤 만족스런 정보도 제공할 수가 없었다. 그녀는 위컴 씨에게서 이미 돌아가신 수년이 되는 양친 외에 다른 친척이 있다는 말을 들어보지 못했기 때문이다. 그러나 부대에 있는 그의 친구라면 좀 더 자세한 정보를 제공할 수도 있는 일이었다. 엘리자베스는 이것에 비록 그리 희망을 걸진 않았으나 기대해 봄직한 일이라고는 생각했다. 롱본에서는 하루하루를 걱정으로 보냈다. 그 중에서도 가장 불안스러운 때는 편지가 옴직한 때였다. 편지는 아침마다 그들을 초조하게 만드는 첫 대상이었다. 소식이야 좋든 나쁘든 간에 그것은 편지를 통해서만 전해졌고, 그래서 내일은 혹시 중대한 소식이 오지나 않을까 하여 매일같이 내일을 기다렸다.

그러나 가디너 씨에게서 다시 편지가 오기 전에 전혀 생각지도 못한 콜린스 씨로부터 베넷 씨에게 한 장의 편지가 전달되었다. 제인은 아버지가 부재중 일 때 그에게 오는 편지를 뜯어보라는 지시를 받았으므로 그 편지를 읽었다. 엘리자베스도 콜린스 씨의 편지가 늘 흥미진진했던 것을 알고 있었으므로 같이 읽어보았다. 사연은 다음과 같았다.

삼가 올립니다.

저는 우리의 관계와 제 도리로 보아 현재 당하고 계신 어려움에 위로의 말씀을 드려야 마땅하다고 생각하고 붓을 들었습니다. 저희는 어제야 하퍼드셔로부터 편지를 받고 이 일을 알았습니다. 제 아내와 저는 시간조차 제거할 수 없는 원인으로 인한 눈앞의 가장 쓰라린 슬픔을 당하신 숙부님과 존경하는 가족들에게 심심한 동정을 표합니다. 저로서는 이 뼈아픈 불행을 조금이라도 덜어드리고 무엇보다도 부모로서 마음이 가장 괴로우신 이때 어떤 위로의 말씀을 드려야 할지 모르겠습니다. 이에 비하면 따님의 죽음이 오히려 다행한 일인지도 모르며, 오히려 제 아내의 말대로 따님의 방탕한 행동은 부모의 그릇되고 너그러운 방임에서 시작되었음을 더욱 한탄해야 할 일이 아닌가 합니다. 그러나 저는 두 내외분의 영예를 위해 따님 자신의 성품이 선천적으로 나빴거나 아니면 아직 어린 나이이므로 그만한 일은 죄가 될 수 없다고 생각합니다. 아무튼 저는 심심한 동정을 표합니다. 이는 제 아내뿐만 아니라 캐서린 부인과 그 영양께서도 동감하고 있습니다. 이분들께 저는 그 일의 전모를 말씀드렸습니다. 그분들은 따님 한 분의 잘못이 다른 따님들의 운명에도 커다란 해를 끼칠 것이라는 제 의견에 동의하셨습니다. 캐서린 부인께서는 정중하게 누가 그런 가정과 인척 관계를 맺겠느냐고 말씀하셨습니다. 저는 작년 11월의 일을 생각하고 매우 다행이라 여겼습니다. 그때 제가 엘리자 양과 결혼했더라면 현재 당하시는 슬픔과 치욕 속에 저도 포함되었을 것이기 때문입니다. 그래서 저는 가능하다면 아버지로서의 애정으로부터 무가치한 따님을 떼어버리시고 따님으로 하여금 자신이 뿌린 가증스러운 죄의 열매를 거두도록 하시기를 삼가 권합니다….

가디너 씨는 포스터 대령으로부터 답장을 받은 후에야 비로소 롱본에 편지를 했으나 조금도 기쁜 소식이 아니었다. 위컴 씨에게는 인척 관계가 되는 사람은 단 한 명도 없었고 살아 있는 친척 또한 한 사람도 없음이 확실해졌다. 그의 옛친구들은 많았지만 그가 입대한 이후로는 특별히 친하게 지낸 사람은 없는 듯했고, 그래서 그에 관한 일을 얘기해줄 만한 사람 또한 단 한 사람도 없었다. 특히 파산 상태에 이른 그의 재정은 리디아의 친척에게 발각될 것을 두려워하는 것과 더불어 그가 숨어사는 가장 커다란 동기였다. 노름을 하다 상당한 액수의 빚을 졌는데 포스터 대령이 알기로는 브라이턴에서 그가 진 빚을 다 갚으려면 천 파운드 이상의 돈이 필요했고, 게다가 증서 없는 부채는 그보다 훨씬 더 많았다. 가디너 씨는 이 모든 소식들을 숨김없이 롱본에 전했다. 제인은 이 소름 끼치는 글을 읽고 "도박꾼이로군. 그런 줄은 전혀 몰랐어. 꿈에도 생각지 못했어" 하고 소리쳤다.

가디너 씨는 매부가 다음날인 토요일쯤에 집으로 돌아갈 것이라고 덧붙였다. 베넷 씨는 모든 노력이 수포로 돌아가자 몹시 실망하여 뒤처리는 자기에게 맡기고 집으로 돌아가라는 처남의 간청에 순응한 것이다. 이 말을 들은 베넷 부인은, 지금까지 남편의 생명만을 걱정했던 것과는 달리 제인 자매가 기대한 만큼의 큰 기쁨을 나타내진 않았다. 부인은 이렇게 소리쳤다.

"뭐라고? 리디아도 안 데리고 돌아오신다고? 그 애들을 찾기 전엔 런던을 떠나시면 안 돼. 그 양반이 와버리면 누가 위컴과 싸워서 리디아와 결혼시키겠니?"

가디너 부인이 집에 돌아가고 싶어했으므로 베넷 씨가 런던에서 돌아오는 즉시 그녀는 아이들을 데리고 런던으로 떠나기로 했다. 그래서 마차는 우선 가디너 부인 일행을 런던까지 데려다 주고 돌아오는 길에 베넷 씨를 태워 오기로 했다.

가디너 부인은 엘리자베스와 다르시 씨와의 관계에 대해 다비서에서부터 마음에 담고 있었던 의혹이 풀리지 않은 채로 롱본을 떠났다. 엘리자베스가 먼저 그의 이름을 꺼낸 적도 없었고, 집에 돌아오면 곧 그에게서 편지가 올 것이라는 가디너 부인의 희미한 기대도 수포로 돌아가고 말았다. 엘리자베스는 집으로 돌아온 후에 펨벌리로부터 아무런 편지를 받지 못했다.

현재의 불행한 집안 분위기 때문에 엘리자베스는 그녀의 침울한 기분에 대해 어떤 다른 이유를 붙일 필요가 없었다. 그래서 이제 자기 감정을 어느 정도 잘 알게 된 엘리자베스는, 만약 그녀가 다르시 씨에 관한 일을 전혀 몰랐더라면 리디아의 비행에 신경을 덜 써도 되었으리라는 것을 잘 알고 있었으나―이틀 중 하루는 잠을 잘 수 있었으나―그럼에도 불구하고 의기 소침해지는 원인을 정확히 예측할 수는 없었다.

베넷 씨가 돌아왔다. 그는 여전히 평소의 냉정한 태도를 잃지 않고 있었다. 그는 평상시와 같이 말이 적었고 런던을 다녀온 일에 대해서도 한 마디 말이 없었다. 오랜 시간이 지난 뒤에야 딸들이 용기를 내어 먼저 말을 꺼냈다. 즉 오후가 되어 베넷 씨가 그들과 함께 차를 들 때 엘리자베스가 용감히 화제를 꺼냈던 것이다. 그가 겪었을 고생에 대해 엘리자베스가 간단한 말로 위로의 뜻을 표하자 그는 이렇게 대답했다.

"그 이야긴 하지 말자. 내가 당연히 받을 고생이었어. 내 잘못이었어. 내 잘못이었다는 걸 난 알아야만 해."

"자신을 너무 괴롭히시면 안 돼요."

"그런 지나친 자책이 나쁘다고 경고해주는 것은 좋지만 인간이란 그런

함정에 빠지기가 정말 쉬운 거야. 리지야, 내가 얼마나 많은 질책을 받아야 할 사람인가를 내 생애에 이번 한 번만이라도 느끼도록 내버려두렴. 난 이런 감정에 휩싸이는 것을 두려워하지 않아. 그런 것은 곧 지나가 버리는 것이니까."

"아버진 리디아와 위컴이 런던에 있다고 생각하세요?"

"응, 다른 데에서야 그렇게 감쪽같이 숨어 있을 수 있겠니?"

"리디아도 늘 런던에 가고 싶어했어요" 하고 키티가 한마디 덧붙였다.

"행복하겠구나, 그럼. 거기서 꽤 오랫동안 살겠는데." 베넷 씨는 냉담하게 대답했다. 그러고는 잠깐 침묵을 지킨 뒤에 말을 이었다.

"리지야, 난 네가 지난 5월 내게 해준 충고가 옳았다고 해서 전혀 언짢게 생각진 않는다. 사건을 잘 생각해보면 그 충고는 관대한 마음을 보여주는 것이었어."

이 이야기는 베넷 부인의 찻잔을 가지러 온 제인 때문에 중단되었다.

"이건 유쾌한 시위야" 하고 베넷 씨는 말했다. "불행치고는 멋지지 않니? 언제 또 한 번 그래 봐야겠어. 나이트캡과 나이트가운을 입고 서재에 앉아서 많은 걱정거리를 준비해야지. 그렇잖으면 키티가 도망칠 때까지 기다릴까?"

"난 도망 안 가요. 내가 만약 브라이턴에 가게 돼도 리디아보다는 얌전하게 행동할걸요." 키티가 뽀로통하여 대꾸했다.

"네가 브라이턴엘 간다고? 50파운드를 주고 이스트본까지만 간대도 난 마음이 안 놓인다. 천만에! 키티, 난 적어도 이제부터는 신중해야 한다는 걸 알았어. 그 결과가 어떤지 너도 알게 될 게다. 다시는 장교 따위를 내 집 안에 들일 줄 아니? 동네도 못 지나가게 할테다. 언니들과 같이 가. 그렇지 않으면 무도회엔 절대로 못 갈 줄 알아라. 매일 10분간만이라도 올바른 정신으로 산다는 걸 증명할 수 있을 때까진 문밖에도 못 나간다."

키티는 이런 위협을 모두 심각하게 받아들이고 울음을 터뜨렸다.

"아냐, 아냐. 그렇게 슬프게 생각할 건 없어. 앞으로 10년만 착하게 굴면 열병식엔 데리고 가지."

49

베넷 씨가 돌아온 지 이틀 후, 제인과 엘리자베스가 집 뒤의 관목 길을 걷고 있자니까 가정부가 그들에게로 다가오는 것이 보였다. 또 어머니가 부르는 줄 알고 두 사람이 그녀 쪽으로 걸어가자, 뜻밖에도 가정부는 제인에게 이렇게 말하는 것이었다.

"길을 막아서 죄송합니다만 무슨 좋은 소식을 들으신 게 없나하고 실례를 무릅쓰고 좀 여쭤보려고 왔습니다."

"무슨 말이에요, 힐? 런던에서 아무런 소식도 없어요."

힐 부인은 깜짝 놀라며 소리쳤다.

"그럼 아버지한테 가디너 씨로부터 속달이 온 것을 모르시는군요. 30분 전에 우체부가 다녀갔는데 아버님께 온 것이 한 장 있어서 갖다드렸는데요."

나머지 말은 듣지도 않고 두 사람은 정신 없이 뛰어갔다. 현관을 지나 식당으로, 식당에서 다시 서재로 가보았으나 거기에도 베넷 씨는 없었다. 어머니와 같이 계신가 하고 이층으로 올라가려는 참에 집사를 만났다.

"아버님을 찾으세요? 저쪽 작은 숲으로 걸어가고 계십니다."

이 말을 듣자 다시 현관을 지나서 아버지의 뒤를 쫓아 잔디밭을 가로질렀다. 그는 목장 한쪽에 있는 작은 숲으로 유유히 걸어가고 있었다.

엘리자베스만큼 몸이 가볍지도 못하고 또 그다지 뛰어본 적도 없는 제인은 곧 뒤로 처졌으나 엘리자베스는 숨을 헐떡이며 아버지에게로 다가가서 간절하게 소리쳤다.

"아버지, 무슨 소식이죠? 외삼촌한테서 편지를 받으셨어요?"

"응, 속달이 왔더구나."

"그래요? 뭐라고 썼어요? 좋은 소식이에요, 나쁜 소식이에요?"

"무슨 좋은 소식이 있겠니?" 하고 말하면서 그는 주머니에서 편지를 꺼냈다. "하여튼 읽어보고 싶겠지."

엘리자베스는 조바심이 나서 편지를 받아들었다. 그 때 제인이 다가왔다.

"큰 소리로 읽어봐라" 하고 아버지가 말했다. "나도 무슨 소린지 잘 모르겠어."

존경하는 매형께

드디어 리디아에 관한 얼마간의 소식을 드릴 수 있게 되었습니다. 대체로 만족하게 여길 만한 소식이라고 믿습니다. 토요일에 매형께서 출발하신 직후 다행히도 두 사람이 런던의 어느 곳에 있는 것을 알게 되었습니다. 자세한 얘기는 만나뵌 후로 미루겠습니다만, 그들을 찾았다는 것만은 알아두시기 바랍니다. 저는 두 사람을 직접 만나보았습니다.

"내가 늘 바라던 대로 결혼을 했나 봐" 하고 제인이 말했다. 엘리자베스는 계속 읽어 내려갔다.

저는 두 사람을 만나보았습니다. 그러나 둘은 아직 결혼하지는 않았고 결혼할 의사가 있는 것 같지도 않았습니다. 그러나 만약 매형께서, 제가 매형 측의 입장에서 대담하게 맺어버린 계약을 이행하실 의사가 있으시다면 머지않아 두 사람의 결혼이 이루어지리라고 믿습니다. 매형께서 하실 일은, 매형과 누님이 돌아가시면 자녀들에게 주기로 약속한 재산 중 재산 분배법에 따라 리디아에게도 5천 파운드를 분배해주겠다는 것을 그녀에게 확약할 것과, 또 특히 매형 생전에 매년 100파운드의 연금을 지불한다는 약속을 하시는 일입니다. 모든 것을 고려해본 후에 저는 매형을 대신해서 권한이 미치는 한 이 조건에 주저 없이 응하겠습니다. 매형의 대답을 즉시 들어야겠기에 이 편지를 속달로 보냅니다. 위의 사실로 보아 위컴 군의 재정 형편이 세간에서 알고 있듯이 그렇게 형편없는 것만은 아님을 쉬 깨달으실 줄 믿습니다. 다행히 그에게는 부채를 다 갚고 난 뒤에도 리디아의 재산에 보탤 돈이 약간은 있는 모양입니다. 만약 위와 같은 경우 매형의 이름으로 모든 일 처리를 대행할 권한을 제게 위임해주신다면 곧 변호사 해거스턴에게 선처토록 지시를 하겠습니다. 그러면 매형께서 다시 오실 필요가 없으며 집에서 편히 쉬시면서 모든 일을 제게 맡기 시기만 하면 됩니다. 될 수 있는 대로 속히 회답을 주길 바랍니다. 매형께서도 이에 동의하실 줄로 믿습니다. 리디아는 오늘 저희 집으로 올 것입니다. 더 결정되는 일이 있는 대로 다시 편지 드리겠습니다.

그레이스처치 가에서 8월 2일 월요일
에드워드 가디너 올림

"그럴 수 있을까? 위컴 씨와 리디아의 결혼이 가능할까?" 하고 엘리자베스가 편지를 다 읽고 나서 말했다.

"그것 봐, 위컴 씨는 우리가 생각한 것같이 그렇게 볼품 없는 사람은 아니라니까. 잘됐어요, 아버지." 제인이 말했다.

"답장하셨나요, 아버지?" 엘리자베스가 물었다.

"아니, 곧 쓰긴 해야 할 텐데."

엘리자베스는 아주 간절히, 더 시간을 끌지 말고 답장을 쓰라고 애원했다.

"아, 아버지. 얼른 가서 쓰세요. 이런 때 일분일초가 얼마나 중요한지 생각 좀 해보세요."

"힘드시면 제가 대신 쓸게요." 하고 제인이 말했다.

"정말 지긋지긋하다. 그래도 쓰긴 써야지." 이렇게 말하면서 그는 돌아서서 집 쪽으로 걸음을 옮겼다.

"그 조건은 들어주어야 하지 않을까요?" 엘리자베스가 이렇게 물었다.

"여부가 있나. 왜 겨우 그것만 청구했는지 낯이 뜨거울 지경인데."

"결혼해야 해요. 위컴 씨는 그만한 자격은 있는 인물이니까요."

"그렇지, 결혼해야지. 그 밖에 딴 도리가 있겠니? 그러나 내가 꼭 알고 싶은 게 두 가지 있단다. 하나는 이 결혼을 성사시키기 위해 네 외삼촌이 돈을 얼마나 썼느냐 하는 것이고, 또 하나는 내가 그 돈을 언제나 갚게 되겠느냐 하는 것이야."

"외삼촌이 돈을 쓰다뇨? 무슨 말씀이세요?" 제인이 물었다.

"내 말은, 정신이 제대로 박힌 사람 치고 내 생전의 연금이 겨우 100파운드며 죽은 뒤엔 5천 파운드라는 보잘 것 없는 유혹에 끌려서 리디아와 결혼할 사람이 어디 있겠느냔 말이다."

"정말 그런데요. 좀 전에는 그런 생각을 전혀 못 했군요. 빚을 다 갚고도 얼마간 남는다니! 아, 그건 다 외삼촌이 하신 일이에요. 착하고 관대하신 분! 우리 때문에 곤궁해지지나 않으셨는지 모르겠어요. 적은 돈이 아닐 텐데" 하고 엘리자베스가 말했다.

"아니고 말고. 위컴이란 녀석은 만 파운드에서 단 한 푼이 모자라도 안 받을 게다. 친척 관계를 맺는 시작부터 이렇게 나쁘게만 생각하는 건 유감스러운 일이다만."

"만 파운드라고요? 맙소사! 그 반도 갚을 수 없잖아요?"

베넷 씨는 대답하지 않았다. 그들은 각자 깊은 생각에 잠겨서 집까지 묵묵히 걸었다. 베넷 씨는 편지를 쓰기 위해 서재로 들어가고 제인과 엘리자베스는 식당으로 들어갔다.

단둘이 되자 엘리자베스가 입을 열었다.

"그래, 둘이 정말 결혼하게 됐군! 일이 참 야릇하게 됐어. 그래도 우린 감사히 생각해야 한단 말야. 행복해질 가능성은 적고 남자의 인격은 볼품 없는 넝마 같은데도 결혼을 한다? 그걸 또 우리는 억지로 기뻐해야 하고? 에이, 리디아도!"

"난 위컴 씨가 리디아에게 진정한 호의가 없다면 아마 결혼하지 않을 거라고 생각하고 스스로를 위로하지. 고마운 외삼촌이 그의 부채를 갚으려고 어떤 일을 하신 모양이지만 만 파운드까지 치르셨다고는 믿어지지 않아. 아이들도 있고 또 더 낳을지도 모르는데 어떻게 만 파운드의 반이라 해도 쓸 수가 있겠니?"

"만약 위컴 씨의 부채가 모두 얼마고, 또 그가 리디아에게 준 돈이 얼마인지 안다면, 외삼촌이 두 사람을 위해 쓰신 돈이 어느 정도인지 정확히 알수 있을 텐데. 위컴 씨는 자기 돈이라곤 한푼도 없을 테니까 말야. 외삼촌 내외분의 친절은 이루 다 갚을 수 없을 거야. 리디아를 집에 데려가고 친히 돌봐주시고 잘못도 묵인하시고… 리디아의 장래를 위해서 치르신 희생을 생각하면 두고두고 감사를 해도 모자랄 것 같아. 지금쯤은 리디아가 외삼촌 댁에 가 있겠군. 그런 친절에 괴로움을 느끼지 않는다면 행복할 자격이 없어. 외숙모를 처음 뵈었을 때 리디아는 무슨 생각이 들었을까?"

"우리는 두 사람에게 있었던 일들을 모두 잊으려고 노력해야만 해. 나는 아직도 그들이 행복하기를 바라고 또 믿어. 내 생각으로는 그가 리디아와의 결혼에 찬성한 것은 올바른 사고방식으로 돌아왔다는 증거야. 서로의 애정이 두 사람을 성실하게 만들 거야. 나는 이렇게 믿어. 그들은 얼마 안가서 자기들의 지난날의 무모했던 행동을 잊고 조용히 또 올바르게 살 거라고."

"그들의 행동은 언니도 나도, 또 누구도 결코 잊을 수 없는 그런 것이었어. 그건 쓸데없는 말이야."

이 때 두 사람의 머리에는 지금 생긴 일에 대해 어머니는 십중팔구 전혀 모르고 있을 것이라는 생각이 들었다. 그래서 그들은 서재로 가서 어머니에게 이 일을 알려도 좋으냐고 아버지에게 물어보았다. 편지를 쓰고 있던 그는 고개도 들지 않은 채 냉담하게 말했다.

"마음대로 하렴."

"이 편지 가지고 가서 어머니에게 읽어드려도 돼요?"

"뭐든지 가지고 나가라니까."

엘리자베스는 아버지의 책상에서 편지를 집어들고 제인과 함께 이층으로 올라갔다. 메리와 키티도 어머니와 함께 있었으므로 편지는 한 번만 읽으면 되었다. 좋은 소식이라는 것을 미리 잠깐 비친 다음 제인이 큰소리로 편지를 읽었다. 베넷 부인은 어쩔 줄을 몰랐다. 가디너 씨도 리디아가 곧 결혼할 것을 믿는다는 대목을 읽자 베넷 부인의 기쁨은 폭발하였고, 편지를 읽어 내려갈수록 이 기쁨은 더욱 커졌다. 놀람과 짜증으로 괴팍스러웠을 때와는 대조적으로 그녀는 이제는 기쁨의 탄성을 내질렀다. 리디아가 결혼하게 되었다는 사실을 안 것만으로 충분했다. 그녀의 행복을 염려하여 걱정한다거나, 또는 그녀의 잘못을 기억해내고 침울해하지 않았다.

"내 귀여운 리디아! 정말 기쁘구나. 그 애가 결혼을 하다니! 그 애를 다시 볼 수 있겠구나. 열여섯 살에 결혼하게 되다니. 고맙고 친절한 동생. 내 이럴 줄 알았지. 모든 걸 잘 처리해줄 줄 알았어. 리디아가 너무 보고 싶구나……. 그리고 위컴도 말야. 그나저나 결혼 예복을 어떻게 한담. 곧 외숙모에게 편지를 해야겠다. 리지, 아버지에게 좀 뛰어가 봐라. 가서 리디아에게 돈을 얼마나 주시려는지 여쭤보고 오렴. 아니, 여기 있어. 내가 가야지. 키티, 종을 울려서 힐 좀 불러라. 곧 옷을 입어야겠다. 오, 내 귀여운 리디아! 우리가 만날 땐 얼마나 즐거울까?"

제인은 어머니의 생각을 외삼촌에 대해 그들이 받은 은혜를 깨닫게 함으로써 어머니의 격정을 조금이나마 완화시키려고 애썼다.

"이 다행스런 결과는 모두 친절하신 외삼촌의 덕택이에요. 외삼촌이 당신 돈을 들여서 위컴 씨를 도우신 게 틀림없어요."

"그래, 그거야 당연하지. 외삼촌이 아니면 누가 한단 말이냐? 그리고 만약 외삼촌에게 자식들이 없었다면 그의 재산은 나와 너희들이 차지했을 것이라는 건 너도 알지. 그리고 몇 가지 선물 외에 외삼촌이 우리에게 무얼

해준 것은 이번이 처음 아니냐? 아무튼 난 기쁘다. 얼마 안 있으면 딸년을 하나 결혼시키게 됐으니 말이다. 위컴 부인이라! 근사하군. 지난 6월에야 겨우 만 열여섯 살이 됐는데. 제인, 너무 가슴이 두근거려서 편질 못 쓸 것 같다. 내가 부를 테니 대신 받아쓰렴. 돈에 대해서는 차후에 아버지와 결정을 하겠지만 우선은 결혼 예복만이라도 주문해야겠어."

그러면서 부인은 캘리코를 비롯해서 모슬린이며 흰 리넨 등을 주워 외기 시작했다. 만약 제인이 아버지가 한가한 때를 기다렸다가 아버지와 상의해 본 다음에 쓰자고 어머니를 겨우 설득시키지 않았다면 주문은 상당한 액수에 달했을 것이다. 제인은 하루쯤 늦는 것을 그리 대수롭게 생각지 않았고 부인도 기쁨에 넘친 나머지 평소와 같은 고집을 부리지 않았다. 그러자 다른 생각이 떠올랐는지 부인은 이렇게 말했다.

"옷을 입는 대로 메리턴에 가야겠어. 가서 필립스 이모에게 이 좋은 소식을 전해줘야지. 그리고 오는 길엔 루카스 경 부인과 롱 부인 댁에 들를 수 있겠군. 키티, 내려가서 마차를 불러라. 바람 좀 쐬는 게 몸에도 좋을 거야. 아, 힐이 오는군. 힐, 좋은 소식 들었어? 우리 리디아가 결혼을 한대. 결혼 축하로 펀치 한 잔씩을 만들어줘."

힐 부인은 기쁨을 표시했고, 엘리자베스가 여러 사람을 대신해서 이 축하의 말을 받았다. 그러고는 이런 어리석은 짓에 염증이 나서 혼자 생각 좀 해보려고 제 방으로 돌아와버렸다. 아무리 생각해도 리디아의 처지는 불행할 것임에 틀림없었지만, 그러나 최악은 아니라고 생각하고 감사해할 수밖에 없었다. 또한 앞날을 내다볼 때 리디아에게서 정당한 행복이나 속세의 행운을 기대할 수는 없었지만 불과 두 시간 전에 지녔던 불안을 생각하여 이만한 지금의 수확에 만족을 느껴야만 했다.

50

베넷 씨는 그의 자녀들과 또 아내가 자기보다 오래 살 경우, 그들의 미래를 위해서 그의 모든 수입을 지출하는 대신 매년 저축을 하는 것이 좋겠다고 이전에 종종 생각해왔었는데, 지금에 와서 그는 어느 때보다도 더 저축의 필요성을 절실히 느끼게 되었다. 만약 그가 이 점에 대해 그의 의무를 다했더라면 리디아를 위한 어떤 명예나 신용을 회복하는데 있어서 구태여 가디너 씨에게 폐를 끼칠 필요가 없었을 것이다. 자기 의무를 이행했더라면 영국에서도 가장 쓸모 없는 청년 중의 한 사람을 리디아의 남편으로 택한 것에 대한 보상은 당연히 원래의 제 위치에 머물러 있었을는지도 모르는 일이었다.

별로 이득이 없는 목적을 위해 처남이 단독으로 비용을 들였다는 것을 베넷 씨는 매우 중요하게 생각했다. 그래서 가능하면 가디너 씨가 도와준 액수가 얼마나 되는가를 알아보고 될 수 있는 한 조속히 빚을 갚기로 마음먹었다.

당초에 베넷 씨가 결혼했을 때에는 당연히 아들을 낳을 것으로 예상했기 때문에 경제 문제에 대해서는 전혀 걱정할 필요가 없었다. 이 아들이 성년이 되는대로 한정 상속의 제한은 풀어질 것이고 이로써 아내와 어린 자녀들의 생활은 보장될 것이었기 때문이다. 딸만 잇따라 다섯이나 낳았을 때에도 아직 아들에 대한 꿈을 버리지 않았고 리디아를 낳은 후로도 수년 동안 베넷 부인은 아들을 낳을 수 있다고 장담했었다. 그러나 결국 이런 희망은 수포로 돌아갔고 그 때는 이미 저축하기엔 너무 늦어 있었다. 게다가 부인은 절약하는 데에는 소질이 없었다. 수입 초과를 방지해온 것은 오로지 베넷 씨가 독립을 사랑한 때문이었다.

결혼 계약서에는 5천 파운드가 부인과 자녀의 상속 재산으로 명시되어 있었으나 자녀들에게 어떤 비율로 분배하느냐 하는 것은 부모의 뜻에 달려 있었다. 바로 이 점이 최소한 리디아에 관한 한 결정되어야 할 문제였다. 베넷 씨는 눈앞의 제안을 허락하는데 망설일 수가 없었다. 그는 우선 처남의 친절한 처사에 대해 감사하다는 말을 한 다음, 아주 간결한 표현으로 모든 처사에 전적으로 찬성한다는 것과 자기 대신 체결한 모든 계약을 기꺼이 이행하겠다고 썼다. 그는 만약 위컴 씨를 리디아와 결혼하도록 설득시킬 경우 현재와 같은 적은 비용으로 가능하리라고는 전혀 생각지 못했다. 리디아에게 매년 100파운드를 주게 되더라도 감소되는 연수입은 고작해야 10파운드밖에 안 되는데, 그 이유는 리디아의 식비라든가 주머니 용돈이라든가 또 늘 어머니의 손을 거쳐서 흘러 들어가는 돈 등을 합해보면 그녀가 일 년에 소비하는 비용은 거의 100파운드 정도 되었기 때문이다.

베넷 씨에게 있어 또 한 가지 놀라운 즐거움은 자기 쪽에서 아주 적은 노력을 들이고 이 일을 한다는 것이었다. 지금 그의 간절한 희망은 이 사건에 대해 될 수 있는 한 걱정을 덜 하는 것이었다. 그로 하여금 리디아를 찾는 행동으로 옮기게 한 처음의 격한 분노가 사라지자, 그는 본래의 나태함으로 되돌아갔다. 그는 곧 편지를 곧 부쳤다. 그는 일을 결정하는 데에는 느렸으나 실행하는 데에는 빨랐다. 그는 자기가 가디너 씨에게 지고 있는 부채에 대해 자세히 알고 싶다고 간청했으나 화가 난 나머지 리디아에게는 편지를 쓰지도 않았다.

리디아가 결혼한다는 소식은 곧 온 집안에 퍼졌고 빠른 속도로 이웃에까지 퍼졌으나 이들은 무던한 침착성을 지니고 냉정하게 행동했다. 물론 만약 리디아가, 영락해서 양육비를 동네가 부담한다거나 또는 이보다는 다행한 편으로 세상과 떨어져 어느 먼 농가에서 격리되어 있다면 이것은 좀 더 재미있는 이야깃거리가 되었을 것이다. 그러나 리디아를 결혼시키는 것에 대해서는 할말이 많았다. 그리고 이전에 리디아가 사라진 채로 아직 정식 결혼에 대한 말이 없었을 때 메리턴의 짓궂은 노부인들이 동정하는 듯이 리디아의 선행을 바랐던 때의 그 생각은, 이제 사정이 변했음에도 불구하고 여전히 그대로였다. 그것은 리디아가 그런 남자와 결혼해본댔자 불행할 것은 뻔한 일이었기 때문이다.

베넷 부인이 아래층에 발길을 끊은 지 이미 2주일이 되었으나 이 기꺼운 날을 맞이해서 그녀는 다시 아래층 식당의 식탁머리에 앉았다. 그녀의 기분은 말할 수 없이 좋았고 어떤 부끄러움도 그녀의 의기양양한 기분을 손상시키진 않았다. 제인이 열여섯 살이 된 이후로 그녀가 한결같이 바라던 딸의 결혼이 이제 드디어 이루어지려는 단계에 있었던 것이다. 그녀의 말과 생각은 오로지 근사한 결혼식의 하객들과 아름다운 모슬린 옷과 새 마차들과 하인들 따위로 꽉 차 있었다. 그녀는 온 동네를 누비고 다니면서 리디아에게 알맞은 신혼 주택을 물색하기에 바빴다. 두 사람의 수입이 얼마나 될 것인가는 알지도 생각지도 않고 집이 좁다느니 쓸모가 없다느니 하면서 숱한 거절을 했다.

"굴딩에만 나간다면 헤이 파크도 괜찮고, 그렇잖으면 스토크에 있는 집도 응접실만 좀 더 크다면 쓸 만하겠어. 애쉬워드는 너무 멀고. 내게서 10리 밖이나 떨어진 곳은 안 돼. 팔비스 로지는 다락방이 음산해서 싫어."

베넷 씨는 하인들이 옆에 있는 동안은 마음대로 지껄이라고 내버려두었으나 하인들이 물러가자 부인에게 이렇게 말했다.

"여보, 그 애들에게 그 중의 어느 집을 사주든지 아니면 전부를 사주든지 간에, 우선 정신 좀 차리고 생각해봅시다. 어느 집이고 이 근방에는 그 애들을 들여놓을 수 없소. 그 애들을 롱본에 들임으로써 그 뻔뻔스러움을 북돋워줄 생각은 없단 말이오."

이 말로 인해 오랫동안 논쟁이 벌어졌다. 그러나 베넷 씨는 꿈쩍도 안 했다. 이것이 또 싸움을 유발시켰다. 게다가 베넷 부인은 남편이 리디아의 옷을 살 돈을 한푼도 주려고 하지 않는다는 것을 알고는 기겁을 했다. 베넷 씨는 부인에게, 리디아는 어떤 경우든지 자기로부터 애정의 표시는 받지 못할 것이라고 딱 잘라 말했다. 부인은 이 말을 도무지 이해할 수 없었다. 남편의 노여움이 결혼을 무효화할지도 모르는, 즉 리디아의 특권을 거부할 정도의 생각조차 할 수 없는 울분에까지 이르렀다는 사실을 부인은 아무래도 믿을 수가 없었다. 그녀는 리디아가 위컴 씨와 도망을 치고 결혼식도 올리기 전에 일주일씩이나 동거를 했다는 데 대한 어떤 수치심보다는 딸의 결혼식에 입힐 새옷이 없어서 망신당할 것에 더 마음이 쓰였다.

엘리자베스는 전에 한 순간의 괴로움에 못 이겨서 다르시 씨에게 리디아에 대한 그들의 걱정을 알렸던 것을 이제 와선 가장 가슴 아프게 후회하였다. 왜냐하면 리디아의 결혼이 그들의 도피 행각에 곧 종지부를 찍어줄 것이므로 불필요한 사람들에게는 상서롭지 못한 당초의 사실을 숨길 수도 있는 일이었기 때문이다.

엘리자베스는 다르시 씨를 통하여 더 이상 소문이 퍼지는 것을 걱정하지는 않았다. 그녀에게는 자기의 비밀을 남에게 누설하지 않고 지켜줄 것을 확신할 만큼 마음 터놓고 이야기할 수 있는 사람도 별로 많지 않았지만, 또 동시에 자기 동생의 부정한 행동을 알고 있다고 해서 자기에게 심한 굴욕이 될 만한 사람도 없었다. 그래서 자신이 불리해질 것이라는 불안 때문은 아님에도 불구하고 어쨌든 자기와 다르시 씨 사이에는 건널 수 없는 심연이 있는 것 같았다. 설사 리디아의 결혼이 가장 훌륭한 조건 위에 이루어진다 하더라도, 다른 모든 이유는 그만두고라도 그가 그렇게도 경멸하던 위컴 씨와 가장 가까운 친척의 인연을 맺는 자기 가정과 인척 관계를 맺으리라고는 생각되지 않았기 때문이다.

이런 관계를 그가 피하려 들 것은 틀림없는 일이고, 자기의 사랑을 얻으려던 그의 희망이—비록 다비셔에서는 그가 사랑을 얻었다고 생각했었음을 엘리자베스 자신도 잘 알고 있었지만—이러한 엄청난 타격으로부터 벗어날 수 있다고는 합리적으로 기대할 수 없었다. 엘리자베스는 맥이 풀렸고 슬펐으며 뭔지는 잘 모르지만 후회를 했다. 더 이상 그의 호의의 덕을 바랄 수 없게 되자 엘리자베스는 그의 호의가 아쉬워졌고, 이제 그의 소식을 들을 기회가 거의 없게 되자 그의 소식이 듣고 싶어졌으며, 이제 다시는 둘이 만나는 일이 없을 것이라는 생각이 들자 자기는 그와 함께 행복할 수 있을 것이라는 확신이 들었다.

자기가 겨우 4개월 전에 자신있게 일축해버린 그의 청혼을 지금은 기쁘고 감사한 마음으로 받아들일 것이라는 것을 그가 안다면 그는 얼마나 의기양양해할 것인가 하고 엘리자베스는 가끔 생각했다. 그가 남자 중에서도 가장 관대한 남자임을 엘리자베스는 믿어 의심치 않았으나 그도 역시 인간인 이상 승리감을 가지는 것은 당연한 일이다.

엘리자베스는 이제야 다르시 씨가 성품과 재능에 있어서 자기에게 가장 적합한 사람임을 이해하기 시작했다. 그의 이해력과 기질은 비록 엘리자베스와 비슷하진 않았으나 그녀가 바라는 모든 것에 합치되는 것이었다. 이들의 결합은 두 사람 모두에게 유익할 것이다. 엘리자베스의 여유 있고 명랑한 모습으로 인해 다르시 씨의 마음은 부드러워지고 태도는 개선될 것이며, 한편 다르시 씨의 판단력과 견문과 세상에 관한 지식에 의해 엘리자베스는 매우 소중한 이익을 얻을 수 있을 것이다.

그러나 지금은 아무리 행복한 결혼도 그것을 찬미하는 무리들에게 부부의 행복이란 진정 무엇인가를 가르쳐줄 수는 없었다. 서로 다른 두 성격의 결합이 행복한 부부의 가능성을 배제한 채 그들의 가정에서 이루어지려는 참이었다.

위컴 씨와 리디아가 얼마만큼 전적으로 자립적인 생활을 이겨낼 것인지 엘리자베스는 상상할 수 없었으나, 도덕심보다는 강한 정열로 결합된 부부에게 따르는 행복은 얼마나 짧게 지속될 것인가 하는 것만은 쉽사리 예측할 수 있었다.

가디너 씨는 베넷 씨에게 금방 또 편지를 보냈다. 그는 누구든지 간에 자기 가문의 사람이면 그의 행복의 증진을 위해서 최선을 다하겠다는 확언을 하고 베넷 씨의 감사에 간단히 답례한 다음, 자기가 돈을 썼느니 어쨌느니 하는 이야기는 다시는 꺼내지 말아달라고 간청했다. 이번 편지의 중요한 취지는 위컴 씨가 군대를 그만두기로 결심했다는 사실을 그들에게 알리는 것이었다. 가디너 씨는 다음과 같이 덧붙였다.

위컴 군의 결혼이 확정되는 대로 그가 부대를 나오는 것은 제가 무척 바라던 일입니다. 저는 매형께서도 이 일이 위컴 군이나 리디아를 위해 극히 현명한 일이라는 데에 동의하실 줄로 믿습니다. 위컴 군은 정규군에 입대하려 하고 있는데 이 일을 기꺼이 도와주려는 그의 친구들 중에는 모장군 부대의 기수 직을 약속받고 있습니다. 주둔지가 이곳에서 먼 거리에 있다는 것은 차라리 다행한 일이라고 생각합니다. 위컴 군도 쾌히 승낙하고 있는데 다른 사람들 틈에 가서 살면 각자가 갖추어야 할 인격을 지니게 될런지도 모르는 일이며, 또 두 사람 모두 좀더 신중해지리라고 믿습니다. 저는 포스터 대령에게 저희들의 현재 처사를 알리고 브라이턴 인근에 있는 위컴 군의 모든 채권자들에게 일간 채무를 빠른 시일 내에 청산하겠다는 보증을 서달라는 편지를 냈습니다. 이 청산에 대해서는 제게 서약을 했습니다. 그러니 매형께서도 메리턴에 있는 위컴 군의 채권자들에게 동일한 보증을 서주지 않으시겠습니까? 채권자의 명단은 위컴 군에게 알아봐서 부쳐드리겠습니 다. 위컴 군은 그의 모든 채무 건수를 제출한 바 있습니다. 적어도 이 점에 대해서만은 우 리를 속이지 않았으리라 믿습니다. 해거스턴 변호사가 우리의 지시를 받고 있는데 일주일이면 모든 일을 무난히 해결할 것입니다. 그리고 롱본에서 먼저 두 사람을 초대하지 않는다면 그들은 그냥 북부의 군대를 따라갈 것입니다. 제 아내를 통해 듣기로는 리디아가 남부를 떠나기 전에 롱본의 가족들을 몹시 만나보고 싶어한다는 얘기입니다. 리디아는 건강하며 매형과 누님께서 부모의 도리로 자기를 잊지 않고 기억해 주시기를 바라 고 있답니다……

에드워드 가디너 올림

베넷 씨와 그의 딸들은 가디너 씨와 마찬가지로 위컴 씨가 위용군에서 정규군으로 옮기는 것을 기꺼워하였으나 베넷 부인만은 그리 흡족해하지 않았다. 그녀는 두 사람을 하퍼드셔에 정착시키려는 애초의 계획을 절대로 포기하지 않았고 마침 거기에 커다란 기쁨과 긍지를 기대하고 있었던 참이라 리디아가 북방에 정착하게 되었다는 사실은 그녀에게 쓰라린 실망을 안겨주었다. 게다가 많은 사람들이 리디아를 알고 있고, 또 리디아가 좋아하는 군인들이 많은 부대를 떠나야 한다는 것은 몹시도 애석한 일이었다. 그녀는 이렇게 말했다.

"포스터 부인을 몹시 좋아하던 그 애를 그렇게 멀리 보내버리다니 정말 기가 찰 노릇이야. 또 그 애가 무척 따르던 청년들도 몇 명 있었는데. 그 장군 부대의 장교들은 그리 쾌활하지 못할 거야."

리디아가 북으로 떠나기 전에 집에 다녀가게 하자는 딸의 제안을 예상했던 대로 베넷 씨는 처음에는 단호히 거절했다. 그러나 리디아의 감정과 장래의 지위를 위해 그녀의 결혼을 부모에게 알려야 한다는 생각에 합의를 본 제인과 엘리자베스가 두 사람이 결혼하는 대로 롱본에 초대하자고 열심히, 그러면서도 합리적으로 온순히 간청하는 바람에 베넷 씨는 누그러져서 마음대로들 하라고 마지 못해 허락하고 말았다. 베넷 부인은 출가한 딸이 북으로 가버리기 전에 이웃 사람들에게 보여줄 수 있게 되어 매우 만족해했고, 베넷 씨는 두 사람이 롱본에 오는 것을 승낙한다는 편지를 다시 가디너 씨에게 썼다. 이리하여 결혼식이 끝나는 대로 두 사람이 롱본으로 곧바로 오게끔 일이 결정되었다. 그러면서도 엘리자베스는 위컴 씨가 그런 제안을 수락했다는 데에 놀랐다. 만약 엘리자베스가 자신의 감정만을 생각한다면 그녀는 무엇보다도 그와의 재회가 가장 싫었을 것이다.

51

리디아의 결혼식 날이 다가왔다. 제인과 엘리자베스가 리디아를 맞는 감회는 리디아가 집에 돌아오는 감회보다도 더 컸다. 마차가 두 사람을 맞으러 어느 지점까지 갔는데, 저녁 시간까지는 도착할 예정이었다. 제인과 엘리자베스는 그들의 도착을 두려워했다. 특히 제인은, 만약 자기가 죄인일 경우, 자신이 품고 있는 생각을 리디아도 품고 있지나 않을까 하는 생각을 하고 더욱 두려워했고, 리디아가 이제부터 견뎌내야 할 수모를 생각하고는 측은해했다.

드디어 두 사람이 왔다. 온 가족은 그들을 맞으러 식당에 모여 있었다. 마차가 대문에 다다르자 베넷 부인의 얼굴에는 웃음이 감돌았고 베넷 씨는 꿰뚫을 수 없는 듯한 엄숙한 표정을 짓고 있었다. 딸들은 놀라고 불안해하며 안절부절못했다.

현관에서 리디아의 목소리가 들렸다. 문이 홱 열리더니 그녀가 방안으로 뛰어 들어왔다. 베넷 부인이 앞으로 달려나가 그녀를 껴안고 열광적인 환영을 했다. 그리고 리디아를 뒤따라온 위컴 씨에게 다정한 미소를 지으면서 손을 내밀자 그는 그들의 행복을 의심 없이 보여주는 유쾌한 태도로 모녀가 오래간만에 다시 만나서 기쁘시겠다는 인사를 했다.

그리고 두 사람은 베넷 씨에게로 돌아섰다. 베넷 씨는 그들을 진심으로 환영하진 않았다. 그의 얼굴은 더욱 근엄해졌고 거의 입을 열지 않았다. 아무렇지도 않은 듯이 구는 젊은 부부의 뻔뻔스러움이 다시 그의 화를 돋구기에 충분했다. 엘리자베스도 비위가 거슬렸고 제인마저 충격을 받았다.

리디아는 여전히 리디아였다. 길들여지지 않고 부끄러움을 모르며 야생적이고 수다스럽고 겁이 없었다. 그녀는 이 언니에게서 저 언니에게로 돌아다니며 그들에게 축하해달라고 졸랐다. 드디어 모두가 자리에 앉자 리디아는 방안을 열심히 둘러보고 약간 변한 것을 알아채곤 웃으면서 여기를 떠난 지도 꽤 오래되었다고 말했다.

위컴 씨는 리디아보다 더 당황해하는 빛이 없었다. 그의 태도가 옛날처럼 어찌나 유쾌했던지, 그의 인격이나 결혼 방법에 있어 하등 비난할 점이 없었더라면, 이제는 그들과 친척간임을 선언할 때의 그의 미소와 유유한 말솜씨는 모두를 즐겁게 해주었을 것이다. 엘리자베스도 그가 이처럼 뻔뻔스러우리라고는 미처 생각지 못했었다. 그녀는 앉은 채로 이제 다시는 뻔뻔스러움에 한계선을 긋지 않겠다고 속으로 다짐했다. 그녀는 얼굴이 뜨거웠다. 제인도 낯을 붉혔다. 그러나 정작 이러한 사건을 야기시킨 장본인들은 부끄럽지도 않은 모양인지 도무지 안색의 변화가 없었다.

화제는 궁하지 않았다. 리디아나 베넷 부인은 모두 말을 빨리 하지 못했고 엘리자베스와 가까이 앉게 된 위컴 씨는 가까운 곳에 사는 사람들의 안부를 물어보기 시작했다. 그는 예사로 명랑하게 말을 했으나 대답을 하는 엘리자베스는 그럴 수가 없었다. 리디아와 위컴 씨는 세상에서도 가장 행복한 추억들만 지니고 있는 것 같았다. 지난 일을 회상하고 괴로워하는 빛은 전혀 없었고, 리디아는 오히려 제인과 엘리자베스가 세상없어도 꺼내고 싶지 않은 화제를 스스로 꺼냈다.

"내가 집을 떠난 지 벌써 석 달이 됐다는 생각을 하니 참 이상해. 겨우 2주일밖에 안 된 것 같거든. 그런데도 그 동안에 많은 일이 있었지. 내 참, 내가 집을 떠날 때에는 돌아올 때 결혼하고 오리라는 생각은 꿈에도 안 했어.

내가 결혼을 한다면 무척 재미있을 거라는 생각은 했지만."

베넷 씨가 두 눈을 쳐들었다. 제인은 당황했고 엘리자베스는 의미있는 눈으로 리디아를 쏘아보았으나, 리디아는 무감각한 채 아무 것도 듣지도 보지도 못하는 것처럼 즐거운 듯 말을 계속했다.

"엄마, 동네 사람들이 제가 오늘 결혼한 줄을 아나요? 아마 모르고 있을 거야. 참, 오다가 윌리엄 굴딩 씨의 이륜 마차를 앞지르게 됐는데, 굴딩 씨에게 내가 결혼한 사실을 알려주려고 마차가 옆에 오기가 무섭게 창문을 내리고 장갑을 벗은 다음 손을 창틀 위에 얹어놓았지. 내 반지 좀 보라고 말이야. 그리고 인사를 하고는 활짝 웃어 줬어요."

엘리자베스는 더 이상 참을 수가 없었다. 그녀는 일어나서 방을 뛰어나와 버리고 말았다. 그러고는 그들이 복도를 지나 응접실로 가는 소리를 듣고서야 비로소 다시 돌아와 그들 사이에 끼였다. 얼마 후에 엘리자베스는 리디아가 매우 뽐내며 어머니의 오른쪽으로 다가가는 것을 보았는데, 그녀가 제인에게 이렇게 말하는 것이 들렸다.

"큰언니, 이젠 내가 언니 자리를 차지해야 돼. 언닌 나보다 아랫자리로 가야 해. 난 이제 결혼한 여자거든."

리디아가 처음엔 전적으로 모면했던 이러한 난처한 곤경이, 시간이 지남에 따라 그녀에게 어떻게 다가올지 상상해볼 길이 없었다. 리디아의 여유 있고 유쾌한 기분은 점점 커졌다. 그녀는 필립스 이모와 루카스네 가족들, 그 밖의 모든 이웃 사람들을 몹시 보고 싶어했고 그들이 자기를 '위컴 부인'이라고 부르는 것을 듣고 싶어했다. 식사를 마치자 리디아는 그동안에라도 힐 부인과 두 하녀에게 반지를 보여주고 결혼했다는 것을 자랑하고 싶어서 방을 나갔다.

모두가 다시 식당으로 돌아오자 리디아가 또 말했다.

"그런데 엄마, 엄마는 위컴 씨를 어떻게 생각하세요? 매력 있는 사람이죠? 언니들은 확실히 나를 부러워할 거야. 내 행운의 절반만이라도 차지했으면 좋겠어. 언니들도 브라이턴엘 가야만 해. 남편감 고를 데는 브라이턴뿐이야. 왜들 여름에 전부 안 갔는지 모르겠어. 유감스러운 일이야. 그렇지, 엄마?"

"그렇고말고. 내가 하자는 대로만 했어도 좋았을 텐데. 그러나 리디아, 난 네가 이젠 아주 멀리 가버리는 게 정말 싫구나, 안 그러냐?"

"아이, 괜찮아요. 그런 것은 아무것도 아녜요. 난 무엇보다도 좋은걸요. 엄마랑 아버지랑 언니들이랑 모두들 우릴 보러 와야 돼요. 우린 겨우내 뉴카슬에 있을 거예요. 아마 무도회도 열릴 거야. 언니들에게 멋진 파트너를 골라줄게."

"그거 참, 무엇보다도 반가운 일이로구나."

"엄마가 다녀가실 땐 한두 언니쯤 두고 가세요. 겨울이 가기 전에 신랑들을 얻어줄게요."

그러자 엘리자베스가 말했다.

"호의는 고맙지만 네 식으로 남편을 얻는 것은 질색이야."

두 사람의 체류는 열흘을 넘기지 못하게 되었다. 위컴 씨가 런던을 떠나기 전에 임명을 받고 2주일 안으로 부대에 부임하게 되어 있었기 때문이다.

베넷 부인 외에는 어느 누구도 그들의 체류 기간이 짧은 것을 서운해하는 사람은 없었다. 부인은 리디아와 함께 이웃을 방문하고 집에서 자주 파티를 여는 일로 이 기간의 대부분을 보냈다. 파티는 모든 사람들의 마음에 들었다. 생각이 없는 사람들보다 오히려 생각이 있는 제인과 엘리자베스가 더 집안 식구들을 피하고 싶어했던 것이다.

리디아에 대한 위컴 씨의 애정은 엘리자베스가 생각했던 것과 같이 그에 대한 리디아의 애정과는 같지 않았다. 일의 결과를 놓고 생각해볼 때, 그들의 도피는 위컴 씨의 사랑보다는 리디아의 사랑의 힘에 의해 감행되었다는 추측을 엘리자베스는 구태여 확신시킬 필요가 없었다. 그가 당시 도망치지 않을 수 없는 처지에 놓여 있었다는 것과, 또 만약 이런 경우, 그 도망의 동행자가 생겼을 때 그가 그런 좋은 기회를 놓칠 인물이 아니라는 것을 엘리자베스가 확신하지 않았더라면 그녀는 어째서 위컴 씨가 그다지 사랑하지도 않으면서 리디아와 도피행각에 나섰는가 하는 것을 의아하게 여겼을 것이다.

리디아는 위컴 씨를 몹시 좋아했다. 어떤 경우에나 그는 리디아의 사랑스런 위컴이었다. 그녀에 의하면 어떤 경쟁을 하든 그를 따를 사람은 아무도 없으며 그가 무엇을 하든 세상에서 최고라는 것이었다. 그리고 9월에 사냥이 시작되면 그가 누구보다도 많은 새를 잡을 것이라고 리디아는 확신했다.

그들이 도착한 지 얼마 안 된 어느 날 아침, 제인과 엘리자베스와 리디아가 함께 앉아 있을 때 리디아가 엘리자베스에게 이렇게 말했다.

"리지 언니, 아마 언니에겐 내 결혼식 얘기 안했죠? 엄마랑 다른 식구들에게 얘기할 때 언닌 옆에 없었어. 어땠는지 듣고 싶지 않아요?"

"아니, 그런 얘긴 될 수 있는 한 듣지 않는 게 좋겠어."

"어마! 언닌 참 이상해요. 하지만 얘기를 해야겠어. 언니도 알다시피 우린 성 클레멘트 교회에서 결혼했어요. 위컴 씨의 숙소가 그 교구에 있었거든요. 우린 11시까지 모두 그 교회에서 만나기로 되어 있었지요. 외삼촌하고 외숙모님이 나와 같이 가기로 했고 다른 사람들은 교회에서 만나기로 되어 있었어요. 그래, 드디어 월요일 아침이 되었지요. 난 참 얼마나 몸이 달았는지 몰라요. 무슨 일이 일어나서 결혼식이 연기될까봐 무척 걱정했으니까요. 그렇게 되었더라면 난 정말 미쳐버렸을 거야. 내가 옷을 입는 동안 외숙모께서 내내 옆에 계시면서 마치 설교 원고를 읽으시듯 일장연설을 하셨지만 내 귀에는 열 마디 중의 한 마디밖에 들어오지 않았어요. 왜냐하면 난 줄곧 위컴 씨만 생각하고 있었으니까요. 위컴 씨가 푸른 색 연미복을 입고 결혼식을 올릴런지 그게 몹시 알고 싶었어요. 그래서 우린 다른 때와 같이 10시에 아침을 먹었죠. 난 이런 생활이 영원히 끝나지 않을 줄로만 알았어요. 언니도 차차 이해하게 되겠지만 내가 외삼촌 댁에 있는 동안 난 두 분이 끔찍이도 싫었거든요. 언닌 안 믿을는지 모르지만 보름 동안이나 한 번도 문밖에 나가보지 못했어요. 파티도 한 번 없었고 외출이고 뭐고 아무것도 못했어요. 확실히 런던은 비교적 한산한 편이지만 그러나 소극장만은 개관중이었어요. 그건 그렇고, 막 마차가 대문까지 왔는데, 아, 글쎄 그 지긋지긋한 스톤 씨가 사업상의 일로 외삼촌을 불러내잖아요. 난 어찌나 놀랐던지 어쩔 줄을 몰랐어요. 외삼촌이 식장에서 나를 위컴 씨에게 넘겨주는 들러리 역을 맡으셨거든요. 만약 정한 시간이 넘으면 그날은 결혼할 수 없었어요. 그러나 다행히 10분만에 돌아오셔서 우린 모두 식장으로 출발했죠. 하지만 그 후에, 설령 외삼촌 때문에 가지 못했다 해도 결혼식을 연기할 필요는 없었다는 것을 알게 됐어요. 다르시 씨가 다 잘해주셨을 테니까요."

"다르시 씨가?" 하고 엘리자베스는 몹시 놀라면서 말을 되받았다.

"아, 그럼요. 위컴 씨와 함께 오시기로 되어 있었거든요. 아차, 이런! 깜박 잊었네. 그 얘긴 한 마디도 해서는 안 되는데. 그렇게 단단히 약속을 하고도! 위컴 씨가 뭐라고 하실까? 그건 정말 비밀이었는데…."

"그게 그렇게도 비밀스러운 이야기라면 이제 그 얘긴 그만 하려무나. 더 이상 물어보지 않을 테니까"하고 제인이 대꾸했다. 엘리자베스는 호기심이 불타올랐지만 이렇게 말했다.

"아무렴, 아무것도 묻지 않을게."

"고마워. 언니들이 캐물으면 난 모든 것을 다 이야기하고 말 거야. 그러면 위컴 씨가 몹시 화를 낼걸."

그러나 엘리자베스는 어찌나 캐묻고 싶은 충동을 느꼈던지 그 충동을 자제하기 위해서는 리디아가 없는 다른 곳으로 가지 않고는 견딜 수가 없었다.

하지만 엘리자베스는 그런 사실을 모르고 지낼 수는 없었다. 적어도 그런 사실을 알고 싶어하지 않을 수는 없었다. 다르시 씨가 리디아의 결혼식에 왔었다니! 필시 볼만했겠군. 자기와는 아무런 관련도 없고, 또 가고 싶지도 않았을 곳엘 가다니! 그가 리디아의 결혼식에 참석한데 대한 여러 가지 의미들이 급히, 또 되는 대로 엘리자베스의 머리에 떠올랐으나 아무 것에도 만족할 수는 없었다. 그의 행동을 그의 고결한 인격의 탓으로 돌리는 것이 가장 엘리자베스의 마음에 들었지만, 또 동시에 이것이 가장 진실과는 먼 추측으로도 보였다. 엘리자베스는 이런 의혹을 견뎌내기가 어려웠다. 그래서 급히 종이 한 장을 꺼내 가디너 부인에게 짤막한 편지를 썼는데, 만약 사실의 설명이 애초에 의도했던 비밀과 함께 할 수 있는 것이라면 리디아가 빠뜨린 사실을 알려달라고 부탁했다.

그리고 그녀는 다음과 같이 덧붙였다.

외숙모께서는 우리와는 아무런 관계도 없는 사람이, 비유적으로 말씀드리자
면 우리 일가가 아닌 이방인이, 어떻게 하필이면 그런 때에 오게 되었는가에
대해 알고자 하는 제 호기심을 이해해주실 거예요. 부디 즉시 답장을 주셔서
제가 알도록 해주세요. 만약 리디아가 생각하는 것같이 그냥 비밀로 남겨두
는 게 좋다는 이해가 갈 만한 이유가 있다면 그땐 모르는 채 지내는 것에 만
족하려고 노력해보겠어요.

여기서 엘리자베스는 다음과 같이 혼잣말을 하면서 편지를 끝맺었다.

아녜요. 모르는 채 지내는 것에는 만족할 수가 없을 거예요. 만약 외숙모께서
솔직히 말씀해주지 않으면 온갖 수단과 방법을 써서라도 알아내고 말겠어
요.

제인은 그녀의 섬세한 명예심 때문에 리디아가 입 밖에 꺼냈던 말에 대
해서 엘리자베스와 은밀히 이야기하는 것을 꺼렸다. 엘리자베스는 그러는
편이 더 좋았다. 자기의 편지에 대한 회답이 과연 어느 정도의 만족을 가져
다 줄 것인지 그 윤곽이 드러날 때까지는 마음을 털어놓을 친구가 없는 편
이 오히려 그녀는 좋았다.

52

만족스럽게도 엘리자베스는 그녀가 기대할 수 있는 가장 빠른 회답을 받았다. 답장을 손에 쥐자마자 그녀는 누구의 방해도 받지 않을 작은 숲으로 급히 달려갔다. 그녀는 벤치에 앉아 행복을 맞이할 태세를 갖추었다. 편지의 두께로 보아 외숙모가 사실에 대한 설명을 거부하지 않았음을 확신했기 때문이다.

사랑하는 엘리자에게

방금 네 편지를 받았다. 답장을 하려면 아침나절이 꼬박 걸릴 거야. 대강 쓰는 것 가지고는 할말을 다 못할 테니까 말이야. 난 네 편지를 받고 무척 놀랐단다. 네게서 그런 편지가 올 줄은 생각지도 못했거든. 그렇다고 내가 화났다고는 생각지 마라. 난 단지 그런 일이 네게 필요하다고는 생각지 못했다는 것을 알려줄 뿐이야. 만약 내 말을 받아들일 뜻이 없다면 내 주제넘은 생각을 용서하렴. 외삼촌께서도 나만큼이나 놀라셨단다. 너도 그 사건 에 관계가 있는 한 사람이라고 외삼촌께서 믿고 계셨기 때문에 더욱 놀라신 거야. 하지만 네가 정말 깜깜하게 그 일을 몰랐다면 나도 좀더 솔직해져야지.

내가 롱본에서 집으로 돌아오던 바로 그날 외삼촌은 의외의 손님 한 분을 맞으셨단다. 바로 다르시 씨가 찾아와서 외삼촌과 몇 시간 동안이나 이야기를 했어. 모든 일이 내가 도착하기 전에 끝나 있었기 때문에 나는 너처럼 호기심이 주는 무시무시한 고통을 받지 않은 셈이야. 다르시 씨는 외삼촌께, 그가 리디아와 위컴이 있는 곳을 알아냈다는 것뿐만 아니라 두 사람을 만나보았고 리디아와는 한번, 위컴과는 여러 번 이야기를 나누어보았다는 말을 하러 온 것이었어. 내가 알게 된 사실에 의하면 다르시 씨는 우리가 다비셔를 떠난 바로 그 이튿날, 거길 떠나서 두 사람을 찾을 작정으로 런던엘 왔다는구나. 표면상의 이유는, 품성이 고결한 여자라면 감히 위컴 같은 사람을 사랑하거나 믿는 일이 있을 수 없게끔 위컴의 무가치함을 세상에 알리지 못한 것은 전부 자기 책임이라는 확신 때문이라나. 그는 모든 것을 자기의 잘못된 자존심의 탓으로 순순히 돌리고 있었고, 위컴의 개인적 행위를 세상에 알리는 것은 수치스러운 일이라고 지금까지 생각해왔었다고 고백했어. 위컴의 인격이 스스로 대변할 줄 알았다는구나. 그래서 이 일에 협력해서 자기 때문에 초래된 불행을 해결하는 것이 자기의 의무라고 말하더구나. 또 다른 이유가 있었더라도 결코 그를 욕되게 하진 않았을 거야. 그는 런던에 며칠 간 머문 뒤에야 두 사람을 찾을 수 있었는데, 그에게는 우리보다 더 효과 있는 자기 나름대로의 어떤 수색 방법이 있었나 보더라. 그리고 이 수색 방법을 알고 있었다는 것이 그가 우리 뒤를 쫓아 런던으로 올 결심을 하게 된 또 하나의 이유래.

얼마 전에 조지아나 양의 가정교사로 있다가, 다르시 씨가 무엇이라고 말은 않지만 무슨 좋지 않은 이유로 해고된 영이라는 부인이 있다더라. 이 부인이 당시 에드워드가에 커다란 집을 가지고 있었는데, 해고된 이후로는 그 집에서 하숙을 치며 살아왔다는구나. 이 영 부인이 위컴과 친밀할 사이임을 다르시 씨는 알고 있었기 때문에 런던에 오자마자 그녀한테 가서 위컴의 소식을 물었대. 그러나 2, 3일이 걸린 후에야 바라던 정보를 얻을 수있었대. 내 생각에는 그 여자가 정말로는 위컴이 있는 곳을 알고 있었는데 뇌물을 받지 않고는 비밀을 누설하려 들지 않았던 모양이야. 사실상 위컴은 런던에 처음 도착하자마자 그 부인에게로 갔었대. 이때 부인이 두 사람을 자기 집안에 받아들일 여유만 있었더라면 그들은 아마 그 여자의 집에서 지냈을 거야. 하여튼 다르시 씨는 원하던 정보를 얻었지. 두 사람은 무슨 가(街)에 있다고 하더라나. 다르시 씨는 위컴을 만나본 후에 리디아를 만나야겠다고 주장했대. 다르시 씨의 말에 의하면 그가 리디아를 만나려던 것은, 자기가 최선을 다해서 리디아의 부모에게 그녀를 용서토록 권유할 테니까 그 권유가 성공하는 대로 지금의 수치스러운 처지를 버리고 집으로 돌아가라는 설득을 하려는 것이었대. 그러나 다르시 씨는 리디아가 그곳에 머물러 살기로 굳게 결심한 것을 알았대. 리디아는 친구고 가정이고 개의치 않고, 다르시 씨의 도움도 거절하더래. 위컴과 헤어지라는 이야기는 들으려고도 하지 않더라나. 두 사람이 어느 때고 결혼할 것은 확신하고 있지만, 그것이 언제냐 하는 것은 그리 중요한 문제가 아니라고 하더라는 거야. 리디아의 생각이 이러니까 이제 남은 유일한 길은, 결혼을 반드시 하되 빠른 시일 내에 식을 올리는 것뿐이라고 다르시 씨는 생각했대. 그래서 위컴을 만나 이야기해보니 그는 결혼할 의사가 조금도 없다는 것을 금방 알 수 있었다는 거야. 위컴은 자기가 부대를 떠날 수밖에 없었던 것은 무섭게 독 촉하는 증서 없는 빚이 있었기 때문이라고 고백했대. 그리고는 그들의 도피행각으로 일어날 모든 후환을 그녀 한 사람만의 어리석은 행동으로 돌리는 것을 주저치 않더래. 장교를 곧 사직할 의향이었는데 자기의 장래에 대해서는 거의 추측도 못하더래. 어디로든지 가긴 가야 할 텐데 어디로 가야 할지 모르겠다는 거야. 도저히 살아나갈 방법이 없다는 것을 자기도 알고 있더라는구나.

다르시 씨는 위컴에게 왜 리디아와 즉시 결혼하지 않느냐고 물었다. 베넷 씨가 큰 부자라고는 생각지 않지만 그렇게 되면 난 너를 위해 무슨 일이든 할 수 있을 것이고, 또 너도 결혼을 하면 네 입장도 좋아질 것이 아니냐고 다르시 씨는 위컴에게 말했지만, 위컴은 다른 주에서 결혼해서 좀더 큰 재산을 만들어보려는 희망을 아직도 품고 있다는 것을 다르시 씨는 그의 대답에서 알았대. 그러나 위컴도 결국 현재 처해 있는 위험에서 구제될 수 있다는 유혹에 마음이 움직이지 않을 순 없었던 모양이야.

상의할 일이 많았기 때문에 두 사람은 여러 번 만난 것 같아. 위컴은 물론 자기가 얻을 수 있는 것 이상의 것을 바랐지만 결국은 실질적인 타협에 응한 모양이더라.

모든 문제가 두 사람 사이에서 결정되자 다르시 씨가 두 번째로 할 일은 그 사실을 너의 외삼촌에게 알리는 일이었지. 그래서 그레이스 처치 가에 처음 들른 것이 바로 내가 집에 오기 전날 저녁이었어. 그러나 그날은 외삼촌을 만나뵙지 못했대. 또 너희 아버지께서 아직 집에 머물러 계시다는 것, 그러나 이튿날 아침이면 떠나신다는 것도 하인들에게 물어보고 안 모양이야. 다르시 씨는 너희 아버지는 외삼촌만큼 그가 의논할 만한 적절한 분이 아니라고 생각한 때문인지 아버지께서 떠나신 다음에 외삼촌을 뵙기로 방문을 연기했대. 명함도 안 두고 가서 우린 그 이튿날까지 누가 사업상의 일로 찾아왔던 줄로만 알고 있었단다.

다르시 씨는 토요일에 다시 왔어. 너희 아버지께서는 떠나시고 네 외삼촌은 집에 계셨지. 그래서 처음에 얘기한대로 두 분은 오랜 시간 동안 회담을 했단다.

두 분은 일요일에 다시 만났는데 그땐 나도 다르시 씨를 보았지. 모든 문제는 월요일에야 해결되었어. 그러자 즉시 롱본으로 속달 편지를 보냈지. 다르시 씨는 몹시 고집이 세 더군. 이 고집은 뭐니뭐니해도 결국 그의 인격적 결함의 하나라고 난 생각한다. 그는 때때로 여러 가지 비난을 받았지만 이것만은 정말 결점이야. 외삼촌이 모든 일을 아주 신속한 시간에 해결하셨을 텐데도—난 이것이 감사받을 만한 일이라는 말은 안 해. 그래서 그 얘 긴 않겠다—무엇이든지 자기가 직접 하지 않는 일은 못 하게 했어. 두 사람은 이 문제 를 가지고 오랫동안 다투었는데, 이 문제에 관련된 두 남녀를 생각하면 그럴 가치도 없는 과분한 일이었지. 그러나 결국 외삼촌이 양보하지 않으면 안 되셨어. 그래서 실제로 외삼촌은 리디아를 위해 아무 일도 못 하셨는데도 너희들이 외삼촌이 힘써주셨다고 믿고있도록 아무 말 없이 참지 않으면 안 되었지. 그래서 오늘 아침 네 편지를 보고 외삼촌은 퍽 기뻐하셨으리라고 난 믿어. 네가 요구한 설명이 외삼촌의 터무니없는 생색을 없애주고 당연한 것으로 칭찬을 돌리게 될 테니까 말이야. 그러나 이 사실은 너만 알아야 해. 제인까지는 알아도 무방하지만 그 외 다른 사람들이 알아서는 안 돼.

그래서 두 사람을 위해 다르시 씨가 어떤 일을 했는지는 아마 너도 잘 알고 있겠지. 위컴의 빚을 갚아주기로 했는데, 내 생각엔 천 파운드가 훨씬 넘을 거야. 그 위에 리디아가 집에서 물려받는 재산에다 천 파운드를 더 얹어주고 위컴에게 장교직을 사주었단다. 왜 다르시 씨가 혼자서 이런 일들을 했느냐 하는 이유는 내가 위에서 말한 바와 같다. 위컴의 인격을 세상에서 잘못 알고 있고, 따라서 그가 사교계에 발을 들여놓을 수 있었고 그가 지난날과 같은 인정을 받은 것은, 순전히 자기가 사실의 공표를 보류한 것과 적절한 조치를 취하지 않은 탓이라는 거야. 그가 보류했다고 해서 또는 누가 보류했든지 간에 이것이 사건의 책임을 져야 할 이유가 되는지 아닌지 난 의심이 가지만 다르시 씨의 말에도 일리는 있겠지. 그러나 이 사건에 있어서는 다르시 씨에게 또 다른 이해 관계가 있다는 것을 우리가 믿지 않았다면 외삼촌에서는 결코 양보하지 않으셨을 것이라는 것은, 위의 허울좋은 구실에도 불구하고 네가 확신해도 좋을 거야.

모든 일이 결정되자 다르시 씨는 친구들이 아직도 머물고 있는 펨벌리로 돌아갔단다. 그러나 결혼식이 거행될 때 다시 오기로 합의를 보았어. 모든 부채도 그 때 갚아주기로 했지.

이제는 할말을 다한 것 같구나. 네가 말한 대로 꽤 놀라운 이야기지? 그러나 적어도 네게 불쾌감은 주지 않을 거야. 리디아는 우리 집에 와 있었고 위컴도 수시로 출입하는 것을 허락했었지. 위컴은 내가 하퍼드셔에서 알고 있었던 위컴 꼭 그대로더라. 지난 수요일에 제인의 편지를 받고, 리디아가 집에 가서도 여기 있을 때와 똑같이 행동한다는 것을 알았기에 망정이지, 그리고 내가 지금 말하는 것이 네게 새삼스러운 고통은 주지 않을 것이라는 사실을 아니까 하는 말이지만, 리디아가 우리와 함께 있는 동안 내가 얼마나 그 애의 소행에 불만을 품었었던가 하는 것은 네게 얘기하지 않겠다. 난 몇 번이나 되풀이해서 아주 조심스런 태도로 리디아가 저지른 과오를 지적하면서 그 애가 우리 가문에 누를 끼치게 된 점을 말해주었단다. 만약 그 애가 내 말을 들었다면 그건 요행수야. 도무지 내 말엔 귀도 안 기울였으니까. 어떤 땐 정말 화가 나더라. 그러나 그 때마다 우리 귀여운 엘리자 베스와 제인을 생각하고 참았단다.

다르시 씨는 어김없이 돌아와서 리디아가 네게 말한 대로 결혼식에 참석했지. 이튿날 우리와 같이 저녁을 먹었는데 수요일이나 목요일쯤 다시 런던을 떠난다고 했어. 리지, 만약 내가 이 기회를 이용해서―전에는 감히 해볼 생각도 못 했던 말인데―내가 다르시 씨를 무척 좋아하게 되었다면 넌 내게 화를 내겠니? 우리에 대한 다르시 씨의 행동은 우리가 다비셔에 있었을 때처럼 모든 점에 있어서 마음에 드는 것이었어. 그의 이해심과 생각은 우리 모두를 흡족하게 했단다. 그에게 더 바라고 싶은 것이 있다면 조금만 더 활기가 있었으면 하는 것이야. 그러나 이것은 그가 현명하게 결혼만 한다면 부인이 가르쳐줄 수도 있는 것이지. 내 생각엔 다르시 씨가 좀 엉큼한 것 같더라. 네 이름은 거의 입 밖에도 안 내는 거야. 요즈음은 엉큼한 것이 유행인 듯싶기도 하다만.

　내가 너무 주제넘었다면 용서해라. 용서 못한다 하더라도 나를 펨벌리 공원에서 추방하는 벌만은 제발 내리지 말도록. 공원을 다시 한번 전부 둘러볼 때까지는 내 마음이 기쁘지 못할 거야. 예쁜 망아지 한 쌍이 이끄는 낮은 사륜 마차라면 더욱 그만이겠지.

　그만 써야겠다. 반시간이나 아이들 시중을 못 들었어.

그레이스 처치 가에서
9월 6일 외숙모 씀

　이 편지의 내용은 엘리자베스의 가슴을 두근거리게 했으나 그녀의 가슴 속에서 가장 큰 자리를 차지하고 있는 것이 즐거움인지 아니면 괴로움인지는 단정짓기 어려웠다. 사실을 명백히 모르는 불확실성이 일으켰던, 다르시 씨가 리디아의 결혼을 성사시키기 위해 했을는지도 모르는 것에 대한 막연한 두려움과 의혹, 또 그가 애쓴 것이 사실이라고는 믿어지지 않을 정도로 훌륭한 행위였기 때문에 그럴 리가 없다고 생각했던 의심과, 동시에 만약 그가 정말 그랬다면 그 은혜를 갚기란 어려운 일이기 때문에 사실이기를 두려워했던 의심이 이제는 모두가 사실로 증명되고 말았다. 다르시 씨는 일부러 그들을 쫓아 런던으로 갔었던 것이다. 그가 그러한 수색에 수

반되는 모든 수고와 굴욕을 감당했다는 것이다. 그는 그가 가장 증오하고 경멸하는 여자에게 애원해야 했고, 항상 피하기를 바라왔고 이름조차 입에 담기 꺼려했던 남자를 만나서, 그것도 자주 만나서 이치에 닿는 말로 그를 설득하고 권유하고 나중에는 뇌물까지 주어야 했던 것이다. 그것도 전혀 호감도 가지 않고 존경할 수도 없는 소녀를 위해서, 엘리자베스의 마음은 그가 '리디아를 위해서 했다'고 속삭였으나 이것은 금방 다른 생각으로 말미암아 잘려진 희망에 불과했다. 다르시 씨가 위컴 씨와 인척이 되는 것을 몹시 싫어했을 만큼 당연한 그 혐오감마저 누를 수 있을 정도로, 그가 과거에 이미 그의 청혼을 거절한 적이 있었던 여자인 자기에 대해 아직도 애정을 갖고 있다는 설명을 붙여야 한다면, 엘리자베스가 아무리 허영심이 많은 여자라 하더라도 이 설명으로는 부족하다는 것을 그녀는 곧 느낀 것이다. 위컴 씨와 동서지간이 된다고! 그의 모든 자존심이 여기에 반기를 들었을 것이다. 그는 확실히 큰 일을 했다. 그 크기를 생각하면 엘리자베스는 낯이 뜨거워질 정도였다. 그러나 그는 그의 개입에 대해 설득력 있는 이유를 붙였다. 자기가 잘못을 범했다고 그가 느낀 것은 있을 수 있는 일이었다. 그는 관대함을 지니고 있었고 이 관대함을 실천할 수단도 지니고 있었다. 엘리자베스는 자기가 다르시 씨의 행위의 주요한 원인이라고는 생각하고 싶지 않았으나, 자기에 대한 그의 미련이, 자기의 마음의 평화와 사실상으로 연관되어 있을 사유를 위해 그의 진력을 쏟게 했으리라는 것은 믿을 수 있었다. 그러나 은혜를 갚을 수 없는 사람에게 은혜를 입었다는 것은 매우 고통스러운 일이었다. 리디아의 복구와 그녀의 인격과 그 외의 모든 것들은 다르시 씨의 덕분이었다. 엘리자베스는 얼마나 그녀가 지난날에 다르시 씨에 대해 지녔던 일체의 무례한 감정과 그에게 한 일체의 오만한 말투를 뉘우쳤는지 모른다. 엘리자베스는 자기를 낮추고 다르시 씨를 높였다. 그것은 개인적인 감정을 극복할 수 있었던 다르시 씨에 대한 동정이었고 영예에 대한 존중이었다. 엘리자베스는 외숙모가 그를 칭찬한 구절을 몇 번이나 읽었다. 칭찬은 그것만으로는 부족했으나 엘리자베스를 기쁘게 했다. 엘리자베스는 외삼촌 내외가 다르시 씨와 자기 사이에 애정과 비밀이 있다고 믿고 있음을 알고 유감 섞인 기쁨을 느끼기조차 했다.

누군가가 다가오는 기척에 엘리자베스는 이런 생각으로부터 깨어나 벤치에서 일어났다. 엘리자베스가 미처 다른 길로 접어들기도 전에 위컴 씨가 잇달아 따라왔다. 그는 엘리자베스에게 다가서면서 이렇게 말했다.

"혼자 즐기시는 산책을 제가 방해했나 보군요."

엘리자베스는 웃으면서 말했다.

"그런 것 같아요. 하지만 방해가 반드시 성가신 것만은 아니죠."

"방해가 되었다면 정말 죄송합니다. 우린 좋은 친구 사이였죠. 지금은 친구 이상이지만 말이에요."

"그래요. 다른 사람들도 나오나요?"

"모르겠습니다. 장모님과 아내는 마차로 메리턴에 갈 모양입니다. 그런데 외삼촌 내외분께 듣자니까 엘리자베스 양께서도 직접 펨벌리에 가보셨다고요?"

엘리자베스는 그렇다고 대답했다.

"엘리자베스 양의 기쁨이 부럽군요. 그러나 제게는 과분한 기쁨이죠. 그렇지만 않다면 뉴카슬까지 그 기쁨을 지니고 갈 수 있었을 텐데. 나이든 가정부도 보셨겠군요. 가엾은 레이놀즈 부인. 그녀는 저를 무척 좋아했답니다. 하지만 제 이름은 입 밖에 내지 않았겠죠?"

"아뇨. 말하던데요."

"그래요? 뭐라고 그러던가요?"

"위컴 씨께서 군대에 입대하셨다고요. 그런데 잘되신 것 같지는 않다고 걱정하더군요. 그러나 그렇게 먼 거리에 있으면 가끔 터무니없는 소문이 돌기가 일쑤지요."

"사실 그래요." 위컴 씨는 입술을 지그시 깨물면서 대답했다. 엘리자베스는 이것으로 그가 입을 다물기를 바랐으나 그는 얼마 안 있다가 이렇게 말했다.

"지난달에 런던에서 다르시 군을 만나보고 놀랐습니다. 서로 몇 번이나 마주쳤죠. 런던에서 그가 무슨 일을 하고 있는지 모르겠어요."

"아마 드 버그 양과의 결혼을 준비중이겠죠. 이런 때 런던에 가신 건 분명 무슨 특별한 일이 있기 때문일 거예요."

"그럴 겁니다. 램턴에 계실 때 다르시 군을 만나보셨나요? 외삼촌 댁에서 들은 바에 의하면 만나보셨다고 하던 것 같은데."

"네, 만났습니다. 동생에게도 소개시켜주더군요."

"조지아나 양을 좋아하십니까?"

"네, 매우."

"요즘 1, 2년 사이에 무척 형편이 나아졌다고 하더군요. 제가 마지막으로 그녀를 보았을 때에는 그다지 장래가 기대되지 않았답니다. 조지아나 양을 좋아하신다니 반갑군요. 그녀가 잘되길 바랍니다."

"아마 잘되겠죠. 가장 시련이 많은 나이는 이제 지나갔으니까요."

"킴프턴이라는 마을을 지나셨습니까?"

"그런 기억은 없는데요."

"이 이야기를 꺼내는 이유는 그 킴프턴이 바로 제가 목사직을 받기로 했던 교회가 있는 곳이기 때문입니다. 아주 아늑한 곳이죠. 목사관도 훌륭하고요. 어느 모로 보나 제게 꼭 알맞을 법한 곳이었습니다."

"어떻게 해서 설교하는 걸 좋아하게 되셨나요?"

"무척 좋아했답니다. 제 의무라고까지 생각했었으니까요. 그런데 그 노력이 곧 수포로 돌아갈 줄이야 누가 알았겠습니까? 불평해서는 안 되겠지만 확실히 그것은 제게 적당한 직책이었을 거예요. 조용한 은퇴 생활은 제 행복의 이상(理想)을 만족시켜 주었을 겁니다. 그런데 그렇게 안 됐죠. 켄트에 계실 때 다르시 군이 그런 얘길 안 하던가요?"

"믿을 만한 소식통에 의하면 목사직은 오로지 조건부였고 후원자의 의사에 달려 있었다고 하더군요. 그건 믿을 수 있는 말이라고 생각하는데요."

"들으셨군요. 다소 그런 의미도 있었죠. 처음부터 제가 그렇게 말씀드린 것을 기억하고 계실 텐데요."

"또 이런 말도 들었습니다. 한 때는 지금처럼 설교하시는 것이 취미에 맞지 않는 때도 계셨다고요. 그래서 거기에 따라 일이 결정되었다고 하더군요. 그리고 성직에는 절대 나가지 않겠다는 결심을 표명하셨었다고요."

"그래요? 전혀 근거 없는 말은 아닙니다. 그 점에 대해서는 우리가 처음 그 이야기를 할 때 제가 뭐라고 말씀드렸는지 기억하고 계실 텐데요."

이 때 두 사람은 벌써 집 앞에 이르렀다. 그것은 엘리자베스가 위컴 씨를 피하고 싶어서 걸음을 재촉했기 때문이다. 그러나 리디아를 위해 그를 화나게 만드는 것은 좋지 않을 것 같아서 엘리자베스는 애교 있게 웃으며 이렇게 대답했다.

"자, 위컴 씨, 위컴 씨도 아시다시피 우린 이제 한가족이에요. 그러니 지난날의 일로 다투지 말기로 해요. 앞으로는 우리들이 언제나 한마음이기를 빌어요."

그러면서 엘리자베스는 손을 내밀었다. 그는 어떤 표정을 지어야 할지 잘 몰랐으나 다정하고 정중하게 그녀의 손에 입을 맞췄다. 그리고 두 사람은 집으로 돌아갔다.

53

위컴 씨는 엘리자베스와의 대화에 아주 만족했으므로 다시는 그 화제를 꺼냄으로써 자신을 괴롭히거나 그녀의 마음을 건드리지 않았다. 엘리자베스는 자기가 그의 입을 다물게 한 것을 알고는 흐뭇해졌다.

드디어 위컴 씨와 리디아가 떠날 날이 다가왔다. 베넷 부인은 다시 자기 방에 앓아 눕게 되었는데 이 별거는, 베넷 씨가 올 겨울에 모두 뉴카슬에 가자는 부인의 계획에 도무지 찬성하려 들지 않았으므로 최소한 열두 달은 계속될 듯싶었다. 부인은 이렇게 소리쳤다.

"얘, 리디아, 언제 다시 만나겠니?"

"아, 저도 모르겠어요. 아마 2, 3년은 못 뵐 것 같아요."

"편지나 자주 하렴."

"될 수 있는 대로 자주 하겠어요. 하지만 결혼한 여자는 편지 쓸 시간이 그리 많지 않다는 것을 엄마도 잘 아시죠? 언니들이 내게 편지를 해주세요.

아무 것도 할 일이 없을 테니까."

위컴 씨의 작별 인사는 리디아 보다 차라리 훨씬 다정스러웠다. 그는 줄곧 미소를 지었으며 태도는 훌륭해 보였고 멋들어진 말을 많이 했다. 그들이 떠나자마자 베넷 씨는 이렇게 말했다.

"내 생전에 위컴처럼 훌륭한 친군 처음 봤어. 언제나 싱글벙글하고 능청스럽고 추근추근하고. 우리 집의 큰 자랑거리라니까. 윌리엄 루카스 경에게 어디 위컴보다 더 괜찮은 사윗감이 있으면 찾아보라고 할까."

리디아가 가버리자 베넷 부인은 며칠 동안 매우 우울해했다. 부인은 이렇게 말했다.

"세상에 자기 친구와 헤어지는 것처럼 불행한 일은 없어. 친구가 없으면 너무 쓸쓸해."

그러자 엘리자베스가 말했다.

"딸을 결혼시키면 다 그런 거예요, 어머니. 그렇잖으면 어머닌 나머지 네 딸이 결혼도 안한 채 늙어야 좋으시겠어요?"

"그런 말이 아냐. 리디아는 결혼했다고 해서 나를 떠난 게 아니거든. 어쩌다 자기 남편의 부대가 먼 곳에 있으니까 가게 됐지. 만약 부대가 가까이 있었더라면 그렇게 빨리 가버리진 않았을 게 아니냐?"

그러나 이번 일로 인한 베넷 부인의 우울한 기분은 금방 풀렸고, 부인의 마음은 그 때 돌기 시작한 한 건의 정보로 말미암아 다시 희망으로 흔들리기 시작했다. 빙리 씨가 네더필드에서 수일간 사냥을 하기 위해 올 테니까 준비하라는 명령을 네더필드의 가정부가 받았다는 것이다. 베넷 부인은 도대체 가만히 있지를 못했다. 부인은 제인을 보고 웃으면서 번갈아 머리를 내둘렀다. 베넷 부인은 이 소식을 전하러 온 필립스 부인에게 이렇게 말했다. "그래? 빙리 씨가 다시 온다고? 그것 참 잘되었네. 그렇다고 내가 뭐 그 일에 큰 관심이 있는 건 아니지만. 잘 알겠지만 그는 우리와 아무 관계도 없는 사람이고, 또 나도 두 번 다시 그 사람을 보고 싶지가 않아. 그러나 그가 마음이 내켜서 오는 거라면 하여튼 매우 반가운 일이지. 무슨 일이 있을지 누가 알겠어? 그러나 그것은 우리와는 상관없는 일이야. 우리가 벌써 오래전에 그런 얘기는 다시 꺼내지 않기로 한 것을 알고 있지? 그런데 빙리 씨가 온다는 건 정말 확실해?"

필립스 부인은 다음과 같이 말했다.

"틀림없다니까요. 니콜스 부인이 지난밤에 메리턴에 왔으니까요. 나도 그녀가 지나가는 것을 보고 그 사실을 확인하고 싶어서 밖으로 나가 물어봤더니 사실이래요. 아무리 늦어도 수요일이나 목요일에는 온대요. 그날 쓸 고기를 주문하러 정육점에 가는 길이라고 말하더군요. 그리고 금방 잡은 오리 세 쌍을 사들고 가던데요."

제인은 빙리 씨가 온다는 말을 듣자 얼굴을 붉히지 않을 수 없었다. 수개월 동안 제인은 엘리자베스에게 그의 얘기를 꺼내지 않았지만 드디어 단둘이 있게 되자 제인이 입을 열었다.

"이모가 오늘 빙리 씨 얘기를 할 때 넌 내 얼굴을 쳐다보더구나. 아마 당황한 기색이었을 거야. 하지만 걱정하지 마. 빙리 씨가 오면 아무래도 만나지 않을 수 없을 것 같아서 잠깐 당황했던 것뿐이니까. 난 정말 그 소식을 듣고 기뻐하지도 괴로워하지도 않았어. 그러나 빙리 씨 혼자 온다는 것만은 반가운 일이야. 그만큼 빙리 씨를 만날 기회가 적어질 테니까 말이야. 나 자신이 두려운 게 아니라 단지 다른 사람들이 지켜보는 게 싫을 뿐이야."

엘리자베스는 빙리 씨가 오는 것을 어떻게 해석해야 할지 몰랐다. 만약 엘리자베스가 다비서에서 그를 만나지 않았더라면 그녀는 그가 다른 사람들이 말하는 대로 사냥할 목적으로 온다고 생각했을는지도 모른다. 그러나 엘리자베스는 그가 아직도 제인에게 애정을 품고 있다고 생각했기 때문에 그가 다르시 씨의 허락을 받고 오는 것인지 아니면 그의 허락도 받지 않고 혼자 용감히 오는 것인지에 대해 판단을 내릴 수가 없었다. 엘리자베스는 때때로 이렇게 생각했다.

'그러나 이 딱한 양반이 합법적으로 빌린 자기 집에 오는데, 꼭 이런 생각을 해야만 올 수 있다는 것을 좀 믿기 어려워. 일단 내버려 두고 지켜봐야지.'

빙리 씨가 온다는 사실에 대한 제인의 의사에도 불구하고, 또 제인 자신이 자기 감정이 그렇다고 확신했음에도 불구하고, 엘리자베스는 제인의 마음이 흔들리고 있는 것을 쉽게 알 수 있었다. 엘리자베스가 가끔 보아온 어느 때보다도 제인은 더 불안해했고 그러므로 평상시와는 사뭇 달랐다.

약 일 년 전에 베넷 씨와 베넷 부인 사이에서 그렇게도 격렬하게 논의되었던 화제가 이제 또다시 두 사람 사이에 거론되었다.

베넷 부인은 이렇게 말했다.

"물론 빙리 씨가 오는 대로 한 번 찾아가 보시겠죠?"

"천만에. 당신은 작년에도 억지로 가보라고 그러잖았소? 그리고 내가 한 번 찾아보기만 하면 빙리 군이 우리 딸애들 중의 하나와 결혼할 거라고 했지. 그러나 허탕만 치지 않았소? 그런 어리석은 심부름은 다시는 하지 않겠소."

베넷 부인은 네더필드로 돌아오는 빙리 씨를 위해 동네의 남자 어른들이 그만한 인사를 차리는 것은 절대로 필요한 일이라고 주장했다.

"그런 것은 내가 경멸하는 겉치레에 불과해. 빙리 군이 우리와 사귀고 싶다면 그 사람보고 우리를 찾아오라고 해요. 그는 우리가 살고 있는 데를 알고 있지 않소? 나는 내 소중한 시간을 동네 사람들이 가고 올 적마다 그 뒤를 쫓아다니는 데 낭비하고 싶지 않소."

"그래요? 내가 알고 있는 것은 만약 당신께서 찾아가지 않으면 굉장한 실례가 될 것이라는 사실뿐이에요. 그렇다고 빙리 씨를 만찬에 초대하지 못할 것은 없잖아요. 꼭 초대를 해야지! 롱 부인과 굴딩 네도 곧 초대해야겠어요. 그러면 우리까지 합해서 열세 명이 되니까 꼭 빙리 씨 자리만 남는 셈이에요."

베넷 부인은, 베넷 씨가 사교상의 의무를 거절했기 때문에 자기들보다 앞서서 모든 동네 사람들이 빙리 씨를 만날 것이라는 생각을 하면 비록 마음이 쓰리긴 했으나, 그를 초대하겠다는 결심에 위안을 얻고 남편의 무례함에 대한 불만을 잘 참아냈다. 빙리 씨가 도착할 날이 다가오자 제인은 엘리자베스에게 이렇게 말했다.

"난 빙리 씨가 온다는 게 드디어 걱정되기 시작했어. 그러나 대수롭지 않은 일이니까 냉담하게 대할 수 있을 거야. 그런데도 왜 그 문제를 가지고 저렇게 노상 말씀들을 하시는지 난 더 이상 들을 수가 없어. 물론 어머니야 좋은 뜻에서 그러는 것이겠지만 어머니가 하시는 말씀 때문에 내가 얼마나 괴로워하는지는 모르실 거야. 이건 어머니뿐만 아니라 아무도 몰라. 빙리 씨의 네더필드 체류가 끝나면 난 얼마나 기쁠까."

이 말에 엘리자베스가 대답했다.

"뭐든지 언니에게 위안이 될만한 말이 있었으면 좋겠어. 하지만 내 힘으

로는 어쩔 수가 없어. 그건 언니도 알아줘야 해. 수난자에게 인내를 설교하
는 것으로 흔히 만족하는 것 같은 방법은 난 싫어. 언니는 항상 잘 참아냈
으니까."

마침내 빙리 씨가 도착했다. 베넷 부인은 하인들의 도움으로 그 소식을
제일 먼저 알았기 때문에 불안과 초조의 시간 또한 길었다. 그녀는 그를 초
대할 수 있을 때까지의 날짜를 세어보고 그전에는 그를 만날 수 없다고 생
각했으나, 그가 하퍼드셔에 온 지 사흘째 되는 날 아침, 베넷 부인은 화장실
창문으로부터 말을 탄 그가 목장에 들어서서 집 쪽으로 오는 것을 보았다.

자기의 기쁨을 딸들과 함께 나누기 위해 베넷 부인은 다급하게 딸들을
불렀다. 제인은 식탁 앞에 그대로 앉아 있었으나 엘리자베스는 어머니를
만족시켜주려고 창가로 다가갔다. 그러나 다르시 씨가 그와 함께 오는 것
을 보고는 돌아와 제인 옆에 앉아버렸다.

"엄마, 빙리 씨하고 또 한 사람이 같이 오는데 누굴까요?" 키티가 말했
다.

"아마 친구거나 혹은 누구 아는 사람쯤 되겠지. 나도 모르겠구나."

"엄마, 항상 빙리 씨와 함께 다니던 사람 같아요. 이름이 뭐라더라… 그
왜 키 크고 거만한 사람 말예요."

"아, 다르시 씨로군. 내 그럴 줄 알았다니까. 좋아, 빙리 씨의 친구라면
누구든지 언제나 대환영이야. 사실은 그가 빙리 씨의 친구만 아니었다면
눈에 띄는 것조차 싫지만."

제인은 놀람과 걱정이 섞인 표정으로 엘리자베스를 돌아보았다. 그녀는
다르시 씨와 엘리자베스가 다비셔에서 만난 일에 대해서는 단지 약간만 알
고 있었으므로, 다르시 씨의 장황한 편지를 받은 이후 처음 만나다시피 하

는 그들의 만남에서 엘리자베스가 받을 어색함을 염려했다. 제인도 엘리자베스도 모두 불안해졌다. 그들은 서로를 염려해주었고, 물론 자기 자신을 걱정했다. 부인은 두 딸의 이야기는 들어보지도 않고 자기는 다르시 씨를 싫어한다느니 오직 빙리 씨의 친구로서만 그를 대접하겠다느니 하는 말들을 계속 중얼거렸다. 엘리자베스에게는 제인이 생각지도 못할 불안이 있었다. 그녀는 제인에게 아직 가디너 부인의 편지를 보일 만한 용기가 나지 않았고, 다르시 씨에 대한 그녀의 감정 변화도 말하지 않았던 것이다. 제인에게 있어서 다르시 씨는 엘리자베스에게 청혼을 했다가 거절당한 사람이고 그 진가가 충분히 알려지지 않은 사람일 수밖에 없었지만, 엘리자베스의 좀더 넓은 이해력으로 볼 때 그는 자기 가정이 처음으로 재정적인 은혜를 입은 사람이며, 비록 그다지 반하지는 않았지만 제인이 빙리 씨에게 느끼듯 적어도 이성적이고 타당한 호의를 느끼고 있는 사람이었다. 그가 네더필드와 롱본에 와서 자발적으로 자기를 찾아온 것을 본 엘리자베스의 놀라움은, 다비서에서의 그의 달라진 태도를 보고 놀랐을 때와 거의 똑같은 것이었다.

엘리자베스의 얼굴은 순식간에 상기되어 더욱 달아올랐다. 다르시 씨의 애정과 희망이 아직도 동요되지 않고 있다고 생각했을 때, 회심의 미소와 함께 그녀의 두 눈엔 생기가 돌았으나 그녀는 다르시 씨의 애정을 과신하려 들지는 않았다. 엘리자베스는 속으로 이렇게 생각했다.

'우선 어떻게 처신하는지 두고 봐야지. 속단은 금물이야.' 하고 엘리자베스는 침착하려고 애쓰면서 두 눈도 감히 들지 못하고 일에만 몰두하며 앉아 있었다. 그러다가 하인이 문으로 다가오는 소리를 듣고는 호기심에 찬 걱정스러운 눈으로 제인의 얼굴을 건너다 보았다. 제인의 얼굴은 평상시보다 조금 더 창백했으나 엘리자베스가 추측했던 것보다는 침착했다. 두 손님이 방에 들어서자 엘리자베스의 얼굴은 더 짙은 홍조를 띠었다. 그러나 매우 침착했으며 화난 표정도 불필요한 친절도 없는 적절한 태도로 그들을 맞았다.

엘리자베스는 예의가 허락하는 한 될 수 있는 대로 말을 적게 했다. 그리고 여느 때와는 달리 새삼스러운 열정으로 다시 자기 일에 몰두했다. 엘리자베스는 용기를 내어 꼭 한 번 다르시 씨를 건너다보았을 뿐이었다. 그는 언제나처럼 딱딱한 표정이었는데, 엘리자베스의 생각에 그것은 하퍼드셔에서 늘 그랬던 대로 펨벌리에서 보았을 때보다도 더 심각한 표정이었다. 그러나 아마 다르시 씨는 어머니 앞이기 때문에 외삼촌 내외분 앞에서와 같은 태도는 취할 수 없을 것이라고 그녀는 생각했다. 이렇게 생각하는 것은 괴로웠으나 억측은 아니었다.

엘리자베스는 또한 빙리 씨에게 눈길을 주었다. 그 순간 그의 얼굴에는 기쁨과 동시에 당황한 빛이 감돌고 있었다. 베넷 부인은 딸들이 부끄러울 정도로 은근하게 빙리 씨를 대했다. 이것은 특히 다르시 씨에 대한 쌀쌀맞고 형식적인 예의나 태도와 비교해볼 때 더욱 부끄러운 것이었다.

씻을 수 없는 오명으로부터 리디아를 구해주었다는 은혜를 그에게 입고 있음을 알고 있는 엘리자베스는, 어머니의 이와 같은 잘못된 차별 대우에 고통스러울 만큼 가슴이 아프고 괴로웠다.

다르시 씨는 엘리자베스에게 가디너 씨 부부의 안부를 묻고는 거의 입을 열지 않았다. 그러나 엘리자베스는 이 질문에 당황하지 않을 수 없었다. 그는 엘리자베스 곁에 앉지 않았다. 아마 이것이 그의 침묵의 원인인지도 몰랐다. 그러나 다비셔에서는 그렇지 않았었다. 그곳에서는 그가 자기에게 말할 수 없을 때에는 가디너 씨 부부와 이야기했었다. 그러나 지금은 벌써 몇 분이 흘렀는데도 그의 목소리는 들리지 않았다. 엘리자베스는 호기심이 발동하여 가끔 눈을 들어 볼 때마다 그는 제인과 자기를 번갈아보고 있거나 그렇지 않으면 방바닥만 내려다보고 있었다. 지난번에 둘이 만났을 때보다도 더 생각이 깊고 덜 걱정스러운 표정이 솔직하게 드러나 있었다. 엘리자베스는 실망했다. 그리고 실망한 데 스스로 화를 냈다. 그녀는 속으로 혼잣말을 했다.

'하지만 달리 내가 무엇을 기대할 수 있을까. 그런데 도대체 여긴 왜 왔을까?'

엘리자베스는 오로지 다르시 씨하고만 이야기를 주고받고 싶었으나 그에게 말을 건넬 용기가 없었다. 겨우 조지아나 양의 안부를 물어본 다음에는 한 마디도 더할 수가 없었다.

"빙리 씨, 여길 떠나신 지 꽤 오래됐죠?" 베넷 부인이 말했다.

그는 그렇다고 대답했다.

"난 빙리 씨가 다신 돌아오지 않을 줄 알고 걱정했어요. 사람들은 빙리 씨가 미카엘제(祭) 때 네더필드를 아주 떠나버릴 작정이었다고들 했지만 난 사실이 아니길 바랐죠. 빙리 씨가 안 계신 동안에 많은 일이 있었어요. 루카스 양이 결혼해서 살림을 차렸고 내 딸애도 하나 결혼했어요. 아마 벌써 들으셨거나 신문에서 보셨겠죠. 제대로 나긴 않았지만 《타임즈》와 《쿠리어》신문에도 났지요. 겨우 '최근에 조지 위컴 씨와 리디아 베넷 양이 결혼함'이라고만 했지만요. 리디아의 아버지에 대해서라든가 그 애가 사는 곳이라든가 그런 것에 대해선 한 마디도 없었죠. 내 동생인 가디너가 기사를 작성한 모양인데 왜 그렇게 서툴게 썼는지 모르겠어요. 그 기사 보셨어요?"

빙리 씨는 보았다고 대답하고 축하의 인사를 했다. 엘리자베스는 감히 고개를 들지 못했기 때문에 그 때 다르시 씨의 표정이 어땠는지는 알 도리가 없었다.

베넷 부인은 말을 이었다.

"딸을 좋은 데로 시집 보낸다는 건 확실히 즐거운 일이죠. 그러나 동시에 그 딸이 멀리 떨어져 산다는 건 견디기 어려운 일이에요. 두 사람은 뉴카슬로 갔는데 상당히 북쪽이라나 봐요. 거기서 얼마 동안 살게될런지는 나도 몰라요. 위컴의 부대가 거기에 주둔하고 있죠. 참, 위컴이 그전에 있던 곳에서 나와 정규군에 입대했다는 소식은 들으셨겠죠? 고마운 일이에요. 위컴과 비길 만한 친구는 많지 않아도 꽤 친구가 있는 편이에요."

이 말이 다르시 씨를 가리키는 것임을 아는 엘리자베스는 어찌나 커다란 수치심을 느꼈던지 거의 앉아 있을 수조차 없을 지경이었다. 그러나 이것은 그녀에게 말할 용기를 갖게 해주었다. 전에는 어느 것도 그녀에게 그럴 만한 용기를 주지 못했던 것이다. 엘리자베스는 빙리 씨에게 네더필드에는 얼마나 머물 예정이냐고 물었다. 그는 몇 주일쯤 될 거라고 대답했다.

베넷 부인이 또 거들었다.

"빙리 씨, 네더필드의 새를 모두 잡으시거든 롱본으로 오셔서 베넷 씨의 소유지에서 마음껏 사냥하세요. 바깥양반께서도 빙리씨에게 호의를 베푸는 것을 무척 좋아하실 것이고 가장 좋은 새들은 당신을 위해 남겨놓으실 거예요."

엘리자베스의 슬픔은 이러한 어머니의 불필요하고 공연한 친절 때문에 더욱 커졌다. 만약 제인과 빙리 씨가 지금도 일 년 전에 그랬던 것과 똑같은 아름다운 꿈을 기대하고 있다면, 모든 것은 그 때와 같은 괴로운 종말을 향해 달려가고 있을 거라고 그녀는 생각했다. 그 순간 그녀는 수년간의 행복이 보장된다 해도 제인과 자기에게 닥친 이 순간의 고통을 보상해줄 수는 없을 것이라고 느꼈다. 엘리자베스는 다음과 같이 중얼거렸다.

'내 마음이 우선 바라는 것은 이제 저 두 사람과는 더 이상 교제하지 않는다는 거야. 그들과의 교제도 지금과 같은 슬픔을 보상할 만한 기쁨을 줄 수는 없어. 이제는 아무와도 다시는 만나지 않겠어.'

그러나 이렇듯 수년간의 행복조차 지금의 슬픔을 보상할 수 없으리라던 엘리자베스의 마음도, 제인의 아름다움이 빙리 씨의 애정을 다시 불사르고 있는 것을 보았을 땐 금방 사라졌다. 처음 방안에 들어왔을 때 빙리 씨는 제인에게 거의 말을 걸지 않았으나 시간이 흐를수록 그는 제인에 대한 관심이 점점 깊어져 갔다. 그는 제인이 지난해처럼 아름답고 말은 적었으나 상냥하고 침착하다는 것을 알았다. 제인은 자기에게 달라진 점이 없다는 것을 보이려고 애를 썼다. 그리고 자기 딴에는 다른 때처럼 말을 많이 했다고 믿었으나 마음만 앞섰을 뿐 언제 자기가 침묵을 지켰는지조차 알지 못했다.

두 사람이 가려고 일어서자 베넷 부인은 의도했던 계획을 잊지 않고 그들을 정찬에 초대했다. 그들은 2, 3일 후 롱본의 오찬에 참석할 것을 약속했다. 그러자 그녀는 또 덧붙였다.

"빙리 씨, 나한테 빚진 방문이 아직도 한 번 더 있어요. 지난 겨울에 런던으로 가시면서 돌아오는 대로 우리들과 저녁을 들기로 약속했었죠? 난 아직 잊지 않고 있어요. 그런데도 곧 돌아오지 않고 약속도 안 지켜서 얼마나 실망했다고요."

이 말에 빙리 씨는 생각이 안 나는 듯, 일 때문에 그렇게 된 것이라며 미안하다는 변명을 했다. 그리고 두 사람은 가버렸다.

베넷 부인은 바로 그 날 저녁으로 그들을 초대하고 싶은 마음이 간절했다. 그러나 비록 집에서도 항상 식탁을 훌륭하게 차리긴 했으나, 적어도 두 코스의 요리가 아니면 자기가 그렇게도 대접하고 싶어하던 빙리 씨에게는 충분한 것이 못 되고, 또 연수입이 만 파운드나 된다는 다르시 씨의 식성과 자존심을 만족시킬 만한 것도 못 될 것 같아 그녀는 생각을 달리하기로 한 것이다.

54

두 사람이 가버리자 엘리자베스는 기분을 회복하기 위해, 말하자면 오히려 기분을 더 가라앉게 할 그런 화제들을 누구의 방해도 없이 생각해보기 위해 밖으로 나갔다. 다르시 씨의 태도는 엘리자베스를 놀라게 했을 뿐 아니라 괴롭혔다.

'도대체 벙어리처럼 무뚝뚝하고 냉담하게 앉아 있을 바에는 무엇 때문에 왔을까?' 이렇게 엘리자베스는 혼잣말을 했다. 그녀는 이것을 자기 마음에 들도록 해석해볼 길이 없었다.

'런던에 있을 때에는 외삼촌 내외분께 상냥하고 유쾌하게 대했으면서 왜 내게는 그러지 않는 것일까? 나를 두려워한다고 치자, 그럼 무엇 때문에 여길 왔으며, 이제는 나에게 관심이 없다고 치자, 그럼 도대체 왜 꿀 먹은

벙어리처럼 앉아 있었을까? 괜히 사람만 괴롭히고, 이젠 생각을 말아야지.'

이 결심은 제인이 다가오는 바람에 본의 아니게 잠시 중단되었다. 제인이 즐거운 표정으로 엘리자베스 곁에 와 앉는 것을 보니 그녀는 엘리자베스보다 두 사람의 방문에 만족한 것 같았다. 제인은 이렇게 말했다.

"그를 만나고 나니까 이제 난 아주 마음이 편해. 난 내 담력을 알았어. 빙리 씨가 또 오더라도 절대로 당황하지 않을 거야. 화요일 오찬에 오신다니 반가워. 이젠 다른 사람들도 우리가 특별한 관계가 아닌 친구로서만 만난다는 것을 알게 될 테니까 말이야."

그러자 엘리자베스가 웃으면서 말했다.

"아무렴, 아무 관계도 없고 말고. 하지만 언니, 조심해."

"리지, 너는 내가 위험한 지경에 빠질 만큼 약하다고 생각하고 있구나."

"내 생각에 지금 빙리 씨와 언니는 어느 때보다도 더 사랑에 빠질 위험이 짙은 것 같아."

그들은 화요일에야 두 사람을 다시 만났다. 그동안 베넷 부인은, 빙리 씨가 반시간 동안의 방문에서 보여준 활기차고 공손한 태도에 의해 되살아난, 모든 즐거운 기대에 마음을 쏟고 있었다.

화요일에 롱본에서는 대규모의 파티가 열렸다. 그들이 가장 간절히 기다리던 두 사람은 사냥꾼의 영예에 어긋나지 않도록 시간에 맞추어 도착했다. 그들이 식당으로 들어가자 엘리자베스는 빙리 씨가 예전에 파티 때마다 그랬듯이 제인의 옆자리로 가는가를 열심히 지켜보았다. 눈치빠른 베넷 부인도 그녀와 같은 생각을 하고 제인 옆에 앉으라고 권하고 싶은 마음을 꾹 참으며 그가 어떻게 하나 보았다. 그 때 제인이 우연히 주위를 둘러보다가 그를 발견하곤 쌩긋 웃었다. 그래서 모든 일은 결정되었고 그는 제인 옆에 가서 앉았다.

엘리자베스는 의기양양한 기분으로 다르시 씨 쪽을 바라보았다. 그는 관심 없는 듯한 표정이었다. 만약 빙리 씨가 반은 웃으면서 놀랐다는 표정으로 다르시 씨를 바라보지 않았더라면, 그가 다르시 씨의 제재를 기꺼이 받아들인 것으로 엘리자베스는 생각했을 것이다.

식사하는 동안 제인에 대한 빙리 씨의 태도는, 이전보다 주시하는 사람이 더 많았음에도 불구하고 그 애정을 역력히 드러내고 있었기 때문에, 엘리자베스는 만약 두 사람끼리만 내버려 둔다면 두 사람의 행복은 빠른 속도로 발전할 것이라고 믿게되었다. 그래서 그녀는 빙리 씨가 제인에게 구혼하게 되는 결과까지는 감히 기대하지 않았으나 그러한 빙리 씨의 태도를 보는 것만도 기뻤다. 엘리자베스 자신은 별로 유쾌한 기분이 아니었기 때문에 이러한 생각은 그녀의 기분에 최대한의 생기를 불어넣어 주었다. 다르시 씨는 그녀와 가장 멀리 떨어져서 베넷 부인 옆에 앉아 있었다. 그녀는 그러한 위치가 다르시 씨나 어머니에게 무척 어색할 것임을 알고 있었고 두 사람 모두에게 무익한 것임을 알고 있었다. 엘리자베스의 위치는 두 사람의 대화를 들을 수 있을 만큼 가깝지는 않았으나, 두 사람이 이야기를 주고받는 것이 얼마나 드문가, 또 대화를 할 때라도 서로의 태도가 얼마나 쌀쌀맞고 형식적인가 하는 것은 볼 수 있었다. 다르시 씨에 대한 어머니의 불친절한 태도는 그에게 은혜를 입고 있다는 사실을 알고 있는 그녀의 마음을 더욱 괴롭혔다. 때때로 엘리자베스에게는 모든 것을 제쳐놓고 그에게, 그의 친절을 전 가족이 알지도 느끼지도 못한다는 사실을 말해버리고 싶은 충동이 문득문득 솟구쳤다.

엘리자베스는 저녁에 다르시 씨와 단둘이 만날 기회가 오기를 바랐다. 파티가 끝나기 전에 손님을 맞는 형식적인 인사 이상의 어떤 대화를 엘리자베스는 그와 나누고 싶었다. 두 사람이 들어오기 전에 응접실에서 보내는 불안하고 초조한 시간 동안 엘리자베스는 거의 무모하리만큼 지루하고 우울해졌다. 그녀는 두 사람이 나타나면 매우 즐거워질 것이라고 기대하고 있었다. 그녀는 속으로 이렇게 중얼거렸다.

'만약 다르시 씨가 내게로 오지 않으면 그땐 그를 영원히 단념할 테야.'

드디어 두 사람이 들어왔다. 엘리자베스는 아마 다르시 씨가 자기의 소원을 들어줄 것이라고 생각했다. 그러나 애석한 일이었다. 제인이 차를 만들고 그녀가 그 차를 따르고 있는 테이블 주변에는 여자들이 어찌나 빈틈없이 모여 있었는지, 엘리자베스 가까이에는 의자를 하나 더 갖다놓을 만한 자리도 없었다. 게다가 남자들이 다가오자 한 아가씨가 전보다도 더 엘리자베스에게로 바싹 다가와서 귓속말로 다음과 같이 말하는 것이었다.

"남자들이 와서 우리를 갈라놓지 못하도록 할 테야. 사내들은 필요 없어, 그렇지?"

다르시 씨는 그 방의 다른 구석으로 걸어가 버리고 말았다. 엘리자베스는 눈으로 그의 뒤를 쫓으면서 그가 말을 건네는 모든 사람들을 부러워한 나머지 사람들에게 차를 권하는 친절마저 거의 잊어버릴 정도였다. 그런 다음 순간 이와 같은 자신의 멍청한 태도에 화가 치밀었다.

'내가 한 번 거절했던 사람에게서, 이렇게 그의 사랑이 되살아나기를 바보처럼 기대할 수 있단 말인가? 도대체 남자들 중에 같은 여자에게 두 번씩이나 구혼하는 쓸개 빠진 사람이 단 한 명이라도 있을까? 그만큼 모욕적인 감정이 또 있을까?

그러나 다르시 씨가 자기 찻잔을 몸소 돌려주러 오는 바람에 엘리자베스의 기분은 약간 좋아졌다. 엘리자베스는 이 기회를 놓치지 않고 말을 걸었다.

"누이동생은 지금도 펨벌리에 있나요?"

"네, 크리스마스 때까지 머물 예정입니다."

"혼자서요? 친구들은 모두 갔나요?"

"앤즐리 부인과 같이 있죠. 다른 분들은 요 3주일 동안 스카보로에 가 있습니다."

엘리자베스는 더 이상 할 말이 생각나지 않았다. 그러나 만약 다르시 씨가 그녀와의 대화를 원했더라면 그는 그녀보다는 성공했을 것이다. 그러나 그는 엘리자베스 옆에 선 채 몇 분간 입을 다물고 있었다. 그러다가 결국 문제의 아가씨가 엘리자베스에게로 다시 다가와 귓속말을 하자 그는 가버리고 말았다.

찻잔들을 옮기고 카드 테이블을 갖다 놓자 여자들이 모두 일어섰다. 엘리자베스는 다시금 다르시 씨와 자리를 같이할 희망에 잠겼으나, 그가 그때 휘스트놀이 할 사람을 모으고 있던 어머니에게 붙들려 잠시 후에 다른 사람들과 함께 자리에 앉는 것을 보자 그녀의 희망은 또다시 무너지고 말았다. 엘리자베스는 이제 모든 희망을 잃고 말았다. 저녁 내내 그들은 서로 다른 테이블에 앉아 있었다. 엘리자베스에게는, 다르시 씨가 자기처럼 카드놀이가 제대로 안 될 정도로 매우 자주 그녀 쪽으로 눈길을 돌린다는 사실 외에는 희망을 가질 만한 것이 아무 것도 없었다.

베넷 부인은 빙리 씨와 다르시 씨를 저녁 식사 때까지 붙들어둘 심산이었으나 불행하게도 두 사람은 다른 사람들보다 먼저 마차를 불렀다. 베넷 부인은 그들을 붙잡아둘 수가 없었다.

모든 사람들이 가고 가족들끼리만 남게 되자 베넷 부인은 이렇게 말했다.

"그런데 얘들아, 오늘 어땠니? 내 생각엔 모든 것이 아주 기막히게 잘됐어. 정찬은 내가 본 중에서도 가장 잘 차린 것이었지. 사슴고기도 아주 적당하게 구워졌고, 다들 그러는데 그렇게 살찐 사슴의 허리 고기는 처음 먹어보았다는 거야. 수프도 지난 주일에 루카스 댁에 먹은 것보다 50배나 더 맛있었고, 다르시 씨까지도 자고새 요리가 참 잘되었다고 인정하더라. 내 생각엔 그가 프랑스 요리사를 적어도 두세 명은 데리고 있을 텐데 말이야. 그리고 제인, 난 네가 그렇게도 예쁜 모습을 처음 봤다. 롱 부인도 그러더라. 내가 예쁘지 않으냐고 물어봤거든. 롱 댁이 또 뭐랬는지 아니? '베넷 부인, 결국 제인이 네더필드로 시집가게 됐군요' 하고 말했어. 정말 그랬단다. 내 생전에 롱 댁만큼 착한 사람은 못 봤다. 그 조카딸들은 아주 얌전한 처녀들이지. 조금도 예쁘진 않지만 난 그 애들이 아주 좋더라."

요컨대 베넷 부인은 기분이 매우 좋았다. 제인에 대한 빙리 씨의 태도를 보고 드디어 그를 사로잡았다고 그녀는 확신한 것이다. 그를 사위로 맞으면 자기 가정에 돌아오는 이익도 많을 것이라는 이성을 넘어선 기대가, 기분이 한껏 즐거웠던 김에 어찌나 컸었던지, 바로 그 이튿날 빙리 씨가 다시 와서 청혼을 하지 않자 부인은 큰 실망을 했다.

제인은 엘리자베스에게 이렇게 말했다.

"꽤 즐거운 날이었어. 사람들도 잘 골라서 초대했고 피차에 아주 잘 어울리는 파티였어."

엘리자베스는 웃기만 했다.

"리지, 그러면 못써. 날 의심해선 안 돼. 의심하면 억울해. 난 빙리 씨를 명랑하고 분별 있는 청년으로서 그분과 얘기하기를 즐긴다는 것뿐이지 그 이상의 의도는 없다는 것을 단언해. 난 그분의 태도에서, 그분에게 내 애정을 끌려는 의사가 전혀 없다는 것을 알고 굉장히 만족했어. 그것은 단지 빙리 씨가 다른 어떤 사람들보다도 더 상냥한 말씨와 모든 일에 즐거워하려는 강한 욕망을 타고났기 때문이야."

"언닌 정말 심술궂어. 나보고 웃지 말라고 하면서 자꾸 웃음이 나오게 만드니."

"경우에 따라서는 남이 나를 이해해주기를 바란다는 것이 얼마나 어려운 일이라고."

"또 어떤 경우에는 아주 불가능하기도 하지."

"하지만 넌 왜 내가 입으로 말하는 것 이상으로 마음으로도 사랑하고 있다고 자꾸 설득시키려 드는 거지?"

"바로 그게 내가 어떻게 대답해야 할지 모르는 문제야. 사람들이란 알 만한 가치도 없는 것만을 겨우 가르칠 수 있으면서도 그래도 대개 남들을 가르치고 싶어하는 법이지. 용서해. 그래도 언니가 관심 없다고 고집을 부리려면 이젠 날 믿을 수 있는 동생으로 생각지 마."

55

며칠 후에 빙리 씨는 혼자서 또다시 롱본을 방문했다. 다르시 씨는 그날 아침 런던으로 떠났는데, 열흘 후면 다시 돌아올 예정이라는 것이었다. 그는 한 시간 이상을 앉아 있었는데 무척 기분이 좋아 보였다. 베넷 부인은 같이 식사를 하자고 했으나 그는 유감스럽다고 하면서 다른 데에 약속이 있다고 말했다. 그러자 부인이 말했다.

"요다음에 오실 땐 우리에게 좀 더 기쁨을 베푸셔야 돼요."

빙리 씨는 어느 때라도 좋았을 것이고, 만약 베넷 부인이 허락한다면 아무 때고 가장 빠른 시일 내에 그들을 방문하고 싶었을 것이다.

"내일 오시겠어요?"

사실 그는 내일은 아무 약속도 없었다. 그는 쾌활한 태도로 부인의 초대를 수락했다. 이튿날 빙리 씨가 왔다. 그런데 어찌나 이른 시간에 왔던지 여자들이 옷을 입기도 전이었다. 베넷 부인은 화장 옷을 입은 채로 머리도 반쯤 빗다 말고 제인의 방으로 뛰어가서 소리쳤다.

"제인, 빨리빨리 하고 어서 내려가봐. 왔다, 빙리 씨가 왔어. 정말이야, 어서 서둘러. 사라, 이런 땐 이리 좀 와서 제인 아가씨가 옷 입는 것을 도와주렴. 리지 아가씨 머리는 나중에 하고."

"준비되는 대로 곧 내려가겠어요. 하지만 키티가 우리들보다는 더 빠를 텐데요. 반시간 전에 이층으로 올라왔거든요."

"빌어먹을 키티는. 그 애가 무얼 아니? 자, 빨리, 빨리. 허리띠 어디 있어?"

그러나 어머니가 가버리자 제인은 동생들 중의 누가 함께 가주지 않으면 내려가지 않겠다고 말했다.

빙리 씨와 제인만을 한 곳에 남겨두고 싶어하는, 언제나 변함없는 부인의 희망이 저녁에도 눈에 띄게 드러나 보였다. 차를 마신 후 베넷 씨는 습

관대로 서재로 들어가버리고 메리는 악기가 있는 이층으로 올라가 버렸다. 그리하여 다섯 명의 장애물 중에 두 명은 없어진 셈이었다. 베넷 부인은 앉은 채로 엘리자베스와 캐더린을 바라보며 계속 눈짓을 했으나 두 사람은 아무런 눈치도 채지 못했다. 엘리자베스는 일부러 모르는 체했지만 키티는 나중에야 눈치 채고 아주 순진하게 말했다.

"무슨 일이에요, 엄마? 왜 자꾸만 제게 눈을 깜박이세요? 어떻게 하라는 거예요?"

"아냐, 아무 것도 아니다. 네게 눈짓을 하다니."

베넷 부인은 5분을 그냥 더 앉아 있었다. 그러나 이렇게 귀중한 시간을 낭비할 수 없다고 생각했는지 갑자기 일어서더니 키티에게 말했다.

"이리 온 키티, 얘기하고 싶은 게 있어." 그러면서 부인은 키티를 방밖으로 데리고 나갔다. 제인은 즉시 엘리자베스를 쳐다보았다. 그 표정이 어머니의 뜻을 미리 짐작하고 당황하는 눈치였고, 그녀에게 제발 나가지 말아달라고 간청하는 듯했다. 몇 분이 지나지 않아 부인은 방문을 반쯤 열더니 엘리자베스마저 불러냈다.

"리지, 네게도 얘기하고 싶은 게 있어."

엘리자베스는 일어나지 않을 수가 없었다. 복도로 나가자마자 어머니가 속삭였다.

"둘만 남겨두어야 하잖니? 키티와 난 이층에 가서 내 침실에 앉아 있을 테다."

엘리자베스는 어머니에게 따지려 들지 않았다. 그녀는 어머니와 키티가 보이지 않을 때까지 복도에 그대로 잠자코 서 있다가 객실로 돌아와 버리고 말았다.

이날의 베넷 부인의 계획은 성과를 보지 못했다. 자기 딸의 애인이라고 부인이 자인하지 않더라도 그날의 빙리 씨는 모든 점에 있어서 훌륭했다. 그의 여유 있고 명랑한 기질은 그날 저녁의 모임을 매우 즐겁게 했다. 그는 베넷 부인의 주책없는 간섭과 참견을 꿋꿋이 참아냈고 부인의 모든 어리석은 말을 듣고도 그것을 견뎌내며 가소롭다거나 불쾌한 기색을 얼굴에 드러내지 않았다. 제인에게는 이것이 여간 고마운 일이 아니었다.

그들은 구태여 빙리 씨에게 저녁때까지 머물렀다가 만찬에 참석해달라고 권할 필요가 없었다. 그는 가기 전에 전적으로 자신의 의사와 베넷 부인의 주선에 의해, 이튿날 아침 베넷 씨와 사냥을 함께 하러 오겠다는 약속을 했다.

이날 이후로 제인은 '무관심 운운…' 하는 말을 다시는 하지 않았다. 제인과 엘리자베스 사이에는 빙리 씨에 관한 이야기가 다시는 한 마디도 나오지 않았으나, 엘리자베스는 만약 다르시 씨가 언약한 기한보다 빨리 돌아오지만 않는다면 모든 일이 빠른 속도로 진행될 것이라는 행복한 기대를 안고 잠자리에 들었다. 그러나 모든 일들은 결국 다르시 씨의 동의가 있어야만 이루어질 수 있다는 사실을 그녀는 엄격하게 인정하지 않으면 안 되었다.

이튿날 빙리 씨는 약속시간에 맞춰 왔다. 베넷 씨와 그는 전날 합의 본 대로 아침 나절을 함께 보냈다. 베넷 씨는 빙리 씨가 기대한 이상으로 훨씬 유쾌해했다. 빙리 씨는 베넷 씨의 비웃음을 자극하거나 또는 그의 비위를 상하게 해서 침묵 속에 몰아넣을 만한 위선적인 행동이나 어리석은 행동을 하지 않았기 때문에, 베넷 씨는 빙리 씨가 지금까지 보아온 어느 때보다도 스스럼이 없었고, 고약한 성질도 누그러져 있었다.

빙리 씨는 물론 베넷 씨와 함께 돌아와서 오찬에 참석했다. 저녁이 되자 베넷 부인이 또다시 모든 사람들을 빙리 씨와 제인으로부터 떼어놓으려는 '명안'을 실행에 옮겼다. 써야할 편지가 있었던 엘리자베스는 차를 마신 다음 곧 편지를 쓰기 위해 식당으로 가버렸는데, 그 이유는 다른 모든 사람들은 응접실에서 카드놀이를 할 예정이었으므로 그녀 혼자 구태여 어머니의 계획을 방해할 필요가 없었기 때문이다.

그러나 엘리자베스가 편지를 다 쓰고 응접실로 돌아왔을 때, 그녀는 어머니가 자신으로서는 도저히 따라가지 못할 만큼 현명했었다는 사실을 알고 매우 놀랐다. 응접실 문을 열었을 때, 엘리자베스는 빙리 씨와 제인이 마치 무슨 이야기에 열심히 골몰하고 있는 듯 벽난로 앞에 서 있는 것을 보았던 것이다. 이것이 '설마'라고 생각되지 않더라도 급히 돌아서서 서로 떨어져 갈 때 두 사람의 얼굴이 이것을 충분히 말해 주었을 것이다. 그들은 매우 난처해했다. 특히 제인의 입장은 더욱 난처했다고 엘리자베스는 생각했다. 아무도 말을 꺼내지 않았다. 엘리자베스가 다시 문을 닫고 나가려고 하자 제인과 같이 앉아있던 빙리 씨가 돌연 일어나서 제인에게 몇 마디 귓속말을 하고는 방을 뛰어나갔다.

흔히 비밀이란 기쁨을 주는 것이긴 하지만 일이 이렇게 되자 제인은 엘리자베스에게 아무 것도 숨길 수가 없었다. 제인은 엘리자베스를 포옹하면서 무척 고조된 감정으로 자기는 세상에서 가장 행복한 사람이라고 그녀에게 말했다. 그러면서 다음과 같이 덧붙였다.

"내겐 과분해. 내가 너무 기울어. 나에겐 그만한 가치가 없어. 아아, 어째서 모든 사람들이 나처럼 행복하지 못한 것일까?"

엘리자베스는 진지하고 따뜻하게 기쁜 마음으로 축하했으나 그 표현은 오히려 빈약했다. 친절한 말 하나하나가 제인에게는 새로운 행복의 기원이 되었다. 그러나 제인은 엘리자베스와 같이 있으려 하지 않았고 현재로서는 아직 남아 있는 이야기를 더 이상 하려들지 않았다. 제인은 이렇게 말했다.

"곧 가서 어머니를 가 뵈어야겠어. 무슨 일이 있어도 어머니의 사랑 깊은 염려를 소홀히 하고싶진 않아. 나는 이 얘기를 꼭 내 입으로 들려드리고 싶어. 빙리 씨는 이미 아버지께 말씀드리러 가셨어. 오, 리지, 내가 하는 이야기가 온 식구에게 얼마만한 기쁨을 줄 것인가를 생각하면 얼마나 좋은지 몰라. 내가 어떻게 이 벅찬 행복을 감당할 수 있겠니?"

그러고는 제인은 어머니에게로 달려갔다. 베넷 부인은 일부러 카드놀이 판을 걷어치우고 키티와 함께 이층에 가서 앉아 있었다.

혼자 남은 엘리자베스는 지난 몇 개월 동안 그들에게 놀라움과 괴로움을 가져다 준 일이 결국 이렇게 빠르고, 쉽게 해결된 것을 생각하고는 미소를 지었다. 엘리자베스는 혼자 중얼거렸다.

'결국 이것이 다르시 씨가 그렇게도 걱정하고 조심하던 일의 결말이로군. 또 빙리 양이 꾸몄던 거짓과 계책의 결말이기도 하고. 아, 얼마나 행복하고 슬기롭고 당연한 결말인가!' 몇 분 후에 빙리 씨가 들어왔다. 그와 베넷 씨와의 대화는 아주 짧았는데 요점만을 간단히 이야기했던 것이다. 문을 열더니 그는 다급하게 물었다.

"제인 양은 어디 있습니까?"

"이층 어머니께 갔어요. 아마 곧 돌아올 거예요."

그러자 빙리 씨는 문을 닫고 엘리자베스에게로 다가와서 제인의 호의와 애정을 기뻐해 달라고 했다. 그녀는 성실한 태도로 서로 머지않아 친척의 인연을 맺게 되는 것을 진심으로 기뻐한다고 했다. 그러고는 두 사람은 아주 다정스럽게 악수를 했다. 그 후 제인이 돌아올 때까지 엘리자베스는, 그가 말하는, 자기는 행복한 남자이고 제인은 흠잡을 데 없는 여자라는 등의 이야기를 들었다. 그들의 애정은 탁월한 이해심과 더할 나위 없이 고상한 제인의 성품과, 빙리 씨와 제인 두 사람 사이의 감정과 취미의 유사성을 토대로 하고 있었기 때문에, 빙리 씨가 사랑에 빠져 눈이 멀었다지만 그가 기대하는 행복은 합리적인 바탕을 지니고 있는 것이라고 엘리자베스는 진심으로 믿었다.

그날 저녁은 그들 모두에게 유난히 기쁜 날이었다. 제인의 흡족한 마음은, 그녀의 얼굴에 즐거운 생기와 홍조를 띠게 해주어 그녀를 어느 때보다도 아름답게 보이게 했고, 키티는 생글생글 웃으면서 곧 자기 차례도 돌아올 것이라고 말했다. 베넷 부인은 빙리 씨와 반시간 동안이나 이야기를 했으면서도, 두 사람의 사랑을 승낙한다는 말을 하는 데 있어서 자기의 감정을 충분히 만족시킬 만큼 부드러운 말을 하진 못했다. 저녁 식사를 함께 하러 나온 베넷 씨의 목소리와 태도도 그가 얼마나 기뻐하고 있는가를 역력히 드러내고 있었다.

그러나 밤이 되어 빙리 씨가 돌아갈 때까지도 여기에 대한 말은 한마디도 베넷 씨의 입 밖으로 나오지 않았다. 하지만 빙리 씨가 돌아가자마자 그는 제인을 돌아보며 말했다.

"제인, 축하한다. 넌 매우 행복한 아내가 될 거야."

제인은 곧 아버지에게로 달려가서 입을 맞추고, 고맙다는 인사를 했다. 베넷 씨는 이렇게 대답했다.

"넌 착한 아이야. 난 네가 그렇게 잘된 것을 생각하면 너무 기쁘다. 나는 너희들이 유복하게 살 것을 의심치 않아. 그렇지만 너희들은 성격이 너무 닮았어. 둘 다 서로의 요구에 응하려 하기 때문에 아무 것도 결정되는 게 없을 거고, 마음들이 너무 좋아서 모든 하인들이 속이려 들 거고, 씀씀이가 너무 헤퍼서 언제나 수입을 초과할 거다."

"그렇지 않을 거예요, 아버지. 금전 문제에 있어서는 경솔하거나 분별없는 일을 전 용서 못 해요."

베넷 부인은 다음과 같이 소리쳤다.

"수입을 초과한다고요? 여보, 도대체 무슨 말씀을 하시는 거예요? 빙리는 연수입이 4, 5천 파운드나 된다는 걸 모르세요? 아마 그보다 훨씬 더 많을 거예요."

그러더니 베넷 부인은 제인에게 이렇게 말했다.

"얘, 제인아, 정말 기쁘구나. 오늘 밤은 아마 밤새 한잠도 못 잘 게다. 나는 이렇게 될 줄 알았어. 결국은 이렇게 될 것이라고 내가 늘 말했잖니? 예쁘게 태어난 보람이 있지 뭐냐. 작년에 빙리 씨가 처음 하퍼드셔에 왔을 때, 난 그를 보자마자 너희들 둘이 인연을 맺게 되면 얼마나 그럴 듯한 한 쌍이 될까 하고 생각했단다. 지금도 기억하고 있지. 그는 내가 본 남자 중에서 가장 잘생긴 사람이야."

베넷 부인은 위컴 씨도 리디아도 모두 잊고 있었다. 지금은 제인만이 그의 둘도 없는 사랑스런 딸이었다. 이 순간 베넷 부인은 다른 누구에게도 관심이 없었다. 메리와 키티는 제인이 가까운 장래에 자기들에게 나누어줄 수 있는 행복을 얻기 위해 곧 제인에게 공작을 펴기 시작했다.

메리는 네더필드의 서재를 이용할 수 있게 해달라고 탄원했고 키티는 겨울마다 무도회를 몇 번씩 열어달라고 열심히 간청했다.

이때부터 빙리 씨는 매일같이 롱본에 드나들었다. 어느 속 모르는 몹시도 얄미운 이웃 친구가 빙리 씨가 수락하지 않을 수 없는 오찬에 그를 초대하지 않는 한 대개는 아침 식사 전에 왔다가 늘 저녁 늦게야 돌아갔다.

엘리자베스는 이제 제인과 이야기할 시간이 거의 없었다. 왜냐하면 빙리 씨가 있을 때면 제인은 그 외의 다른 사람에게는 주의를 돌릴 겨를이 조금도 없었기 때문이다. 그러나 엘리자베스는 때때로 두 사람이 서로 떨어져 있는 시간이면 자기가 그들에게 상당히 필요한 존재임을 알았다. 제인이 없을 때 빙리 씨는 언제나 엘리자베스에게 다가와 즐거운 듯이 이야기를 했고, 반대로 그가 가버리면 제인도 언제나 같은 방법으로 그녀에게서 위안을 얻었던 것이다. 어느 날 저녁 제인은 엘리자베스에게 이렇게 말했다.

"난 빙리 씨가 내가 지난봄에 런던에 가 있었던 일을 전혀 모르고 있었다는 이야기를 듣고 얼마나 기뻤는지 몰라. 난 여태까지 그럴 리가 없다고 믿었거든."

"나도 그렇게 생각했었어. 그런데 왜 몰랐대?"

"아마 분명히 빙리 씨 누이들의 소행이었을 거야. 그들은 내가 빙리 씨와 친한 것을 별로 달가와 하지 않았던 모양이야. 그야 그럴 수밖에. 빙리 씨는 여러 가지 면에서 나보다 더 나은 배우자를 고를 수도 있었으니까. 그러나 이제 빙리 씨가 나와 더불어 행복하다는 것을 알게 되면 그들도 만족해할 거야. 난 그러리라고 믿어. 그러면 다시 우리 사이가 좋아지겠지. 비록 전처럼이야 될 수 없겠지만 말이야."

"그건 지금까지 언니가 한 말 중에서 가장 용서할 수 없는 말이야. 언닌 마음씨가 착하기도 하지. 언니가 또 빙리 양의 표면상의 호의에 속는 것을 보다니, 정말 괴로운 일이야."

"리지, 만약 빙리 씨가 작년 11월에 런던에 갔을 때 이미 나를 진심으로 사랑하고 있었다고 하면, 또 내가 정말 무관심한 줄 알고 이번에 다시 내려오지 않으려 했다고 하면 넌 그 말을 믿겠니?"

"빙리 씨가 약간 실수를 했어. 그러나 그것도 천성이 겸손했기 때문이야."

이렇게 되자 자연히, 빙리 씨는 모든 일에 조심스럽다든가 자기의 훌륭한 자질을 낮게 평가한다든가 하는 등의 그에 대한 찬사가 제인의 입에서 쏟아져 나왔다.

엘리자베스는 다르시 씨가 그들의 일에 간섭한 사실을 그가 누설하지 않은 것을 알고 기뻐했다. 왜냐하면 비록 제인이 세상에서 가장 너그럽고 쾌히 용서하는 마음씨를 지니고 있다고 해도, 그 사실을 제인이 알 경우 다르시 씨에 대해 나쁜 편견을 갖지 않을 수 없으리라는 것을 엘리자베스는 알고 있었기 때문이다.

제인은 이렇게 말했다.

"나는 확실히, 지금까지 살아온 사람들 중에서 가장 행복한 사람이야. 아, 리지, 난 왜 이렇게 식구들과 동떨어져서 나 혼자만 큰 축복을 받는 것일까? 너도 나처럼 행복한 것을 볼 수 있다면! 네게도 빙리 씨 같은 남자가 한 사람 생겼으면 좋으련만."

"언니, 그런 사람 40명을 준대도 난 언니만큼 행복할 순 없을 거야. 언니 같은 성품과 미덕을 지니기 전엔 언니처럼 행복할 수 없어. 없고 말고. 난 나름대로 그럭저럭 살아가게 내버려 둬. 그러다가 운이 좋으면 콜린스 씨 같은 사람을 또 한번 만나게 될지 누가 알아."

롱본 집의 경사는 오래지 않아 곧 온 동네에 퍼졌다. 베넷 부인이 필립스 부인의 귀에다 속삭인 것이, 필립스 부인이 허락도 없이 메리턴 인근에 이 소식을 퍼뜨리고 만 것이었다.

겨우 일주일 전만 하더라도 리디아가 처음으로 도망쳤을 때 모두들 베넷 집을 불운이 깃들인 집이라고 단정했으나. 이제는 세상에서 가장 운 좋은 집안이라는 말이 재빨리 나돌았다.

56

빙리 씨와 제인이 약혼한 지 일주일쯤 되는 어느 날 아침, 그와 다른 여자 식구들이 식당에 모여 앉아있을 때 마차 소리가 들렸으므로 그들의 주의는 갑자기 창 쪽으로 쏠렸다. 그러자 그들은 네 마리의 말이 끄는 마차가 잔디 위를 달려오는 것을 보았다. 방문객이 오기에는 너무 이른 시간이었다. 뿐만 아니라 그 마차는 인근 사람들의 마차와는 달랐다. 말들은 역말이었을 뿐 아니라 마차와 앞장 선 하인의 복장 또한 그들에게는 낯선 것이었다. 그러나 누가 오고 있는 것만은 틀림없었기 때문에 빙리 씨는 이러한 방문객의 거북스런 구속을 피하기 위해 관목 숲으로 같이 산책을 나가자고 얼른 제인을 설득했다. 두 사람은 나가버리고 남아 있는 세 사람은 여러 가지 추측을 해보았으나 누군지 도무지 짐작이 가지 않았다. 그때 문이 활짝 열리면서 방문객이 들어왔다. 그 사람은 바로 캐서린 부인이었다.

그들은 물론 방문객의 일로 놀랄 준비를 하고 있었지만 그 순간의 놀라움은 예상밖의 것이었다. 그리고 베넷 부인과 키티는 캐서린 부인과는 초면이었으므로 엘리자베스보다는 덜 놀랐다.

캐서린 부인은 유난히 불손한 태도로 방에 들어서서 엘리자베스가 절을 하자 머리를 약간 까딱했을 뿐 아무 말도 없이 자리에 앉았다. 엘리자베스는 그녀가 들어올 때 소개하라는 부탁은 없었지만 자신의 어머니에게 그녀가 누구인지를 말했다.

베넷 부인은 이렇게 굉장한 손님을 맞은 것이 기뻤지만 너무 놀란 탓에 아주 공손하게 그녀를 영접했다. 잠시 묵묵히 앉아 있다가 캐서린 부인은 몹시 딱딱한 어조로 엘리자베스에게 말했다.

"베넷 양, 별고 없었겠지요. 저분은 어머니신가요?"

엘리자베스는 그렇다고 대답했다.

"그리고 저 아가씬 동생이에요?"

"네, 부인" 하고 베넷 부인은 캐서린 부인과 이야기하고 싶어서 재빨리 말했다. "그 애는 끝에서 둘째랍니다. 막내는 얼마 전에 결혼했죠. 그리고 맏딸은 정원 어딘가에 있을 거예요. 어떤 청년과 산책하고 있는데, 그 사람도 곧 한식구가 된답니다."

"댁의 정원은 참 좁군요" 하고 캐서린 부인은 잠시 묵묵히 있다가 말했다.

"로징스 댁에 비하면야 상대가 안 되죠. 하지만 윌리엄 루카스 댁보다는 크지 않을까요?"

"여름날 저녁엔 이 거실을 쓸 수가 없겠군요. 창이 모두 서향이니까."

베넷 부인은 자기들은 저녁 먹은 후엔 그 방에 들어가지 않는다고 힘주어 말하고 나서 다음과 같이 덧붙였다.

"콜린스 씨 내외분도 모두 안녕하시겠지요?"

"그럼요. 그저껫밤에도 만났죠."

그러자 엘리자베스는 샬롯이 자기에게 쓴 편지를 캐서린 부인이 가지고 와서 꺼내놓을 것만 같이 생각되었다. 이 부인이 여기를 찾아온 유일한 동기가 그것인 것만 같았다. 그러나 편지를 내놓지 않았기 때문에 엘리자베스는 대체 무슨 영문인지 몰랐다.

베넷 부인은 아주 정중한 태도로 캐서린 부인에게 다과라도 들라고 권했다. 그러나 그녀는 단호하게, 그다지 공손하지 않은 말투로 아무 것도 먹지 않겠다고 말했다. 그러고는 자리에서 일어나며 엘리자베스에게 말했다.

"베넷 양, 잔디밭 저쪽에 아담한 숲이 있는 것 같던데, 나하고 함께 거닐지 않겠어요? 그곳을 한바퀴 돌아보고 싶군요."

"예, 다녀오거라" 하고 어머니가 말했다. "부인께 여기저기 길을 안내해 드리려무나. 정자를 보면 좋아하실 거다."

엘리자베스는 어머니 말씀에 따랐다. 그래서 자기 방으로 뛰어 들어가 양산을 들고 나와 귀빈을 아래층으로 모시고 내려왔다. 복도를 지나면서 캐서린 부인은 식당과 응접실 문을 열고 살짝 훑어본 다음 정돈이 잘됐다고 말하면서 나갔다.

그녀의 마차는 문 앞에 있었다. 엘리자베스는 부인의 시녀가 마차 안에 있는 것을 보았다. 그들은 묵묵히 조그만 숲으로 나있는 자갈길을 걸었다. 엘리자베스는 유난스럽게 오만하고 불쾌한 이 부인에게 애써 말을 걸지 않기로 마음먹었다.

'어떻게 이런 여자를 그 조카처럼 생각할 수 있었을까?' 하고 엘리자베스는 그 여자의 얼굴을 쳐다보며 생각했다.

그들이 숲 속으로 들어서자 캐서린 부인은 다음과 같이 말을 시작했다.

"베넷 양, 내가 여기에 온 이유를 알겠지요? 왜 내가 왔는지 스스로 생각해보고 양심에 물어보면 알 거예요."

엘리자베스는 자연스럽게 놀라며 그녀를 쳐다보았다.

"잘못 생각하셨습니다. 저는 이렇게 오시리라고는 생각도 못했습니다."

"베넷 양" 하고 부인은 화난 어조로 말했다. "날 놀리면 못써요. 성의가 있든 없든 그건 아가씨 마음대로이지만, 나는 그렇지 않아요. 내 성격은 성실하고 솔직한 것으로 알려져 있어요. 그리고 이처럼 중대한 일에 있어서는 더군다나 성실하고 솔직해야지. 이틀 전에 아주 놀라운 소식을 접하게 되었어요. 당신 언니도 유리한 결혼을 하게 되어 있을 뿐만 아니라, 바로 당신 엘리자베스 베넷도 마찬가지 조건으로 조금만 있으면 내 조카하고 결혼한다는 얘기였어요. 내 조카 다르시하고 말이요. 하긴 말도 안 되는 헛소문이라는 걸 나는 알지만─그런 소문이 사실일지도 모른다는 생각으로 조카의 마음을 괴롭혀주고 싶진 않아요─당장에 이곳으로 달려올 결심을 했어요. 내 기분을 당신에게 알려야겠기에 말이에요."

"그것이 사실일 수 없다고 생각하셨다면" 하고 엘리자베스는 놀라움과 모멸감으로 얼굴이 붉어지면서 말했다. "여기까지는 하러 오셨죠? 그래서 어떻게 하시겠다는 말씀이세요?"

"그따위 소문은 말도 안 되는 것이에요."

"저와 제 가족을 보러 롱본까지 오신 것은" 하고 엘리자베스는 냉담하게 말했다. "오히려 그 사실을 확인하고 싶었기 때문일 겁니다. 만일 실제로 그런 소문이 있다면 말씀예요."

"만일이라고! 그럼 모르는 척하는 거예요? 당신들이 열심히 그런 소문을 퍼뜨리고 있는 것이 아닌가요? 이 소문이 널리 퍼지고 있는 걸 모른단 말예요?"

"그런 소문이 퍼지고 있다는 얘긴 전혀 듣지 못했는데요."

"그럼 아무 근거 없는 얘기라고 단언할 수 있어요?"

"저는 부인과 같이 솔직한 성격을 지닌 척하지는 않겠습니다. 질문은 무엇이든 하실 수 있겠지만 제가 반드시 대답해야 하는 건 아니겠죠."

"이건 참을 수 없군요. 난 알아야만 되겠어요. 그 애가, 저, 내 조카가 결혼하자고 그랬어요?"

"부인께선 그런 일은 있을 수 없다고 지금 그러셨잖아요."

"그야 물론이지. 그 애가 이성을 지니고 있다면야 안 되고말고. 하지만 당신의 술책과 유혹에 넘어가면 그 애로 하여금 저 자신과 가족에 대한 의리를 저버리게 만들 수도 있을 거예요. 당신은 능히 유혹할 수 있을 거예요."

"제가 그랬더라도 절대로 자백하진 않을 겁니다."

"베넷 양, 내가 누군지 알아요? 나는 그따위 말을 내 평생 들어본 적이 없어요. 나는 그 애의 가장 가까운 친척이에요. 그러니까 그 애에게 관계된 일은 알 권한이 있어요."

"하지만 제 일은 아실 권한이 없으시죠. 그러한 태도로 저에게 자백시킬 수는 없을 겁니다."

"잘 들어요. 이 결혼을 무척 하고 싶은 모양이지만 절대로 안 될 소리예요. 안 되지. 절대로 안 돼. 다르시는 내 딸하고 약혼했으니까. 그래, 아직도 할 말이 더 있어요?"

캐서린 부인은 잠시 주저했다. 이윽고 그녀는 대답했다.

"그 애들의 약혼은 좀 색다른 것이에요. 어렸을 때부터 피차에 그렇게 할 생각이 있었거든. 나는 물론이려니와 다르시 어머니도 그게 소원이었어요. 그 애들이 요람 속에 있을 때부터 짝지어줄 것을 계획했으니까. 그런데 이제 우리 두 사람의 소원이 그들의 결혼으로 이루어지려는 순간, 가문으로 보나 사회적 지위로 보나 보잘 것 없고 또 우리 가족과 하등 관계도 없는 여자 때문에 방해를 받아야 한다니 될 법한 소리예요! 당신은 다르시 친구들의 소원은 생각지도 않아요? 다르시와 드 버그의 묵인된 약혼엔 관심도 없어요? 옳고 그른 것을 분간하는 감정마저 잃어버렸나요? 다르시가 어렸을 때부터 내 딸하고 짝이 되기로 약속되어 있었다는 내 얘기를 지난번에도 들었지요?"

"네, 그전에도 들었어요. 하지만 그것이 저하고 무슨 상관예요? 제가 부인의 조카와 결혼하는 데 이의가 없다면, 다르시 씨의 어머니와 이모님이 드 버그 양과 결혼시키고 싶어했다고 해서 제가 물러날 이유는 조금도 없지요. 두 분께서 결혼 계획을 세우신 것까지는 좋아요. 그러나 하고 안하고는 당사자에게 달렸죠. 다르시 씨가 명예라든지 애정에 의해서 드 버그 양에게 얽매여 있지 않다면 다른 여자를 선택하지 말란 법은 없잖아요? 제가 바로 그 대상이라면 그분을 받아들여선 안 될 이유가 없지 않습니까?"

"안 되지요. 명예, 예의, 지각—아니, 남의 이목을 봐서라도 그런 짓은 못할 거예요. 베넷 양, 이목이란 말예요. 모든 사람들의 호의를 일부러 거스르는 행동을 하면 다르시의 가족이나 친구들에게 인정받기는 어려워요. 다르시와 관계 있는 사람이라면 으레 당신을 비난하고 모욕하고 업신여길 거예요. 그따위 결혼이란 불명예스러운 것이지. 아무도 당신 이름을 입 밖에 낼 사람은 없을 거예요."

"굉장한 불행이로군요" 하고 엘리자베스는 대답했다. "하지만 다르시씨의 아내 되는 사람은 응당 자기 지위에 따르는 특별한 행복을 누리겠죠. 그래서 전체적으로 따져보면 아내로서 불평할 이유가 없을 거예요."

"어쩌면 그렇게 고집이 세고 제멋대로일까! 부끄러운 일이야. 이것이 겨우 지난봄에 내가 베푼 친절에 대한 보답인가? 은혜를 원수로 갚는군. 자, 앉아요. 나는 내 목적을 이행할 결심을 하고 왔다는 걸 알아야 해요. 절대로 포기하지 않을 테니까. 나는 남의 대중없는 생각을 받아들여 본 적이 없어요. 실망을 참고 견뎌본 적도 없고요."

"그러시다면 지금 부인의 입장을 더욱 비참하게 만드실 뿐예요. 저한테는 아무런 효과도 내지 못할 테니까요."

"남의 말을 가로막지 말아요! 잠자코 내 말을 들으란 말이야. 내 딸과 조카는 천생연분이에요. 그 애들은 외가 쪽으로 같은 귀족 혈통을 이어받았고, 친가 쪽으로는 비록 작위는 못 받았지만 점잖고 존경할 만한 오래된 가문이지. 양가의 재산도 많아요. 그들은 양가의 모든 사람들의 축복 속에서 피차에 인연을 맺게 되어 있는 거예요. 그런데 무엇이 그들을 갈라놓으려는지 알아요? 이렇다할 가족과 친척도 없고 재산도 없는 어린 여자가 건방지게 권리를 내세운단 말예요. 될 법이나 한 소리예요? 어림없는 소리지. 자신의 이익을 잘 생각한다면 자기가 자라난 신분을 버려서는 안 돼요."

"조카님하고 결혼해도 그런 신분을 버렸다고는 생각지 않겠어요. 그분은 신사이고 전 신사의 딸이니까 우린 동등합니다."

"그래요. 당신은 신사의 딸이긴 하지요. 그런데 어머니는 어떻지요? 또 외삼촌 내외는 어떤 사람들이지요? 그들의 신분을 내가 모르는 줄 알아요?"

"제 친척들이 어떻든 간에" 하고 엘리자베스는 말했다. "조카님께서 그분들한테 이의가 없으시다면 부인에게 무슨 상관이 있습니까?"

"여러 말 할 것 없어요. 그 애하고 약혼했나요?"

엘리자베스는 다만 캐서린 부인의 궁금증을 풀어주기 위해 이 물음에 대답하기는 싫었으나 잠시 생각한 뒤에 "아뇨" 하고 대답하지 않을 수 없었다.

캐서린 부인은 기뻐하는 것 같았다.

"그러니까 그런 약혼은 안 하겠다고 약속해줘요."

"그런 약속은 못 하겠군요."

"베넷 양, 참 놀랍군요. 나는 당신이 좀 더 도리를 아는 여잔 줄 알았어요. 내가 물러나리라 생각지 말아요. 내가 요구하는 확증을 주지 않는 한 난 단념하지 않겠어요."

"하지만 전 그런 확증은 드리지 못하겠는데요. 위협하신다고 이치에 맞지 않는 일을 하겠어요? 부인께서는 다르시 씨를 따님하고 결혼시키고 싶으시죠? 그렇다고 원하시는 약속을 제가 한다고 해서 그분들의 결혼이 가능할까요? 다르시 씨가 제게 애정을 느끼고 있다면 제가 그분을 거절한다고 해서 따님한테 구혼을 하게 될까요? 이런 말씀을 드려 죄송합니다만, 그런 황당한 이론의 적용은 쓸데없는 천박한 것입니다. 이러한 설득에 제가 좌우되리라 생각하셨다면 저를 아주 잘못 보신 거예요. 조카님께서 자기 일에 부인이 간섭하시는 것을 어떻게 받아들일는지는 모르겠지만 제 일에 대해서는 간섭할 권리가 없으십니다. 그러니까 이 문제에 대해선 이 이상 더 성가시게 하지 말아주십시오."

"서두를 건 없어요. 아직 얘기는 끝나지 않았으니까. 지금까지 내가 주장한 반대 이유 외에도 또 한 가지가 있어요. 난 당신의 막내 동생이 수치스럽게도 도망친 일에 대해 다 알고 있어요. 그 청년을 당신 동생과 결혼시킨 것은 당신 아버지와 외삼촌을 희생시켜 가면서 억지로 합쳐놓은 것밖에 안 돼요. 그래, 그런 여자가 내 조카의 처제가 된다고? 그 남편이 다르시와 동서간이 된다고? 그 청년은 바로 돌아가신 다르시 어른의 청지기 아들이 에요. 도대체 우리를 어떻게 보는 거예요? 펨벌리의 그늘이 이런 식으로 더 럽혀져도 된단 말예요?'

"이젠 말씀 다하셨죠" 하고 엘리자베스는 분개하여 대답했다.

"온갖 방법으로 저를 모욕하시는군요. 그만 집으로 돌아가시죠." 이렇게 말하면서 그녀는 일어섰다. 그러자 캐서린 부인도 따라 일어나 그녀와 함께 돌아왔다. 부인은 몹시 화가 난 것 같았다.

"그럼, 내 조카의 명예나 신용은 아무래도 좋단 말이군! 매정하고 이기적인 여자! 당신과 인연을 맺는 것은 바로 다르시의 명예를 모든 사람들의 면전에서 손상시키는 것이라고 생각하지 않아요?'

"더 드릴 말씀이 없어요. 이제 제 생각은 아셨겠죠?"

"그럼 기필코 그 애를 차지하겠단 말예요?'

"전 그런 말 한 적은 없어요. 저는 저 스스로 생각해봐서 제 행복을 이룰 수 있는 방법으로 행동할 것을 결심했을 뿐이에요. 부인과 상관없고 저와 아무 연관도 없는 어떠한 사람과도 상관없어요."

"좋아. 그럼 내 말은 안 듣겠다는 거지. 의무와 명예와 은혜에 복종하지 않겠다는 거로군. 다르시를 친구들의 입에 오르내리게 해서 망치려는 속셈이야. 세상의 웃음거리로 만들려는 거야."

"의무니 명예니 은혜니 하는 것이" 하고 엘리자베스는 대답했다.

"지금의 저에게는 아무런 호소력도 발휘할 수 없어요. 다르시 씨와 결혼한다고 해서 의무니 뭐니 하는 것의 원칙이 유린당하는 것도 아니고요. 그분 가족의 원한이니 사회의 분개이니 하는 것에도 구애받지 않겠어요. 만일 그분이 저와 결혼함으로써 가족들이 원한을 품는다 해도 전 눈 하나 깜짝하지 않겠어요. 그리고 세상 사람들도 분별력이 있으니까 저를 욕하지는 않을 거예요."

"그게 당신의 진심이로군. 최종적인 결심이야. 좋아, 나에게도 다른 방법이 있지. 그런 야심이 이루어지리라고는 생각지 말아요. 사실은 당신이 어떤 식으로 나오나 보려고 온 거야. 분별 있는 여자이기를 바랐는데. 그러나 난 내 고집대로 할거야."

이런 식으로 캐서린 부인은 말을 계속하면서 마차 앞까지 왔다. 그러자 그녀는 재빨리 돌아서며 덧붙여 말했다.

"베넷 양, 작별 인사는 그만두겠어요. 어머님께도 인사 못 드려요. 그런 친절을 받을 자격조차 없으니까. 난 지금 불쾌하기 짝이 없어요."

엘리자베스는 대답하지 않았다. 그리고 부인에게 집안으로 들어가자는 말도 하지 않은 채 혼자 조용히 걸어 들어갔다. 그녀가 이층으로 올라갈 때 마차가 떠나는 소리가 들렸다. 그녀의 어머니는 매우 궁금했는지 화장실 문 앞에서 딸을 붙잡고 서서 캐서린 부인이 왜 들어와서 쉬어가지 않느냐고 물었다.

"마음이 내키지 않는 모양이죠" 하고 딸은 말했다. "가겠다고 그러더군요."

"아름다운 여자더구나. 여기까지 찾아와 주다니 얼마나 고마운 일이냐. 콜린스 내외가 잘 있다는 소식을 알려주러 들렸으니 말이야. 어디 또 다른 데로 가는 길일 거야. 그래서 메리턴을 지니는 길에 너를 만나보려고 온 거지 뭐니. 뭐 특별히 너한테 할 얘기라도 있었니?"

엘리자베스는 거짓말을 할 수밖에 없었다. 캐서린 부인과 주고받은 이야기를 알릴 수는 없었기 때문이다.

57

이 뜻밖의 방문이 엘리자베스에게 던져준 불안감으로부터 그녀는 쉽사리 회복될 수가 없었고, 몇 시간 동안이나 줄곧 그 일만을 생각지 않을 수 없었다. 캐서린 부인은 오직 그녀와 다르시 씨 사이에 내정된 약혼을 깨뜨릴 목적만을 위해 로징스에서 롱본까지 여행하는 수고를 한 것 같았다. 이 것은 확실히 그럴 듯한 추측이었다. 그러나 도대체 어디서 그들의 약혼에 대한 얘기가 새나왔는지 생각해보았으나 그녀는 전혀 감을 잡을 수가 없었다. 그러다가 드디어 한 쌍의 결혼이 예상되고 모든 사람들이 또 한 쌍의 결혼을 열망하는 이 때, 그는 빙리 씨의 친한 친구요, 또 자기는 제인의 동생이라는 사실만으로도 그런 생각을 하기엔 충분하다는 것을 깨달았다. 그녀 자신도 언니와 빙리 씨와의 결혼이 자기와 다르시 씨를 더욱 가깝게, 또 자주 만나게 해줄 것이라는 것을 모르지는 않았다. 그래서 이웃인 루카스 로지의 사람들도, 엘리자베스가 가까운 미래에 실현되기를 기대하고 있는 것이 거의 확정적이고 다 된 일이라고 생각하고 있었던 것이다. 이 루카스 집과 콜린스 씨와의 친분 때문에 소문이 캐서린 부인의 귀에까지 들어간 것이라고 엘리자베스는 결론을 내렸다.

그러나 캐서린 부인의 말을 곰곰이 생각해볼 때, 엘리자베스는 그녀가 간섭을 고집함에 따라 야기될 결과에 대해 어떤 불안을 느끼지 않을 수 없었다. 그들의 결혼을 방해하기로 결심했다는 캐서린 부인의 말에서 부인이 다르시 씨에게도 그런 권유를 했음이 틀림없다는 생각이 그녀의 머리에 떠올랐던 것이다. 다르시 씨가 자기와 결혼할 경우 그에 따르는 여러 가지 좋지 않은 일이 많다는 부인의 이야기를 그가 어떻게 받아들일 것인지 엘리자베스는 감히 판단을 내리고 싶지 않았다. 엘리자베스는 그가 부인에게 어느 정도의 애정을 갖고 있는지 또는 그가 부인의 판단에 어느 정도 의존하고 있는지를 정확히 몰랐으나, 그가 엘리자베스가 생각하는 것보다 그가 부인을 훨씬 더 높이 평가하고 있을 것이라는 상상은 당연한 것이었다. 다르시 씨의 가장 가까운 친척인 캐서린 부인과는 비교도 안 되는 친척밖에 없는 엘리자베스와의 결혼에서 올 불행을 낱낱이 열거함에 있어서, 부인이 그의 가장 큰 약점만을 골라서 말했을 것은 뻔한 일이었다. 또 품위에 대한 애착이 강한 그가 엘리자베스에게는 보잘 것 없고 가소롭게 보이는 말들 속에서도 충분한 의의와 견실한 이유를 발견할 법도 한 일이었다.

게다가 만약 다르시 씨가 이전부터 자기가 취해야 할 태도에 대해 주저하여 왔다면 이것은 있을 법한 일이라고 가끔 생각했는데 친척인 부인의 충고와 간청은 그의 모든 의혹을 해결해줄런지도 몰랐고, 그로 하여금 엘리자베스를 포기함으로써 이내 자기의 품위를 손상치 않는 흠 없는 위엄으로 만족하자는 결심을 하게 할는지도 모르는 일이었다. 그렇다면 그는 다시는 네더필드에 돌아오지 않을 것이다. 캐서린 부인은 도중에 런던에 들러서 다르시 씨를 만나볼 것이다. 그러면 그는 10일 후에 네더필드로 돌아오겠다고 빙리 씨에게 한 약속을 지키지 않겠지! 엘리자베스의 생각은 꼬리에 꼬리를 이었다.

'그래서 만약 열흘 안에 빙리 씨에게 다르시 씨로부터 약속을 못 지켜서 미안하다는 사과 편지가 오면, 그땐 나도 그것을 어떻게 받아들여야 할지를 알게 돼. 그 다음엔 나도 그의 지조에 대한 일체의 기대와 희망을 포기해야지. 그리고 만약 나의 애정과 구애를 얻을 수도 있을 때 그가 겨우 나를 아까운 여자 정도로만 생각한다면 나도 다르시에 대한 미련은 조금도 갖지 않을 테야.'

방문자가 누구였는지를 들은 나머지 식구들의 놀라움이란 매우 컸다. 그러나 고맙게도 그들은 베넷 부인의 호기심을 진정시킨 것과 같은 종류의 상상을 함으로써 만족했다. 그래서 엘리자베스는 그 일에 대해 많은 질문 공세를 받지 않았다.

이튿날 아침 엘리자베스는 아래층으로 내려오다가 편지 한 장을 들고 서재에서 나오는 아버지와 마주쳤다. 베넷 씨는 이렇게 말했다.

"리지, 너를 찾고 있었다. 내 방으로 들어오너라."

엘리자베스는 아버지를 따라 들어갔다. 아버지가 하려는 말씀에 대한 엘리자베스의 호기심은 아버지가 손에 쥐고 있는 편지와 무슨 관련이 있을 것이라는 추측 때문에 더욱 달아올랐다. 그러나 갑자기 그 편지가 캐서린 부인에게서 온 것이 아닌가 하는 생각이 떠오르자 엘리자베스는 낙담이 되어 모든 뻔한 사실들을 예상했다.

엘리자베스는 난로 가까이로 아버지를 따라갔다. 두 사람이 자리에 앉자 베넷 씨는 이렇게 말했다.

"오늘 아침에 편지 한 장을 받고 굉장히 놀랐다. 주로 너에 관한 일이었기 때문에 그 내용을 너도 알고 있어야 할 것 같아서 불렀다. 난 딸년들이 한꺼번에 둘씩이나 결혼하려고 한다는 것을 몰랐지. 아주 대단한 남자의 사랑을 얻었더구나. 축하한다."

엘리자베스는 즉각적으로 캐서린 부인에게서 온 편지가 아니라 다르시 씨에게서 온 것임을 확신하자 갑자기 얼굴이 빨개졌다. 그러나 다음 순간, 도대체 그가 직접 편지한 것을 기뻐해야 할지 아니면 자기에게 직접 편지 하지 않은 것에 대해 화를 내야 할지 망설이고 있는데 베넷 씨가 말을 이었 다.

"넌 참 생각이 있어 보여. 하기야 젊은 여자들은 이런 때에는 직관력이 생기는 법이지만. 그래도 어디 네 슬기로움을 찬미하는 남자의 이름이 무 엇인가 한 번 알아맞혀 볼래? 이 편지는 콜린스에게서 온 거야."

"콜린스 씨에게서요? 무슨 할 말이 있었을까요?"

"물론 있지. 요령 있게 꽤 많이 썼어. 앞으로 있을 제인의 결혼을 축하한 다는 말로부터 시작했는데, 이 소식은 순하고 수다스런 루카스네 식구 중 의 한 사람에게 들은 모양이야. 이에 대해 콜린스가 한 말을 내가 읽어주 마. 공연히 네 인내심을 즐기진 않겠다. 너에 대한 사연은 다음과 같아. '이 경사에 대해 제 아내와 저는 심심한 축하를 드리며 아울러 또 다른 건에 관 해서도 잠깐 암시를 드릴까 합니다. 우리는 그것을 동일한 소식통에게서 들었습니다. 그것은 다름 아니라 따님 되시는 엘리자베스 양도 맏따님이 베넷 이라는 성을 양도한 이후 머지않아 그 성을 양도할 것이라는 겁니다. 그리고 엘리자베스 양이 선택한 반려자는 이 나라에서도 가장 저명한 명사 중의 한 분으로서 존경받아 마땅한 분이라고 생각합니다.' 리지, 누구 얘기 를 하는 건지 짐작할 수 있겠니? '이 젊은 신사는 독특한 방법으로 모든 사 람이 부러워하는 많은 재산에다 명문의 혈연이며 광범위한 승직 추천권이 며 그 외의 모든 것에 있어서 축복을 받은 사람입니다. 그러나 이 모든 유혹을 뿌리치시고 아저씨께서는 이분의 청혼을 조급히 동의함으로써―물론 즉석에서 수락하고 싶으시겠죠―입으실 해로운 일에 대해 저는 엘리자베스 양과 아저씨께 삼가 경고를 드릴까 합니다.' 리지, 누군지 정말 생각이 안 나니? 그러나 이제 곧 알게 돼. '제가 주의를 드리는 동기는 다음과 같습니다. 즉 저희는 그분의 이모님 되시는 캐서린 드 버그 부인께서 그 결혼을 호의적으로 보시지 않는다고 추측했기 때문입니다. 거기에는 그럴 만한 충분한 이유가 있습니다.' 이제 알았지? 바로 다르시란다. 자, 리지야 놀랐지? 콜린스나 또는 루카스네가 우리들이 아는 사람들 중에서 그 이름이, 그들이 말하는 것이 거짓임을 다르시보다 더 효과적으로 밝힐 사람을 골라낼 수 있겠니? 어느 여자에게서나 흠을 잡았고 또 생전 너 같은 정도의 여자는 거들떠볼 것 같지도 않던 다르시가 아니냐? 참 감탄할 노릇이로구나."

엘리자베스는 될수록 아버지의 익살에 장단을 맞추려 했으나 간신히 내키지 않는 웃음만 새나올 뿐이었다. 아버지의 재치가 지금처럼 엘리자베스를 곤란하게 한 적은 한 번도 없었다.

"재미없니?"

"아뇨, 재미있어요. 그 다음을 읽어주세요."

'지난밤, 부인께 이 결혼의 가능성을 여쭤보았는데 부인께서는 평소처럼 친절한 태도로 곧 이에 대한 부인의 견해를 말씀하셨습니다. 부인께선 엘리자 양 가정의 몇 가지 결함을 이유로 결코 이 불명예스런 결혼을 허락할 수 없다고 분명히 하셨습니다. 그래서 저는 이 사실을 가장 빨리 엘리자베스 양에게 알려서 그녀와 그녀의 고매한 찬미자께서 지금 어떤 상황에 처해 있는가를 알게 함으로써, 정당하게 승인 받지 못할 결혼을 서두르지 않도록 하는 것이 제 의무라고 생각했습니다.' 콜린스는 또 이런 말도 덧붙이고 있단다. '리디아의 슬픈 사건이 아주 잘 해결된 것을 진심으로 기뻐하며 지금은 두 사람이 결혼하기 전에 동거했다는 사실이 너무 멀리까지 퍼지지 않을까 걱정하고 있을 뿐입니다. 그러나 저는 제 지위로서의 의무를 소홀히 할 수 없는바, 두 사람이 결혼하자마자 그들을 집안에 받아들였다는 말을 듣고 적이 놀랐다는 말씀을 드리지 않을 수 없습니다. 그것은 악의 조장이므로 만약 제가 롱본의 교구 목사였다면 저는 한사코 이에 반대했을 것입니다. 기독교인으로서 마땅히 용서는 해주어야 하되 그들을 직접 대면한다거나 그들의 이름을 귀에 들리게 해서는 안 된다고 생각합니다.' 흥, 이것이 소위 기독교인의 용서관이로군. 이 나머지는 샬롯이 임신중인데 아들이기를 바란다는 사연뿐이야. 그런데 리지, 넌 기쁘지 않은 듯한 표정이니 웬일이냐? 이젠 숙녀인 척 새침하고 부질없는 소문에 모욕당한 척해선 안 돼. 때때로 이웃 사람들을 위해 재미를 선사하고 그 다음엔 차례로 우리가 이웃 사람들을 놀려주지 않는다면 무슨 재미로 산단 말이냐?'

"아버지, 전 무척 재미있어요. 하지만 너무나 이상한걸요."

"그렇지, 바로 그게 일을 즐겁게 만드는 것이란다. 만약 어느 한 사람에게만 고정되어 있다면 그건 아무 것도 아니지. 다르시의 완전한 무관심과 너의 명백한 증오―이것이 일을 터무니없이 유쾌하게 만들거든. 난 편지 쓰는 일은 질색이지만 어떤 일이 있어도 콜린스에게 답장하는 건 단념치 않겠어. 천만에. 콜린스의 편지를 읽어보니 내가 위컴의 몰염치와 위선을 높이 평가하는 것과 마찬가지로 콜린스를 위컴 이상으로 좋아하지 않을 수 없겠는걸. 그런데 리지, 이 소문에 대해 캐서린 부인은 뭐라고 하던? 허락하지 않겠다고 하더냐?'

이 물음에 엘리자베스는 다만 웃음으로 대답했다. 그리고 이 질문에는 추호의 의심도 없었기 때문에 엘리자베스는 아버지가 그 질문을 되풀이하는데도 조금도 당황해하지 않았다. 일찍이 엘리자베스는 지금처럼 자기 감정과는 반대되는 감정을 나타내야 하는 곤경에 빠진 적이 없었다. 오히려 울고 싶었지만 엘리자베스는 웃어야 했다. 다르시 씨가 무관심하다는 아버지의 말이 엘리자베스에게는 더없이 슬프고 억울했다. 엘리자베스는 아버지의 통찰력이 어째서 이토록 부족한가를 이상하게 생각할 수밖에 없었으며, 혹은 아버지의 통찰력이 부족한 것이 아니라 아마도 자기의 상상이 너무도 지나쳤던 것이라고 걱정할 수밖에 없었다.

58

엘리자베스는 빙리 씨가 그의 친구의 사과 편지를 전해주기를 기다렸으나 편지는 오지 않았다. 캐서린 부인이 다녀간 지 며칠 지나지 않아 그는 다르시 씨를 데리고 롱본으로 왔다. 그들은 아침 일찍 도착했다. 그리고 베넷 부인이 다르시 씨의 이모님이 왔다 갔다는 얘기를 하기도 전에, 제인과 단둘이 있고 싶은 빙리 씨는 그녀에게 산책을 하자고 제의를 했다. 엘리자베스는 어머니가 그 얘기를 꺼낼까봐 잠시 불안해하고 있었으므로 모두 산책하자는 제의에 동의했다. 그러나 어머니는 산책을 별로 좋아하지 않았고 메리 역시 시간을 낭비하는 성격이 아니었기 때문에 다섯 사람만 가게 되었다. 그러나 빙리 씨와 제인은 곧 그들과 뒤떨어지게 되었다. 그들은 엘리자베스와 키티와 다르시 씨가 서로 즐기고 있는 동안에 뒤에 처져서 꾸물 거렸다. 엘리자베스는 다르시 씨를 두려워하고 있었기 때문에 말도 걸지 못했다. 그녀는 마음속으로 굉장히 중요한 결정을 내리기로 결심했다. 아마 다르시 씨 역시 마찬가지 생각으로 걷고 있었는지도 모른다.

그들은 키티가 마리아를 만나고 싶다고 했기 때문에 루카스 댁으로 가고 있었다. 그리고 엘리자베스는 그들 모두가 마리아를 만날 필요는 없다고 생각했기 때문에 키티가 그 집으로 들어가자 다르시 씨와 단둘이서 걸어갈 만큼 용기를 내었다. 이제 자기의 결심을 실행에 옮길 때가 온 것이다. 그래서 자기가 대담해진 이 순간을 놓치지 않으려고 곧 말을 꺼냈다.

"다르시 씨, 저는 정말 이기적인 인간예요. 제 괴로운 마음을 달래기 위해 당신의 감정에 얼마든지 상처를 입힐 수 있으니까요. 당신이 제 동생에게 베푼 흔치 않은 친절에 감사드리지 않을 수 없군요. 전 그 사실을 안 다음부터 어떻게 감사의 말씀을 드려야 좋을지 매우 걱정하고 있었어요. 우리 가족들이 그 사실을 알았다면 나뿐만 아니라 모두 당신께 감사드렸을 거예요."

"유감이군요" 하고 그는 놀라면서 감동된 어조로 말했다. "어떻게 잘못 전달되었든 간에 그렇게 불쾌한 사실에 대해 들으셨다니 정말 유감입니다. 가디너 부인은 그다지 믿을 만한 분이 못 되는군요."

"우리 외숙모를 탓하지 마세요. 저에게 당신이 그 사건에 관련되어 있다는 말을 처음으로 해준 사람은 조심성 없는 리디아였으니까요. 물론 사건의 전말을 다 알 때까진 매우 걱정했어요. 우리 집안을 대표해서 당신께 거듭 감사의 말씀을 드려요. 그들을 찾기 위해 그렇게 많은 수고와 고생을 아끼지 않으신 것을 정말로 고맙게 생각하고 있습니다."

"만일 감사하다는 인사를 하시려거든" 하고 다르시 씨는 말했다.

"자신의 고마운 마음만 표시하십시오. 당신을 행복하게 해주고 싶다는 제 마음이, 오직 다른 곳에까지 참견하게 만들었다는 사실을 부인하고 싶지는 않습니다. 하지만 당신의 가족들이 저에게 감사해야 할 하등의 이유는 없습니다. 저는 그분들을 모두 존경하고는 있지만 당신 한 분만을 사랑하고 있으니까요."

엘리자베스는 너무 당황했기 때문에 한 마디도 할 수가 없었다. 잠시 후 그는 이렇게 덧붙였다.

"당신은 마음이 너그러우니까 저를 나무라지는 않을 겁니다. 만일 저에 대한 당신의 감정이 지난 4월과 조금도 달라진 것이 없다면 그렇다고 말씀해주십시오. 저의 사랑과 희망에는 변함이 없습니다. 하지만 당신이 아니라고 한마디로 대답하신다면 이젠 영원히 이 문제는 단념해버리겠습니다."

엘리자베스는 여느 때 이상으로 어색하고 초조한 그의 입장을 알아차리고 억지로 말을 하지 않을 수 없었다. 그래서 유창하지는 않았지만, 그동안 자기의 감정이 실질적인 변화를 겪었다는 것을 그가 금방 알아들을 수 있을 만큼 이야기했다. 그리고 그의 변함없는 사랑에 감사하고 기쁘게 생각한다고 말했다. 이 대답을 듣자 다르시 씨는 여태까지 느낄 수 없었던 크나큰 행복을 느꼈다. 이러한 기쁨 속에서 그는 열렬히 사랑하는 사람들이 하는 식으로 분별 있으면서도 열정적으로 자기의 심정을 털어놓았다. 만일 엘리자베스가 그의 눈을 바라보았다면 형언할 수 없는 기쁨에 넘친 그의 얼굴이 얼마나 멋있는가를 알 수 있었을 것이다. 그러나 엘리자베스는 그의 얼굴을 볼 수는 없었지만 그의 기쁨에 넘친 말을 들을 수는 있었다. 그는 엘리자베스가 자기에게 얼마나 소중한 존재인가를 고백하면서, 더욱더 그의 사랑을 가치 있는 것으로 이끌어주는 자기의 모든 감정에 대해 말했다.

그들은 어디로 가고 있는지도 모른 채 무턱대고 걸었다. 다른 것을 생각할 틈이 없을 만큼 그들은 생각할 것이 많았고 느낄 것이 많았으며 이야기할 것이 많았다. 엘리자베스는 곧 자기들이 이렇게 서로를 잘 이해하게 된 것은 순전히 캐서린 부인의 덕분이라는 것을 알았다. 캐서린 부인은 집으로 돌아가는 길에 런던에 들러서 다르시 씨를 만났고, 그에게 롱본에 갔었다는 것과 그 동기와 엘리자베스와 만나서 한 이야기를 죄다 말했던 것이다. 더구나 엘리자베스의 표정 하나하나까지 다 말하며 자기 생각에는 엘리자베스가 성미가 몹시 까다롭고 몰염치한 사람같이 보이더라는 말을 특히 강조했다. 이렇게 말하면 엘리자베스가 자기 조카의 사랑을 얻을 수 없을 것이라고 믿었기 때문이다. 그러나 사실상 엘리자베스는 그의 사랑을 거절하고 있었는데, 불행히도 캐서린 부인은 자신의 의도와는 반대되는 결과를 초래하고 말았던 것이다.

"그런 말을 듣고 저는 전에는 가망이 없다고 생각했던 일에 희망을 품게 되었지요" 하고 다르시 씨는 말했다. "저는 당신이 이렇게 돌이킬 수 없을 만큼 확실히 저를 싫어하고 있다는 것을 잘 알고 있었습니다. 그런 사실을 솔직히 주저하지 말고 저의 이모님께 털어놓지 그러셨어요."

엘리자베스는 얼굴이 상기된 채 웃으면서 말했다. "네, 제가 그런 말까지도 할 수 있을 만큼 솔직한 사람이라는 걸 잘 아시는군요. 당신 눈앞에서 그렇게 지독한 욕을 한 사람이니까 당신 친척 앞에서도 얼마든지 그렇게 할 수 있었겠지요."

"제가 들을 자격이 없는 말씀도 하셨다는 데요? 비록 그 때의 당신의 비난이 근거가 없는 것이고 또 무조건 오해하신 것이라 해도 확실히 그 때의 제 태도는 그런 질책을 받을 만했습니다. 정말 용서받을 수 없는 짓을 했죠. 지금도 그 생각을 하면 몹시 불쾌합니다."

"그날 밤의 일에 대해서는 잘잘못을 따질 필요도 없어요. 사실 엄격하게 따지자면 두 사람 모두에게 잘못이 있었으니까요. 하지만 그 후론 둘 다 예의를 좀 차릴 줄 알게 되었나 봐요."

"난 그렇게 쉽게 만족할 수 없어요. 그 때 제가 한 얘기를 다시 생각해보면―그 때의 제 행동, 태도, 또 저녁 내내 지었던 표정 같은 것을 생각해보면―몇 달이 지난 지금도 말할 수 없이 괴롭습니다. 그렇게 적절했던 당신의 질책을 저는 잊을 수가 없어요. '당신이 좀 신사다운 태도를 취하셨다면' 바로 이게 그 때 하신 말씀이죠. 아마 당신은 이 말이 얼마나 나를 괴롭혔는지 생각지도 못하실 거예요. 하긴 내가 그 말이 옳다는 것을 깨달은 것은 훨씬 후의 일이지만요."

"저는 그 말이 그렇게 심한 상처를 주리라고는 생각조차 못했고 또 그렇게 느끼시리라고는 꿈에도 몰랐어요."

"그러실 거예요. 그 때 당신은 내가 올바른 감정을 갖지 못한 사람이라고 생각했으니까요. 나도 잘 알아요. 당신이 나의 고백을 받아들일 수 있도록 구혼할 줄도 모르는 인간이라고 말씀하셨을 때의 그 표정을 난 평생 잊을 수가 없습니다."

"아이, 그 때 제가 한 말을 자꾸만 되풀이하지 마세요. 그런 기억을 상기해보았자 아무 소용도 없는 걸요. 전 오래 전부터 그런 말을 한 나 자신을 정말로 수치스럽게 생각하고 있어요."

다르시 씨는 자기의 편지 이야기를 꺼냈다.

"그 편지가" 하고 그는 말했다. "그 편지가 저에 대한 나쁜 감정을 풀어 주었습니까? 그걸 읽고 제 진의를 알게 되셨나요?'

엘리자베스는 그 편지가 어떤 효과를 나타냈는가를 설명했다. 그리고 차츰 그에게 가졌던 자신의 편견이 사라지기 시작했다고 말했다.

"나는 그 편지가 당신에게 괴로움을 줄 것을 잘 알고 있었습니다. 하지만 그런 편지를 쓰지 않을 수가 없었어요. 그 편지를 모두 없애버리셨기를 바랍니다. 더구나 맨 첫 번째 구절은 두 번 다시 읽을 용기조차 나지 않으실 거예요. 당신으로 하여금 저를 미워하도록 만든 구절들을 나는 아직도 기억할 수 있습니다" 하고 그는 말했다.

"만일 당신이 저의 호감을 간직하기 위해 필요하다고 생각하신다면 물론 태워버리겠어요. 하지만 비록 저의 생각이 아주 변할 수 없는 것은 아니라 할지라도 그 편지에서 말씀하신 것처럼 그렇게 쉽게 변하는 것도 아닐 거예요."

"저는 그 편지를 쓸 때 내가 아주 침착하고 냉정한 마음으로 쓰고 있다고 생각했어요. 그러나 그 후에야 그 편지를 쓸 때 감정이 몹시 상해 있었던 것을 알았지요."

"아마 그런 감정으로 편지를 쓰기 시작하셨을 거예요. 하지만 끝 부분에 가서는 그렇지도 않더군요. 마지막 인사말은 애정이 가득 넘쳐흐르고 있었어요. 어쨌든 그 편지에 대해서는 이제 그만 생각하기로 해요. 그 편지를 쓴 사람이나 받은 사람의 감정이 이제는 그 때와 사뭇 달라져서 그 때의 모든 불쾌한 감정은 다 잊어버리게끔 되었으니까요. 당신도 제 철학을 배우셔야 해요. 즉 당신에게 기쁨을 주는 과거만을 회상하라는 게 저의 철학이에요."

"그런 철학은 그다지 훌륭하다고는 말할 수 없는데요. 당신의 과거는 대체로 부끄러울 만한 것이 없기 때문에 과거를 회상하고 만족을 느낀다는 것은 어떤 철학이 있어서가 아니라 괴로움을 모르기 때문에 저절로 그렇게 되는 것일 거예요. 하지만 저는 그렇지 않습니다. 쫓아버릴 수도 없고 또 쫓아버려서도 안 될 괴로운 추억이 저를 점령합니다. 저는 어려서부터 도의적으로 그렇지 않았는지 모르지만 실제로는 퍽 이기적인 인간이었죠. 어렸을 때 저는 무엇이 올바른 것인가를 배웠어요. 하지만 제 성격을 고치라는 충고를 받지는 못했습니다. 저는 훌륭한 원칙들을 배웠지만 오만과 자존심을 가지고 그 원칙들을 실천에 옮겨도 어느 누구도 탓하지 않았어요. 불행하게도 외아들로 태어나서―오랫동안 동생이 없었죠―부모님들이 버릇없게 기르셨어요. 부모님들은 퍽 인자하셨지만―특히 아버지는 인정이 많으시고 친절하셨죠―저의 이기적이고 오만한 행동을 나무라시기는커녕 오히려 권하고 가르쳐주기까지 하셨지요. 우리 집안 사람들 외에는 아무에게도 신경을 쓰지 않고 다른 사람들은 모두 천하게 생각했는데, 그것은 적어도 그들의 지각과 가치가 제게 비하면 천하다는 말입니다. 여덟 살 때부터 스물 여덟 살이 된 지금까지 저는 언제나 그랬어요. 그리고 그것은 아직도 나의 가장 소중하고 사랑스러운 엘리자베스 당신 이외의 사람들에게는 마찬가지일 겁니다. 제가 당신에게 무슨 빚이 있습니까? 당신이야말로 저에게 훌륭한 교훈을 주신 분입니다. 처음에는 무척 배우기 힘들었지만 가장 유익한 교훈이었지요. 당신 덕분에 저는 겸손해졌습니다. 저는 으레 환영해주실 줄 알고 당신한테 찾아왔죠. 당신은 제가 좋아하는 여자를 기쁘게 해주기 위해 모든 겉치레가 얼마나 쓸데없는 것인가를 깨닫게 해주셨습니다."

"그 때 당신은 내가 그런 태도를 받아들일 것이라고 생각하셨어요?"

"물론이죠. 당신은 내 허영심을 어떻게 생각하십니까? 그때 나는 당신이 나의 청혼을 원하고 있으며 기다리고 있다고 생각하고 있었죠."

"저의 태도는 정말 나빴어요. 그러나 일부러 한 것은 아니에요. 전 결코 당신을 속이려고는 생각지 않았어요. 하지만 제 마음은 곧잘 비뚤어지곤 한답니다. 그날 저녁 이후로 당신이 얼마나 저를 미워했을까요!"

"미워했다고요! 처음에는 좀 화가 났죠. 그러나 곧 적당한 방향으로 제 감정이 흐르기 시작했습니다."

"펨벌리에서 만났을 때에는 저를 어떻게 생각하고 계시는지 물어볼 수도 없었어요. 속으로 저를 나무라고 계셨지요?"

"아닙니다. 난 단지 놀랐을 뿐입니다."

"당신이 저를 친절하게 대해주시는 걸 보고 저는 당신 이상으로 놀랐어요. 저는 양심상 당신의 지나친 공손한 대접을 받을 자격이 없다고 생각했었어요. 그리고 분수에 넘치는 환대를 받으리라고는 꿈에도 생각지 못했어요."

"그 때의 내 목적은 최선을 다해 모든 것에 예의를 지켜서 내가 지난 일 따위에 원한을 품는 비겁한 인간이 아니라는 걸 당신에게 보여주고 싶었던 것입니다. 그리고 당신의 용서를 구하고 나쁜 감정을 적게 하고 당신이 나무랐던 점을 고쳤다는 사실을 당신이 알도록 하고 싶었습니다. 언제 다른 감정이 내 마음에 떠올랐는지는 저도 잘 모르겠어요. 아마 당신을 보고 한 반시간 후에 그런 감정이 생겼을 거예요."

그리고 다르시 씨는 조지아나가 엘리자베스를 알게 된 것을 아주 기뻐하고 있으며, 갑자기 오빠가 나타나서 방해를 한 것에 퍽 실망했다는 말을 했다. 그리고 오빠가 나타나게 된 원인을 곰곰이 생각해 보니까 다비셔에서 엘리자베스의 동생을 찾아오겠다는 결심은 그가 여관을 떠나기 전부터 한 것이라는 것을 알게 되었고, 또 거기서 그가 취한 신중하고 침착한 태도는 이런 목적만이 가질 수 있는 노력에 의한 것이라는 사실도 알게 되었다고 말했다.

엘리자베스는 다시 고맙다는 말을 했다. 그러나 그 이야기는 서로 더 이상 말할 필요도 없는 괴로운 화제였다.

이렇게 한가하게 수 마일을 걸어가면서도 그들은 아무것도 의식하지 못하고 있었다. 그들은 시계를 들여다보고 나서야 비로소 벌써 집에 가 있어야 할 시간이라는 것을 알게 되었다.

'빙리 씨와 제인은 어떻게 될까?' 하는 것이 자기들의 일을 얘기하게 된 동기가 되었다. 그는 그들의 약혼을 기뻐했다. 사실은 빙리 씨가 그 소식을 재빨리 그에게 알려주었던 것이다.

"놀라셨어요?" 하고 엘리자베스가 물었다.

"천만에요. 내가 떠나 있을 때 머지않아 그렇게 될 거라고 생각했습니다."

"말하자면 허락을 하겠다는 건가요? 저도 짐작했어요."

그 말에 다르시 씨는 아니라고 소리쳤으나 엘리자베스는 그것이 사실이었다는 것을 알았다.

"런던으로 떠나기 전날 밤에" 하고 그는 말했다. "오래전부터 마음먹었던 걸 빙리 군에게 고백했죠. 그동안 일어났던 일을 전부 얘기했습니다. 내가 그 친구 일에 간섭한 것이 어리석고 주제넘었다는 걸 말예요. 빙리 군은 무척 놀라더군요. 그런 줄은 전혀 모르고 있었으니까요. 난 또 제인 양이 빙리 군에게 애정이 없다고 생각한 건 잘못이었다고 말했죠. 그런데다 제인 양에 대한 빙리 군의 애정이 조금도 식지 않은 것을 쉽게 알 수 있었기 때문에 그 두 사람의 행복은 확실하다고 생각했습니다."

엘리자베스는 다르시 씨가 친구를 생각하는 모습이 몹시 담백한 것을 보고 미소를 금할 수가 없었다.

"직접 관찰해보시고 말씀하신 건가요?" 엘리자베스는 물었다. "언니가 그분을 사랑한다고 말씀하셨다니 말예요. 지난봄에 제가 말씀드린 것만 가지고 그렇게 짐작하신 건 아녜요?"

"제 눈으로 보고 알았죠. 최근에 제인 양을 여기 두 번 오시게 하지 않았습니까? 그 때 유심히 관찰해봤거든요. 빙리 군에 대한 제인 양의 애정은 틀림없었습니다."

"그럼, 그렇게 확신하셨으면 빙리 씨도 그렇게 믿고 계시겠군요?"

"그렇죠. 빙리 군은 꾸미는 데가 없고 겸허하죠. 너무 수줍어서 몹시 걱정스러운 일에 대해서는 자기 자신의 판단을 신뢰하지 못하거든요. 그러나 내 말을 믿습니다. 한 가지 그에게 고백해야만 할 일이 있었는데 이거야말로 한동안 그 친구를 화나게 했죠. 일리가 있는 일이었으니까요. 저는 제인 양이 지난 겨울 석 달 동안 런던에서 보내셨다는 사실을 숨길 수가 없었습니다. 나는 그 사실을 알고 있으면서 일부러 친구에게 말하지 않았으니까요. 빙리 군은 화를 내더군요. 그러나 그 노여움은 그리 오래가지 않았습니다. 제인 양의 애정에 의심을 품었던 것보다는 말예요. 이제는 그 친구도 내 잘못을 다 용서한 셈입니다."

엘리자베스는, 빙리 씨가 아주 유쾌한 친구이며 쉽사리 남의 말에 이끌리는 사람이기 때문에 그의 가치가 더욱 소중한 것이라는 말을 하고 싶었으나 그만두었다. 다르시 씨야말로 남에게 농담조의 말을 들어본 적이 아직 없으며 그러기엔 좀 이르다고 생각했기 때문이다. 설사 자기의 행복보다는 못할지라도 빙리 군은 행복하게 될 것이라고 예측하면서, 그는 집에 도착할 때까지 이야기를 계속했다. 현관에 들어서자 그들은 헤어졌다.

59

"얘, 리지, 어디 갔었니?" 엘리자베스가 방으로 들어서자마자 제인이 물었다. 다른 사람들도 그녀가 식탁에 앉자 모두들 이렇게 물었다. 엘리자베스는 다만 걷다 보니까 자기도 모르게 이리저리 돌아다녔다고 대답해버렸다. 이렇게 말할 때 그녀의 얼굴이 약간 붉어졌다. 그러나 그렇다고 해서 그들에게 사실을 의심할 만한 근거는 없었다.

그날 밤은 아무 일 없이 조용한 가운데 지나갔다. 이미 인정을 받은 연인들은 서슴없이 이야기를 나누거나 즐거워했다. 아직 공인을 받지 못한 연인들은 침묵을 지키고 있었다. 다르시 씨는 행복감이 희열과 함께 넘쳐흐르는 그러한 성격의 사람은 아니었다. 그리고 엘리자베스는 들뜨고 흥분했으나 자신이 행복하다는 것을 인식하고 나서야 비로소 행복감에 젖었다. 사실 어색한 이러한 자리는 고사하고 그녀의 앞에는 다른 어려운 일들이 놓여 있었다. 그녀는 자기의 처지가 알려진다면 집안에서 어떻게들 생각할 것인가를 예측할 수 있었다. 제인을 제외하고는 그 사람을 좋아할 사람은 아무도 없었다. 심지어는 다른 문제와 더불어 그의 재산과 사회적인 지위가 어느 정도 손상을 입을지도 모른다는 생각에 이르러서는 싫다 못해 불안하기조차 했다.

저녁에 그녀는 제인에게 마음을 털어놓았다. 제인은 여간해서 남을 의심하지 않는 성질이었지만 이 점은 도무지 믿을 수가 없었던 모양이다.

"농담이겠지, 리지. 될 법이나 한 소리니? 다르시 씨와 약혼한다고! 괜히 날 속이지 마, 이건 정말 말도 안 되는 소리야."

"그런 말 말아요, 언니. 난 언니만을 믿고 있었어. 언니가 내 말을 믿지 않는다면 누가 날 믿어준단 말이야. 정말 난 진정이야. 내가 왜 거짓말을 하겠어? 그분은 아직도 날 사랑해. 우린 약혼할 거야."

제인은 그녀를 의심스러운 눈으로 바라보았다. "오, 리지! 그건 안 될 소리야. 넌 그분을 얼마나 싫어했니?"

"언니는 아무 것도 몰라. 싫어한 건 옛날 얘기야. 그 때야 지금보다는 덜 사랑했지. 하지만 이런 경우에는 지나간 일을 일일이 기억하고 있는 건 좋지 않아. 이번을 끝으로 다시는 지나간 일을 기억하지 않겠어."

제인은 여전히 어리둥절해했다. 엘리자베스는 조금 전보다도 더욱 심각하게 자신의 진실을 언니에게 확인시켰다.

"맙소사. 정말 그럴 수가 있니? 하지만 네 말은 믿을 수밖에" 하고 제인은 소리쳤다. "얘, 리지, 난 저… 축하한다. 하지만 정말… 이런 걸 물어봐서 안됐다만……, 그분하고 정말 행복할 자신 있니?"

"문제없어. 이 세상에서 가장 행복한 부부가 되기로 둘이 약속했거든. 언니도 기쁘지? 어때, 그분이 동생의 남편감으로 괜찮은 것 같아?"

"괜찮다 뿐이니. 빙리 씨도 나에게 이 이상의 기쁨을 줄 수는 없어. 하지만 우리는 불가능하다고 생각하고 그 얘길 했단다. 그래 정말 넌 그분을 사랑하니? 애, 리지, 애정 없는 결혼은 절대 해서는 안된다. 정말 너 자신 있니? 네가 할 일을 잘 아느냐 말이야."

"그야 물론이지. 내가 해야 되는 것 이상으로 잘 알고 있다는 것만 알아둬. 내가 얘길 다 해줄 테니."

"그건 무슨 소리야?"

"얘길 해야겠군. 나는 빙리 씨보다 다르시 씨를 더 사랑해. 언니가 화낼 테지만."

"애, 제발 농담 좀 하지 마. 난 진심으로 얘기하고 싶어. 어서 궁금한 걸 다 얘기해줘. 도대체 언제부터 그분을 사랑하게 되었니?"

"조금씩 진전된 거니까 언제부터 시작됐는지 몰라. 그렇지만 펨벌리에서 그분의 아름다운 정원을 처음 구경했을 때부터일 거야."

그러나 진지하게 얘기해달라는 또 한 번의 제인의 간청 때문에 엘리자베스는 자기의 애정을 엄숙하게 확언함으로써 제인의 궁금증을 해결해주었다. 이 문제에 대해 확신을 갖게 된 제인은 이제 더 바랄 것이 없었다.

"이젠 안심했다" 하고 제인은 말했다. "나와 마찬가지로 너도 행복하게 될 테니까 말이야. 난 항상 그분을 높게 평가했었어. 너에 대한 그분의 사랑만 아니라면 언제까지나 그분을 동경했겠지만, 이제 빙리 씨의 친구요, 또 네 남편이 된다니 나한테는 빙리 씨와 너만이 소중하지. 하지만 리지야, 넌 앙큼스럽지 뭐냐. 나한테 한 마디도 하지 않고. 넌 펨벌리와 램턴에서 일어난 일에 대해 나한테 별로 얘기한 게 없지 않니! 모두 다른 사람들한테서 들은 얘기뿐이야."

엘리자베스는 비밀로 할 수밖에 없었던 동기를 언니에게 이야기했다. 그녀는 빙리 씨에 관한 이야기를 언니에게 하고 싶지 않았고, 불안한 상태에 있는 자신의 감정이 역시 다르시 씨의 이름을 피하게 만들었던 것이다. 그러나 이제 와서는 리디아의 결혼에 대한 그의 공로를 숨기려 하지 않았다. 제인은 모든 일을 알게 되었으며 그날 밤의 절반은 이야기를 주고받는 데 보냈다.

"맙소사!" 하고 다음날 아침 창가에 서서 베넷 부인은 외쳤다.

"제발 저 기분 나쁜 다르시 씨가 다시는 우리 빙리 씨하고 같이 오지 말았으면 좋겠어. 날마다 오다니 귀찮은 일이야. 제발 사냥이든 뭐든 좋으니까 밖으로 나가서 우리 옆에 붙어 있지 않았으면 좋겠어. 불편하기 짝이 없거든. 리지, 네가 한 번 같이 나가거라. 빙리 씨에게 방해가 되지 않도록 말이야."

엘리자베스는 어머니가 이런 좋은 기회를 만들어주는 것이 우스웠지만 어머니가 늘 그를 못마땅해하는 것은 마음 아팠다.

빙리 씨는 다르시 씨와 함께 들어오자마자 베넷 부인을 의미 심장하게 바라보았다. 그리고 열렬하게 그녀와 악수를 했다. 그것은 좋은 소식을 가져왔다는 표시였다. 빙리 씨는 얼마 안 있다가 큰 소리로 말했다. "베넷 부인, 이 근방에 리지 양이 오늘 또 길을 잃을 만한 좁은 길이 없습니까?"

"저, 다르시 씨하고 리지, 그리고 키티는 말야" 하고 베넷 부인은 말했다. "오늘 아침엔 오컴 산으로 산책을 하렴. 다르시 씨, 산책 길로는 걸을 만할 거예요. 아마 처음 보실걸요." "두 분에게는 좋을지 모르지만" 하고 빙리 씨가 대답했다. "키티에게는 힘들 거예요. 키티, 안 그래?"

키티는 차라리 집에 있겠다고 말했다. 다르시 씨가 산에서 경치를 바라보고 싶다고 말하자 엘리자베스는 잠자코 동의했다. 그리고 준비를 하기 위해 이층으로 올라가자 베넷 부인이 따라오며 말했다.

"리지, 네게는 안됐다. 저 기분 나쁜 사람을 네가 억지로 떠맡아야되니 말이야. 하지만 괜찮겠지? 다 제인을 위해서야. 네가 구태여 그에게 말을 걸려고 애쓸 필요는 없으니까. 이따금 몇 마디씩만 하면 돼. 그러나 너무 어렵게 생각진 마라."

그들은 산책하는 동안, 저녁 안으로 베넷 씨의 허락을 받기로 결정지었다. 어머니 쪽은 엘리자베스가 맡기로 했다. 그녀는 어머니가 어떻게 생각할지 예측할 수가 없었다. 다르시 씨의 전 재산과 위엄이 그에 대한 어머니의 증오를 억제시킬 수 있을지는 의심스러운 일이었다. 그러나 어머니가 이 혼담을 맹렬히 반대하든 혹은 맹렬히 기뻐하든 간에 어머니의 태도가 세련되지 못할 것은 당연한 일이었다. 그리고 그녀는 다르시 씨가 어머니의 맹렬한 반대보다는 맹렬한 환희의 외침을 듣게 되도록 해야 한다는 생각밖에는 아무 것도 할 수가 없었다.

저녁에 베넷 씨가 서재로 들어간 뒤 얼마 안 되어 다르시 씨가 일어나서 쫓아 따라나가는 것을 엘리자베스는 보았다. 그것을 본 그녀는 몹시 마음이 설레었다. 그녀는 아버지의 반대를 염려하지는 않았으나 아버지가 불행하게 되지는 않을까, 또 아버지의 귀여운 딸인 자기가 남자를 선택함으로써 아버지를 슬프게 하고 딸을 시집 보내는 데 있어서 아버지의 마음을 불안과 아쉬움으로 가득 차게 해드리지는 않을까 하고 괴로운 심정으로 곰곰이 생각해보았다. 이렇게 비참한 마음으로 앉아 있는데 다르시 씨가 다시 나타났다. 그가 미소를 띤 것을 보자 엘리자베스는 다소 마음이 놓였다. 조금 있다가 그는 키티와 같이 앉아 있는 엘리자베스의 테이블로 다가왔다. 그러고는 그녀의 뜨개질을 칭찬하는 척하면서 조그만 소리로 말했다. "아버님께 가보세요. 서재에서 부르십니다."

엘리자베스는 곧바로 방을 나갔다.

베넷 씨는 근심스러운 표정으로 방안을 왔다갔다하고 있었다.

"리지" 하고 그는 엘리자베스를 보자 말했다. "어떻게 된 영문이냐? 정신 나갔니? 이런 사람을 받아들이다니. 넌 늘 그 사람을 미워하지 않았니?"

그 때 엘리자베스는 그전의 자기 의견이 더 사리에 맞고 자기 표현이 더 온당했었더라면 하고 얼마나 진심으로 바랐던가! 그랬다면 이렇게 어색한 해명과 고백은 하지 않아도 될 것이 아닌가! 그러나 지금은 그러한 해명이 필요했다. 그래서 그녀는 약간 당황하며 자기도 다르시 씨를 사랑한다는 것을 아버지에게 분명히 이야기했다.

"다시 말해 그 사람을 붙잡기로 결심했단 말이지? 그 사람은 부자이니까 네 언니보다 좋은 옷도 많이 입을 것이고 훌륭한 마차도 타게 될 거란 말이지. 그러나 그것만으로 행복하겠니?"

"제게 애정이 없다고 믿으시는 모양인데" 하고 엘리자베스는 말했다. "그것 말고 다른 이의는 없으세요?"

"다른 건 없다. 우리는 모두 그가 오만하고 불쾌한 부류의 인간이라는 걸 잘 알고 있지 않니? 하지만 네가 정말로 그 사람을 사랑한다면 그런 건 문제가 안 돼."

"전 그 사람이 좋아요" 하고 딸은 눈물이 괸 채 대답했다. "그를 사랑해요. 사실 그 사람은 부당하게 거만을 떠는 건 아녜요. 아주 인자해요. 아버진 그 사람이 정말 어떻다는 걸 잘 모르세요. 그러니까 그 사람을 나쁘게 말씀하셔서 저를 괴롭히지 말아주세요."

"리지" 하고 아버지는 말했다. "그 사람한테 허락했다. 겸손하게 청하기 때문에 나로서는 도저히 거절할 수 없도록 만드는 그런 종류의 사람이더라. 이제 네가 확실히 그 사람하고 결혼하기로 결심했다면 너한테도 허락하겠다. 그러나 좀 더 잘 생각해보는 게 좋아. 난 네 성격을 잘 안다. 네가 네 남편을 진심으로 존경하지 않으면 행복할 수도 없고 훌륭하게 될 수도 없다는 걸 난 잘 알아. 네가 우러러보는 사람이라야 되지. 넌 너무 재주가 많아서 네게 어울리지 않는 결혼을 할 경우 몹시 위험한 처지에 놓일 염려가 있다. 그러다간 불명예와 비참에서 빠져 나오지 못해. 얘, 제발 네가 남편을 존경할 수 없게 되는걸 보는 슬픔을 이 아비가 맛보지 않도록 해다오. 넌 네가 무엇을 하려고 하는지 잘 모르고 있어."

엘리자베스는 더욱 감동되어 진정으로 엄숙하게 대답했다. 그래서 마침내 다르시 씨가 정말 자기 남편감이라는 것을 거듭 확신시킴으로써, 또 그를 존경하는 가운데 자기가 정신적으로 점점 변했다는 것을 설명함으로써, 또 그의 애정은 하루아침에 생긴 것이 아니라 여러 달 동안 시험해본 결과라는 확실성을 이야기함으로써, 또 그의 장점을 끈기 있게 늘어놓음으로써 드디어 아버지가 의심을 풀고 그들의 결혼에 동의하게 만들었다.

"알았다" 하고 딸의 말이 끝나자 그는 말했다. "더 할 말도 없다. 사정이 그렇다면 네게 맞는 배필이지. 사실 너보다 못한 자리로 너를 시집 보낼 수는 없었어." 엘리자베스는 다르시 씨의 인상을 더욱 좋게 하기 위해서 그가 자진해서 리디아에게 베푼 친절에 대해 아버지에게 이야기했다. 아버지는 놀라며 딸의 말을 들었다.

"이거 참 놀라운 밤이로구나. 그래 모든 걸 그가 했단 말이지? 짝을 지어주고 돈을 주고 친구의 빚을 갚아주고 장교로 만들어주고. 잘됐다. 물심양면의 걱정거리가 없어지는 셈이로구나. 네 외삼촌이 돈을 치뤘다면 갚아야

되고 사실 갚으려고 했지. 그런데 이 맹렬한 연인들이 다 저희 마음대로 일 처리를 해놓았구먼. 내일 그 돈을 갚겠다고 말해야겠다. 그럼 그 친군 너를 사랑하노라고 한바탕 신파극을 벌일 테지. 그러면 일은 그걸로 끝나는 거란 말이야." 그러자 그는 2, 3일 전 콜린스 씨의 편지를 읽었을 때 엘리자베스가 당황해하던 것을 회상했다. 그는 잠깐 딸을 보고 미소를 지은 다음 그만 나가보라고 말했다. 딸이 방을 나가려 하자 그는 이렇게 말했다.

"어떤 청년이고 메리나 키티를 달라고 오거든 들여보내라. 아주 한가하니 말이야."

엘리자베스의 마음은 이제 무거운 짐에서 벗어난 것 같았다. 그래서 자기 방에서 반시간 동안 조용히 생각에 잠긴 뒤에 아주 침착한 태도로 다른 식구들과 어울릴 수가 있었다. 모든 것이 새로운 기쁨이었으나 그날 밤은 조용히 지나갔다. 이제는 물질적인 고통은 없었다. 그리고 얼마 안 있으면 오직 안락과 친밀함 속에서 맛보는 위로만이 찾아올 것이다.

그녀의 어머니가 저녁에 침실로 올라가자 엘리자베스는 뒤쫓아 올라가서 이 중요한 이야기를 했다. 그 효과는 아주 특별했다. 어머니는 처음에 그 말을 듣자 가만히 앉아서 말 한마디 없으셨다. 그러나 자기가 들은 것을 이해하는 데 그리 많은 시간이 필요한 것은 아니었다. 물론 자기 가족에게 이익이 된다는 것과, 그것이 그들 가족 중의 누구의 애인이라는 이름으로 날아 들어온다는 것을 모를 정도로 둔하지는 않았다. 드디어 베넷 부인은 마음을 진정시키기 시작했다. 그러나 의자에 앉은 채 가만히 있지를 못하고, 일어났다 앉았다 경탄했다가 성호를 그으며 신의 축복을 빌었다.

"맙소사! 어쩌면! 생각해보렴! 아니, 다르시 씨라고! 누가 그런 생각을 했겠니? 그런데 정말이라고? 얘, 리지, 넌 돈더미 위에 올라앉게 됐구나! 용돈이다, 보석이다, 마차다, 네 마음대로겠지! 제인은 비교도 안 된다. 문제가 안 돼. 참 기쁘다. 아주 행복해. 얼마나 멋있는 남자냔 말이야! 잘생겼지, 키가 훤칠하지, 리지, 내가 너무 미워해서 미안했다고 대신 사과해다오. 그 사람은 그런 건 문제시하지 않겠지. 귀여운 리지! 시내에 집을 지니게 되고! 얼마나 멋있니! 딸 셋이 결혼이라! 일년에 만 파운드야! 오, 하느님. 난 어떻게 된다지? 정신이 몽롱해진다."

이것은 베넷 부인의 승낙을 의심할 필요가 없다는 것을 증명하기에 충분했다. 엘리자베스는 이런 말을 자기 혼자만 들은 것을 다행스럽게 생각하며 조금 뒤에 방을 나왔다. 그러나 그녀가 자기 방으로 가서 채 3분도 되기 전에 어머니가 따라왔다.

"얘야" 하고 어머니는 외쳤다. "다른 건 생각할 필요도 없다. 일 년에 만 파운드가 어다냐. 더 될지도 모르지. 희한하지 뭐니! 특별 면허야, 넌 특별 면허 결혼을 하는 거야! 애, 그런데 다르시 씨가 무슨 음식을 특별히 좋아하니? 내일 그 음식을 만들어야겠다."

이것은 그 신사에 대한 어머니의 처신을 걱정스럽게 만드는 슬픈 조짐이었다. 다행스럽게도 엘리자베스는 다르시 씨의 가장 열렬한 애정 속에 있었고 친척의 동의도 틀림없었으나 그것만으로는 부족했다. 그러나 다음날은 생각했던 것보다 유쾌하게 지나갔다. 왜냐하면 베넷 부인은 다행히 사위가 될 사람의 위엄에 눌려 있었기 때문에 그에게 말도 함부로 걸지 못했고, 기껏해야 자기 쪽에서 친절을 베풀고 상대편의 의견에 경의를 표할 따름이었기 때문이다.

엘리자베스는 자기 아버지가 다르시 씨와 사귀려고 애쓰는 것을 보고 마음이 흡족했다. 이윽고 얼마 후에 베넷 씨는 다르시 씨가 볼수록 훌륭한 사람이라고 그녀에게 확언했다.

"사위란 사위는 모두 훌륭해" 하고 베넷 씨는 말했다.

"아마 위컴이 제일 맘에 들 거야. 그러나 제인의 남편도 마찬가지고 네 남편도 무척 좋아질 것 같다."

60

엘리자베스의 기분은 얼마 안 가서 다시 명랑해졌다. 그녀는 다르시 씨가 애초에 자기를 어떻게 사랑하게 되었는지 자세히 설명해 주기를 원했다.

"어떻게 시작됐어요?" 하고 엘리자베스는 물었다. "일단 시작하면 멋있게 진행시키는 건 이해할 수 있어요. 하지만 첫째로 무엇이 그렇게 시작하도록 만들었을까요?"

"시작의 토대가 된 시간이라든지 장소, 얼굴 표정, 말, 이런 건 확실치 않아요. 벌써 오래된 일이니까. 한참 후에야 내가 그랬었구나 하는 걸 알았죠."

"처음에는 제 용모에 좀처럼 안 넘어가셨죠. 그리고 제 태도로 말하면, 특히 당신에 대한 제 태도는 버릇이 없을 정도였어요. 뿐만 아니라 당신과 얘기할 때에는 으레 고통을 주려고 했거든요. 그런데 이건 농담이 아닌데요, 저의 무례한 태도 때문에 좋아하셨나요?"

"당신 마음이 명랑했기 때문이지요."

"그걸 무례하다고 표현해도 좋아요. 조금 덜했던 것뿐이니까요. 사실 당신은 점잖은 것을 싫어했고 복종을 싫어했고 지나친 친절을 싫어하셨어요. 당신은 당신의 마음에 들려고 자나깨나 얘기하고 보고 생각해주는 여자들이 싫었죠. 저는 당신을 격려하고 흥미를 북돋워드렸어요. 전 그런 여자들과는 아주 다르니까요. 당신이 정말 자상하지 않았다면 그런 이유로 저를 미워했을 거예요. 그러나 아무리 당신 스스로 감추려고 해도 당신의 감정은 늘 고상하고 올바르셨죠. 그리고 당신은 마음속으로 부지런히 당신에게 애정을 표시하는 사람들을 경멸하셨죠. 자, 당신 대신 제가 설명을 다했군요. 사실 이모저모로 생각해봐도 이치에 어긋나는 해석은 아닌 것 같아요. 당신은 진짜 제 감정을 모르실 거예요. 사랑에 빠지게 되면 그 점은 잘 모르게 되거든요."

"제인 양이 네더필드에서 앓고 있을 때 그분에 대한 당신의 애정에 찬 행동은 장점이 아니었나요?"

"제인 언니요! 누군들 언니에게 그만큼 못하겠어요? 하지만 어쨌든 장점이라고 해두지요. 제 장점은 모두 당신의 보호 밑에 있어요. 그리고 당신은 제 장점을 과장하셔야 돼요. 그러면 그 다음엔 이따금 당신을 곯려주거나 싸움할 기회를 만드는 것은 제가 할 테니까요. 그럼 난 이런 질문으로 시작하겠어요. '당신은 왜 마지막에 와서 중대한 문제에 부딪히는 것을 꺼리셨죠? 당신은 처음 찾아오셨을 때 그리고 나중에 여기서 식사를 하셨을 때 왜 그렇게 수줍어하셨죠? 왜 나 같은 건 안중에도 없는 것처럼 행동하셨죠?' 하고 묻겠어요."

"당신은 너무 침착하고 말이 없는데다가 나에게 용기를 주지 않았으니까요."

"하지만 전 어떻게 해야 좋을지 몰랐어요."

"나도 그랬어요."

"만찬에 오셨을 때에는 얘기라도 더 할 수 있지 않았어요?"

"감정이 메마른 사람이라면 그럴 수도 있었겠죠."

"당신은 이치에 맞는 대답만 하시고 난 또 그걸 이치에 맞는 것을 받아들여야만 하니 슬픈 일이로군요. 하지만 당신을 혼자 내버려두었다면 얼마나 오래 끌었을지 궁금해요. 내가 물어보지 않았다면 결코 말씀하시지 않았을 거예요. 리디아에게 친절을 베푸신 데 대해 감사 드리기로 결심한 것이 큰 효과를 가져왔죠—지나친 효과예요. 우리들의 마음이 파혼하는 것으로 편안해진다면 애정의 의리는 어떻게 되죠? 그 문제에 대해서는 말하지 말 걸 그랬어요. 해서는 안 될 소리죠."

"마음 쓰지 말아요. 우리들의 애정 문제는 잘 해결될 테니까. 우리를 갈라놓으려고 하는 캐서린 부인의 도리에 어긋나는 노력은, 결과적으로 내 모든 의문을 풀어주는 역할을 했습니다. 내가 지금 행복한 것은 자꾸 나한테 감사하고 싶어하는 당신의 희망 때문은 아녜요. 난 그런 말을 기대하지 않았으니까. 나의 이모님의 전언은 나한테 희망을 주었거든요. 그래서 난 당장 모든 걸 알아보기로 결심했죠."

"캐서린 부인은 우리에게 아주 유익한 일을 많이 해주신 셈이군요. 그것으로 그분은 행복하실 거예요. 남에게 도움이 되는 걸 좋아하시니까. 그런데 네더필드엔 왜 오셨죠? 겨우 롱본에 말이나 타고 와서 당황해하시려고 오신 건가요? 아니면 좀 더 중요한 일 때문에 오신 건가요?"

"진짜 목적은 당신을 만나기 위해서였소. 그리고 될 수 있으면 당신이 나를 사랑하게 만들 수 있을지 없을지 판단해보기 위해서였소. 그리고 내 공공연한 목적은, 말하자면 나 혼자 마음먹은 것은, 제인 양이 아직도 빙리 군을 사모하고 있는지에 대해 알고 싶은 것이었소. 그리고 만일 그렇다면 빙리 군에게 고백하려고 했소. 사실 그 후에 하긴 했지만."

"캐서린 부인에게 무슨 일이 일어날지 알려드릴 만한 용기가 있으세요?"

"용기보다는 시간이 필요할 것 같소. 그러나 결국 알려드려야지요. 편지지 한 장만 주면 당장 쓰리다."

"제게도 편지 쓸 데가 없다면 당신 옆에 앉아서 전에 어떤 여자가 그랬던 것처럼 저도 당신이 글씨를 잘 쓴다고 칭찬이나 해주고 싶군요. 그러나 저한테도 외숙모님이 계세요. 오랫동안 편지를 드리지 않으면 야단 맞죠."

다르시 씨와의 친교가 과대 평가되어 온 것을 고백하기가 싫었기 때문에 엘리자베스는 가디너 부인의 긴 편지에 아직 답장을 하지 않고 있었다. 그러나 이제 축하 받을 만한 소식이 생긴 데다가 외삼촌 내외분이 편지를 기다리느라 사흘 동안이나 걱정했을 것을 생각하고 몹시 미안해진 그녀는 즉시 다음과 같이 편지를 썼다.

외숙모,
일전에 여러 가지 문제에 대해 자세한 편지를 주셔서 감사해요. 진작 편지를 드렸어야 했는데 사실은 마음이 내키지 않아 쓰지 못했어요. 외숙모께서는 사실 이상으로 상상하셨겠죠. 그러나 지금은 마음대로 상상하셔도 좋아요. 공상의 고삐를 놓으시고 상상의 날개를 타고 무한히 날아올라도 좋습니다. 그리고 제가 실제로 결혼했다고만 생각지 않는다면 그 외엔 아무렇게나 생각하셔도 그다지 틀리지는 않을 거예요. 빠른 시일 내에 다시 편지 주시고, 지난번에 하신 것보다도 훨씬 그를 칭찬해주세요. 호수 지방으로 가지 않은 것에 거듭 감사드립니다. 그렇게 가고 싶어하다니 저도 어리석었죠. 망아지에 대한 얘기는 기쁜 일이군요. 날마다 정원을 돌아다니겠어요. 저는 누구보다도 행복한 여자예요. 다른 사람들도 전에 한 번쯤은 그런 말을 한 적이 있겠지만 저처럼 거짓말 하나 안 보태고 정말 행복했던 여자는 없었을 거예요. 전 언니보다도 행복하니까요. 언니는 미소를 지을 뿐이지만 저는 큰 소리로 웃거든요. 다르시 씨가, 제게서 떼어 갈 수 있는 한의 모든 사랑을 다 외삼촌 내외분께 보내드린대요. 크리스마스에는 펨벌리로 모두 오셔야 해요.

그럼 이만 줄이겠어요.

캐서린 부인에게 보내는 다르시 씨의 편지는 스타일이 달랐다. 그리고 베넷 씨가 콜린스 씨에게 쓴 회답 역시 엘리자베스와 다르시 씨의 편지와는 스타일이 또 달랐다.

삼가 아룁니다.

축하를 받기 위해 한 번 더 폐를 끼쳐야겠습니다. 엘리자베스는 곧 다르시 군의 아내가 될 것입니다. 귀하께서 캐서린 부인을 위로해주시기 바랍니다. 그러나 내가 만일 당신이라면 다르시 편을 들겠습니다. 어느 면으로 보나 그는 출중한 인물이오.

불비례(不備禮)

다가오는 오빠의 결혼에 대한 빙리 양의 축하는 애정에 넘친 것이기는 했으나 성의가 없었다. 그녀는 제인에게도 두 사람의 결혼을 정말로 기쁘게 생각한다는 편지를 하고 전과 마찬가지로 말뿐인 인사 치레를 늘어놓았다. 제인은 이런 것에 속지는 않았지만 감동을 받았으며, 그녀에 대한 어떠한 기대도 갖고 있지 않지만 분수에 넘칠 정도로 친절한 회답을 했다.

자기 오빠의 결혼 소식을 들은 다르시 양의 기쁨은 오빠만큼이나 진지한 것이었고 편지의 내용 역시 그러했다. 자신의 모든 기쁨과 또 올케 언니에게 사랑을 받고 싶다는 열렬한 희망을 다 적기에는 편지지 넉 장이 모자랄 지경이었다.

콜린스 씨에게서 회답이 오기 전에, 또 샬롯으로부터 엘리자베스에게 축하의 편지가 오기 전에, 롱본 가족은 콜린스 씨 내외가 루카스 로지에 왔다는 소식을 들었다. 이렇게 갑작스럽게 오게 된 이유는 곧 명백해졌다. 캐서린 부인이 조카의 편지 내용을 보고 몹시 화를 냈기 때문에, 엘리자베스의 결혼을 매우 기뻐하는 샬롯으로서는 일대 소동이 가라앉을 때까지 그곳을 떠나 있고 싶었던 것이다. 이러한 때에 친구를 만난다는 것은 엘리자베스에겐 매우 기쁜 일이었다. 그러나 그들이 만나는 가운데 콜린스 씨가 다르시 씨에게 아부하는 듯한 예의를 일부러 나타내려고 하는 것을 볼 때에는, 친구를 만나는 기쁨이 그다지 쉽게 얻어지는 것만은 아님을 새삼 느꼈다. 그러나 다르시 씨는 감탄하리만큼 조용히 이를 참아냈다. 그는 윌리엄 경의 말까지도 가만히 듣고 있을 수가 있었다. 윌리엄 경은 그가 이 고장의 가장 빛나는 보물을 데려가게 된 데 대해 온갖 칭찬을 한 다음 굉장히 점잔을 빼면서 성 제임스 궁전에서 자주 만나뵙기를 바란다는 희망을 표시했다. 그러나 그는 윌리엄 경이 그의 눈앞에서 사라지자 비로소 어깨를 움츠리며 불쾌한 듯한 몸짓을 했다.

필립스 부인의 예의 없는 태도는 그가 가장 견뎌내기 어려운 것이었다. 필립스 부인은 자기 언니와 마찬가지로 마음 좋은 빙리 씨하고는 친밀하게 이야기를 나누었지만 다르시 씨와는 그렇게 하는 것을 두려워했다. 그녀가 말할 때에는 언제나 비천하게 보였다. 그녀는 다르시 씨에 대한 존경심 때문에 다소 조용히 있기는 했지만 조금도 품위 있어 보이지는 않았다. 엘리자베스는 그가 그 두 사람에게 시선을 자주 주지 않도록 자기 쪽으로 주의를 끌려고 애를 썼다. 또 그가 불쾌감을 느끼지 않고 말을 할 수 있는 식구들 쪽으로 그의 주의를 돌리려고 애를 썼다. 이런 데에서 일어나는 모든 불안한 감정은 그가 사랑을 호소할 좋은 기회가 올 적마다 방해가 되곤 했지만, 한편 앞날에 대한 희망을 갖는 데 도움이 되기도 했다. 그녀는 앞으로 이렇게 달갑지 않은 사람들과 헤어져서 펨벌리의 편안하고 훌륭한 가족 파티에 갈 날만을 즐거운 마음으로 고대하고 있었다.

61

집안에서 가장 소중했던 두 딸이 결혼하던 날, 베넷 부인은 어머니로서 딸과 헤어져야 하는 섭섭함 보다는 기쁜 마음을 금할 수가 없었다. 베넷 부인이 빙리 부인이 된 딸을 방문할 때 그 얼마나 기쁘고 자랑스러워했으며, 다르시 부인이 된 둘째 딸의 이야기를 할 때에는 또 얼마나 만족스럽고 행복해했는지는 독자들이 상상할 수 있을 것이다. 나는 독자들에게 베넷 집안을 위해 다음과 같은 사실을 말하려 한다. 여러 딸들이 훌륭한 살림을 차리고 살기만을 열망했던 베넷 부인의 소원이 이루어졌기 때문에, 베넷 부인은 지각 있고 인자하고 교양 있는 부인으로 변모되었으며 나머지 여생을 그런 행복한 상태에서 보내게 되었다는 사실이다. 이처럼 특별한 집안의 경사를 기쁘게 생각지 않았을지도 모르는 그의 남편에게는, 오히려 베넷 부인이 가끔 신경질을 부리고 전처럼 어리석은 짓을 하는 편이 아마 더 행복했을지도 모른다.

베넷 씨는 둘째 딸을 몹시 보고 싶어했다. 엘리자베스가 보고 싶어 견딜 수 없을 때면 그는 가끔 집을 나왔다. 그리고 펨벌리에―특히 아무도 그가 오리라고는 생각지 않을 때에 ―가기를 좋아했다.

빙리 씨와 제인은 네더필드에서 겨우 열두 달밖에는 머무르지 않았다. 제인과 같이 성격이 온화하고 마음이 착한 사람도 친정과 메리턴의 친척들과 너무 가까운 곳에 사는 것은 원치 않았던 것이다. 빙리 씨는 사랑하는 누이의 소원대로 다비셔와 인접한 주에 땅을 샀다. 그래서 다른 모든 행복을 갖춘 제인과 엘리자베스는 서로 30마일 떨어진 곳에 살게 되었다.

키티는 실질적으로 자기에게 유리하게 대부분의 시간을 두 언니네 집에서 보냈다. 자기가 평소에 접하던 사회보다 훨씬 고상한 상류 사회에서 그녀는 굉장한 발전을 보였다. 그녀의 성격은 리디아처럼 그렇게 통제하기 어려울 정도는 아니었다. 그녀는 리디아와 같은 행위의 영향을 받지 못하게 되었다. 그녀는 적당한 주의와 조정에 의해 신경질이 줄어들었고 다소 총명해졌으며 좀 더 세련되어졌다. 리디아로부터 나쁜 영향을 받지 않도록 행동을 금지 당한 것은 물론이다. 위컴 부인이 된 리디아가 때때로 무도회나 젊은 남자들이 많으니까 와서 놀다 가라고 초대했지만 베넷 씨는 절대로 허락해주지 않았던 것이다.

메리만이 혼자 집에 남아 있었다. 그러나 베넷 부인은 혼자 앉아 있을 수 없는 성미여서 메리를 계속 끌어냈기 때문에 제대로 자기의 취미를 살릴 수가 없었다. 메리는 사람들과 어울리지 않으면 안 되게 되었다. 이제 언니의 아름다움과 자기의 아름다움을 비교해봄으로써 고민하는 일이 없어졌기 때문에 아버지는 메리가 이런 변화에 기쁘게 순응해가는 것이 아닌가 하고 생각했다.

위컴 씨와 리디아의 경우 그들의 성격은 언니들의 결혼을 보고도 아무런 변화가 없었다. 위컴 씨는, 엘리자베스가 전에는 자기의 망언과 거짓된 행실을 모르고 있었지만 이젠 그 모든 것을 다 알게 되었다고 생각했다. 그러나 자기의 나쁜 행실을 알더라도 다르시 씨가 여전히 자기를 도와주도록 설득시킬 수 있으리라는 희망을 버리지는 않았다. 리디아가 엘리자베스에게 보낸 결혼 축하 편지를 보면 그 자신은 조금도 그런 마음이 없다 하더라도 적어도 리디아는 그런 희망을 가지고 있다는 것을 알 수 있었다. 그 편지는 다음과 같았다.

그리운 언니께

결혼을 축하합니다. 만약 내가 위컴을 사랑하는 절반만큼만 형부를 사랑한다면 언니는 행복할 거예요. 언니가 그렇게 부잣집에 시집간 것을 생각하면 정말 마음이 흡족해요. 그리고 한가할 때에는 우리 생각도 해주세요. 그는 궁중에 아무 자리고라도 취직되기를 원하고 있어요. 우리는 남의 도움 없이는 살아갈 수가 없어요. 그저 일 년에 3, 4백 파운드 가량만 받을 수 있는 자리라면 충분할 거예요. 하지만 형부에게는 말하지 않는 편이 나을 거라고 생각된다면 말하지 마세요. 그럼 안녕히.

엘리자베스는 확실히 남편에게 말하지 않는 편이 좋다고 생각했기 때문에 그런 것을 요구하거나 바라는 짓은 그만두라는 요지의 답장을 겨우 써서 보냈다. 그러나 엘리자베스는 자기의 개인적인 지출을 줄여가면서 할 수 있는 데까지는 힘껏 리디아에게 금전적인 도움을 주었다. 엘리자베스는 동생 내외가 뭐든지 사고 싶어하고 장래를 생각지 않는 성미이기 때문에 그 수입으로는 도저히 그들의 생활을 유지해나갈 수 없다는 사실을 언제나 잘 알고 있었다. 그래서 그들이 숙소를 옮길 때마다 제인이나 엘리자베스는 집세를 치르는 데 보태달라는 청구를 받아야 했다. 이러한 그들의 생활 태도는 평화가 회복되어 군인들이 집으로 돌아오게 된 후에도 계속되었으므로 아주 불안정한 상태에 빠졌다. 그들은 값싼 집을 찾아 이곳저곳으로 이사를 다녔고 언제나 분수에 넘치게 돈을 썼다. 리디아에 대한 위컴 씨의 애정은 곧 무관심으로 변해버렸다. 리디아의 사랑 역시 그보다 조금 더 지속되었을 뿐이다. 그리고 자기의 나이와 처지가 그러함에도 불구하고 자기의 결혼이 애초에 그에게 부여한 명예에 대해 모든 주장을 포기하지 않고 있었다.

다르시 씨는 위컴 씨를 절대로 펨벌리에는 오지 못하도록 했지만 엘리자베스를 위해 그의 직업을 얻어주는 데 많은 힘을 썼다. 리디아는 때때로 남편이 혼자 런던이나 바드에 놀러 갔을 때면 펨벌리를 방문하곤 했다. 그러나 빙리 씨의 집에는 리디아 내외가 자주 방문해서 너무 늦게까지 자기 집으로 돌아가지 않곤 했기 때문에 나중에는 빙리 씨의 유쾌한 기분까지 망쳐놓아 은근히 가라는 암시까지 받을 정도가 되었다.

빙리 양은 다르시 씨의 결혼에 대해 몹시 분개했다. 그러나 펨벌리를 방문하는 권리를 버리지 않는 편이 현명하다고 생각했기 때문에 그런 모든 원한을 없애버렸다. 전보다 조지아나를 더욱 좋아했고 전과 마찬가지로 다르시 씨에게 친절했으며 엘리자베스에게 역시 이전에는 갖추지 못했던 예의를 모두 갖추게 되었다.

펨벌리는 이제 조지아나의 집이 되었다. 그리고 다르시 씨가 바라던 대로 시누이와 올케는 서로를 사랑했다. 조지아나는 엘리자베스의 세계를 전보다 더 높이 평가하게 되었다. 처음에는 엘리자베스가 명랑하게 장난기 어린 말투로 자기 오빠에게 말하는 것을 보고 근심될 정도로 놀란 적이 있었다. 그러나 지금은 자기에게 늘 존경의 대상이었던 오빠, 그래서 애정보다 존경심을 가지고 대했던 오빠가 이젠 터놓고 농담할 수 있는 대상이 되었다. 그녀는 전에는 생각조차 해본 일이 없는 새로운 지식을 얻었다. 엘리자베스의 교육에 의해 조지아나는 차츰 오빠가 열 살이나 아래인 동생에게는 절대로 허락지 않을 농담을 아내와는 주고받을 수 있다는 사실을 알게 되었다.

캐서린 부인은 자기 조카의 결혼에 대해 몹시 화를 내고 있었다. 그리고 너무나 솔직한 자기 성격을 이기지 못하여, 결혼을 알린 편지의 답장에다 매우 심한 욕을, 특히 엘리자베스에 대한 욕을 써 보냈기 때문에 얼마 동안 이모님과의 교제는 완전히 끊겨버리고 말았다. 그러나 엘리자베스의 권유로 그런 모욕을 다 무시해 버릴 수 있도록 설득당한 다르시 씨는 다시 이모님에게 화해를 청하게 되었다. 그의 이모님은 좀 더 고집을 부리더니 조카에 대한 애착심에서인지 혹은 엘리자베스가 어떻게 처신하고 있는지 보고 싶어서인지 얼마 후에는 화가 모두 풀려서 고맙게도 그들을 보러 펨벌리까지 왔다. 이런 천한 아내를 맞아들였을 뿐만 아니라 그런 아내의 외숙모와 외삼촌이 다녀갔기 때문에 펨벌리의 숲이 더럽혀졌다고 생각했던 그녀 자신이 몸소 그곳으로 찾아왔던 것이다.

그들은 가디너 씨 부부와 언제나 가장 가깝게 지냈다. 다르시 씨는 엘리자베스와 마찬가지로 그들을 진심으로 사랑했다. 그리고 엘리자베스를 다비셔에 데려옴으로써 그들을 맺어준 두 분에 대해 그들 부부는 언제나 변함없는 깊은 감사의 마음을 간직하고 있었다.

작가와 작품해설

제인 오스틴의 생애와 작품 세계

제인 오스틴은 1775년 겨울에 목사인 아버지와 어머니 사이에서 둘째 딸로 태어났다. 그녀는 아버지가 근무하던 작은 마을에서 어린 시절을 보냈으며, 그녀의 부모님은 모두 책을 좋아했다. 아버지는 소설에 깊은 관심이 있었고, 어머니는 시나 동화에 많은 관심을 보였다. 이렇게 문학적 성향이 짙은 가정에서 자라난 제인 오스틴이 소설을 쓰게 된 것은 어쩌면 우연이 아닌지도 모른다.

하지만 그녀는 사교성이 부족하여 어려서부터 가족과 친척들 사이에서만 생활하는 아주 좁은 대인 관계를 맺으며 살았다. 여행을 한다거나 작가로서 대중에게 알려지는 일 없이 독신으로 살아갔던 것이다. 이러한 소극적인 그녀의 성격은 자신의 소설을 모두 익명으로 출간하는 데 결정적인 역할을 한다. 그리하여 그녀가 사망한 후에야 몇몇 작품들이 그녀의 저작임이 밝혀졌을 정도이다. 그녀의 한정된 생활 방식은 그녀의 소설을 특징짓는 데 중요한 요소로 작용한다. 대화가 중심이 되는 소설 방식 등의 소설적 특징들이 그것이다.

제인 오스틴은 1787년인 12세부터 습작을 하다가 〈수잔〉이라는 서간체 소설을 필두로 하여 서간체 소설에 열중하기 시작한다. 그리고 1796년에서 1797년 사이에 〈첫인상〉을 집필한 후, 출간하고자 했으나 출판을 거절당한다. 이후에 그녀는 이 작품의 제목을 〈오만과 편견〉으로 바꾸어 출간한다. 그리고 그 이듬해인 1798년에는 〈노생거 사원〉을 완성한다. 제인 오스틴은 이성의 시대와 낭만주의 시대인 감성의 시대를 걸쳐 살면서 비감성적인 소설만을 고집했다. 이 〈노생거 사원〉의 고딕 소설에 대한 풍자적 요소가 그것을 말해 준다.

그녀가 자라난 그 작은 마을은 그녀의 소설에 충분한 자양분이 되었지만 1801년에 아버지가 목사직을 은퇴하고 거처를 바드로 옮긴 후 1805년 그곳에서 사망하게 된다. 아버지의 죽음으로 인해 겪어야 했던 그녀의 정신적 고통이 그녀의 작품 성향에 상당한 변화를 가져오는 계기가 된다. 1809년에 사우댐프턴에서 추턴으로 이주하여 여생을 그곳에서 보내게 된다. 이후 그녀는 집필을 다시 시작하여 〈분별과 감수성〉, 〈오만과 편견〉을 출판하기에 이르고, 1814년에는 〈맨스필드 파크〉를 출간한다. 그 이듬해인 1815년에는 〈엠마〉가 출판되고, 〈설득〉과 〈노생거 사원〉이 계속해서 수정 출판된다.

오스틴 소설의 배경은 시간의 흐름이 없는 닫혀진 사회가 대부분이다. 따라서 브론테가 오스틴에게 탁 트인 전망이나 천국과 지옥으로 향하는 황야도 없이 답답한 남녀 이야기나 썼다고 한 데는 일리가 있다. 그러나 오스틴의 소설은, 18세기 후반의 중류 계급에서 일어나는 일상 생활 가운데 남녀의 결혼을 둘러싼 문제를 극적이고 사실적으로 서술하는 데 중점을 두었다는 것을 상기해야만 한다. 비록 사회 문제나 빈민 문제, 산업 혁명 이후 영국 사회가 당면한 상황 등에 대한 통찰은 없으나, 영국 사회의 지극히 작은 부분을 정확하고 밀도있게 구사하고 있는 것이다. 이것은 곧 한 개인이 자신의 주위 세계를 어떻게 인식하고 있는지를 보여 주는 역할을 한다. 따라서 오스틴은 디킨스나 톨스토이 등과 같은, 사회 문제를 다룬 작가들과는 다른 역할을 했다고 할 수 있다. 그녀의 소설에서 제시된 제한된 사회 그 자체가 풍자의 역할을 한 것이다.

이를 반증이라도 하듯이, 오스틴 소설의 강력한 내적 갈등은 여주인공들의 개성과 야망이 사회적 도덕률에 의해 압박받는 데서 생긴다. 그 사회에서 여성은 하나의 다소곳한 아내와 어머니로서 정착되고, 그들의 생애는 사회가 규정하는 이상적인 여성상에 의해 제약받는 것이다. 각 소설의 여주인공은 자아를 깨닫기 시작하고, 다른 사람들과의 관계에서 자아를 성취한다. 하지만 사회의 요구에도 순응해야 하는 그들의 숙명은, 자아 성취를 위해 그들 자신과 싸워야 한다. 오스틴은 이와 같이 지주 계급 생활의 뒷전에서 그들의 생활을 통해 억압되는 사회를 간접적으로 보여 준다. 오스틴의 여섯 편의 소설 모두가 이러한 주제를 다루고 있다. 따라서 그녀의 작품 세계를 사회 문제를 전면적으로 다룬 작가들의 그것과 비교해서는 안 될 일이다. 그녀를 별 의미없는 노처녀 작가라고 치부해 버리는 것은 큰 잘못이다. 오스틴의 소설은 사회 구성원에게 지극히 한정적인 역할만을 요구하는 한 사회의 여성과 남성을 동시에 다루고 있는데, 그것은 또한 어느 시대에서도 일어날 수 있는 역사적 사실인 것이다.

평생을 글쓰기에만 몰두한 제인 오스틴은, 42세였던 1817년 일곱 번째 소설인 〈샌디턴〉을 집필하는 중 중병을 앓아 이 소설을 완성하지 못하고 이해 7월 18일에 생을 마감한다. 그녀가 홀로 살아가면서 작업한 작품에서 평생 추구한 것은, 해방되고 싶고 이탈하고 싶지만 그렇게 할 수 없게 하는 사회적 억압을 고발한 것이다. 따라서 그녀의 세계에 대한 관점은 냉정한 사실에 입각해 있는 것이다.

〈오만과 편견〉의 줄거리 및 작품 해설

이 소설은, 메리턴 피티에서 엘리자베스가 별로 예쁘지 않으므로 같이 춤출 마음이 다르시에겐 없다고 함으로써 그녀의 자존심에 손상을 입히며 시작된다. 그 후부터 그녀는 다르시에 대해 편견을 갖고 적대감을 키우게 된다. 반면 다르시는 그녀에 대해 차츰 감탄하게 되고, 그녀의 재치와 기지에 매혹당해 그녀를 마침내 사랑하게 된다. 다르시의 청혼과 그에 대한 엘리자베스의 거절은 두 사람이 서로 길러온 오만과 편견을 절정에 다다르게 한다. 그 후 다르시는 겸허한 태도를 보이고, 엘리자베스는 다르시에 대한 편견을 없앰으로써 그들은 서로 존중하고 사랑하게 된다.

이 이야기에서 엘리자베스는 작가의 윤리적 설교에 걸맞게 설정되어 있다. 엘리자베스의 독립성은 다르시의 청혼을 거절하는 데 중요한 역할을 한다. 이는 이 시대의 물질주의적이고 출세주의적인 결혼관에 대한 거부로 받아들여진다. 엘리자베스에게 감화를 받은 다르시는 다른 인물과는 도덕적 차원 아래 존재하게 된다. 다르시는 그녀가 계급이나 부유함에 흔들리지 않는 여성임을 알게 되고, 엘리자베스의 기준에 자신이 훨씬 못미침을 깨닫고 스스로 놀란다. 그리하여 다르시는 그녀에 대한 자신의 태도를 다시 한번 생각하게 되고, 그녀를 더욱 높게 평가하게 된다. 이러한 과정을 통해 두 사람은 함께 성숙해지고 사랑과 신뢰로 자신을 발견하면서 결혼에 이르는데, 이들의 결혼은 결혼 상대자를 고르는 일에 따르는 위험과 교훈을 가르쳐 준다. 다르시와 엘리자베스 두 사람은 각기 그들의 선택을 방해하거나 또는 큰 영향을 줄 수 있는 사회 통념을 거부했던 것이다.

★

이 작품에서 간과해서는 안 될 것은 이러한 도덕적 교훈을 전달하는 기법이다. 오스틴은 지극히 일상적이고 평범한 결혼의 과정을 풍자와 반어적 기법을 통해 전달하고 있다. 〈오만과 편견〉이라는 제목이 시사하듯이 이 소설에서 오스틴은, 결국 두 주인공이 외양과 실체의 차이를 미처 깨닫지 못한 채 오만과 편견을 고집할 때 그 두 사람 사이에 반어적 현상을 보여줌으로써 독자로 하여금 두 주인공의 자기 발견의 과정을 꿰뚫어보게 한다. 이 소설에서 다양성을 소유한 두 주인공은 이러한 분별력을 행사함으로써 자기 발견이라는 변화를 경험하고 있는 것이다.

이 소설은 문명과 사회, 그리고 사회적 존재로서의 인간의 자아 실현을 둘러싼 여러 가지 문제에 대한 비판, 풍자, 선도의 기능을 수행한다. 18세기의 영국 사회는 예술에서부터 학문, 정치에 이르기까지 '발전'이라는 용어가 적용되었던 시기이다. 하지만 이 발전의 이면에는 허영, 사치, 위선 등이 도사리고 있었다. 따라서 제인 오스틴의 소설에 면면히 흐르는

회의적이고 냉소적인 아이러니는, 발전이라는 화려함에 의해 감추어진 퇴폐적인 치부를 드러내고 벗겨내는 데 그 목적을 두고 있는 것이다. 그녀는 시골 지주 계급의 사고와 행동 양식을 통해 이 시대를 구체적으로 조망하려고 했던 것이다. 즉 이 소설에 등장하는 몇몇 집안은 그 시대 영국 사회의 표상으로, 시대상에 대한 오스틴의 냉소적 비판의 일면을 보여준다. 오스틴은 일반 민중의 비참한 일상 생활을 직접 묘사하기보다는 지주 계급의 행동 양식을 풍자적으로 들추어냄으로써 그 시대의 사회상을 제시하고 있다.

작가 연보

1775년 12월 16일, 영국 햄프셔의 스티븐턴에서 목사인 아버지와 문학적
성향이 뛰어난 어머니 사이에서 둘째 딸로 태어남.

1782년 (7세) 언니와 함께 학원에 입학함. 그 뒤에 레딩에 있는 유명한 「아베이
스쿨」에서 일 년간 교육받음. 그 후로 아버지에게 사숙함.

1788년 (12세) 「연애와 우정」 등 여러 편의 글을 씀.
후에 『제인 오스틴의 소품집』에 수록 발표됨.

1791년 (16세) 풍자 소설을 습작함.

1792년 (17세) 「키티나 바우어」 집필.

1795년 (20세) 서간체 소설 「엘리노와 마리안」 완성.

1796년 (21세) 「첫인상」 집필. 후에 「오만과 편견」으로 제목을 바꿈.

1797년 (22세) 「첫인상」 출판을 거절당함. 「분별과 감수성」 집필.

1798년 (23세) 「노생거 사원」 집필.

1801년 (26세) 아버지가 목사직을 장남 제임스에게 넘겨주고 은퇴하자,
바드로 이사.

1802년 (27세) 하리스로부터 구혼 신청을 받고 일단 승낙했으나 다음날 아침에
거절. 그 후 언니 카산드라와 함께 일생을 독신으로 보냄.

1803년 (28세) 「노생거 사원」을 개작하여 「수잔」이란 제목으로
출판사에 매도함.

1805년 (30세) 1월, 아버지의 죽음으로 생활에 큰 타격을 받음.
4월, 셋방살이 시작.

1806년 (31세) 바드에서 사우댐프턴으로 이사. 단편 「왓슨」과 「수잔」 완성.

1809년 (34세) 초턴으로 이사. 이후 7년 동안 경이적인 창작을 가능케함.

1811년 (36세) 「맨드필드 파크」 집필. 「분별과 감수성」 출판.

1813년 (38세) 「첫인상」을 「오만과 편견」으로 개작하여 출판함.

1814년 (39세) 「엠마」 집필. 「맨스필드 파크」 출판됨.

1815년 (40세) 「설득」 집필. 「엠마」 출판.

1816년 (41세) 「설득」 완성. 건강이 나빠지기 시작함.

　　　　　　　「맨스필드 파크」와 「엠마」가 불역으로 출판됨.

1817년 (42세) 「샌디턴」 집필. 병마에 시달려 작품을 중단함.

　　　　　　　7월 18일 생을 마감함. 유해는 윈체스터 대사원에 안치됨.

1818년　　　　「설득」과 「노생거 사원」 출판됨.